Das Buch
Die Bewohner Tikals sind wie gelähmt durch die Weissagung, die für das Ende des Zeitalters (771–790 n. Chr.) eine zerstörerische Katastrophe ankündigt. Ihr mächtiger Herrscher zelebriert Beschwörungsrituale, während sich das gemeine Volk in Buße die Körper schwärzt und um Erlösung betet. Nur einer erhebt sich: Balam Xoc, der ›lebende Ahn‹ aus dem Clan der Jaguarpranken, den die Stimmen seiner Vorfahren zum Widerstand drängen. Er zweifelt die Gültigkeit der Prophezeiung und die Autorität des Herrschers an und fordert dessen Macht heraus. So wird er zum Ketzer und zum Heiligen, zum Jaguar, der für seine Leute tanzt.
Doch Balam Xoc hat auch Verbündete, die ihn mehr oder weniger freiwillig unterstützen: So zum Beispiel der königliche Verwalter, Pacal, der zwischen der Loyalität zu seiner Familie und seinen Pflichten gegenüber dem Herrscher hin- und hergerissen ist; oder Akbal, der Maler, der die Träume seiner Mitmenschen auf dem Schlangenstein festhält; die junge Kanan Naab, die die Ehe zunächst meidet, um im Ritual des Blutopfers ihre eigene Wahrheit zu finden; und nicht zuletzt der Kriegshäuptling Kinich Kakmoo, der sich im Dschungel dem Tod stellen muss, um seine Freiheit zu finden ...

Der Autor
Daniel Peters, 1948 in Milwaukee geboren, ist Absolvent der Yale University und lebt heute in Arizona. Er widmet sich mit großer Hingabe der Geschichte der präkolumbischen Kulturen Amerikas.

DANIEL PETERS

DER STEIN
DES JAGUARS

Roman

Aus dem Englischen
von Heinz Tophinke

WILHELM HEYNE VERLAG
MÜNCHEN

HEYNE ALLGEMEINE REIHE
Band-Nr. 01/13224

Dieses Buch ist Mark Schorer, C. Hugh Holman
und Dennis Puleston gewidmet

Die Originalausgabe
TIKAL – A NOVEL ABOUT THE MAYA
erschien 1983 bei Random House, New York

Das Buch erschien bereits
unter dem Titel »Tikal«.

Umwelthinweis:
Dieses Buch wurde auf
chlor- und säurefreiem Papier gedruckt.

Taschenbucherstausgabe 01/2001
Copyright © 1983 by Daniel Peters
Copyright © der deutschsprachigen Ausgabe 1999
by Eugen Diederichs Verlag, München
Wilhelm Heyne Verlag GmbH & Co. KG, München
Printed in Germany 2001
Umschlagillustration: Archiv für Kunst und Geschichte, Berlin
Umschlaggestaltung: Nele Schütz Design, München
Satz: Buch-Werkstatt GmbH, Bad Aibling
Druck und Bindung: Pressedruck, Augsburg

ISBN: 3-453-17765-7

http://www.heyne.de

INHALT

Vorwort

Die klassische Epoche der Tiefland-Maya dauerte etwa von 300 bis 850. Sie ist durch mehrere charakteristische Merkmale gekennzeichnet: die Verwendung des Kraggewölbes in der Architektur, die periodische Aufstellung von Steinmonumenten (Stelen) und die Entwicklung einer hieroglyphischen Schrift. Im Verlauf dieser Epoche errichteten die Maya große Städte im Dschungel des Peten (dem nördlichsten Teil des heutigen Guatemala) und den umliegenden Regionen von Mexiko, Belize und Honduras. Darüber hinaus perfektionierten sie ihre komplexen kalendarischen und astronomischen Systeme, praktizierten unterschiedliche Formen intensiven Ackerbaus und schufen gewaltige Tempel und Grabstätten für die Angehörigen ihrer Herrscherelite.

Die Errichtung von Stelen erreichte im Tiefland ihren Höhepunkt im Jahre 790 (9.18.0.0.0 nach der Tun-Zählung) und lief danach sehr rasch aus. Aus Gründen, die für uns nach wie vor im Dunkel liegen, wurden die großen Städte – Tikal, Copan, Yaxchilan, Piedras Negras – im Verlauf der nächsten hundert Jahre eine nach der anderen aufgegeben. Die Archäologen haben eine Reihe von Theorien zur Erklärung dieses Niedergangs erstellt: Kriege oder Aufstände, Epidemien, ökologische Katastrophen, extreme Klimaveränderung. Doch keine dieser Theorien scheint für sich genommen eine adäquate Erklärung zu bieten. In Tikal beispielsweise lassen sich kaum Hinweise auf einen Krieg feststellen, und keine Epidemie hätte zu einem Bevölkerungsrückgang von neunzig Prozent führen können, wie er offenbar zwischen 790 und 830 dort stattfand. Als eine verlockende Erklärung wurde lange der Raubbau an der Umwelt betrachtet, doch da inzwischen mehr als tausend Jahre vergangen sind und angesichts der Tatsache, dass das Gebiet große Regenmengen erhält, lässt sich dieser Standpunkt nur schwer beweisen.

George Kubler sagte: »Die Mesoamerikanistik stellt sich dem Leser oft als eine Sahara der Mutmaßungen dar, in der Reisende, die nach Gewissheit dürsten, den unterschiedlichsten Trugbildern erliegen.« Auch dieses Buch sollte, obgleich es durchaus Glaubwürdigkeit für sich in Anspruch nimmt, als ein weiteres dieser Trugbilder betrachtet werden – wenn auch eines, das hoffentlich die Mühe wert ist, es bis zum Ende zu verfolgen. Unser Wissen darüber, wie die klassische Epoche der Maya *wirklich* endete, wird wahrscheinlich für immer unvollständig bleiben, weil einfach zu wenig Belege die Zeit überdauert haben. Nur eine Hand voll von Codices der Maya (Bücher aus Leder oder Rindenpapier) überlebten die spanische Conquista, und der Bezug dieser nachklassischen Werke zum Glauben und der Realität der klassischen Periode ist ungewiss. Ansonsten aber stehen uns als Zeugnisse lediglich vielfarbige Keramiken zur Verfügung sowie die Inhalte von Grabmälern und die wunderbaren Bilder und Glyphen, die die Maya in Stein, Stuck, Knochen, Holz und einer hervorragenden Wandmalerei schufen. Insofern als unser Wissen über dieses Volk großenteils aus solchen Quellen rekonstruiert wurde, ist dieser Roman in der Tat ein Werk der Sciencefiction. Der Autor steht so gesehen zwar in der Schuld der zahlreichen Archäologen und Gelehrten, die es sich zur Aufgabe gemacht haben, uns die Welt der alten Maya verständlich zu machen; er übernimmt aber dennoch die volle Verantwortung für den fiktionalen Gebrauch – oder Missbrauch – ihrer Erkenntnisse und Spekulationen.

Als erstklassige Astronomen und Zeitmesser verfügten die alten Maya über umfassende und detaillierte Aufzeichnungen der Bewegungen von Sonne, Mond und Sternen. Ihre kalendarischen Systeme basierten auf diesem astronomischen Wissen und ermöglichten eine große Bandbreite an Berechnungen, mit deren Hilfe die Erdzeit präzise mit den Läufen der Gestirne in Zusammenhang gebracht werden konnte. Demgemäß war die Zeit von religiöser Bedeutung durchdrungen, und einzelnen Zeitabschnitten wurde ein bestimmtes, erkennbares Potential zugeschrieben. Man glaubte, dieses Potential einer bestimmten Periode (günstig, ungünstig oder ambivalent) werde sich mit ihrer kalendarischen Wiederholung ebenfalls wiederholen, so dass die Maya-Priester vergangene Perioden betrachten und daraus das Wesen einer künftigen Periode bestimmen konnten. Die Zukunft wurde also nicht als ein unbeschriebenes Blatt gesehen, sondern als die Fortsetzung einer Reihe von bekannten Einflüssen, mit denen die Menschen sich auseinanderzusetzen hatten.

Da der Aufbau dieses Buches der Langen Zählung der Maya folgt, hier vorab einige Definitionen der Zeitperioden:

Monat: Eine Zeitspanne von 20 Tagen
Tun: Eine Zeitspanne von 360 Tagen, also fast ein Jahr
Hotun: Eine Zeitspanne von 5 Tun, also fast 5 Jahre
Katun: Eine Zeitspanne von 20 Tun, also fast 20 Jahre
Zyklus: Eine Zeitspanne von 20 Katun, also fast 400 Jahre

Die Trockenzeit beginnt in Tikal im Januar oder Februar, am heißesten und trockensten ist es von März bis Mai. Die Regenzeit beginnt Ende Mai oder im Juni; die größten Niederschlagsmengen fallen von Juli bis September. Die meisten Ernten wurden wahrscheinlich im November oder Dezember eingebracht.

Die Handlung dieses Buches spielt sich innerhalb der letzten fünf Tune des Katuns 11 Ahau ab, also etwa zwischen 785 und 790. Der Leser, der sich für die Lange Zählung interessiert – die für die Weltordnung der Maya von entscheidender Bedeutung ist –, sei auf den Anhang des Buches verwiesen.

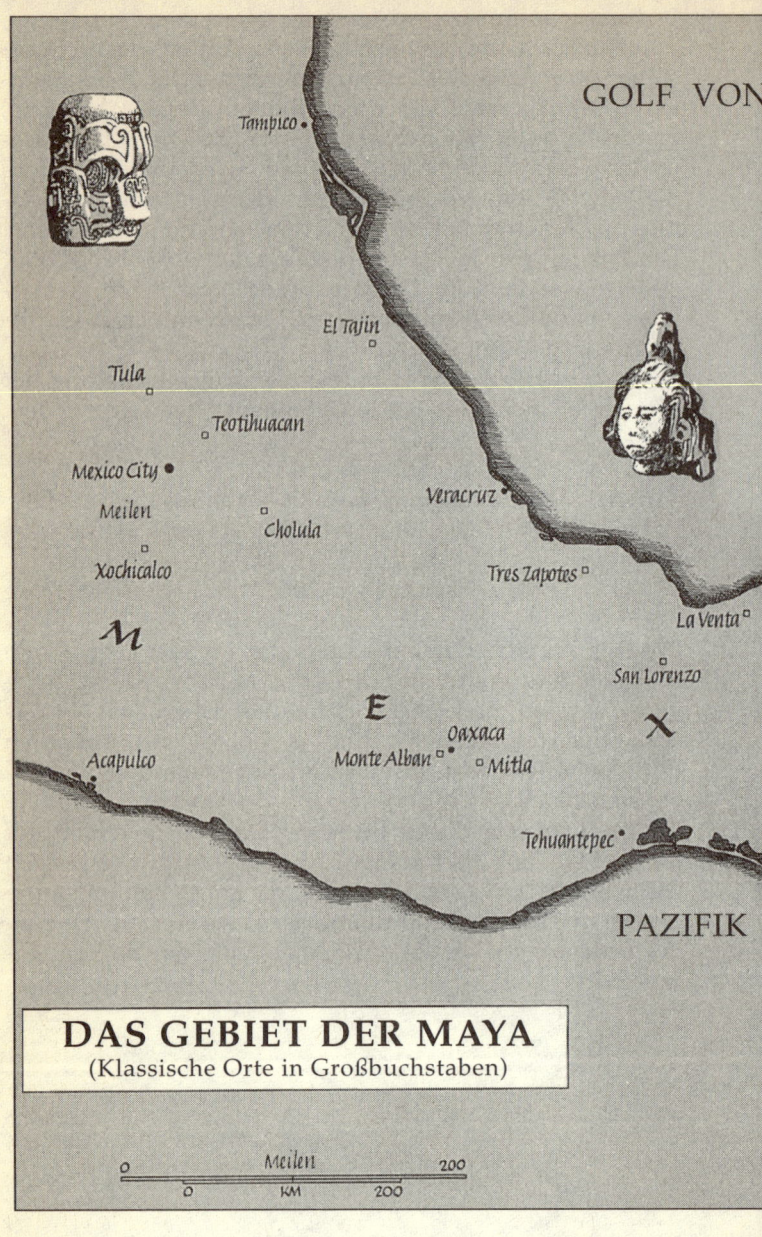

GOLF VON

Tampico

El Tajin

Tula

Teotihuacan

Mexico City

Meilen

Xochicalco

Cholula

Veracruz

Tres Zapotes

La Venta

San Lorenzo

ᴍ

ᴇ

Oaxaca

Monte Alban

Mitla

ᴚ

Acapulco

Tehuantepec

PAZIFIK

DAS GEBIET DER MAYA
(Klassische Orte in Großbuchstaben)

0	Meilen	200
0	KM	200

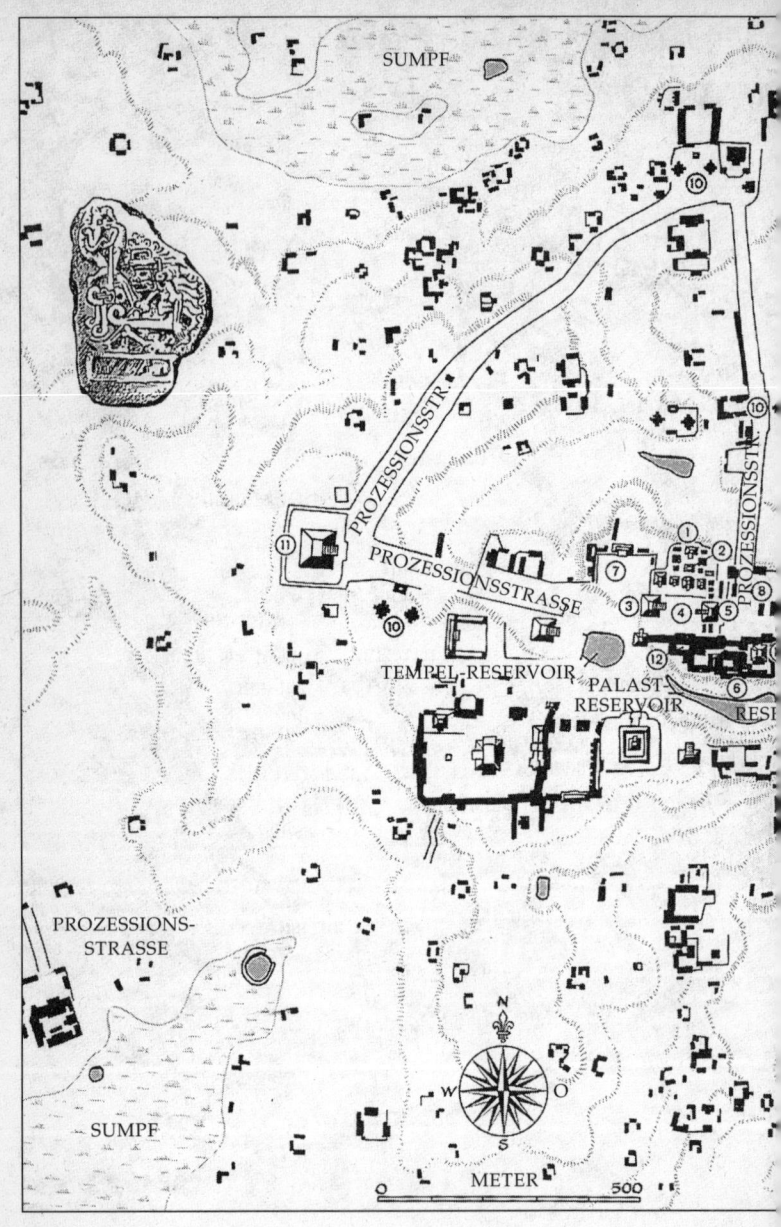

SUMPF

PROZESSIONSSTR.

PROZESSIONSSTR.

PROZESSIONSSTRASSE

PROZESSIONSSTR.

① ②

⑦

③ ④ ⑤

⑧

⑩

⑪

⑩

⑫

⑥

RESI

TEMPEL-RESERVOIR

PALAST-
RESERVOIR

PROZESSIONS-
STRASSE

SUMPF

N
W   O
S

METER

0   500

TIKAL

① Clan-Tempel
② Schrein des Jaguar-Schutzherrn
③ Tempel der Herrin
   Zwölf Ara
④ Platz der Ahnen
⑤ Tempel von Kakaomond
⑥ Herrscherpalast
⑦ Westplatz
⑧ Ostplatz
⑨ Marktplatz
⑩ Katun-Einfriedungen
⑪ Tempel von Cauac Caan
⑫ Clan-Häuser
⑬ Clan-Haus der Jaguar-
   Pranken
⑭ Haus der Schriften

SUMPF

VERBORGENES
RESERVOIR

OIR

PROZESSIONSSTRASSE

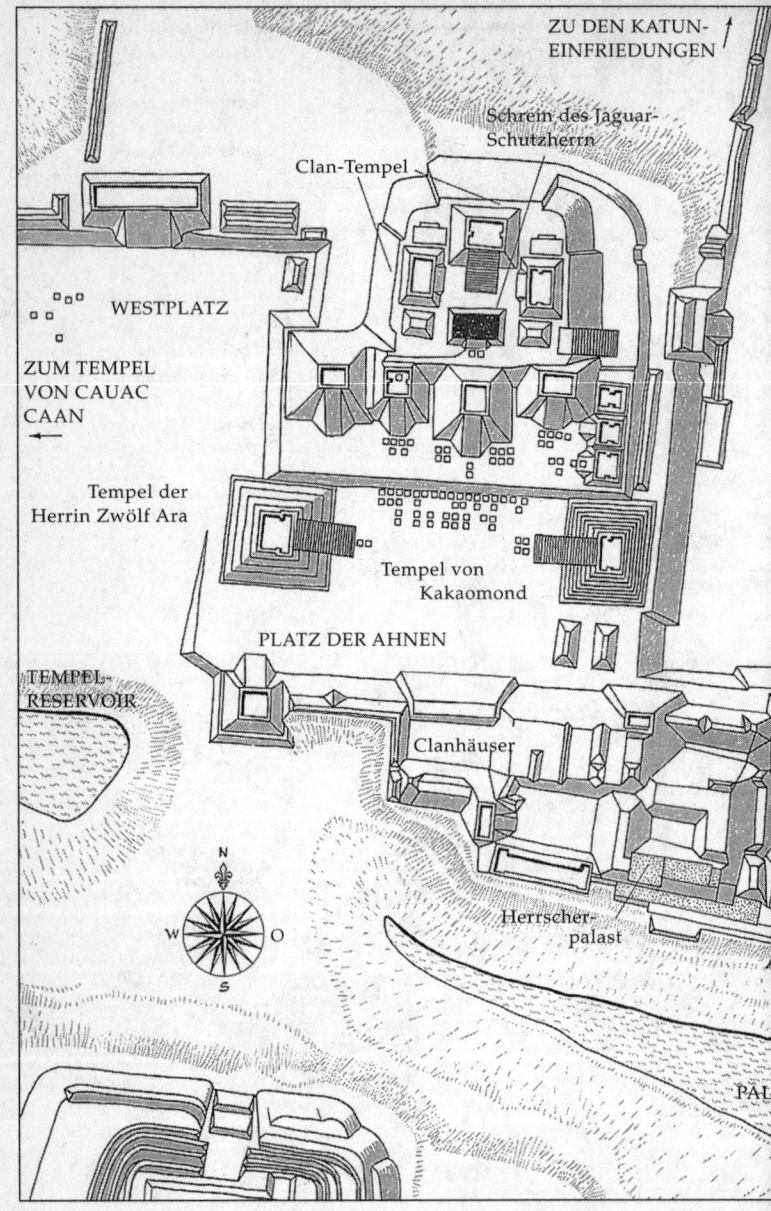

ZU DEN KATUN-
EINFRIEDUNGEN

Schrein des Jaguar-
Schutzherrn

Clan-Tempel

WESTPLATZ

ZUM TEMPEL
VON CAUAC
CAAN

Tempel der
Herrin Zwölf Ara

Tempel von
Kakaomond

PLATZ DER AHNEN

TEMPEL-
RESERVOIR

Clanhäuser

N
W   O
S

Herrscher-
palast

PAL

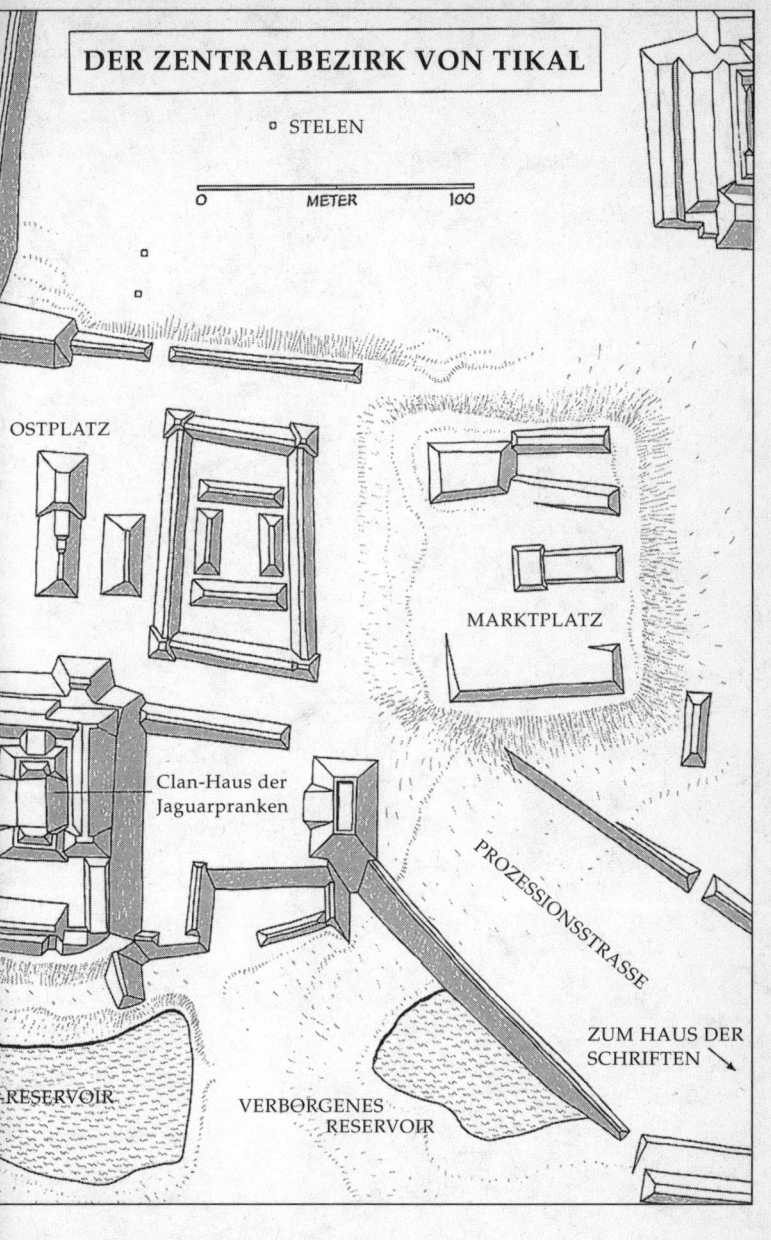

DER ZENTRALBEZIRK VON TIKAL

▫ STELEN

0   METER   100

OSTPLATZ

MARKTPLATZ

Clan-Haus der
Jaguarpranken

PROZESSIONSSTRASSE

ZUM HAUS DER
SCHRIFTEN →

RESERVOIR   VERBORGENES
RESERVOIR

KAPITEL 1

Der Traum des Lebenden Ahnen

9.17.14.17.18 3 Etz'nab 1 Muan
(A.D. 785)

Das stille, grüne Wasser des Alkalche glitzerte in der Sonne
und erzeugte einen Schein, der so grell war wie das schrille
Geräusch der Laubheuschrecken in den weit entfernten Bäumen. Pacal Balam kniff die Augen zusammen und blickte in
östlicher Richtung über den ausgedehnten Sumpf, in dem
sich dort, wo während der Trockenzeit kein Wasser stand,
Schlammzonen und Inseln mit niedrigem Bewuchs gebildet
hatten. Näher an seinem Standort am Ufer war der Alkalche
durch aus dem Wasser ragende, mit Kalkmergel verkleidete
Erdwälle in lange, gerade Kanäle aufgeteilt worden. Reihen
nackter Männer mit Schweißbändern um die schopfgekrönten Köpfe bückten sich in das hüfttiefe Wasser und holten
mit Körben schlammige Erde herauf. Sie reichten die Körbe
an andere Männer weiter, die den Schlamm über den Wällen
auskippten und mit hölzernen Hacken gleichmäßig verteilten. Die Arbeiter waren von ganzen Wolken von Stechmücken umgeben; sie bewegten sich sehr behäbig, wischten
sich immer wieder den Schweiß aus dem Gesicht und blickten zur Sonne hinauf. Es war auch niemand da, der sie zur
Eile angetrieben hätte, denn ihre Aufseher standen mit Pacal
zusammen, der das Geschehen vom Schatten eines mit
Fiederpalmen bestandenen Hains aus beobachtete.

»Sagt ihnen«, erklärte er schließlich, »sie sollen jetzt aufhören und sich ausruhen, bis die Sonne tiefer steht.« Daraufhin verteilten sich die Aufseher sofort am Ufer, bliesen in ihre Holzpfeifen und winkten die Männer zu sich. Sie legten
Hacken und Körbe nieder und wateten ans Ufer. Ihre Ge-

sichter waren von Schlamm und Algen verschmutzt. Diejenigen, die Pacal passierten, verneigten sich kurz, um dem königlichen Verwalter die gebührende Ehre zu erweisen, bevor sie in ihre strohgedeckten Häuser gingen, die sich dicht am Ufer des Alkalche zusammendrängten.

Pacal schickte auch die bei ihm stehenden Schreiber und Boten fort und trug ihnen auf, wiederzukommen, wenn sie gegessen und sich ausgeruht hatten. Nur seinem Gehilfen Chac Mut gab er zu verstehen, er solle hier bleiben und sich zu ihm in den Schatten setzen. Der junge Mann ließ sich mit einem dankbaren Seufzer auf die Erde nieder und lehnte sich an den Stamm einer Palme zurück.

»Sitz aufrecht!«, wies Pacal ihn sofort zurecht. »Du hast zwar Grund, müde zu sein, aber du musst auch die Disziplin aufbringen, es nicht zu zeigen. Schließlich bist du kein einfacher Arbeiter, sondern der Vertreter des Herrschers.«

»Verzeiht, Onkel«, murmelte Chac Mut und drückte sich widerwillig von dem Baum ab. Das um seinen langen Kopf gewickelte gemusterte Tuch war schweißdurchtränkt, und auf seiner Wange hatte sich eine Schwellung von einem Insektenstich gebildet. Chac Mut war neunzehn Jahre alt und der Sohn von Pacals Cousin Nohoch Ich. Da keiner von Pacals eigenen Söhnen sich zum Beruf des Vaters hingezogen fühlte, hatte Chac Mut darum gebeten, zum königlichen Verwalter ausgebildet zu werden; allerdings hatte er damals nicht geahnt, welche Strapazen mit dieser Entscheidung auf ihn zukommen würden. An diesem Tag waren sie bereits an der südlichen Grenze von Tikal gewesen, um die Maisfelder zu inspizieren, und dann noch einmal die gleiche Entfernung nach Osten bis zum Alkalche gelaufen.

»Vergiss auch deinen Hunger«, fuhr Pacal schonungslos fort. »Wir werden noch früh genug essen, und zwar besser als diese Männer. Aber solange wir bei ihnen sind, wollen wir ihnen nur unsere Aufopferungsbereitschaft und Stärke zeigen. Mit deiner Müdigkeit wirst du keinen Eindruck auf sie machen. Aber nun«, meinte er und wehrte jede weitere Entschuldigung Chac Muts mit einer Geste ab, »sag mir, was du hier siehst.«

Chac Mut blickte hastig auf die langen Felderreihen zwischen den Erdwällen, die nun verlassen in der Hitze der Mittagssonne lagen. Einige der Wälle mussten dringend ausgebessert werden; ihre Blendsteine waren abgesunken, und die Seiten begannen abzubröckeln. Andere waren zwar noch intakt, aber von Unkraut überwuchert und voller vertrockneter Kletterpflanzen und abgebrochener Stängel von der letzten Ernte. Eine einzelne Reihe verkümmerter, fast blattloser Kakaobäume zeugte trostlos von einem gescheiterten Experiment.

»Hier gibt es noch viel zu tun«, meinte er vorsichtig. »Noch viel mehr als auf den Maisfeldern, scheint mir.«

»Würdest du also empfehlen, dass wir einen Teil der Arbeiter von dort hierher schicken?«

Chac Mut vermutete hinter der Frage seines Vorgesetzten eine Falle und zögerte. Er blickte zuerst zum Himmel, dann über den Sumpf.

»Vielleicht. Die Regenzeit wird bald beginnen«, fügte er schlau hinzu. »Wenn der Alkalche wieder überflutet ist, wird das Ausheben der Kanäle schwieriger sein.«

»Genau«, pflichtete Pacal ihm bei. »Aber die Aussaat des Maises muss mit dem Regen beginnen. Der Maniok und der Macal, den wir hier anbauen, wird dagegen erst in zwei Monaten angepflanzt. Also werden wir, obwohl unsere Aufgabe schwieriger sein wird, mehr Zeit dafür haben, und vielleicht auch mehr Männer.« Pacal unterbrach sich kurz, um seine Worte wirken zu lassen. »Ich habe dir diese Frage nicht gestellt, um dich zu beschämen, sondern nur, um dir zu zeigen, wieviel du lernen musst. Ein guter Verwalter muß alles, wofür er zuständig ist, hervorragend beherrschen. Er muss im Ackerbau ebenso gut Bescheid wissen wie einer, der damit aufgewachsen ist, auch wenn er noch nie einen Pflanzstock in der Hand gehabt hat.«

»Ich werde es mir merken«, versprach Chac Mut, verzog aber bei dem Gedanken daran, was er alles im Kopf behalten musste, gequält das Gesicht. Pacal lächelte verständnisvoll.

»Nur Mut, mein Sohn. Ein solch umfangreiches Wissen kann nicht jeder leicht erlernen. Dein Vater ist ein gelehrter

Mann, aber sein Wissen beschränkt sich auf die Dinge, die der Priesterschaft angemessen sind. Wahrscheinlich weißt du über sein Geschäft mehr, als er je über das deine wissen wird.«

Das schien Chac Mut zu beschwichtigen. Pacal ließ ihn die Lektion in Ruhe aufnehmen; er überließ den jungen Mann sich selbst und wandte seine Aufmerksamkeit auf eine Stelle linker Hand, wo der Boden etwas höher war und das Wasser sich in einigen seichten Tümpeln gesammelt hatte. Das Sumpfbett war mit schulterhohem Gestrüpp aus dornigen Büschen und verkrüppelten Blauholzbäumen bewachsen, und durch diesen Dschungel wand sich ein schmaler Pfad, der den Alkalche in ost-westlicher Richtung durchquerte. Dort kam ein Mann in Sicht, der sich vorsichtig, immer wieder stehen bleibend und um sich schauend, von einer Erhöhung zur anderen vorarbeitete. Er war lediglich mit einem Lendenschurz bekleidet, und sein Körper war zum Zeichen, dass er fastete, schwarz bemalt. Über der Schulter trug er einen mit Quasten verzierten Weihrauchbeutel.

»Viele heilige Männer haben wir dieses Jahr«, bemerkte Chac Mut etwas schüchtern und blickte in dieselbe Richtung. Die einsame, schwarze Gestalt hatte den Alkalche inzwischen zur Hälfte überquert, und nun waren deutlich an Schienbeinen und Unterarmen die Spuren ritueller Blutopfer zu erkennen.

»Zu viele«, pflichtete Pacal ihm bei. »Sie werden den anderen Pilgern bei den Feiern den Platz wegnehmen.«

Chac Mut starrte ihn verblüfft an; vor Überraschung blieb ihm der Mund offen stehen.

Pacal schürzte die Lippen und seufzte. »Als Sohn eines Priesters«, sagte er ruhig, »hat man dir beigebracht, jemanden, der ein Gelübde abgelegt hat, zu achten, unabhängig davon, welchen Rang er hat oder welchem Clan er angehört. Das ist richtig; natürlich muss man einem solchen Menschen gegenüber gutes Benehmen zeigen. Es bedeutet aber nicht, dass man, was die Bedeutung dieser Leute anbelangt, naiv sein oder nicht daran denken sollte, was ihre Frömmigkeit die Allgemeinheit kostet.«

Chac Mut runzelte die Stirn und fuhr sich mit der Zunge

über die Lippen. »Ich will gar nicht naiv sein, Onkel. Aber ich verstehe nicht, was ihre Frömmigkeit uns kostet.«

»In zwei Tagen wird das Ende des Hotuns gefeiert, und alle Clans werden in ihren Tempeln die Ahnenrituale vollziehen. Diese Feierlichkeiten selbst sind schon sehr teuer, und dazu müssen die Ehrengäste und Delegationen aus anderen Städten verköstigt und am Ende beschenkt werden. Einen Teil dieser Kosten bekommen wir in Form von Opfern, Gaben und durch den Handel zurückerstattet, allerdings nicht annähernd so viel, wie wir ausgeben.« Pacal machte eine schroffe Geste auf den Pilger zu. »Aber Männer wie dieser bringen nur sich selbst als Gabe; sie gehen nicht auf den Marktplatz, wenn die Feiern vorüber sind.«

»Aber ist ihre Frömmigkeit für uns nicht ebenso viel wert wie ihr Handel?«

»Den Wert ihrer Frömmigkeit kann ich nicht beurteilen«, meinte Pacal kurz angebunden. »Das überlasse ich Leuten wie deinem Vater oder meinem. Ich habe die Angelegenheiten *dieser* Welt im Auge, und als Verwalter kann ich mich nicht darüber freuen, dass sich so viele frommen Gelübden verschrieben haben anstatt der Arbeit. Aber mehr noch als ihre Frömmigkeit zeigen sie damit ihre Angst und ihr mangelndes Vertrauen in das Vermögen des Herrschers, für sie zu sorgen. Du musst dir einmal überlegen, Chac Mut«, fuhr er fort und erhob eine Hand, um einen Einwand des jungen Mannes vorwegzunehmen, »*weshalb* so viele Leute in dieser Zeit Gelübde abgelegt haben. Sicher bist du dir mehr als die meisten anderen Menschen im klaren darüber, wie schlecht die letzten beiden Ernten ausgefallen sind.«

»Die Regenfälle waren unerfreulich …«

»Wie sie es auch früher schon oft waren«, beendete Pacal den Satz für ihn. »Aber wir haben schließlich Katun Elf Ahau, oder etwa nicht? Und war die Prophezeiung für diesen Katun nicht voller Anzeichen für Gefahr, Not und Elend? Ist uns etwa nicht gesagt worden, dass der Geist dieses Katuns, Buluc Ahau, hart und unversöhnlich sein wird und unsere Ernten auf den Feldern sterben werden?«

»Ja, so ist es«, murmelte Chac Mut.

»Du siehst also, es spielt keine Rolle, dass fast 15 Tune dieses Katuns vorüber sind, und zwar ohne dass irgend etwas Schlimmes passiert wäre. Es spielt keine Rolle, dass nur noch fünf Tune vorbeigehen müssen, bis wir der Bedrohung durch Buluc Ahau entkommen sind. Die Menschen sind immer noch wachsam und ängstlich und verlieren leicht den Glauben an ihre Führer. Deshalb haben so viele Gelübde abgelegt, anstatt sich ihren alltäglichen Aufgaben zu widmen. Und deshalb sind auch *wir* hier draußen in dieser Hitze anstatt im Palast, wo wir hingehören. Trotz der Knappheit an Arbeitskräften müssen wir zusehen, dass alles getan wird, um den Erfolg der Ernte sicherzustellen. Wir müssen diese schwarzen Männer überzeugen, dass es gefahrlos für sie ist, nach Hause und zu ihrer Arbeit zurückzugehen und sich wieder auf den Herrscher und seine Diener zu verlassen. Ohne dieses Vertrauen kann Tikal seine Größe nicht bewahren, und dann wird das *ganze* Volk leiden.«

Chac Mut nickte ernst; er war zu sehr beeindruckt, um selbst das Wort zu ergreifen. Pacal war zwar nicht laut geworden, aber seine Bewegtheit war nicht zu verkennen. So zeigte er sich nur selten, und er hatte auch Chac Mut immer nahe gelegt, solche Regungen zu unterdrücken; daran schien er sich nun zu erinnern, denn er lächelte leicht verlegen, als wolle er sich für sein Verhalten entschuldigen.

»Ich habe meine eigene erste Regel missachtet: Denke viel nach, aber sprich nur wenig darüber. Doch es war an der Zeit, dass du die Dringlichkeit der Situation erkennst.«

»Ich bin Euch dankbar, dass Ihr Euch mir anvertraut habt, Onkel«, sagte Chac Mut heiser. »Dies ist eine große Verantwortung, die wir tragen.«

»Ja«, stimmte Pacal zu. Der Pilger war in Richtung Tikal verschwunden. Doch am jenseitigen Ende des Alkalche tauchte soeben eine weitere dunkle Gestalt auf, die nach dem Pfad suchte, um den Sumpf zu überqueren. Pacal gab seinem Gehilfen ein Zeichen und stand auf.

»Komm. Am Tag der Zeremonien wird nicht gearbeitet, und der Regen könnte jeden Augenblick einsetzen. Kümmern wir uns um unsere Männer.«

Chac Mut sprang auf, um Pacal zu den Häusern am Ufer zu begleiten. Als sie aus dem Schatten traten, spürten sie beide die Hitze der Sonne auf dem Rücken und den abgestandenen, gasartigen Geruch des Sumpfes in der Nase.

»Die Aufseher werden sich nicht vom Fleck rühren wollen«, meinte Chac Mut, als sie das erste Haus erreichten.

Pacal zuckte die Achseln. »Das wollen sie nie. Aber wenigstens können wir anfangen, mit ihnen zu reden, ohne bereits zu spät dran zu sein …«

9.17.15.0.0. 5 Ahau 3 Muan

Das Hotun-Ende

Balam Xoc, der Lebende Ahn des Jaguarpranken-Clans, hatte zwanzig Tage vor dem Ende des Hotuns mit dem Fasten begonnen. Er hatte kein Fleisch, kein Salz und keine Chilis mehr zu sich genommen, sondern nur noch Obst und täglich etwas Maisbrei gegessen, sich zurückgezogen, die Ahnenbücher studiert und sich mit den Clan-Priestern beraten, die die Hotun-Feierlichkeiten vorbereiteten. Zudem hatte er in dieser Zeit keine Frau angesehen, und keinem weiblichen Wesen war es erlaubt gewesen, ihn anzuschauen.

Vier Tage vor der Zeremonie betrat er seine Zelle im Schrein des Jaguar-Schutzherrn, des Schutzgeistes seines Clans. Dort war er allein mit den Geistern seiner Ahnen, deren Gebeine tief unter der Plattform der Pyramide begraben waren, auf der sich der Schrein erhob. Für die Dauer seines Aufenthalts in der Zelle konnte er nur von der Kraft und Reinheit seines eigenen Geistes zehren, denn hier durfte er überhaupt keine Nahrung und nur eine Kürbisflasche Wasser zu sich nehmen.

Diese Zeremonie fand zu Beginn von Balam Xocs zehntem Tun als Lebender Ahn statt, und er ließ sich in dem verdunkelten Raum nieder mit der Haltung eines Menschen, der mit der Schwere seiner Aufgabe vertraut war. Er stand im fünfundsechzigsten Jahr seines Lebens, doch er ertrug sein Alter leicht und wusste um die Stärke, die in der Geduld lag. Er breitete die Utensilien für sein Ritual auf den Bodenmatten aus, gab etwas klebrigen, weißen Kopal auf die glimmende Kohle des Räuchergefäßes und murmelte ein Gebet an die Ahnen, in dem er sie bat, das Geschenk seiner Wache anzunehmen.

Nur die An- oder Abwesenheit des schwachen Lichtscheins, der durch die Luftlöcher hoch oben in den Ecken der gewölbten Zellendecke drang, sagte ihm, wie die Zeit verstrich; ansonsten herrschte Stille um ihn. Balam Xoc sang und betete in der Dunkelheit; er bat die Ahnen, ihn zu besuchen und mit ihrer Gegenwart zu beleben. Irgendwann setzte die Erschöpfung ein. Er spürte, wie die dem Hunger folgende Schwäche ihn überwältigte, während das nagende Hungergefühl selbst abnahm und eine Leere in ihm hinterließ. Dann verfiel er in einen Traum.

Er befand sich an einem Ort mit viel Wasser, vielleicht einem Sumpf. Dichte Binsen mit dicken Köpfen erhoben sich aus einem nebligen Dunst, und Seerosen trieben an dem Kanu vorbei, in dem er saß. Aus Angst vor Krokodilen zog er die Hände ruckartig dicht an den Körper, was das Boot leicht zum Schwanken brachte. Er spürte, dass im Bug und Heck Leute saßen, doch der Nebel entzog sie seinem Blick, und das Kanu bewegte sich nicht vorwärts.

Dann hörte er ein Echo von Stimmen, und eine kleine Welle schlug gegen die linke Seite des Kanus. Die Stimmen wurden lauter; er spähte in den Nebel, und plötzlich wurde der Bug eines zweiten Bootes sichtbar, das nahe vorüberglitt. Der vorne sitzende Paddler trug einen reich verzierten Kopfschmuck und hatte die Gestalt eines Mannes, doch seine Augen waren groß und gelb, mit winzigen, schwarzen Pupillen, und eine dünne Zunge wie die eines Reptils fuhr immer wieder aus seinem Mund, während er das Ruder ins Wasser tauchte. Er sah Balam Xoc von der Seite an und schien zu grinsen, wobei ein einzelner, gebogener Giftzahn in seinem Mund sichtbar wurde.

Drei Reisende saßen hintereinander in dem Kanu, zwei Frauen und ein Mann. Trotz des Nebels, der die Sicht sehr erschwerte, erkannte Balam Xoc sie sofort. Es waren Nicte, seine Frau, seine Schwiegertochter Ik Caan und sein ältester Sohn Chac Balam. Jetzt wusste er, dass er in der Unterwelt war, denn alle drei waren schon vor langer Zeit gestorben, in den ersten Tunen des Katuns 11 Ahau.

Sie blieben nur einen Augenblick lang für ihn sichtbar, gerade lange genug, dass Balam Xoc Fragmente und Echos ihres Gesprächs erreichten:

»*Er glaubt, er sei heilig, aber er versteckt sich nur vor Schwierigkeiten …*«

»*Er verbirgt sich vor seinem Gram …*«

»*Er kann die Sorgen seines Volkes nicht erkennen, er wird nichts zu seiner Rettung tun …*«

Ihr plötzliches Verschwinden verblüffte ihn, und dann befiel ihn ein niederschmetterndes Gefühl der Scham, als er erkannte, dass sie, die er so liebte, über *ihn* gesprochen hatten. Er begann so heftig zu beben, dass das Kanu wild schaukelte und schließlich umkippte und er kopfüber in die Tiefe stürzte …

Er erwachte, auf dem Rücken liegend, und blinzelte in das Dunkel hinauf. Er erinnerte sich an den Traum und die Scham, die er gefühlt hatte, die er noch jetzt als nagenden Schmerz im Herzen spürte. Der Gedanke an das Gesicht seiner Frau ließ den Schmerz anschwellen, und plötzlich weinte er hemmungslos; sein ganzer Körper bäumte sich auf in Krämpfen lange unterdrückten Kummers. Hilflos krümmte er sich auf dem Boden, bestürzt und peinlich berührt von den Emotionen, die ihn durchfluteten. Dies war nicht der Ort, um zu weinen und sich seinem Gram hinzugeben, aber er konnte das Schluchzen, das aus seiner Kehle hervorbrach, nicht unterbinden und seinen Tränen nicht Einhalt gebieten. Er weinte um die Lieben, die ihm so unerwartet genommen worden waren, und wegen der Einsamkeit, die er so lange hatte ertragen müssen.

Als der Anfall endlich vorüber war, hatte Balam Xoc kaum mehr die Kraft, sich aufzusetzen. Er suchte nach seinem Weihrauchbeutel und legte etwas Kopal nach; dabei sah er hinter den Augen und dem Mund der Jaguarmaske, die seitlich an dem zylindrischen Räuchergefäß befestigt war, eine beruhigende Röte aufflammen. *Ich habe mich vor den Ahnen entehrt*, dachte er und versuchte, sich an das passende Sühnegebet zu erinnern. Doch seine Gedanken waren zu verwirrt, die Worte entzogen sich seinem Zugriff. Er brauchte seine ganze Willenskraft, nur um aufrecht zu sitzen, und die Angst, dass er wieder zu weinen anfangen könnte, verschloss ihm die Lippen selbst für jene Gebete, an die er sich erinnern konnte.

Immer wieder verlor er das Bewusstsein und erwachte erneut; dadurch verlor er jegliches Zeitgefühl und jegliche Kontrolle über die Gedanken, die ihm in den Sinn traten. Ein undeutliches Gemurmel kam aus den Ecken des Raums, und unsichtbare Flügel flatterten über ihn hinweg, ein Rauschen, das im Gewölbe der Decke widerhallte. Aus dem Dunkel grinsten dämonische Fratzen auf ihn herab, ließen ihn entsetzt zurückschrecken, so dass pochende Schmerzen in seine alten Gelenke fuhren. Noch nie hatte eine strenge Abgeschiedenheit ihn so sehr mitgenommen, und er fragte sich, ob er sterben würde. Als der Lebende Ahn hatte er sich gründlich auf die Reise vorbereitet, die er eines Tages durch die neun Ebenen der Unterwelt antreten würde, aber in seinem gegenwärtigen Zustand ließ ihn die Aussicht darauf vor Angst hilflos zittern. *Er glaubt, er sei heilig, aber er versteckt sich nur vor Schwierigkeiten …*

Erinnerungen vermischten sich mit Träumen und formten ein dichtes Gewebe von Bildern, aus dem er sich nicht befreien konnte. Szenen aus seinem Leben verschmolzen mit alten Zeremonien, die er nie erlebt hatte und nur aus Bildern und Glyphen in den heiligen Büchern kannte. Fremde eilten auf ihn zu, um ihn zu begrüßen, und verwandelten sich in seine Söhne und Töchter oder in Menschen, deren Namen er längst vergessen hatte. Ihre Grüße erweckten die Scham, die er in seinem Traum gefühlt hatte, zu neuem Leben, ließen ihn spüren, dass er sie irgendwie enttäuscht hatte, dass er nicht bereit gewesen war, sich für sie einzusetzen. Er erinnerte sich an die Menschen, die zu ihm gekommen waren, wenn er als Lebender Ahn im Clan-Haus gesessen hatte: bescheidene, demütige Leute, die ihm ihr Unglück berichteten und sich dann unter Verbeugungen zurückzogen, dankbar für seinen Segen und sein Versprechen, für sie zu beten. *Er kann die Sorgen seines Volkes nicht erkennen*, ging es ihm wieder und wieder durch den Sinn. Wie Messer stachen die Worte auf die kärglichen Reste seines Stolzes und Selbstwertgefühls ein.

Dann schaffte er es, für kurze Zeit herauszukommen, nach Atem ringend, aber mit klarem Verstand. Er fühlte sich leer und gebrechlich, sein Kopf arg mitgenommen und erschöpft von den vielen Gedanken. Aber seine Verwirrung war vorüber, und endlich konnte er die Bedeutung seines Traumes erkennen; sie war ihm so klar, dass es schien, als habe er sie schon immer gekannt. Natürlich war er von Gram gebeugt gewesen, als Nicte und Chac Balam innerhalb weniger Monate, kurz nach dem Beginn des Katuns, starben. Und Ik Caan, die Frau seines zweiten Sohnes Pacal, war es gewesen, die sein Haus weitergeführt, ihm in seiner Trauer Trost gespendet und Gesellschaft geleistet hatte. Als *sie* dann bei der Geburt eines Kindes starb, war er untröstlich gewesen, zu verwundet, um Pacal oder seinen Kindern ein Beistand sein zu können. Bald nach Ik Caans Beisetzung hatte er sich zum Lebenden Ahnen weihen lassen und der Welt, die ihm so viel Kummer bereitet hatte, den Rücken gekehrt.

Versteckt, dachte Balam Xoc bitter. Die ganze Zeit lang, die er verwirrt gewesen war, hatte ihn der ängstliche Gedanke gequält, dass er nicht die Kraft haben würde, die Zeremonie auszuüben, für die er sich in die Abgeschiedenheit der Zelle begeben hatte. Aber jetzt schien es nichts mehr auszumachen. Welchen Nutzen hatten die Gebete von einem, der so blind war? Er hatte gesehen, wie sich sein Volk im Verlauf der zehn Tune, seit er der Lebende Ahn war, verändert hatte, aber er hatte das Leiden der Menschen nicht wahrnehmen wollen, wie er sich auch vor seinem eigenen Leid versteckt hatte. Sie waren zu ihm gekommen mit Geschichten von Männern, die ihre Frauen missbrauchten, von Kindern, die erkrankten und ohne einen Lebenskampf einfach starben, von Söhnen, die ihren Clan verließen und aus Tikal weggingen. Er hatte sie aus der Ferne angehört, unempfänglich für die Realität ihrer Qualen und zufrieden damit, ihnen seinen Segen für ihr bloßes Weiterleben zu geben.

Aber selbst während er derart mit sich zu Gericht ging, wusste Balam Xoc nicht, wie er sich hätte verhalten können, um die Angehörigen seines Clans zu retten. Er verfügte weder über Mittel, die er hätte verteilen können, noch war es ihm möglich, die materiellen Umstände der Menschen zu verändern. Diese Dinge lagen nicht mehr in der Macht des Lebenden Ahnen, wenngleich es vor langer Zeit einmal so gewesen war. Nun hatte er nur mehr einen Ehrenplatz im Clanrat, und man erwartete von ihm nicht, den Zusammenkünften beizuwohnen, sondern lediglich, Vorbild und Inspiration zu sein und seine Kräfte auf den korrekten Ablauf der Rituale für die Ahnen zu konzentrieren.

Balam Xoc spürte, wie seine Verwirrung zurückkehrte. Er bewunderte das gute Beispiel, das er abgegeben hatte, nicht mehr, aber er konnte sich nicht vorstellen, wie er seinem Volk ansonsten ein Vorbild hätte sein können. Er wusste nicht, weshalb die Menschen unzufrieden waren; er konnte nicht mit dem Finger auf einen bestimmten Feind deuten. Und wenn es, wie sie dachten, der Katun war, was ihn bedrückte, konnte er dann mehr tun, um ihnen ihre Last zu erleichtern, als der Herrscher und seine Priester bereits taten? Er war nur ein einzelner, ein schwacher, alter Mann, der nur wenig von der Heiligkeit besaß, die er für sich in Anspruch nahm, und dementsprechend hatte er auch kaum ein Recht, für irgend jemanden Vorbild zu sein.

Verzweiflung raubte ihm den letzten Rest seiner Kraft; er sank erschöpft zur Seite. Er konnte sich kaum mehr daran erinnern, mit welcher Energie und welchem Selbstvertrauen er die Zelle betreten hatte. *Vielleicht sterbe ich jetzt*, dachte er und fühlte, wie das Dunkel über ihn hereinbrach. Irgend etwas streifte ihn am Bein, und eine kühle Hand schien sich auf seine Stirn zu legen. Balam Xoc erkannte die Gegenwart der Ahnen und versuchte, ein letztes Mal etwas für sein Volk zu tun. Er stieß einen Ruf aus, aber seine Stimme zerbrach zu einem Flüstern, das von der allgegenwärtigen Stille verschluckt wurde. Schwärze füllte seinen Geist, er lieferte sich dem Tod aus …

In diesem Augenblick kam die Vision. Sie ergriff vollständig Besitz von ihm, und er rutschte abwärts, schwerelos, hinab in eine Welt wechselnder, undeutbarer Bilder. Geisterstimmen flüsterten beruhigend auf ihn ein; sie ermunterten ihn, Mut zu haben, zu hören und zu sehen. Gestalten lösten sich aus den ihn umgebenden Farben heraus: tanzende Menschen und fantastische Vögel mit aufgeplustertem Federkleid; ein gefleckter, gelber Jaguar, der sich unter dem gekrümmten, blauen Leib einer doppelköpfigen Schlange zusammenkauerte; groteske Gesichter, die ihn mit rot glühenden Augen hungrig anstarrten …

Die Röte breitete sich aus und zog sich dann wieder zurück, bis er sah, dass es die Farbe war, mit der die Wände um ihn bestrichen waren. Zu seiner Überraschung merkte er, dass er aufrecht stand und die schwere, reich verzierte Tracht des Jaguar-Schutzherrn trug. Aber er spürte das Gewicht nicht. Unsicher, ob er wach war oder träumte, bewegte er sich wie von selbst auf den offenen, sonnenbeschienenen Ausgang zu, ohne die geringste Anstrengung in seinen Gliedern zu bemerken. Priester, deren Gesichter er nicht sehen konnte, folgten ihm; er trat aus dem Schrein hinaus und stieg die kurze Treppe auf die darunterliegende Terrasse hinab. Dort nahm er seinen üblichen Platz auf einem runden, steinernen Podest ein, wo sich seine Gestalt gut sichtbar von der glatten Steinsäule dahinter abhob, dem Monument, das zu seinem Gedenken errichtet werden würde, sobald er zu den Ahnen gegangen war. Der Stein war unbearbeitet; seine gelblich-weiße Oberfläche war lediglich poliert worden, so dass er schwach glänzte.

Von der Höhe seines Podestes aus blickte Balam Xoc über die Menschen seines Clans, die in gleichmäßigen Reihen den gesamten kleinen Platz vor ihm ausfüllten. Jetzt wurde ihm zum erstenmal der Schlag einer Trommel und der Chor der Priester um ihn herum bewußt. Alles war in Ordnung, und wie gewohnt hob er den Stab in seiner rechten Hand, das Signal für den Beginn der Zeremonie.

Doch eine plötzliche Unruhe in der Menge ließ seinen Arm innehalten. Die Augen durch seinen riesigen Jaguarkopf vor der Sonne geschützt, blickte er über die Leute hinweg. Jetzt erst fiel ihm auf, dass sie ihn gar nicht beobachteten, sondern alle zum Himmel sahen – mit offenen Mündern und Mienen, die sowohl Erwartung als auch Furcht zum Ausdruck brachten. Balam Xoc wollte ebenfalls aufschauen, aber seine Maske behinderte ihn; statt des Himmels sah er nur den geflochtenen Rahmen, der Kopf und Oberkiefer des Jaguar-Schutzherrn stützte. Verärgert darüber, dass man ihn wegen etwas ignorierte, das er nicht einmal sehen konnte, wollte er wieder seinen Stab heben, doch sein Arm war kraftlos; er konnte es nicht. Ebensowenig war er imstande zu rufen, um sich Gehör zu verschaffen. Er setzte an, aber wenn er den Mund öffnete, kamen nur die Worte für die Zeremonie heraus, ein gesungenes Bittgebet, das kein Mensch zum Anlass nahm, sich ihm zuzuwenden.

Was sehen sie dort am Himmel? fragte er sich wütend. Er erkannte die Gesichter seines Sohnes Pacal und seines Bruders Cab Coh, seines Neffen Nohoch Ich und der anderen Priester, die seiner unmittelbaren Familienangehörigen und die der gewöhnlichen Leute. Alle hatten sie dieselbe Miene der Hoffnungslosigkeit, als würden sie darauf warten, dass über ihnen eine unbekannte Bedrohung Gestalt annahm. Alle standen sie da wie versteinert, so hilflos und unfähig, sich zu bewegen wie er selbst. Ein Schrei der Enttäuschung ballte sich in seiner Kehle zusammen wie ein Knoten, aber er konnte sich nicht lösen, und Balam Xoc spürte, wie er daran erstickte, wie er ins Dunkel hinabfiel …

Dann war die Tracht plötzlich weg, und er konnte sehen. Er wandte den Blick zum Himmel und gewahrte dunkle, sturmgepeitschte Wolken, die ein schreckliches Unwetter versprachen. Doch im nächsten Augenblick schienen sich die Wolken zu einem riesigen Baldachin zu öffnen, der langsam auf die Erde niedersank. Es wurde trüber und dunkler, und Balam Xoc schaute zurück zu seinen Leuten in der Erwartung, dass sie fliehen würden, solange noch Zeit dazu war. Aber sie bewegten sich nicht; auch ihre Mienen waren unverändert, als würden sie die Bedrohung nicht erkennen, die auf sie niederdrückte. Er löste den Schrei aus seiner Kehle, doch nun war es zu spät; der Ausdruck seines Entsetzens verlor sich in einem plötzlichen Windstoß. Die Menschen vor ihm blieben erstarrt, und dann wurden sie von einer grauen, aufgewühlten Masse verschluckt, die sie seinem Blick entzog.

Wir sind verloren, dachte er und weinte brennende Tränen der Verbitterung und des Schmerzes. Er sah an sich selbst hinab und bemerkte, dass er nackt war, sein Körper bemalt mit der schwarzen Farbe des Fastens. Und er sah die alte Frau, die am Sockel des Podests kauerte; sie war in Schwarz gekleidet und schwer gebeugt unter einer Last auf ihrem Rücken. Wegen des Tragbandes, das über ihre Stirn spannte, konnte sie ihm den weißbehaarten Kopf nicht zuwenden, aber ihre dünne, schrille Stimme drang deutlich an sein Ohr.

»*Früher hatte der Katun kein Gesicht*«, jammerte sie. »*Früher haben wir unseren Kindern nicht beigebracht, die Zukunft zu fürchten.*«

Sie wandte sich von ihm ab und kroch davon in die Wolken, aber bevor sie verschwand, sah er, dass die Last auf ihrem Rücken die Maske von Buluc Ahau war, dem Beherrscher des Katuns 11 Ahau. Das abgestumpfte Antlitz blickte ihn unter schweren Augenlidern hervor finster an, ehe es von den Wolken verhüllt wurde. Und plötzlich wirbelte ein schneidend kalter Wind um Balam Xoc herum auf, ein Wind, der so kalt war, dass er ihm die Lunge ausbrannte und die Farbe von seiner Haut abbröckeln ließ. Er schrie von Schmerz gepeinigt auf, dann brachen die Wolken über ihn herein, und er sah nichts mehr.

Er erwachte in einem Dunkel ohne Schatten oder Konturen, der Schwindel erregenden Schwärze des Grabes. Ein unerklärliches Schwirren erfüllte seine Ohren, und sein Herz flatterte wild, als er sich aufsetzte und wartete, bis die Unruhe in seiner Brust und seinem Kopf sich legte. Nur langsam kehrten seine Sinne zurück. Als erstes erkannte er das matte, rötliche Glühen, das von Augen und Maul der vor ihm in der Luft hängenden Jaguarmaske ausging. Dann nahm er eine schwache Spiegelung auf dem Wasser seiner Trinkschale wahr und einen Schimmer seiner knöchernen Geräte auf der Matte neben ihm. Unsicher streckte er eine Hand nach der Jaguarmaske aus; er spürte die Hitze der Kohlen im Räuchergefäß, und da wusste er, dass er zurückgekommen war. Er und seine Leute waren nicht zugrunde gegangen; der Himmel hatte sie nicht alle verschluckt.

Zu betäubt, um die Erschöpfung in seinen Gliedern zu spüren, sank er nach hinten an die Wand. Aber dennoch fühlte er eine deutliche Kälte, die ihn umgab – nein, sie schien vielmehr von ihm auszugehen. Er strich sich mit einer Hand über den Oberschenkel und merkte, wie die Farbe unter seinen Fingern abbröckelte und sich in trockenen Staub auflöste. *Ich habe den Wind in meinem Herzen eingefangen*, dachte er benommen; *ich habe ein Stück meiner Vision mit zurückgebracht*.

Die Kälte hatte etwas seltsam Kräftigendes; sie breitete sich in seinem ganzen Körper aus und brachte Ordnung und Klarheit in sein Denken. Bei den Einzelheiten seiner Vision konnte er jedoch nicht mehr verweilen; dazu nahm ihn die so einfache wie furchteinflößende Tatsache, dass er noch lebte, zu sehr mit. Er war sich sicher, dass er gestorben gewesen war und dass diese Gewissheit nicht von seiner Verwirrung herrührte. Er konnte sich nicht einfach nur erholt haben, denn er hatte seinen Lebenswillen aufgegeben, und davon konnte man sich nicht mehr erholen. Er hatte seinen Geist den Ahnen anempfohlen, doch sie hatten ihn in die Welt der Lebenden zurückgestoßen. Sie hatten ihn verwandelt und dann zurückgeschickt, damit er seine Aufgabe auf der Erde erfülle.

Und sie haben mir den Weg gezeigt, dachte Balam Xoc; *sie haben mir den wahren Feind meines Volkes zu erkennen gegeben*. Es war nicht der Katun, der die Menschen bedrückte, sondern ihre Furcht vor dem Potential dieses Katuns. Und es war Caan Ac, der Herrscher, der mit seiner Prophezeiung diese Furcht ausgelöst und dann davon profitiert hatte, indem er die Macht seines eigenen, des Himmels-Clans, auf

Kosten aller anderen Clans in Tikal ausgebaut hatte. Balam Xoc war ein Mitglied des Rates dieses Herrschers gewesen; er konnte sich nur allzu gut erinnern, wie Caan Ac die geweissagte künftige Bedrohung benutzt hatte, um den Clans zusätzliche Kontingente von Kriegern und Arbeitern abzupressen und sie zu zwingen, ihre Töchter für Heiratsbündnisse mit den Städten im Westen herzugeben. Ob der Glaube des Herrschers an die Katun-Prophezeiung und sein Wunsch, dessen schlimmes Potential abzuwenden, echt waren oder nicht, machte keinen Unterschied. Er hatte jedenfalls nicht gezögert, zu seinem eigenen Vorteil zu handeln.

Aber noch mehr als der Herrscher war die Katun-Prophezeiung selbst der Feind. *Früher hatte der Katun kein Gesicht*, hatte die alte Frau in der Vision gesagt, und Balam Xoc, für den die in den Büchern der Ahnen aufgezeichneten Ereignisse wie ein zweites Gedächtnis waren, hegte keinen Zweifel, was sie damit meinte. Er wusste, dass es in Tikals langer Geschichte, die über vierhundert Tune in die Vergangenheit zurückreichte, in der Tat eine Zeit gegeben hatte, in der die Rituale des Katuns und die damit verbundene Prophezeiung unbekannt gewesen waren. Es waren die Cauac-Schild-Leute, die Fremden, die später den Himmels-Clan begründeten, die die Katun-Verehrung nach Tikal gebracht und die anderen Clans gezwungen hatten, sie zu übernehmen. Doch das war nicht ohne Widerstand geschehen; es hatte letztlich die Clan-Kriege ausgelöst, die im letzten Katun 11 Ahau beinahe zur Zerstörung Tikals geführt hätten.

Erschreckt darüber, wohin seine Gedanken ihn geführt hatten, hielt Balam Xoc inne. Sollte dies also seine Aufgabe sein – die Clan-Kriege wieder aufleben zu lassen? Sein eigener, der Jaguarpranken-Clan, hatte seine Macht weit gehend eingebüßt, sowohl was die Anzahl der Mitglieder als auch seinen Wohlstand anbelangte. Nur die den Jaguarpranken von altersher zustehende Ehre und das Privileg, die heiligen Riten abzuhalten, das sie seit Tikals ersten Anfängen innehatten, war ihnen geblieben. Doch das reichte wohl kaum aus, um ihn, Balam Xoc, zu schützen, falls es wirklich seine

Aufgabe war, die Dominanz des Himmels-Clans herauszufordern und die Rechtmäßigkeit seiner Rituale in Frage zu stellen. Balam Xocs eigener Sohn war einer der Verwalter des Herrschers, und auch viele der anderen Clan-Oberhäupter bezogen ihren Lebensunterhalt aus den Einkünften des Königs. Sie würden ihn in einer Auseinandersetzung mit dem Herrscher nur zögernd unterstützen, und auch die Clan-Priester wären dazu nur sehr widerwillig bereit – sicherlich wollten sie das empfindliche Gleichgewicht der rituellen Macht, welches das religiöse Leben der Stadt kennzeichnete, nicht stören. Er würde also allein sein in seinem Kampf, unterstützt von nichts anderem als der Kraft und Wahrheit seiner Vision.

Es wird ausreichen, entschied er abrupt, und im selben Augenblick fühlte er die Kälte zu bestimmter Entschlossenheit werden, zu einer zielgerichteten Kraft, wie er sie in seinen ganzen fündundsechzig Lebensjahren noch nie gespürt hatte, nicht einmal in den ehrgeizigen Tagen seiner Jugend. Sein Stolz und sein Gram waren verschwunden, die Furcht vor dem Tod konnte ihm nichts mehr anhaben. Er musste nur der Wahrheit gemäß handeln, die die Ahnen ihm gezeigt hatten, einer Wahrheit, die die anderen Menschen nicht erkannten oder nicht sehen wollten. Es konnte keine heiligere und zwingendere Pflicht geben und keine, die dem, der den Titel des Lebenden Ahnen für sich beanspruchte, besser anstand. *Ich werde, was mir gezeigt wurde, nicht vergessen*, gelobte Balam Xoc stumm. *Sollen sie denken, dass ich verrückt bin, sollen sie gegen mich aufstehen und meine Absetzung verlangen. Ich werde dennoch tun, was ich tun muss. Was es auch koste, ich werde sie dazu bringen, dass sie mich noch einmal ansehen.*

Schon seit einer ganzen Weile hatte er den gedämpften Schlag einer Trommel vernommen, und nun hörte er Stimmen aus dem Raum nebenan. *Es ist Zeit für die Zeremonie*, dachte er und nahm einen Schluck aus der Wasserschale, um sich Mund und Kehle zu befeuchten. Dann stand er langsam auf und stampfte mehrmals auf, um das Blut in den Beinen wieder zum Fließen zu bringen. Er fühlte, wie die Luft seine Haut berührte, als sich Teile der schwarzen Farbe von seinem Körper ablösten, eine letzte Erinnerung an seine Vision und sein Gelöbnis.

Die Priester seines Clans standen im nächsten Zimmer in einer Gruppe zusammen. Sie traten überrascht zurück, als Balam Xoc den schweren Stoffvorhang beiseite schob und, heftig blinzelnd wegen des durch die einzige Öffnung nach außen einströmenden Lichts, vor sie trat. Tzec Balam, der Hohepriester, begrüßte ihn mit einer Verbeugung; er sah sichtlich erleichtert aus, als habe er eben noch überlegt, ihn aus der Zelle herauszuholen. Er bedeutete den anderen Priestern, Platz zu machen, und gab den Kostümierern ein Zeichen, Balam Xoc für die Zeremonie einzukleiden. Zwei Priesterschüler kamen mit nassen Tüchern, doch Balam Xoc hielt sie mit einer Geste davon ab, seinen geschwärzten Körper zu waschen.

»Nehmt trockene Tücher«, trug er ihnen heiser auf. »Das Zeichen meines Fastens geht von selbst ab.«

Seine Stimme ließ die Männer einen Augenblick lang erschrocken innehalten, und die Blicke der beiden Priesterschüler wanderten ob des unerwarteten Bruchs der Stille unruhig hin und her. Selbst der strenge Tzec Balam schien bestürzt. Balam Xocs Neffe Nohoch Ich war der erste, der die Fassung wieder fand; er holte ein trockenes Handtuch und begann, die schwarze Farbe vom nackten Körper seines Onkels abzureiben. Als ihm nach einer Weile der Schweiß auf der Stirn stand, gab er das Tuch einem der beiden Schüler, der die Arbeit weiterführte, bis Balam Xoc von Kopf bis Fuß gesäubert war.

Die Spannung im Raum hatte sich beträchtlich erhöht, doch Balam Xoc spürte davon ebensowenig wie von der Hitze, die den anderen zu schaffen machte. Er stand nur teilnahmslos da, während die beiden Schüler ihm ein reich besticktes Lendentuch anlegten und die vorne herunterhängende, lange Schürze glatt strichen. Als nächstes bekam er Beinkleider aus Jaguarfell, die an den Hüften von Lederriemen gehalten wurden und an den Knöcheln in Fußringen endeten, welche mit flachen Stücken aus rauchgrüner Jade verziert waren. Dann traten die jungen Priester zur Seite, und die

Kostümierer stülpten ihm die Tracht des Jaguar-Schutzherrn über: Ein großer, hohler, mit Jaguarfell überzogener Flechtrahmen, gekrönt von einem riesigen Jaguarkopf, dessen bemalter Rachen weit offen stand.

Hände hielten das Kostüm von außen fest, während andere innen die Riemen verschnürten, die es an Balam Xocs Körper befestigten. Vorsichtig steckte er die Hände in die seitlich eingenähten Ärmel und balancierte mit den Schultern das Gewicht der Konstruktion aus. Sobald sie bequem saß, streckte er die Hände aus, damit die Kostümierer ihm die engsitzenden Manschetten an die Handgelenke und den schweren Gürtel, beides aus Jade, anlegen konnten.

Ein bemalter Steinkopf der ersten Jaguarpranke wurde am Gürtel befestigt, und dann wurde Balam Xoc zu der hüfthohen Bank hinübergeführt, die sich an einer der Wände des Raums hinzog. Zwei Männer stellten sich darauf und hielten den Federkopfschmuck mit der Schleppe aus blaugrünen Quetzalfedern hoch, die nun auf dem Rücken des Jaguarkostüms befestigt wurde. Balam Xoc spürte, wie sich das Gewicht des Kopfputzes auf ihn senkte, aber er spürte auch die Ungeduld, mit der Tzec Balam und Nohoch Ich die Kostümierer drängten, ihre Arbeit zügig zu beenden, ohne den feierlichen Anlass durch unnötige Fehler zu beeinträchtigen.

So bin ich auch gewesen, erkannte Balam Xoc, *immer ging es mir nur um meine rituellen Pflichten, und alles andere habe ich außer acht gelassen*. Er schaute direkt auf Nohoch Ich, der aus Respekt vor dem Lebenden Ahnen hastig den Blick abwandte. Balam Xoc musterte ihn kühl und bemerkte die vornehmen Züge seines Neffen: Die herabhängenden Augenlider und das leichte Schielen, die vollen Lippen und das schmale Kinn, die lange, steil abfallende Nase. Die breite Stirn und der rasierte Schädel flohen unmittelbar über den Augenbrauen schräg nach hinten; diese gestreckte Form hatte der Kopf bereits in der frühesten Kindheit erhalten, als die Mutter mit ausgekehlten Brettern auf die noch weichen Knochen presste, um dem Kind mit sanfter Beharrlichkeit das Aussehen des Adels zu verleihen.

Es war viele Tune her, seit Balam Xoc gesehen hatte, wie

auch seine Frau dies mit ihren Kindern gemacht hatte, und auch er selbst hatte diese Prozedur als kleines Kind durchlaufen. Er wusste, dass Nohoch Ichs Gesichtszüge den seinen ähnelten, wenn man vom unterschiedlichen Alter absah. Doch nun, während die Kostümierer hinter ihm letzte Hand anlegten, sah er das Gesicht seines Neffen als eine Maske und seinen adeligen Stand als Verkleidung, eine Pose so starr und steif und den Konventionen unterworfen wie die Mienen der Figuren, die in die Steinbauwerke eingemeißelt waren. Auch konnte er keine der früher gehegten Sympathien mehr empfinden für diesen Mann, bei dessen Erziehung er mitgeholfen hatte, und dessen Herz er kannte wie das seines eigenen Sohnes. Er empfand nichts als diese Kälte, und er wusste, dass er diese Maske zerschlagen und seinen Neffen so tief und gründlich verändern musste, wie es mit ihm selbst geschehen war. Er handelte nun als der Lebende Ahn, nicht als ein Onkel oder Vater, nicht als ein Mann, der die Emotionen anderer teilte. Er musste sie alle verändern.

Nachdem die Kostümierer den Kopfputz befestigt und an einem Ohr des Jaguarkopfes eine frische weiße Seerose angebracht hatten, trat Balam Xoc vor, um von den Priestern seine Zeremonialgeräte in Empfang zu nehmen. Sie überreichten ihm einen bemalten, in der Mitte mit einem roten Band umwickelten Holzstab, den er in die rechte Hand nahm. In die linke legten sie ihm eine dreigezackte ›Jaguarpranke‹ – ein geschnitztes, dunkelrot bemaltes Stück Holz mit einem ausgehöhlten Griffloch in der Mitte.

Die Priester traten zurück und verneigten sich, um der lebenden Inkarnation des Jaguar-Schutzherrn, des uralten Gottes des Jaguarpranken-Clans und Patrons des heiligen Bezirks von Tikal, ihre Ergebenheit zum Ausdruck zu bringen. Balam Xoc wusste, dass er jetzt sprechen konnte, ohne sie zu schockieren, und dass seine Worte von jenen besonders in Ehren gehalten würden, die sie direkt von ihm hörten. Aber wiewohl er keinen Wunsch hegte, sie vor den Plänen zu warnen, die in seinem Kopf Gestalt annahmen – Pläne, die sie alle berühren würden –, wollte er doch die Gelegenheit nicht versäumen, sie zum Nachdenken anzuregen.

»Zehn Tune lang habe ich nun die Riten des Lebenden Ahnen ausgeführt«, begann er feierlich und blickte langsam in die Runde. »Ich habe die Reise des Nachtsonnen-Jaguars durch die neun Ebenen der Unterwelt, seine Verwandlung und den Aufstieg zu seinem Wohnort im Himmel dargestellt. Ich habe mich gut für den Tod und die Verwandlung vorbereitet, die ich eines Tages, wenn ich zu den Ahnen gehe, durchmachen werde. Und auch heute werde ich diese Riten wieder ausführen«, fuhr er fort und legte dann eine kurze Pause ein, um sich der vollen Aufmerksamkeit seiner Zuhörer zu versichern. »Aber heute werde ich auch für die Lebenden tanzen. Ich werde tanzen, um ihre Kraft und ihren Mut neu zu stärken und die Bürde zu erleichtern, die sie im Katun Elf Ahau zu tragen haben. Das gebt den Leuten bekannt.«

Die Reaktionen auf diese Worte waren breit gefächert, wenngleich Staunen über das angekündigte Abweichen vom Brauch vorherrschte. Der Hohepriester blickte Balam Xoc zuerst aus zusammengekniffenen Augen an, dann wies er Nohoch Ich mit einer stummen Geste an, die Botschaft weiterzuleiten. Draußen wurde der Trommelrhythmus kurz schwächer, schwoll aber dann, begleitet von beifällig klingendem Gemurmel, wieder an. Balam Xoc klopfte mit seinem Stab auf den Steinboden, um die Aufmerksamkeit der Gruppe um ihn wieder auf sich zu lenken. Dann schritt er mit geradeaus gerichtetem Blick, als würde er niemanden um sich wahrnehmen, auf die offene Tür zu, hinein in das Dröhnen der Trommel, das vom Platz heraufkam.

KAPITEL 2

Der Schlangenstein

9.17.15.2.0 6 Ahau 3 Kayab
(Zwei Monate später)

In ungewöhnlicher Hast verließ Cab Coh das Clan-Haus der Jaguarpranken und eilte in östlicher Richtung über den Platz, ohne Rücksicht auf sein Alter und ohne der schon jetzt am Morgen brennend heißen Sonne gewahr zu werden. Erst als er schwindlig und schwer atmend den nach Norden zu seinem Haus führenden Weg erreicht hatte, verlangsamte er seinen Schritt und ruhte sich schließlich einen Augenblick lang im Schatten der hohen Brotnußbäume aus, die den Pfad säumten.

Ich bin zu alt, um so herumkommandiert zu werden, dachte er erschöpft. *Eine solche Behandlung habe ich nicht verdient, schon gar nicht von meinem eigenen Bruder.* Er erkannte jetzt, dass es klüger und einfacher gewesen wäre, einen Boten zu schicken, aber seit er die Kammer des Lebenden Ahnen verlassen hatte, war er nicht mehr stehen geblieben, um zu überlegen. Balam Xocs letzte Worte hatten ihn zu sehr aufgerüttelt, als dass er hätte nachdenken können, und zweifellos waren sie auch genau so gemeint gewesen. Noch immer klangen sie höhnisch in ihm nach:

»*Wenn du den Clan-Rat fragen musst, um zu wissen, was angebracht ist, dann tu das auf jeden Fall. Ich habe dich rufen lassen, weil ich weiß, dass du am Ende derjenige sein wirst, der den Befehl ausführen muss. Reicht deine eigene Autorität nicht aus, Cab Coh?*«

Er versuchte, sich zu beruhigen, und ging weiter. Der Gedanke, dass keiner der anderen in der Kammer Anwesenden Balam Xocs Ton in derselben Art und Weise hätte interpretieren können wie er selbst, tröstete ihn etwas. Sie waren nicht mit Balam Xoc groß geworden wie er, der jüngere Bruder, der ständig verspottet und wegen seiner Schüchternheit gehänselt worden war. Cab Coh wusste nicht mehr, wann Balam Xoc das letzte Mal in diesem herablassenden Ton mit ihm gesprochen hatte, aber er dachte, es musste wohl an die fünfzig Jahre her sein. *Unser Haar ist weiß, und unser Schritt langsam geworden*, ging es ihm wehmütig durch den Kopf, *aber immer noch will er mich gegen meinen Willen zu etwas drängen*.

Der Pfad stieg steil an; Cab Coh spürte die Hitze, als er einen schmalen Grat erklomm, an dem sich beiderseits Gruppen von Häusern entlang zogen. Außerhalb des zeremoniellen Zentrums von Tikal war das Gelände uneben und unsicher, von zahlreichen Schluchten und ausgedehnten, tiefgelegenen Flächen unterbrochen, die sich zu bestimmten Zeiten in Moorland verwandelten. Die Behausungen der verschiedenen Familien bedeckten jeden Flecken Grund, der zum Bauen trocken genug war. Die strohgedeckten Häuser drängten sich jeweils um einen Platz und waren von Hainen mit wertvollen Bäumen sowie den Gärten der Familien umgeben. Da der Regen rechtzeitig und reichlich gekommen war, prangten die Gärten, an denen Cab Coh vorbeikam, mit dem frischen Grün neuer Schößlinge; Frauen und Kinder arbeiteten darin auf Knien, jäteten Unkraut oder häuften Erde um die zarten Stängel.

Bald wurden die Häuser immer weniger, und der Pfad führte durch einen lang gestreckten, offenen Sumpf, der nach den letzten Regenfällen wieder überflutet war. Prachtvoll schillernde Vögel flatterten im Schilf und in den Binsen umher und ließen sich kurzzeitig in den Ästen halb unter Wasser stehender Blauholzbäume nieder. Ein ganzes Stück abseits des Pfads stand ein Graureiher reglos auf einem Bein, den Kopf mit dem langen Schnabel vornehm zur Seite geneigt, und spähte nach Beute aus. Cab Coh lauschte dankbar dem vielstimmigen Konzert der Vögel; es gab ihm seinen Gleichmut zurück, während er auf die Häuser seiner Familie zuschritt. Beizeiten, das wusste er, würde er seinem Bruder schon wieder vergeben, und vielleicht würden die Ernten dieses Mal so gut ausfallen, dass der Preis von Balam Xocs Forderung sich für den Clan nicht als ein beständiges Problem erweisen würde. *Er tanzte, um unsere Bürde zu erleichtern*, überlegte Cab Coh, *und vielleicht hat er das ja getan.*

Er hatte die Häuser der nächsten Nachbarn passiert und sah nun die seiner eigenen Familie durch die Bäume vor sich liegen. Über alles erhob sich der große Yaxche, der Erste Baum, am jenseitigen, östlichen Ende der Häusergruppe. In seinen Ästen hing – oder zumindest kam es Cab Coh, dessen Augen schon nachgelassen hatten, so vor – der dunkelrote Dachkamm des Familienschreins, eines geduckten, schweren Baus, der von einer hohen Plattform aus den oberen Platz überblickte. Die Gebäude waren auf zwei Plätze verteilt, von denen der erste tiefer lag und sich südlich von dem dahinterliegenden befand. Am westlichen Ende dieses tiefer liegenden Platzes standen mehrere aneinanderstoßende Häuser: der Handwerksbau. Hier gingen die Handwerker des Clans unter Cab Cohs Leitung ihrer Arbeit nach.

Cab Coh betrat das lang gestreckte Haupthaus an seinem nördlichen Ende und nickte denen, die ihn begrüßten, im Vorbeigehen zu. Die Wände des Gebäudes bestanden aus Holz und waren mit Erde und Mörtel verputzt. Die Breitseiten nach Osten und Westen hatten mehrere weiträumige Eingänge, so dass der große Innenraum ungewöhnlich hell und luftig war. Männer jeden Alters hockten auf Schilfmatten auf dem Boden und polierten oder bemalten Töpferwaren oder ritzten Muster in sie ein. Cab Coh fiel sofort auf, dass Akbal nicht an seinem Platz war, aber er blieb stehen, um die große, offene Schale zu betrachten, die sein Großneffe zum Trocknen auf einem geölten Tuch stehen gelassen hatte. Die Untergrundfarbe leuchtete in einem dunklen Rotorange, der Rand war in einem intensiven Rotton gehalten. Vom Boden stiegen konzentrische Ringe aus winzigen, schwarzen Perlen auf und bildeten einen unteren Saum für die schwarzen und weißen Federn, mit denen die Schale innen verziert war. Cab Coh schürzte bewundernd die Lippen.

Selbst ohne Politur wirkten die Farben lebendig und kräftig, und die Linien waren präzise gezogen. Nur jemand, der eine so sichere Hand hat wie Akbal, traut sich zu, die Farbe beim ersten Pinselstrich so dick aufzutragen, überlegte er und dachte dabei wie immer daran, wie wenig er seinem jungen Verwandten beibringen musste, vor allem, was Technik anbelangte.

Seine große Zufriedenheit über die Kunstfertigkeit der Schale machte es ihm leichter, die anderen zu fragen, wo Akbal hingegangen war, wenngleich die älteren Männer ihre Belustigung ob dieser Frage keineswegs verheimlichten. Akbal arbeitete hier, seit er ein kleiner Junge war, und alle kannten ihn, aber erst vor einigen Tagen hatte der junge Mann sich endgültig entschlossen, Cab Cohs Gehilfe zu werden und einmal dessen Nachfolge zu übernehmen. Und nun war der Gehilfe weg, und der Meister wusste nicht, wo er ihn finden konnte. Doch das war vorhersehbar gewesen, wenn man Akbal und Cab Coh so gut kannte wie sie.

Aber keiner der Männer wusste, wo Akbal sich aufhielt, und so ging Cab Coh hinaus und zum anderen Ende des Gebäudes, wo die Frauen arbeiteten. Er schaute unter das überhängende Strohdach und sah Akbals Schwester Kanan Naab mit einer Bahn Baumwollstoff im hellen Licht sitzen, das durch die geöffnete Tür ins Haus fiel. Sie instruierte zwei jüngere Mädchen, entfernte Clan-Cousinen, in der schwierigen Aufgabe, Muster auf den Stoff zu stempeln – vor allem, wie man das Handgelenk ruhig hielt, bevor man den in Farbe getauchten Prägestempel aufdrückte. Als Cab Cohs Schatten auf sie fiel, blickte Kanan Naab auf. Sie raffte ihren langen Rock und kam zu ihm heraus.

»Wie kann ich Euch helfen, Großvater?«, fragte sie höflich, als Cab Coh zum Gruß den langen, mit einem Tuch umwickelten Kopf vor ihr neigte.

»Ich suche deinen Bruder Akbal, meine Tochter. Weißt du, wo er sich aufhalten könnte?«

»Ich habe ihn seit heute morgen nicht mehr gesehen. Vielleicht ist er in seinem Zimmer«, meinte Kanan Naab. »Oder vielleicht ist er wieder zu den Steinmetzen gegangen.«

»Zu den Steinmetzen!«, polterte Cab Coh; jetzt wusste er endlich, wo er seinen Ärger ganz und gar loswerden konnte. »Ich war viel zu lange zu nachsichtig mit diesem Jungen. Was für ein Gehilfe wird er mir sein, wenn ich ihn nie finden kann? Zu den Steinmetzen!«

Verwundert und aufgeschreckt über diesen Gefühlsausbruch hielt Kanan Naab den Atem an. So heftig hatte sich Cab Coh noch nie beklagt, und schon gar nicht über Akbal.

»Er wäre sicher nicht weggegangen, wenn er gewusst hätte, dass er gebraucht wird«, verteidigte sie ihren Bruder, und Cab Coh fasste sich rasch wieder, als er bemerkte, welchen Eindruck er machte. Es kam nicht oft vor, dass er Kanan Naabs sensibles Wesen vergaß, und normalerweise war er ja auch kein Mann, der sich so verhielt, dass andere aufschreckten.

»Nein, das hat er nicht gewusst, meine Tochter«, sagte er freundlich. »Niemand hat es gewusst. Balam Xoc hat erst heute morgen entschieden, dass die Ahnenbücher ausgebessert oder ersetzt werden müssen. Das war für mich ebenso überraschend wie für alle anderen.«

Bei der Erwähnung von Balam Xoc verschwand Kanan Naabs Besorgnis so rasch, wie sie gekommen war. Plötzlich war sie sehr interessiert; sie legte die Hände auf die Brust und sah erwartungsvoll zu Cab Coh auf.

»Missfällt Euch der Wunsch des Lebenden Ahnen, Großvater?«, fragte sie unerwartet feierlich. Cab Coh sah sie forschend an. *Auch sie ist berührt worden*, dachte er und sah die Mienen der Pilger wieder vor sich, die sich nach der Hotun-Zeremonie in das Clan-Haus gedrängt hatten.

»Nur die Art und Weise, wie er ihn ausgesprochen hat«, antwortete er vorsichtig. »Er hat in seiner ganzen Zeit als Lebender Ahn nie eine solche Forderung an mich gestellt, und er war nicht freundlich. Er wollte nicht abwarten, bis der Clan-Rat befragt wurde.«

»Ist es eine große Aufgabe?«

»Sehr groß. Er hat die ältesten Bücher ausgewählt, die am schwierigsten abzuschreiben sind. Und deshalb brauche ich Akbal: Er ist der begabteste von unseren Malern, und er ist noch nicht so festgefahren, dass ihn Glyphen, die er noch nie gesehen hat, gleich aus der Bahn werfen. Aber …«

Cab Coh unterbrach sich abrupt; er wollte ihr gegenüber nicht erwähnen, dass er noch wichtigere Aufgaben für Akbal hatte. Auch er hatte gesehen, wie Balam Xoc für das Volk tanzte, und es hatte ihn bewegt und ihm Auftrieb gegeben. Er war sogar stolz darauf gewesen, wie viele Pilger seinen Bruder danach hatten sehen wollen. Aber er war nicht so tief berührt gewesen, wie diese frommen Leute es offenbar waren – und auch das Mädchen, das er jetzt vor sich hatte. Das machte ihn nervös; es gab ihm das Gefühl, sich irgendwie rechtfertigen zu müssen, so dass er nach einem Weg suchte, dieses Gespräch taktvoll zu beenden.

Kanan Naab genügte es jedoch schon, dass er gezögert hatte. Mit gesenktem Blick legte sie einen Arm über die Brust und verbeugte sich ehrerbietig.

»Wenn ich Akbal sehe, werde ich ihm sagen, dass er gebraucht wird«, versprach sie und verneigte sich noch einmal, bevor sie ins Haus zurückging. Cab Coh nickte. Er blieb noch einen Moment stehen und grübelte über dieses sonderbare Gespräch nach. *Was hat mein Bruder getan*, fragte er sich, *dass wir plötzlich so unsicher miteinander und auch mit uns selbst sind? Will er so unsere Bürde erleichtern?* Cab Coh wurde nicht klug daraus; er machte sich wieder auf die Suche nach Akbal und dachte erneut, dass er zu alt sei, um so unwirsch herumkommandiert zu werden.

Der Vogel ließ sich auf einem niedrigen Ast nieder, hüpfte rasch im Kreis und sah argwöhnisch um sich. Dann steckte er den Kopf unter einen Flügel und begann, sich zu putzen; der dünne, gebogene Schnabel fuhr durch das rotbraune Federkleid, und die langen, gegabelten Schwanzfedern schwangen rhythmisch dazu, um das Gleichgewicht zu halten. Sie schillerten prachtvoll grünblau und hatten schwarze Spitzen, die sich deutlich von dem glänzenden Grün darunter abhoben.

Der Junge unter dem Baum setzte langsam sein hölzernes Blasrohr an die Lippen, rollte die Zunge um die Tonkugel in seinem Mund und zielte. Der Vogel hielt mit dem Putzen inne; er hüpfte weiter den Ast entlang und blickte mit einem glänzend braunen Auge über die Schulter zurück. Der Junge wartete geduldig, das Blasrohr schussbereit, und ließ sich auch von den Moskitos nicht beirren, die ihn in den nackten Rücken stachen. Jetzt wandte der Vogel ihm die Seite zu und fing wieder an, sich zu pflegen. Der Junge holte lautlos Luft, sandte ein kurzes Gebet an den Geist des Vogels, den er wegen seiner Federn erlegen wollte …

In diesem Augenblick begann in einiger Entfernung, vom dichten Blätterwerk verdeckt, ein plötzlicher Lärm von Schlägen, und der Vogel war verschwunden, noch bevor der Junge schießen konnte. Er setzte das Blasrohr ab und machte sich im Gedanken an ein gefährliches Tier zum Weglaufen bereit. Doch der Lärm hielt zwar unvermindert an, kam aber nicht näher. Das konnte nur von einem Menschen sein, erkannte er jetzt; vielleicht schlug jemand Kletterpflanzen ab, um sie als Seile zu verwenden. Er nahm die Tonkugel aus dem Mund, warf noch einen missmutigen Blick auf die Stelle, wo der Vogel gesessen hatte, und machte sich auf, um nachzusehen, woher die Schläge kamen. Geschickt bahnte er sich seinen Weg durch das dichte Laubwerk, achtete auf Schlangen und hielt sich mit seiner Waffe Spinnweben und dornige Ranken vom Leib.

Noch ehe er jemanden zu Gesicht bekam, hörte er schweres Atmen. Dann sah er einen hochgewachsenen, schlanken Mann, der ihm den Rücken zugewandt hatte und keuchend mit einer Steinaxt das Unterholz abhackte. Hier ganz unten in der Schlucht war es extrem heiss, und die rotbraune Haut des Mannes glänzte schweißnass. Seine Axt, bemerkte der Junge jetzt, hatte einen schmalen, zugespitzten Kopf, wie die der Steinmetze – sie taugte für diese Arbeit überhaupt nicht. Aber dennoch hatte der Mann bereits in einem Kreis um sich herum alle jungen Bäume und Triebe abgeschlagen und hieb gerade auf einen kleinen, mit Gestrüpp bewachsenen Buckel ein. Als der Junge den Buckel erkannte, glaubte er, neben den Füßen des Mannes im aufgehäuften Laub eine schlängelnde Bewegung zu erkennen, und schrie instinktiv:

»Hinter dir – eine Schlange!«

Der Mann machte reflexartig einen Satz, ließ die Axt, mit der er gerade ausgeholt hatte, mitten im Schwung los, so dass sie ihn an der Schulter traf, und sprang, von einem Fuß auf den anderen hüpfend, auf den Jungen zu, wobei seine Augen erschreckt den Boden nach einer Gefahr absuchten. Aber es schien keine Schlange da zu sein, und der Junge erkannte nun erst, wen er gestört hatte. Es war Akbal Balam, der Maler, der jüngste Sohn des Herrn Pacal Balam. Er verneigte sich hastig, hielt entschuldigend die Hände hoch und deutete auf den Buckel, auf den der Mann gerade eingeschlagen hatte.

»Da ist eine große Schlange – eine Lanzenotter –, sie hat ihren Bau irgendwo in der Nähe dieses Steins. Ich dachte, ich hätte sie im Laub gesehen.«

Der Mann massierte seine Schulter und starrte den Jungen an, ohne ihn zu erkennen. Dieser verbeugte sich noch einmal verlegen.

»Ich bin Kal Cuc, Herr«, erklärte er schüchtern. »Ich wohne bei meiner Großmutter; sie ist Köchin im Haus Eures Vaters.«

Der Mann starrte ihn immer noch aus zusammengekniffenen, schwarzen Augen an, als wollte er sich die Züge des Jungen einprägen. Kal Cuc trat von einem Fuß auf den anderen und schlug nach einer Mücke; die Intensität, mit der sein Gegenüber ihn musterte, verunsicherte ihn. Er hatte seine Großmutter und die anderen Frauen über diesen Akbal Balam reden hören, der erst vor ein paar Tagen seine Ausbildung im Clan-Haus beendet hatte und ins Haus seines Vaters zurückgekehrt war. Auch sie hatten von seinem starren Blick gesprochen, doch sie hatten darüber gelacht – es war wohl einer dieser Scherze über die Sehnsüchte junger Männer gewesen, die Kal Cuc nicht recht verstand.

»Du kennst diesen Stein also auch«, sagte Akbal schließlich in einem Ton, der zu erkennen gab, dass er dem Jungen nicht nachtrug, ihn gestört zu haben.

Kal Cuc nickte. »Er war schon immer hier, jedenfalls solange *ich* in dieser Schlucht jage.«

»Und wie lange ist das?«, fragte Akbal, während er sich bückte, um seine Axt aufzuheben.

»Fast vier Jahre«, antwortete Kal Cuc und rechnete im Kopf schnell nach. »Seit meine Eltern gestorben sind und ich im Haus der Jaguarpranken wohne.«

Akbal wischte den Schmutz vom Griff seiner Axt und musterte den Jungen erneut; diesmal begutachtete er insbesondere sein Blasrohr und das kurze Messer aus Feuerstein an seiner Hüfte.

»Und was jagst du?«, wollte er wissen.

»Vögel und Kaninchen und Eidechsen und ungiftige Schlangen«, erwiderte Kal Cuc und spürte, wie seine Schüchternheit bei dem Gedanken daran, was er alles konnte, nachließ. »Ich verkaufe die Federn und Häute an die Kostümierer«, fügte er stolz hinzu, »und meine Großmutter und ich essen das Fleisch.«

»Ja, das Fleisch«, wiederholte Akbal nachdenklich, als sei dieser Gedanke mysteriös für ihn. »Ich habe noch nie etwas gejagt«, gestand er dann achselzuckend. »Aber als ich klein war – noch jünger als du –, habe ich mit meinem älteren Bruder Kinich Kakmoo hier in dieser Schlucht gespielt. Er hat sich oft auf diesen Stein gestellt und getan, als sei er der Herrscher, der etwas zu seinen Gefangenen sagt.«

»Ich habe mich immer davon fern gehalten«, erklärte Kal Cuc mit einem unbehaglichen Gefühl. »Wegen der Lanzenotter.«

»An Schlangen habe ich nie gedacht«, sagte Akbal leise und ging mit der Axt in der Hand auf den Buckel zu. »Nur *daran* …«

Er hakte die Spitze des Werkzeugs in das Gewirr von Schlingpflanzen und Gestrüpp, das den Buckel überwucherte, und zog, bis es sich mit einem Schauer rotbrauner Erde löste und den Blick auf den schmutziggelben Stein freigab, der darunter verborgen lag. Kal Cuc trat neben ihn und starrte zuerst auf den in etwa rechteckigen Block und dann auf den Mann, der mit einem verzückten Lächeln dastand, als habe er einen Schatz entdeckt.

»Das ist ein ganz alter Stein«, meinte er vorsichtig und fragte sich dabei, ob er vielleicht etwas übersehen hatte.

»Stimmt«, pflichtete Akbal ihm bei und maß den halb in

der Erde vergrabenen Block mit den Augen ab. »Aber sieh dir mal seine Größe an. Einen neuen Stein dieser Größe würde ich nie bekommen. Nicht für mich. Nicht zum Meißeln.«

»Zum Meißeln?«, wiederholte Kal Cuc verblüfft, doch dann besann er sich sofort und schaute weg, als habe er nichts gesagt. Es stand ihm nicht zu, die Wünsche eines Sohnes des Hauses in Frage zu stellen, auch wenn sie noch so seltsam scheinen mochten. Er warf einen seitlichen Blick auf Akbal und stellte erleichtert fest, dass dieser sich nicht mehr um ihn kümmerte. Akbal war vor kurzem achtzehn Jahre alt geworden, das hatte Kal Cuc gehört; er war also jetzt im Mannesalter, aber irgendwie kam er Kal Cuc, der erst zehn Jahre alt war, gar nicht so vor. Ein erwachsener Mann, der noch nie gejagt hatte, der Leute unhöflich anstarrte und beim Anblick eines Steins ins Schwärmen geriet? Zweifellos, das war ein eigenartiger Mann.

»Ich werde Männer brauchen, die mir helfen«, überlegte Akbal laut, während er zwischen dem Stein und dem Pfad, den er beim Hineingehen in die Schlucht geschlagen hatte, hin und her schaute. »Sechs Mann vielleicht, wenn wir ihn bis ganz nach oben schaffen wollen.«

»Die Männer sind alle weg«, platzte Kal Cuc impulsiv heraus. »Sie müssen beim Pflanzen helfen.«

»Ach so, natürlich«, sagte Akbal nach einer Pause. Er blickte mit neuem Respekt auf den Jungen. »Aber vielleicht könntest du mir in der Zwischenzeit helfen, Kal Cuc. Ich werde einen Pfad brauchen, bis hier herunter.«

»Es ist meine Pflicht, den Angehörigen des Hauses zu dienen«, erklärte der Junge, aber bei dem Gedanken, mehr mit diesem seltsamen Mann zu tun zu bekommen, war ihm nicht sehr wohl.

»Ich werde dich und diejenigen, die du dir als Helfer suchst, bezahlen«, bot Akbal an. Darauf schüttelte Kal Cuc zunächst jedoch nur stur den Kopf und errötete, weil sein Widerwille offenbar viel zu deutlich geworden war.

»Es ist meine Pflicht«, wiederholte er schließlich mit Nachdruck.

Akbal wog seine Axt in der Hand und warf einen letzten Blick auf den Stein. »Ich muss zu meiner Arbeit zurück. Aber ich werde bald wieder hier sein«, fügte er leise hinzu. Dann machte er sich auf den Weg aus der Schlucht hinaus und ließ Kal Cuc zurück, der sich fragte, ob die letzten Worte ihm gegolten hatten oder dem Stein.

Zwei Monate waren vergangen, seit Pacal Balams Vater bei der Hotun-Zeremonie getanzt hatte, und in dieser Zeit hatte er, Pacal, zahlreiche dringende Botschaften vom Hohepriester Tzec Balam erhalten, in denen das Ratsoberhaupt des Jaguarpranken-Clans gebeten wurde, eine Versammlung des gesamten Rates einzuberufen. Die letzten dieser Bitten waren sogar als Warnung formuliert und hatten die Nachricht enthalten, Balam Xoc habe eine Überprüfung der Geschäftsbücher des Clans durchgeführt.

Pacal war jedoch viel zu sehr mit dem Pflanzen beschäftigt gewesen, als dass er für solche Angelegenheiten Zeit hätte erübrigen können. Die letzten Tage vor dem Einsetzen des Regens waren ein einziger Wettlauf gegen die Zeit gewesen; die restlichen Brotnüsse mussten noch geerntet und in den unterirdischen Chultunes gelagert und das Unkraut auf den brachliegenden Maisfeldern als Vorbereitung für das Pflanzen geschnitten und abgebrannt werden. Dann waren als Antwort auf die Gebete des Herrschers vom Osten her die Regenwolken herangezogen und hatten die Reservoirs für das Trinkwasser aufgefüllt. Ebenso zeitlich passend – und nach Pacals Ansicht auch ebenso bedeutsam – war die Rückkehr der Kaufleute aus den Städten im Westen gewesen. Sie waren nicht nur wegen der Güter, die sie mitbrachten, freudig empfangen worden, sondern auch, weil die zahlreichen Träger nun sofort auf den Feldern zum Säen und Pflanzen herangezogen werden konnten. Dem Mais sowie den Bohnen und Kürbissen auf den äußeren Feldern hatte der Regen sehr gut getan, und seit diese Arbeit beendet war, waren die Umrandungen der erhöhten Felder in den Alkalches ausgebessert und Baumwolle und Knollenfrüchte darauf gesät worden, die im feuchten, lockeren Erdreich so gut gediehen.

Inzwischen war der Monat Kayab angebrochen; das heiße, sonnige Wetter hatte angefangen, das immer gleich nach dem Beginn des Regens kam und vor der Zeit, in der die Sonne stillstand. Anders als im Jahr zuvor, als der Boden zu feucht gewesen war, gediehen die jungen Pflanzen im kräftigen Sonnenlicht und der trockenen Luft. Aber wenn es zu lange trocken blieb, würden sie verkümmern und verdorren – eine Aussicht, die diese Periode zu einer Zeit gespannten Wartens werden ließ, zu einer Zeit der Gebete, dass der Regen rechtzeitig wieder zurückkommen möge.

Pacal jedoch wandte sich Dingen zu, die er besser im Griff hatte. Er entschied, dass es nun an der Zeit sei, Tzec Balams Bitte nachzukommen und sich mit Balam Xocs plötzlichem Tatendrang zu befassen. Vor der Versammlung des Rates traf er sich mit dem Hohepriester unter vier Augen in dessen Zimmer, das an den nördlichen Hof des Hauses des Jaguarpranken-Clans grenzte. Zu seiner Überraschung fand er den ansonsten gleichmütigen Priester in heller Aufregung.

»Ich kann diese Sache nicht so leicht nehmen, wie Ihr es offenbar tut«, erklärte Tzec Balam in scharfem Ton. »Ich habe gesehen, wie die Farbe von seinem Körper abbröckelte. Und ich habe die Aufregung gesehen, die er bei den Leuten hervorrief, vor allem bei den ärmeren Mitgliedern des Clans.«

»Aber es scheint uns nicht geschadet zu haben«, hielt ihm Pacal ruhig entgegen. »Viele Pilger haben Opfer geschickt, die die Kosten ihres Besuches mehr als ausgeglichen haben. Verzeiht mir, wenn ich an die praktische Seite der Angelegenheit denke, Tzec Balam, aber als Oberhaupt des Clan-Rats ist das meine erste Pflicht.«

»Und was sind die Pflichten des Lebenden Ahnen?«, fragte der Priester. »Hören sie irgendwo auf? Die Bücher, die er studiert hat, reichen Hunderte von Tunen zurück. In den Zeiten unserer frühesten Vorfahren waren die Macht und die Privilegien des Lebenden Ahnen wesentlich anders.«

»Aber welche Privilegien hat er denn für sich in Anspruch genommen«, fragte Pacal, »abgesehen davon, dass er

den Auftrag gab, die Bücher neu malen zu lassen? Ich geste-
he Euch ja gern zu, dass sein Verhalten ungewöhnlich ist.
Aber er war selbst einmal Oberhaupt des Clan-Rats, und
deshalb ist er sich unserer begrenzten Mittel und Arbeitskräfte sicher bewusst. Und er hört auf vernünftige Argumente.«

Tzec Balam verschränkte die Arme vor der Brust und betrachtete Pacal mit ernster Skepsis. »Vielleicht ist er sich dessen bewusst. Aber vielleicht interessiert es ihn auch gar
nicht«, erwiderte er kühl. »Es kümmert Euch also gar nicht,
dass er auch die Geschäftsbücher durchgesehen hat?«

»Diese Dinge kann jeder einsehen, der sie zu lesen versteht. Was die Gewissenhaftigkeit, mit der sie geführt werden, anbelangt, hege ich keine Zweifel. Sicher hat mein Vater
sie studiert, um dem Rat zu belegen, dass der Clan die Kosten für die Renovierung der Bücher tragen kann. Und so ist
es auch. Ich halte diesen Preis für den Dienst, den er uns getan hat, sogar für gering. Die Leute brauchen dringend etwas, das sie beruhigt, und dafür hat er mehr getan als die
Ältesten oder die Priester.«

»Vielleicht sogar mehr als der Herrscher selbst«, gab Tzec
Balam steif zurück. »Nachdem Ihr also behauptet, Balam
Xoc so gut zu verstehen, werde ich diese Angelegenheit
Euch überlassen. Ich dachte, ich würde ihn verstehen, aber
jetzt bin ich mir dessen nicht mehr sicher. Er hat nur sehr vage von seinem Erlebnis in der Zelle gesprochen und uns
überhaupt nichts zur Deutung an die Hand gegeben. Er hat
keinerlei Bereitschaft gezeigt, sich zu erklären.«

»Vielleicht fängt er heute damit an«, meinte Pacal leicht-
hin, doch der Priester brummte nur verärgert, machte kehrt
und schritt ihm voraus zum Ratszimmer.

Das Ratszimmer befand sich im Obergeschoss des Clan-
Hauses. Seine beiden Türen öffneten sich nach Westen zu einem Laufgang, von dem aus man den ausgedehnten Komplex von Gebäuden der anderen Clans überblicken konnte.
Der von einem Gewölbe überdachte Raum war länger als
breit, und an allen vier Wänden lief eine erhöhte Bank aus

Stein entlang. Darauf nahmen mit gekreuzten Beinen, geordnet nach Rang und Brauchtum, die Mitglieder des Rates Platz. Pacal, das Oberhaupt, saß in der Mitte der Reihe an der hinteren Wand, mit dem Blick auf das Mauerstück zwischen den beiden Türen, die auch die einzigen Lichtquellen darstellten. Der Hohepriester Tzec Balam nahm den Ehrenplatz zu seiner Rechten ein, und neben diesem saßen seine beiden ältesten Söhne, von denen der eine ebenfalls ein Priester, der andere einer der Führer der Clan-Krieger war. Linker Hand neben Pacal hatte sein Onkel Cab Coh Platz genommen, der Meister der Clan-Handwerker, und dann folgte dessen Sohn Nohoch Ich, der Priester der Tun-Zählung. Zu beiden Seiten dieses Personenkreises saßen die Oberhäupter der sechs anderen bedeutenden Familien; die Plätze an den Seitenwänden und an der vorderen Wand wurden von den Vertretern der äußeren Distrikte von Tikal eingenommen. Vor Pacal am Fuß der Bank schließlich saßen zwei Schreiber, die Papier und Farben vor sich ausgebreitet hatten.

Pacal hatte seinem Vater einen Platz neben sich angeboten, doch Balam Xoc hatte es vorgezogen, sich direkt ihm gegenüber zwischen die beiden Eingänge zu setzen. Er trug eine Halskette aus Jade und das getupfte Kopftuch des Lebenden Ahnen; und obwohl er sich den Platz ausgesucht hatte, den normalerweise die Bittsteller einnahmen, trug er nicht die einschmeichelnde Ernsthaftigkeit zur Schau, die solche Leute meist kennzeichnete. Er begrüßte die, die auf ihn zugingen, mit aller Höflichkeit, begann aber mit niemandem ein Gespräch, und seine gleichmütige Miene verriet keine Reaktion auf die Komplimente, die ihm für sein Tanzen entgegengebracht wurden. Als Tzec Balam zur Eröffnung der Versammlung feierlich ein Gebet sprach, hielt Balam Xoc den Blick auf den Boden gerichtet.

»Lasst uns beginnen«, verkündete Pacal, sobald der Priester geendet hatte, und sah zu seinem Vater. »Wollt Ihr Euch an den Rat wenden, Großvater?«, fragte er, die Anrede gebrauchend, mit der jeder Angehörige des Clans den Lebenden Ahnen ansprach. Balam Xoc nickte bedächtig; dann ließ er den Blick durch den Raum schweifen und machte eine Geste, um die Aufmerksamkeit der Männer an den Enden der Bänke auf sich zu lenken.

»Fünfzehn Tune des Katuns Ahau sind vergangen«, sagte er langsam, »aber sicherlich hat niemand die Unheil verkündende Prophezeiung vergessen, mit der der Katun begann. Wir alle waren dabei, als die Katun-Einfriedung eingeweiht und der heilige Mais geworfen wurde, um die Zukunft vorauszusagen. Wir alle haben die unheilvollen Worte des Herrschers gehört und den kalten Schatten gespürt, den Buluc Ahau über unser Leben warf.«

Balam Xoc unterbrach sich und blickte nach links und rechts. Sämtliche Anwesenden waren wie zu Stein erstarrt. Dann sprach er weiter, und sein Blick blieb dabei auf Tzec Balam ruhen. »Einige wenige von uns«, fuhr er fort, »wohnten auch dem darauf folgenden Rat des Herrschers bei. Damals war Caan Ac noch ein Neuling auf dem Thron; er hatte sich noch nicht den vollen Respekt der Clans verschafft. Sein Vater und sein Großvater, Cauac Caan und Kakao-Mond, waren energische Führer gewesen, und beide haben lange gelebt. Sie haben Tikal in alle Richtungen ausgedehnt, und sie ließen Katun-Einfriedungen und großartige Tempel bauen, die den Geistern ihrer Ahnen geweiht wurden. Aber sie haben Caan Acs Erbe mit vollen Händen ausgegeben und einen großen Teil der Mittel und auch des Wohlwollens der Clans aufgebraucht. In den ersten Tunen von Caan Acs Herrschaft waren wir nicht sehr fügsam.

Doch nachdem wir die Katun-Prophezeiung gehört hatten, dachten wir, keine andere Wahl zu haben, als uns seinen Wünschen unterzuordnen. Nur er und die Katun-Priester konnten mit ihren Opfern und Bußübungen die Bedrohung mildern und den Regen für unsere Ernten erbitten. Als Gegenleistung dafür, dass er die Katun-Riten vollzog, hatte er das Recht, uns vieles abzuverlangen. Und deshalb stimmten wir allem zu, was Caan Ac zum Schutz unserer Stadt vorschlug. In vieles willigten wir freiwillig und bedingungslos ein, obwohl wir wussten, dass es für unsere Clans schwer zu ertragende Folgen haben würde. Ich selbst habe meine jüngste Tochter an das Königshaus in Quirigua verheiratet, obwohl es mir großen Schmerz bereitete, sie so weit von ihrem Zuhause fortzuschicken. Wie alle, so glaubte auch ich, wir müssten ein Unheil von unvorhersehbarem Ausmaß erleiden, wenn wir nicht zu den Opfern bereit seien, die der Herrscher von uns verlangte.«

Wieder legte Balam Xoc eine Pause ein, und Tzec Balam nickte feierlich, während die älteren Ratsmitglieder beifällig untereinander gestikulierten. Dann setzte er seine Rede in demselben ausgeglichenen Ton fort, als würde er über Dinge sprechen, über die ohnehin Einigkeit herrschte.

»Wir waren dankbar, als aus den Tagen Monate und aus den Monaten Tune wurden, und noch immer kein Unheil über uns gekommen war. Das Leben der Menschen schien zwar mit jedem Tun noch härter zu werden, aber das war nichts im Vergleich zu den Furcht erregenden Dingen, die man uns glauben gemacht hatte. Wir ertrugen unsere Mühsal, ohne zu klagen, weil wir glaubten, dadurch sei uns weit Schlimmeres erspart geblieben. Aber wir sahen nicht mehr, was aus unserem Leben geworden war; wir bemerkten nicht, welche Armut über uns gekommen war.«

Bei diesem Satz fuhren alle Köpfe in die Höhe, am raschesten jedoch der von Pacal. Ungläubig starrte er auf seinen Vater und biss die Zähne zusammen im Bemühen, seine Einwände zurückzuhalten. Auch die anderen Männer ließen Unbehagen erkennen; unruhig blickten sie zu ihren Nachbarn, ohne ihnen in die Augen zu sehen.

»Auch ich muss mich dieser Nachlässigkeit bezichtigen«, fuhr Balam Xoc fort, »denn niemand kann ehrlich über unsere Lebensumstände sprechen, ohne einzugestehen, dass er sie selbst mit herbeigeführt hat. Ich ließ mir die Leidensgeschichten von unseren Leuten erzählen, aber ich hörte ihnen nicht wirklich zu. Ich sagte nichts und unternahm nichts, um ihnen zu helfen, denn Gleichgültigkeit fördert Schweigen und lässt dieses als Tradition erscheinen. Ich habe auf dem Stein getanzt zum Zeichen dafür, dass ich mit dieser Tradition gebrochen habe, und ich bitte euch heute, dasselbe zu tun.«

Die Spannung, die sich während Balam Xocs Rede aufgebaut hatte, entlud sich nun in einem allgemeinen Stimmengewirr und mehr oder weniger unterdrückten Ausrufen, die gleichermaßen Bestürzung, Zustimmung und Ablehnung ausdrückten. Pacal erhob die Hand, um die Ruhe wiederherzustellen, aber er wurde gar nicht beachtet, denn aller Aufmerksamkeit konzentrierte sich zunächst noch auf Balam Xoc. Erst nach einer Weile wurde es wieder still im Raum.

»Diese ›Armut‹, von der Ihr sprecht, müsst Ihr uns erklären, Großvater«, forderte Pacal nüchtern, ohne seine Skepsis zu verbergen. Die Männer auf den Bänken beugten sich erwartungsvoll nach vorn; einige von ihnen schüttelten schon jetzt in unbewusstem Widerspruch die Köpfe.

»Ich sehe keinen Grund, anzuzweifeln, was die Menschen mir viele Tune lang erzählt haben«, antwortete Balam Xoc in aller Ruhe. »Und seit ich für sie tanzte, habe ich noch mehr zu hören bekommen. Ich habe daraufhin die Bücher des Clans eingesehen und dort viele seltsame Dinge entdeckt. Ich habe festgestellt, dass die Clan-Listen nicht mehr so aussehen wie die Dokumente, die ich aus der Zeit in Erinnerung hatte, als ich noch diesem Rat angehörte. Es sind viel mehr geschwärzte Stellen zwischen den Namen der Lebenden, und es sind nicht mehr nur die Alten, die bei den Toten und Verstorbenen aufgezählt werden. Die Gesamtzahl ist vielleicht nicht kleiner, aber es hat eine Veränderung stattgefunden: Heute kommen weniger von jenen, die mit unserem Clan verbunden sind, in der Nähe des Zentrums von Tikal zu Wohlstand. Es wurde mir mitgeteilt, dies sei darauf zurückzuführen, dass bestimmte Beschäftigungen nur mehr für die Mitglieder des Himmels-Clans zugänglich sind. Ist das nicht auch der Grund, Nohoch Ich, weshalb Euer ältester Sohn nach Holmul ging, um Arbeit als Architekt zu finden?«

Überrascht, direkt angesprochen zu werden, konnte der Priester lediglich stumm nicken. Dann wandte sich Balam Xoc wieder Pacal zu.

»Oder vielleicht liegt es daran, dass jenen, die ihre Verbundenheit mit dem Clan aufrechterhalten *haben*, ihre Loyalität nicht zugute kam«, meinte er vorsichtig. »Vielleicht bekommen sie für ihre viele Arbeit einfach zu wenig.«

»Unsere Bücher sind für jedermann offen«, entgegnete Pacal steif, »und jeder, der eine Beschwerde hat oder etwas nachrechnen möchte, kann sich an diesen Rat wenden«.

»Ich habe selbst nachgerechnet«, sagte Balam Xoc. »Und ich rechne auf die einfache Art unserer Vorfahren: Ich gebe keiner Sache eine Zahl oder messe ihr einen Wert bei, solange sie nicht wirklich existiert. Versprechen betrachte ich so lange als wertlos, bis sie eingelöst sind.«

»Natürlich«, stimmte Pacal sofort zu; für ein solches Argument konnte er sich leicht erwärmen. »Aber ich weiß nicht, auf welche Versprechen Ihr Euch bezieht. Ich meine, Ihr könnt doch nicht erwarten, dass die Händler unsere Waren bis nach Copan oder Yaxchilan transportieren und noch am selben Tag mit der Bezahlung wieder zurückkommen?«

Balam Xoc warf ihm einen so kalten, ungerührten Blick zu, dass Pacal unwillkürlich die Augen senkte.

»Ich spreche nicht von Tagen. Wir sind Versprechen eingegangen, die Monate zurückgehen, einige sogar mehr als einen Tun. Und alle tragen die Hieroglyphe des Himmels-Clans. Vielleicht glaubt der Rat, dass ein Versprechen des Herrschers von Wert ist, auch wenn es nicht eingelöst wird. Ich glaube das jedoch nicht.«

Zu verblüfft, um etwas erwidern zu können, blickte Pacal zu den anderen. Ihre Mienen reichten von Verwirrung bis zu Faszination; vor allem die Männer am jenseitigen Ende des Raums schienen überwältigt zu sein. Nur Tzec Balam begegnete Pacals Blick, doch sein süffisanter Gesichtsausdruck wies Pacals Entsetzen über diesen Angriff auf die Integrität des Herrschers zurück.

»Aber das Wort des Herrschers ist das Wort von Tikal«, brachte Pacal endlich hervor. »Ihr könnt doch nicht sein Vermögen anzweifeln, für das, was er versprochen hat, auch zu sorgen?«

»Ist der Herrscher mächtiger als seine Prophezeiung?«, fragte Balam Xoc zurück. »Oder ist seine Prophezeiung nur die Macht, die er über uns hat? Als im letzten Katun Elf Ahau die schwere Zeit über uns kam, gaben viele Familien des Himmels-Clans ihre Wohnungen hier auf und gingen nach Westen, nach Yaxche, Ektun und Yaxchilan. Sie überließen uns einem Leben voller Beschwernisse unter Herrschern, die uns noch fremder waren als sie selbst.«

»Fremder?«, wiederholte Pacal töricht, aber sein Vater überhörte ihn.

»Dieser Katun hat noch fünf Tune. An seinem Ende werden auch wir am Ende sein, wenn wir dem Verlauf der Dinge nicht Einhalt gebieten. Wir dürfen keine Versprechungen mehr als Gegenleistung für unsere Waren und unsere Arbeitskraft akzeptieren. Der Herrscher soll uns in Männern für die Dinge bezahlen, die er braucht. Er soll einige von denen, die er für seine Arbeitstrupps rekrutiert hat, entlassen, wenn er anders nicht bezahlen kann. Dadurch könnten wir wenigstens unseren Leuten zukommen lassen, was sie brauchen.«

»Aber das ist unmöglich!«, rief Pacal händeringend. »Die Felder müssen noch bestellt und bis zur Ernte gebracht werden, und der Bau der Katun-Einfriedung ist um einige Monate im Rückstand. Der Herrscher braucht dringend Arbeiter. Wir können ihn nicht bitten, die zu entlassen, die bereits in seinem Dienst stehen!«

»Vielleicht könnt *Ihr* das nicht, Pacal Balam«, erwiderte Balam Xoc. Der Name klang wie der eines Fremden, so wie er ihn aussprach. »Aber die Familien unseres Clans würden es sicher nicht schwierig finden, ihren Männern eine sinnvolle Arbeit zu geben. Unsere Wasserspeicher müssen schon seit geraumer Zeit repariert werden; sie halten nicht mehr so viel Wasser wie früher. Das Stroh vieler Hausdächer ist alt und voller Ungeziefer und hält Regen und Kälte nicht mehr ab. Um diese Dinge muss man sich kümmern, bevor noch mehr unserer Kinder krank werden und sterben. Außerdem haben unsere Leute ihre eigenen Ernten zu versorgen, Ernten, die auch per Hand bewässert werden können, falls der Regen nicht so kommt, wie es der Herrscher verspricht. Falls er *wieder* nicht so kommt, wie Caan Ac es versprochen hat.«

In dem nun folgenden Tumult versuchten viele, sich zu Wort zu melden, und einige begannen sogar, untereinander zu streiten, als Pacal keine Notiz von ihnen nahm. Schließlich erinnerte Tzec Balam die Männer mit einem lautstarken Klatschen an ihr Benehmen und stellte die Ordnung im Raum wieder her.

»Als Oberhaupt dieses Rates«, erklärte Pacal gepresst, sobald wieder Ruhe eingekehrt war, »bin ich mir der Probleme bewusst, mit denen unser Volk konfrontiert ist, und ich habe sie mit jedem in diesem Raum gründlich besprochen. Niemand hat über meine Amtsführung Missfallen zum Ausdruck gebracht, obwohl jeder dazu die Möglichkeit gehabt hätte. Wenn jedoch nun jemand zu dem Schluss kommt, dass ich in der Ausübung meiner Pflichten versagt habe, dann steht es ihm frei, meine Absetzung zu fordern.«

Ohne Furcht, in ihren Reihen einen Gegner zu finden, ließ Pacal den Blick kühn über die Männer hinweggleiten. Selbst Nohoch Ich, sein Cousin und ein häufiger Rivale innerhalb des Rates, ließ kein Anzeichen erkennen, ihn herausfordern zu wollen.

»Ich stelle diese Forderung«, warf jedoch Balam Xoc ein. »Eure Stellung zum Herrscher erlaubt es Euch nicht, unserem Volk wirkungsvoll zu dienen. Ihr lasst zu, dass sich der Himmels-Clan nach und nach uns einverleibt, bis wir kein eigenes Schicksal mehr haben. Als der Lebende Ahn kann ich das nicht gutheißen. Deshalb schlage ich Nohoch Ich als Euren Nachfolger vor.«

Pacal war fassungslos; seine Augen blitzten vor Wut, und er musste sich alle Mühe geben, seine Emotionen im Zaum zu halten. Er merkte nicht einmal, dass Nohoch Ich ähnlich schockiert war wie er selbst und dass Tzec Balam wild gestikulierend versuchte, das Wort zu ergreifen. Noch nie hatte sein Vater ihn so in aller Öffentlichkeit gerügt; er war vollkommen außer Stande, sich dagegen zur Wehr zu setzen.

»Ihr braucht gar nicht anzufangen, Köpfe zu zählen«, stieß er heiser hervor. »Ich würde mich dem Wunsch des Lebenden Ahnen nicht widersetzen, nicht einmal in dieser Sache …«

Er trat vor seinen Vater, legte zum Zeichen der Ehrerbietung seine rechte Hand auf dessen linke Schulter und senkte den Kopf. Balam Xocs unerbittlicher Blick ließ kein Anzeichen erkennen, dass der Schmerz seines Sohnes ihn berührte. Dann machte Pacal kehrt und verließ unter dem gedämpften Murmeln, das seine Demütigung begleitete, den Raum.

Auf dem unteren Platz des Jaguarpranken-Hauses saßen sechs nur mit Lendentüchern und Stirnbändern bekleidete Männer schweigend im Schatten der Brotnußbäume und kritzelten Zeichnungen in den Staub, während ein siebter, jüngerer zu ihnen sprach. Sie warfen resignierte, müde Blicke auf die neben ihnen liegenden Seile und die Stangen aus Zedernholz und schienen nicht zuzuhören, als Akbal Balam ihnen ernst ihre Aufgabe erklärte. Die Männer hatten sich bereits damit abgefunden, diese Arbeit zu tun, denn Cab Coh hatte das Vorhaben gebilligt, und ein Sohn des Hauses hatte darum gebeten; Erklärungen spielten für sie deshalb keine Rolle. Sie fragten sich, weshalb Akbal das nicht wusste, und wieso er ihnen nicht einfach und ohne Umschweife sagte, was sie tun sollten, wie sein Vater oder sein Bruder Kinich Kakmoo es gemacht hätten. Wenn ein Stein transportiert werden musste, dann würden sie ihn eben transportieren. Warum sollten sie sich darum kümmern, wo er war oder weshalb Akbal ihn haben wollte?

Sie waren erleichtert, als Akbal endlich zu reden aufhörte und auf die Seile und die anderen Werkzeuge deutete. Dann legte er sich eine breitköpfige Axt über die Schulter und führte die Gruppe vom Platz weg, durch die Bäume und in Richtung der Schlucht.

»Der Maler«, murmelte einer der Männer nachdenklich vor sich hin. Da keiner von ihnen ein Handwerker war, hatten sie kaum Kontakt mit Akbal gehabt und kannten ihn nur dem Namen nach. Sie wussten, dass er schon als Kind sehr begabt gewesen war und bereits mit den älteren Künstlern bei bedeutenden Bauprojekten mitgewirkt hatte. Es hieß, er habe dem Clan viele wertvolle Aufträge eingebracht und dass er ein Angebot, am Hof des Herrschers zu arbeiten, ausgeschlagen habe, um statt dessen Cab Cohs Gehilfe zu werden. Allerdings hatte dieser offensichtliche Mangel an Ehrgeiz sein Ansehen bei den Arbeitern nicht gerade erhöht, und sie beeilten sich nicht allzu sehr, als sie ihm durch die Obstplantage folgten, die sich bis zum Rand der Schlucht erstreckte.

Aber als sie den Beginn des steilen Abhangs erreichten, sahen sie, dass Akbal bereits einen breiten Pfad durch das dichte, dornige Unterholz in der Schlucht hatte schlagen lassen. Sie schauten sich an und zuckten anerkennend die Achseln; vielleicht wusste der Maler ja doch, was er wollte. Beim Abstieg wurde es spürbar wärmer, denn die Schlucht hatte kein schützendes Dach aus Baumkronen. Im Verlauf der Regenzeit würde sie allmählich überschwemmt werden. Schon jetzt stand an den tiefsten Stellen Wasser; es würde also nicht ausbleiben, dass die schwitzenden Männer von Unmengen von Moskitos gepeinigt würden.

Am unteren Ende des Pfades wartete eine Gruppe Jungen mit Grabstöcken und hölzernen Harken, die die Männer aufgeregt begrüßten, durcheinanderflüsterten und immer wieder auf die kleine Lichtung zeigten, die sie im Dschungel gerodet hatten. Und dann sahen die Männner auch den Steinblock, der aus dem Unkraut hochragte, und die schimmernde Schlange, die zusammengerollt darauf lag.

Sie hatte einen breiten, lanzenförmigen Kopf, und über den dunklen, graugrünen Körper liefen sich kreuzende Bänder, die an den Enden in ein stumpfes Gelb ausbleichten. Obwohl sie bewegungslos dalag, näherte sich keiner der Männer dem Stein, und einer bedeutete den Jungen ernst, hinter den Erwachsenen zu bleiben. Es war eine Lanzenotter, eine Schlange, deren Biss raschen Tod brachte. Da sie als nächtliche Jägerin bekannt war, beunruhigte es die Männer umso mehr, dass sie im hellen Sonnenlicht auf dem Stein lag, und so zögerten sie, das Tier einfach zu verscheuchen. Ohne Akbal zu beachten, begannen sie, leise miteinander zu bereden, wer den Pfad wieder hinaufsteigen solle, um eine Waffe zu holen. Kal Cuc erbot sich zu gehen, aber da er ein

Waise war, dessen Eltern sie nicht gekannt hatten, wollten sie ihm nicht diese Ehre vor ihren eigenen Söhnen zugestehen. Langsam wurde ihre Unterhaltung lauter.

Akbal beobachtete die Männer schweigend; er verstand sie kaum und wusste nicht, weshalb sie zögerten. Er sah nur eine schlafende Schlange zwischen ihm und seinem Stein. Und plötzlich, bevor jemand ihn aufhalten konnte, sprang er, die Axt hoch erhoben, mit zwei behänden, langen Sätzen über die Lichtung, und als die Schlange aufwachte und träge den breiten Kopf hob, ging die Axt bereits darauf nieder. Ein lauter, dumpfer Schlag war zu hören, Staub wirbelte hoch, und der lang gestreckte Körper des Reptils schlug wild auf dem Stein um sich, so dass die Männer und die Jungen unwillkürlich zurückschreckten und den Atem anhielten, bis sie merkten, dass Akbal sein Ziel nicht verfehlt hatte. Er hielt die tote Schlange am Schwanzende hoch und warf sie achtlos zur Seite. Dann ließ er die Axt fallen, beugte sich über den mit Blut besudelten Stein und betrachtete eingehend die Oberfläche.

Die Männer blieben stehen und hielten die Jungen respektvoll zurück; sie wussten um die Furcht, die einen Mann einholen konnte, wenn er dem Tod so nahe gewesen war. Und sie hätten Akbals Mut nicht weniger bewundert, wenn ihm übel geworden wäre. Aber als er sich aufrichtete und sich ihnen zuwandte, lag ein erleichtertes Lächeln auf seinen Zügen.

»Er ist nicht sehr beschädigt«, verkündete er und bedeutete ihnen, mit den Werkzeugen näher zu kommen. Die Männer gehorchten widerstrebend, nicht ohne viel sagende Blicke auf die tote Schlange zu werfen, die Akbal einfach weggeworfen hatte. Sie warteten darauf, dass er dem Geist des Tieres, das er soeben getötet hatte, Respekt zollte, dass er die Finger in das Blut des Opfers tauchte und sich dafür entschuldigte, dass er die Schlange töten musste. Auch Kal Cuc wartete, doch dann fiel ihm ein, dass Akbal mit den Gepflogenheiten der Jäger nicht vertraut war und nicht wusste, weshalb die Männer untätig verharrten. Er dachte daran, es ihnen zu erklären, fand aber nicht den Mut. Außerdem hätte es die Situation für Akbal nur noch peinlicher gemacht, wenn sein ungehöriges Verhalten von einem Waisenjungen entschuldigt worden wäre.

Akbal war bereits damit beschäftigt, um den Stein herum zu graben; mit seiner Axt holte er große Klumpen rotbrauner, mit Wurzeln durchsetzter Erde aus dem Boden und merkte gar nicht, dass niemand mitmachte. Erst als er sich aufrichtete und den Schweiß aus dem Gesicht wischte, sah er, dass die Männer noch immer dastanden und auf die tote Schlange starrten. Er lehnte die Axt an den Stein, nahm dem zunächst stehenden einen der runden Zedernholzbalken ab und hob das Tier, dessen Kopf fast vom Körper abgetrennt war, damit hoch.

»Seht ihr? Sie ist tot«, sagte er und schleuderte den Kadaver mit einem Schwung zum Rand der Lichtung. Er landete mit einem dumpfen Geräusch, das die anderen zusammenzucken ließ; niemand nahm ihm die Stange ab, als er sie zurückgeben wollte. Erst jetzt wurde er stutzig und schien zu bemerken, dass er wohl etwas falsch gemacht hatte. Ein gehemmtes Husten wurde laut, und Kal Cuc schaute verlegen weg; er wagte es nicht, Akbals bittendem Blick zu begegnen.

Schließlich ging Akbal zu der Stelle, wo die tote Schlange lag, kniete nieder und verharrte kurz mit gesenktem Kopf; dann ging er zu dem Stein zurück. Die Männer sagten nichts, aber nun nahmen sie ihre Werkzeuge zur Hand und begannen, im Kreis um den Stein herum zu graben.

Als der Block ganz freigelegt war, keilten die Männer ihre Stangen darunter und hoben ihn aus seinem Bett. Sie fanden keine Schlangen mehr, dafür aber eine ganze Menge Skorpione und Hundertfüßer, die die Jungen hastig mit ihren Harken erschlugen. Dann folgte die schwierige Aufgabe, den Stein nur mit Seilen den Hang hinaufzuziehen, denn für den Einsatz von Rollen war das Gelände zu steil und zu uneben. Die Hitze zwang die Männer, immer wieder zu rasten, aber Akbal war jedes Mal der erste, der das Seil wieder in die Hand nahm, und die Arbeiter konnten nicht einfach müßig dastehen, wenn er sich verausgabte und sich seine schlanken Künstlerhände an den rauen Faserseilen wund scheuerte. Zudem wollte er niemanden gehen lassen, bis der Stein am Rand der Brotnußbäume aufgestellt und mit Keilen und Stangen stabil abgestützt war.

Die Männer ließen sich mit gekreuzten Beinen auf den Boden fallen, tranken dankbar von den Kürbisflaschen, die eine Dienerin ihnen brachte, und spuckten in die von den Seilen aufgerauten Hände. Akbal ging langsam um den Block herum und ließ die Finger über die raue, von grünen Flechten bewachsene Oberfläche gleiten. Der Stein war schulterhoch; er war ein Teil eines alten Denkmals, das vielleicht einmal vor dem Schrein des Clans gestanden hatte oder sogar auf dem Platz der Ahnen. Vielleicht hatte seine Zweckbestimmung geendet, und seine Eigentümer hatten ihn zeremoniell ›getötet‹ und dann in die Schlucht geworfen; oder aber er war in der Vergangenheit bei einer Auseinandersetzung zwischen rivalisierenden Clans aus Rache zerstört worden. Er war ein schlichtes Monument ohne Steinmetzarbeiten und Inschriften, die etwas über seinen Ursprung oder seine Geschichte ausgesagt hätten.

»Ist er nicht großartig?«, fragte Akbal leise, noch immer wie verzückt auf den Stein starrend. Als niemand antwortete, schaute er zuerst zu den am Boden sitzenden Männern und sah dann an sich selbst hinab, als würde er angesichts ihrer von Dornen zerkratzten und von Insekten zerstochenen Gesichter erst seinen eigenen Zustand erkennen.

»Es tut mir leid«, sagte er etwas verwirrt. »Ich bin euch überaus dankbar. Ich werde dafür sorgen, dass jeder zwei Maß Salz und Mais und zehn Kakaobohnen erhält. Und die Jungen sollen auch jeder zehn Bohnen bekommen.«

Nun ihrerseits ganz aufgeregt durch diese unerwartete Großzügigkeit, standen die Männer rasch auf, verbeugten sich überschwenglich und bedankten sich immer wieder, bevor sie sich zerstreuten, allerdings ohne Akbal oder dem Stein zu nahe zu kommen. Als sie alle gegangen waren, trat Kal Cuc mit der toten Schlange in der Hand – ihr Kopf fehlte nun ganz – hinter einem Baum hervor. Einen Augenblick lang blieb er zaghaft stehen, dann ging er auf Akbal zu und legte ihm das Tier vor die Füße.

»Möchtet Ihr, dass ich sie für Euch häute, Herr?«, fragte er schüchtern und beobachtete Akbal, der auf den leblosen, glänzenden Haufen blickte, als würde er ihn nicht erkennen.

»Nein. Sie gehört dir«, antwortete er schließlich. Er musterte Kal Cuc eingehend und bemerkte, dass der Junge zögerte.

»Nimm sie, Kal Cuc«, sagte er knapp. »Die Achtlosigkeit bei ihrem Tod war nicht deine Schuld. Das muss ich auf mich nehmen.«

Ohne ein weiteres Wort hob der Junge die Schlange auf und ging damit weg. Akbal blickte auf den dunkelroten Fleck, der dort zurückblieb, wo das Tier gelegen hatte, und dann auf seine brennenden und anschwellenden Hände. Alle seine Muskeln begannen zu schmerzen, und er kratzte wütend an seinen Insektenstichen, bis er sich eines Besseren besann. Aber er hatte diesen Stein, und trotz aller Schmerzen, die er fühlte, fing er an, sich vorzustellen, wie dieser Block aussehen würde, wenn er gesäubert war, und was er dann in ihn einmeißeln würde.

Die späte Nachmittagssonne fiel schräg durch die geöffnete Tür, als Box Ek auf die Schwelle trat und hineinschaute. Es war niemand zu sehen, aber aus dem hinteren Zimmer, in dem die Familie schlief, hörte sie, wie jemand eine Matte ausschüttelte. Als sie sich ankündigen wollte, fiel ihr auf, dass das Sonnenlicht auf die hintere Wand fiel und rechts neben der Tür zum nächsten Raum ein leuchtend gelbes Rechteck zeichnete. Und genau in die Mitte dieses Rechtecks hatte Akbal wie in einen Rahmen ein Bild seiner verstorbenen Mutter, der Herrin Ik Caan, gemalt.

Box Ek schauderte; sie zog ihr Baumwollhemd enger um den Körper und stützte sich auf ihren kurzen Gehstock. Fast zwölf Jahre waren vergangen, seit Ik Caan gestorben war und Akbal sie auf die verputzte Wand porträtiert hatte. Doch die zarten roten Striche waren noch deutlich zu erkennen, und jetzt, im goldenen Licht der Abendsonne, leuchteten sie in einem dunklen Orange. Box Ek erkannte, dass Akbal das Bild genau zu dieser Tageszeit angefertigt haben musste; mit dem Rücken zur Tür auf der Bank kniend, hatte er sich in der letzten Stunde vor dem Einbruch der Dunkelheit eine Gefährtin geschaffen. Oder vielleicht hatte er damals mit seinen erst sechs Jahren geglaubt, er könne seine Mutter aus dem Land der Toten zurückholen, wenn er das Bild zeichnete, das er von ihr im Herzen trug?

In einer gewissen Weise hatte er das tatsächlich geschafft, denn die Ähnlichkeit war verblüffend. Obwohl sie Ik Caan nicht gut gekannt hatte, fühlte sich Box Ek lebhaft an diese imposante Frau erinnert. Die stumpfe Nase und das markante Kinn der Angehörigen des Himmels-Clans hatte Akbal etwas überbetont, doch den wissenden Bogen der Augenbrauen und das lebhafte Funkeln in den Augen seiner Mutter – genau die Züge, die die besondere Schönheit und Kraft von Ik Caan ausgemacht hatten – waren ihm perfekt gelungen. Vielen Mitgliedern der Familie kamen noch heute die Tränen, wenn sie das Porträt betrachteten, aber niemand hatte bislang vorgeschlagen, es zu entfernen, auch nicht, nachdem Pacal wieder geheiratet hatte.

Erinnerungen überwältigten Box Ek; sie trübten ihr die Augen und ließen ihren Atem flach werden. Sie dachte daran, wie sie einmal aus Ektun hierher zurückgekommen war, zurück zu dem Haus, das ihrem Vater gehört hatte und jetzt im Besitz ihres Bruders Balam Xoc war. Sie dachte an den übergroßen Kummer, der das Haus des Jaguarpranken-Clans, ihren Bruder und dessen Sohn Pacal getroffen hatte. Und natürlich auch Pacals Kinder, Kinich Kakmoo, Akbal und die damals erst dreijährige Kanan Naab, die wenige Tage nach dem Beginn des Katuns zur Welt gekommen war. Box Eks eigene Kinder waren damals längst erwachsen und sie selbst schon seit mehr als zehn Jahren verwitwet gewesen, und nun hatte sie mit der Ungeschicktheit, die mit dem Alter kommt, versucht, die durch den unerwarteten Fortgang der Mutter entstandene Leere auszufüllen.

Plötzlich tauchte Kanan Naab aus dem hinteren Zimmer auf und hielt überrascht inne, als sie Box Ek bewegungslos in der Tür stehen sah. Dann bemerkte auch sie, wohin das Licht gerade fiel, und senkte befangen den Blick. Abgesehen von den ganz persönlichen Zügen, die ihr Bruder mit so sicherem Gefühl getroffen hatte, glich sie dem Bild der Frau an der Wand fast vollkommen. Sie presste die Lippen zusammen, und zwischen den niedergeschlagenen Augen war eine wenig schmeichelhafte Falte erschienen, denn dass sie die strahlende Persönlichkeit ihrer Mutter nicht geerbt hatte, war Kanan Naab durchaus bewusst. *Ein kostbares Juwel*, dachte Box Ek traurig, *aber ihr fehlt der Glanz des Steins, aus dem sie geschlagen wurde.*

»Ich habe daran gedacht, wie ich vor vielen Jahren nach Tikal zurückkam«, sagte sie leise und trat auf Kanan Naab zu. »Ich habe an das Kind gedacht, das du einmal warst.«

Kanan Naab nickte stumm und sah Box Ek, die ihr kaum bis an die Schultern reichte, in die Augen. Die alte Frau streckte eine runzlige Hand aus und strich sanft die Sorgenfalte zwischen den dunklen Augen ihrer Enkelin glatt.

»Ich habe auch daran gedacht, was ich für ein schlechter Ersatz für eure Mutter war. Nein, du brauchst es gar nicht zu leugnen, mein Kind. Ich weiß, du hast mich gern, wie ich dich auch. Ich habe dir vieles beigebracht und mitgeholfen, eine Frau aus dir zu machen. Aber ich war zu alt, um dir die Liebe und Fürsorge zu schenken, die nur eine Mutter geben kann.«

»Ihr seid mir sehr lieb, Großmutter«, sagte Kanan Naab wehmütig und umfasste warmherzig deren schwielige, unförmige Hand. »Ihr habt mir mehr gegeben als irgend jemand sonst.«

Box Ek schüttelte mit beharrlicher Bescheidenheit den weißhaarigen Kopf, aber sie lächelte und lud ihre Enkelin mit einer Geste ein, sich mit ihr auf die Bank zu setzen. Kanan Naab nahm ihr den Stock ab und half der kleinen Alten, auf die Bank zu klettern, wo sie sich an die Wand lehnte und die Beine seitlich ausstreckte. Box Ek war achtundsechzig Jahre alt und seit langem von lähmenden Schmerzen in Knochen und Gelenken geplagt; schon seit vielen Jahren konnte sie die Knie nicht mehr abwinkeln, um in der Hocke zu sitzen.

»Du bist jetzt fast fünfzehn«, begann sie, als Kanan Naab

mit überkreuzten Beinen neben ihr Platz genommen hatte. »Bald wird man dich zur Heirat auswählen. Schau mich an, Kanan Naab«, sagte sie ernst. »Die letzte kalte Jahreszeit war sehr hart für mich; ich habe die Nähe des Todes in meinen Knochen gespürt. Ich kann nicht mehr länger damit warten, dir meinen Rat zu geben.«

Kanan Naab betrachtete sie nachdenklich; zwischen ihren Augenbrauen war wieder die Sorgenfalte erschienen.

»Ich achte Euer Wort, Großmutter«, erwiderte sie leise. »Aber ich wüsste nicht, wer mich zu seiner Frau machen möchte.«

»In deinen Adern fließt das Blut des Jaguarpranken-Clans«, ermahnte Box Ek sie, »der ältesten Familie von Tikal. Das Ansehen unserer Töchter ist nicht geringer als das der Mädchen des Himmels-Clans; vielleicht sogar höher, weil wir nicht so viele sind. Man *wird* um deine Hand anhalten, Kanan Naab; etwas anderes solltest du gar nicht denken. Das einzige, was du unter Umständen beeinflussen kannst, ist, *wer* sich für dich interessiert, denn heutzutage wollen die jungen Männer die Frau oft kennen lernen, bevor sie beim Vater einen Antrag stellen.«

»War das nicht immer so?«, fragte Kanan Naab. »Habt Ihr Kan Mac nicht kennen gelernt, bevor Ihr ihn geheiratet habt?«

»Natürlich nicht. Unsere Heirat kam auf Wunsch des Herrschers Cauac Caan zustande, und sie wurde ausschließlich von unseren Vätern arrangiert. Ich war davor nie aus Tikal weggewesen, und schon gar nicht in einer Stadt, die so weit entfernt ist wie Ektun.«

»Da müsst Ihr ja viel Angst gehabt haben«, unterstellte Kanan Naab der alten Frau im Versuch, sie zum Erzählen zu bewegen. Box Ek nickte ernst und wollte fortfahren, doch dann hielt sie inne und warf Kanan Naab einen argwöhnischen Blick zu.

»Du willst mich bloß wieder ablenken«, stellte sie vorwurfsvoll fest. »Das weißt du alles längst, und die Geschichte von meiner Reise nach Ektun hast du auch schon oft gehört. Schau nur, wie du grinst! Wie schrecklich von dir, mich mit meinen eigenen Erinnerungen ablenken zu wollen! Und obendrein weigerst du dich auch noch, etwas daraus zu lernen, wie es jedes artige Mädchen tun würde. Du bist böse und falsch und viel zu schlau, als dass es gut für dich wäre.«

Die Verlegenheit stand Kanan Naab ins Gesicht geschrieben, aber andererseits konnte sie ein Lächeln nicht unterdrücken. Sie senkte zwar schüchtern den Blick, doch auf Box Eks Beschreibung ihrer Persönlichkeit einzugehen, konnte sie sich nicht verkneifen.

»Ist damit nicht klar, weshalb niemand mich zu seiner Frau haben will?«, meinte sie keck.

Box Ek ließ sich nicht herab, darauf zu antworten; sie legte nur den Kopf zur Seite und musterte die junge Frau, als würde sie etwas sehen, das sie vermisst hatte. Kanan Naab spürte ihren forschenden Blick, und ihr Lächeln verschwand sofort.

»Mir ist genau das Gegenteil klar geworden«, sagte Box Ek schließlich. »Du bist sehr schön, meine Tochter, wenn du dir erlaubst, zu lächeln und deine Freude zu zeigen. Selbst wenn diese Freude daher kommt, dass du eine alte Frau hänselst und ihren Rat nicht ernst nimmst.«

Jetzt war Kanan Naab so verlegen, dass sie nicht mehr von ihren Händen aufzusehen wagte, die sie nervös ineinander knetete.

»Jawohl, ich habe meine Worte verschwendet«, schloss Box Ek mit einer gewissen Zufriedenheit. »Ich habe an dich hingeredet und dir Dinge gesagt, die du ohnehin leicht verstehst, und deshalb kannst du mir nicht ernsthaft zuhören. Sie fordern deine Klugheit zu wenig heraus, und deshalb sind sie nicht wichtig für dich. Aber es gibt Männer, die sich eine kluge Frau wünschen«, fügte sie verschmitzt lächelnd hinzu. »Und jetzt hast du mir gezeigt, wie man sie dazu bringen könnte zu sehen, wie schön du bist.«

»Was habe ich Euch denn gezeigt?«, fragte Kanan Naab neugierig, aber Box Ek schüttelte den Kopf.

»Das brauchst du nicht zu wissen«, meinte sie. »Dich interessieren nur die Dinge wirklich, die du nicht verstehst. Gehst du nicht deshalb so oft zu den Wahrsagern, und belästigst du nicht deshalb auch deinen Großvater und Nohoch Ich so oft mit Fragen über die Zeremonien?«

Box Ek ließ die Frage im Raum stehen, bis ihr klar wurde, dass Kanan Naab nicht versuchen würde, darauf eine Antwort zu geben. Sie grummelte leise, denn dass die junge Frau ganz verstummte, hatte sie eigentlich nicht gewollt. Doch in dem Moment, als sie einen versöhnlicheren Ton mit ihr anschlagen wollte, fiel ein großer Schatten auf die beiden, und Kinich Kakmoo stand in der Tür.

»Vater ist als Oberhaupt des Clan-Rates abgesetzt worden«, erklärte er mit gedämpfter, fast tonloser Stimme. Er trat in das Zimmer; seine großen Hände waren zu Fäusten geballt, und er hielt sie seitlich vom Körper ab, als seien sie Waffen. »Und der, der das getan hat«, fuhr er fort, »ist sein eigener Vater. Euer Bruder, Herrin …«

»Großvater«, murmelte Kanan Naab mit stockendem Atem und blickte verwirrt zwischen Box Ek und ihrem Bruder hin und her. Kinich Kakmoo legte eine Hand in den Nacken und ließ den großen, schopfgekrönten Kopf kreisen, als wolle er sich dem Zorn entwinden, der ihn gepackt hatte. Er war fast ebenso breit wie groß, mit gewaltigen Schultern und Armmuskeln. Seine Gesichtszüge ließen unverkennbar die Verwandtschaft mit seiner Mutter erkennen, und die breite, bucklige Nase – sie war vor langer Zeit in einer Schlacht gebrochen – und die spitz zugefeilten Schneidezähne, deren Zwischenräume nach der Mode der Krieger mit Jade und Pyrit eingelegt waren, verrieten seinen Beruf.

»Welchen Grund hat Balam Xoc für sein Verhalten genannt?«, fragte ihn Box Ek.

Kinich zuckte ungeduldig die Achseln. »Er hat alte Schulden vorgebracht, und noch ältere Ressentiments gegen den Himmels-Clan. Und er beschuldigte Vater, dem Herrscher auf Kosten des Clans zu dienen.«

»Und der Rat hat das akzeptiert?«

»Vater unterwarf sich nicht einer erniedrigenden Abstimmung. Was hätten sie denn schon für eine Wahl gehabt, nachdem sein eigener Vater ihn vor dem gesamten Rat anprangerte?«, Kinich trat von einem Fuß auf den anderen und zeigte seine glitzernden Zähne. »Auf Großvaters Vorschlag hin hat der Rat Nohoch Ich gewählt. Aber was weiß ein Priester schon von solchen Dingen?«

Die beiden Frauen schwiegen; Kinich machte seinem Ärger Luft, indem er ständig im Kreis herumging.

»Wo ist Akbal?«, fragte er nach einer Weile. »Er sollte *hier* sein, wenn Vater zurückkommt, und nicht im Haus von Cab Coh.«

»Er ist hinter deinem Haus, mit einem Stein, den er gefunden hat«, erwiderte Box Ek. »Das hat einer der Diener gesagt. Hole ihn, mein Sohn. Und du«, fuhr sie an Kanan Naab gewandt fort, »such deine Stiefmutter und sage ihr Bescheid. Aber sei nett mit ihr, Kanan Naab. Du weißt, wie leicht Ixchel sich aufregt.«

»Ich versuche es«, versprach die junge Frau. »Aber ich kann nicht verstehen, warum Großvater das getan hat. Weshalb sollte er den Clan jetzt, nachdem sein Tanzen uns zusammengebracht hat, entzweien wollen?«

»Ich weiß es nicht, meine Tochter«, antwortete Box Ek traurig. »Ich selbst habe ihn ermutigt, das Amt des Lebenden Ahnen anzustreben, damals, als eure Mutter gestorben war. Er brauchte etwas, das ihn seinen Kummer vergessen ließ. Aber dass es dazu führen würde, das wusste ich nicht.«

Kanan Naab sah sie besorgt an, als würde sie sich plötzlich an Box Eks hohes Alter und ihre Gebrechlichkeit erinnern. »Es tut mir leid, dass ich Euch vorhin gehänselt habe, Großmutter«, entschuldigte sie sich. »Ich habe Eure Liebenswürdigkeit nicht verdient.«

Ein mattes Lächeln erschien auf Box Eks Gesicht. »Vielleicht bist du ein bisschen achtlos«, meinte sie, »aber so schlimm ist das nicht. Geh jetzt zu Ixchel, meine Tochter. Verwende deine Klugheit darauf, dass sie sich nicht aufregt, und sorge dafür, dass die Köche ein besonders gutes Essen zubereiten. Es sind immer die Frauen, die die Familien in schweren Zeiten zusammenhalten müssen, und wir werden tun, was getan werden muss. Aber ich fürchte, es wird nicht leicht sein, jetzt, wo Balam Xoc unsere Männer entzweit hat ...«

KAPITEL 3

Gefälligkeiten

9.17.15.10.0 11 Ahau 18 Xul
(Acht Monate später)

Kalte Regenschauer fegten über die aneinander gedrängten
Gebäudeteile des Jaguarpranken-Clan-Hauses hinweg,
prasselten auf die strohgedeckten Dächer nieder und kräuselten die Oberflächen der Pfützen, die langsam zu den Rändern der Plätze hin abflossen. Kal Cuc, in eine Decke gehüllt,
kam als erster aus dem Handwerksbau heraus, gefolgt von
der buckligen Gestalt Balam Xocs, der sich einen dicken,
grobfaserigen Umhang übergeworfen hatte. Der Junge führte ihn vom tiefer gelegenen Platz weg und vorbei an dem offenen Küchenhaus hinter Kinich Kakmoos Haus. Die um
das Feuer sitzenden Frauen unterbrachen ihre Unterhaltung
und verneigten sich vor dem Lebenden Ahnen, der ihnen im
Vorbeigehen zulächelte und winkte. Dann kämpfte er mit
gebeugtem Kopf gegen den Wind und den Regen an und
folgte Kal Cuc zu den Brotnußbäumen und weiter, bis der
provisorische Unterstand in Sicht kam, den Akbal für seinen
Stein gebaut hatte. Als Balam Xoc ihn erblickte, blieb er stehen und bedeutete auch dem Jungen, nicht weiterzugehen.

»Ich danke dir, mein Sohn«, sagte er. »Du kannst jetzt
wieder ins Warme und Trockene gehen. Aber vergiss nicht,
mir später die Schlangenhaut zu bringen.«

»Ich vergesse es nicht«, versprach Kal Cuc und verabschiedete sich dankbar mit einer Verbeugung. Balam Xoc schritt
weiter gegen den Regen auf den Unterstand zu, der sich in
dem starken Ostwind zu neigen schien. Akbal hatte nur ein
ziemlich provisorisches, offenes Gestell um seinen Stein herum gebaut, dessen flaches Strohdach gerade so hoch war,

dass er darunter stehen konnte. Es war jedoch nicht fachmännisch gedeckt und an einigen Stellen bereits undicht, und die ganze Konstruktion ächzte und schwankte im Wind. Doch Akbal schien das Unwetter gar nicht zu bemerken, so sehr war er damit beschäftigt, mit feinem Sand und einem steifen Tuch die raue Oberfläche seines Steins zu glätten.

»Das ist also der Schlangenstein«, sagte Balam Xoc, als er unter das zerschlissene Dach trat. Akbal drehte sich überrascht um; sein Gesicht und seine Arme waren mit gelbem Staub beschmiert. Er ließ das Tuch fallen, verschränkte ehrerbietig die Arme vor der Brust und verbeugte sich tief vor seinem Großvater.

Balam Xoc ging langsam um den Stein herum, der von Schmutz und Flechten gesäubert, aber erst an einigen Stellen abgeschmirgelt war. Er fühlte, wie ihn Akbals Blick verfolgte, und er spürte auch die Unsicherheit des jungen Mannes. Es hatte in den Monaten, seit Balam Xoc die Absetzung Pacals als Oberhaupt des Clan-Rates verlangt hatte, keine Versöhnung zwischen Vater und Sohn stattgefunden, und nur Box Ek verkehrte unbefangen in beiden Häusern. Akbal war in eine besonders verfängliche Position geraten, denn er war ja Cab Cohs Gehilfe, dessen Sohn nun auf Balam Xocs Betreiben hin den Ratsvorsitz innehatte. *Außerdem*, dachte Balam Xoc, *hat er nach dem, was er in letzter Zeit von mir gehört hat, Angst, dass ich ihm seinen Stein wegnehme.* Diesen Gedanken bestätigte Akbal sogleich, indem er leicht zusammenzuckte, als Balam Xoc ihn ansprach.

»Du hast das Blut der Schlange abgewaschen«, bemerkte er ruhig. »Hast du ihn auch vom Geist seines Beschützers gereinigt?«

Akbal schüttelte errötend den Kopf und schlang die Arme um sich, denn der auf seinem unbekleideten Oberkörper abkühlende Schweiß ließ ihn frösteln.

»Ich wollte Euch besuchen, Großvater«, sagte er, »sobald ich mit dem Säubern fertig bin. Vorher hätte ich mit dem Meißeln nicht angefangen.«

»Dann habe ich dir also einen Besuch erspart. Aber als erstes musst du mir erklären, warum du unbedingt ein

Steinmetz werden willst. Cab Coh konnte mir dazu nichts sagen, außer, dass es vielleicht eine jugendliche Schwärmerei ist. Er versteht nicht, weshalb du deine Talente auf eine Arbeit verschwendest, die gewöhnliche Handwerker verrichten.«

Akbal strich mit den Fingern über die staubige Oberfläche des Steins; sie war wegen der durch das Dach gesickerten Regentropfen von nassen Streifen durchzogen.

»Das ist nicht einfach zu erklären«, sagte er zögernd. »Mit dem Pinsel arbeite ich schon, seit ich noch ein Kind war. Ich habe auf Tuch gemalt, auf Keramiken und auf das weiße Papier der Bücher. Ich habe für die Bildhauer auf Holz gezeichnet und Zeichnungen in Jade, Obsidian und Knochen eingeritzt. Doch der größte Teil der Jade und des Obsidians ist für Beerdigungen bestimmt, und ich habe gesehen, wie Keramik bricht, die Bücher wegen der Feuchtigkeit verrotten und das alte Holz von den Bohrkäfern zerfressen wird. Aber nur die Zeit oder ein anderer Mensch kann die Schönheit eines Werkes beeinträchtigen, das in Stein gemeißelt ist.«

»Du wünschst dir also Beständigkeit«, stellte Balam Xoc sachlich fest.

Akbal verzog gedankenschwer das Gesicht und schüttelte den Kopf. »Ich weiß, dass das hier auf Erden nicht erreichbar ist. Aber trotzdem … Ist der Wunsch, dass die Schönheit, die wir erschaffen, uns überdauert, nicht natürlich?«

Balam Xoc lachte auf. »Dein Vater verkennt dich, Akbal. Er glaubt, du hast keinen Ehrgeiz.« Noch einmal begutachtete der alte Mann den Stein, dann sah er Akbal ernst in die Augen. »Es ist viele Jahre her, dass zu Ehren unseres Clans ein Stein gemeißelt wurde. Du hast meine Erlaubnis, das zu tun, aber du musst mit mehr Respekt an diese Aufgabe herangehen, als du der Schlange gegenüber gezeigt hast.«

Akbal nickte; er akzeptierte diesen Tadel dankbar und mit Erleichterung. Doch als Balam Xoc fortfuhr, wurden sein Blick und seine Stimme härter. »Cab Coh hat sich in dieser Sache sehr nachsichtig verhalten, und du musst dich für seine Freundlichkeit erkenntlich zeigen. Ich bin allerdings nicht so nachsichtig. Ich werde dir diesen Stein geben, und ich werde es auf mich nehmen, dass du dich gegen seinen Beschützer vergangen hast. Der Junge, der mich hierherbrachte, hat noch immer die Haut der Schlange, und er hat versprochen, sie mir zu bringen. Sobald er erzählt hatte, wie sie in seinen Besitz kam, konnte er niemanden mehr finden, der sie eintauschen wollte. Ich werde sie den Priestern des Schlangen-Clans geben und sie bitten, die entsprechenden Riten abzuhalten.«

»Ich danke Euch, Großvater«, erwiderte Akbal demütig. »Werdet Ihr mir auch bei der Entscheidung, was ich in diesen Stein einmeißeln soll, Euren Beistand geben?«

»Nein«, entgegnete Balam Xoc unumwunden. »Dieser Aufgabe musst du dich alleine stellen. Du hast mir heute gezeigt, dass du außerordentlichen Ehrgeiz besitzt, und nur du kannst wirklich wissen, ob und wann du dir selbst wirklich gerecht wirst. Wenn du dich mit weniger zufrieden gibst, wirst du mit dem Resultat leben und es eines Tages *deinen* Enkelkindern erklären müssen. Vergiss das nicht, Akbal, und lass es dich die Geduld und Achtung lehren, die du brauchst, um dein Werk mit Erfolg zu krönen.«

Balam Xoc legte eine Hand auf den Stein und sprach mit gesenktem Haupt ein kurzes Gebet, dessen Inhalt Akbal wegen des böigen Windes jedoch nicht verstand. Dann machte er abrupt kehrt und ging ohne ein weiteres Wort zu den Häusern zurück. Akbal schaute ihm nach; er konnte es kaum glauben, dass sein Großvater tatsächlich, und auch noch bei diesem Wetter, gekommen war, um seinen Stein zu sehen. Und er hatte ihn sogar rituell gereinigt und seine Zustimmung erteilt, ihn zu bearbeiten. Akbal fühlte sich fast eingeschüchtert durch die Ehre, die ihm zuteil geworden war. Er hatte nicht gedacht, dass sein Großvater sich überhaupt Gedanken über ihn machte; schließlich hatte Balam Xoc sich in letzter Zeit um viel wichtigere Angelegenheiten gekümmert. Welche Bedeutung hatten er und sein Stein denn schon im Vergleich zu dem Aufruhr, den Balam Xoc innerhalb des Clans verursacht hatte, oder verglichen mit der Auseinandersetzung, die er mit dem Herrscher persönlich begonnen hatte?

Akbal wandte sich wieder seinem Stein zu, der vor dem dunklen, regennassen Hintergrund in einem sanften, gelben Licht zu leuchten schien. Mit einemmal hatte die blanke Oberfläche etwas Einschüchterndes an sich, und er fragte sich, wie er so mit seinem Großvater hatte reden können. War sein Ehrgeiz wirklich so stark, wie Balam Xoc behauptet hatte? Oder wollte er nicht einfach einmal etwas Neues ausprobieren, etwas schaffen, das *ihm* gehören würde, das die Händler ihm nicht wegnehmen würden, sobald es fertig gestellt war?

Auch das waren Gründe dafür, dass er diesen Stein hatte haben wollen, aber er hatte sie seinem Großvater gegenüber nicht angeführt. Und er hatte jetzt auch gar nicht mehr das Gefühl, dass der Stein nur ihm gehörte. Er hatte einen Auftrag erhalten, allerdings einen, der sich nicht mit seinen bisherigen Aufträgen vergleichen ließ. Denn bei diesem Werk sollte er sowohl Künstler als auch Förderer sein, sowohl Schöpfer als auch Richter. Mit dieser doppelten Verantwortung hatte Akbal nicht gerechnet, als er sich auf die Suche nach seinem Stein gemacht hatte. Er war einfach davon ausgegangen, dass, was immer er letzten Endes meißelte, denen, die es sahen, gefallen würde; andere mit seiner Arbeit zufrieden zu stellen, war ihm noch nie schwer gefallen. Aber dieses Mal würde er selbst das letzte Wort haben, und plötzlich fühlte er sich sehr, sehr jung.

Er hockte sich vor den Stein und schirmte die Augen ab gegen den feinen Sand, den der Wind aufwirbelte. Das Tuch lag noch immer da, wo er es fallengelassen hatte; er griff zögernd danach, ließ aber die Hand wieder sinken. Mit einemmal hatte selbst ein so einfacher Vorgang wie das Abschleifen eine neue Bedeutung, denn es würde ihn den bevorstehenden Entscheidungen, die ihm nun übergroß vorkamen, so viel näher bringen. Die Schultern wegen der Kälte hochgezogen, blieb Akbal sitzen, ohne das Tuch weiter zu beachten. Stattdessen begann er über die Bedeutung von Geduld und Respekt nachzugrübeln, und über die Art des Auftrags, den sein Großvater ihm erteilt hatte.

Die Ernte rückte näher, und die Bauern von Tikal konnten auf ein Jahr mit bestem Wetter und einem fast idealen Verhältnis von Sonnen- und Regentagen zurückblicken. Der Mais stand hoch in den Feldern, an seinen Stängeln wanden sich die Bohnen empor, und zwischen den Reihen machten sich die großblättrigen Kürbisse breit. Auch mit Insekten hatte es keine großen Probleme gegeben, nur ein paar abgelegene Felder waren vom Maisbohrer befallen worden und mussten abgebrannt werden. Zu Anfang des Monats Yaxkin jätteten die Arbeitstrupps zum letzten Mal und bogen dabei gleichzeitig die reifenden Kolben nach unten, um sie vor dem feinen Niederschlag der späten Regenzeit zu schützen. Der Termin für die Ernte war keinen Monat mehr entfernt, und selbst die pessimistischsten Schätzungen sagten voraus, dass sie hervorragend ausfallen würde.

Doch dann setzten die für diese Jahreszeit typischen Winde aus dem Osten mit solcher Stärke ein, dass die Bäume ächzten und die Luft mit dem salzigen Geruch der Großen Wasser erfüllt war, die etwa fünf Tagesmärsche entfernt in dieser Richtung lagen. Der Himmel verdunkelte sich, und der Sturm fegte einen Tag und eine Nacht lang über Tikal hinweg, begleitet von schweren Regenfällen, die die Wasserspeicher zum Überlaufen brachten und die Plätze knöcheltief überfluteten. Die Baugerüste an der neuen Katun-Einfriedung stürzten ein, ungeschützt stehende Häuser wurden abgedeckt. Die Hütten der Ärmsten, die nur aus Stangen und mit Lehm beworfenem Flechtwerk bestanden, brachen unter den Wassermassen zusammen; die Bewohner mussten in den Gebäuden ihres Clans Zuflucht nehmen.

Auch vor den Feldern machte die Verwüstung nicht halt: Der größte Teil des Maises lag umgeknickt im Schlamm. Und obwohl die frischen Kolben sofort eingesammelt wurden, um alles Essbare zu retten, war mehr als die Hälfte der Ernte verloren. Bohnen und Kürbisse waren zwar besser davongekommen, und auch die Knollenfrüchte in den erhöhten Feldern hatten das Unwetter überstanden; es bestand also kein Grund, wegen des Sturms eine Hungersnot befürchten zu müssen. Doch der erhoffte, als Handelsgut so wertvolle Überschuß an Mais war vernichtet.

Pacal konnte den größten Teil der Schäden direkt begutachten, denn er war ausgeschickt worden, um die Felder zu inspizieren, bevor der Sturm sich ganz gelegt hatte. Auch danach blieb er noch viele Tage nass und mit zerzausten Haaren draußen, beaufsichtigte die Instandsetzung der Felder in den Alkalches und versuchte, von der Baumwollernte zu retten, was noch zu retten war, denn hier hatte der Sturm besonders schwer zugeschlagen. Sobald ein Problem gelöst war, bekam er Anweisungen, sich mit dem nächsten zu befassen, das meistens auch noch auf der anderen Seite der Stadt lag. Erst als alle Reparaturen und der wichtigste Teil der Ernte beendet waren, wurde er in den Palast gerufen und durfte sich ausruhen, doch der Herrscher begrüßte ihn nicht mit der ehedem üblichen Dankbarkeit.

An diese strafende Behandlung hatte sich Pacal jedoch inzwischen gewöhnt und ertrug sie mit Schweigen. Der Herrscher hatte sich nur langsam dazu durchgerungen zu glauben, dass der Jaguarpranken-Clan aufbegehrte, und einfach nicht akzeptiert, dass Pacal nicht mehr als Oberhaupt des Clan-Rates anerkannt wurde. Aber sobald er begriffen hatte, dass dies tatsächlich der Fall war, hatte er seinen Ärger ohne Zögern an Pacal ausgelassen, indem er ihn aus wichtigen Versammlungen ausschloss und ihm Pflichten auferlegte, die weit unter dem Rang eines Verwalters lagen. Wie ein Fremder bewegte sich Pacal jetzt in den Hallen des Palastes, dachte an die Entscheidungen, die ohne ihn getroffen wurden, und an all jene, die plötzlich seine Gesellschaft mieden.

Die Delegation aus Yaxchilan traf im Monat Zac in Tikal ein, sobald die Wege aus dem Westen trocken genug waren, um Reisen zu erlauben. Caan Ac empfing sie mit großer Feierlichkeit; der gesamte Hofstaat war versammelt, um die Begrüßung und die anschließenden Reden zu verfolgen. Die vornehmliche Absicht der Delegation war, eine formelle Einladung zur Heiratszeremonie des Sohnes und Erben ihres Herrschers Schild-Jaguar zu überbringen, und dieser Obligation kam sie so großtuerisch und gleichzeitig demütig bittend nach, wie es sich geziemte. Nachdem Caan Ac die Einladung im Namen seiner Stadt angenommen hatte, brachte er seinen Wunsch zum Ausdruck, mit dem Leiter der Delegation unter vier Augen zu sprechen, und daraufhin zerstreuten sich die Angehörigen des Hofes. Auch Pacal war im Begriff zu gehen, doch da hörte er, wie der Herrscher ihn aufforderte, an der Seite des Botschafters von Yaxchilan zu bleiben. Dieser Beweis königlicher Gunst überraschte ihn, und ihm entging nicht das stolze Lächeln seines Gehilfen Chac Mut; auf dem Weg zu der Plattform, wo der Herrscher wartete, bemerkte er auch die neidischen Blicke, die ihn trafen.

Caan Ac saß auf einem gepolsterten Thron in Form einer Trommel und ließ die Beine nach der von seinem Vater und Großvater von Fremden übernommenen Art vorne herunterhängen. In den letzten Jahren war er korpulent geworden; ein stattlicher Wulst braunen Fleisches zeigte sich zwischen seiner Brustplatte aus Jade und dem Bund seines bestickten Lendentuchs. Er bedeutete Pacal, sich zu setzen, und wies ihm zu dessen neuerlicher Überraschung den Ehrenplatz zu seiner Rechten an. Der weißhaarige Botschafter stand vor dem Thron, den Kopf leicht zur Seite geneigt und die Augen respektvoll gesenkt.

Sobald die drei allein waren – der Herrscher wollte nicht einmal einen Schreiber dabei haben –, kam Caan Ac sofort zum wichtigsten Punkt: die Handelsgespräche, die in Yaxchilan beginnen sollten, sobald die Heirat von Schild-Jaguars Sohn gebührend gefeiert war. Besonders interessiert zeigte er sich an den Bedingungen für den Kakao-Handel, und aus seinen Bemerkungen erkannte Pacal rasch, dass Schild-Jaguar hier bereits im voraus Bedingungen gestellt hatte. Zweifellos hatten Caan Ac und die anderen Verwalter diese schon seit einiger Zeit besprochen und Gegenargumente formuliert, von denen Pacal nichts wusste. Doch diese unverschuldete Unzulänglichkeit spornte ihn nur umso mehr an, äußerst konzentriert zuzuhören, um die Grundzüge des zur Diskussion stehenden Vertrages zu begreifen.

Was er vom Botschafter zu hören bekam, verblüffte ihn zunächst, denn der alte Mann sprach von Mengen, die aller

Erfahrung nach unverhältnismäßig waren. Pacal wartete auf weitere Angebote, musste jedoch schockiert feststellen, dass das bislang Vorgetragene bereits den gesamten Vorschlag ausmachte. Entgeistert starrte er den Botschafter an; er konnte nicht glauben, dass dies ernst gemeint war. Doch der alte Mann beharrte mit aller Höflichkeit auf seinen Worten und ließ sich von Caan Acs zunehmend schärferen Fragen nicht aus dem Konzept bringen. Yaxchilan habe sich zwischenzeitlich weitere Quellen zum Bezug von Kakao erschlossen, erklärte er; und zwar sowohl durch Handelsabkommen mit Stämmen im Norden und Westen der Stadt als auch durch Überfälle auf Feinde in diesen Gebieten. Erst vor kurzem habe Schild-Jaguar sich einer Kakaoplantage bemächtigt, die dem Volk der Ara gehört habe, eine ausgedehnte, ertragreiche Pflanzung auf erhöhten Feldern im Überschwemmungsgebiet des Chikin-Flusses. Wenn Tikal also weiterhin mit Kakao handeln wolle, schloss der Botschafter gelassen, würde die Stadt künftig mehr bieten und mit weniger Gewinn rechnen müssen – weniger Jade und Obsidian, weniger Felle und kostbare Federn und auch weniger Salz und andere wertvolle Artikel, die auf den Flüssen aus dem Hochland nach Yaxchilan kamen. Als alternative Zahlungsmittel würde Schild-Jaguar auch Mais oder getrockneten Fisch erwägen oder auch fein gearbeitete handwerkliche Güter akzeptieren, für die Tikal berühmt war: geschnitzte Schüsseln und Paneele, gefärbtes und besticktes Tuch, bemalte Keramik, Jadeschmuck und Federbüsche sowie Zeremonialgeräte aus Muschelschale, Knochen und Rochenstacheln.

Caan Acs rundes, aufgedunsenes Gesicht behielt seinen verdrießlichen, unzufriedenen Ausdruck unverändert bei, bis der Botschafter geendet hatte, doch der Herrscher reagierte auf den Vortrag nicht mit sofortiger, absoluter Ablehnung, wie Pacal es erwartet hatte. Stattdessen begann er, von der Zusammensetzung der Delegation zu sprechen, die er nach Yaxchilan senden wollte, und erwähnte die Namen der Herren, die er *vielleicht* würde überreden können, die Hochzeit von Schild-Jaguars Sohn mit ihrer Gegenwart zu beehren. Man müsse ferner auch die Ehrengarde der Krieger in Betracht ziehen und dazu die Musiker und Tänzer, die Maler und Handwerker sowie die Priester und Gelehrten, die es zu schicken gelte. Das Ansehen dieser Delegation ließe sich nicht in Zahlen und Worten ausdrücken, behauptete Caan Ac; vielmehr gehe es hier um die ganz persönliche Achtung, die er für seinen Verwandten Schild-Jaguar hege, um ein Symbol für die lang anhaltenden Bande des Respekts und der Blutsbrüderschaft, die ihre beiden Städte verbinde.

Der Botschafter stimmte aus vollem Herzen zu und bekannte, im Gegenzug zu Caan Acs Großzügigkeit zu gewissen Konzessionen bereit und ermächtigt zu sein. Der freie Austausch von Geschenken zwischen Herrschenden sei ein alter und ehrenvoller Brauch, den man nicht mit den Tauschgeschäften von Händlern verwechseln dürfe. Deshalb sei er höchst erfreut, nun die Geschenke zu zeigen, die Schild-Jaguar seinem Freund in Tikal überreichen wolle, und sich dann anzuhören, welcher Art die Delegation sei, die Caan Ac nach Yaxchilan zu entsenden gedenke.

Mit widerwilliger Bewunderung hörte Pacal zu, wie Caan Ac und der Botschafter nun ›Geschenke‹ miteinander absprachen und sich im Verlauf des Gespräches allmählich über die Handelsbedingungen einigten, wenngleich Tikals Delegation dabei an Größe und Rang immer mehr zunahm. Doch seine Besorgnis verringerte sich dadurch kaum, denn die Kosten für die Ausstattung der Delegation würden für sich genommen schon sehr hoch ausfallen, und zusätzlich würde die Stadt noch die Ausgaben für die monatelange Abwesenheit von vielen ihrer bedeutendsten Häupter zu tragen haben. Trotz all seiner Schläue würde Caan Ac es mit den Konzessionen, zu denen er den Botschafter überredete, nicht schaffen, diese Kosten wettzumachen. *Es war ein Fehler, sich beim Handeln so sehr auf unser Ansehen zu stützen*, dachte Pacal, *besonders, wenn man die angebotenen Bedingungen schon von vornherein als eine Beleidigung betrachten könnte*.

Aber schließlich hatten Caan Ac und der Botschafter eine Übereinkunft erzielt, und der Herrscher schickte sich an, sei-

nen Gast zu entlassen, als seien alle ihre Geschäfte abgeschlossen. Der alte Mann unterbrach ihn höflich mit der Frage, ob der große Herr Schild-Jaguars zweite Bitte vergessen
habe. Darauf reagierte Caan Ac unmittelbar mit offenkundi-
gem Ärger. Das sei schlichtweg unvorstellbar, erklärte er mit
Nachdruck; dazu würden sich die Herren von Tikal nicht bereit erklären. Auch er selbst könne nicht glauben, dass
Schild-Jaguar meine, eine solch außerordentliche Achtungsbezeigung verdient zu haben.

Darauf antwortete der Botschafter noch demütiger als
bisher, dass diese Geste wohl unter Umständen falsch aufgefasst werden könne, betonte aber, dass sie für Schild-Jaguar
eine große Genugtuung bedeuten würde. Sein Ton gab zu
verstehen, dass er zu weiteren Zugeständnissen durchaus
bereit, ja fast erpicht darauf war, und er ließ keinen Zweifel
daran, dass dieses ›Geschenk‹ mehrfach zurückerstattet
würde. Doch Caan Ac ließ sich davon nicht beeindrucken
und entließ den Botschafter ohne eine weitere Diskussion; er
sagte lediglich, man werde noch einmal miteinander sprechen, bevor die Delegation wieder aus Tikal abreise.

Als der Botschafter gegangen war, kam ein Diener herein,
doch Caan Ac schickte ihn hinaus, um ungestört mit Pacal
sprechen zu können.

»Nun, Pacal«, begann er in unerwartet vertrautem Ton,
»du siehst die Lage, in der wir uns befinden. Yaxchilan holt
sich seinen Kakao mit Gewalt, so wie der Wind uns den
Mais genommen hat. Ich habe nirgendwo ein leichtes Spiel,
nicht einmal mit meinen eigenen Clans.«

Resigniert senkte Pacal den Kopf und akzeptierte diese
Rüge, die sein Vater ihm eingebracht hatte. Er fragte sich, ob
er hierherbestellt worden war, um die Schuld für die gegenwärtigen Probleme des Herrschers auf sich zu nehmen; ob er
dieser Verhandlung zur Bestrafung hatte zuhören müssen.
Doch als Caan Ac fortfuhr, war sein Tonfall um einiges
freundlicher.

»Ich sehe, dass auch du dich in einer schwierigen Lage
befindest, Pacal. Dein Vater beleidigt mich fast täglich; er bezeichnet meine Ahnen als ›Fremde‹ und zweifelt die Gültig-

keit der Katun-Rituale an. Und er hat deinen Clan-Rat überredet, mir nicht die Krieger und Arbeiter zu schicken, die unsere Stadt braucht, um alte Schulden einzutreiben. Aber bislang war ich zu verärgert, um anzuerkennen, dass du dabei nicht nur keine Schuld trägst, sondern selbst dadurch beschämt wirst.«

»Ich kann die Verantwortung für das Tun meiner Leute nicht von mir weisen«, murmelte Pacal zerknirscht, »sosehr ich es auch bedaure.«

»Aber die Jaguarpranke ist nur ein Clan«, erwiderte der Herrscher großmütig, »und bei weitem nicht der größte. Ich kann es mir leisten, dass er hart mit mir verhandelt, und großzügig nachgeben, anstatt eine Konfrontation heraufzubeschwören. Und bei den Priestern und den Lebenden Ahnen der anderen Clans hat Balam Xoc keine breite Unterstützung gefunden; sie haben ihre Leute klugerweise davon abgehalten, sich seine Ketzereien anzuhören. Wenn er nicht eine Plattform bekommt, von der aus er sein unbesonnenes Programm verbreiten kann, wird er keine Anhänger mehr finden.«

»Ich danke Euch für Eure Nachsicht, Herr«, sagte Pacal mit einer Aufrichtigkeit, die seine Stimme zittern ließ. Caan Ac nickte väterlich und hielt eine Handfläche nach oben zum Zeichen, dass er keine Dankbarkeit erwartete.

»Um dir zu zeigen, dass ich gegen dich oder deinen Clan keinen Groll hege, ernenne ich deinen Sohn Kinich Kakmoo zu einem der Nakoms, die die Krieger nach Yaxchilan führen werden«, erklärte er und musterte Pacal dann eingehend. »Und ich möchte, dass auch dein anderer Sohn, der Maler Akbal, mit nach Yaxchilan geht«, fügte er hinzu.

»Akbal?«, wiederholte Pacal überrascht. »Wollt Ihr, dass er etwas für Euch malt?«

»Nicht für mich. Für Schild-Jaguar. Das war die Bitte, die ich vorhin so grob zurückwies. Schild-Jaguar verlangt von allen seinen Verbündeten und Untergebenen, zur Hochzeit seines Sohnes einen namhaften Künstler mitzuschicken. Sie sollen jeder eine Begräbnisvase bemalen, die ihnen in Yaxchilan ausgehändigt wird. Jede Vase wird eine Inschrift tragen, und sie wird den Künstler zeigen, wie er als Repräsentant des Herrschers, der ihn sandte, Schild-Jaguar huldigt.«

Pacal schwieg besonnen; er hatte bereits gehört, dass Caan Ac beabsichtigte, diese Forderung trotz des Ärgers, den er dem Botschafter gegenüber gezeigt hatte, zu erfüllen. Doch Ärger schien ihm die weitaus passendere Reaktion. Tikals Herrscher schuldete Schild-Jaguar keine Anerkennung; eine solche Forderung konnte man nur als Anmaßung, wenn nicht gar als eine Form von Spott betrachten.

»So etwas habe ich noch nie gehört«, sagte er schließlich vorsichtig.

Caan Ac streifte ihn mit einem Blick. »Es ist schon vorgekommen, allerdings nicht mehr seit den Zeiten meines Großvaters. Kannst du die Dienste deines Sohnes in Anspruch nehmen?«

»Ist das ein königlicher Auftrag, Herr?«, fragte Pacal.

Der Herrscher schüttelte den Kopf. »Ich muss es als einen persönlichen Gefallen erbitten, Pacal. Ich habe nicht gelogen, als ich sagte, dass die Herren von Tikal sich dazu nicht bereit erklären würden, und aus diesem Grunde habe ich diese Forderung nicht vor dem Rat erwähnt. Aber wenn man ihr ohne Aufhebens nachkommt, werden sie meine Erklärungen später akzeptieren müssen.«

Pacal nickte nachdenklich; er sah den Scharfsinn, der sich hinter der Wahl Akbals verbarg. Akbal war adeligen Blutes, hatte sich aber noch keinen großen Namen gemacht, und ebendies würde das Gewicht seiner Wahl verringern, zumindest in den Augen der Herren von Tikal. Andererseits aber würde Akbals Können als Maler Schild-Jaguar nicht das Gefühl geben, betrogen worden zu sein. Und *falls* diese Sache so ohne Aufhebens vonstatten ging, wie Caan Ac es wünschte, würde er dabei kaum einen Prestigeverlust zu befürchten haben. Pacal dachte an seinen Vater und runzelte unwillkürlich die Stirn.

»Mein Sohn ist der Gehilfe meines Onkels Cab Coh«, erklärte er, »aber zur Zeit ist er damit beschäftigt, die Ahnenbücher unseres Clans zu restaurieren. Ich muss meinen Vater um Erlaubnis bitten, ihn freizustellen.«

Caan Ac kratzte sich am Kinn, und für einen Augenblick schien er sich sein Anliegen noch einmal zu überlegen. Doch dann zuckte er die Achseln und hielt die Hände mit den Innenflächen nach oben hoch – er gab das Problem an Pacal zurück.

»Dann tu, was du kannst. Du hast selbst gesehen, wie wichtig Schild-Jaguar diese Sache ist und wieviel wir damit für unsere Handelsbedingungen herausholen können. Vielleicht erinnerst du deinen Vater daran, dass der Jaguarpranken-Clan am Reichtum der Stadt teilhat, unabhängig davon, ob er mir vertraut oder nicht«, bemerkte Caan Ac abschließend.

»Ich werde mein Bestes tun, ihn zu überreden«, versprach Pacal. Er verneigte sich, stand auf und verbeugte sich noch einmal, und der Herrscher verabschiedete ihn mit einem müden Kopfnicken. Pacal dagegen verließ den Raum hoch erhobenen Hauptes in dem Wissen, dass er öffentlich rehabilitiert war und bald von jenen, die ihn in letzter Zeit brüskiert hatten, Entschuldigungen entgegennehmen würde. Doch die Dinge, die er heute gehört, und der Kurs, den Caan Ac eingeschlagen hatte, enttäuschten ihn sehr. Es wäre besser gewesen, Schild-Jaguars Forderungen zurückzuweisen und sich anderweitig nach Handelsbeziehungen umzutun – im Osten oder im Süden zum Beispiel. Wäre Pacal an den Vorverhandlungen beteiligt gewesen, so hätte er sicher einen entsprechenden Vorschlag unterbreitet. Nun aber war es zu spät; nun konnte er nur noch seine Pflicht tun, wie er es versprochen hatte, und hoffen, dass sein Vater ihm nicht noch einmal einen Strich durch die Rechnung machte.

Von der südwestlichen Ecke am oberen Platz des Jaguarpranken-Hauses führte eine schmale Steintreppe nach unten, die an einer Holzbrücke endete; die Brücke überquerte den tiefen Wasserlauf, der den oberen vom unteren Platz trennte. Während der Regenzeit diente dieser Kanal als Ablaufrinne; seine Seitenwände waren terrassiert und zum Schutz vor Erosion mit Kalkmergel verputzt. Auf den oberen Terrassen wuchsen Avocado- und Kirschbäume, während auf den darunterliegenden Farne und wilder Efeu den von den Frauen des Clans angelegten Blumenbeeten den Platz streitig machten. Im trockenen Bett des Kanals schließlich blühten dornige Beerensträucher, die von gelben Bienen umschwärmt wurden.

Zurückgesetzt auf der mittleren Terrasse stand eine niedrige, steinerne Bank im Schatten der rosa und weiß blühenden Kirschbäume auf der Terrasse darüber. Sie war auf die Bitte der Herrin Ik Caan dort aufgestellt worden, die auch die strahlend roten Blumen zu beiden Seiten der Bank gepflanzt hatte. Seit dem Tod ihrer Mutter kam Kanan Naab oft hierher, denn es war ein besinnlicher Ort, ein guter Platz, um in Zeiten des Zögerns und Zauderns neuen Mut zu schöpfen. Außerdem war diese Bank der einzige Gegenstand, der sie an ihre Mutter erinnerte – diese strahlende, kraftvolle Frau, die sie kaum gekannt hatte und die von der Wand im Haus ihres Vaters auf sie herabschaute.

Heute jedoch war Kanan Naab nicht hierher gekommen, um sich Kraft und Mut zu holen. Sie war zwar müde, aber nicht aus einer Angst heraus. Sie hatte in letzter Zeit keine Muße gehabt, sich mit ihren Gefühlen zu beschäftigen, weil sie viel zu sehr damit ausgefüllt gewesen war, die Nerven anderer zu beruhigen, vor allem die ihrer Stiefmutter Ixchel. Balam Xoc hatte alle sehr mitgenommen; unerwartete Gefühlsausbrüche waren seither fast an der Tagesordnung. Ihr Vater, wenn er überhaupt da war, war launisch und wortkarg, und ihr Bruder Kinich Kakmoo konnte keine Mahlzeit mehr beenden, ohne wenigstens einmal auf seinen Großvater zu schimpfen. Sogar Akbal schien angespannt und in Anspruch genommen; jedenfalls war er nicht mehr der unbeschwerte Junge aus Kindheitstagen. Es war also auch kein Wunder, dass Ixchel, die noch mehr im Schatten von Ik Caan stand als Kanan Naab, sich inmitten dieses Familiendramas verloren und hilflos fühlte.

Kanan Naab setzte sich mit gekreuzten Beinen auf die Bank und sog den Duft der Blumen, der Kirschblüten und der an den Baumstämmen hinaufwachsenden Vanille ein. Überall waren prachtvolle, bunte Kolibris, die surrend von

Blüte zu Blüte huschten und die nadeldünnen Schnäbel hineinsenkten, um den Nektar zu trinken. Kanan Naab verfolgte entzückt ihre abrupten tanzenden Bewegungen und lachte laut, als einer der winzigen, schillernden Vögel einen Augenblick lang vor ihr in der Luft stand und ein herausforderndes Zwitschern vernehmen ließ, bevor er sich blitzschnell entfernte.

Ich muss schlecht sein, dachte sie, *dass es mir in dieser Zeit, wenn alle anderen in meiner Familie leiden, so gut geht.* Aber es stimmte: Was immer sich hinter dem Tun ihres Großvaters verbarg – für sie hatte es sich unleugbar zu ihren Gunsten ausgewirkt. Die Unsicherheit, die er bei den anderen ausgelöst hatte, führte dazu, dass sie sich in ihrer Familie normaler fühlte, ja, sie hatte ihr sogar so etwas wie einen Vorteil eingebracht. Als ein Kind des Katuns war sie vertraut mit der Unsicherheit und den Ängsten, die damit einhergingen; und so konnte sie mitfühlend auf jene zugehen, die von solchen Gefühlen überrascht wurden. Dieses Mitgefühl veranlasste die anderen, ihr zu vertrauen und Kraft bei ihr zu suchen, und das verschaffte ihr ein Gefühl persönlicher Stärke, die zu besitzen sie nie für möglich gehalten hätte.

Kanan Naab hätte es zwar niemals zugegeben, aber sie war überzeugt, dass diese Stärke ein Geschenk ihres Großvaters war. Sie war sogar der Meinung, dass alles, was Balam Xoc seit seinem Tanz auf dem Stein getan hatte, irgendwie auf sie gerichtet war. Sie hatte an jenem Tag am hinteren Rand der Menge gestanden; aber zwischen den anderen Frauen eingeklemmt, hatte sie nicht über die vorne stehenden Männer sehen können. Doch als Balam Xoc anfing, für die Leute zu tanzen, waren die schwarzgekleideten Pilger in der ersten Reihe ehrfurchtsvoll auf die Knie gesunken und hatten die Männer hinter ihnen gezwungen, es ihnen nachzutun. Dadurch waren die Reihen, die Kanan Naab die Sicht versperrt hatten, wie von magischer Hand entfernt worden. Die Frauen konnten jedoch nicht neben ihren Männern niederknien, und so hatte sie Balam Xocs Tanz von Anfang bis zum Ende verfolgen können.

Kanan Naab war sich sicher, dass sie den Anblick, wie der

große Jaguar auf dem Stein tanzte, nie vergessen würde; wie er langsam von einem Bein auf das andere hüpfte, von Zeit zu Zeit im Rhythmus mit der Trommel den Zeremonialstab schüttelte und mit der dunkelroten Pranke durch die Luft fuhr. Der bemalte Kopf auf seinem Jadegürtel bewegte sich mit der Musik, und die lange Federschleppe schlang sich um seine Beine, so dass er zu stolpern drohte. Aber er tanzte sicher, ohne die Balance zu verlieren, selbst wenn er sich ganz nah an den Rand des Podests wagte. Er drehte sich im Kreis und verlor blaugrüne Federn, die sacht zu Boden schwebten, als er das Gesicht wieder den Menschen zuwandte. Dann verharrte er auf einer Stelle, und plötzlich riss er seinen Stab und die scharfen, roten Klauen seiner Jaguarpranke hoch über den Kopf und schickte einen lauten, durchdringenden Schrei zum Himmel, der an den steinernen Wänden der umliegenden Tempel widerhallte wie eine Antwort auf sich selbst …

»Bist du es, Kanan Naab?«, Ixchels Stimme ließ sie aus ihrem Tagtraum erwachen. Noch etwas benommen von der intensiven Erinnerung an den Tanz ihres Großvaters, lächelte Kanan Naab ihrer Stiefmutter zu, die sie besorgt musterte.

»Du bist doch nicht krank, mein Kind?«, fragte Ixchel. Ihre Besorgtheit, auch wenn sie unbegründet war, berührte Kanan Naab. Ixchel war nur sieben Jahre älter als sie; tatsächlich war Ixchel ein Jahr jünger als ihr Stiefsohn Kinich Kakmoo, was ihre Autorität in einem Haus, in dem ohnehin noch der Geist von Ik Caan regierte, nicht gerade förderte. Nach fünf Ehejahren mit Pacal hatte sie noch immer keine eigenen Kinder geboren und konnte sich ihren Stiefkindern gegenüber nur schwer als Mutter behaupten.

Kanan Naab klopfte leicht neben sich auf die Bank. »Komm, setz dich zu mir, Ixchel«, lud sie ihre Stiefmutter ein, »hier im Schatten ist es schön kühl.«

Ixchel legte zögernd den Kopf zur Seite; ihre dünnen Lippen bewegten sich stumm. Sie hatte ein langes, schmales Gesicht, und wenn sie entspannt war und Vertrauen fassen konnte, war sie durchaus attraktiv. Im Augenblick gelang es ihr zwar nicht, aber sie nahm Kanan Naabs Einladung dennoch an.

»Sind die Blumen nicht wunderschön?«, fragte Kanan Naab freundlich. »Und wie herrlich sie alle riechen!«

»Ja, es ist sehr schön hier«, stimmte Ixchel zu und zog instinktiv den Kopf ein, als ein Kolibri dicht über die beiden hinweg schwirrte und fast ihre geflochtenen Haarrollen berührte. Nachträglich lächelte sie darüber, und als derselbe Vogel noch einmal über sie hinweghuschte, hielt sie still.

»Sie sind sehr geschäftig«, bemerkte Kanan Naab. »Genau wie wir. Deshalb ist es gut, sich hier ein wenig auszuruhen und wieder Kraft zu schöpfen.«

Ixchel nickte und blickte zu den über ihr hängenden Kirschblüten auf, atmete den süßen Duft ein und schloss für einen Moment die Augen, um ihn voll auszukosten. Aber trotz alledem spürte Kanan Naab schon wieder die Anspannung in Ixchels zartem Körper; sie sah, wie ihre Stiefmutter die Kiefer zusammenpresste und ihre Lider flatterten, obwohl sie versuchte, sie geschlossen zu halten.

»Du hast mich gesucht«, sagte Kanan Naab leise. »Willst du mir etwas sagen?«

Ixchel öffnete die Augen, ließ den Atem ausströmen, den sie zurückgehalten hatte, und blickte Kanan Naab dankbar und erleichtert an. Ihre Verletzlichkeit ebnete den Unterschied im Alter der beiden ein, so dass Kanan Naab sich plötzlich als die Ältere fühlte.

»Du sahst so glücklich aus«, sagte Ixchel wehmütig. »Zuerst wollte ich dich gar nicht stören. Aber die Herrin Box Ek hat mir aufgetragen, dich zu suchen. Dein Vater hat Balam Xoc eingeladen, heute abend mit uns zu essen.«

»Das ist ja eine wunderbare Neuigkeit!«, rief Kanan Naab. »Vielleicht beenden sie dann endlich ihre Zwistigkeiten, und es kann wieder Frieden im Clan herrschen.«

»Das hoffe ich auch«, stimmte Ixchel zu. »Aber was, wenn sie statt dessen streiten? Ich könnte es nicht ertragen, wenn noch einmal ein schönes Abendessen durch eine schlechte Stimmung kaputtgemacht würde.«

»Das würde mein Großvater nicht zulassen«, versicherte

ihr Kanan Naab. »Außerdem werden wir etwas so Wunderbares kochen, dass man beim Essen nicht streiten kann. Kal Cuc hat heute ein paar Frösche gebracht. Ich bitte seine Großmutter, daraus einen Eintopf mit Tomaten und Chilis zu machen.«

»Mein Vater hat gerade etwas Kakao aus der Pflanzung unserer Familie in Nohmul geschickt«, berichtete Ixchel, von Kanan Naabs Enthusiasmus angesteckt. »Ich werde ihn selbst süßen und schlagen.«

»Er wird bestimmt ganz köstlich«, meinte Kanan Naab überzeugt. »Nehmen wir auch ein paar von diesen Blumen mit, um das Haus zu verschönern.«

Sie pflückte eine der zarten, roten Blumen und roch daran, riss die Blüte vom Stängel ab und hielt sie sich ans Haar, um Ixchel zu zeigen, was sie vorhatte. Ihre Stiefmutter errötete zwar augenblicklich, gab aber erfreut ihre Zustimmung und beugte den Kopf, damit Kanan Naab ihr die Blume zwischen die schwarzen Haarrollen über dem Ohr stecken konnte. Ixchel erwiderte die Geste, und dann saßen sie beide lächelnd und einander bewundernd da wie Mädchen bei ihrem ersten Fest.

»Du bist so nett zu mir, Kanan Naab«, sagte Ixchel leise und sah ihrer Stieftochter dankbar in die Augen. Von einer plötzlichen Scheu überrascht, senkte Kanan Naab den Blick; sie hatte einfach nur ihrem momentanen Gefühl nachgegeben und war gar nicht darauf gefasst gewesen, bei ihrer Stiefmutter eine solche Reaktion auszulösen. Sie waren sich zu rasch zu nahe gekommen.

»Wir brauchen alle ein bisschen Freundlichkeit«, murmelte sie nervös. Um ihre Verwirrung nicht zu zeigen, begann sie, Blumen zu pflücken, und fühlte sich erleichtert, als Ixchel ihrem Beispiel folgte. *Ich habe noch immer Angst vor dieser Stärke*, dachte sie, *Angst davor, wie sie andere dazu bringt, bei mir eine Kraft zu suchen, die sie selbst nicht besitzen.*

Sie bückte sich tiefer über das Blumenbeet und pflückte nur die größten, schönsten Blüten. Heute abend würde sie mit ihrem Großvater essen, der keine Ängste hatte wie sie und vor Hilfe suchenden, schwachen Menschen nicht zurückschreckte. Sie hoffte, Balam Xoc würde so freundlich sein, wie sie behauptet hatte, und Ixchels Essen nicht mit bösen Worten zunichte machen. Und sie hoffte mit klopfendem Herzen, dass er sie bemerken und ihr vielleicht ein Zeichen geben würde, eine kleine Geste, die ihren Glauben bestätigte, dass er für sie getanzt hatte.

Balam Xoc hielt seine Schwester am Arm fest, als sie langsam den kurzen Weg von seinem Haus zu dem seines Sohnes gingen; mit der anderen Hand stützte Box Ek sich auf ihren Gehstock. Pacal und seine Frau begrüßten sie vor der Tür und führten sie ins Haus. Von den Dachsparren hingen Zweige mit weißen und rosafarbenen Kirschblüten herab, auf dem Boden waren in einem Kreis gewebte Matten ausgebreitet, und an jedem Platz lag ein frisches Tuch, auf dem eine Holzschale mit Wasser und einer schwimmenden roten Blüte darin stand. Ferner waren für jeden Teilnehmer des Mahls bereits von roten Blumen und glänzenden, grünen Blättern umringte Obstschalen bereitgestellt.

»Das sieht wirklich bezaubernd aus, Ixchel«, sagte Balam Xoc gerührt. »Und auch du selbst bist so schön wie die Blume in deinem Haar.«

Ixchel strahlte vor Freude und verbeugte sich tief vor ihrem Schwiegervater. »Die Blumen waren Kanan Naabs Idee«, erwiderte sie bescheiden. »Und sie hat mir auch bei der Zubereitung des Essens geholfen.«

»Dann muss man euch beiden ein Kompliment aussprechen. Komm, setz dich zu mir, meine Tochter«, fuhr er an Kanan Naab gewandt fort. »Und du, Akbal, an meine andere Seite.« Er richtete den Blick auf Pacal. »Wie ich sehe, hast du meinen zweiten Enkel nicht eingeladen.«

Pacal zögerte einen Moment, bevor er seinem Vater direkt in die Augen sah. »Ich kann mich nicht darauf verlassen, dass Kinich sich beherrscht«, räumte er dann wahrheitsgemäß ein. »Er ist noch immer sehr zornig darüber, dass Ihr den Kriegern des Clans verboten habt, das Ballspiel anzusehen.«

»Er ist mit seinem Zorn nicht allein«, bemerkte Balam

Xoc nachsichtig, wandte sich dann aber dem Essen zu, das
die Diener auftrugen. Es gab einen Eintopf aus Froschschen-
keln und Tomaten, heiße Yamswurzeln mit Honig, Maisteig
mit Chilis und Blattgemüse und Brotnußkuchen mit Vanille-
geschmack; dazu wurden noch Schüsseln mit Avocados, Papayas, Zapotes und Palmenherzen sowie große Kürbisflaschen mit Kakao serviert, der zu einem kühlen Schaum
geschlagen war.

Anfangs hatte Pacal keinen Appetit verspürt, doch allein
die Gerüche ließen ihm nun schon das Wasser im Mund zu-
sammenlaufen, und so griff er bald beherzt zu wie alle anderen. Aber er konnte es nicht lassen, seinen Vater ständig im
Auge zu behalten; er wartete geradezu darauf, dass Balam
Xocs Laune sich änderte. Da er für Caan Acs Plan ohnehin
nicht Partei ergreifen konnte, hatte er sich entschlossen, so
frei mit seinem Vater zu sprechen, wie die Diskussion es erforderte. Das Eingeständnis von Kinich Kakmoos Zorn war
eine Art Test gewesen, und Balam Xocs Reaktion war durchaus positiv ausgefallen. Dennoch blieb Pacal skeptisch; er
nahm einen Schluck Kakao und sagte sich, dass der Abend
jung und sie noch weit von der Diskussion entfernt waren,
die dieses Zusammenkommen notwendig gemacht hatte.
Aber Balam Xocs offensichtliche Herzlichkeit gab ihm Mut;
er beobachtete fasziniert, wie der alte Mann mit seinen En-
keln umging und sie über ihr Leben befragte.

»Aus den alten Büchern könntest du vieles lernen«, sagte
Balam Xoc gerade zu Akbal. »Vieles, das dir bei einer Entscheidung bezüglich deines Steins helfen könnte.«

»Zur Zeit arbeite ich an der Malerei der Denkmäler der
ersten Jaguarpranke«, erklärte Akbal ernst. »Sie sind ganz
anders als die, die heute in der Stadt stehen. Der Herrscher
trägt keine Federn.«

»Du bist sehr aufmerksam«, lobte ihn Balam Xoc. »Auch
das Tragen von Federn kam erst mit den Cauac-Schild-Leuten zu uns. Es bedeutete eine neue Quelle des Wohlstands
für Tikal, denn die Sprecher von Zuyhua, für die die Cauac-
Schild-Leute Handel trieben, schätzten die farbenprächtigen
Federn unserer Vögel. Sie bezahlten dafür gut mit einem fei-

nen, grünen Obsidian, der hier viele Katune lang nicht gesehen wurde.«

»Wer waren die Sprecher von Zuyhua, Großvater?«, fragte Kanan Naab spontan, ohne eine warnende Geste von Box Ek zu beachten. Doch Balam Xoc beantwortete die Frage seiner Enkelin bereitwillig.

»Sie kamen aus einer großen Stadt im Westen«, erklärte er, »einer Stadt, deren Namen wir nicht mehr kennen. Zuerst setzten sie sich in Kaminaljuyu fest, einer Stadt im Hochland südlich von Quirigua. Sie beteten den Regengott an, den wir Cauac nennen, und sie hatten eine ungewöhnliche Waffe, mit der sie kurze Speere mit großer Kraft schleudern konnten, so wie Cauac in einem Gewitter seine Blitze schleudert.«

»Haben sie uns auch die Katun-Zählung gebracht?«, fragte Kanan Naab sofort, doch dieses Mal unterbrach Box Ek ungeduldig, noch ehe ihr Bruder antworten konnte.

»Solche Dinge bespricht man nicht in der Anwesenheit von Frauen«, behauptete sie mit einem zornfunkelnden Blick auf Kanan Naab. »Was weiß dieses Mädchen denn schon von der Katun-Zählung?«

»Vielleicht zu viel«, antwortete Balam Xoc geheimnisvoll. »Schließlich hat sie ihr ganzes Leben mit der Prophezeiung *dieses* Katuns verbracht, nicht wahr? Nein, meine Tochter«, sagte er bestimmt und wandte sich wieder an Kanan Naab, »die Katun-Zählung haben die Cauac-Schild-Leute nach Tikal gebracht, die von den Kaminaljuyu *und* den Zuyhua abstammten. Sie ähnelten mehr uns als den Zuyhua, aber trotzdem waren sie Fremde, ein Volk ohne Ahnen.«

Pacal hörte den Erklärungen seines Vaters erstaunt zu; Balam Xoc sprach von Dingen, die sich im vorangegangenen Zyklus, vor mehr als vierhundert Tunen, ereignet hatten. *Dies* also ist die Grundlage für seine Behauptung, dass der Himmels-Clan von Fremden abstamme, dachte Pacal ungläubig. Aber er bemerkte auch die gespannten Mienen seiner Kinder und die Faszination seiner Frau. Er blickte Ixchel von der Seite an und fand, dass sie bezaubernd aussah, wenn sie so konzentriert zuhörte; gleichzeitig wunderte er sich jedoch, weshalb eine Frau aus Nohmul sich für die Geschichte Tikals interessierte. Mit erneuten Befürchtungen dachte er an die Beteuerung des Herrschers, Balam Xoc werde keine Anhänger mehr finden.

»Genug der Geschichte«, meldete sich Box Ek zu Wort. »Wir sollten in die Zukunft blicken, nicht in die Vergangenheit. Mein Bruder, hast du dir schon einmal Gedanken darüber gemacht, für deine Enkelin einen Mann zu finden?«

Balam Xoc blickte freundlich auf Kanan Naab, deren rundes Gesicht bei diesem Thema vor Verlegenheit errötete. Dann wandte er sich wieder seiner Schwester zu. »Beschäftigt dich diese Frage, Box Ek?«, fragte er sie in einem herausfordernden, neckischen Ton.

»Bei ihr können wir nicht früh genug damit anfangen«, erwiderte die alte Frau schroff. »Sie ist schwierig und verstockt, und sie glaubt, sie sei zu klug für die meisten Männer.«

»Das ist sie zweifellos«, erwiderte Balam Xoc. »In ihren Adern fließt das Blut großer Herrscher. Wenn sie ein Mann wäre, würde sie Priester werden, genau wie ihr Onkel, oder ein Verwalter wie ihr Vater, oder vielleicht sogar … der Lebende Ahn.« Er musterte Kanan Naab. »Weshalb sollte sie weniger klug sein als ihre Vorfahren?«, fragte er provozierend.

»In Tikal hat noch nie eine Frau regiert«, hielt Box Ek ihm entgegen. »Sie mussten sich alle Ehemänner suchen.«

»Und das wird auch sie tun. Aber warum sollten wir uns beeilen, unseren Schatz loszuwerden? Ich habe mein ganzes Tun darauf gerichtet, die Kraft und Stärke des Jaguarpranken-Clans zu erhalten«, fügte er ernster hinzu. »Dieses Kind ist unser Lebensblut, auch wenn sie noch so schwierig ist. Ich würde niemals einer Heirat zustimmen, bei der ihre Gaben vergeudet würden.«

Und ich soll bei der Verheiratung meiner Tochter wohl gar nichts zu sagen haben? fragte sich Pacal und hätte es zum Scherz fast ausgesprochen. Doch er hatte diesen Ton schon in der Ratsversammlung gehört, und sein Vater schien sich auch in diesem Fall seiner Rechte absolut sicher zu sein. Er hatte Box Ek zum Schweigen gebracht und Kanan Naab, die ihren Großvater bewundernd anstarrte, schlichtweg überwältigt. *Und wer bin ich, mit ihm zu streiten*, dachte Pacal hilf-los, *wenn ich schon jetzt um die Dienste meines eigenen Sohnes betteln muss*? Er dachte daran, wie Tzec Balam, der Hohe-priester, ihn vor Monaten gebeten hatte, die Grenzen der Macht des Lebenden Ahnen zu beschreiben, und nun er-kannte er mit sinkendem Mut, dass solche Grenzen inner-halb des Clans gar nicht existierten.

Inzwischen war bereits die Nacht hereingebrochen, und Fackeln wurden entzündet, um die Moskitos fern zu halten, die ins Haus gefunden hatten. Bedienstete trugen die Reste des Mahles ab, und die Unterhaltung wurde allmählich schleppender. Ixchel entschuldigte sich der Sitte gemäß als erste und zog sich mit einem Lächeln des Dankes für die Komplimente, die Balam Xoc ihr zum Abschied machte, in das hintere Zimmer zurück. Dann erhielten Akbal und Kanan Naab den Segen ihres Großvaters und führten Box Ek nach Hause. Pacal holte lange, gerollte Röhren des Rauch-blattes Mai und entzündete feierlich eine für seinen Vater und eine für sich. Schweigend rauchten sie eine Weile und lauschten dem Singen der Insekten und den gedämpften Schreien der Nachtvögel.

»Das war ein höchst erfreulicher Abend«, sagte Balam Xoc endlich und blies einen Rauchring in die Luft. »Aber vielleicht möchtest du mir jetzt noch mitteilen, was du von mir erwartest.«

Die Direktheit seines Vaters verblüffte Pacal. Er zog an seiner Zigarre und versuchte, seine Gedanken zu sammeln. Alles, was er heute abend gehört hatte, hatte ihn davon überzeugt, dass es nur einen Weg gab, wie er sich an seinen Vater wenden konnte – nämlich, so aufrichtig zu sein, wie er es von Anfang an geplant hatte. Aber dennoch zog es ihm den Magen zusammen, wenn er daran dachte, was diese Aufrichtigkeit ihn kosten konnte, falls sein Vater ihn noch einmal hinterging. Er warf einen Blick auf Balam Xoc, der geduldig wartete, die tief liegenden Augen in Schatten ver-borgen. *Ich habe keine Wahl, als ihm zu vertrauen*, dachte Pacal, gab jeglichen Gedanken an eine Strategie auf und riskierte die erleichternde Erfahrung eines offenen Gesprächs.

Zunächst berichtete er Balam Xoc über die geplante Delegation nach Yaxchilan, gab so genau wie möglich, jedoch ohne Zahlen zu nennen, die damit in Zusammenhang stehenden ungünstigen Handelsbedingungen wieder und betonte seine Unzufriedenheit darüber, dass sie überhaupt akzeptiert worden waren. Er gab sich keine Mühe, die Zugeständnisse zu rechtfertigen, die Caan Ac im Gegenzug gemacht hatte, doch er legte sie seinem Vater bis in die kleinsten Einzelheiten dar. Balam Xoc gab dazu keinen Kommentar ab, sondern hörte lediglich sehr aufmerksam zu. Dann kam Pacal zu Kinich Kakmoos Ernennung zum Nakom, Schild-Jaguars Wunsch nach einem Maler, Caan Acs vorgetäuschter Weigerung und seinem schlauen Plan, Akbal nach Yaxchilan zu schicken. Nur die Bemerkungen des Herrschers zur Person Balam Xocs ließ Pacal unerwähnt, denn er wollte Caan Acs Vertrauen nicht missbrauchen.

Balam Xoc musterte ihn eingehend. »Zu dieser Begräbnisvase«, begann er dann abrupt, »hat Caan Ac nur gesagt, dass das schon einmal gemacht wurde? Er weiß nämlich auch sehr genau, für wen – für seinen eigenen Großvater Kakaomond nämlich. Damals haben die anderen Städte, auch Yaxchilan, ihre Maler hierher geschickt. Aber wie kommt es, dass Yaxchilan nun seinerseits in der Lage ist, diese Gunst zu verlangen?«

»Caan Ac wird sie für dieses Privileg teuer bezahlen lassen«, meinte Pacal halbherzig. »Aber rechtfertigen kann auch er es nicht. Yaxchilan ist nur eine der Städte, mit denen wir Handel treiben, aber Caan Ac hält sie für die wichtigste. Er kann nicht vergessen, dass sein Großvater aus dem Westen kam und dass seine Vorfahren bei der Gründung von Yaxche, Yaxchilan und Ektun mitgewirkt haben.«

»Er ist sentimental«, entgegnete Balam Xoc verächtlich. »Hast du ihm nicht gesagt, dass wir auch mit anderen Städten handeln können? Hast du ihn nicht an unsere alten Bande mit Uaxactun, Chakan und Nakum erinnert?«

»Dazu hatte ich keine Gelegenheit«, gestand Pacal. »Ich war an den Vorgesprächen für die Handelsübereinkunft mit Yaxchilan nicht beteiligt.«

»Sicherlich meinetwegen«, bemerkte Balam Xoc scharfsinnig. »Wohin wird diese Delegation noch geschickt?«

»Nur nach Ektun«, sagte Pacal rasch. »Sie wird in zwei Monaten abreisen und vielleicht zwei oder drei Monate ausbleiben.«

»Du musst dafür sorgen, dass Cab Coh einen Ersatzmann bekommt«, meinte Balam Xoc.

Pacal schöpfte augenblicklich Hoffnung. »Ihr wollt mir also Akbal überlassen?«, fragte er.

»Für wen bittest du um diesen Gefallen?«

»Für mich«, antwortete Pacal zögernd. »Der Herrscher hat mich um einen persönlichen Gefallen gebeten.«

»Verdient hat er das nicht«, erklärte Balam Xoc ungerührt. »Aber natürlich werde ich deiner Bitte nachkommen. Du bist schließlich mein Sohn.«

»Aber …« stieß Pacal hervor, unterbrach sich aber dann; er wollte die Dinge, die ihm durch den Kopf gingen, nicht preisgeben. Sie hatten alle einen Beigeschmack von Erbitterung und Ablehnung und einer Undankbarkeit, die zu zeigen er sich nicht erlauben konnte.

»Aber?«, wiederholte Balam Xoc spöttisch. »Akbal ist auch mein Enkel. Es wird ihm gut tun, Yaxchilan und Ektun zu sehen. *Du* musst entscheiden, ob es in dieser Sache gut für unsere Stadt – oder für dich – ist, dem Herrscher zu Gefallen zu sein.«

»War es gut für mich, dass Ihr mich vor dem Rat angeprangert habt?«, fuhr Pacal verärgert auf, winkte aber sofort ab und entschuldigte sich. »Vergebt mir. Es ist undankbar, mit Euch zu streiten …«

»Ich will deinen Dank nicht«, konterte Balam Xoc. »Mir wäre es sogar lieber, wenn du mit mir streiten würdest. Vielleicht kannst du nur so lernen, mit Caan Ac zu streiten. Du hast gesagt, dass du seinem Vorgehen weit gehend ablehnend gegenüberstehst. Aber du hast ihm in keinem Punkt widersprochen. Wie lange kannst du leben, ohne deine Meinung kundzutun, Pacal?«

Pacals Augen funkelten vor Zorn, doch seine Stimme war leise und beherrscht, als er antwortete.

»Caan Ac könnte uns vernichten, wenn er es wollte. Ich bin mir nicht sicher, weshalb er bislang noch nichts gegen Euch unternommen hat.«

»Und du würdest mich schützen? Oder würdest du die Hand gegen mich erheben?«

Wütend fuhr Pacal auf, doch plötzlich musste er heftig husten; er beugte sich mit hochrotem Kopf vornüber und fasste sich an die Kehle.

Balam Xoc schob ihm eine Schale Wasser hin und wartete, bis Pacal getrunken hatte und der Anfall abgeklungen war. »Ich klage dich nicht an, mein Sohn«, sagte er dann in sanftem Ton. »Aber ich hätte gerne eine Antwort von dir. Sie wird uns beide für die Zukunft vorbereiten.«

Pacal kniff die Augen zusammen und suchte widerwillig nach einem Grund für diese Beharrlichkeit seines Vaters. Balam Xoc beobachtete ihn erwartungsvoll und ließ die Möglichkeiten der Zukunft in dem Rauch Gestalt annehmen, der zwischen ihnen in der Luft hing.

Pacal seufzte laut. »Ich könnte mich niemals gegen Euch stellen«, sagte er heiser. »Ihr seid mein Vater.«

Balam Xoc lehnte sich zurück, und für einen kleinen Augenblick schien er zu lächeln. »Das habe ich nicht vergessen«, sagte er nur. »Sieh zu, dass Akbal zu mir kommt, bevor er nach Yaxchilan aufbricht. Ich werde ihn auf seine Aufgabe vorbereiten …«

KAPITEL 4

Der Maler von Tikal

(Zwei Monate später, im Monat Mac)

Ein dicker Wassertropfen traf Akbal ins Gesicht, und er wachte auf und blinzelte zu dem dünnen Baumwolltuch hinauf, das an Stöcken über ihn gespannt war. Genau über ihm kämpfte sich eine große, braune Spinne durch das mit Tau vollgesogene Geflecht, das unter dem Gewicht des Tieres nachgab und weitere Tropfen auf Akbal schickte. Gähnend und schlaftrunken reichte er hinauf und schnippte die Spinne fort, aber dadurch begann das ganze Netz zu vibrieren, so dass er eine regelrechte Dusche abbekam. Doch das bemerkte er kaum, denn seine Decke war völlig durchnässt und klebte an ihm wie eine zweite Haut. Er hatte es schon vor ein paar Tagen aufgegeben, einmal wieder richtig trocken zu werden, als die Kolonne, in der er sich befand, das letzte offene Gebiet verlassen hatte; seither bewegte sie sich nur mehr im dichten Dschungel fort.

Die Vögel und Affen waren noch nicht aufgewacht; das einzige Geräusch kam von vereinzelten, schweren Wassertropfen, die auf Blätter fielen. Doch in der schmalen Öffnung über dem Pfad sah Akbal, dass sich der Himmel soeben weiß zu färben begann, und eine plötzliche Erregung ließ ihn die Decke zurückschlagen und aus seinem provisorischen Zelt hervorkriechen. Sein Atem hing als kleine weiße Wolke vor ihm in der Luft, als er seine Decke und das Baumwollgeflecht zusammenraffte, über die Schulter warf und das Waschzeug aus seiner Tasche holte. Die anderen Männer seiner Gruppe lagen noch schlafend zu beiden Seiten des Pfades, einige unter einfachen Unterständen aus Stöcken und Palmblättern zusammengerollt, andere in Decken gewickelt neben den erloschenen Feuern. So weit Akbal sehen konnte, war der Weg beiderseits von schlafenden Gestalten gesäumt; doch der Hauptteil der Delegation lagerte hinter der Kurve im Westen, wo die Würdenträger und ihre Gemahlinnen in den Hütten der reisenden Händler in bequemen Betten nächtigten.

Die letzten zehn Tage war Akbal im hinteren Teil der Kolonne mit den rangniederen Handwerkern marschiert, hatte mit ihnen im Freien geschlafen und fast nur kalte Bohnen und verkohltes Fleisch gegessen. Sein Papier, die Farben und zusätzliche Kleidung hatte er in einem Bündel auf dem Rücken getragen, und anfangs hatte das ungewohnte Tragband ihm die ganze Stirn aufgescheuert. Aber er hatte sich überraschend schnell daran gewöhnt, und es machte ihm auch nichts aus, am Schluss der Delegation versteckt zu sein. Die anderen Männer waren zuerst argwöhnisch gewesen, aber allmählich hatten sie ihn als einen der ihren akzeptiert, denn er erwartete nie, dass man für ihn Feuerholz sammelte oder ihm das Bündel trug. Ohne viele Worte zu machen, hatten sie ihm einen Platz an ihrem Lagerfeuer eingeräumt, und er durfte bei ihren Liedern und Geschichten zuhören, während über ihren Köpfen die Fledermäuse durch das Dunkel jagten.

Akbal streckte sich ausgiebig und ging den Pfad entlang; er spürte, wie sich die Erregung, die er beim Aufwachen empfunden hatte, in ihm ausbreitete und seinen Schritt vorantrieb. Dort, wo der Weg zum Wasserloch abzweigte, lehnte ein Krieger an einem Baum, aber er hatte Akbal bereits gesehen und nickte nur.

»Dein Bruder ist vorne«, sagte er. »Geh lieber nicht so leise von hinten auf ihn zu.«

Akbal nickte und blieb stehen; er konnte seine Aufregung nicht mehr unterdrücken. »Heute kommen wir nach Yaxchilan«, sagte er begeistert zu dem älteren Krieger, der darüber nur leise lachte.

»Gegen Mittag, junger Mann. Wasch dich gut.«

Ob der Unmöglichkeit dieses Ratschlages konnte Akbal nur die Achseln zucken und weiter den schmalen Weg hinuntergehen. Der Dschungel war hier viel üppiger und aggressiver, als er es von Tikal kannte. Noch nie hatte er eine derart dichte Vegetation gesehen, und dabei war dies der Höhepunkt der Trockenzeit. Box Ek hatte ihn überredet, einen Regenumhang aus starken Fasern mitzunehmen; in Ektun würde er ihn brauchen, hatte sie ihm versichert. Und obwohl er noch gar nicht in schweren Regen gekommen war, machte ihm schon allein die Dichte des Unterholzes klar, dass es hier oft regnen musste. Bäume wuchsen auf anderen Bäumen und umeinander herum, Wurzeln verschränkten sich mit Ästen und Laub und bildeten gitterartige grüne Wände, und die Stämme waren vor lauter Ranken, Luft- und Kletterpflanzen kaum mehr zu sehen. Auf dem Boden wucherten riesige Farne und Gewächse mit glänzenden Blättern von der Größe eines Menschen, von denen Wasser auf die gigantisch großen, gelben Pilze tropfte, die in ihrem Schatten gediehen. Akbal scheuchte einen blaugrünen Leguan auf, der ihn an Kal Cuc denken ließ und daran, welchen Erfolg der junge Jäger hier haben würde.

Um den Tümpel herum war ein breiter Streifen gerodet, und über der grünen, unbewegten Oberfläche des Wassers trieben zarte, weiße Nebelbänder. Kinich Kakmoo kauerte am Ufer und spritzte sich Wasser über Arme und Schultern, der Speer und sein Feuersteinmesser lagen griffbereit hinter ihm. Akbal meldete sich mit einem Husten an, das Kinich sofort herumwirbeln ließ, aber sobald er seinen Bruder erblickte, erschien ein Lächeln auf seinem breiten Gesicht, das die Jade- und Pyriteinlagen in seinen Zähnen zeigte.

Akbal breitete seine Decke und das Baumwolltuch zum Trocknen aus und ging zu seinem Bruder ans Wasser hinunter. Obwohl er eine ganze Handbreit größer war als Kinich, kam er sich dem ungewöhnlich breit gebauten, stämmigen Krieger gegenüber immer richtig zerbrechlich vor. Kinich hatte den kraftvollen Körperbau der Angehörigen des Himmels-Clans, während Akbal als einziges von Pacals Kindern die schlanke Statur und das lange, feine Gesicht des Vaters geerbt hatte. Fremde erkannten die beiden nur selten als Brüder, und oft genug vergaß Akbal selbst, dass Kinich nur fünf Jahre älter war als er und keineswegs einer anderen Generation angehörte.

»Du bist früh auf, Kleiner Bruder«, begrüßte ihn Kinich anerkennend. »Vielleicht bekommt dir das Leben auf Reisen besser, als du dachtest.«

Beeindruckt von der Beobachtungsgabe seines Bruders, zog Akbal in aller Bescheidenheit den Kopf ein. So gut hatte sein Bruder ihn noch selten durchschaut, doch dies war auch das erste Mal, dass Akbal mit ihm in seinem wahren Element zusammen war.

»Zuerst konnte ich nicht gut schlafen«, räumte er ein. »Aber ich habe gelernt, die Tiere zu ignorieren, die nachts unterwegs sind.«

»Du solltest sie aber nicht ganz und gar ignorieren«, erwiderte Kinich und ließ den Blick mit geübter Wachsamkeit über die Peripherie des Tümpels schweifen. »Sonst wachst du eines Tages mit einer Schlange im Schoß auf oder neben einem Jaguar, der dich gerade als Frühstück auserkoren hat!«, Kinich lachte mit einem schniefenden Geräusch, das den bleibenden Schaden seiner im Kampf gebrochenen Nase verriet. »Aber ich habe ja gehört, dass du vor Schlangen gar keine Angst hast.«

»Die Leute reden viel«, meinte Akbal und ignorierte den leisen Spott. Er streifte das Lendentuch ab und watete bis an die Knie ins Wasser. Kinich hockte sich nieder, nahm den Speer in die Hand und beobachtete Akbal mit sichtlichem Vergnügen.

»Ich freue mich, dass du so tapfer bist, Kleiner Bruder. Das wird man in Yaxchilan zu würdigen wissen.«

Akbal schrubbte sich die Beine mit einem schäumenden Stück Seifenwurzel und wusch die dicke, gelbliche Fettschicht ab, die ihn beim Schlafen vor Insektenstichen geschützt hatte.

»Ich freue mich schon darauf, einmal wieder richtig sauber zu sein«, sagte er und ging in die Hocke, um sich auch Gesicht und Brust zu waschen. Kinich prustete spöttisch und suchte weiter das Ufer ab, als halte er Ausschau nach einem Ziel für seinen Speer. Irgendwo in der Ferne begannen die Brüllaffen mit ihrem morgendlichen Lärm, einem hohl klingenden, ansteigenden Geschrei, das über die Wipfel hinwegtönte und die Vögel aufweckte.

»Akbal«, murmelte Kinich, und jetzt klang er ernst, »mir wurde zwar geraten, nicht zu fragen, aber vielleicht kannst du mir verraten, warum du überhaupt bei dieser Delegation dabei bist und weshalb man dir nicht den Platz gegeben hat, der dir gebührt?«

»Ich habe in Yaxchilan eine Aufgabe zu erfüllen«, antwortete Akbal. »Mehr kann ich dir nicht sagen.«

»Dann will ich nicht gefragt haben. Aber wenn man dich geschickt hat, um Schild-Jaguar zu ehren, dann gib dir Mühe, Kleiner Bruder. Er ist ein großer Herrscher, einer, der viele Gefangene macht. Die Häupter von Tikal sollten sich an ihm ein Beispiel nehmen.«

Akbal nickte geistesabwesend; sein Großvater hatte ihm bereits von Schild-Jaguar erzählt, doch dessen Beschreibung war weitaus kritischer ausgefallen. Er musste an die Belehrung denken, die Balam Xoc ihm mit auf den Weg gegeben hatte: »Du wirst dich unter Fremden bewegen, mein Sohn, auch wenn sie entfernt mit uns verwandt sind. Du musst ihre Bräuche achten und von ihnen lernen. Aber sie werden dir auch die Gelegenheit bieten zu erfahren, was es heißt, aus Tikal zu stammen. Du musst achtsam und dir deiner selbst bewusst sein, wenn du das lernen willst, was du brauchst, um deinen Stein zu bearbeiten.«

Ein Gefühl, dass sein Bruder etwas gesagt, er es aber nicht gehört hatte, ließ Akbal aufsehen. Kinich musterte ihn mit dem finsteren Blick eines Menschen, der es nicht gewohnt war, ignoriert zu werden. »Ich habe gesagt«, wiederholte er laut, »eigentlich sollte ich einfach aufstehen und weggehen und dich von dem Krokodil fressen lassen, weil du solchen Respekt vor mir hast.«

Akbal schnellte hoch und rannte so schnell aus dem Wasser, dass er seinem Bruder der Länge nach vor die Füße fiel. Kinich prustete vor Lachen.

»Was für ein Krokodil?«, fragte Akbal argwöhnisch, während er sich aus dem Schmutz hochrappelte. Kinich zeigte immer noch laut lachend nach rechts, wo das Ende eines untergetauchten Baumstumpfs aus dem Sumpfgras hervorlugte.

»Dieses Krokodil«, sagte er und warf einen Stein auf den Stumpf, der in einem plötzlichen Aufwirbeln im grünen Wasser verschwand. Akbal blieb der Mund offen stehen, so verblüfft war er zunächst, doch dann warf er seinem Bruder einen zornigen Blick zu.

Kinich klopfte ihm kräftig auf die Schulter. »Ich habe aufgepasst«, versicherte er ihm. »Außerdem war es für einen Mann wie dich nicht groß genug.«

»Warum hast du mich denn nicht wenigstens gewarnt?«

»Ich habe deinen Mut bewundert, Kleiner Bruder«, antwortete Kinich höhnisch. »Ich dachte, du wolltest mich mit deiner Furchtlosigkeit beeindrucken. Na komm, sieh mich nicht so an, sonst muss ich gleich wieder lachen. Nimm meine Wurzel und mach weiter, du bist noch nicht sauber.«

Akbal blickte ihn noch einmal verbittert an, bevor er wieder an das Wasser ging. Dieses Mal jedoch nahm er sich die Zeit, den ganzen Tümpel abzusuchen, bevor er die Hände eintauchte.

»Du lernst«, lobte ihn sein Bruder. Akbal nickte ihm über die Schulter hinweg zu, trotz seines momentanen Ärgers respektvoll und dankbar für die Lektion, die er erhalten hatte. Dann wusch er sich den Schmutz und das restliche Fett ab, doch nun war er sich dabei zum erstenmal der Gefahren bewusst, die oft gleich unterhalb der Oberfläche der Dinge lauern.

Die Kolonne wurde allmählich langsamer und kam schließlich zum Stillstand, und die Krieger schritten die Reihen ab, um zuzusehen, dass jeder an seinem Platz blieb. Die Männer am Ende des Zuges rückten ihre Bündel zurecht, schlugen nervös nach den Stechmücken und fragten sich, wie lange die Verzögerung wohl dieses Mal dauern würde. Dann kam die Meldung, dass der Fluss erreicht sei und die Leiter der Delegation die Kanus bestiegen für den letzten Abschnitt der Reise. Die Männer um Akbal setzten sofort ihre Lasten ab und hockten sich daneben; sie wussten, dass es dauern würde, bis sie mit dem Übersetzen an der Reihe waren. Nur jene, die benötigte Geschenke transportierten, wurden nach vorn um die Biegung des Pfads beordert, deretwegen der Fluss hier nicht sichtbar war. Auch Akbal richtete sich auf ein längeres Warten ein, doch dann kam der Krieger, mit dem er bereits am Morgen gesprochen hatte, und bedeutete ihm mit einer stummen Geste, ihm zu folgen.

Sobald sie die Biegung hinter sich gelassen hatten, befanden sie sich in offenem Gelände, wo der gelbliche, leicht bedeckte Himmel ein ungewohnt grelles Licht verbreitete. Vor ihnen sprachen und gestikulierten die Würdenträger durcheinander und tauschten Verbeugungen und Grüße mit den Kriegern aus, die die Delegierten auf in den Fluss hinausragende steinerne Piers geleiteten. Die Krieger trugen zeremonielle Speere mit Obsidianspitzen und hohe Helme mit dem farbenprächtigen Gefieder von Papageien und langen Reiherfedern. Einige waren mit dem Kopf eines Silberlöwen oder eines Ozelots geschmückt, und ein besonders wild aussehender Mann hatte sich die gebogenen Hauer eines wilden Ebers an seinem Kopfputz befestigt.

Am meisten überraschten Akbal jedoch die Gesichter. Sie waren alle breit und wirkten aggressiv: Himmels-Clan-Gesichter, wenn auch mit ungewöhnlich vorspringenden Nasen und dicken, vorstehenden Lippen. Am liebsten wäre er einfach stehen geblieben, um sie sich alle anzusehen, doch der Krieger ließ ihm keine Zeit. Sie gingen um die Menge herum und kamen zu einem kleineren Pier aus Holz, wo ein einzelner Krieger mit einem Kanu auf sie wartete. Er bedeutete Akbal, hinter dem Paddler im Bug Platz zu nehmen, sprang dann selbst hinein und drückte das Boot ab.

Der Fluss war träge, und sobald sie sich von den großen Bäumen am Ufer entfernt hatten, verblasste die dunkelgrüne Farbe des Wassers zu einem fahlen Gelb. Es hatte den erdigen Modergeruch des Dschungels – der Geruch zusammengepresster, faulender Vegetation –, der sich mit dem charakteristischen Gestank von Fisch vermischte. Akbal suchte das Wasser nach Baumstümpfen ab, die sich womög-

lich als Krokodile erweisen würden, aber er entdeckte nur
einige Schildkröten mit schwarz-gelb gestreiftem Rücken,
die sich auf algenbedeckten Felsen sonnten. Am jenseitigen
Ufer konnte er mehrere Anlegestellen ausmachen, die unter
einer Reihe von Bäumen ins Wasser hinausragten. Von ihnen
stiegen Terrassen zu einer Hügelkette empor, über die sich
die Stadt erstreckte. Nur wenige der von hier aus zu sehenden Gebäude hatten mehr als ein Stockwerk, aber viele trugen hohe Dachkämme, die mit Stuckfiguren und Malereien
in kräftigen Rot-, Gelb- und Blautönen verziert waren. Diese
erste Hügelkette breitete sich offenbar vom Fluss weg aus,
doch dann stieg das Gelände stark an, und an den Hängen
und auf den Bergen waren weitere Gebäude zu sehen.

Die imposantesten Bauwerke krönten die höchsten Gip-
fel, die nur deshalb als Berge erkennbar waren, weil man
den Baumbewuchs an ihren steilen Hängen stehen gelassen
hatte; ansonsten hätte man sie mit ihren breit terrassierten
Treppen leicht für die großen Tempelpyramiden halten können, die den hügellosen Horizont von Tikal dominierten. In
nördlicher Richtung erhob sich auf einem flachen Berg eine
große Gruppe von Gebäuden über das Zentrum der Stadt,
die von einem Bau mit drei Eingängen und einem pracht-
vollen zweistöckigen Dachkamm überragt wurde. Etwas
nach Süden hin und Hunderte von Fuß höher auf einem anderen Berg gelegen, erhoben sich drei bemalte Tempel aus
dem Nebel, der wie ein Schleier über den Berggipfeln hing.
Um sie besser betrachten zu können, lehnte sich Akbal so
weit zurück, dass ihm der dahinter sitzende Krieger schließlich einen Stoß in den Rücken verpasste, damit er sich wieder aufsetzte.

Mittlerweile näherte sich das Kanu dem Ufer, so dass
Akbal nun nicht mehr weiter sehen konnte als bis zur ersten
Häuserreihe. Aber er hatte so viel in sich aufgenommen,
dass sich seine Aufregung darüber, an solch einem fremden
Ort zu sein, aufs neue entfachte. Selbst das fließende Wasser
und die hohen Berge – alles war für ihn so fremd und exo-
tisch wie die Gesichter und Kopfbedeckungen der Krieger;
er zupfte vor Nervosität an seinem Bündel, das er auf dem

Schoß liegen hatte, und versuchte von all dem Neuen nicht verwirrt und überwältigt zu werden. Er hatte Instruktionen von seinem Vater und seinem Großvater, er hatte erst am Morgen eine Lektion von seinem Bruder gelernt, aber abgesehen von der auf ihn eindringenden Flut von Eindrücken noch irgend etwas im Kopf zu behalten erwies sich als äußerst schwierig.

Sie legten an einer kleinen Mole nördlich des Hauptpiers an, wo eine lange Schlange aus Würdenträgern und Kriegern bereits die ersten Mitglieder der Delegation aus Tikal begrüßte. Der Krieger führte ihn rasch vom Fluss fort und die treppenähnlichen Terrassen hinauf, die zur Stadt emporstiegen; Akbal musste sich beeilen, mit ihm Schritt zu halten. Sie gingen um einen von oben bis unten rot bemalten Tempel herum und dann einen langen Weg zwischen Häusern hindurch, der auf einem Platz endete. Auf einer Plattform in seiner Mitte erhob sich ein hohes Steinmonument, das von steinernen Krokodilen flankiert und von runden Steinsockeln umgeben war. Die Sockel und das Denkmal waren in prächtigen Farben bemalt, doch Akbal hatte keine Zeit, sie näher zu betrachten; er musste dem Krieger quer über den Platz und in eine weitere Gasse hinein folgen.

Als nächstes stiegen sie mehrere kurze Treppen hinauf, von denen jede steiler war als die vorhergehende. Akbal keuchte schwer, als sie endlich oben angekommen waren, wo sich nebeneinander auf separaten, erhöhten Plattformen drei Tempel erhoben. Er schaute zurück und sah weit unterhalb den Platz mit dem Denkmal und weiter südlich einen zweiten Platz mit mehreren Monumenten liegen. Doch der Krieger hatte nicht angehalten, um Atem zu schöpfen; er blickte Akbal ungeduldig an, so dass diesem nichts anderes übrigblieb, als hinter dem Mann her eilends die Stufen des letzten Tempels hinaufzuhasten.

»Du musst dich waschen und etwas essen«, sagte der Krieger, als sie oben angekommen waren. »Und kleide dich sorgfältig, denn du wirst gleich eine Audienz beim Herrscher erhalten. Dazu musst du deine Farben und deine anderen Materialien mitbringen.«

»Das ehrt mich«, begann Akbal, doch der Krieger war schon wieder auf dem Weg die Treppe hinunter. Zorn flammte in Akbal auf; am liebsten hätte er dem Mann hinterhergerufen und ihn wegen seiner schlechten Manieren zur Rede gestellt. Wenn er auch noch jung war, so war er doch nicht gewohnt, derart respektlos behandelt zu werden. Aber eingedenk der Ermahnungen seines Vaters, besonnen zu sein und keine Aufmerksamkeit auf sich zu ziehen, beschloss er, den Frieden zu wahren. Auch wenn er ein Mann aus Tikal war, so hatte man ihn schließlich nicht hierhergeschickt, um dies laut zu verkünden.

Akbal vergaß seinen Ärger und betrat den Tempel durch den Haupteingang, der von einem unskulptierten Türsturz aus Stein überspannt wurde. Der Raum, den er betrat, war lang und schmal und hatte zwei Durchgänge zu einem zweiten Zimmer. Es waren acht oder zehn Männer darin, die damit beschäftigt waren, sich umzuziehen; Kleidung und Schmuck lagen vor ihnen auf den Bänken, die sich an den Wänden hinzogen. Für einen kurzen Augenblick hatte Akbal das Gefühl, als seien alle Augen auf ihn gerichtet, doch die Männer konzentrierten sich rasch wieder auf ihr Tun, ohne zu verbergen, dass er keinen nennenswerten Eindruck gemacht hatte. Sie waren alle um einiges älter als Akbal, und der schöne Schmuck und die kunstvollen Kopfbedeckungen, die einige von ihnen noch trugen, sagten ihm, dass sie adeliger Herkunft oder von hohem diplomatischem Rang waren. Unsicher stand er da und suchte nach einem Platz auf einer der Bänke.

»Hier ist frei«, sagte jemand unweit der Eingänge in den nächsten Raum und schob seine Bündel etwas beiseite. Er war klein, hatte ein freundliches Gesicht und war jünger als die meisten anderen, vielleicht so alt wie Kinich Kakmoo. Sein breiter Akzent kam Akbal irgendwie bekannt vor, doch wusste er nicht, woher. Er setzte sein Bündel ab und nickte dem Mann verlegen zu. Vielleicht sollte ich mich vorstellen, dachte er, aber gleichzeitig wollte er nicht vor allen bekannt machen, woher er kam.

»Im nächsten Zimmer sind Handtücher und Wasser«,

fügte der Mann wie selbstverständlich hinzu, als könnten die Höflichkeiten warten. »Und hier ist etwas zu essen, falls du Hunger hast.«

»Vielen Dank«, murmelte Akbal und ging in das nächste Zimmer. Dort reinigte er sich gründlich, wusch sich die langen, schwarzen Haare und drehte sie dann am Hinterkopf wieder zu einem Schopf. Trotz einer großen Auswahl an Gerichten verspürte er jedoch keinen Appetit und begnügte sich damit, etwas Kakao zu trinken, um seinen nervösen Magen zu beruhigen. Als er zu seinem Bündel zurückging, war er froh, festzustellen, daß sich der kleine Mann am entfernten Ende des Raums mit einem anderen unterhielt. Ein zweites Mal hätte er sich einer Vorstellung wohl nicht entziehen können, denn letztlich war sein Anstandsgefühl doch um einiges stärker als die Vorsicht, zu der ihm sein Vater geraten hatte.

Er steckte sein schmutziges Lendentuch ein und holte die Kleidung heraus, die Pacal für ihn ausgewählt hatte: ein dunkelrotes Lendentuch mit langer Schürze, auf der schwarz sein Geburtszeichen – Akbal – eingestickt war, ein kurzes, rotes Cape, das an der Kehle zusammengehalten wurde und Brust und Schultern bedeckte, und ein schwarzes Haarnetz, das er mit dünnen Knochenstückchen feststeckte und kegelförmig um seinen Schopf band. Die Sandalen ließ er in seinem Bündel; vor dem Herrscher hatte man barfuß zu erscheinen.

Die anderen Männer waren ähnlich gekleidet; ihre Rangunterschiede hatten sie mit ihrem Schmuck und ihren Insignien abgelegt. Und alle hatten sie Lederbeutel ganz ähnlich jenem, den Akbal nun aus seinem Bündel herausholte und rasch durchsah, um festzustellen, ob seine Farben und Pinsel und sein Papier unversehrt waren. Am Eingang waren inzwischen einige Krieger eingetroffen, die schließlich bekanntgaben, dass es Zeit zum Aufbruch sei. Akbal reihte sich ziemlich am Ende der Gruppe ein, als die Krieger sie aus dem Tempel hinausführten. Die Sicht auf die Gebäude und Plätze unterhalb und auf den sich in der Ferne dahinschlängelnden grünen Fluss war von hier oben grandios.

Der Himmel hatte sich allerdings beträchtlich verdunkelt; das grelle Licht war verschwunden und ein Dunst aufgekommen, der Regen anzukündigen schien. Akbal drückte seinen Lederbeutel fest an sich, um die Feuchtigkeit abzuhalten, und dachte an den schweren Umhang in seinem Bündel.

Nachdem sie mehrere Ebenen zum Platz hinuntergestiegen waren, brachte man sie zu einem lang gestreckten Gebäude mit einem roten Stuckfries über den drei Eingängen. Gemessen an den Verhältnissen von Tikal waren die Eingänge breit, und sie waren von steinernen Türstürzen mit Flachreliefs überbrückt, deren Farben ihren Glanz im Lauf der Jahre eingebüßt hatten. Als Akbal durch den mittleren Eingang schritt, konnte er mit einem kurzen Blick erkennen, dass darüber zwei von Hieroglyphen umgebene Figuren eingemeißelt waren. Doch im nächsten Augenblick befand er sich bereits im Inneren des Gebäudes und hörte, wie die vor ihm Eingetretenen einem Mann vorgestellt wurden, der auf einem trommelförmigen, von einem blauen Baldachin überdachten Thron saß.

Akbal war sofort klar, dass dies nur Schild-Jaguar sein konnte, den Kinich unter anderem stolz als ›Bezwinger der Ara‹ bezeichnet hatte: ein untersetzter Mann mit einem gewaltigen Brustkorb und Schenkeln, die so dick und muskulös waren, dass er die Beine nicht übereinanderschlagen konnte, sondern eines nach unten hängen lassen musste. Seine aggressive Miene passte zu diesem Körperbau; die massige, vorspringende Nase erinnerte an den Schnabel eines Papageis, und die dicken, roten Lippen waren leicht geöffnet und zeigten die weißen Punkte auf seinen gefeilten Zähnen. Riesige Ohrringe aus Jade hingen ihm fast bis auf die Schultern, und um seinen Kopf war ein großes Tuch gewickelt, das mit Seerosen zusammengebunden und von einer schwarzweißen Muanfeder gekrönt war. Vom Hinterkopf fielen lange, blaugrüne Federn über seinen Rücken hinunter.

Akbal bemerkte, dass die Schlange vor ihm kürzer wurde, und zwang sich, bei der Vorstellung des Mannes zuzuhören, der ihm zuvor geholfen hatte. Er wurde als Chan

Mac, der Repräsentant des Herrschers von Ektun, angekündigt, kreuzte die Arme vor der Brust und verneigte sich tief vor dem Herrscher, und Schild-Jaguar erwiderte seinen Gruß mit erhobener Hand und einem höflichen Nicken, welches zeigte, dass er den Mann offensichtlich kannte. Ebenso wurden die Vertreter von Bonampak, Lacanha und Aguateca vorgestellt, wobei die beiden letzten niederknieten, um dem Herrscher ihre Ehrerbietung zu bekunden. Dann war Akbal an der Reihe.

»Akbal Balam, vom Clan der Jaguarpranken«, ertönte eine Stimme. »Botschafter von Caan Ac, dem Himmels-Clan-Herrscher von Tikal.«

Akbals Herz schlug schneller, als er die Aufmerksamkeit aller im Raum Versammelten auf sich gerichtet fühlte, doch er vergaß nicht die Anweisungen, die man ihm für seine Vorstellung gegeben hatte. Er griff mit der rechten Hand an die linke Schulter, ließ den anderen Arm salopp nach unten hängen und verbeugte sich tief. Obwohl niemand etwas verlauten ließ, merkte er sofort, dass diese eingeschränkte Form der Achtungsbezeigung im ganzen Raum Aufsehen erregte. Schild-Jaguar setzte sich auf und verschränkte die Arme vor der Brust, und hinter der großen, gekrümmten Nase hervor funkelten seine schwarzen Augen Akbal unwillig an.

Ohne dass er es wollte, traf Akbals Blick den des Herrschers und blieb fest darauf gerichtet, als wolle er sich mit ihm messen. Doch in seiner Vorstellung zeichnete er den Mann vor ihm bereits, fasziniert von der Veränderung, die sich soeben ereignet hatte: Die steife Förmlichkeit war weggefallen, und ganz unvermutet war in einer dynamischen, nicht berechneten Pose der wahre Schild-Jaguar zum Vorschein gekommen, und zwar so überwältigend stark, dass Akbal einen Augenblick lang physische Angst verspürte. *Das ist der Mann, den ich malen muss*, dachte er und bemerkte, wie jung Schild-Jaguar noch war – vielleicht erst Ende Dreißig. *Jünger als mein Vater*, ging es Akbal durch den Kopf, *und doch arrogant genug, um vom Herrscher Tikals Begräbnisutensilien zu verlangen*; kein Wunder, dass Balam Xoc das als Spott bezeichnet hatte.

Dann bemerkte er, dass er immer noch auf den Mann vor sich starrte und nicht wusste, wie lange er das schon tat. Wenn er ein Subjekt mit den Augen des Künstlers betrachtete, dann spielten Zeit und höfliche Konventionen eben keine Rolle. Schild-Jaguar musterte ihn noch immer, doch sein Ärger schien verflogen oder sogar einem gewissen Interesse Platz gemacht zu haben. Akbal beschloss, sich noch einmal genau so zu verbeugen wie zuvor, um damit zu unterstreichen, dass er sich korrekt verhielt – nämlich genau so, wie es dem Wunsch des Mannes entsprach, den er repräsentierte.

Dieses Mal hob Schild-Jaguar anerkennend eine Hand, doch sein Blick folgte Akbal, als dieser seinen Platz bei den anderen Männern einnahm; einige von ihnen waren bereits damit beschäftigt, Skizzen des Herrschers zu zeichnen. Die neugierigen Blicke, die ihn trafen, als er sich setzte, bemerkte Akbal nicht, und er schenkte auch den nach ihm kommenden Vorstellungen keine Beachtung mehr. Er wollte nur das, was er im Kopf hatte, zu Papier bringen und machte mit Kohle mehrere schnelle Entwürfe von Schild-Jaguars Gesicht und Körper, ehe er Farben und Pinsel herausholte. Einige der anderen Männer hatten sich Staffeleien aufgestellt, aber er arbeitete direkt auf dem Boden und machte keine Pause, bis er eine Ähnlichkeit erreicht hatte, die ihn zufrieden stellte. Erst dann blickte er wieder auf Schild-Jaguar, allerdings nur, um sich die Details seiner Bekleidung einzuprägen. Die Gesichtszüge des Herrschers waren durch das langweilige Stillsitzen schlaff geworden; er sah jetzt nicht mehr aus wie der arrogante Krieger, den Akbal auf das Papier gebannt hatte.

Kurz nachdem Akbal fertig geworden war, verließ der Herrscher den Raum, und der junge Mann streute feinen Sand über seine Werke und wartete geduldig, dass sie trockneten. Die meisten seiner Kollegen waren noch emsig bei der Arbeit, und nun nahm Akbal sie zum erstenmal sorgfältig in Augenschein, denn er wusste, dass er bis zur Beendigung ihrer Aufgabe einige Tage lang nur mit ihnen zusammen sein würde. Was ihm sofort auffiel, war, dass nur wenige von ihnen ihre Pinsel so hielten, als ob sie malen könnten. Mit gequälten Mienen tupften sie unsicher und unentschlossen auf dem Papier herum, als könnten sie nur raten, welchen Strich sie einsetzen mussten. Die wenigen Zeichnungen, die Akbal zu sehen bekam, waren so grob und unproportioniert, dass sie nicht einmal Karikaturen abgaben.

Schließlich fiel sein Blick auf Chan Mac, der nickte und ihm zulächelte; es war ein stummes, wissendes Lächeln, das die Augen des älteren Mannes zu faltigen Schlitzen über den runden Wangen werden ließ. Offensichtlich hatte auch er seine Arbeit bereits beendet und Akbals Reaktion auf die unbeholfenen Bemühungen der anderen Männer beobachtet. Akbal wusste nicht, warum dieser Mann ihm mit solcher Freundlichkeit begegnete, aber er war plötzlich sehr dankbar dafür und erwiderte Chan Macs Lächeln bereitwillig; es gab ihm das Gefühl, in dieser eigenartigen Stadt von Kriegern nicht ganz allein zu sein. *Ich brauche mich nicht mehr zu verstecken*, erkannte er erleichtert, und auf einmal spürte er, wie müde und hungrig er eigentlich war und wieviel Energie ihn die kurze Begegnung mit dem Herrscher gekostet hatte. Mit dem Blick auf Chan Mac deutete er auf Mund und Magen; dieser grinste und gab ihm mit einer leisen Geste zu verstehen, dass sie gehen sollten. Akbal packte sofort seine Habseligkeiten zusammen, um die Möglichkeit zu ergreifen, die sich ihm so unerwartet bot – eine Möglichkeit, vor der niemand ihn gewarnt hatte: dass er in Yaxchilan einen Freund finden könnte.

Ein feiner Nieselregen fiel, als Kinich Kakmoo die Hütte verließ, in der die Krieger untergebracht waren, und zu dem Platz zwischen den Bäumen wankte, wo die Männer urinierten. Er fand sich im Dunkeln leicht zurecht, denn er war den Weg diese Nacht schon oft gegangen. Auch der Regen machte ihm nichts aus; er war angenehm kühl auf der Haut, denn durch den vielen Balche, den Kinich getrunken hatte, war ihm ziemlich heiß geworden. Die Krieger von Yaxchilan tranken große Mengen des fermentierten Honigwassers, doch Kinich hatte Kürbis für Kürbis mitgehalten, bis die Prahlereien immer übertriebener und das gegenseitige Infragestellen von Ruf und Leumund immer schärfer geworden waren.

Er hatte jetzt den Zustand von Betrunkenheit erreicht, der der Entladung seines Zorns immer vorausging, ein Zustand, in dem ihm seine Gefühle sehr klar waren, aber seine Vernunft noch nicht übermannt hatte. Er legte eine Hand an den runden, rissigen Stamm einer Palme, atmete die feuchte Luft ein und dachte über die Enttäuschung nach, die im Verlauf des Abends allmählich über ihn gekommen war. Bei seiner Ankunft in Yaxchilan, dieser Stadt der Krieger, war er bester Laune gewesen, denn er hatte erwartet, als Waffengefährte empfangen zu werden. Seit Jahren schon hatte er von Schild-Jaguars Heldentaten gehört, und ebenso lange hatte er sich gewünscht, einmal seine entfernten Verwandten im Westen besuchen zu können.

Anfangs hatte es auch ganz so ausgesehen, als würden sich alle seine Erwartungen erfüllen. Schild-Jaguars ehrgeizigste Hauptleute hatten sich sofort für ihn, den jüngsten Nakom aus Tikal, interessiert; Männer seines Alters, die keine Lust hatten, sich die Lagerfeuergeschichten alter Kriegshäuptlinge über längst vergangene Schlachten anzuhören. Sie wollten die Hochzeit von Schild-Jaguars Sohn zu einem gemeinsamen Kriegszug gegen die Ara nutzen, und dafür hatten sie in Kinich einen Verbündeten in spe gefunden. Kinich hatte auch schon mit seinem Vorgesetzten über ein solches Vorhaben gesprochen, und durch seinen Enthusiasmus war die dazu notwendige Planung in Gang gebracht worden.

Da er gedacht hatte, dies allein würde seinen Mut und Kampfeswillen ausreichend unter Beweis stellen, war er zu Beginn der Festivitäten offen und freimütig gewesen und hatte sich seinen neuen Kameraden gegenüber großzügig gezeigt. Darauf, wie sein Edelmut erwidert wurde, war er jedoch nicht gefasst gewesen: neiderfüllte Fragen, wie er zu seinem Rang gekommen sei, Trinksprüche, die nicht erwidert wurden, abfällige Bemerkungen über Krieger, deren

Ruf lediglich auf zeremoniellen Pflichten beruhen würde. Ja, es stimmte, dass Caan Ac seine Macht lieber prunkvoll zur Schau stellte, als sie in Kriegen aktiv zu demonstrieren, und dass Kinich und seine Kameraden mehr Zeit mit Paraden verbrachten als mit Kämpfen. Aber Tikal war schließlich viermal so groß wie Yaxchilan und wesentlich älter, und es hatte seinen Machtbereich schon vor langer Zeit weit ausgedehnt. Und wenn Kinich sich ganz persönlich auch mehr Aktivität gewünscht hätte, so war er doch nicht der Meinung, dass man Caan Ac herabsetzen sollte, bloß weil er keine Feinde hatte!

Er sollte unter keinen Umständen herabgesetzt werden, dachte Kinich grimmig und spürte, wie sich sein Zorn regte. Diesen Leuten stand es nicht zu, den Herrscher von Tikal zu kritisieren; sie würden *nie* ein solches Prestige erlangen, ganz gleich, wie viele Dörfer sie eroberten. Er hegte einen plötzlichen Wunsch, sie für ihr unerhörtes Benehmen zu bestrafen, und machte sich mit geballten Fäusten auf den Weg zurück zur Hütte.

Aber auf halbem Weg blieb er stehen, sah zum Himmel empor und ließ den Regen seinen Zorn abkühlen. Eine Rauferei würde sie nicht den gebührenden Respekt lehren. Es war besser, diese Leute einfach zu ignorieren und seine Taten auf dem Schlachtfeld für sich sprechen zu lassen. Auf einmal fiel ihm ein, was sein Großvater gesagt hatte, nachdem er den Clan überredet hatte, dem Herrscher nicht die geforderte Anzahl an Kriegern zur Verfügung zu stellen: »Tikal sollte zur Wahrung seines Ansehens nicht so viele Krieger brauchen.« Damals war Kinich völlig anderer Meinung gewesen, aber nun konnte er sehen, dass Balam Xoc vielleicht doch recht gehabt hatte. Tikal brauchte tatsächlich nicht mehr Krieger – wenn die, die dem Herrscher dienten, tapfer genug waren.

Das werden sie sehen, wenn wir gegen die Ara ziehen, gelobte Kinich in der Dunkelheit. Doch der Gedanke, dass er letztlich mit seinem Großvater einer Meinung war, verwirrte ihn ein wenig und zerstreute den Rest seines Zorns. Er wusste nicht einmal recht, weshalb er sich eigentlich an Balam

Xocs Worte erinnert hatte, außer vielleicht deshalb, weil dessen überlegener Ton im Hinblick auf diese Yaxchilanis wohl genau der richtige war. Aber Balam Xoc ließ ja auch selbst keine Gelegenheit aus, um Caan Ac herabzusetzen.

Kinichs Kopf war nicht klar genug, um den Widerspruch aufzulösen, was ihn davon überzeugte, dass er für heute genug getrunken hatte. Sollen sie sich doch in ihrem Neid suhlen, dachte er verächtlich und ging an der Hütte vorbei zu seinem Quartier. Er würde ihnen noch früh genug zeigen, weshalb der Herrscher von Tikal ihm den Titel eines Nakom, eines Kriegshäuptlings, verliehen hatte.

»Du glaubst, ich möchte dir schmeicheln, Akbal«, sagte Chan Mac, »aber ich sage dir nur, was wahr ist. Deine Arbeit ist in den Städten am Fluss gut bekannt, und in Ektun, in meiner Stadt, wird sie ganz besonders geschätzt. Ich hatte gedacht, du seist um einiges älter, denn ich habe schon vor Jahren von dir gehört.«

Die beiden Männer saßen am Eingang des Tempels, in dem sie untergebracht waren. Ein gleichmäßiger Regen rauschte nieder, der den Blick auf den Fluss in der Ferne trübte und Akbal schläfrig machte. Er war übersatt von dem vielen Fisch, der zum Abendessen aufgetischt worden war – frischer Fisch, der ungleich besser schmeckte als der getrocknete und gesalzene, den es in Tikal gab –, und er freute sich über die angenehme Gesellschaft von Chan Mac und hatte keinerlei Wunsch, irgendwo anders zu sein.

»Ich habe schon als kleiner Junge angefangen zu arbeiten«, erklärte er bescheiden. »Aber ich glaube, mein Ruf ist nicht so groß, wie Ihr sagt. Die Händler erzielen hier zwar gute Preise für die Töpfe und Schüsseln, die ich bemale, aber nur selten so gute, wie ich sie in Tikal bekomme.«

Chan Mac blickte ihn ausdruckslos an; nur die leicht geschürzten, feinen Lippen verrieten etwas Skepsis. Akbal studierte Mienen sehr genau, und er hatte bereits erkannt, dass Chan Mac seine Zweifel immer diplomatisch vorbrachte. Er richtete sich etwas gegen den Türrahmen auf, um seine Trägheit abzuwerfen.

»Man darf nicht vergessen, dass die Händler von Tikal alle dem Himmels-Clan angehören«, sagte Chan Mac andeutungsweise. »Jedenfalls, erst vor ein paar Monaten habe ich eine schöne Schüssel gesehen, die ich erstehen wollte. Es waren Muanfedern aufgemalt, und es hieß, dass sie von dir sei. Ich wollte sie unbedingt haben, als Geschenk für meinen Vater, und war bereit, bis zu dreißig Stück Obsidian zu bezahlen. Aber als andere Jade und Obsidian boten, musste ich mich geschlagen geben.«

Akbal wollte Chan Mac gegenüber zwar keinesfalls als naiv erscheinen, aber dass diese Nachricht ihn ziemlich erregte, konnte er nicht verbergen. Sein Mund öffnete und schloss sich unwillkürlich, und er konnte nur noch stumm in den Regen hinausstarren.

»Ich danke Euch für diese Information«, sagte er endlich, aber Chan Mac schüttelte abweisend den Kopf.

»Das sage ich nur, weil es wahr ist«, wiederholte er. »Aber jetzt musst du mir ehrlich sagen, was du von den Arbeiten unserer Kollegen hältst. Würdest du sie als akzeptabel bezeichnen?«

Akbal blickte über die Schulter, ob jemand von drinnen mithören konnte. Chan Macs verhohlene Miene und die Art und Weise, wie er die Frage gestellt hatte, verrieten ihm dessen Sarkasmus.

»Ich würde sagen … sie lassen Schild-Jaguar vergessen, wie *ich* ihn beleidigt habe«, meinte Akbal. Chan Macs Erwiderung war ein kehliges, anerkennendes Lachen, das für ihn typisch war und immer wie ein Lob klang.

»Dessen sind sie sich bewusst. Sie wurden ihres Rangs wegen ausgewählt, nicht aufgrund ihres künstlerischen Könnens. Der einzige wirkliche Maler hier bist du.«

»Ihr wisst doch auch mit dem Pinsel umzugehen«, erwiderte Akbal ernst, aber Chan Mac senkte den Blick und tat, als könne ein solches Kompliment unmöglich auf ihn zutreffen.

»Meine Familie besteht immer noch darauf, dass unsere jungen Männer alle erhabenen Fähigkeiten erlernen, deshalb bin ich für diese Aufgabe gut genug. Aber von diesen anderen sind das nur wenige, und sie sind alle sehr aufgeregt.«

»Das bin ich auch«, gestand Akbal. »Allerdings mehr wegen der Art, wie Schild-Jaguar mich angesehen hat.«

»Aber du bist seinem Blick ganz ohne Angst begegnet«, stellte Chan Mac bewundernd fest. »Dadurch hast du bei denen, die die Szene mitverfolgten, sehr an Größe gewonnen.«

»Das könnt Ihr doch nicht ernst meinen!«, hielt ihm Akbal ungläubig entgegen. »Sie haben mich überhaupt nicht anders behandelt, nicht einmal geredet haben sie mit mir.«

»Sie haben das Gefühl, dass sie dich unterschätzt haben, und sie waren unhöflich. Und jetzt wissen sie nicht, wie sie dich bitten können, ihnen zu helfen.«

»Ihnen helfen?«, wiederholte Akbal verdutzt. »Warum sollte ich ihnen denn helfen?«

»Hat Tikal mehr Freunde, als es braucht?«, fragte Chan Mac mit einem Anflug von Ärger zurück. »Oder du selbst, Akbal? Sicher hat man dir aufgetragen, zurückhaltend zu sein, aber war das nicht in erster Linie Schild-Jaguar gegenüber gemeint?«

»Man hat mir gesagt, ich soll keine Aufmerksamkeit auf mich lenken. Ich *wollte* seinen Blick ja auch gar nicht erwidern. Diese Männer haben das, was sie sahen, falsch verstanden.«

»Das glaube ich nicht«, beharrte Chan Mac. »Was immer du auch vorhattest, Akbal, du hast dich heute benommen wie ein Mann aus Tikal. Du genießt bei diesen Männern Autorität – wenn du es willst.«

»Ich verstehe nicht, was Ihr von mir wollt«, entgegnete Akbal zweifelnd. »Ich wurde hierhergeschickt, um *eine* Vase zu bemalen, nicht zehn.«

»Aber deine Vase wird zusammen mit den anderen in Schild-Jaguars Mausoleum begraben. Willst du, dass dein Geschenk herabgewürdigt wird? Oder möchtest du dein Talent nicht lieber so einsetzen, dass es dir zur Ehre gereicht und dir den Respekt anderer einbringt? Du kannst nicht für sie malen, Akbal, aber du kannst sie unterrichten. Du *hast* diese Autorität.«

Akbal schürzte eigensinnig die Lippen; er hatte das Gefühl, manipuliert zu werden. Schließlich war Chan Mac

Diplomat von Berufs wegen, und es gab keinen Grund, weshalb er nicht auch mit seinen Freunden entsprechend umgehen sollte. Aber Akbal musste zugeben, dass ihm Chan Macs Denkweise gefiel – trotz seines Widerstrebens, die Verantwortung, die ihm dadurch aufgebürdet wurde, zu akzeptieren. Irgendwie erinnerte sie ihn an den Auftrag, den sein Großvater ihm gegeben hatte.

»Ich weiß nicht, ob ich für einen guten Lehrer genug Geduld habe«, klagte er halbherzig.

Chan Mac lächelte nur. »Dann bist du eben ein ungeduldiger Lehrer. So viel Zeit haben wir nicht.«

»Wir werden sie aber brauchen«, meinte Akbal bedrückt, wenngleich er grinsen musste, als Chan Mac auflachte.

»Denk an die Alternative. Denke daran, dass du die nächsten acht Tage mit diesen Männern verbringst und sehen wirst, wie ihre Angst zunimmt.«

»Denkt an mich als ihren Lehrer«, gab Akbal sarkastisch zurück, und Chan Mac lachte wieder aus vollem Herzen, so daß seine Augen gar nicht mehr zu sehen waren.

»Sie werden dich akzeptieren«, erklärte er vertrauensvoll. »Aber dann kommt erst der schwierige Part – *sie* zu überreden, daß sie Maler sind.«

Vor seiner Abreise aus Tikal war Akbal auf Drängen seines Großvaters hin gestattet worden, die Bücher des Himmels-Clans einzusehen, die Zeichnungen der Begräbnisvasen von Kakaomond enthielten. Auf jeder Vase waren zwei Szenen dargestellt, die oben und unten von doppelten schwarzen Linien eingegrenzt und voneinander durch senkrechte Bänder aus Himmelssymbolen abgesetzt wurden. In beiden Szenen saß ein Herrscher auf einem von einem Stoffbaldachin überdachten Thron, und zu seiner Rechten stand oder kniete ein Diener, der ihm seine Ehrerbietung bezeugte. Der Diener war in beiden Bildern derselbe, doch der Herr war ein anderer: Das eine Bild zeigte den Herrscher, der ein Geschenk überreichte, das zweite denjenigen, der eines erhielt.

Als erstes fertigte Akbal auf getrennten Blättern seine eigene Version beider Szenen an; eine, in der der Diener stand, und eine, in der er kniete. Er arbeitete nur aus dem Gedächtnis und benutzte schwarze Tinte und einen Pinsel aus Truthahnfedern, mit dem er schnell, aber auch einfach und sauber malen konnte. Der Diener war er selbst, so wie er bei seiner Vorstellung bei Schild-Jaguar gekleidet gewesen war; nur stellte er sich im Verhältnis zu dem Mann auf dem Thron etwas kleiner dar, als er wirklich war. Die beiden Herrscher waren Caan Ac und Schild-Jaguar; er malte sie beide ziemlich konventionell, aber leicht erkennbar. Akbal nahm mit den Fingern Maß und gab die Szenen in ungefähr derselben Größe wieder, die sie auf den Vasen haben würden; dann skizzierte er sorgfältig die Umrisse der Inschrift, die um den Rand herumlaufen würde, malte die Hieroglyphen selbst aber nicht. Jeder Künstler hatte eine Begräbnisinschrift mitgebracht, die die Priester seiner Stadt für ihn angefertigt hatten und die nicht verändert werden durfte.

Als Akbal fertig war, legte er den Pinsel zur Seite und schloss für einige Momente die Augen, bevor er die Bilder noch einmal betrachtete. Sofort fielen ihm Dinge auf, mit denen er unzufrieden war, doch noch ehe er die Blätter wieder zur Hand nehmen konnte, ergriff Chan Mac ihn am Arm. Jetzt erst merkte Akbal, dass die anderen Männer im Halbkreis um ihn herumstanden und ihm zusahen.

»Kümmere dich später um die Perfektion, mein Freund«, schlug Chan Mac ihm vor, »sobald jeder von uns sich eine Kopie davon gemacht hat.«

Akbal gab die Blätter nur widerwillig preis; er wusste, dass er gezwungen sein würde, sie in den nächsten Tagen immer wieder anzusehen, und dass er jeden Flüchtigkeitsfehler wieder und wieder bedauern würde. Aber er sah rasch ein, dass es seine Aufgabe als Lehrer immens erleichterte, wenn er den Männern eine Vorlage bot. Seine schlechtesten Schüler hatte er schon bald an ihren Startschwierigkeiten erkannt. Die viel versprechenderen wussten wenigstens, wie sie anfangen sollten, und würden mit ihren Vorentwürfen gut beschäftigt sein, bis Akbal Zeit hatte, sich ihnen zu widmen.

Obwohl er versuchte, möglichst seinen Pinsel für sich

sprechen zu lassen, hatte Akbal schon bald festgestellt, dass er früher oder später mit jedem seiner Schüler eine persönliche Beziehung aufbauen musste. Das war nicht immer einfach, denn ein paar von ihnen konnten nicht anders, als immer nur zu spotten. Chan Mac blieb die ersten Tage immer in seiner Nähe, und Akbal lernte von ihm – etwa, dass jemand, der stolz war, eher einen Lehrer brauchte, der zuhörte, als einen, der ihn zu beeindrucken versuchte, und dass selbst der unsicherste Schüler sich gegen jeden Rat sperrte, wenn man ihm nicht seine Selbstachtung gewährte. Durch die Art und Weise, wie Chan Mac ihn den Männern vorstellte, erfuhr er außerdem, dass die Zugehörigkeit seiner Mutter zum Himmels-Clan und seine Beziehung zu Box Ek – die in die Herrscherfamilie von Ektun eingeheiratet hatte – auf diese Männer mehr Eindruck machten als die alteingesessene Familie seines Vaters. Sie selbst konnten ihre Ahnen nur sieben oder acht Katune zurückverfolgen und schienen nicht in der Lage zu sein, eine Abstammungslinie zu begreifen, die an die achtzehn Katune, bis in den vorherigen Zyklus, zurückreichte.

Während Akbal von einem Mann zum nächsten ging, verließ er sich zusehends weniger auf Chan Macs Vermittlung, und so bemerkte er nicht, dass sein Freund ihn allein ließ, um sich wieder seiner eigenen Arbeit zu widmen. Sobald er mit jedem seiner Schüler zweimal gearbeitet hatte, war Akbal zu einigen konkreten Entscheidungen in der Frage gelangt, welche in der Lage sein würden, eigene Fertigkeiten zu entwickeln, und welchen er lediglich beibringen konnte, Vorlagen zu kopieren, die er selbst malte. Das größte Problem stellte die unglaubliche Feuchtigkeit dar, denn es regnete jeden Tag stundenlang, und wenn die Sonne einmal herauskam, dann heizte sie die Luft umso mehr mit Dampf auf. Die Farben liefen und verschmierten, so dass sie Kohle verwenden mussten, die aber leicht Löcher in das aufgeweichte Papier riss. Die Wände der von einem Gewölbe überdachten Kammer, in der sie arbeiteten, waren klitschnass, und überall, wo nicht gut gelüftet wurde, breitete sich rasch ein pelzig aussehender, grüner Schimmel aus, auch auf der Kleidung und sogar auf der Haut der Männer. Alles nahm den schmutzigen Geruch des Flusses an; selbst häufige Reinigungen im Schwitzhaus konnten ihnen nur für kurze Zeit das Gefühl geben, sauber zu sein. Da sie im Tempel nicht fluchen durften, erfanden sie in ihrer Frustration Lieder, in denen sie in Papierbooten Flüsse aus Farbe hinunterfuhren und mit Pinseln paddelten.

Am fünften Tag erschienen einige Priester und baten, jemand möge sie mit zu den Töpfern begleiten, um die Vasen auszusuchen, die bemalt werden sollten. Bei dieser Aufforderung drehten sich zwar alle Köpfe sofort zu Akbal, doch er wartete geistesgegenwärtig so lange, bis sein Name genannt wurde. Das überraschte die Priester, denn die meisten von ihnen waren dabei gewesen, als die Männer Schild-Jaguar vorgestellt worden waren. Akbal ging hocherhobenen Hauptes mit ihnen, ermutigt durch das Wissen, dass er sich die Wertschätzung, die aus seiner Wahl sprach, ehrlich verdient hatte.

Schild-Jaguars Töpfer hatten eine große Zahl gleich aussehender Vasen vorbereitet, hellorangene Zylinder von etwa einem Fuß Höhe und einem halben Fuß Durchmesser. Als Hilfe für die Maler waren die schwarzen Ränder und die Umrißlinien der senkrechten Streifen bereits aufgemalt. Akbal wusste, wie er mit Töpfern zu reden hatte; er befragte sie genau über die Art des Tons und die verwendeten Beimischungen, untersuchte jedes Stück sorgfältig und lehnte die mit groben Stellen oder mangelhaften Verzierungen ab. Als er die zehn besten Gefäße ausgesucht hatte, betete er zusammen mit den Priestern und den Töpfern für ein Ende des Regens, denn trockenes Wetter würde die Arbeit der Maler wesentlich erleichtern.

Es hörte erst spät abends auf zu regnen, doch die Zeit bis dahin nutzte Akbal, indem er den Männern letzte Anweisungen gab und sie an der Vorbereitung der Farben und Pinsel beteiligte. Dies geschah nach einem strikten Ritual, das Akbal schon als Kind erlernt hatte; doch seinen Zweck verstand er erst jetzt richtig, als er seine Wirkung auf die hastig geschulten Männer sah. Schwitzend und mit finsteren Blicken malten und mischten sie vor sich hin und ärgerten sich über seine strikte Weigerung, Abweichungen von der herkömmlichen Prozedur zuzulassen. Aber als ihre sauber gestutzten Pinsel in einer ordentlichen Reihe vor ihnen lagen und die dicken Tonfarben schließlich die richtige Konsistenz hatten, war ihren gelassenen Mienen anzusehen, dass sie nun voll auf ihre Arbeitsmaterialien vertrauten.

Bei Sonnenaufgang kam der Hohepriester von Yaxchilan in vollem Ornat und in Begleitung von Gehilfen mit Kellen rauchenden Kopals zu ihnen. Er rief die Geister von Schild-Jaguars erlauchten Vorfahren an – den berühmten Vogel-Jaguar und Schild-Jaguar den Älteren – und bat sie, über die Maler zu wachen und ihr heiliges Werk zu segnen. Dann wurden die Vasen hereingebracht und auf jene Bänke gestellt, auf die das Licht des neuen Tages am direktesten fiel. Der Priester sprach ein Gebet über sie, und jedes Gefäß wurde beräuchert und mit frischem Wasser aus den Tiefen der Erde besprenkelt. Mit einem letzten Segen für die Männer verließen der Priester und sein Gefolge sodann den Raum.

In der darauf folgenden langen Stille kam Akbal plötzlich der Gedanke, dass dies der Augenblick sein könnte, in dem alles schief ging, in dem der Ernst ihres Vorhabens die Männer lähmen und ihnen ihre eigene Unzulänglichkeit wieder zu Bewusstsein kommen könnte. Er klatschte laut in die Hände, so dass es von den nackten Wänden widerhallte.

»Fangt an!«, rief er und winkte mit beiden Händen, um die Männer aus ihrer Starre zu reißen. »Aber langsam, langsam, mit Geduld und Respekt …«

Einige der Männer saßen mit überkreuzten Beinen auf dem Boden, ihre Vase hatten sie auf einem niedrigen Tischchen vor sich hingestellt. Andere knieten auf Matten vor der Bank und stützten die Ellbogen zu beiden Seiten ihrer Vase auf. Akbal hielt sich zurück, damit er den Zögerlichen nicht zu rasch zu Hilfe kam, obwohl er nur zu gern den ersten Strich für sie getan hätte, um ihnen die Bedenken und Qualen des Beginns abzunehmen. Aber es war wichtig, dass jedes Bild letztlich das alleinige Werk des jeweiligen Malers war; es durften keine Zweifel bezüglich Herkunft und Authentizität des Geschenks bestehen. Als er schließlich doch aufstand, um sich umzusehen, verschränkte er die Arme hinter dem Rücken, um gar nicht erst in Versuchung zu kommen, einen Pinsel zur Hand zu nehmen.

Kurz nach Mittag nahm Chan Mac ihn zur Seite und führte ihn zu der Vase, die Akbal für sich selbst reserviert hatte.

»Du hast uns lange genug geholfen«, sagte er bestimmt. »Kümmere dich jetzt um deine eigene Aufgabe. Zeig, dass du ein großer Künstler bist.«

Die anderen Männer gaben durch beifälliges Murmeln ihre Zustimmung zu erkennen, und der grauhaarige Repräsentant aus Lacanha, Akbals langsamster Schüler, hielt seinen Pinsel hoch, um zu demonstrieren, dass er ihn richtig hielt.

»Siehst du? Wir sind jetzt alle Maler!«, versicherte er.

Akbal nickte ihm ermutigend zu und konzentrierte sich dann ganz auf seine eigene Vase. Seit der Begegnung mit Schild-Jaguar hatte er sich über seine eigene Arbeit keine großen Gedanken mehr gemacht, ein Umstand, der ihm gleichzeitig sehr vertraut und erschreckend seltsam vorkam. Er saß bewegungslos da, verwirrt von all den Erfahrungen, die seit seiner Ankunft in Yaxchilan auf ihn eingestürmt waren. Der junge Mann, der hierher gekommen war, nur um zu malen, war irgendwo auf der Strecke geblieben; hier saß nun ein anderer Mensch, einer, der andere im Malen unterrichtet hatte und dessen Worten Folge geleistet worden war. Ein Mann aus Tikal, vielleicht.

»Fang an!«, forderte eine Stimme ihn auf. Akbal musste lächeln und nickte anerkennend, ohne sich Chan Mac zuzuwenden. Dann holte er die Zeichnungen aus seinem Lederbeutel, die er von Schild-Jaguar angefertigt hatte. Sie waren von grünlichem Schimmel überzogen, aber nicht einmal das konnte die Kraft dieser Bilder schmälern, dieses finsteren, arroganten Gesichts, das sich dem Betrachter geradezu aufzudrängen schien. Akbal atmete tief durch und rief sich den Moment ins Gedächtnis, in dem er den Blick des Herrschers erwidert hatte – den Augenblick, in dem er Schild-Jaguars wahres Wesen erkannt hatte. Er wusste nach wie vor nicht, was ihn bewegt hatte, den Herrscher so anzustarren, aber es erschien ihm jetzt nicht mehr als ein Zufall, denn es hatte ihm genau das gegeben, was er für seine Aufgabe benötigte: die Fähigkeit, Schild-Jaguars Wesen bildlich festzuhalten.

Er stellte die Zeichnungen zum Trocknen in das Sonnenlicht, das von einem wolkenlosen Himmel durch die Türöffnung fiel. Dann begann er, seine Farben anzurühren, und dachte nicht mehr daran, Lehrer zu sein oder Botschafter oder ein Mann aus Tikal. Er war einfach nur mehr der Maler, der die Gaben gebrauchte, die die Geister ihm geschenkt hatten, und der sich der Aufgabe widmete, für die er geboren worden war.

Die Vase stand auf der Bank, wo Akbal sie stehen gelassen hatte, und ihre Farben leuchteten sogar im schwachen Licht der ersten Morgendämmerung. Chan Mac kniete auf Matten davor, drehte sie vorsichtig zwischen den Händen und bewunderte den weichen Glanz, den Akbal ohne Schleifen und Polieren erreicht hatte. Die Figuren waren akribisch fein gemalt, jedes Detail von Kleidung und Gestik war genau festgehalten, und die winzigen, eingesetzten Hieroglyphen, die die Personen zu erkennen gaben, waren so deutlich lesbar wie die großen Schriftzeichen um den Rand des Gefäßes. Chan Mac verstand absolut, weshalb Akbal seine Entwürfe als unfertigen, nachlässigen Versuch betrachtet hatte. Dieses Werk hier war das Grab des höchstgestellten Herrschers wert.

Seine Bewunderung für Akbals Kunstfertigkeit beschäftigte Chan Mac eine ganze Weile, doch dann meldete sich auch sein staatsmännischer Instinkt wieder zu Wort, und er versuchte, die komplizierte politische Aussage der Vase zu bewerten. Akbal hatte, wenn auch sehr subtil, die formale Komposition verändert, um die Überlegenheit Tikals und seines Herrschers anklingen zu lassen. Er hatte sich in beiden Szenen als Diener gemalt, doch in dem Bild mit Schild-Jaguar hatte er nur einen Arm ehrerbietig über die Brust gelegt, während die Figur neben Caan Ac auf der anderen Seite der Vase beide Arme verschränkt hielt. Ferner saß Caan Ac auf einem Thron mit Jaguarfell, während der von Schild-Jaguar mit Baumwolle bezogen war. Chan Mac hielt es für denkbar, dass Akbal angewiesen worden war, diese Unterschiede zu machen, ebenso wie man ihm ja auch aufgetragen hatte, sich bei seiner Ehrerbietung für Schild-Jaguar zurückzuhalten.

Die Figuren der Herrscher selbst jedoch vermittelten eine ganz andere Botschaft. Schild-Jaguar, der die Arme in die Hüften stemmte und ein Bein nach unten baumeln ließ, machte einen beinahe übertrieben männlichen Eindruck. Er schien aus seinem zeremoniellen Ornat ausbrechen zu wollen, als sei dieser zu eng für seinen ruhelosen Geist. Caan Ac hingegen wirkte fast entkräftet. Sein rundes Gesicht strahlte heitere Gelassenheit aus; eine Hand hielt er graziös von sich gestreckt, und Daumen und Zeigefinger berührten sich leicht zu der alten Geste, die die Zufriedenheit des Herrschers zum Ausdruck brachte.

Wenn man die Vase drehte, traten sich die beiden Herrscher gegenüber, und der ehrgeizige Krieger aus Yaxchilan starrte aggressiv auf die vornehme, unerschütterliche Größe Tikals. Akbals Absicht, diesen Kontrast so deutlich herauszustellen, verstand Chan Mac nicht ganz; er fragte sich sogar, ob sein junger Freund es wohl fertig brachte, seinen Herrscher absichtlich zu kränken. Gerüchteweise hatte er gehört, dass die anderen Clans von Tikal gegen Caan Ac aufbegehrten, und er selbst hatte Akbal gesagt, dass die Händler des Himmels-Clans ihn betrogen.

Doch diesen Gedanken verwarf Chan Mac ebenso rasch, wie er ihm gekommen war. So sehr konnte er sich in Akbals Charakter nicht geirrt haben, und ein nochmaliger Blick auf die Vase bestätigte denn auch seinen Glauben an die Unschuld seines Freundes: In Caan Acs heiterer Gelassenheit lag eine Kraft und Selbstsicherheit, die den Kontrast dämpfte und den Herrscher davor bewahrte, töricht zu erscheinen. Er wirkte ungekünstelt und von Schild-Jaguars anmaßender Pose gar nicht berührt, so als sei er über jegliche Bedrohung erhaben. Plötzlich wurde Chan Mac klar, dass Akbal dieses Blindsein, diesen Hochmut seines Herrschers teilte und deshalb nicht als Schwäche erkannte. Er kennt das von sich selbst, schloss Chan Mac und dachte an Akbals Überraschung, als man ihm sagte, dass es als mutig interpretiert worden sei, wie er den Herrscher angestarrt hatte. Das Vasenbild war einfach nur eine ehrliche Darstellung dieser Erfahrung, gemalt von einem Mann, der kein Bedürfnis nach Verherrlichung hatte. Für Chan Mac war diese Ehrlichkeit etwas Seltenes und Außerordentliches; sie machte ihn stolz darauf, dass er Akbals Freundschaft von Anfang an mit sicherem Instinkt gesucht hatte.

Er stand auf, ging an den auf dem Boden schlafenden Männern vorbei und stellte fest, dass Akbal sich nicht unter ihnen befand. Das überraschte ihn nicht, obwohl Akbal letzte Nacht lange aufgeblieben war und erst zu arbeiten aufgehört hatte, als alle Vasen fertig waren. Am Ende war er vollkommen erschöpft gewesen und hatte kaum mehr sprechen können. Aber er hatte darauf bestanden, danach noch die Sterne zu betrachten, und wahrscheinlich wäre er auch noch aufgeblieben, um die Sonne zu begrüßen, wenn Chan Mac ihn nicht gedrängt hätte, schlafen zu gehen.

Chan Mac fand ihn am Rand der Tempelplattform, wo er beobachtete, wie die Sonne über den Bäumen im Osten aufging. Der Fluss und die Stadt unter ihnen waren noch von Nebelschwaden eingehüllt. Chan Mac setzte sich schweigend zu ihm, und Akbal wandte sich ihm zu mit einem vor Übermüdung verhärmten Gesicht und dunklen Ringen unter den Augen, die ihn Jahre älter erscheinen ließen.

»Es ist gut, fertig zu sein«, sagte er heiser. »Ich konnte nicht mehr schlafen; ich musste dauernd an all die Dinge denken, die ich hier noch nicht gesehen habe.«

»Wenn Schild-Jaguar deine Vase sieht, gewährt er dir bestimmt eine Besichtigungstour«, versicherte ihm Chan Mac. »Aber ich muss dir sagen, dass ich mir nicht so sicher bin, wie deine Arbeit in Tikal aufgenommen wird. Deine Darstellung von Caan Ac könnte eine Kontroverse heraufbeschwören.«

Akbal blickte ihn gedankenvoll an und zuckte die Achseln. »Schild-Jaguars Bitte war eine Provokation«, erwiderte er heiser, »und ich bin Caan Acs Antwort darauf. Mein Vater hätte nie denken sollen, dass ich es vermeiden könnte, Aufmerksamkeit auf mich zu lenken. Mein Großvater wusste, dass das nicht in Ruhe und Wohlwollen ablaufen würde.«

»Hat dein Großvater dir gesagt, was du malen sollst?«, fragte Chan Mac neugierig.

Akbal ließ den Blick über die Stadt streichen und lächelte in sich hinein. »Er hat sehr lange mit mir gesprochen, und er hat dafür Sorge getragen, dass ich die Zeichnungen auf Kakaomonds Vasen ansehen durfte. Aber er hat mir keine Anweisungen mitgegeben, nur Vorschläge.«

»Dann hast du sein Vertrauen in dich geehrt«, schloss Chan Mac bewundernd. »Du hast ein Geschenk geschaffen, das mit dem Ansehen und der Macht Tikals im Einklang steht. Du brauchst es niemandem gegenüber zu rechtfertigen.«

Akbal nickte, als ob er dies wüsste, und schaute zu dem gelbbrüstigen Tukan auf, der krächzend und mit schnellen Schlägen seiner kurzen, schwarzen Flügel über sie hinwegflog. Von den Gipfeln hinter ihnen hallte das Geschrei der Brüllaffen wider und hieß die aufgehende Sonne willkommen. Akbal gähnte und senkte unwillkürlich den Blick.

»Vielleicht solltest du versuchen, noch ein wenig zu schlafen«, riet ihm Chan Mac. »Heute nachmittag müssen wir unsere Vasen präsentieren, und morgen beginnt die Hochzeit von Schild-Jaguars Sohn. Du musst auch etwas mehr essen, mein Freund. Du siehst dünner aus als am Anfang unseres Aufenthalts hier.«

Akbal lachte auf. »Möchtest Du etwa meine Mutter spielen?«, flüsterte er mit rauer Stimme.

Chan Mac lächelte ihm mit unverhohlener Sympathie zu. »Wenn es sein muss«, antwortete er entschlossen. »Wenn unser Aufenthalt hier zu Ende ist, würde ich dich gerne in Ektun als meinen Gast willkommen heißen. Ich möchte dir meine Eltern, meine Frau und meine Schwester Zac Kuk vorstellen.«

»Das ehrt mich«, versicherte ihm Akbal. »Vielleicht habe ich bis dahin auch meine Stimme wieder.«

»Deine Leistungen hier werden für dich sprechen, und sie werden dir nach Ektun vorauseilen. Aber jetzt geh und ruhe dich aus, mein Freund. Du hast es dir verdient, und Yaxchilan wird auch noch hier sein, wenn du aufwachst.«

»Zweifellos«, stimmte Akbal ihm zu, warf im Aufstehen einen letzten Blick auf die Sonne und neigte den langen, eleganten Kopf vor ihr, in Richtung auf Tikal.

»Fertig«, murmelte er und wankte auf unsicheren Füßen zum Tempel zurück, um endlich seiner Müdigkeit nachzugeben.

KAPITEL 5

Verbündete und Gegner

Die Kampftruppe verließ Yaxchilan bereits, während die Hochzeitsfeierlichkeiten noch andauerten, weil die Nachricht eingetroffen war, dass eine Gruppe Ara-Krieger in der Gegend von Schild-Jaguars kürzlich eroberter Kakaopflanzung gesehen worden sei. Es waren hundert Mann in zehn Kanus, die meisten aus Yaxchilan, aber auch fünfzehn Krieger der Ehrengarde von Tikal und je fünf aus Bonampak und Yaxche. Im ersten Boot saßen Kinich Kakmoo mit vier seiner besten Männer und Keken Ahau, ein Kriegshäuptling aus Yaxchilan, mit vier seiner Hauptleute. Alle trugen wattierte Baumwollpanzer und mit Federbüschen geschmückte Helme, und auf dem Boden des Kanus lagen ihre Schilde, Speere und Kriegskeulen.

Sie fuhren in nördlicher Richtung flussabwärts; aber oft mussten sie die Boote um gefährliche Stromschnellen herumtragen, denn viele Abschnitte des Flusses waren trotz der vereinzelten Regenfälle in der Trockenzeit nicht passierbar. Gelegentlich liefen die Krieger auch einfach am Ufer entlang, und die Paddler manövrierten die leeren Kanus zwischen den Sandbänken hindurch und an Felsen vorbei, die aus dem Wasser ragten.

Ektun am Ostufer ließen sie hinter sich, ohne Halt zu machen, da es der Herrscher dieser Stadt nicht für angebracht gehalten hatte, ein Kontingent seiner Krieger mit auf diese Mission zu schicken. Nach vier Tagen wurde der Fluss breiter und tiefer und wand sich nur mehr träge dahin, so dass es schien, als würden sie wegen der vielen Querschleifen kaum mehr wirklich vorwärtskommen. Kinich hatte aber auch das Gefühl, dass sie sich zusehends ihrem Ziel näherten, und so beschloss er, dass es an der Zeit sei, sein selbstauferlegtes Schweigen zu brechen und etwas über den Feind in Erfahrung zu bringen.

»Wie viele Ara werden es sein?«, fragte er Keken Ahau, wobei er nur den Kopf drehte, um das Boot nicht aus der Balance zu bringen. Sein Kamerad war ein drahtiger Mann von etwa dreißig Jahren mit einem harten, kantigen Gesicht. In seine Oberlippe waren haarfeine, schwarze Linien eintätowiert – ein Statussymbol der Krieger von Yaxchilan, wie Kinich in Erfahrung gebracht hatte. Seinem Namen, Herr der Eber, entsprechend, trug Keken Ahau über seinem geflochtenen Helm einen Pekarikopf mit imposanten Hauern.

»Nicht mehr als dreißig oder vierzig«, erwiderte der Kriegshäuptling. »Mehr schicken sie selten auf einen Raubzug.«

»Wirklich nicht?«, fragte Kinich zweifelnd. »Ist dies nicht ihr eigenes Territorium?«

Keken Ahau schüttelte den Kopf. »Ihr Gebiet liegt weiter nördlich; keiner von uns hat es je gesehen. Die Pflanzung gehörte bis vor zwei Jahren der Stadt Budsilha, erst dann eroberten die Ara sie für sich.«

»Und wer verteidigt sie jetzt?«

»Nach der Vertreibung der Ara ließen wir eine Garnison mit zwanzig Mann zurück. Das sollte reichen, um eine Räuberbande abzuhalten, bis wir da sind.«

Kinich rieb sich argwöhnisch das Kinn, sagte aber nichts mehr. Keken Ahaus Gewissheit wunderte ihn. Wenn sie noch nicht einmal die Städte dieser Leute je gesehen hatten, wie konnten sie dann so sicher sein, dass die Ara nicht in größerer Zahl zurückkommen würden? Kinich hatte immer geglaubt, der Titel ›Bezwinger der Ara‹ sei auf die Eroberung zumindest einer Stadt zurückzuführen. Hatte Schild-Jaguar seinen Ruf lediglich auf das Vertreiben von Räuberbanden gegründet?

»Wie lange kämpft ihr schon gegen diese Ara?«, fragte er.

Keken Ahau reagierte mit einem äußerst gereizten Blick auf Kinichs Skepsis. »Seit Schild-Jaguar die Regierung übernommen hat, zu Beginn dieses Katuns«, gab er kurz angebunden zurück. »Möchtest du sonst noch etwas wissen, nachdem du dich jetzt endlich entschlossen hast, mit mir zu sprechen?«

»Sind sie gute Kämpfer?«

»Nicht so gut wie die Männer von Yaxchilan«, brummte Keken Ahau unfreundlich. »Aber das wirst du bald genug selbst erleben. Wir sind fast da.«

Kinich blickte wieder nach vorn auf den Fluss und ignorierte den Ärger, den seine Fragen verursacht hatten. Er hatte seinen eigenen viel zu lange mit sich herumgetragen, um sich jetzt von bloßen Worten provozieren zu lassen. Die ganze Zeit, während die Begräbnisvasen zu besichtigen gewesen waren und die Herren von Tikal sich über das Tun ihres Herrschers überrascht und entsetzt gezeigt hatten, war er beherrscht und ruhig geblieben. Er hatte sich die Häme der Krieger aus Yaxchilan, die Caan Acs Geschenk eindeutig als Preisgabe des Prestiges von Tikal betrachteten, angehört, ohne etwas dagegen zu sagen. Er hatte sich nicht einmal die Vase angesehen, die sein Bruder bemalt hatte. Jede Beleidigung, jede Demütigung und jedes Gefühl des Verrats, jeden ungelösten Zweifel hatte er einfach geschluckt, bis sein Ärger sich zu einer still vor sich hinbrodelnden Wut gesteigert hatte, die nur noch auf dem Schlachtfeld abgebaut werden konnte.

Nach der nächsten Biegung, die sie durchfuhren, uferte der Fluss zu einer gewaltigen Überschwemmungsebene aus. Die Yaxchilani-Krieger nahmen ihre Schilde und Speere zur Hand, und Kinich wies seine Männer an, ihrem Beispiel zu folgen. Eine wohl bekannte Erregung stieg in ihm auf. Er rückte seinen Helm zurecht, den er sich in Yaxchilan hatte ausleihen müssen. Da sein Name ›sonnengesichtiger Feuer-Ara‹ bedeutete, trug Kinich in der Schlacht normalerweise immer einen Busch aus roten Arafedern auf dem Helm. Doch da dies auch bei den Ara Brauch war, hatte er sich diesesmal einen Helm mit den schwarzen Federn des Chachalaca besorgt, um einen womöglich tödlich ausgehenden Irrtum zu vermeiden. Doch er hatte sich fest vorgenommen, bei seiner Rückkehr nach Yaxchilan den roten Federbusch des Feindes zu tragen.

Die Kanus hielten auf das Ostufer zu und fuhren in einen tiefen Kanal ein, der die während der Trockenzeit nur zum Teil überflutete Überschwemmungsebene durchzog. Die fruchtbare Schwemmerde war dicht mit Binsen bewachsen und gab einen kräftigen Modergeruch von sich, der fast so greifbar war wie die Wolken von Mücken und Moskitos, die über dem Wasser schwebten. Seerosen erschwerten das Vorwärtskommen, so dass die Moskitos genügend Zeit hatten, sich über die Männer in den Booten herzumachen. Im Wasser sah Kinich die Schnauzen von Krokodilen, und als plötzlich kreischend ein Reiher aus den Binsen aufflog, umklammerte er erschreckt seinen Speer.

Die hohen Bäume des Urwaldes waren noch ein Stück weit entfernt, doch davor zog sich zu beiden Seiten des Kanals eine niedrigere und gleichmäßigere Vegetationslinie hin, und allmählich merkte Kinich, dass dies die Kakaobäume waren. Sie standen auf langen, erhöhten Feldern, die senkrecht zum Hauptkanal verliefen, und waren durch schmale Wasserläufe voneinander abgetrennt, die vom Kanal abzweigten. Auf ein Zeichen Keken Ahaus hin fuhren die Kanus leise in den ersten dieser verhältnismäßig seichten Seitenkanäle ein.

»Das gefällt mir nicht«, sagte Keken Ahau, als sie aus dem Boot stiegen. »Wir hätten von einem Wachposten empfangen werden müssen. Von hier aus können wir nur mehr zu Fuß weiter.«

Kinich kletterte mit seinen Männern das Ufer hinauf und verbarg sich so gut es ging hinter dem Stamm eines Kakaobaums. Vor ihm zog sich Reihe um Reihe der schlanken Stämme hin, deren Äste bis etwa auf Schulterhöhe herunterreichten. Dazwischen war nichts zu sehen, das sich bewegte, und die einzigen Geräusche waren die Rufe der Vögel und das Summen von Insekten. Keken Ahau gab erneut ein Zeichen, auf das hin sich die Männer in einer Linie in Marsch setzten und den Kanal durchquerten, dessen Wasser knapp hüfttief war.

Noch immer rührte sich nichts. Alle seine Sinne sagten Kinich, dass Gefahr im Verzug war; er zog den Riemen fester, mit dem er seine grobgezähnte hölzerne Kriegskeule an der Hüfte befestigt hatte, damit er sie im Wasser nicht verlor.

Sie fanden den Yaxchilani-Wachposten neben dem vierten Kanal liegen. Zwischen seinen Rippen steckte ein nicht mehr als zwei Fuß langer Speer, und seine Kehle war von einem Ohr zum anderen durchgeschnitten. Auf dem nackten Leichnam – sämtliche Kleidung und Abzeichen waren entfernt worden – saßen bereits Massen von Fliegen. Kinich kniete neben ihm nieder, um den Speer genau zu betrachten. Er war dünn, aber sehr hart, und er schien auch nicht von einem anderen Speer normaler Länge abgebrochen zu sein. Dem Aussehen der Wunde nach war er eindeutig geschleudert worden, aber Kinich konnte sich nicht vorstellen, wie man eine so leichte und kurze Waffe kräftig genug werfen konnte, um einen Baumwollpanzer, wie ihn der Mann sicherlich getragen hatte, zu durchbohren.

»Was ist das für eine Waffe?«, fragte er Keken Ahau. Der Yaxchilani schaute kurz in die Richtung, aus der der Speer gekommen sein musste. Als er sich wieder Kinich zuwandte, war sein Blick steinhart.

»Die Ara haben eine Waffe, mit der sie diese kurzen Speere mit großer Kraft schleudern können. Es ist wie eine Schlinge, aber aus Holz. Deshalb sind sie aus einer gewissen Entfernung gefährlich.«

Über den Leichnam hinweg starrte Kinich auf Keken Ahau und kämpfte gegen den Wunsch an, den Mann zu töten. Durch die Zurückhaltung dieser Information hatte er die ganze Gruppe gefährdet, insbesondere natürlich Kinich und seine Männer, und zudem jeden Verhaltenskodex missachtet, der den Umgang verbündeter Kriegsparteien untereinander regelte. Kinich ließ ihn ohne ein weiteres Wort einfach stehen, verständigte seine Krieger und riet ihnen, sich mit den Schilden zu schützen und den Körper möglichst in Bodennähe zu halten. Dann wandte er sich wieder Keken Ahau zu, der ihn mürrisch musterte.

»Du bist ein Trottel«, sagte er mit Nachdruck. »Jetzt verstehe ich, warum ihr seit fünfzehn Jahren gegen diese Leute kämpft und sie noch immer nicht bezwungen habt.«

Ohne auf eine Erwiderung zu warten, signalisierte Kinich seinen Kriegern, ihm zu folgen, überquerte den nächsten Kanal und kletterte das jenseitige Ufer hinauf. Oben angekommen, hielt er sich dicht am Boden und schützte sich mit seinem Schild. Aus dem Augenwinkel sah er Keken Ahau, der wutentbrannt an ihm vorbeirannte und den Kamm des Uferdamms hinaufstürmte. Aber schon im nächsten Augenblick traf den Kriegshäuptling aus Yaxchilan etwas ins Bein, so dass er taumelte und zwischen die Bäume stürzte.

Mit einemmal war die Luft erfüllt von Kriegsgeschrei und Geschossen. Kinich sah, wie einer seiner Männer sich an die Schulter griff und dann die Uferböschung hinunterglitt.

»Kümmert euch um ihn!«, schrie er seinen Leuten zu. »Und bleibt dicht am Boden!«

Drei Kanäle weiter waren nun überall zwischen den Bäumen die flammendroten Federbüsche des Feindes zu sehen; dahinter liefen Männer mit Ballen und Bündeln auf dem Rücken einen Uferkamm entlang, der vom Hauptkanal wegführte. Ihre Flucht wurde von der ersten Reihe von Kriegern gedeckt, die mit langen, bemalten Stöcken unablässig ihre kurzen Speere schleuderten. Kinich versuchte auszumachen, wie viele Feinde ihnen gegenüberstanden – die fliehenden Träger mitgezählt, mussten es mindestens hundert Mann sein.

Als ein Speer über ihm ins Laub krachte, duckte er sich instinktiv noch tiefer und kroch dann zu Keken Ahau, der inzwischen von zweien seiner Leute versorgt wurde. Die Waffe war tief in den Oberschenkel eingedrungen, und die beiden Krieger versuchten vergeblich, die Blutung zu stoppen.

»Gibt es noch einen anderen Kanal«, fragte Kinich laut, um das Kriegsgeschrei zu übertönen, »als den, auf dem wir hierher kamen?«

»Dort drüben«, keuchte Keken Ahau angestrengt und zeigte in die Richtung, in die die Ara-Träger flohen. »Nicht weit …«

Kinich stemmte sich hoch, ging hinter einem Baum in Deckung und schaute das Ufer des Kanals auf und ab. Die Blicke der Männer waren erwartungsvoll auf ihn gerichtet.

»Sie fliehen!«, schrie er. »Für Tikal und Yaxchilan, machen wir sie fertig!«

Mit gellendem Kriegsgeheul setzten die Männer über die Uferböschung hinweg, nahmen hinter den Kakaobäumen Deckung und sprangen mit hochgehaltenen Speeren in den nächsten Kanal. Kinich signalisierte ihnen, sich zu ducken, als sie das Ufer heraufkamen, so dass der Geschosshagel, der sie empfing, ohne großen Schaden anzurichten, über sie hinwegging.

»Jetzt!«, brüllte er und stürmte vorwärts, noch ehe die Ara zu einem erneuten Wurf ansetzen konnten. Bevor er in den nächsten Kanal hinuntersprang, bekam er sie klar zu sehen und bemerkte, dass einige sich bereits den fliehenden Trägern anschlossen. Er suchte einen festen Tritt in dem glitschigen, weichen Schlamm, kletterte wieder ans Ufer und robbte so weit hoch, dass er über die Böschung spähen konnte. Auf den nächsten beiden Uferdämmen waren die Feinde jetzt bereits in voller Flucht.

»Lauft, ihr Feiglinge!«, brüllte er ihnen nach, und seinen Männern rief er zu: »Hinterher! Wir machen sie nieder!«

Kinich nahm Anlauf und sprang bis in die Mitte des Kanals, watete ans jenseitige Ufer und durchquerte noch einen weiteren Kanal. Die Feinde waren nun fast direkt vor ihm, überall kamen sie zwischen den Kakaobäumen hervor. Einer der Ara-Krieger wurde plötzlich von einem gut geschleuderten Yaxchilani-Speer getroffen, stürzte und rutschte dann seitlich die Uferböschung hinab; seine Verfolger auf den parallel verlaufenden Uferdämmen stießen einen wilden Triumphschrei aus, als sie ihn zu Boden sinken sahen.

Kinich ignorierte die Zweige, die ihm ins Gesicht und an den Helm schlugen, und den brennenden Schmerz in seiner Lunge; er rannte, so schnell es auf diesem Terrain möglich war, den Blick und seine ganze Konzentration nach vorne auf die fliehenden Männer mit ihren roten Federbüschen gerichtet. Einige der Ara wandten sich noch einmal um, schleuderten den Verfolgern ihre Kurzspeere entgegen und brachten dadurch deren Vorwärtsdrängen auf den anderen Uferdämmen für kurze Zeit zum Erliegen. Als sie Kinich auf dem Damm auf sie zukommen sahen, auf dem sie dicht gedrängt standen, trat einer von ihnen vor und legte einen Speer in seine bemalte Schleuder ein.

Auch Kinich machte seinen Speer wurfbereit, aber er musste mit seiner schwereren Waffe noch näher an den Feind heran. Ohne sein Tempo zu verlangsamen, machte er einen Satz seitwärts zwischen die Bäume, wobei er den Helm verlor. Jetzt zögerte der Ara, doch sobald Kinich wieder aus den Bäumen hervorbrach und geradewegs auf ihn zustürmte, setzte der Mann erneut zum Wurf an. Kinich aber machte nur mehr zwei weite Sätze und schleuderte seinen Speer aus vollem Lauf und mit solcher Kraft, dass er stürzte. Der Ara warf zwar im selben Moment wie Kinich, aber er sah nicht mehr, dass er sein Ziel verfehlte, denn Kinichs Speer bohrte sich in seine Brust, so dass er tödlich getroffen zu Boden ging.

Trotz des Schrecks über seinen Sturz schaffte Kinich es sofort, sich umzusehen, ob jemand sich ihm näherte. Doch die Ara rannten alle in die andere Richtung, und seine Männer stürmten ihnen nach oder versuchten, ihnen durch die Kanäle hindurch den Weg abzuschneiden. Kinich zwang sich aufzustehen. Von den rauen Schalen der Kakaofrüchte hatte er Schürfwunden an den Knien und im Gesicht, und die linke Hand, in der er den Schild trug, schmerzte von seinem Fall.

Aber mehr als alle Schmerzen fühlte er seinen Zorn, der ihn weiter vorantrieb, und so band er seine Kriegskeule los und nahm die Verfolgung wieder auf. Es war nicht genug, diese Männer nur zu vertreiben; sie mussten bestraft werden und zurückgeben, was sie gestohlen hatten – so verlangte es der Brauch in Tikal. Kinich erhöhte sein Tempo, um den Abstand zwischen sich und den Fliehenden zu verringern.

»Tikal!«, schrie er, und von links und hinter ihm erschollen die Antwortrufe. Er war dem Feind also immer noch am nächsten, doch das spornte ihn nur umso mehr an.

Auf einmal hörten die Kakaobäume auf, und der Uferdamm führte über aus Erde festgetretene Stufen zu einem hölzernen Dock an einem breiten Kanal hinab. Dort hatten einige Kanus bereits abgelegt und hielten auf den Fluss zu, doch auf dem Pier versuchten die Krieger noch, die am Ufer verbliebenen Boote zu besetzen, und ein Stück weiter unten schien eine dicht gedrängte Gruppe miteinander zu kämpfen. Kinich wartete, bis seine Leute zwischen den Bäumen auftauchten, und stieß dann einen lang gezogenen, schrillen Schrei aus, der weithin über das Wasser hallte. Als die Männer ihn entdeckten, teilte sich die Gruppe abrupt, wobei etwa die Hälfte von ihnen umgestoßen wurde. Kinich rannte bereits die Böschung hinunter, als sie einer nach dem anderen ins Wasser stürzten; er sah aber noch, dass sie an den Händen gefesselt und aneinander gebunden waren – es waren die Überlebenden der Garnison aus Yaxchilan, die sein Auftauchen davor gerettet hatte, gefangen genommen zu werden.

Das ganze Dock war mit Bündeln und Körben voller glänzender, brauner Kakaobohnen übersät. Die letzten Ara, die noch an Land waren, sprangen ins Wasser, um zu den Booten zu schwimmen. Nur ein paar versuchten noch, die Flucht ihrer Kameraden zu decken; Kinich stürzte sich auf den ersten, dem er nahe kommen konnte, und versetzte ihm mit der Keule einen mächtigen Hieb auf den Schild. Der Mann strauchelte und ging in die Knie; im nächsten Augenblick war Kinich über ihm und holte zum tödlichen Schlag aus. Doch der Krieger zuckte zusammen und ließ seine Keule einfach fallen. Kinich stieß sie zur Seite und riss ihm den Helm mit den roten Federn vom Kopf.

Als er sich aufrichtete, bemerkte er, dass die Kämpfe eingestellt waren und einige seiner Männer ebenso wie er schützend über ihren am Boden liegenden Gefangenen standen. Einige seiner Leute hatten ein gekentertes Kanu umgedreht, um fliehende Ara zu verfolgen.

»Was ist mit denen, die ins Wasser geworfen wurden?«, fragte Kinich einen der Yaxchilani-Hauptleute. »Das sind doch eure eigenen, oder nicht?«

»Sie sind gerettet und unverletzt«, erwiderte der Hauptmann. »Und sie sind uns dankbar dafür, dass wir noch rechtzeitig gekommen sind.«

Kinich schaute sich um und stellte fest, dass die Krieger um ihn herum alle aus Tikal waren. Vier von ihnen hatten zudem wie er einen Gefangenen gemacht. Er grinste ihnen voller Stolz zu.

»Ja, gut, dass *wir* rechtzeitig gekommen sind«, meinte er spöttisch zu dem Hauptmann aus Yaxchilan, und seine Männer lachten beifällig. Dann legte er Schild und Keule beiseite und setzte den erbeuteten Helm auf. Er war viel zu klein für ihn, aber er drückte ihn mit Gewalt auf seinen breiten Schopf und drehte dann vorsichtig den Kopf hin und her, so dass der rote Federbusch in der Sonne wippte. Die Männer um ihn herum brachen in schallendes Gelächter aus, und auch Kinich, der wusste, dass er mit dem viel zu kleinen Kopfputz lächerlich aussah, prustete vor Vergnügen.

»Jetzt bin ich wieder ich selbst«, rief er, stemmte die Arme in die Hüften und stellte sich stolz erhobenen Hauptes über seinen Gefangenen, den roten Federschopf der Sonne entgegengestreckt.

Der Tempel der Bolon ti Ku, der Neun Götter der Unterwelt, stand zwischen zwei weiteren Tempeln auf der höchsten Erhebung von Yaxchilan. Sein schmaler, von einem Gewölbe überdachter mittlerer Raum war flankiert von zwei kleinen Nebengemächern, von denen eines Stuckfigurinen der Neun Götter enthielt, die an einer Wand aufgereiht waren. Nur einmal, und nur im Beisein aller Tempelpriester, hatte Akbal die Erlaubnis erhalten, diese Kammer zu betreten, und danach hatten ihn die geheimnisvollen, hasserfüllten Mienen der Herrscher der Nacht mehrmals in seinen Träumen heimgesucht. Aber weder diese Erfahrung noch der lange Aufstieg den Hügel hinauf hatten ihn davon abgehalten, diesen Tempel so oft wie möglich aufzusuchen; er hatte vier ganze Nachmittage hier verbracht, um Skizzen von den Stelen auf der Terrasse vor den Gebäuden zu zeichnen und die herrlichen Gemälde an Decke und Wänden des mittleren Raumes zu studieren. Und jedes Mal hatte er zum Schluss von hier oben eingehend die Stadt betrachtet und sich dieses Bild genau eingeprägt.

Heute jedoch war er ohne seinen Lederbeutel mit den Farben und Pinseln gekommen, nur um sich die farbenprächtigen Szenen ein letztes Mal anzusehen: Bilder von Schlachten und der Vernehmung von Gefangenen, von großen, öffentlichen Feierlichkeiten und in Abgeschiedenheit vollzogenen Blutopfern, von heiligen Tänzen und Ehrungen. Die Figuren waren in den Verputz eingeritzt und danach orangerot grundiert worden, und erst dann hatte man unter Verwendung der gesamten Farbenpalette ihre kunstvoll dargestellten Insignien gemalt; für die dunkleren Gewänder der Priester waren sogar verschiedene Braun- und Rottöne gemischt worden. Die Szenen stellten Ereignisse aus dem Leben von Schild-Jaguars Vorgänger, dem großen Vogel-Jaguar, dar, dessen Grab sich irgendwo unter dem Tempel befand. Es war Akbal jedoch nie richtig gelungen, diese lebhaften, kraftvollen Wandgemälde mit dem eigentlichen Zweck des Gebäudes – einer Begräbnisstätte – in Einklang zu bringen. Die abschreckenden Götter in der Kammer nebenan schienen steif über all dieses Leben zu Gericht zu sitzen, als wollten sie selbst die Erinnerung daran trügerisch erscheinen lassen.

Soweit Akbal wusste, gab es in Tikal nichts Vergleichbares, und auch wiederholtes Betrachten hatte seine Faszination für die naturgetreuen Darstellungen nicht geschmälert. Der Tempelverwalter hatte ihm viele der Szenen erklärt, so dass er sie zeitlich einordnen und mit Zeremonien vergleichen konnte, die er aus eigenem Erleben kannte. Es gab nicht allzu vieles in Tikal, was sich mit Yaxchilan messen konnte, aber während des Zuhörens und Zeichnens hatte Akbal die Unterschiede immer feiner für sich herausgearbeitet und so im Kopf zurechtgelegt, dass er sich alles merken konnte.

Er war noch ganz in die Betrachtung der Gemälde versunken, als er plötzlich hörte, wie ihn die vertraute Stimme des Tempelverwalters rief. Widerwillig ging er zum mittleren Eingang hinüber, wo der ältere, untersetzte Mann auf ihn wartete.

»Die Krieger sind zurückgekommen, mein Sohn«, sagte

er und zeigte zum Fluss hinab. Akbal nickte stumm und spähte durch den stetigen Regen auf den Fluss hinunter, wo soeben Kanus auf das Ufer zuhielten. Zwischen zwei Gebäuden hindurch konnte man einen Teil der Anlegestelle sehen, aber seinen Bruder zu erkennen, war Akbal auf die Entfernung nicht möglich, obwohl er sich alle Mühe gab.

»Kennt Ihr diesen Kinich Kakmoo«, fragte der Verwalter höflich, »den Nakom, der unsere Krieger zum Sieg geführt hat?«

Akbal nickte wieder, dankbar dafür, dass seine Stimme noch nicht wiedergekommen war und er nicht antworten musste. Dieser Umstand hatte ihm, seit seine Vase ausgestellt worden war, schon manche Erklärung erspart, und wenn Kinich es denn wollte, konnte er mit Hilfe dieses kleinen Gebrechens nun auch das Geheimnis seines Bruders bewahren. Kinich hatte sich seine Vase nie angesehen und auch nie davon gesprochen, dass er sein Bruder war, nicht einmal, nachdem Schild-Jaguar Akbal öffentlich gelobt hatte. Das hatte Akbal verletzt und verwirrt, denn angesichts Kinichs erklärter Bewunderung für den Herrscher von Yaxchilan ergab dieses Verhalten keinen Sinn. Akbal hatte erwartet, seine Ehrung Schild-Jaguars würde Kinich mit Stolz erfüllen, ebenso wie er selbst über Kinichs Erfolg gegen die Ara Stolz empfand. Aber wenn Kinich seinen Namen nicht mit dem des Malers von Tikal – so war Akbal inzwischen weithin bekannt – in Zusammenhang bringen wollte, dann wollte Akbal ihn nicht in Verlegenheit bringen, indem er bekannt machte, dass sie Brüder waren.

»Wollt Ihr ihn nicht begrüßen gehen?«, fragte der alte Mann und hielt Akbal freundlich seinen Regenumhang und den Hut aus Palmblättern hin. »Dann werdet Ihr jetzt bald nach Ektun gehen«, fuhr er fort und schüttelte energisch den weißen Kopf, als Akbal sich vor ihm verbeugen wollte. »Nein, mein Sohn. Ich bin *Euch* dankbar für die Zeit, die Ihr hier verbracht habt. Nicht mehr viele unserer jungen Männer kommen zu diesem Tempel, außer wenn sie ihr Kriegergelübde erneuern. Sie verehren Vogel-Jaguar nur noch deshalb, weil er ein großer Krieger war. Aber die Denkmäler, die er zu seinem Andenken hinterließ, oder die Geschichte, die auf ihnen aufgezeichnet ist, bedeuten ihnen nichts.«

»Ihr habt mir vieles beigebracht«, flüsterte Akbal unter Schmerzen.

Der alte Mann legte einen Finger an den Mund, um ihm zu bedeuten, nicht zu sprechen. »Vieles in unserer Stadt gerät in Vergessenheit«, fuhr er traurig fort. »Aber lebt wohl, Akbal Balam. Ich hoffe, Ihr werdet eines Tages nach Yaxchilan zurückkommen und meinen Tempel noch einmal besuchen.«

Akbal trat in den Regen hinaus, verbeugte sich kurz zum Abschied und ging dann bis zum Rand der Plattform. Auf der nächsttieferen Ebene standen drei Monumente, und daran schlossen sich einige Stufen an, die an einer gepflasterten Treppe gigantischen Ausmaßes endeten. Sie maß dreißig Fuß in der Breite, führte in zehn terrassierten Abschnitten den Hügel hinab und war an beiden Seiten von Steinpfeilern flankiert. Akbal ließ den Blick nach unten wandern, über den Kalksteinbruch hinweg, der nass zwischen den Bäumen hervorschimmerte, weiter über die an den Hängen klebenden, strohgedeckten Häuser, die großen Tempel und Paläste, die allein oder in Gruppen auf den Anhöhen standen und deren Dachkämme in den dunklen Himmel ragten wie bemalte Hände. Unter dem größten, dem Tempel Schild-Jaguars, erstreckten sich in beiden Richtungen die Gebäude der Unterstadt, den Windungen des Flusses zu den Bergen hin folgend, die Yaxchilan im Norden und Süden begrenzten.

Wie immer war Akbal fasziniert von der Tatsache, dass er von einem Ort aus die ganze Stadt überblicken konnte. In Tikal wäre das selbst von der obersten Plattform der großen Begräbnistempel, die alle dem Himmels-Clan gehörten, nicht möglich gewesen. In Tikal hätte er aber auch keinen Zutritt zu den Gebäuden bekommen, wie er ihm hier gewährt worden war, und darüber hinaus wusste er inzwischen von den meisten Bauten hier auch noch, was sie enthielten sowie wann und von wem sie errichtet worden waren. Und er besaß Zeichnungen von Skulpturen, die wahrscheinlich auch von der Bevölkerung Yaxchilans nur die wenigsten je gesehen hatten, und ein Wissen über die Geschichte der Stadt, für das – von den Tempelverwaltern einmal abgesehen – sich wohl noch weniger Einwohner überhaupt interessierten.

Als er darum gebeten hatte, Schild-Jaguars Stadt besuchen zu dürfen, hatte er nicht vorgehabt, so viel zu betrachten und zu lernen. Eigentlich hatte er nur einige der Steinmetzarbeiten sehen wollen, um Ideen für seinen Stein zu sammeln. Aber weder Schild-Jaguar noch sonst jemand hatte ihn je danach gefragt, weshalb er die Tempel und Denkmäler von Yaxchilan überhaupt kennen lernen wollte, so als sei seine Neugier für sich genommen schon ein Kompliment. Und obwohl er gar nicht von sich aus darum gebeten hatte, war man von vornherein davon ausgegangen, dass er Zeichnungen anfertigen wollte, und der Herrscher hatte angeordnet, ihm so viel Farben und Papier zur Verfügung zu stellen, wie er haben wolle, und ihm sogar Träger zugewiesen, um die fertigen Werke zurück nach Tikal zu schaffen. Nach dieser Bezeigung königlicher Gunst hatten alle Priester und Tempelverwalter sich dann geradezu darum bemüht, ihn zu einem Besuch ihrer heiligen Stätten einzuladen und ihm die Riten und Zeremonien zu erklären, von denen die Kunstwerke berichteten.

Ein dicker Wassertropfen lief Akbal über den Rücken hinab und erinnerte ihn daran, dass er nicht die Zeit hatte, so lange hier im Regen zu stehen und das Panorama zu bewundern. Bis zu seinem Quartier war es ein langer Weg, und er würde sofort mit dem Verpacken der Zeichnungen beginnen müssen, da sie ohne ihn nach Tikal zurückkreisten. Doch dann fiel sein Blick auf die Stele in der Mitte der nächsten Plattform, direkt unterhalb seines Standorts, und er konnte ihn nicht mehr abwenden.

Der rechteckige Stein war zwölf Fuß hoch und dreieinhalb Fuß breit, und die Akbal zugewandte Seite wies zwei bemalte Reliefs unterschiedlicher Tiefe auf. Der obere, weniger tiefe Teil war mit Reihen von Hieroglyphen ausgefüllt, die um eine quadratische Nische ganz oben gruppiert waren. In dieser Nische saßen zwei kleine Figuren, ein Mann und eine Frau, die, so hatte man Akbal gesagt, Schild-Jaguar den Älteren und seine Gemahlin darstellten. Beide trugen einen reich verzierten Kopfputz, und sie schienen sich angeregt zu unterhalten.

Unten stand, in tieferem Relief ausgeführt, Vogel-Jaguar, dem dieses Monument geweiht war. Er war mit sämtlichen Insignien eines Kriegers ausgestattet; dazu trug er Beinkleider aus Jaguarfell, eine Brustplatte aus Jade und einen hohen Federkopfschmuck. Vorne am Kopfputz hing eine groteske Maske von Kin, der Sonne, hinter der Vogel-Jaguars Gesicht im Profil zu sehen war. Er hielt ein schlangenbeiniges Cauac-Zepter über die Köpfe dreier Männer, die zu seiner Linken knieten und die Arme in der Geste der Ehrerbietung über der Brust verschränkt hielten. Das Datum darüber, 1 Imix 19 Xul, so hatte Akbal gelernt, bezeichnete einen Tag gegen Ende des 16. Katuns; damals hatte Vogel-Jaguar drei benachbarte Städte erobert und der Herrschaft Yaxchilans unterstellt.

Akbal bewunderte die Dynamik der dargestellten Szene, die geradezu spürbare Konfrontation zwischen den Figuren. Wie die Wandgemälde hatte es nicht seinesgleichen in Tikal, denn dort war auf den Monumenten nur selten mehr als eine Gestalt porträtiert. Einige der ältesten Denkmäler Tikals vom Beginn des Zyklus zeigten einen gefesselten Gefangenen, der sich zu Füßen des Herrschers verbeugte, aber niemals waren es drei, und sie sahen den Herrscher nie an. Und eine Frau hatte Akbal in Tikal auch noch nie auf einem Denkmal abgebildet gesehen.

Inzwischen waren solche Unterschiede, die ihn anfangs so verblüfft hatten, für ihn fast alltäglich geworden, denn auf den Stelen und Türstürzen in Yaxchilan waren häufig Frauen abgebildet, ebenso wie Kinder, Priester, Gefangene und Verbündete; sie wurden alle in Posen dargestellt, die Verwandtschaft oder Unterwerfung versinnbildlichten. Akbal hatte in Erfahrung gebracht, dass die Ära von Yaxchilans Größe Mitte des 13. Katuns mit dem Regierungsantritt von Schild-Jaguar dem Älteren begonnen hatte. Doch der erste Schild-Jaguar war ein fremder Usurpator gewesen, der sich trotz seiner militärischen Überlegenheit zur Legitimierung seiner Herrschaft stark auf die Abstammung seiner Gemahlinnen gestützt hatte. Deshalb waren diese Heiratsallianzen es ebenso wert gewesen, in Stein festgehalten zu werden, wie die Eroberungen des Herrschers, und auf den Türstürzen wurden sie häufig als gegenseitiges Opferritual dargestellt, mit dem eine Blutsverwandtschaft besiegelt wurde.

Schließlich zwang sich Akbal, den Blick von der in leuchtenden Farben bemalten Stele abzuwenden. Er sagte sich, dass es gut sein würde, bald nach Ektun zu gehen, denn die provokative, kriegslustige Kunst Yaxchilans hatte ihn mittlerweile so sehr in ihren Bann gezogen, dass sie ihn nicht nur nachts in Träumen verfolgte, sondern auch tagsüber seine Gedanken dominierte. Vor allem die Blutopfer-Szenen beschäftigten ihn; sie schienen ihm für eine öffentliche Darstellung nicht passend. Wenn er zu einer richtigen Perspektive dieser Stadt der Krieger und Frauen gelangen wollte, dann musste er von hier fort.

Vielleicht ist das der Grund, weshalb Kinich mich meidet, dachte er, als er die Treppe hinunterging. *Vielleicht meint er, dass ich dieser Stadt und ihrem Herrscher zu viel von mir gegeben und dadurch den Tikal zustehenden Respekt verspielt habe.* Akbal wusste, dass einige aus der Delegation seiner Stadt so empfanden; sie hegten eher einen Groll gegen ihn wegen seines Verhaltens *nach* dem Bemalen der Begräbnisvase, nicht so sehr wegen der Darstellung auf der Vase an sich. Als ob er durch sein Interesse an Yaxchilan und seine Zeichnungen der Denkmäler Schild-Jaguar zu sehr geschmeichelt hätte; als ob es gewissermaßen eine Schande sei, den fast uneingeschränkten Zugang zu den heiligsten Stätten Yaxchilans, der ihm gewährt worden war, akzeptiert zu haben.

Erzürnt über das kleinliche Denken und die halsstarrige Ignoranz, die aus einer solchen Haltung sprachen, ballte Akbal unter dem schützenden Umhang die Fäuste. Keiner von diesen Leuten wusste von der Verachtung, die er für Schild-Jaguar den Jüngeren empfand, seit er gesehen hatte, wie wenige und schlecht ausgeführte Monumente dieser Herrscher für sich in Auftrag gegeben hatte. Ebensowenig wussten sie, dass er sich kaum in den neuen Tempeln aufgehalten und von den Verwaltern, die die Bauten von Schild-Jaguars Vorgängern betreuten, viel Kritik am derzeitigen Herrscher gehört hatte. *Wie kann Kinich sich über das, was ich hier getan habe, ein Urteil anmaßen,* fragte er sich, *wenn er auch nicht mehr weiß als alle anderen?* Schließlich hatte Kinich seine Vase nicht einmal angesehen, ganz zu schweigen von den vielen Zeichnungen oder den Geschenken – dem Regenhut zum Beispiel –, die Akbal von den anderen Malern erhalten hatte. Einige dieser Geschenke waren darüber hinaus Unterpfänder für private Handelsabmachungen, die er vorsichtig zwischen ihren Clans und seinem arrangiert hatte. *Unserem Clan,* verbesserte er dann reuevoll. In der Hoffnung, sein Bruder möge ihm Gelegenheit geben, sich zu erklären, stapfte er weiter durch den Regen die Stufen hinab auf den Platz zu, wo sich die Krieger mit ihren Gefangenen versammelten, um sich dem Herrscher zu präsentieren.

Zwei Nächte später, als er gerade die letzten seiner Zeichnungen verpackte, hörte Akbal eine laute Stimme aus dem angrenzenden Zimmer, der eine der für Chan Mac typischen, wohlwollenden Erwiderungen folgte. Als er durch die offene Tür trat, sagte Kinich gerade: »Er ist mein Bruder. Hat er das nicht erzählt?«

»Nein«, platzte Akbal heiser heraus, so dass die beiden sich überrascht ihm zuwandten. Kinich schwankte leicht und atmete hörbar durch die Nase. Sein breites Gesicht war gerötet und schweißglänzend, und seine Oberlippe wies winzige schwarze Linien auf, die ihm ein grimmiges, verächtliches Aussehen verliehen. Er trug neue Ohrpflöcke aus Jade und seinen Ara-Federkopfputz und in der einen Hand einen Kürbis mit Balche, in der anderen ein Bündel bemalter Stöcke. Chan Mac schaute ungläubig von einem zum anderen.

»Ich dachte, du wolltest hier nicht als mein Bruder bekannt sein«, krächzte Akbal.

Kinich brummte zustimmend und senkte den Blick. »Ich musste mir das hämische Gerede der Yaxchilani anhören«, erwiderte er mit belegter Stimme, »und der Krieger aus Yaxche und Copan, deren Herrscher die Aufforderung, Maler zu schicken, nicht befolgten. Warum hat Tikal dieses Zugeständnis gemacht? Und warum musste ausgerechnet auch noch mein eigener Bruder geschickt werden? Ich wusste auf diese Fragen keine Antwort. Niemand in der Delegation aus Tikal wusste darauf eine Antwort.«

Akbal beobachtete ihn mit argwöhnischem Schweigen; er konnte den Blick nicht von den schwarzen Linien auf der Lippe seines Bruders abwenden.

Kinich schluckte und fuhr fort, obwohl es ihm offenbar schwer fiel, sich zu erklären. »Heute abend bat ich darum, die Vase ansehen zu dürfen, die du bemalt hast, und Schild-Jaguar zeigte sie mir. Er hat mir auch erzählt, wie du die anderen Maler unterrichtet hast, obwohl du der jüngste von allen warst. Ich habe Respekt und Dankbarkeit in seiner Stimme gehört. Wenn er von Caan Ac sprach, waren solche Gefühle nie von ihm zu hören.«

»Ich habe nur getan, was notwendig und angebracht war«, flüsterte Akbal. »Ich bin schließlich Maler, so wie du ein Krieger bist.«

»Ja«, murmelte Kinich reumütig. »Schild-Jaguar hat es mir nicht selbst gesagt, aber andere haben mir erzählt, wie du ihn angestarrt hast und ihm nicht mehr Ehrerbietung entgegenbringen wolltest, als er verdient. Das hat mir geholfen zu verstehen, was du auf die Vase gemalt hast, und was Schild-Jaguar sich zu sehen weigert.«

»Ich habe es auch gesehen«, schaltete Chan Mac sich ein. »An diesem Tag hat Euer Bruder seine Stadt und seinen Clan geehrt.«

Kinich wandte sich langsam Chan Mac zu und blickte erst verständnislos drein, bis er sich seines Benehmens entsann und sich etwas unbeholfen verbeugte.

»Ich bin Kinich Kakmoo, Nakom aus Tikal.«

»Ich bin Chan Mac aus Ektun, und ich weiß, wie Ihr Euch gegen die Ara hervorgetan habt. Ich war dabei, als Ihr

Schild-Jaguar Euren Gefangenen vorführtet. Und wie ich sehe«, fügte er mit einem höflichen Blick auf Kinichs Oberlippe hinzu, »seid Ihr auch in den Kriegerstand dieser Stadt aufgenommen worden.«

Mit einem verächtlichen Schnauben strich Kinich sich über die Lippe und verschmierte die schwarzen Linien mit seinem Schweiß. »Die Aufnahme habe ich akzeptiert«, erklärte er, »aber tätowieren lassen wollte ich mich nicht. Sie können mich als Verbündeten betrachten, aber als einer der ihren will ich nicht gesehen werden.«

»Niemand hier wird diesen Fehler machen«, versicherte ihm Chan Mac. »Ich würde mich geehrt fühlen, wenn Ihr Euch zu uns setzen und das Rauchblatt mit uns teilen würdet.«

»Ich habe etwas Balche mitgebracht«, entgegnete Kinich dankbar, doch dann sah er Hilfe suchend auf seinen Bruder, um klar zu machen, dass das alles war, was er anbieten konnte. Akbal nickte zögernd und holte dann ein zusammengerolltes Stück Leder aus seinem Zimmer, das er vor den beiden öffnete. Die Zeichnung darauf zeigte, wie Kinich Schild-Jaguar seinen Gefangenen präsentierte. Sie war im Stil der Monumente von Yaxchilan ausgeführt; Kinich und der Herrscher standen sich gegenüber, und sein Gefangener kauerte zwischen beiden auf dem Boden.

»Es ist nur ein Entwurf«, murmelte Akbal bescheiden.

Kinich lächelte zaghaft und deutete auf die Reihe winziger Hieroglyphen neben der Figur, die ihn darstellte. »Das ist dieselbe Jaguarpranke, die du auf der Vase gemalt hast«, sagte er, »und das ein Ara. Aber was bedeutet diese Glyphe vor ihm?«

»Das ist die Glyphe desjenigen, der den Gefangenen präsentiert«, erklärte Akbal heiser, und Kinichs Lächeln wurde breiter, so dass die Jade und der Pyrit zwischen seinen Zähnen im Licht der Fackel funkelten. Akbal ließ ihn das Bild noch einen Augenblick betrachten und rollte es dann wieder zusammen.

»Wenn ich wieder in Tikal bin, werde ich es für dich malen«, versprach er und steckte die Rolle unter den Arm.

»Dann musst du dies als Geschenk annehmen«, erwiderte Kinich spontan und hielt ihm das Bündel mit den bemalten Stöcken entgegen. »Das ist die Waffe des Ara, den ich getötet habe.«

»Ich hole Schalen, damit wir das hier trinken können«, erbot sich Chan Mac und nahm Kinich die Kürbisflasche ab. Akbal wickelte den Wurfstab und die spitzen Speere aus, betrachtete sie eingehend und hörte Kinich zu, der ihm erklärte, wie man den mit einer Rille versehenen Stock benutzte, um die kurzen, Pfeilen ähnlichen Speere zu schleudern.

Plötzlich weiteten sich Akbals Augen überrascht. »Das ist die Waffe der Zuyhua«, flüsterte er. Kinich blickte erstaunt, als er den unbekannten Namen hörte. Akbal schüttelte das Bündel ungeduldig hin und her; seine belegte Stimme machte ihn plötzlich wütend, aber er brachte nicht mehr hervor als ein heiseres: »Die Fremden …«

»Trink erst ein wenig«, empfahl ihm Chan Mac, der mit einer Schale Balche zurückkam. »Das wird dir gut tun.«

»Ja«, stimmte Kinich zu und nahm die Waffe wieder an sich, damit Akbal die Hände für die Schale frei bekam. »Trink es aus. Du hast hier vieles gelernt, was du mir sagen musst. Und ich habe viel zu lange geschwiegen.«

»Ich würde euch gern zuhören«, erklärte Chan Mac und nahm seinem Freund die Rolle ab. Vorsichtig, da er sich wegen des auf ihm ruhenden Blicks seines Bruders befangen fühlte, setzte Akbal die Schale an die Lippen. Er hatte noch nie an einem Balche-Umtrunk teilgenommen, aber er wusste, dass sich das süße, berauschende Getränk bei den Kriegern großer Beliebtheit erfreute; meist leerten sie eine ganze Schale, ohne sie abzusetzen. Er schloss die Augen und spürte, wie ihm das bernsteinfarbene Honigwasser weich die Kehle hinunterrann. Aber schon im nächsten Augenblick merkte er auch, wie ihm im ganzen Körper warm wurde. *Vielleicht wird mir nachher übel*, dachte er, aber er leerte die Schale dennoch tapfer, so wie er es bei den Männern in Tikal gesehen hatte.

Tikal

Das Ende des 16. Tuns des Katuns 11 Ahau fiel auf den Tag 1 Ahau und wurde in Tikal mit allen erforderlichen Zeremonien begangen, wenngleich diese nicht so bedeutend waren wie die Hotun-Zeremonien des Vorjahres. Der Jaguarpranken-Clan jedoch wurde von Pilgern bestürmt, die zum Teil aus Yaxha und Uaxactun gekommen waren, und auch die Teilnahme der Clan-Mitglieder aus Tikal und dem Umland war seit Jahren nicht mehr so groß gewesen. Viele, die an den Ritualen des Jaguar-Schutzherrn teilnehmen wollten, mussten die Ältesten abweisen, denn für solche Menschenmengen war der Platz vor dem Clan-Tempel einfach zu klein.

Balam Xoc hatte schon im voraus angekündigt, dass er wieder für die Menschen tanzen würde, und als er die Abgeschiedenheit seiner Zelle verließ, überraschte er die Zuschauer mit einer weiteren Neuerung. Sie hatten nur gehört, dass der Lebende Ahn beabsichtigte, nach der Art und Weise und im Kostüm der frühesten Ahnen zu tanzen, aber als Balam Xoc im Jaguarkostüm, doch ohne Federkopfschmuck und die schimmernde Schleppe aus Quetzalfedern erschien, wussten sie nicht, was sie davon halten sollten. Er kam ihnen fast nackt vor, als er auf dem Podest die Reise des Nachtsonnen-Jaguars darstellte. Doch als er die vorgeschriebenen Rituale beendet hatte und die Trommeln im Tanzrhythmus zu schlagen begannen, erlebte die Menge eine Verwandlung, die dem Fehlen der Federn plötzlich Sinn und Bedeutung verlieh. Denn Balam Xocs Tanz wurde immer schneller, als wollte er sein Alter und das jede Bewegung erschwerende Kostüm vergessen machen. Wie ein junger Mann tanzte er in Schwindel erregenden Kreisen auf dem Stein und stieß die Jaguarpranke immer wieder kraftvoll in den Himmel. Jene, die ihn früher schon tanzen gesehen hatten, konnten es kaum fassen, welch kraftvolle Jugendlichkeit er ausstrahlte, und daraus nur den Schluss ziehen, dass er sich durch das Weglassen der Federn von einer immensen Bürde befreit hatte.

Fünf Tage später erhielt Balam Xoc eine offizielle Aufforderung, am Nachmittag Ah Kin Cuy aufzusuchen, den Hohepriester von Tikal. Dies verbreitete sich rasch im Clan-Haus der Jaguarpranken und gab Anlass zu ominösen Gerüchten und Spekulationen, die ebenso wie die Nachricht selbst sofort durch Boten sämtlichen in der Stadt wohnenden Clan-Angehörigen übermittelt wurden. Als Balam Xoc und Nohoch Ich vor dem östlichen Hof des Clan-Hauses erschienen, wurden sie deshalb bereits von mehr als zweihundert Menschen erwartet, viele davon Pilger, die wegen der Zeremonie gekommen waren, aber auch Frauen, Kinder und Alte und sogar einige Priester niedrigen Ranges. Die Pilger, die sich eben erst das Zeichen ihres Fastens, die schwarze Farbe, abgewaschen hatten, schwärzten sich die Körper erneut und wollten eine Nachtwache beginnen, um für Balam Xocs Sicherheit zu beten. Andere hatten sich das Gesicht geschwärzt, und einige Frauen waren mit offenem Haar erschienen. Alle wussten, dass der Hohepriester der zweitmächtigste Mann in Tikal war und dass er schon einmal Menschen, die seiner Meinung nach Ketzer waren, mit dem Tode hatte bestrafen lassen.

Die Hitze auf dem gepflasterten Platz machte das Warten unerträglich. Nohoch war angesichts der vielen Menschen, die sich eingefunden hatten, völlig überrascht und tat unwillkürlich wieder einen Schritt ins Haus zurück. Balam Xoc jedoch ging mit ausgebreiteten Armen die Stufen hinab auf die Menge zu und erhob die Hände, um die Menschen davon abzuhalten, dass sie vor ihm niederknieten. Er berührte die Hände, die sich ihm entgegenstreckten, und nickte den Leuten zu, die ihn anerkennend als ›Großvater‹ titulierten. In der Mitte der Gruppe fand er seine Enkelin Kanan Naab, die sich ebenfalls das Gesicht geschwärzt hatte und ergeben zu ihm aufsah; mit ihr war eine nervös und unsicher wirkende Ixchel gekommen. Balam Xoc strich Kanan Naab sanft die Haare aus der Stirn; dann ließ er den Blick über die

Menge schweifen und führte die Finger an seine eigene Stirn, wobei schwarze Rußspuren auf seinen Schläfen hinterblieben.

»Meine lieben Freunde, ich danke euch für eure Anteilnahme«, sagte er über das Gemurmel der vielen Stimmen hinweg, »aber es besteht kein Grund, dass ihr euch meinetwegen sorgt, denn die Geister unserer Ahnen werden mich beschützen. *Sie* haben mir gezeigt, was ich zu tun und wie ich mich zu verhalten habe, und sie werden nicht zulassen, dass ich zu ihnen gehe, bevor ich meine Aufgabe hier, unter euch, erfüllt habe.«

Er machte eine Pause, in der Nohoch an seine Seite trat, der sich inzwischen ebenfalls einen Weg durch die Menschen gebahnt hatte. Dann zeigte er auf den Platz der Ahnen, der, von Gebäuden verdeckt, hinter ihm lag.

»Ich muss jetzt zu Ah Kin Cuy gehen und bitte euch, mich in Ruhe und Würde bis zu seinem Haus zu begleiten. Ich vertraue darauf, dass niemand die Heiligkeit dieses Ortes verletzt.«

»Das ist nicht klug«, flüsterte Nohoch ihm sofort zu, doch Balam ignorierte diesen Einwand und schritt voran, an den letzten Häusern des Jaguarpranken-Clans vorüber und vorbei am Marktplatz und einem der Ballspielplätze der Stadt. Die Krieger und Händler auf den umliegenden Plätzen beobachteten die lange Prozession geschwärzter Gesichter, die schweigend vorüberzog. Balam Xoc führte sie eine breite Treppe hinunter und am zeremoniellen Ballspielplatz vorbei, der im Schatten von Kakaomonds Begräbnistempel lag, und betrat den Platz der Ahnen von der südöstlichen Ecke. Einer der Krieger, die den Bezirk bewachten, wollte ihn aufhalten, doch als er die Menge sah, die dem Lebenden Ahnen folgte, überlegte er es sich anders und suchte stattdessen seinen Vorgesetzten auf.

Ermahnungen zur Stille waren hier nicht nötig; als Balam Xoc den südlichen Rand des Großen Platzes entlangging, bildeten die Menschen sogar spontan von sich aus eine dichtere, ordentliche Kolonne. Auf der anderen Seite standen die Reihen der Ahnenmonumente, und dahinter erhoben sich auf einer riesigen, zweistufigen Plattform die Clan-Tempel, von denen jeder auf einer eigenen Pyramide thronte. Im Osten und Westen, den Richtungen von Sonnenaufgang und Sonnenuntergang, wurde der Platz von den großen Begräbnistempeln Kakaomonds und seiner Mutter, der Herrin Zwölf Ara, begrenzt.

Da man sich den Süden als ›unten‹ vorstellte, hatte das lange Gebäude, das den Platz in dieser Richtung säumte, neun Eingänge, einen für jede Ebene der Unterwelt. Über den Türfriesen prangten Stuckmasken der Bolon ti Ku, der Neun Götter der Unterwelt, unter denen der Herrscher und seine Priester heraustraten, wenn sie das Aufgehen der Sonne nach ihrer nächtlichen Reise durch die Unterwelt nachspielten. Am Fuß der breiten Treppe, die zu diesem Gebäude hinaufführte, blieb Balam Xoc stehen, um zu den ihm Folgenden zu sprechen.

»Geht jetzt nach Hause und an eure Arbeit, meine Freunde«, begann er. »Und geht im Vertrauen darauf, dass ihr mir die Kraft gegeben habt, zu euch zurückzukehren. Bleibt ruhig und verhaltet euch respektvoll, damit man nichts gegen euch vorbringen kann.«

Er hielt segnend die Hände über die Menschen und stieg dann mit Nohoch die Treppe hinauf. Oben auf der Plattform stand eine ganze Reihe von Priestern, die die Menge missbilligend beobachteten. Balam Xoc ging achtlos an ihnen vorüber auf den mittleren Eingang zu. Auch der schmale, verdunkelte Raum dahinter war voller Priester, und auf der Bank an der rückwärtigen Wand saß der Hohepriester mit seinen Gehilfen und Tzec Balam, dem Hohepriester des Jaguarpranken-Clans. Ah Kin Cuy war etwa fünf Jahre älter als Balam Xoc und ein herrisch wirkender Mann mit langem Gesicht und schweren Lidern, die ihn immer trügerisch schläfrig aussehen ließen. Sobald Balam Xoc und Nohoch ihn begrüßt hatten, bedeutete er ihnen, ihm gegenüber Platz zu nehmen, und die Priester ließen sich im Halbkreis um sie nieder.

»Ich habe Euch aufgrund einer Bitte Eures Verwandten Tzec Balam herbestellt«, eröffnete der Hohepriester feierlich das Gespräch. »Er hat eine offizielle Beschwerde des Inhalts vorgebracht, dass Ihr die Clan-Zeremonien nicht korrekt durchführt.«

Balam Xoc musterte den Hohepriester seines Clans ruhig und gefasst und ohne jeglichen Vorwurf. »Ich danke Euch«, sagte er dann, »dass Ihr mir diese Gelegenheit gebt, meine Ansichten darzulegen.«

»Die Erwartungen an Euch sind weitaus höher, Balam Xoc«, fuhr Ah Kin Cuy scharf dazwischen. »Ihr seid hier, um eine Antwort zu geben auf die Ketzereien, die Ihr verbreitet.«

Balam Xoc richtete den Blick auf den Priester, ohne ein Zeichen von Betroffenheit oder Kränkung zu zeigen. Die Stille im Raum wuchs; alles schien den Atem anzuhalten.

»Ich bin hier, weil Ihr mich herbestellt habt«, erwiderte er endlich in aller Ruhe, »und weil ich Eurem Wort aus Höflichkeit und Respekt Folge leiste. Wenn Ihr mich beschuldigen wollt, dann tut das offiziell. Aber vergeudet nicht meine Geduld mit müßigen Drohungen.«

Zorn flammte im Blick des Hohepriesters auf, aber er bewahrte die Fassung und erhob eine Hand, um dem ärgerlichen Gemurmel, das diesen Worten folgte, Einhalt zu gebieten.

»Trotz steht Männern unseres Alters nicht gut an, Balam Xoc«, erklärte er mit gezwungener Nachsichtigkeit. »Er gehört zur Unbesonnenheit der Jugend.«

Balam Xoc begegnete seinem Blick und seufzte laut, als stünde seine Geduld in der Tat auf einer harten Probe. »Ihr wisst, wie alt ich bin. Sprecht ernsthaft mit mir, Ah Kin Cuy. Was wollt Ihr von mir wissen?«

Der Hohepriester beugte sich vor und zeigte von oben herab mit seinem knochigen Finger auf Balam Xoc. »Ihr habt die Katun-Zählung kritisiert und die Wahrheit der Katun-Prophezeiung in Zweifel gezogen. Ihr habt die Angehörigen Eures Clans gegen ihren Herrscher aufgewiegelt, und Ihr habt die Rituale verächtlich gemacht, die uns alle beschützen. Antwortet auf diese Vorwürfe!«

»Ich habe meinen Clan an seine eigene Größe gemahnt«, gab Balam Xoc ohne zu zögern zurück. »Ich habe meinen

Leuten empfohlen, ihren Schutz in den Ritualen ihrer wahren Ahnen zu suchen, und dazu gehören die Katun-Rituale meiner Ansicht nach nicht.«

Ah Kin Cuy lehnte sich abrupt wieder zurück und erhob die Hände, um die anderen Priester zum Schweigen zu bringen, die ihre Entrüstung über Balam Xocs Worte nicht mehr unterdrücken konnten. Nohoch Ich wischte sich mit zitternder Hand den Schweiß von der Stirn, doch Balam Xoc war unerschütterlich wie ein Fels und schien den Sturm der Entrüstung, der um ihn herum brandete, nicht zu bemerken.

»Eure Erinnerung reicht sehr weit zurück«, bemerkte der Hohepriester trocken, als wieder Ruhe eingekehrt war. »Führt Ihr Eure Abstammung nicht auf Sturmhimmel zurück, den Begründer von Tikals Größe?«

»Auf ihn und noch weiter.«

»Aber Ihr würdet einräumen, dass Eurem Clan aus der Verbindung mit ihm und seinen Nachfahren, die später den Himmels-Clan begründeten, Vorteile erwuchsen?«

»Das ist richtig«, stimmte Balam Xoc unumwunden zu.

»Und Ihr wisst auch, dass die Katun-Rituale erstmals während der Regierung von Sturmhimmel in Tikal stattfanden?«

»Das hat der Himmels-Clan immer behauptet«, räumte Balam Xoc ein, fuhr dann jedoch fort, noch ehe Ah Kin Cuy eine neue Frage stellen konnte: »Aber ich habe die alten Bücher meines Clans studiert und Beweise dafür gefunden, dass die Katun-Rituale bereits von Sturmhimmels Vater eingeführt wurden – dem Mann, den wir lediglich als Schnute kennen, weil er ein Fremder war, einer der Cauac-Schild-Leute aus Kaminaljuyu.«

Auf ein derart tief schürfendes Argument war Ah Kin Cuy nicht gefasst, so dass ihm momentan jegliche Worte fehlten. Die Priester runzelten angesichts dieser kritischen Hinterfragung allgemein anerkannten Wissens und der festen Überzeugung, mit der Balam Xoc auftrat, missbilligend die Stirn. Die Bücher des Jaguarpranken-Clans waren für die gesamte Priesterschaft eine verlässliche und geachtete Quelle, und der Lebende Ahn genoss allgemein den Ruf eines kundigen und sorgfältigen Gelehrten. Hätte er es also gewagt, dem Hohepriester bezüglich einer historischen Tatsache zu widersprechen, wenn er nicht in der Tat entsprechende Beweise für seinen Standpunkt anbringen konnte?

»Diese Beweise bedürfen einer eingehenden Betrachtung«, erklärte Ah Kin Cuy schließlich, womit er seinen Respekt vor den Quellen zum Ausdruck brachte, auf die Balam Xoc sich berief. »Aber Ihr erweckt auch einen alten Streitpunkt zu neuem Leben, über den bereits lange vor den Zeiten unserer Großväter entschieden wurde. Und damit bekräftigt Ihr lediglich, dass die Katun-Rituale schon seit alters existieren.«

»Ich bekräftige, dass sie von Fremden auf uns kamen«, erklärte Balam Xoc mit schonungsloser Offenheit. »Die Mutter von Sturmhimmel gehörte zwar dem Jaguarpranken-Clan an, aber die Katun-Rituale wurden nicht von *ihrer* Familie eingeführt.«

»Ihr sprecht von Ereignissen, die sich gegen Ende des letzten Zyklus zutrugen!«, erklärte Ah Kin Cuy jetzt aufgebracht, »von Dingen, die fast 20 Katune zurückliegen! Könnt Ihr denn nicht einsehen, dass diese Rituale zwischenzeitlich zu unseren eigenen geworden sind und dass wir alle Nutzen aus ihnen gezogen haben? Oder wollt Ihr etwa behaupten, dass Euer Clan am Wohlergehen dieser Stadt nicht in vollem Ausmaß teilhat?«

»Und an ihren Missgeschicken ebenso«, hielt Balam Xoc dagegen. »Die Katun-Prophezeiung ist für meine Leute zu einer Bürde geworden, die sie nicht mehr tragen können. Es ist auch nicht ihre Aufgabe, sie zu tragen. Das habe ich in einer Vision gesehen, die mir meine Ahnen schickten.«

Alle im Raum Anwesenden schienen spontan den Atem anzuhalten. Ah Kin Cuys Miene versteinerte sich; nach einer Weile lehnte er sich zu Tzec Balam hinüber und beriet sich flüsternd mit ihm. Niemand rührte sich, als er sich die Antwort des Priesters durch den Kopf gehen ließ und dabei Balam Xoc mit neuer Vorsicht betrachtete. Angesichts der überraschenden Wendung des Gesprächs schien er es nur widerwillig fortführen zu wollen, doch die dadurch entstandene beklemmende, Ehrfurcht gebietende Atmosphäre erzeugte einen Druck, der nach einer Antwort von seiner Seite verlangte.

»Von einer Vision habt Ihr bislang nichts gesagt«, stellte er kraftlos fest und runzelte dann die Stirn, als würde er diese Worte noch im selben Augenblick bedauern.

»Dazu bin ich nicht verpflichtet«, sagte Balam Xoc mit Nachdruck, »bis ich Gewissheit über die Bedeutung und die Echtheit dieser Vision erlangt habe. Die Gewissheit erlangte ich während meines letzten Aufenthalts in der Zelle, als der Geist meiner Ahnin zum zweiten Mal zu mir kam. *Sie* war es, die mich inspirierte, ohne Federn zu tanzen …«

»Das ist genug!«, rief der Hohepriester außer sich und fuhr mit der Hand durch die Luft, als wolle er Balam Xocs Worte wegwischen. »Ich habe genug gehört«, fügte er dann gefasster hinzu. »Geht jetzt. Ich werde Euch wieder rufen lassen, wenn ich zu einer Entscheidung gekommen bin.«

»Ganz wie Ihr wünscht«, erwiderte Balam Xoc höflich. Er stand zusammen mit Nohoch Ich auf, und beide verbeugten sich vor dem Hohepriester. Die Priester hinter ihnen rückten zur Seite, als sie sich anschickten, den Raum zu verlassen, und an der Tür verneigten sich einige respektvoll vor Balam Xoc. Dann trat er ins Sonnenlicht hinaus und schritt die Treppe hinab, und seine Tritte hallten leise durch die große, geduldige Stille über dem Platz der Ahnen.

KAPITEL 6

Der Tänzer ohne Federn

9.17.16.0.8 9 Lamat 6 Muan
(A.D. 786)

Ektun lag in einem Kessel in den Bergen am Ostufer des Flusses, der an dieser Stelle tief war und rasch durch eine enge, in das Land eingeschnittene Schlucht floß. Die Docks lagen im Süden der Stadt, die sich in ansteigenden Ebenen zuerst in östlicher, dann in nordwestlicher Richtung erstreckte und deren Bild von dem steilen, zerklüfteten Gelände bestimmt wurde. Ihre größte Höhe erreichte sie im Norden, wo ein Komplex aus Tempeln und Palästen auf einem Berg thronte, unter dem gut dreihundert Fuß tiefer der Fluss dahineilte.

Die Delegation aus Tikal traf am späten Nachmittag bei den Anlegestellen ein, als ein windgepeitschter Regen die Sicht auf die Stadt verdunkelte. Diener mit Schirmen aus Palmblättern halfen den Ankömmlingen beim Verlassen und Entladen der Boote und brachten sie dann sofort zu einem langen, strohgedeckten Gebäude mit vielen Eingängen, wo sie vom Herrscher und zahlreichen Würdenträgern von Ektun bereits erwartet wurden. Nachdem sich die Gäste ihrer Regenkleidung entledigt hatten, wurden sie in das erste Zimmer geführt, das die ganze Länge des Hauses einnahm. Girlanden aus roten und gelben Blumen hingen an den Wänden und von den Dachsparren, und auf dem Boden lagen mit Tüchern bedeckte Matten als Sitzgelegenheiten bereit.

Akbal nahm in den mittleren Rängen der Delegation neben Chan Mac Platz, schaute sich neugierig um und lauschte den Begrüßungen, die ausgetauscht wurden. In Yaxchilan hatte er die Willkommensrituale verpasst, aber er erinnerte sich noch gut an die große Zahl von Kriegern, die dort an den Docks versammelt gewesen waren. Hier schienen dagegen ziemlich wenige anwesend zu sein; in der unmittelbaren Umgebung von Zotz Mac, dem Herrscher von Ektun, war sogar überhaupt niemand in Uniform zu sehen. Vielleicht war das der Grund für das ungezwungene Verhalten der Herren dieser Stadt, die offenbar nichts dabei fanden, zu lächeln und sich gegenseitig zuzunicken, obwohl die formellen Reden bereits begonnen hatten.

Fasziniert von den eklatanten Unterschieden der Gesichter ließ Akbal den Blick an der Reihe von Männern hinter dem baldachinüberdachten Thron entlangwandern. Einige waren rund und weich wie das von Chan Mac, andere lang und fein und seinem eigenen sehr ähnlich, und wieder andere hatten die grobe, aggressive Miene, die eher für die Yaxchilani und die Angehörigen des Himmels-Clans charakteristisch war. Manche, auch etwa das von Zotz Mac, waren schwieriger einzuordnen und schienen viele unterschiedliche Züge in sich zu vereinen, die bei den meisten nur undeutlich ausgeprägt waren.

Diese Unterschiedlichkeit stimmte überein mit dem, was Chan Mac Akbal über die Anfänge von Ektun und die verschiedenen Völker erzählt hatte, die zu seiner Größe beigetragen hatten: die frühen Emigranten aus Copan und dem Hochland, die Flüchtlinge aus Tikal und Uaxactun während des letzten Katuns 11 Ahau, die fremden Händler und Krieger, die Akbals Großvater als die Zuyhua und die Cauac-Schild-Leute bezeichnet hatte. Sie alle hatten sich mit den ursprünglichen Einwohnern Ektuns vermischt und dieser Stadt und den Clans, die sie heute beherrschten, zu Macht und Wohlstand verholfen.

Die prominentesten dieser Verwandtschaftsgruppen, so hatte Akbal bereits erfahren, waren der Schildkrötenpanzer- und der Mond-Clan. Der letztere war auch in Yaxchilan sehr bedeutend; vor langer Zeit, während der Regierung Vogel-Jaguars, hatte der Yaxchilani-Herrscher mitgeholfen, ein Mitglied des Mond-Clans auf den Thron von Ektun zu heben. Dieser Mond-Clan-Herrscher war überdies der Sohn einer Himmels-Clan-Frau aus Tikal gewesen, einer Tochter des großen Kakaomond. Zur Zeit saß zwar kein Mond-Clan-Herrscher auf dem Thron von Ektun, aber Chan Mac hatte Akbal diese Geschichte erzählt, um ihn darauf aufmerksam zu machen, dass er diesem mächtigen Clan durch seine Mutter verwandtschaftlich verbunden war.

Auch Chan Macs eigene Mutter entstammte dem Mond-Clan, doch sein Vater kam aus dem Schildkrötenpanzer-Clan, einem der ältesten und größten von Ektun. Der derzeitige Herrscher Zotz Mac gehörte einer Seitenlinie innerhalb dieses Clans an, und zwar derselben Familie, in die Akbals Großtante Box Ek vor vielen Jahren eingeheiratet hatte. Dieser Verwandtschaft war sich Akbal allerdings schon bewusst gewesen, bevor er Chan Mac kennen gelernt hatte, denn Box Ek hatte ihm eine ganze Reihe von Grüßen aufgetragen, die er für sie bestellen sollte.

Schon allein aus diesem Grund war er froh, dass er seine Stimme endlich wiederhatte, wenngleich Chan Mac ihm von vornherein klargemacht hatte, dass er es nicht dulden würde, wenn sein Freund sich in Ektun versteckte. Chan Mac hatte ihm bereits viele der Leute beschrieben, die Akbal kennen lernen würde, und ihm versichert, dass sie alle freundlich zu ihm sein und ihm voller Bewunderung begegnen würden. Akbal versuchte, dies zu glauben, und erinnerte sich immer wieder daran, wie gut er mit den Malern in Yaxchilan zurechtgekommen war. Aber trotz alledem war er sehr nervös. Nach dem Tod seiner Mutter hatte seine Familie still und zurückgezogen gelebt und keine großen Feste mehr veranstaltet. Und bei den allermeisten, die er besucht hatte, war Akbal ohnehin vorzeitig gegangen, um sich irgendwo allein zum Zeichnen zurückzuziehen. Die Kunst der Konversation und der wohl wollenden Geste fiel ihm deshalb nicht gerade leicht, und so hatte er die beiden Male, die er bisher für den Herrscher einen Auftrag erledigt hatte, die feine höfische Gesellschaft als einschüchternd und beunruhigend erlebt. Hauptsächlich aus diesem Grunde war er auch Cab Cohs Gehilfe geworden – eine Entscheidung, die er allerdings in letzter Zeit mehr und mehr als eine weitere Form des Sichversteckens zu sehen begann.

Eine aufkommende Unruhe im Raum riss ihn aus seinen Gedanken; die formellen Reden näherten sich ihrem Ende. Zusammen mit den anderen seiner Gruppe stand Akbal auf und verbeugte sich noch einmal vor dem Herrscher. Draußen war es bereits dunkel geworden, doch der Regen hielt unvermindert an.

»Jetzt kommen wir zum gemütlichen Teil«, sagte Chan Mac begeistert. »Dann wirst du verstehen, warum ich nicht so dünn bin wie du.«

»Du musst gespannt darauf sein, deine Frau und deine Familie wieder zu sehen«, bemerkte Akbal höflich im Versuch, seine Ängstlichkeit zu überspielen. »Werden sie bei dem Fest dabei sein?«

»Alle werden bei diesem Fest dabei sein. Wir würden die Gelegenheit, unsere Brüder aus Tikal und ihre Frauen zu beehren, nicht einfach verstreichen lassen.«

»Deine Schwester wird also auch kommen?«

»Natürlich«, antwortete Chan Mac und konnte sich ein Lächeln über Akbals wachsendes Interesse nicht verkneifen. »Wir werden Zac Kuk und meine Mutter zwar vom Fest des Mond-Clans weglocken müssen, aber ich weiß, dass sie sich sehr freuen, dich kennen zu lernen. Du darfst nur nicht allzu schüchtern sein, wenn das Gespräch um deine Abstammung geht«, fügte er hinzu, als spürte er Akbals Bedürfnis nach Rat und gutem Zureden. »Vor allem gegenüber meiner Mutter und Schwester darfst du nicht schüchtern sein. Erzähle ihnen ruhig von allen bedeutenden Familien, mit denen du verwandt bist.«

Akbals Stirn legte sich in Falten. »Vielleicht denken sie dann, ich prahle, um meinen niederen Rang wettzumachen«, meinte er skeptisch, aber Chan Mac schüttelte bestimmt den Kopf.

»Du hast dir deinen Rang in Yaxchilan erworben. Du bist der Maler von Tikal, der Liebling Schild-Jaguars. Du wärst stolzer auf dich, wenn du wüsstest, wie selten er einem anderen seine Gunst zeigt, zumindest wenn dieser andere nicht auch ein Krieger ist wie er selbst.«

»Muss ich dann trotzdem noch mit meiner Abstammung

prahlen?«, fragte Akbal wehleidig. »Das bin ich nämlich gar nicht gewohnt.«

»Spätestens wenn diese Nacht vorüber ist, wirst du dich daran gewöhnt haben«, versicherte ihm Chan Mac. »Und du wirst sehen, wie angenehm es ist, denn meine Leute sind nicht neidisch wie die Yaxchilani. Aber der Hintergrund eines Menschen ist ihnen sehr wichtig. Einigen mehr als anderen, das wirst du auch noch merken«, fügte er bedeutsam hinzu. Dann packte er Akbal fest am Arm und führte ihn aus der Begrüßungshalle hinaus.

Erst spät am Abend jedoch, als das Festmahl längst vorüber war, bekam Akbal die Gelegenheit, Zac Kuk und ihre Mutter, die Herrin Muan Kal, kennen zu lernen. Während des Essens war immer wieder ein Bote nach ihnen geschickt worden, und jedes Mal hatte es geheißen, die beiden würden das in einem der angrenzenden Gebäude stattfindende Fest des Mond-Clans bald verlassen und kommen. Da Chan Macs Vater Batz Mac sich bezüglich der langen Abwesenheit seiner Gemahlin und seiner Tochter nicht zu sorgen schien, hatte Akbal beschlossen, dies sei nichts Ungewöhnliches, und deshalb brauche auch er sich darüber keine Gedanken zu machen. Neue Bekanntschaften gab es hier ohnehin mehr als genug, denn zu Chan Macs Familie gehörten neben dessen Gemahlin Kutz auch seine drei Brüder mit ihren Gattinnen, zwei Großeltern und eine Schar von Onkeln, Cousins und Cousinen.

Und alle hatten sich als so rücksichtsvoll und aufmerksam erwiesen, wie Chan Mac es versprochen hatte, ihre Lieblingsgerichte mit Akbal geteilt und deren Zubereitung erklärt und miteinander Späße getrieben, um ihrem Gast Zeit zu geben, sich an sie zu gewöhnen. Akbál freundete sich spontan mit Batz Mac an, der sogar noch kleiner und runder war als sein Sohn, mit einem großen Bauch und dicken Hamsterbacken. Er stellte Akbal persönlich allen anderen Mitgliedern seiner Familie vor und bezeichnete ihn dabei stolz als den Maler von Tikal, eine Titulierung, die immer wieder aufs neue Gesten des Wiedererkennens und Respekts zur Folge hatte. Jeder wollte von Akbals Zusammentreffen mit Schild-Jaguar und seinen Eindrücken von Yaxchilan hören, so dass er vielleicht gar nicht zum Essen gekommen wäre, wenn Batz Mac nicht unermüdlich interveniert und seinen Gast vor den andauernden Fragen beschützt hätte.

Schließlich aber trafen Zac Kuk und ihre Mutter doch noch ein. Mit ihnen kamen mehrere Diener und zwei vornehm gekleidete junge Männer, die beide den Schmuck und Kopfputz von Diplomaten trugen. Einen von ihnen erkannte Akbal als ein hochrangiges Mitglied der Delegation aus Tikal, einen Neffen Caan Acs. Er sah Akbal jedoch nicht, denn seine ganze Aufmerksamkeit, wie auch die der anderen Ankömmlinge, galt ganz und gar Zac Kuk.

Als erstes fielen Akbal ihre Lebhaftigkeit und ihr Enthusiasmus auf, Züge, die unmittelbar aus Zac Kuks strahlendem Lächeln und ihren großen, braunen Augen sprachen. Aber auch ihre schlicht-vornehme Kleidung fiel ihm sofort ins Auge – ein blaues, knöchellanges Kleid, das am Saum und den Ärmeln mit einer gelben, gestickten Borte verziert war. Dazu trug sie eine einfache Halskette aus winzigen Jadeperlen, und ihr glänzendes, schwarzes Haar war an beiden Seiten des Kopfes fest zusammengerollt. Aus dem ebenmäßigen, ovalen Gesicht traten ihre hohen Backenknochen markant hervor, und die kleine, flache Nase, die sich an der Spitze verbreiterte, verlieh ihr eine Aura beständiger Lebenslust, selbst wenn sie nicht lächelte. Dieser Eindruck wurde noch unterstrichen von den langen, dichten Augenwimpern, die die Falte in ihren Lidern verbargen und sie stets voll kindlicher Überraschung und Freude erscheinen ließen.

Akbal wusste, dass er wie gebannt auf das Mädchen starrte, und er wusste auch, dass er ihrer Mutter mehr Aufmerksamkeit widmen sollte, die ihn kritisch gemustert hatte, als sie einander vorgestellt wurden. Zac Kuk hatte ihn nur flüchtig angesehen und schien jetzt nicht zu bemerken, dass er sie fixierte. Während ihr Vater die beiden jungen Männer hinter ihr den anderen Mitgliedern des Kreises vorstellte, verbeugte sie sich vor den Frauen ihrer Brüder und berührte deren Haar oder Kleidung und lächelte ihnen voll Bewunderung zu. Akbal war fasziniert von diesem Lächeln, diesen großen Augen, dem ganzen Benehmen, das irgendwie so gut zu ihrem geschmackvollen Äußeren zu passen schien, trotz der offensichtlichen Spontaneität, mit der sie andere begrüßte. *Sie ist einfach wunderschön*, sagte er sich – aber konnte ein Mensch mit einem derart bezaubernden, unbeschwerten Lächeln auch wirklich ernsthaft sein? Und warum hatte sie *ihm* nicht zugelächelt?

»Ihr seid vom Jaguarpranken-Clan?«, riss ihn eine schneidende Stimme aus seinen Gedanken. Er wandte sich von Zac Kuk ab und sah ihre Mutter vor sich stehen, eine gebieterische Frau, größer als ihre Tochter, aber mit denselben hohen Backenknochen und großen Augen. Der Blick aus diesen Augen jedoch war forschend, berechnend und überaus kritisch.

»Ja, Herrin«, antwortete er höflich. »Mein Vater ist Pacal Balam, Verwalter für den Herrscher Caan Ac.«

»Und wer ist Eure Mutter?«, fragte Muan Kal weiter, ohne zu zeigen, ob Pacals Stellung bei Hofe sie in irgendeiner Weise beeindruckte. Aus den Augenwinkeln heraus sah Akbal, dass die Umstehenden ihn nun alle beobachteten, doch er widerstand dem Drang, erneut zu Zac Kuk zu schauen und ließ den Blick fest auf Muan Kal ruhen.

»Meine Mutter ist schon zu den Ahnen gegangen, Herrin. Sie war die Herrin Ik Caan vom Himmels-Clan, eine Nichte unseres verstorbenen Herrschers Cauac Caan.«

Muan Kal schürzte gedankenvoll die Lippen und schaute zu ihrem Mann, der Akbal ermutigend zunickte. Doch noch ehe sie eine weitere Frage stellen konnte, wurde sie von Zac Kuk abgelenkt, die den Männern hinter ihr etwas zuflüsterte.

»Sei nicht unhöflich, Zac Kuk«, ermahnte sie ihre Tochter. »Wenn du eine Frage hast, die unseren Gast betrifft, dann solltest du sie laut stellen.«

Zac Kuk sah sie mit einem unschuldigen Lächeln an und zuckte, offenbar unberührt von dieser Zurechtweisung, die

Achseln. »Ich habe mich bloß gefragt, ob die Jaguarpranke nicht der Clan des Tänzers ohne Federn ist«, sagte sie nur und blickte von ihrem Vater zu Akbal, als würde es für sie keinen Unterschied machen, wer von beiden ihr antwortete.

»Ich weiß nicht, wen Ihr damit meint«, gestand Akbal, worauf sich Zac Kuk wieder zu den beiden Männern hinter ihr umdrehte. Der Diplomat aus Tikal lächelte ihr zu, doch dann wandte er sich mit kaum verhüllter Verachtung an Akbal.

»Vielleicht habt Ihr die neuesten Nachrichten aus Tikal noch nicht gehört«, begann er in abschätzigem Tonfall. »Balam Xoc, der Lebende Ahn des Jaguarpranken-Clans, wurde vor den Hohepriester zitiert und beschuldigt, die Zeremonien nicht korrekt ausgeführt zu haben. Er hatte sich geweigert, beim Ritual zum Tun-Ende Federn zu tragen, und behauptete, unsere Ahnen hätten vormals auch keine getragen.«

Einige der Umstehenden lachten erstaunt, aber als sie sahen, wie Akbal erbleichte, legten sie sich erschrocken die Hand auf den Mund und verstummten.

»Er ist mein Großvater«, stieß Akbal gepresst hervor und starrte den Diplomaten eisig an. Plötzlich fühlte er sich allen Blicken ausgesetzt, ›ein Reiher unter Fröschen‹, wie Batz Mac einige Minuten zuvor im Spaß gesagt hatte. Doch nun schien diese Bemerkung gar nicht mehr humorvoll, sondern schmerzlich zutreffend.

Chan Mac, der Akbal direkt gegenüber saß, wandte sich abrupt dem Diplomaten zu. »Davon hat mein Freund noch nichts gehört«, sagte er, »und ich ebensowenig. Wie ist diese Sache ausgegangen?«

»Das weiß ich nicht«, räumte der junge Mann ein. »Genauer gesagt, hat der Hohepriester dazu noch keine Entscheidung gefällt. Es heißt, Balam Xoc sei bei der Anhörung sehr unbotmäßig gewesen und habe behauptet, von einer Vision inspiriert worden zu sein.«

»Er wurde also nicht bestraft?«, fragte Chan Mac nach. »Er wurde nicht öffentlich gemaßregelt oder aus seinem Amt entlassen?«

»Nein, nichts dergleichen«, gestand der junge Mann zögerlich ein.

»Aber dann müssen wir doch wohl davon ausgehen«, drängte Chan Mac weiter, »dass der Hohepriester die Erklärung, die Balam Xoc für sein Tun gab, akzeptiert hat, nicht wahr? Oder dass er zumindest eine Verurteilung unangebracht fand?«

»Ich weiß es nicht«, erwiderte der Mann mürrisch.

»Wenn es so ist, dann hättet Ihr die Sache besser gar nicht erst zur Sprache gebracht«, fuhr Chan Mac ihn barsch an und wandte sich dann entrüstet seinem Vater zu, der wegen der plötzlichen unangenehmen Wendung des Gesprächs betroffen den Kopf schüttelte. Akbal saß steif neben ihm, die Augen gesenkt und den Mund zusammengepresst und offenbar nicht mehr in der Stimmung, noch weiter über seine Familie zu sprechen. Muan Kal und Zac Kuk redeten dringlich im Flüsterton auf die beiden Diplomaten ein und versuchten, sie zum Bleiben zu bewegen.

Über die leisen Bemerkungen der Frauen hinweg erscholl auf einmal Kinich Kakmoos tiefe Stimme, und im nächsten Augenblick trat er in den Kreis, begleitet von zwei älteren Männern mit der typischen Kopfbedeckung der Herrscherfamilie.

»Wo ist mein Freund Chan Mac?«, fragte er laut. »Ich würde gerne seine Frau und seine Familie kennen lernen.«

Im ersten Augenblick starrten alle im Kreis stumm vor Verblüffung auf den Krieger, der mit einem wilden Grinsen seine glitzernden Zähne zeigte. Dann stand Chan Mac auf und verbeugte sich. »Darf ich den Nakom Kinich Kakmoo vorstellen, den Mann, der die Krieger von Tikal und Yaxchilan zum Sieg über die Ara führte«, sagte er.

»Es ist uns eine große Ehre«, entgegnete Batz Mac und verneigte sich, soweit sein Bauch es im Sitzen zuließ. Die anderen folgten seinem Beispiel und verbeugten sich ein zweites Mal, als Kinich mit jedem einzelnen namentlich bekannt gemacht wurde.

»Sicherlich kennt Ihr alle meine beiden Gefährten«, erklärte Kinich, sobald er sämtliche Namen gehört hatte, und zeigte auf die beiden Männer neben ihm. »Bis auf dich, mein Bruder. Das sind die Cousins unseres Vaters, die Söhne der Herrin Box Ek.«

Zu seiner Freude sah Akbal jetzt echte Überraschung auf Zac Kuks Gesicht, während der junge Herr aus Tikal sich von ihr abwandte, als ihr Blick Akbal folgte. Er stand auf, trat vor die beiden Männer und verbeugte sich tief. »Ich überbringe Euch die Grüße Eurer Mutter, meine Herren«, sagte er feierlich. »Und auch die Grüße ihrer Brüder – von Cab Coh, dem Meister der Handwerker, und Balam Xoc, dem Lebenden Ahnen des Jaguarpranken-Clans.«

»Du brauchst nicht so formell zu sein«, bemerkte Kinich. »Ich habe ihnen die Grüße unserer Familie schon bestellt und ihnen erzählt, wie es ihrer Mutter geht. Sie wollen über einen Auftrag mit dir reden.«

»Bitte, setzt Euch zu uns«, meldete sich jetzt Batz Mac zu Wort. Er schickte einen der Diener seiner Gemahlin, um mehr Balche und Kakao zu holen, und bedeutete seinen Söhnen, Platz im Kreis zu schaffen. Als sich endlich alle gesetzt hatten, waren die beiden jungen Diplomaten verschwunden; Zac Kuk und ihre Mutter hatten neben Chan Mac Platz genommen und hörten Akbal zu, der sich mit seinen Verwandten unterhielt.

Die beiden Männer wollten zum Gedenken an den siebzigsten Geburtstag ihrer Mutter, der im kommenden Jahr stattfinden würde, eine Schale bemalen lassen. Offenbar hatten sie viel von Akbals Vase in Yaxchilan gehört, und zwar nicht nur von Kinich; die Mitglieder der Delegation aus Ektun hatten seit ihrer Rückkehr anscheinend immer wieder davon gesprochen. Aber die beiden sprachen auch über andere Arbeiten Akbals voller Bewunderung, lobten ihre Qualität und erklärten, einige Stücke selbst zu besitzen.

»Ihr seid zu großzügig mit Eurem Lob«, murmelte Akbal, dem auch die Aufmerksamkeit der beiden ihm gegenübersitzenden Frauen nicht entging. »Ich würde mich sehr geehrt fühlen, dieses Geschenk für Euch zu bemalen. Aber ich möchte nicht über eine Bezahlung sprechen; Ihr müsst es als mein Geschenk an *Euch* annehmen.«

Die Männer bestanden darauf, dass das gar nicht in Frage komme, schließlich seien sie älter und könnten ohne weiteres bezahlen; außerdem, meinten sie, könne Cab Coh – den sie beide kannten – sonst womöglich das Gefühl bekommen, sie würden seinen jungen Verwandten ausnutzen.

Akbal ließ sich jedoch nicht beirren. »Cab Coh ist zwar mein Vorgesetzter, aber es steht mir zu, eigene Aufträge anzunehmen. Und Ihr solltet auch bedenken, meine Herren, dass die Herrin Box Ek nur deshalb ihre Familie verließ und nach Tikal zurückkam, um meine Schwester und mich zu erziehen. So gesehen, war sie einmal Euer Geschenk an mich.«

Dieses Argument ging den Herren so nahe, dass sie das Gespräch nicht weiter in diese Richtung treiben wollten, und so erhoben sie mit einem rührseligen Trinkspruch ihre Schalen mit Balche, um ihrer Dankbarkeit und ihren freundschaftlichen Gefühlen Ausdruck zu verleihen. Bevor sie zu ihrem Fest zurückkehrten, musste Akbal ihnen noch versprechen, sie zu besuchen und ihre Familien kennen zu lernen.

Sobald sie gegangen waren, trank Akbal noch einen Schluck Balche, um sich für ein neues Gespräch mit Muan Kal zu wappnen, die ihn bereits erwartungsvoll fixierte. Chan Mac und Zac Kuk waren beiseite gerückt und schienen eine etwas erhitzte Debatte zu haben. Akbal hätte zwar gerne gewusst, worum es dabei ging, aber besser war es wohl, wenn er sich auf Muan Kals Worte konzentrierte. Er glaubte, es Chan Mac schuldig zu sein, dass er auf dessen Mutter einen guten Eindruck zu machen versuchte, und seine Schüchternheit hatte er durch den Balche inzwischen längst überwunden. Er spürte sogar einen leichten Ärger wegen der Art und Weise, wie sie zuvor mit ihm umgegangen war, und versuchte nicht, dies zu verbergen, als er ihrem Blick begegnete und sie mit einer angedeuteten Verbeugung einlud, das Gespräch fortzusetzen.

»Ihr müsst mir verzeihen, mein Sohn«, sagte sie sofort, als habe sie diese Worte schon vorbereitet gehabt. »Als wir einander vorgestellt wurden, war mir einiges noch nicht klar. Ich habe nicht gewusst, dass Ihr der bekannte Maler von Tikal seid.«

»Vielleicht dachtet Ihr, das könne nur jemand sein, der älter ist«, meinte Akbal entgegenkommend. »Euer Sohn und ich waren mit Abstand die Jüngsten, die zu Schild-Jaguar gesandt wurden.«

»Das ist möglich«, räumte Muan Kal ein. »Jedenfalls habe ich über Eure Arbeit immer nur höchstes Lob gehört. Ihr müsst viele Aufträge haben.«

»Ich kann mich nicht beklagen«, meinte Akbal bescheiden.

»Es überrascht mich, dass Ihr nicht eingeladen wurdet, Euch den Künstlern anzuschließen, die für das Herrscherhaus arbeiten«, bemerkte Muan Kal leicht hintertrieben.

»Oh doch. Aber ich habe mich stattdessen dafür entschieden, mit meinem Clan zu arbeiten; so kann ich auch die Aufträge annehmen, die mir am meisten zusagen.«

»Aber sind die besten Aufträge nicht ohnehin die des Herrschers?«

»In vielen Fällen trifft das zu«, räumte Akbal ein. »Aber wenn der Herrscher meine Dienste wünscht, bin ich dazu bereit.«

»Sicher wird er das«, sagte Muan Kal bestimmt, »nach Eurer vortrefflichen Leistung in Yaxchilan. Meine Verwandten aus dem Himmels-Clan haben mir von der großen Freundschaft zwischen Caan Ac und Schild-Jaguar erzählt.«

Akbal musterte sie genau, um zu sehen, ob diese Bemerkung sarkastisch gemeint war. Doch Muan Kal schien absolut aufrichtig zu sein, und so nahm er an, dass zumindest *einige* Mitglieder der Delegation von Tikal eine Erklärung für Caan Acs Konzessionen gefunden hatten.

»Es war mein Privileg, ihnen beiden zu dienen«, erwiderte er nur, in der Hoffnung, dieses Thema zu einem Ende zu bringen. Er war es überdrüssig, von dieser Frau ausgefragt zu werden, die offenbar immer nur nach Fehlern und Schwächen suchte. Und er wollte nicht wie ein Bittsteller behandelt werden; schließlich war er als Gast ihres Sohnes hierher gekommen. Er hatte genug Balche getrunken, dass er ihr dies alles am liebsten ins Gesicht gesagt hätte, und vielleicht spürte Muan Kal das, denn sie entschied, das Thema nicht weiter zu verfolgen.

Akbal entspannte sich und wollte gerade nach seiner Schale mit Balche greifen, als er bemerkte, dass Chan Mac und Zac Kuk ihre Diskussion beendet hatten und ihn sprechen wollten. Zac Kuks zusammengepresste Lippen und ihr argwöhnischer Blick ließen Gereiztheit erkennen.

»Mein Bruder meint, ich muss mich bei Euch entschuldigen«, murmelte sie, »weil es rücksichtslos von mir war, ein Thema anzuschneiden, das Euch unangenehm sein könnte.«

Akbal betrachtete sie und musste daran denken, wie sie die anderen alle angelächelt hatte, vor allem den Diplomaten aus Tikal. Und jetzt wollte sie ihn nicht einmal ansehen, und auch ihr Unwillen, sich zu entschuldigen, war nur allzu offenkundig. Er spürte eine heftige Woge der Abneigung durch seinen ganzen Körper branden und nahm sich zusammen, um nicht seinerseits unhöflich zu reagieren.

»Mir war nur unangenehm, dass ich nicht Bescheid wusste«, entgegnete er so emotionslos, wie er konnte. »Aber ich achte die Weisheit meines Großvaters, und ich mag es nicht, wenn man ihn herabwürdigt. Vor allem dann nicht, wenn er sich gar nichts hat zuschulden kommen lassen. Ich selbst habe in den alten Büchern gesehen, dass unsere frühesten Ahnen keine Federn trugen.«

Zu spät bemerkte Akbal, dass er lauter geworden und in einen beinahe zänkischen Ton verfallen war. Dies hätte er zuvor zu dem Diplomaten aus Tikal sagen sollen, aber dazu war er nicht geistesgegenwärtig genug gewesen. Oder es hatte ihm der Balche gefehlt, der ihm inzwischen die Zunge löste. Zac Kuk jedenfalls saß zitternd da, Zorn und Demütigung in ihrem Blick. Akbal bedauerte seine Worte augenblicklich, aber er wusste nicht, wie er einen Rückzieher machen konnte, ohne lächerlich zu wirken.

»Er kann keine Entschuldigung annehmen, die nicht zu hören war, meine Schwester«, fuhr nun Chan Mac mit scharfem Ton dazwischen. Zac Kuk warf unwillkürlich den Kopf in den Nacken; Tränen traten ihr in die Augen und verfingen sich in ihren dichten Wimpern.

»Verzeiht mir!«, platzte sie mit erstickter Stimme heraus

und beugte sich vornüber, um das Gesicht vor ihm zu verbergen.

Akbal errötete; er hob hilflos die Hände. »Ja, bitte … Ihr braucht doch nicht …«

Den Kopf noch immer gesenkt, flüsterte Zac Kuk wütend mit ihrer Mutter, die schließlich eine ärgerliche Geste der Zustimmung machte.

»Ihr müsst meine Tochter entschuldigen«, sagte Muan Kal, als Zac Kuk mit immer noch abgewendetem Gesicht und gefolgt von zwei Dienern hinauseilte.

»Ich wollte sie doch nicht beleidigen«, stieß Akbal hilflos hervor.

»Sie ist einfach zu stolz«, erklärte Muan Kal entrüstet. »Sie kann sich nie entschuldigen.«

Akbal starrte auf die Tür, durch die Zac Kuk verschwunden war, und sah sich dann im Kreis um. Doch die anderen hatten den Vorfall gar nicht registriert, oder zumindest gaben sie diesen Anschein. Schließlich fiel sein Blick auf Kinich am anderen Ende, der zum Gruß seine Schale mit Balche erhob. Akbal ging sofort darauf ein, froh über diesen Vorwand, noch etwas trinken und versuchen zu können, die Erinnerung an die Tränen hinunterzuspülen, die er ausgelöst hatte.

Mit einem entschlossenen Schwung zog Chan Mac den Vorhang zur Seite, so dass das volle Morgenlicht in das Gästezimmer flutete, das im Ostteil des Hauses seines Vaters lag. Akbal stöhnte auf und drehte sich, so schnell er konnte, auf die andere Seite.

»Steh auf, Akbal«, rief Chan Mac fröhlich, »es ist spät! Ich war schon im Palast, um dem Herrscher meinen Bericht zu erstatten. Er schickt jemanden zu dir.«

»Wasser«, flüsterte Akbal, als Chan Mac neben ihm niederkniete und ein Tablett abstellte, das er mitgebracht hatte. Er bot Akbal eine dampfende Schüssel an.

»Trink lieber etwas davon«, meinte er mitfühlend. »Es beruhigt den Magen und ist gut für deine Kehle. Wenn du Wasser trinkst, kommt nur die Wirkung des Balche wieder zurück.«

Akbal setzte sich schwerfällig auf und nahm die Schüssel in beide Hände. Ein herber, moderiger Geruch nach Rinde und Wurzeln stieg daraus auf; schon beim ersten kleinen Schluck verzog er angewidert das Gesicht.

Chan Mac lachte. »Das hat meine Frau zubereitet, und wenn du es schaffst, das zu trinken, wirst du ihr noch dankbar sein. Oder hast du heute nacht all deinen Mut erbrochen?«

»Ich trinke nie wieder Balche«, gelobte Akbal heiser. Er zwang sich, die Schüssel zu leeren, obwohl er bei jedem Schluck schauderte.

»Letzte Nacht hat er dich ja ganz schön kühn gemacht«, bemerkte Chan Mac trocken. »Meine Mutter war sehr beeindruckt davon, wie selbstsicher du auf ihre Fragen eingegangen bist. Manchmal wirkt sie auf junge Männer ziemlich entnervend.«

Akbal zuckte die Achseln und runzelte die Stirn, als würde die Erinnerung daran ihm Kopfschmerzen bereiten. »Ich bin nicht als Bittsteller hierher gekommen, und deshalb fühlte ich mich nicht in der Defensive. Das ist auch gut so, denn ich bezweifle, dass deine Schwester jemals wieder mit mir reden wird.«

»Mit mir redet sie heute auch nicht«, meinte Chan Mac unbekümmert. »Aber sie wird schon darüber hinwegkommen. Komm, ich zeige dir, wo du dich waschen kannst. Du musst dich für Zotz Macs Abgesandten fertig machen.«

Er drückte Akbal ein Handtuch und ein Stück Seifenwurzel in die Hand und ging voran, hinaus in die Sonne, wo es schon jetzt heiß war. Der Regen hatte irgendwann nachts aufgehört, und die Pfützen auf der gepflasterten Terrasse dampften im grellen Licht. Akbal folgte Chan Mac die Terrasse hinunter und durch einen kleinen Hain mit Kopalbäumen. In die Stämme waren V-förmige Schlitze eingeschnitten; daraus trat der dicke, weiße Gummisaft aus, aus dem der Weihrauch gewonnen wurde. Der harzige Duft stieg Akbal in die Nase, dass ihm fast übel wurde und er froh war, als sie die Anpflanzung durchquert hatten und auf einen runden Felsvorsprung gelangten, der über eine Schlucht

hinausragte. In seiner Mitte befand sich ein kleiner, natür-
licher Tümpel, der vertieft worden war, um Regenwasser
aufzufangen, und der wegen des ausgiebigen nächtlichen
Niederschlags gerade überlief. Darum herum wuchsen sta-
chelige Yucca-Pflanzen als Sichtschutz.

Akbal streifte seinen Lendenschurz ab, stieg ins Wasser
und legte sich auf den Rücken, aber schon im nächsten Augenblick tauchte eine Hand ihm kurz den Kopf unter. Prus-
tend und spuckend kam er wieder hoch.

»Ich dachte, das wird deine Lebensgeister wecken«, erklärte Chan Mac scherzhaft und lachte, als er im Gegenzug
vollgespritzt wurde. Dann setzte er sich an den Rand des
Tümpels, und während Akbal sich wusch, erzählte er ihm
von seinem Gespräch mit dem Herrscher.

»Zotz Mac war mit der Delegation in Yaxchilan«, erklärte
er, »dort hat er deine Vase gesehen und von deiner Arbeit
mit den anderen Malern gehört. Ich habe deine Leistungen
natürlich über alles gelobt, und er bat mich, dir in seinem
Namen zu gratulieren und bemerkte, dass zwischen seiner
und deiner Familie Verwandtschaftsbeziehungen bestehen.«

Akbal tauchte ein letztes Mal unter, dann stieg er aus dem
Wasser und ergriff das Handtuch, das Chan Mac ihm entgegenhielt.

»Aber warum schickt er jemanden nach mir?«, fragte er.

»Er hatte Fragen, die ich nicht für dich beantworten
konnte. Die Zeichnungen, die du in Yaxchilan angefertigt
hast, sind für ihn ein Rätsel. Dann wollte er wissen, weshalb
du dich so eingehend mit den Stelen beschäftigt hast – das
konnte ich ihm auch nicht sagen. Ich glaube, das hast du mir
noch nie erzählt.«

Akbal setzte sich auf das feuchte Handtuch und ließ die
nassen Haare zum Trocknen über die Schultern fallen. »In
Yaxchilan hat mich niemand danach gefragt«, antwortete er
zurückhaltend.

»Wenn du es mir nicht sagen *willst* …«

»Nein! Ich will schon«, unterbrach er seinen Freund.
»Aber du musst *mir* sagen, ob ich das diesem Abgesandten
mitteilen soll.«

»Mir wäre es am liebsten, wenn du ehrlich zu ihm wärst. Es sei denn, du unterliegst einer Verpflichtung zu schweigen …?«

Akbal schüttelte den Kopf. »Ich bin niemandem verpflichtet«, erklärte er und musterte dann genau Chan Macs Gesicht, als habe er Angst, darin ein Zeichen von Verachtung zu entdecken. »Aber da ist ein Stein, in Tikal«, fuhr er schließlich fort. »Ich hoffe, dass ich ihn eines Tages skulptieren kann, zu Ehren meines Clans.«

»Du selbst?«, fragte Chan Mac ungläubig. »Du willst ihn selbst skulptieren?«

»Ich weiß, das ist seltsam, aber …«

Chan Mac legte beruhigend eine Hand auf Akbals Arm; sein Blick verriet große Freude. »Verzeih mir, mein Freund. Aber gerade jetzt, wo ich dachte, dich einigermaßen zu kennen, zeigst du mir, dass du viel größer bist, als ich je zu begreifen imstande sein werde. Pah, und meine Mutter meinte noch, ›Er scheint sehr großzügig zu sein, aber keinen wirklichen Ehrgeiz zu haben …‹«

»Du findest das also nicht sonderbar?«

»Mysteriös, vielleicht«, räumte Chan Mac ein. »Aber in Ektun hat es Steinmetze gegeben, die durchaus zu Rang und Namen kamen, und das noch vor gar nicht so langer Zeit. In Palenque, der Heimatstadt meiner Frau, waren sie sogar so bedeutend, dass sie einen eigenen Clan begründeten. Außerdem habe ich keinen Zweifel daran, dass du es in allem, was du anfängst, zur Meisterschaft bringen kannst.«

»Sollte ich es also dem Abgesandten sagen?«

»Auf jeden Fall. Aber frag ihn nicht, ob er es sonderbar findet«, riet ihm Chan Mac. »Vergiss nicht, dass du der Maler von Tikal bist, und lass ihn einfach seine eigenen Schlüsse ziehen. Du bist schließlich auch ihm gegenüber kein Bittsteller.«

Bei dieser Anspielung auf Zac Kuk zuckte Akbal zusammen und schaute kurz weg, als ginge ihm ein Gedanke durch den Kopf, den er nicht mitteilen wollte. Dann zuckte er wortlos die Achseln und begann, sich anzuziehen und für das Treffen mit dem Abgesandten des Herrschers von Ektun fertig zu machen.

Die Häuser Batz Macs und seiner Söhne drängten sich östlich von einem der Zeremonienplätze auf einer engen Landzunge zusammen, die zwischen einer baumbestandenen Schlucht und einem breiteren Seitental lag. Die langen, rechteckigen Gebäude waren um einen einzigen, an einem Ende sich verbreiternden Hof gruppiert, und Zedern, Yaxche und Brotnußbäume spendeten ihnen Schatten. Alle Häuser hatten dünne Wände, viele Eingänge und steile Strohdächer, bis auf den Familienschrein, der ein Flachdach aufwies.

Die Gärten der Familie befanden sich außerhalb dieses Wohnkomplexes, doch in seinem Innenhof standen Palmen und blühende Sträucher in großen Töpfen sowie Bäumchen in Holzkisten. In einer Ecke war ein Wäldchen angepflanzt worden, und dort hielt Zac Kuk in einem Feigenbaum ihre Vögel: einen Tukan, ein Paar Arakangas und mehrere kleinere Papageien. Ganz oben in der Baumkrone saß ein Klammeraffe, der mit einem Halsband und einer langen Leine an den Stamm angebunden war.

Als Akbal und Chan Mac den Hof betraten, fütterte Zac Kuk gerade ihre Tiere, unterstützt von zwei älteren Dienerinnen, einem kleinen Jungen mit einem Korb voll Früchten und drei lächelnden jungen Männern, einer davon der Diplomat aus Tikal. Ihrem Beispiel folgend, gaben die Männer den laut kreischenden Vögeln abwechselnd kleine Stückchen Obst und lachten über ihre vorsichtigen Versuche, ihnen näher, aber nicht zu nahe zu kommen. Um die Gruppe herum stolzierte ein Paar Truthähne und pickte auf, was zu Boden fiel, und der Affe kam aus der Höhe herab, hängte sich mit seinem langen Schwanz an einen Ast und schwatzte auf die Leute ein.

Akbal und Chan Mac beobachteten die Szene eine Weile, bis einer der drei Männer sie entdeckte und Chan Mac über den Hof hinweg mit einer Verbeugung begrüßte. Der zweite folgte seinem Beispiel, doch der Diplomat aus Tikal tat, als würde er die beiden Ankömmlinge nicht sehen, und Zac Kuk wandte sich mit stolz erhobenem Kopf ab und zeigte ihnen den Rücken.

Chan Mac schien das nicht zu berühren; er lachte nur, deutete auf den Affen und erzählte Akbal, wie seine Schwester das Tier als Baby gefunden und ihm den Namen Chuen gegeben hatte. Akbal nickte, ohne zuzuhören; seine ganze Aufmerksamkeit war bei dem Mädchen. Ihre Zurückweisung hatte ihn verletzt, und zu seinem Erstaunen schmerzte sie ihn auch, obwohl er doch gewusst hatte, dass es so kommen würde. Aber jetzt eben, im vollen Tageslicht, war ihm ihr Gesicht – oder das wenige, was er davon zu sehen bekommen hatte – noch bezaubernder vorgekommen, und dass sie sich so abrupt abwandte, war für ihn, als sei er seines Augenlichts beraubt worden. Er konnte sich auf nichts anderes konzentrieren; weder auf die Vögel noch auf das possierliche Äffchen und auch nicht auf die anderen Männer – die Bittsteller, die Freier. Er fühlte sich nur weich in den Knien und schwindlig und schwor sich, nie mehr Balche zu trinken.

Jetzt kamen aus den Häusern noch mehr Leute heraus, und ein Junge rannte an ihnen vorbei und in Batz Macs Zimmer. Einige Augenblicke später trat Batz Mac selbst aufgeregt ins Freie, rückte noch seinen Lendenschurz zurecht und ging dann auf seinen Sohn zu. Alle stellten sich um Chan Mac und Akbal herum auf, auch Muan Kal kam über den Hof herangeeilt.

»Das hast du mir nicht gesagt«, wandte sich Batz Mac in vorwurfsvollem Ton an seinen Sohn. »Du hast gesagt, ein Abgesandter des Herrschers; vom Hohepriester hast du nichts erwähnt.«

»Ah Kin Tzab?«, fragte Chan Mac überrascht und blickte auf Akbal. »Mir wurde auch nicht gesagt, dass der Abgesandte einen so hohen Rang bekleiden würde.«

»Zu wem will er denn?«, fragte Muan Kal außer Atem ihren Gemahl. Batz Mac ignorierte sie und winkte den zuletzt Eintreffenden zu, die ihnen innerhalb der Familie zustehenden Plätze einzunehmen. Jetzt kam ein kleiner, gebückter Mann in einem weißen Gewand in den Hof gehumpelt, dem drei Priesterschüler folgten. Er war um einiges älter als Akbals Großvater; das braune, wettergegerbte Gesicht war von tiefen Falten durchzogen, und über dem Tuch, das er um den Kopf gewickelt hatte, leuchteten weiß seine Haare.

Als er bei der Gruppe angelangt war, erhob er segnend die Hand über die gesenkten Köpfe. »Ich grüße euch, meine Kinder«, sagte Ah Kin Tzab mit trockener Stimme. »Verzeiht, dass ich so unerwartet zu euch komme. Ich habe den Herrscher gebeten, *mir* zu gestatten, euren Gast zu prüfen.«

Akbal zögerte, deshalb ergriff Batz Mac die Initiative und stellte ihn vor. Er verneigte sich vor dem Hohepriester, der ihn mit offenbar freundlichem Interesse betrachtete.

»Ich habe schon gehört, dass du sehr groß und noch jung bist. Ja, und ich sehe auch eine Ähnlichkeit zur Herrin Box Ek. Komm, mein Sohn, ich möchte mich unter vier Augen mit dir unterhalten …«

Batz Mac erbot sich sofort, den Hohepriester an einen geeigneten Ort zu bringen, und Akbal folgte dem schlürfenden Schritt des Greises. Während sie langsam an den anderen vorüberschritten, die sich vor Ah Kin Tzab ehrerbietig verbeugten, kam Akbal der Gedanke, dass sich jetzt wohl niemand mehr von ihm abwenden würde, und er spürte ein neues Gefühl von Stolz und Selbstwert in sich aufsteigen. Jetzt schritt Ah Kin Tzab auf Zac Kuk zu, und sie verharrte mit respektvoll gesenktem Blick; dieses Mal zeigte ihre Miene nichts von der Arglist und Oberflächlichkeit, die ihn am Abend zuvor so verletzt hatten. Als Akbal langsam an ihr vorüberging, sah sie mit großen Augen zu ihm auf, und in diesem Moment verschwand jegliche Erwägung, sie beeindrucken zu wollen, aus seinen Gedanken. In diesem kurzen Augenblick, der sich ewig auszudehnen schien, legte er sein ganzes Herz in seinen Blick und bat sie, ihm zu vergeben und zu erkennen, dass er sie nicht verletzen oder demütigen wollte.

Doch als er vorüber war, hatte er nichts gesehen als ihre Augen, die seine Bitte mit einem kaum wahrnehmbaren Anflug von Überraschung aufgenommen hatten. Sofort wünschte er sich, doch mehr Ausdruck gezeigt, vielleicht sogar ein Lächeln riskiert zu haben. Niemand außer ihr hätte es gesehen; es wäre ganz allein für sie gewesen. Andererseits hätte sie das in dieser Situation vielleicht als unpassend empfunden und ihn dann womöglich für arrogant gehalten. Vielleicht wäre es das Beste gewesen, sie überhaupt nicht anzusehen … Außerstande, den Eindruck, den er auf Zac Kuk gemacht hatte, einzuschätzen, seufzte Akbal unwillkürlich so laut, dass Batz Mac und Ah Kin Tzab sich überrascht zu ihm umdrehten.

»So schlimm wird es schon nicht, mein Sohn«, versicherte ihm der Hohepriester, als Batz Mac sie in einen kleinen, leeren Raum abseits des Hofes führte. Ah Kin Tzab bedeutete Akbal, sich zu setzen, und sprach noch kurz mit Batz Mac, der darauf mit einem breiten Lächeln im Gesicht verschwand; dann nahm der Hohepriester gegenüber Akbal Platz.

»Ich habe das Gefühl, dich sehr gut zu kennen, Akbal Balam«, begann er ohne Umschweife. »Ich habe schon verschiedentlich von dir gehört, unter anderem von einigen Priestern aus Yaxchilan. Deine Familie in Tikal kenne ich auch, und deshalb kann ich es mir ersparen, deinen Charakter zu prüfen. Wenn du möchtest, zeige ich dir die Monumente, die mir unterstehen; allerdings steht es nicht in meiner Macht, dir die Freiheit zu gewähren, die du bei Schild-Jaguar genossen hast.«

Diese unverhohlene Anerkennung seiner Person verblüffte Akbal so sehr, dass ihm zunächst die Worte fehlten. »Eine solche Ehre habe ich nicht verdient, mein Vater«, brachte er endlich hervor. »Ich danke Euch für Euer großes Vertrauen.«

Ah Kin Tzabs Blick lag freundlich auf ihm, und auf den Lippen des alten Mannes erschien ein wissendes Lächeln. »Du wirst dich wundern, weshalb ich mit dir sprechen wollte, wenn ich gar keine Fragen an dich habe. Nun, als erstes muss ich wissen, ob ich mich auf dein Schweigen verlassen kann. Du musst mir versprechen, Akbal, dass du das, was ich dir sage, mit niemandem teilst außer mit deinem Großvater.«

»Ihr kennt meinen Großvater?«, fragte Akbal überrascht.

»Ich habe ihn einmal getroffen, vor einigen Jahren. Aber

schwöre mir das als allererstes, Akbal, denn ich möchte über deinen Großvater mit dir reden.«

»Ihr habt mein Wort«, erwiderte Akbal ernst. »Ich schwöre beim Blut meiner Ahnen, dass ich mit niemandem darüber sprechen werde außer mit meinem Großvater Balam Xoc.«

»Gut«, sagte Ah Kin Tzab nur. »Ich habe gehört, dass du die Entscheidung deines Großvaters, bei der Zeremonie anlässlich des Tun-Endes keine Federn zu tragen, verteidigt hast. Kennst du den Beweis, den er dafür zu haben behauptet?«

»Ich habe von seiner Entscheidung eben erst gehört«, gestand Akbal, »und kann nichts dazu sagen, wie sie zustande kam. Aber als ich die Bücher unseres Clans restaurierte, entdeckte ich, dass unsere Ahnen auf den Monumenten des letzten Zyklus keine Federn trugen. Das habe ich meinem Großvater gesagt, doch er wusste es offenbar bereits.«

»Kein Wunder, dass Ah Kin Cuy nichts gegen ihn unternommen hat«, sagte der Hohepriester gedankenvoll und rieb sich das Kinn. »Sag mir, Akbal: Hast du deinen Großvater bei der vorletzten Zeremonie tanzen gesehen?«

»Ja. So etwas hatte ich noch nie gesehen; es machte mich stolz darauf, eine Jaguarpranke zu sein.«

»Kam er dir danach sehr verändert vor?«

»Ja«, antwortete Akbal ohne Zögern. »Seine Veränderung hat sich auf uns alle ausgewirkt.«

»Und ist es wahr, was ich gehört habe, dass er das Geschick eures Clans in seine Hände genommen hat und seine Macht dazu benutzt, dem Herrscher eurer Stadt die Stirn zu bieten?«

»Manche sehen es so«, räumte Akbal zögernd ein. »Er hat sich geweigert, neue Versprechungen zu akzeptieren, bis alte Schulden abgetragen sind. Sogar von Caan Ac selbst. Aber er hat das nicht von sich aus gemacht, sondern mit der Unterstützung unseres Clan-Rates.«

»Mit der Unterstützung deines Vaters sicher nicht«, bemerkte Ah Kin Tzab. »Aber das macht nichts. Eine letzte Frage: Wenn du in seiner Nähe bist, hast du dann das

Gefühl, dass er ein heiliger Mann ist? Ein Mann mit einer Vision?«

Akbal dachte angestrengt nach und versuchte, sich zu erinnern und abzuschätzen, wie er sich in Gegenwart seines Großvaters gefühlt hatte. Er dachte daran, wie Balam Xoc über seinen Stein gesprochen hatte und später über die Zuyhua und die Cauac-Schild-Leute. Er hatte über die Zukunft geredet, sicher, aber auch über die Vergangenheit, als wäre beides auf irgendeine Weise untrennbar für ihn. Mit einer Geste der Demut breitete Akbal die Arme aus.

»Ich weiß von solchen Dingen nur, was die Priester mich gelehrt haben, mein Vater, und das reicht nicht aus, um zu beurteilen, ob mein Großvater ein heiliger Mann ist. Aber ich spüre seinen Einfluss auf mein Leben wie nie zuvor. Ist es nicht auch seinetwegen, dass ich jetzt mit Euch spreche?«

Das Lächeln des Hohepriesters legte seine Zahnlücken bloß. »So ist es in der Tat. Du musst ihm sagen, dass sein Tun hier mit großem Interesse verfolgt wird. Wir sind uns der Unglücksfälle, die Tikal in letzter Zeit heimgesucht haben, wohl bewusst und auch der Konzessionen, die Caan Ac gegenüber Schild-Jaguar machen musste. Wir freuen uns über diese Dinge nicht, wie manche andere es tun; Tikals Schwäche bedeutet für uns keinen Gewinn an Stärke. Du warst in Yaxchilan, also wirst du verstehen, was ich damit meine.«

Akbal nickte vorsichtig und prägte sich jedes Wort genau ein.

»Sicher hast du auch schon gehört, dass der Mond-Clan hier wie auch in Yaxchilan sehr mächtig ist«, fuhr Ah Kin Tzab fort. »Sie wollen einen aus ihren Reihen als Thronfolger in Ektun etablieren, und ihr Kandidat kann sich eingehender Überlegung sicher sein. So soll es auch sein, und ich werde den Mann unterstützen, der als Herrscher am geeignetsten erscheint. Aber die Entscheidung muss bei uns bleiben. Wir haben es nicht nötig, dass Schild-Jaguar und Caan Ac zugunsten ihrer Mond-Clan-Verwandten eingreifen.«

Akbal zog erstaunt die Augenbrauen hoch, doch Ah Kin Tzab erhob sofort mahnend den Finger, um ihn an seinen

Eid zu erinnern. »Ich sage dir das nur zu Balam Xocs Nutzen, damit er weiß, dass ich mich nicht aus eitler Neugier für sein Tun interessiere. Die Abhängigkeit Tikals ist nicht nur für euch gefährlich, sondern auch für andere. Ich will nicht sehen müssen, dass alle unsere jungen Männer ihr Leben in Schlachten gegen die Ara vergeuden.«

»Ich werde es meinem Großvater sagen«, versprach Akbal nach einer respektvollen Pause.

Der Hohepriester gab mit einem Nicken seine Zufriedenheit zu erkennen. »Ich werde deinen Gastgebern meine Entscheidung mitteilen und ihnen sagen, dass ich dir wohlgesinnt bin. Und vielleicht lässt sich Zac Kuk ja noch überreden, dich als würdigen Freier zu betrachten.«

Akbal blieb vor Staunen der Mund offen stehen, und der alte Mann lachte.

»Die Familien dieser Stadt sind eng miteinander verflochten«, erklärte er, »und haben großes Interesse füreinander. Jeder denkt an die Töchter im heiratsfähigen Alter, denn bei uns ist die Ehefrau nicht weniger bedeutend als der Mann. Es fällt auf, wenn ein Freier ein Mädchen zu Tränen rührt.«

»Ich wollte sie nicht demütigen«, protestierte Akbal kleinlaut, doch der Priester tat seinen Einspruch mit einer überdrüssigen Geste ab.

»Trotzdem war es dein Werk«, tadelte Ah Kin Tzab ihn. »Und vielleicht solltest du besser dazu stehen. Wie ich gehört habe, hat Zac Kuk sich schlecht benommen, und du hast lediglich deinen Großvater verteidigt, als du sie so scharf zurechtgewiesen hast. Es gibt durchaus Leute, die dein Verhalten als absolut korrekt betrachten.«

»Aber …«, stieß Akbal hervor, doch sein verzweifeltes Bedürfnis, sich zu entschuldigen, war ihm so unangenehm, dass er nicht mehr weitersprechen konnte.

»Aber Zac Kuk gehört nicht dazu«, beendete der Hohepriester den Satz für ihn. »Manchmal ist Korrektheit kein Trost. Allerdings glaube ich, dass wir uns dir gegenüber nicht fair verhalten haben, mein Sohn. Du bist noch nicht einmal einen ganzen Tag hier und hast noch keine Zeit gehabt, dir zu überlegen, was du überhaupt willst. Ich werde

Batz Mac und seinem Sohn vorschlagen, dass sie dir ein paar Tage geben, dich in Ektun einzugewöhnen, bevor sie dir weitere soziale Verpflichtungen aufhalsen. Vielleicht findest du auf diese Art und Weise und wenn man dich ein bisschen mehr dir selbst überlässt einen eigenen Weg, die Sache zu bereinigen.«

»Ihr seid sehr freundlich zu mir, Vater«, erwiderte Akbal dankbar. »Es gibt in der Tat vieles, worüber ich nachdenken muss.«

»Du kannst sofort damit anfangen«, sagte Ah Kin Tzab, während er sich mit Mühe erhob, und bedeutete Akbal hierzubleiben. »Wenn du dich ausgeruht hast, lasse ich nach dir schicken.«

Akbal verbeugte sich tief, und der Hohepriester hielt segnend die Hand über ihn. »Mögen die Geister deiner Ahnen mit dir sein, Akbal Balam. Mögen sie dich leiten und dir den Weg zeigen, der richtig und mannhaft ist, der Weg, der ihnen zur Ehre gereicht …«

Tikal

Kanan Naab stand mit Cab Coh vor dem Handwerksbau, als die Träger aus Yaxchilan eintrafen, zwei breitschultrige Männer mit sehnigen Nacken und muskelbepackten Schultern. Beide hatten an ihrem über die Stirn laufenden Tragband ein großes, in Leder geschlagenes Bündel hängen und Schmutzspritzer an den Beinen. Sie kamen erschöpft auf Cab Coh zu, und einer deutete auf die Pakete auf ihren Rücken.

»Das ist für den Maler von Tikal«, sagte er und verneigte sich ehrerbietig, soweit seine Last es zuließ.

»Wer könnte das denn sein?«, fragte Cab Coh und zeigte auf die Handwerker, die in dem langen Gebäude hinter ihm arbeiteten. »Meine Maler sind da drinnen.«

»Er meint Akbal, Großvater«, murmelte Kanan Naab, und die beiden Männer nickten zustimmend. Cab Coh runzelte die Stirn und zog sich am Ohr, als wollte er sich selbst dafür bestrafen, dass er nicht daran gedacht hatte.

»Natürlich«, pflichtete er ihr bei, obgleich Kanan Naab wusste, dass diese Bezeichnung ihm nichts bedeutete. Sobald er sich mit Akbals Abwesenheit abgefunden hatte, hatte Cab Coh jedes weitere Wissen darüber, was sein Gehilfe in Yaxchilan machte, vermieden. Pacals Wunsch nach Verschwiegenheit hatte ihm eine bequeme Entschuldigung dafür an die Hand gegeben, keine Fragen zu stellen, aber er wollte auch wirklich nichts wissen. Denn wozu Balam Xoc auch immer seinen Segen gegeben hatte, es war von vornherein mit einem Beigeschmack von Kontroverse behaftet, und Cab Coh fiel es leichter, als alt und zerstreut zu gelten, als sich auf Dinge einzulassen, die ihn womöglich quälen würden.

»Vielleicht sollte man die Bündel aufmachen«, meinte Kanan Naab, nachdem ihr Großvater keine Anstalten machte, sich für die Lasten der schwitzenden Männer zu interessieren.

Cab Coh runzelte noch immer die Stirn. »Nein«, sagte er endlich. »Sie gehören Akbal. Sei so gut, meine Tochter, und bringe diese Männer zu seinem Zimmer, dort sind die Sachen sicher.«

Kanan Naab ging den Trägern voraus über den unteren Platz zu der Brücke und den Stufen, die zum oberen führten. Auf ihrer Bank auf dem mittleren Absatz saßen zwei junge Priester, die im Haus ihres Großvaters wohnten und sich freundlich verbeugten, als sie vor den beiden Yaxchilani die Treppe hinaufstieg. Die Häuser von Nohoch Ich und Cab Coh lagen rechter Hand, und davor warteten kleine Gruppen Männer und Frauen, die sich im Schatten des überhängenden Daches leise unterhielten. Kanan Naab nickte oder winkte denen, die sie kannte, zu und bog dann nach links ab zum Haus ihres Vaters.

In den Eingängen von Balam Xocs Haus saßen ebenfalls Leute, doch das von Pacal schien verlassen; zwei der drei Türen waren mit Decken verhängt. Jedesmal, wenn Kanan Naab auf diesen Kontrast aufmerksam wurde, bekam sie Schuldgefühle, denn obwohl sie im Haus ihres Vaters wohnte, war sie nicht so vom Rest der Familie abgeschnitten wie er. Sie war vielmehr zur Tochter des Hauses geworden und für Box Ek wie auch für Cab Cohs und Nohoch Ichs Gemahlin inzwischen unentbehrlich, da diese alle Hände voll damit zu tun hatten, die vielen Gäste und Besucher, die wegen Balam Xoc neuerdings kamen, zufrieden zu stellen. Kanan Naab hatte als erste begriffen, dass es notwendig werden würde, zusätzliche Diener einzustellen, und sie hatte auch intuitiv gewusst, dass der Clan dafür die nötigen Mittel würde bereitstellen können. Sie *spürte* die Kraft, die Balam Xoc bei seinen Leuten inspiriert hatte, und schon allein deshalb ging sie davon aus, dass es ihnen besser gehen musste, was tatsächlich auch der Fall war. Anders als die älteren Frauen zweifelte sie dieses Glück nie an oder stellte seine Wirkung auf das Leben der Menschen nicht in Frage, und dies gab ihr die Freiheit, mit der notwendigen Autorität und Voraussicht zu handeln.

Als sie die Eingangsstufen von Pacals Haus entlangging, tröstete sich Kanan Naab mit dem Gedanken, dass der Eindruck des Verlassenseins täuschte. Die Vorhänge waren auf Wunsch ihrer Stiefmutter Ixchel zugezogen worden, die nach Jahren des Betens für ein Kind nun die schwierigen Anfangsmonate ihrer ersten Schwangerschaft durchlitt. Bald, so hoffte Kanan Naab, würde auch das Haus ihres Vaters Zeichen von neuem Leben und Wachstum zeigen und an der Wiedergeburt des Clans teilhaben.

Akbal bewohnte das Zimmer am hinteren Ende des Hauses, das Kinich Kakmoo vor seiner Heirat gehört hatte. Kanan Naab zog den Vorhang zur Seite, mit dem der Eingang verhängt war, und bedeutete den Trägern, ihre Last auf dem staubigen Boden abzustellen, während sie draußen wartete. Dann dankte sie ihnen und zeigte auf das offene Küchengebäude hinter dem Haus ihres Vaters.

»Sagt den Frauen, die Herrin Kanan Naab hat euch geschickt. Sie werden euch bewirten und euch Proviant für den Rückweg nach Yaxchilan geben.«

Die beiden Männer bedankten sich und gingen, und Kanan Naab ließ den Vorhang wieder zufallen. Im nächsten Moment überlegte sie es sich jedoch anders und betrat das

Zimmer, obwohl es Frauen an und für sich verboten war, den Raum eines Mannes zu betreten. Aber Akbal würde möglicherweise noch einen ganzen Monat oder sogar länger ausbleiben, und es schien ihr unverantwortlich, die Bündel einfach abzustellen, ohne sich weiter darum zu kümmern. Und tatsächlich zeigte ihr schon ein erster flüchtiger Blick, dass sich an den Rändern der Lederverpackung grüner Schimmel gebildet hatte.

Früher hätte Kanan Naab nie gewagt, sich ohne Erlaubnis mit Dingen zu befassen, die ihrem Bruder gehörten. Mittlerweile jedoch hatte sie so viele Verpflichtungen, dass sie sich nicht mehr lange ihren Zweifeln und Ängsten hingeben konnte, vor allem, wenn Cab Coh seiner Verantwortung nicht nachkam und diese Aufgabe an sie delegierte. Sie sah sich in dem spärlich möblierten Zimmer um und entdeckte zwischen den herumstehenden Trinkschalen und Tragkörben in einer Ecke ein Feuersteinmesser. Es war schon ziemlich mitgenommen und stumpf, reichte aber aus, um die Seile zu durchschneiden, mit denen die Bündel zusammengeschnürt waren. Wie sie vermutet hatte, waren auf der Innenseite des Leders bereits große Schimmelflecken entstanden, und auch auf den hölzernen Deckeln und den Binsenmatten zwischen den Bildern waren erste Anzeichen von Moder zu sehen.

Obwohl es unbedingt notwendig war, die Zeichnungen an die frische Luft zu bringen, um sie vor der Zerstörung zu bewahren, zögerte Kanan Naab, denn dies bedeutete nun wirklich eine schwerwiegende Einmischung in Akbals Angelegenheiten. Er war jetzt ein Mann und als Gesandter des Herrschers nach Yaxchilan gereist. Vielleicht sollten diese Zeichnungen geheim gehalten werden wie die Vase, die er bemalt hatte. Andererseits, sagte sie sich schließlich, wenn man sie nicht an die frische Luft bringt, wird nichts von ihnen übrig bleiben, und so öffnete sie das Bündel ganz und packte die erste Zeichnung aus. Was sie sah, raubte ihr den Atem und ließ sie zunächst einen Schritt zurücktreten; dann trug sie die Arbeit vorsichtig ins Licht, das durch die Tür in den Raum fiel.

Die Zeichnung war so kompliziert, so fein in allen Details ausgearbeitet, dass Kanan Naab gar nicht alle ihre Elemente auf einmal erfassen konnte. In der rechten Ecke des Bildes kniete eine Frau mit Federkopfschmuck in einem langen, mit Kan-Kreuzen verzierten Kleid und hielt in einer Hand eine Schale, während sie die andere anmutig ausstreckte; ihr Blick war nach oben gerichtet. Aus einer zweiten, vor der Frau stehenden Schale wand sich eine geschuppte, doppelköpfige Schlange in die Höhe, deren Rachen weit aufgerissen war und bis zu einer Reihe von Hieroglyphen reichte, die das Werk nach oben begrenzten. Aus dem Schlund des Tieres ragten Kopf und Schultern eines Mannes heraus, der eine mit Perlen verzierte Brustplatte und einen großen, gefleckten Kopfputz trug. Er sah auf die kniende Frau herab und zeigte mit einem spitzen Speer auf sie, den er mit beiden Händen hielt.

Als Kanan Naab allmählich die ganze Komposition klar wurde, erkannte sie, dass dies die Darstellung einer Vision war, das Aufsuchen eines Ahnen. Es konnte nichts anderes sein – aber es war eine *Frau*, die diese Vision erlebte. Ein Schauer durchlief Kanan Naab; plötzlich war sie überzeugt, dass es ihr bestimmt war, dieses Bild zu sehen. Warum sonst hätte es ihr als erstes in die Hände fallen sollen, wenn nicht als eine Botschaft, als ein flüchtiger Einblick in das Mögliche? Und hatte sie ihren Großvater nicht erst letzte Nacht sagen hören, er habe, bevor er seine erste Vision gehabt hatte, eine doppelköpfige Schlange gesehen? Konnte so etwas reiner Zufall sein?

Kanan Naab vergaß ihre vorherige Scheu, stellte das Bild an den Eingang und ging zu dem Bündel zurück. Das nächste war ähnlich; es zeigte einen Mann, der eine brennende Fackel über den Kopf einer knienden Frau hielt. Durch ihre Zunge zog die Frau eine Schnur, deren anderes Ende in einem Korb vor ihr lag. Erst als Kanan Naab mit der Zeichnung zum Eingang ging und sie im Licht betrachtete, sah sie, dass die Schnur mit spitzen Dornen gespickt war. Erschrocken führte sie eine Hand an ihren Mund und fühlte das feuchte, zarte Fleisch ihrer Lippen und ihrer Zunge. Sie wusste, dass die Priester und Clan-Ältesten sich manchmal die Zunge oder die Ohrläppchen durchbohrten, um sich zu kasteien. Aber dies war eine Frau, und noch dazu eine Frau von hohem Rang. Wo ist Akbal bloß gewesen, fragte sie sich entsetzt; was waren das für Leute, die solche Bußübungen praktizierten, noch dazu in aller Öffentlichkeit?

Die Gewissheit, dass es ihr bestimmt war, diese Zeichnungen zu sehen, war verflogen; was Kanan Naab nun beseelte, war der starke Wunsch, diesen Raum so bald als möglich zu verlassen. Sie wollte sich auf ihre Bank setzen, allein, den Duft der Blumen genießen und ihre Ängste langsam und in aller Stille vergehen lassen. Aber womöglich waren die Priester noch dort oder ein anderer, der sie fragen würde, warum sie so außer Fassung war. Jetzt erst merkte Kanan Naab, wie lange es schon her war, dass jemand ihr ihre Unruhe angesehen oder sie gebeten hatte zu erklären, weshalb sie sich ängstigte. Früher war das häufig vorgekommen; oft genug war sie sogar von Fremden gefragt worden.

Ein solches Benehmen ist der Enkelin Balam Xocs nicht würdig, sagte sie sich dann; *er* floh auch nicht vor dem, was ihm gezeigt wurde. Sie bot all ihren Mut und ihre Entschlusskraft auf, stellte das Bild neben das erste an die Tür und packte die anderen aus. Dabei ging sie so methodisch vor, wie sie konnte, und legte jedes Werk sofort zur Seite, ohne sich Zeit zu nehmen, es genau zu betrachten. Aber als der Boden um sie herum voll war und sie die Bilder immer weiter tragen musste, war es ihr zunehmend unmöglich zu vermeiden, zumindest die Motive darauf zu sehen: die Knollennasen und die gespitzten Lippen der abgebildeten Herrschaften; die Krieger mit ihren kräftigen Schenkeln, die Zeremonialstäbe austauschten oder drohend Cauac-Zepter schwangen; eine Frau in einem wunderschön bestickten Kleid, die einem gestikulierenden Herrn einen Jaguarkopf präsentierte; ein hinter einer Sonnenmaske verborgener Krieger, der seinen Gefangenen drohte; eine zweite Frau mit einer Schnur zwischen den Lippen und neben ihr ein Mann, der sich ein langes, scharfes Stück Knochen an den Schenkel hielt.

Bis sie das letzte Bild zum Trocknen aufgestellt hatte, war sie erschöpft. Sie setzte sich am Türrahmen nieder und atmete tief, um den Geruch von Moder und bemaltem, mit Kalk beschichtetem Papier aus ihrem Körper zu verbannen. Die Bilder in ihrem Kopf wurde sie jedoch nicht so leicht los. Dazu musste sie wohl ihrem Großvater erzählen, was sie getan hatte; vielleicht konnte er ihr erklären, was sie gesehen hatte, selbst wenn er sie für ihre Neugier tadeln würde. Aber sie musste über diese Frauen mit ihren Körben, den Schalen und den dornenbewehrten Schnüren einfach mehr wissen. Sie musste wissen, ob Visionen nur mit Blutopfern zu erreichen waren.

»Kanan Naab?«, erscholl draußen eine leise Stimme. »Bist du hier?«

Müde stand Kanan Naab auf und ging hinaus. Die Stimme war die von Yaxal Can, einem jungen Priester aus dem Schlangen-Clan, der für ihren Großvater einige Dienste verrichtet und begonnen hatte, sich für sie zu interessieren. Bislang hatte Kanan Naab ihn immer zurückgewiesen, aber im Augenblick war sie froh, dass er gekommen war.

»Komm herein«, rief sie und winkte ihm. »Da ist etwas, das du sehen musst.«

Yaxal Can war nur wenig größer als Kanan Naab selbst, deshalb musste er zu ihr aufsehen, als er auf der letzten Stufe vor der Tür anlangte. Er verbeugte sich respektvoll, doch ihr Angebot lehnte er mit einem Kopfschütteln ab.

»Das schickt sich nicht. Wir sind hier allein.«

Kanan Naab trat aus dem Haus. »Dann schau es dir allein an. Ich warte draußen.«

Yaxal Can schwankte einen Augenblick und blickte verblüfft zwischen ihr und dem Zimmer hin und her. Box Ek hatte ihm schon einmal vor allen Leuten gesagt, dass Kanan Naab ›schwierig‹ und ›verstockt‹ sei, wahrscheinlich überlegte er deshalb, ihren Wunsch von vornherein abzulehnen. Kanan Naab richtete sich auf und blickte ihn herausfordernd an, um ihn wissen zu lassen, was er mit einer Weigerung ausschlagen würde. Und als er nickte und ohne ein weiteres Wort hineinging, war sie direkt überrascht, wie sehr sie sich darüber freute.

Er blieb lange im Zimmer, und Kanan Naab sah, wie er ein Bild nach dem anderen an das Licht hielt, um die winzigen Hieroglyphenreihen zu entziffern. Die Zeit verging, und sie hatte noch vieles zu erledigen, aber sie konnte nicht gehen, bevor sie Yaxal Cans Meinung gehört hatte. Als er eine Pause einlegte und an die Tür kam, um die ersten beiden Zeichnungen zu betrachten, die sie gesehen hatte, musste sie sich beherrschen, um ihn nicht zu unterbrechen.

»Sie sind sehr gut gezeichnet«, bemerkte er. »Wie sind sie von Yaxchilan hierher gekommen?«

»Zwei Träger haben sie heute gebracht. Sie stammen von meinem Bruder Akbal. Aber was bedeuten sie, Yaxal? Wo kann er sie abgezeichnet haben?«

»Komm«, sagte der junge Mann nur. »Wir dürfen hier nicht so stehen bleiben. Ich begleite dich zum Haus deines Vaters.«

»Vielleicht meinst du, ich hätte diese Dinge nicht sehen dürfen«, mutmaßte Kanan Naab. »Vielleicht hältst du es für besser, mir nichts zu erklären.«

»Ich werde dir nichts erklären, wenn wir uns hier unter Umständen aufhalten, die uns beide zur Unehre gereichen können«, erwiderte Yaxal entschieden. »Aber wenn du mir erlaubst, dich von hier wegzubringen, sage ich dir alles, was ich weiß.«

»Versprochen?«, fragte sie gespannt, aber Yaxal war bereits losgegangen; sie musste sich beeilen, ihn einzuholen, und stolperte dabei fast über ihren langen Rock. Er wartete, bis sie wieder Atem geschöpft hatte, und betrachtete sie mit einem liebevollen Blick. Seine Augen sind sehr dunkel und vor allem sehr klar, bemerkte sie zum ersten Mal. Und sie waren ernst und aufrichtig.

»Ja, ich verspreche dir, dass ich es dir erkläre«, sagte er. »Ich habe zwar Gelübde einzuhalten, aber über alles andere würde ich ohne Ende sprechen, wenn ich dadurch nur mit dir zusammen sein könnte.«

Kanan Naab spürte, wie ihr ganz heiß wurde und sie errötete; sie zog den Kopf ein und fing sofort wieder an zu laufen. Yaxal lächelte in sich hinein, als er neben ihr ausschritt, aber er sagte nichts mehr, sondern wartete geduldig darauf, dass ihre Neugier zurückkehrte.

Ektun

Obwohl Akbal in den ersten anderthalb Tagen, in denen er allein war, oft und tief schlief, kam er während seiner wachen Stunden kaum zur Ruhe. Er konnte an nichts anderes denken als an Zac Kuk, und nicht bei ihr sein zu können, steigerte lediglich seine Obsession, ohne ihn einer Lösung seines Gefühlskonflikts näher zu bringen. Sie erschien in seinen Träumen, an die er sich danach nie klar erinnern konnte, obwohl sie ihn jedes Mal lange innerlich aufwühlten und vor Sehnsucht fiebern ließen. Er versuchte, ihr unablässig in seinem Bewusstsein herumspukendes Gesicht zu porträtieren, aber er schaffte es nicht, sie so zu zeichnen, dass er mit dem Ergebnis zufrieden gewesen wäre, und gab auf, als er merkte, dass er im Begriff war, vor Enttäuschung seine Malutensilien kaputtzumachen.

Schließlich wurde sein Gemütszustand so unerträglich, dass er in den Hof ging mit dem Vorsatz, sie um Verzeihung zu bitten. Er hatte keine Ahnung, was er zu ihr sagen würde, aber irgendwie, so hoffte er, würde ihm die Verzweiflung schon die richtigen Worte eingeben, die sie ihren Stolz vergessen ließen. Und wenn es bedeutete, gedemütigt zu werden – sich selbst zu demütigen –, dann würde er auch das auf sich nehmen, wenn er sie nur wieder sehen durfte.

Doch es war niemand im Hof, als er dort ankam. Zac Kuks Vögel saßen schläfrig im Schatten ihres Baumes, und es sah aus, als seien sie bereits gut gefüttert worden. Akbal stand unsicher da und fühlte sich dumm und bloßgestellt. Plötzlich fiel ihm ein Zweig vor die Füße; er blickte auf und sah direkt über sich den Klammeraffen am Schwanz von ei-

189

nem Ast hängen. Doch das Tier beachtete ihn nicht; es hielt einen polierten Spiegelstein in einer Hand und starrte gebannt auf sein Abbild. *Er* starrt, bemerkte Akbal, als er den erigierten Penis des Affen sah, der ihm hinter den Beinen herabhing wie eine rosafarbene Pfefferschote.

Akbal fühlte sich sofort daran erinnert, wie er morgens beim Baden auf sein Spiegelbild geschaut hatte, als er nach einem weiteren sexuellen Traum erregt zum Tümpel gegangen war, um sich abzukühlen. Am liebsten wäre er vor Scham in den Boden versunken, aber gleichzeitig fühlte er sich auch sehr erleichtert darüber, dass er Zac Kuk jetzt nicht angetroffen hatte. Dankbar dafür, dass niemand ihn entdeckt hatte, verließ er den Hof, so rasch er konnte und mit dem Rest an Würde, der ihm verblieben war.

Kinich fand seinen Bruder auf dem Felsvorsprung hinter Batz Macs Haus. Akbal saß mit dem Rücken zum Tümpel, starrte in die Schlucht hinunter und schaute nur kurz auf, als Kinich sich schweigend zu ihm setzte. Kinich versuchte zu entdecken, was seinen Bruder dort unten so sehr faszinierte, aber er sah nichts als Dschungel. Das grelle Sonnenlicht ließ das üppige Grün der Vegetation an den Abhängen bleich und undeutlich erscheinen; Laub und Geäst verschwammen ineinander hinter einem wabernden Film aus Hitze und Dunst. Winzige Vögel huschten vor dem Laubwerk hin und her, ohne auch nur ein Blatt zu bewegen; ihre kurzen Rufe verloren sich im stetigen, vibrierenden Gezirpe der Heuschrecken.

»Was siehst du denn da?«, fragte Kinich schließlich, da er noch immer nichts Interessantes bemerken konnte.

»Nur die Schatten und die Farbschattierungen«, antwortete Akbal verträumt, ohne den Blick abzuwenden. »Sie bilden eigene Formen und Muster.«

Er entspannte seine Schultern, ließ den Kopf im Nacken kreisen und wandte sich dann Kinich zu, der ihn skeptisch beobachtete.

»Verzeih mir, mein Bruder«, sagte er. »Das ist eine Technik, die mir Cab Coh einmal beibringen wollte – zu schauen ohne den Versuch, wirklich etwas zu sehen. Ich habe das nie wirklich gut gelernt, weil ich jedes Mal entweder die Geduld verlor oder die Konzentration. Aber in den letzten Tagen war diese Methode ganz nützlich, weil ich wollte, dass meine Gedanken schweifen.«

»Ganz nützlich«, wiederholte Kinich zweifelnd. »Und wohin haben deine Gedanken dich gebracht?«

»An viele Orte. Zurück nach Yaxchilan und zu den Dingen, die ich dort gelernt habe. Und nach Tikal – in das Tikal, das wir beide kennen, und jenes, wie es zur Zeit unserer Ahnen war. Und auch in unsere Kindheit, in die Zeit, als unsere Mutter noch am Leben war.«

Kinich brummte und wandte kurz den Blick ab. »Woran hast du dich aus dieser Zeit erinnert? Wie alt warst du, als sie starb – sechs?«

»Sechs«, stimmte Akbal zu. »Aber ich habe mich an die Zeit erinnert, als ich höchstens drei oder vier Jahre alt war, als Kanan Naab noch ein Säugling war. Ich habe mich daran erinnert, wie unsere Mutter mit uns beiden Großvater besucht hat, der immer allein in einem dunklen Zimmer saß. Er war immer so still und so traurig, dass ich anfangs Angst vor ihm hatte. Mutter tat jedoch, als sei alles in Ordnung; sie legte ihm Kanan Naab in die Arme, und die begann natürlich sofort zu schreien. Aber dann musste Balam Xoc sie wiegen und Lieder singen, um sie abzulenken, und darüber vergaß er dann seine Traurigkeit und spielte auch mit mir.«

»Ja, das weiß ich auch noch«, sagte Kinich langsam. »Einmal hat sie mich mitgenommen, aber ich war zu unruhig. Großvater hatte innerhalb eines einzigen Jahres seinen Sohn und seine Frau verloren und war krank vor Kummer. Vater fürchtete, er könnte ihnen in die Unterwelt folgen, so bedrückt war er.«

»Aber Mutter hat ihn geheilt«, bemerkte Akbal mit stillem Stolz. »Ehe sie ein paar Jahre darauf selbst starb.«

»Daran brauchst du mich nicht zu erinnern«, erwiderte Kinich gereizt. »Wieso willst du dich mit so schlimmen Gedanken quälen?«

»Weil ich diese Dinge zu lange vergessen hatte. Erst nach

dem Tod unserer Mutter wurde Großvater der Lebende Ahn und verschwand beinahe aus unserem Leben. Und erst dann wurde ich zum Maler.«

»Ihr Tod hat uns alle verändert«, meinte Kinich. »Aber für dich scheint das ja wie eine Art Offenbarung zu sein – wieso?«

»Weil ich jetzt erst bemerke, wie sehr Großvater sich verändert hat«, erklärte Akbal, von der wachsenden Ungeduld seines Bruders unbeeindruckt. »Er ist jetzt kein Mann mehr, der sich im Dunkel seinem Kummer hingibt und Frauen und Kinder braucht, die ihn aufheitern. Er kommt jetzt auf uns zu und will, dass wir mehr aus uns machen. Hat er dein Leben denn nicht berührt, Kinich?«

Kinich brummte unwirsch und runzelte die Stirn. »Ich kann nicht vergessen, wie er das Leben unseres Vaters ›berührt‹ hat. Und er hat den Clan überredet, dem Herrscher nicht die geforderte Anzahl an Kriegern zur Verfügung zu stellen. Ich empfinde seinen Einfluß nicht als so angenehm wie du.«

»Es geht nicht mehr nur um unsere Familie«, hielt Akbal ihm ernst entgegen. »Hast du nicht gehört, dass er bei der letzten Zeremonie ohne Federn getanzt hat und dass er vor dem Hohepriester erscheinen musste?«

»Auf Gerüchte gebe ich nichts«, erwiderte Kinich starrköpfig. »Mit dem, was er sagt, musste er zwangsläufig in Schwierigkeiten geraten.«

»Er behauptet, es sei ihm eine Vision gegeben worden, und das glaube ich auch. Ich habe selbst gesehen, dass es wahr ist, was er sagt.«

»Was weißt du denn schon von Visionen?«, fragte Kinich ungehalten. »Du bist ein Maler, kein Priester!«

»In Yaxchilan habe ich mit vielen Priestern gesprochen«, erwiderte Akbal ruhig, »und auch mit einem gewissen Krieger aus Tikal, der die Meinung vertrat, dass die Yaxchilani den Respekt und das Vertrauen seines Herrschers nicht verdienten. Ich habe dort zum erstenmal gesehen, wie Tikal von anderen gesehen wird, und das hat *mich* bezüglich der Zukunft unserer Stadt nicht vertrauensvoll gestimmt.«

»Und du glaubst, dass Balam Xocs Mätzchen die Lage beheben werden?«

»Ich glaube, er hat den Grund unseres Problems erkannt«, beharrte Akbal. »Ich glaube, er will uns zur Lebensweise unserer wahren Ahnen zurückführen.«

Kinich konnte nicht mehr stillsitzen; er stand auf, ging bis zum Ende des Felsvorsprungs und wieder zurück und ballte dabei immer wieder die Fäuste. Schließlich blieb er halb über Akbal gebeugt stehen und schnaufte hörbar durch die Nase. »Fällt es dir so leicht, den Herrscher zu verstoßen?«, stieß er verärgert hervor. »Auch wir haben das Blut des Himmels-Clans in unseren Adern, gleichgültig, was Balam Xoc dazu sagt!«

»Das streitet er auch gar nicht ab«, sagte Akbal und sah zu seinem Bruder auf, »und ich ebensowenig. Aber die Himmels-Leute waren Fremde in Tikal, und ihre Rituale waren andere als die unseren. Weshalb sollten wir die Riten der Zuyhua übernehmen, ohne uns gleichzeitig ihre Waffen zu eigen zu machen?«

»Fremde!«, polterte Kinich und stampfte angewidert mit dem Fuß auf. »Ich weiß nicht, was in dich gefahren ist, Akbal, dass du solchen Unsinn glaubst. Vielleicht hast du dir mit deinem ewigen Starren ins Nichts das Hirn aufgeweicht.«

Akbal sprang auf und stellte sich direkt vor Kinich, der dadurch zu ihm aufschauen musste. »Du bist älter als ich, Kinich«, sagte er leise, »und tapferer. Aber es ist falsch von dir, die Weisheit unseres Großvaters zu verspotten. Denn er zeigt uns, wie wir unsere verlorene Würde wiedergewinnen können!«

Kinich wandte sich abrupt ab, dann aber ebenso rasch wieder Akbal zu und packte ihn am Arm. »Ich habe *meine* Würde nicht verloren, Kleiner Bruder«, fauchte er. »Und mir so etwas zu sagen, dazu bist du nicht Manns genug!«

Akbal versuchte, sich aus Kinichs Griff zu befreien, doch dieser drückte ihn nur mit noch mehr Gewalt nach unten. Seine Knie gaben nach, aber er weigerte sich zu schreien und biss mit aller Macht die Zähne zusammen. Endlich besann sich Kinich und ließ ihn mit einem Ruck los.

»Ich bin hierher gekommen, um dir zu sagen, dass deine Verwandten noch immer auf deinen Besuch warten«, sagte der Krieger mit heiserer Stimme. »Aber wie ich sehe, maßt du dir ja jetzt ein anderes Pflichtgefühl an. Also gut, dann tu, was du willst!«

Damit machte er auf der Ferse kehrt und stapfte davon. Akbal starrte ihm nach und rieb sich vergeblich den Arm, wieder einmal mit seinen Gedanken allein.

Ah Kin Tzab hatte seine Führung bei dem ganz im Süden der Stadt gelegenen Platz begonnen, wo die ältesten Monumente von Ektun vor Tempeln standen, die längst nicht mehr besucht wurden. Der Hohepriester war kein einsamer, redseliger Verwalter wie jene in Yaxchilan; er hatte mit diesen alten Bauwerken die Tiefe und Ernsthaftigkeit von Akbals Interesse ausgelotet und ihn erst einmal eingehend in esoterische Dinge eingeweiht. Auch erlaubte er Akbal lediglich, rasche, knapp gehaltene Kohlezeichnungen der Tempel und Stelen, die sie besuchten, anzufertigen, und an einigen Orten durfte Akbal überhaupt nichts festhalten.

Die angeschlagene Gesundheit des alten Mannes erforderte jedoch häufige Rasten, in denen sie sich in eines der Clan-Häuser zurückzogen, und dort durfte Akbal dann nach seinen Skizzen ausführlichere und detailliertere Bilder anfertigen. Dabei saß Ah Kin Tzab helfend wie auch mit einem kritischen Auge neben ihm, denn der Hohepriester legte großen Wert darauf, dass Akbal von allem, was er zeichnete, ein umfassendes Verständnis gewann und genaue Darstellungen anfertigte.

Akbal unterwarf sich diesem Reglement, ohne zu klagen, ja, er war froh über die Gelegenheit, sich mit etwas zu beschäftigen, das ihn von seiner Sehnsucht nach Zac Kuk ablenken konnte. Und die Qualität der Skulpturen in Ektun übertraf alles, was er bislang kennen gelernt hatte. Auch hier waren in mannigfaltigen Posen Krieger, Frauen und Gefangene auf den Denkmälern zu finden, doch anders als in Yaxchilan standen hier keine Konfrontationen im Vordergrund, und auch Blutopferszenen oder Visionsrituale kamen nicht vor. Stattdessen wurden in Ektun Herren dargestellt, die Maiskörner ausstreuten, um zu weissagen, oder gekrönte Gestalten, die in heiterer Beschaulichkeit in Nischen saßen. Viele der Reliefs waren so tief, dass Kopf und Oberkörper der Figuren fast frei standen. Die Stelen waren in Abständen von fünf Tunen aufgestellt worden; sie kennzeichneten die Hotun-Enden und erinnerten an die verschiedenen Rituale und Pflichten des jeweiligen Herrschers. War einer gestorben, so hatte man für seinen Nachfolger mit einer neue Reihe von Monumenten begonnen, und häufig war dazu in einem anderen Teil der Stadt auch ein neuer Tempel gebaut worden.

Langsam arbeiteten sich Akbal und der Hohepriester nach Norden vor, wobei sie mehrere Ebenen bis zu dem Platz des Tempels aufstiegen, der gegenwärtig allgemein frequentiert wurde. Vier Stelen standen in einer Reihe vor der großen Tempelpyramide, die an den Berg dahinter gebaut worden war. Zwei weitere flankierten die breite Treppe zu dem kunstvoll stuckierten Schrein auf ihrer Spitze, und neben diesem Schrein ragte das bislang einzige von dem derzeitigen Herrscher Zotz Mac aufgestellte Denkmal empor.

Diese letzte Stele skizzierte Akbal am Spätnachmittag. Er war hungrig, und die Hitze des langen Tages hatte ihn erschöpft, aber er blieb vor dem Monument sitzen, solange Ah Kin Tzab es ihm erlaubte, und danach bewog er den Priester, ihm bei der Anfertigung eines genaueren Bildes mit seinem Rat zur Seite zu stehen.

»Die Ähnlichkeit mit Zotz Mac ist bemerkenswert«, sagte Akbal bewundernd und zeichnete einen Schatten noch etwas dunkler, um die Tiefe des Reliefs zu verdeutlichen. Als Ah Kin Tzab nichts erwiderte, fuhr Akbal hastig fort, um die Aufmerksamkeit des alten Mannes nicht zu verlieren. »Allmählich wird es doch auch Zeit für ihn, seine Leistungen als Kriegshäuptling dokumentieren zu lassen, nicht wahr?«, fragte er.

Der darauf folgende Blick des Hohepriesters ließ erkennen, dass er dieses Thema nicht als eines betrachtete, dem man mit beiläufigen Fragen gerecht werden konnte. Akbal wollte sich entschuldigen, doch Ah Kin Tzab winkte ab und ließ den Blick kurz von einem Eingang zum anderen wandern.

»Dies ist ein weiterer Grund, weshalb ich mir über Tikals Abhängigkeit Gedanken mache«, erklärte er leise. »Zotz Mac hat sich bisher Schild-Jaguars Wunsch entgegengestellt, sich an einem richtigen Kriegszug Yaxchilans gegen die Ara zu beteiligen. Aber er ist ein tapferer Mann, und er wird sich gegen einen Feind beweisen wollen, wie es sich für einen Herrscher geziemt. Ich möchte aber nicht, dass er in dieser Hinsicht weiter geht, als es notwendig und nützlich ist. Du hast gesehen, wieviel Aufmerksamkeit Schild-Jaguar der Bildhauerei in *seiner* Stadt widmet, Akbal. Ich kann dir versichern, dass er sich um die Wirtschaft und den Wohlstand seiner Stadt ebensowenig bemüht. Er glaubt, er könne sich alles, was er braucht, durch Eroberung beschaffen. Aber ich bin zu alt und habe zu vieles gesehen; ich werde nicht zulassen, dass mein Volk einer derart gefährlichen Verblendung frönt.«

Eine Dienerin brachte ihnen etwas zu essen; während sie die Schalen auf einer Matte abstellte, schwieg der alte Mann. Sobald sie gegangen war, bedeutete er Akbal, seine Arbeit wegzuräumen. »Leg das jetzt zur Seite«, forderte er ihn auf. »Mit den Hieroglyphen kann ich dir später helfen. Jetzt müssen wir essen und uns über andere Dinge unterhalten. Zum Beispiel die vielen Aufträge, die du angenommen hast. Warum hast du all diese Arbeit akzeptiert, wenn du doch diesen Stein zu Hause hast, den du skulptieren willst? Oder hast du es dir mit dem Auftrag deines Großvaters anders überlegt?«

Akbal lächelte nachsichtig. Offenbar ließ sich nichts, was er in dieser Stadt tat, lange verheimlichen. »Ja, ich habe schon noch einmal etwas darüber nachgedacht«, räumte er ein. »Bevor ich hierher kam, wusste ich nicht einmal, dass es solche Steinmetzarbeiten überhaupt gibt. Bis ich etwas Derartiges zustande bringe, könnten noch Jahre vergehen.«

»Es freut mich zu hören, dass du nicht all deine Bescheidenheit verloren hast«, bemerkte Ah Kin Tzab trocken.

»Aber vielleicht hast du doch noch ein anderes Motiv dafür, diese vielen Aufträge anzunehmen. Vielleicht arbeitest du darauf hin, einen eigenen Hausstand zu gründen.«

»Vielleicht«, gab Akbal zu. »Aber falls Ihr damit auf die Tochter von Batz Mac anspielt – ich habe weder mit ihr noch mit ihrem Vater gesprochen.«

»Sie meidet dich immer noch?«, fragte der Priester.

Akbals Miene verzog sich zu einem süffisanten Lächeln. »Sollte ich davon ausgehen, dass Ihr davon nichts wisst, Vater? Wenigstens ist sie jetzt freundlich zu mir. Jetzt schiebt sie die Schuld auf Chan Mac anstatt auf sich oder mich.«

Ah Kin Tzab musterte ihn schweigend, doch in seinen tief in den Höhlen liegenden Augen blitzte eine vergnügliche Schläue. »Ich bewundere dich dafür, wie rasch du deine Fassung wiedergewonnen hast, Akbal, aber vielleicht bist du dabei ein wenig zu gründlich vorgegangen. Ein Mangel an Gefühl ist für einen Freier nur selten von Vorteil. Ich muss dich darauf aufmerksam machen, dass Zac Kuk mehr Einfluss auf die Wahl ihres Gemahls hat als etwa ein Mädchen in Tikal. Und ihre Mutter verfügt über ebenso viel Macht wie Batz Mac, denn sie entstammt dem Mond-Clan.«

Akbal runzelte die Stirn und ließ die Schultern fallen. »Das weiß ich. Aber es sind bereits genügend um sie herum, die mit ihr lachen und sie beschwatzen wie ihre Vögel. Ich hätte das auch einmal gern getan, aber jetzt kann ich es nicht. Es würde nicht zu dem Leben passen, das ich ihr bieten kann. Ich bin der Enkel von Balam Xoc, und er hat mich zu einem Teil von etwas gemacht, das weit größer ist als ich, vielleicht sogar größer als mein Clan oder meine Stadt. Das muss Zac Kuk auch verstehen.«

»Sie ist nicht so oberflächlich, wie es den Anschein hat«, meinte Ah Kin Tzab. »Du musst also vorsichtig abwägen, was du ihr sagst. Alles, was ihre Mutter erreicht, geht direkt an den Mond-Clan.«

»Ich habe meinen Eid nicht vergessen«, versicherte ihm Akbal. »Aber ich bete auch, dass sie das, was ich ihr zu sagen habe, nicht oberflächlich anhört.«

»Sie weiß, dass du viel mit mir zusammen bist, und

sie weiß auch, dass ich meine Zeit nicht an Toren ver-
schwende.«

»Ich danke Euch für die Zeit, die Ihr mit mir verbringt,
Vater, und ich weiß, dass das zu meinem Ansehen in dieser
Stadt beiträgt. Aber ich möchte Euch noch um einen weite-
ren Gefallen bitten.«

Ah Kin Tzab zog in gespieltem Erstaunen die Augenbrauen hoch. »Du hältst dich nicht lange damit auf, dich
dankbar zu zeigen, Akbal Balam. Also, worum geht es?«

»Könnt Ihr veranlassen, dass die Herrin Muan Kal von
meinen Aufträgen hört, falls sie noch nichts davon weiß?«,
bat Akbal.

Der Hohepriester lächelte und deutete auf die Schalen
vor ihnen. »Iss, Freier«, sagte er schroff. »Deine Dreistigkeit
stimmt mich zuversichtlich …«

Da Akbal bis spät in die Nacht mit Chan Mac geredet hatte,
fiel ihm das Aufstehen am nächsten Morgen schwer, und bis
er gebadet und sich angezogen hatte, war das helle Licht der
Morgensonne von einer sich rasch ausbreitenden Wolkendecke verdunkelt worden. Der Himmel verfärbte sich zusehends schwärzer und bedrohlicher, und die warme Luft war
so mit Feuchtigkeit übersättigt, dass Akbal seinen Atem als
weißen Dampf sehen konnte. Ein leiser, knirschender Donner in der Ferne versprach ein heftiges Unwetter und erinnerte Akbal daran, dass die Regenzeit nun jeden Tag beginnen konnte, was bedeutete, dass sich seine Zeit in Ektun
dem Ende zuneigte. Lange würde die Delegation aus Tikal
nicht mehr hierbleiben können; wenn der Regen erst einmal
eingesetzt hatte, waren die Wege durch den Dschungel nach
Osten nicht mehr passierbar.

Er hatte sich Zac Kuk gegenüber noch immer nicht erklären können, aber letzten Abend hatte er zumindest das Gefühl gehabt, einen Fortschritt gemacht zu haben – bis die
Herrin Muan Kal sich in die Unterhaltung eingeschaltet hatte. Er hatte Zac Kuk, Chan Mac und dessen Frau Kutz von
seiner Mutter erzählt in der Hoffnung, allmählich auf seinen
Großvater zu sprechen zu kommen. Zac Kuk schien ihm

ausgesprochen wohlgesinnt zu sein, als sei sie im Begriff, ihren Argwohn gegen ihn endlich aufzugeben. Aber sobald die Mutter auftauchte, konnte Akbal beobachten, wie die Tochter verhalten und widerwillig wurde; und als Muan Kal das Gespräch auf die vornehme Herkunft seiner Mutter brachte, ließ Zac Kuks Interesse an ihm immer mehr nach. Später sagte ihm Chan Mac, Muan Kal würde sich seit kurzem für ihn, Akbal, aussprechen, und das allein würde schon reichen, Zac Kuks Widerstand zu mobilisieren, da sie sich mit ihrer Mutter selten darauf einigen könne, was gut für sie sei.

Chan Mac hatte ihm vorgeschlagen, Zac Kuk direkt anzusprechen, und ihn darauf hingewiesen, dass der Diplomat aus Tikal wie auch die meisten ihrer anderen Verehrer nun mit den abschließenden Handelsgesprächen der Delegation aus Tikal beschäftigt seien und ihm demnach nicht in die Quere kommen könnten. Akbal hatte sich entschlossen, dieser Empfehlung nachzugehen, doch seine Pläne änderten sich abrupt, als er in den Hof kam und den ganzen Haushalt in Aufruhr fand. Zac Kuk stand unter dem Feigenbaum in der Ecke, fuchtelte mit den Armen und beschimpfte die Diener, die von Haus zu Haus hasteten, als würden sie etwas suchen.

Als Akbal über den Hof ging, rollte ein lang gezogener Donner, und die von dem Lärm und der Erregung um sie herum unruhigen Papageien auf den Ästen hinter Zac Kuk kreischten heiser und schlugen heftig mit den gestutzten Flügeln. Zac Kuk selbst rief ihm etwas zu, noch bevor er fragen konnte, was geschehen sei.

»Chuen ist davongelaufen!«, schrie sie und hielt das Ende seiner Schnur hoch. »Ihr müsst mir helfen, ihn zu finden, sonst wird er von einer Schlange oder einem Jaguar gefressen!«

»Wohin könnte er denn gelaufen sein?«, fragte Akbal, und daraufhin ging Zac Kuk sofort auf die Lücke zwischen den Häusern am östlichen Ende des Hofes zu. Akbal lief ihr nach und warf einen kurzen Blick zum Himmel, der sich immer drohender verfärbte.

»Es zieht ein Gewitter auf, Herrin«, sagte er, als er sie überholte und sie zusammen den Hof verließen. »Vielleicht solltet Ihr einen Umhang anziehen und einen Hut aufsetzen.«

»Dazu ist jetzt keine Zeit«, widersprach sie und führte ihn am frisch angepflanzten Familiengarten vorbei zu einem schmalen Pfad, der sich in einem Bestand von Brotnußbäumen verlor. Sie nahm sich nicht die Zeit, die Äste über ihr zu betrachten, sondern lief weiter über einen Hügelkamm, hinter dem keine Bäume wuchsen. Von dort fiel der Pfad steil ab und führte dann über eine niedrige Ebene, die zu beiden Seiten mit Riedgras bestanden war. Linker Hand war das offene Wasser eines Sumpfes zu sehen, doch rechts machte die Ebene bald einem hohen Dickicht aus Beerensträuchern Platz. Zac Kuk blieb abrupt stehen und deutete darauf.

»Sucht dort«, befahl sie außer Atem. »Er mag Beeren sehr gern.«

Akbal war kaum zwei Schritte vom Weg abgegangen, als ein lauter Donner ganz in der Nähe ihn innehalten und erneut zum Himmel blicken ließ. Aber sobald er stand, sank er in den weichen Grund, und Wasser quoll zwischen seinen Zehen hervor. Dann bemerkte er, dass das, was einige Schritte weiter wie fester Boden aussah, in Wirklichkeit ein Gewirr von Kletterpflanzen und Seerosen war, das auf einem unsichtbaren Sumpf trieb. Gleichzeitig kam ihm in den Sinn, dass zu dieser Zeit gar keine Beeren an den Sträuchern sein konnten und dass Zac Kuk das wissen musste.

Ihr Blick bestätigte seinen Argwohn, als er auf den Pfad zurückging und sie mit einem langsamen Kopfschütteln musterte. »Nein, Herrin. Wenn Ihr nicht ein Krokodil verloren habt statt eines Affen, dann ist das Tier nicht in diese Richtung gelaufen.«

Zac Kuks Augen weiteten sich vor Zorn; sie stemmte die Fäuste in die Hüften und stellte sich ihm gegenüber.

»Sogar in dieser schlimmen Situation verspottet Ihr mich noch! Ihr seid der arroganteste junge Mann, den ich je getroffen habe.«

»Dann passen wir ja gut zusammen, Herrin. Ich wollte Euch helfen, Chuen zu suchen. Aber wenn es Euch lieber wäre, dass ich in diesen Sumpf springe …?«

Er betrachtete sie forschend, bereit zum Sprung.

»Tut doch, was Ihr wollt!«, fuhr Zac Kuk ihn an, drehte sich um und ging weiter den Pfad entlang, der sich erst durch die Ebene fortsetzte und dann auf einige bewaldete Hügel zuführte. Akbal trottete hinter ihr her, und bei den ersten großen Tropfen blickte er noch einmal zum Himmel. Zac Kuk gab jetzt nicht mehr vor zu suchen; ihr Blick schien auf ein Ziel bei den Hügeln gerichtet zu sein. Inzwischen war der Himmel so dunkel, dass Akbal jegliche Hoffnung aufgab, den Schutz der Bäume noch rechtzeitig zu erreichen, und bereits Augenblicke später hörte er, wie der Regen mit einem Lärm auf sie zukam, der lauter war als der Donner; es hörte sich an, als ginge ein Schauer schwerer Steine auf die Erde nieder.

Als Zac Kuk die graue Regenwand herankommen sah, blieb sie stehen, aber sie rutschte auf dem glitschigen Pfad und verlor fast das Gleichgewicht. Akbal fing sie an den Ellbogen auf, zog sie an sich und beugte den Kopf über sie, um sie vor dem Regen zu schützen. Im nächsten Moment brachen die Wassermassen über sie herein wie ein Sturzbach, so dass sie kaum mehr Atem schöpfen konnten, nichts mehr spürten und bis zu den Knien im Schlamm versanken …

Als erstes merkte Akbal lediglich, dass das hart auf seinen Kopf und Rücken niederprasselnde Gewicht weg war und er sich wie betäubt fühlte. Dann wurde er gewahr, dass er Zac Kuk fest umschlungen hielt, ihre Arme ihn umfassten und ihr warmer, geschmeidiger Körper sich eng an den seinen schmiegte. Die dünne Schicht durchgeweichten Stoffs zwischen ihnen schien in seine Haut hineingeschmolzen zu sein; er fühlte ihre Brüste so deutlich an seinem Oberkörper, dass er sie hätte zeichnen können. Eine Stichflamme loderte durch seinen ganzen Körper, und das Blut schoß ihm in die Lenden. Er bekam Angst, dass Zac Kuk sein aufsteigendes Verlangen bemerken könnte, aber noch mehr fürchtete er, sich zu bewegen und damit zu riskieren, dass sie seiner Umarmung entglitt. Der bloße Gedanke daran ließ ihn sie noch fester an sich drücken, und der Atem blieb ihm stehen, als er merkte, dass sie seinen Druck erwiderte und ihre Körper noch mehr ineinander verschmolzen. Es rauschte noch immer ein gleichmäßiger Regen herunter, aber das Wasser, das über ihre glatte, warme Haut abfloss, bemerkten sie beide nicht.

Schließlich ließen sie einander los und setzten sich zurück, so dass sich nur mehr ihre Knie berührten. Zac Kuks lange, schwarze Haare hatten sich völlig aufgelöst und klebten ihr an Nacken und Schultern; ihr Kleid war zu einer zweiten Haut geworden, das ihre Brustwarzen und die Konturen ihres Beckens deutlich erkennen ließ. Akbal fühlte sich ähnlich nackt; sein durchnäßtes Lendentuch verriet unübersehbar seine Erregung, aber er spürte keine Scham, als er sah, wie Zac Kuks Blick über seinen ganzen Körper wanderte. Obwohl sie arg zerzaust und unordentlich aussah, kam sie ihm schöner vor als je zuvor; die Anmut ihres wachen, munteren Blicks wurde noch hervorgehoben durch die nassen Wimpern, die ihre Augen umrahmten wie schwarze Spitzen. Weder Belustigung noch Verachtung lagen darin, als sie langsam aufschaute, ihm in die Augen sah und sich ihm ganz öffnete. Sobald sich ihre Blicke trafen, fühlte sich Akbal in eine Umarmung anderer Art hineingezogen, eine Vereinigung der Seelen, die sein Herz aufblühen ließ. Plötzlich merkte er, dass das Lächeln, nach dem er sich so gesehnt hatte, fast nichts war im Vergleich zu dem, wie sie ihn jetzt betrachtete, wie sie ihm ihre Begierde und ihre Furcht zeigte und ihm ihr Vertrauen schenkte. Akbal schluckte schwer, legte eine Hand auf ihre Wange und starrte Zac Kuk verzückt an, bis sie lächelte und verschämt den Blick senkte.

Er stand auf und half ihr, auf die Beine zu kommen und ihre Sandalen auszuziehen, die in dem entstandenen Schlamm nutzlos waren. Auch er streifte die seinen ab und band sie mit den ihren zusammen.

»Suchen wir Chuen«, sagte er nur. Zac Kuk lächelte ihm

flüchtig zu, als gebe sie ein Geheimnis preis, und dann machten sie sich auf in Richtung auf die vor ihnen liegenden Hügel. Bald hatten sie die schützenden Kronen der Bäume erreicht, und das Gehen wurde leichter. Immer, wenn der Weg breit genug war, kam Akbal an ihre Seite; er sagte nichts, sondern ließ nur den Blick auf ihrem Gesicht ruhen, als wolle er sich jedes kleinste Detail einprägen.

Schließlich brachte der Pfad sie auf eine Lichtung, die den Blick auf den Himmel freigab, dessen Wolkendecke allmählich aufbrach. In der Mitte der Lichtung befand sich ein großer, tiefer Tümpel, der auf dem jenseitigen Ufer von einem über mehrere Stufen abfallenden, weiß schäumenden Wasserfall gespeist wurde. Zu beiden Seiten der tosenden Gischt hingen blühende Kletterpflanzen bis zur Oberfläche des kleinen Sees herab. Am Ufer luden kleine Holzbänke zwischen riesigen Farnbeständen zum Verweilen ein, und auf einem Ast über einem dieser Rastplätze saß einsam und elend Chuen. Sein nasses, schwarzes Fell schmiegte sich eng an den dünnen Körper an, und er umklammerte sich selbst mit den langen Armen. Als er Zac Kuk sah, begann er aufgeregt zu zetern und sprang ihr direkt in die Arme, die lange Schnur, mit der er angebunden gewesen war, hinter sich herschleifend. Akbal beobachtete ihn neidisch, als er sich an Zac Kuks Brust drückte und das Köpfchen drehte, um ihn aus großen, schwarzen Augen zu beobachten. Als Zac Kuk zu ihm aufsah, ergriff Akbal die Schnur, die von Chuens Halsband hing.

»Ich fühle mich geschmeichelt, Herrin«, sagte er.

Doch Zac Kuk zuckte abweisend die Achseln. »Ihr seid noch immer ein arroganter junger Mann«, bemerkte sie.

»Könnte ich darauf hoffen, in Euren Augen etwas wert zu sein, wenn ich es in meinen eigenen nicht wäre?«, fragte Akbal nachsichtig. »Wenn ich wirklich arrogant wäre, dann würde mir Eure Meinung über mich vielleicht gar nichts bedeuten. Aber sie bedeutet mir viel, Zac Kuk, soviel wie Eurer Mutter meine Vorfahren und meine Aussichten als Maler.«

»Weshalb sollte Euch meine Meinung etwas bedeuten?«,

fragte sie mit gespieltem Überdruss. »Ihr habt doch meine Eltern und meinen Bruder bereits für Euch eingenommen.«

»Aber ich bitte keinen von *ihnen*, mit mir in Tikal zu leben und meine Zukunft zu teilen. Eure Mutter ist beeindruckt von meinen Verbindungen zum Himmels-Clan und dem Ruf, den ich in Yaxchilan erworben habe. Sie glaubt, dass ich mir damit meinen Erfolg in Tikal gesichert habe. Aber so einfach liegen die Dinge nicht.«

Zac Kuk betrachtete ihn neugierig und streichelte gedankenverloren Chuens Kopf. »Wegen Eures Großvaters?«, fragte sie schließlich, und Akbal nickte. Die Nachdenklichkeit in ihrer Stimme gefiel ihm.

»Hauptsächlich wegen meines Großvaters, aber auch wegen der Beziehungen zwischen unserem Clan und dem des Herrschers. Nur mein Vater und vielleicht noch mein Bruder Kinich Kakmoo genießen die Gunst Caan Acs.«

»Aber Ihr seid doch der Maler von Tikal«, hielt Zac Kuk ihm ungläubig entgegen. »Also müsst doch auch Ihr voll in seiner Gunst stehen.«

»Etwa weil ich Schild-Jaguar für mich begeistert habe?«, erwiderte Akbal wehmütig. »Deshalb hat mich Caan Ac sicher nicht nach Yaxchilan geschickt, auch wenn Eure Mutter das gerne glaubt. Ich erwarte nicht, mit großem Dank in Tikal empfangen zu werden. Tatsächlich ist es eher möglich, dass mein Clan beim Herrscher schon bald nicht mehr willkommen ist.«

»Davon habt Ihr meiner Mutter nichts erzählt«, stellte Zac Kuk mehr ungläubig als vorwurfsvoll fest.

»Nein«, räumte Akbal mit leiser Stimme ein. »Aber wenn Ihr wollt, könnt Ihr es ihr sagen. Ich *weiß* nicht, dass es so kommen wird, und ich bete, dass es niemals eintritt. Aber mein Großvater ist für den Herrscher eine große Herausforderung, und das wird auf die Dauer Folgen nach sich ziehen.«

»Warum sagt Ihr mir das?«, fragte Zac Kuk verwirrt und ärgerlich. »Wenn das meine Mutter zu hören bekommt, wird sie mir nie erlauben, Euch zu heiraten.«

Bei dieser Möglichkeit verdüsterte sich Akbals Blick

schmerzvoll; und als er sich endlich zu einer Erwiderung aufraffen konnte, bebte seine Stimme. »Aber dann habe ich zumindest nur mich selbst verletzt. Ich könnte Euch nicht nach Tikal mitnehmen und in dem Glauben belassen, dass dort alles ruhig und friedlich ist oder dass Ihr dort dasselbe Leben vorfindet wie hier. Ich könnte es nicht aushalten, Euch noch einmal meinetwegen weinen zu sehen. Und ich würde es nicht ertragen, wenn Ihr mich weiterhin für grausam und falsch halten würdet. Lieber würde ich die Konsequenzen meiner Ehrlichkeit ertragen und Euch die Freiheit lassen, Euch einen passenderen Mann zu suchen.«

Bei den letzten Worten schnürte sich seine Kehle zu, so dass er kaum mehr sprechen konnte; er fühlte sich zu elend, um seine eigene Großmut anerkennen zu können. Er hatte ihr eine ehrliche Wahl bieten wollen, aber stattdessen ein übertrieben schwarzes Bild gemalt, was seine Aussichten in Tikal anbelangte. Es wäre besser gewesen, ihr davon zu erzählen, wie heilig die Aufgabe seines Großvaters war, und von seinem Glauben daran, dass sie den Jaguarpranken-Clan zu Größe führen würde. Er hätte Zac Kuk von den guten Dingen berichten sollen, die ein Leben in Tikal für sie bereithielt, und wie sie geliebt und geachtet werden würde. Er hätte sie bitten sollen, ihm zu vertrauen und seine Frau zu werden …

Zac Kuk betrachtete ihn skeptisch; dann setzte sie den sich sträubenden Chuen wieder auf seinen Ast, ging langsam an das Ufer und blickte über das dunkle, gekräuselte Wasser. Ein vereinzelter Sonnenstrahl fiel auf den Wasserfall und ließ in der Gischt winzige Regenbogen entstehen. Akbal trat zu ihr; jeder Muskel seines Körpers war angespannt, um sein ängstliches Zittern zu verbergen. Aber als Zac Kuk endlich zu ihm aufsah, war ihr Blick weit und warm und sprach nur davon, wie sie sich zuvor, auf dem Pfad, in den Armen gelegen hatten.

»Es freut mich, dass Ihr so aufrichtig mit mir seid«, sagte sie leise. »Aber ist es nicht ohnehin schon zu spät für mich, noch einen anderen zu wählen?«

Die Erleichterung, die Akbal bei diesen Worten verspürte, war überwältigend, grenzenlos; seine Freude brach sich in einem strahlenden Lächeln Bahn, und er hatte das Gefühl, über dem Boden zu schweben. Er ergriff Zac Kuks Hand und presste sie an seine Brust.

»Mit ganzem Herzen bete ich darum, dass es das ist«, flüsterte er inbrünstig. »Denn für mich ist es auf jeden Fall zu spät ...«

KAPITEL 7

Anhänger

9.17.16.2.8 10 Lamat 6 Kayab
(A.D. 786)

Der Clan-Rat der Jaguarpranken war auf Wunsch von Pacal Balam einberufen worden, der eine Nachricht und eine Einladung des Herrschers mitbrachte. Die Nachricht betraf Kinich Kakmoos Beförderung zum Kriegshäuptling und die Einladung das Fest, das Caan Ac zu Ehren seines neuen Nakom zu geben gedachte, der am nächsten Tag mit der Delegation nach Tikal zurückkehren würde. Der Herrscher sei sicher, sagte Pacal, dass die Herren des Jaguarpranken-Clans bei diesem Fest dabei sein wollten, um den Ruhm ihres tapferen Verwandten zu feiern.

Einige beifällige Stimmen wurden laut, als Pacal seine Ankündigung beendet hatte, doch die meisten der Männer warteten stumm auf die Erwiderung des Lebenden Ahnen. Balam Xoc starrte einen Augenblick auf seinen Sohn, dann stand er auf und ließ ein lautes, rüdes Grunzen vernehmen, das im Raum widerhallte und den Männern unangenehm in den Ohren lag.

»Freut dich der plötzliche Aufstieg deines Sohnes, Pacal?«, fragte er trocken.

»Sollte ich traurig darüber sein?«, gab Pacal im gleichen Ton zurück. »Er ist seit Jahren der erste Nakom aus unserem Clan und der jüngste, der je einen solchen Posten bekleidet hat.«

»Er ist *zu* jung. Und das werden die anderen ihn spüren lassen. Aber das weißt du. Du weißt, dass Caan Ac ihn lediglich benutzt, um von den Konzessionen abzulenken, die er gegenüber Schild-Jaguar eingegangen ist.«

»Vielleicht sehe ich die Motive des Herrscher nicht mit der gleichen Skepsis wie Ihr«, entgegnete Pacal kühl mit einem Blick in die Runde. »Ich frage noch immer den Rat, ob Kinich Kakmoo auch unser Respekt zuteil wird.«

»Erzähle mir erst noch von deinem anderen Sohn«, beharrte Balam Xoc. »Was ist für den Maler von Tikal geplant? Ist er auch zum Fest seines Bruders eingeladen?«

»Sein Rang ist nicht hoch genug ...«

»Weshalb sollte das bei einem Bruder etwas ausmachen? Noch dazu bei einem, der dem Herrscher in Yaxchilan so gute Dienste geleistet hat! Gebührt ihm denn nicht auch Respekt?«

»Ich werde selbst mit ihm sprechen«, erklärte Pacal knapp. »Er hat genau verstanden, worum es ging, als er die Aufgabe annahm.«

»Hat er das wirklich? Vielleicht möchtest du dem Rat einmal genau darlegen, was Akbals Aufgabe war und weshalb der Herrscher darauf angewiesen war. Sicher haben die Ratsmitglieder ebenso wie ich auch viele falsche Gerüchte darüber gehört, was Akbal in Yaxchilan gemacht hat. Sie sollten wissen, ob er sich den Undank des Herrschers zu Recht zugezogen hat.«

»Ich kann mich nicht mit Gerüchten befassen!«, erwiderte Pacal aufgebracht. »Ich habe diese Versammlung einberufen, um Euch die hohe Ehre mitzuteilen, die Kinich Kakmoo zuteil wurde, und Euch zu bitten, an seinem Fest teilzunehmen. Diese anderen Dinge vor dem Rat zu diskutieren, steht mir nicht frei.«

Balam Xoc ließ den Blick über die Männer gleiten und grinste sardonisch. »Dann muss ich es ihnen wohl selbst sagen. Es sei denn, ich bin der einzige, der denkt, dass diese Dinge es wert sind, über sie zu sprechen?«

»Mir ist von diesen Gerüchten nichts zu Ohren gekommen«, warf Cab Coh mit scheinbarer Unschuld ein, »aber ich muss wissen, was mein Gehilfe getan hat.«

»Mich interessiert das auch, Pacal«, stimmte Nohoch Ich ernst zu. »Ich habe unterschiedliche Meinungen über Akbals Arbeit gehört – einige klangen regelrecht bewundernswert, während andere behaupteten, er habe den Herrscher vorsätzlich in eine peinliche Lage bringen wollen. Letzteres ist ein sehr ernst zu nehmender Vorwurf.«

»Nun?«, fragte Balam Xoc, doch Pacal verbeugte sich nur, um anzudeuten, dass er dem nichts entgegenhalten konnte.

»Ich habe zu diesem Thema alles gesagt, was ich sagen kann«, erklärte er. »Ich werde Euch allein lassen, damit Ihr selbst entscheiden könnt, ob Ihr die Einladung des Herrschers annehmen wollt.«

Damit schritt er so rasch aus dem Zimmer, dass die Fackeln an der Wand flackerten, als er vorbeiging. Danach herrschte eine lange Stille im Raum, bis Nohoch Ich schließlich Balam Xoc aufforderte zu sprechen.

»Die Männer, über die wir reden, sind meine Enkel«, begann dieser geradeheraus, »aber das hat nichts damit zu tun, wie wir über sie urteilen müssen. Der eine wird zum Nakom befördert, und der Herrscher gibt seinetwegen ein Fest; der andere wird verachtet und verleumdet, und seine Dienste bleiben unbelohnt. Welchen von beiden sollten wir also achten und unterstützen: den, der über Gebühr geehrt wird, oder den, der verachtet und benutzt wird? Welche dieser beiden Erfahrungen haben wir mit dem Herrscher und dem Himmels-Clan öfter gemacht?«

Balam Xoc ließ die Frage offen stehen, während er forschend die sorgenschweren Gesichter der Männer betrachtete. »Auch ich werde diese Entscheidung Euch überlassen«, fuhr er dann fort. »Ihr könnt die Einladung des Herrschers annehmen, wenn Ihr es für richtig haltet, oder aber an dem Fest teilnehmen, das ich in meinem Haus für Akbal Balam geben werde. Es ist Eure freie Wahl. Aber zuvor muss ich Euch noch etwas sagen, was Pacal unerwähnt ließ. Ich muss Euch über die Zugeständnisse informieren, die Caan Ac gegenüber Schild-Jaguar gemacht hat, und von der Rolle, die Akbal in dieser Sache zugewiesen wurde. Ich muss Euch erzählen, wie er in Yaxchilan als der Maler von Tikal bekannt wurde ...«

Uaxactun

Akbal saß allein in dem Zimmer, das man ihm zugewiesen hatte, ein Hinterzimmer, in welchem von dem Fest draußen auf dem Platz fast nichts zu hören war. Doch gerade, als er es geschafft hatte, auch noch die letzten gedämpften Stimmen aus seinem Bewußtsein zu verbannen, machte eine freundliche Frauenstimme vor seiner Tür ihn wieder hellwach. Er erkannte seine Tante Pom Ix und bat sie herein.

»Möchtest du nicht mitfeiern, Akbal?«, fragte sie, sobald sich ihre Augen an das Dunkel im Raum gewöhnt hatten und sie ihren Neffen mit übereinandergeschlagenen Beinen zwischen seinem Gepäck am Boden sitzen sah. »Jetzt sind nicht mehr so viele Krieger da«, fuhr sie ermutigend fort, »und es ist ruhiger.«

»Es ist nett von Euch, dass Ihr an mich denkt, Herrin«, antwortete Akbal höflich, »aber ich bin lieber allein.«

Pom Ix nickte, machte aber keine Anstalten zu gehen, sondern setzte sich ihm gegenüber. Sie war die ältere Schwester seines Vaters und sah Pacal auffallend ähnlich, wenngleich ihre Gesichtszüge weicher und ihre Haare schon stärker ergraut waren. Akbal kannte sie nicht gut, denn sie hatte schon vor seiner Geburt in eine bedeutende Familie in Uaxactun eingeheiratet und Tikal nur mehr selten besucht, obwohl die beiden Städte nur eine halbe Tagesreise voneinander entfernt lagen. In einem kurzen Gespräch hatte sie sich skeptisch, aber auch besorgt über Balam Xoc geäußert, als könne der schlechte Ruf, den ihr Vater in letzter Zeit gewonnen hatte, nur ein Zeichen von Unausgeglichenheit oder fortschreitendem Alter sein.

»Ich habe Kinich gefragt, was zwischen euch vorgefallen ist«, begann sie jetzt, »aber er wollte mir nichts sagen. Ich finde es traurig, dass du an der Feier seines Erfolges nicht teilnehmen willst.«

»Ich habe schon in Yaxchilan mit ihm gefeiert«, erwiderte Akbal mit einer Spur von Wehmut, die ihm Schmerz zu bereiten schien und seine Stimme härter klingen ließ. »Aber hier möchte ich ihm meine Gesellschaft nicht zumuten. Er ist

210

der Liebling der ganzen Delegation und marschiert an ihrer Spitze. Ich gehe allein am Ende.«

»Er ist älter«, meinte Pom Ix versöhnlich, »und er hat einen höheren Rang als du.«

»Natürlich«, sagte Akbal gereizt. »Aber mich hat Schild-Jaguar auch gelobt, und ich konnte mich in seiner Stadt frei bewegen. Und in Ektun hat sich Ah Kin Tzab, der Hohepriester, persönlich für mich eingesetzt. Nur in der Delegation unseres Herrschers werde ich mit Geringschätzung behandelt. Wir waren kaum außer Sichtweite von Ektun, da wurde mir befohlen, am Ende der Kolonne zu gehen, gerade noch vor den Gemeinen.«

Pom Ix wartete wohl überlegt einen Augenblick, als wollte sie erst seine Verbitterung vorübergehen lassen, bevor sie etwas erwiderte. »Vielleicht war die Gunst, die du in Yaxchilan erfahren hast, allein schon ein Grund für Unmut und Groll«, meinte sie dann. Akbal sah sie durchdringend an, den tieferen Sinn ihrer Bemerkung klar erkennend. Zunächst schien es, als wolle er sich verteidigen, doch dann änderte er seine Meinung.

»Zweifellos. Ich weiß nicht, was man über mich sagt, und es interessiert mich auch gar nicht. Ich möchte nur wieder zu meinen Leuten gehören.«

Pom Ix richtete sich abrupt auf, Verletzung und Zorn flammten in ihrem Blick. »Sind *wir* nicht deine Leute?«, fragte sie streng. »Die Familie meines Gemahls ist seit Anbeginn unserer Städte mit den Jaguarpranken verbunden, durch Freundschaft ebenso wie durch Blutsverwandtschaft.«

»Ich wollte Euch nicht nahe treten, Herrin«, entschuldigte sich Akbal. »Aber ich habe mit vielen Mitgliedern Eurer Familie gesprochen, und Ihr seid von allen die einzige Person, die Balam Xoc überhaupt erwähnt hat. In Ektun habe ich mehr über ihn gehört.«

Der Zorn verschwand aus Pom Ixs Blick, und der folgende lang gezogene Seufzer war wie eine Geste schweigender Zustimmung. Als sie zu sprechen fortfuhr, lag eine neue Aufrichtigkeit in ihrem Ton.

»Ich kenne meinen Vater viel länger als dich, Akbal, aber

aus dem, was ich in letzter Zeit über ihn höre, kann ich mir keinen Reim machen. Er hat nie Schwierigkeiten gemacht oder sonst wie Aufmerksamkeit auf sich gezogen – *nie*. Und er hatte auch keinen Ehrgeiz, der Lebende Ahn zu werden, zumindest nicht, solange ich in seinem Haus wohnte. Er hat Bauvorhaben geleitet und war mit seiner Arbeit immer zufrieden. Erst nachdem meine Mutter und mein Bruder starben, hat Box Ek ihm das vorgeschlagen, damit er besser über seinen Kummer hinwegkommt. Das hat dir vielleicht noch niemand erzählt, aber es ist wahr.«

»Es war auch wegen des Todes *meiner* Mutter«, erinnerte Akbal sie. »Ich kann Euch nur sagen, dass er sich verändert hat; er ist nicht mehr der, den wir alle kannten. Kommt nach Tikal und seht selbst.«

»Das würde ich gerne tun«, gestand Pom Ix mit einem erneuten Seufzer und zuckte die Achseln, um ihre Befürchtung zu zeigen. »Aber ich muss dir leider sagen, dass mein Gemahl und die anderen Männer hier nichts von Balam Xocs Weisheit halten. Sie wissen, dass es dem Jaguarpranken-Clan aufgrund dessen, was mein Vater getan hat, gut geht, aber sie glauben nicht, dass man sich dem Herrscher von Tikal lange ungestraft widersetzen kann.«

»Sollte er sich lieber den Ahnen widersetzen«, fragte Akbal, »und die Visionen ignorieren, die sie ihm schickten?«

Pom Ix blickte ihn forschend an, ohne zu antworten, und Akbal spürte, wie sie sich von ihm zurückzog und ihn nur noch als den jungen Neffen sah, den sie kaum kannte; einen impulsiven Jugendlichen, dessen Meinung man nicht gegen die ihres Gemahls und der älteren Männer abwägen konnte. Er richtete sich auf und verbeugte sich steif.

»Ihr müsst zu Euren Gästen zurückgehen, Herrin. Ich danke Euch für Euer Mitgefühl, aber vielleicht könnt Ihr jetzt verstehen, warum es besser für mich ist, hier zu bleiben.«

»Ja«, stimmte Pom Ix widerstebend zu und erhob sich. »Dann sehen wir uns morgen, vor deiner Abreise«, fügte sie etwas traurig hinzu und verschwand durch den Vorhang, hinter dem das grelle Licht und der Lärm vom Triumph seines Bruders kündeten. Akbal schnaubte und schüttelte sich heftig, um sich aufzulockern, da er seine Gefühle während dieses Gesprächs eisern festgehalten hatte. Es tat ihm leid, wie er mit Pom Ix geredet hatte, aber es war alles andere als leicht gewesen, sich überhaupt mit ihr zu unterhalten. Sein Schmerz lag zu nahe an der Oberfläche, eine frische, ungeschützte Wunde, die selbst bei der wohl meinendsten Berührung aufbrach. Er hatte sich in jedem kritischen Augenblick des Gesprächs mit aller Kraft beherrschen müssen, um nicht noch schlimmere Dinge zu sagen.

Er betrachtete sein Gepäck und streichelte den Lederbeutel mit seinen Aufträgen und den Geschäftsvereinbarungen, die er mit anderen Malern getroffen hatte, um sich mit diesen sichtbaren Beweisen *seines* Erfolges abzulenken. Aber es war zwecklos: Er konnte die von dem Fest kommenden Geräusche nicht mehr ausgrenzen; er empfand das gedämpfte Lachen, das an seine Ohren drang, als eine Demütigung. Zwei Krieger, Kinichs Männer, waren zu ihm gekommen, sobald die Delegation Ektun hinter sich gelassen hatte; sie hatten nur gesagt, dass er am falschen Platz sei, und ihn samt seinem Träger dann an das Ende der Kolonne verwiesen, vorbei an all den erstaunten Blicken und den höhnisch grinsenden Gesichtern …

Chan Mac hatte ihn gewarnt, sich auf etwas Derartiges gefasst zu machen, noch bevor irgend jemand sonst seine Vase gesehen hatte. Und er selbst hatte Zac Kuk gewarnt, trotz des Risikos, sie dadurch zu verlieren. Mit Undank hatte er ja gerechnet, aber nicht mit offener Verachtung; und auch die Wut, mit der er darauf reagierte, hatte ihn überrascht, diese brennende Schmach, aus der heraus er am liebsten mit den Kriegern gekämpft hätte, anstatt sich einfach ruhig zu verhalten. Es war diese absolute Grundlosigkeit, die ihn so in Wut versetzte und ihn verzehrte. Es war dem Herrscher nicht genug damit, sich von seinem Gesandten zu distanzieren; er musste ihn auch noch in aller Öffentlichkeit der Verachtung preisgeben und ihm die Schuld für seine Entscheidungen zuschieben.

Akbal stand auf, blies die Fackel an der Wand aus und stolperte zu seiner Schlafmatte zurück. Mit der Wut und

dem Schmerz, die so stark in ihm bohrten, und dem Fest-
lärm von draußen konnte er kaum auf guten Schlaf hoffen.
Aber er legte sich trotz allem hin, schloss die Augen und versuchte, das Bild seines Großvaters heraufzubeschwören in
der Hoffnung auf einen Kameraden, der das Warten und seinen Schmerz mit ihm teilte.

Tikal

Gefolgt von einem jungen Schüler mit Schreibzeug und Ri-
tualgeräten, eilte Nohoch Ich, der Priester der Tun-Zählung,
durch die Dunkelheit, die bald dem anbrechenden Morgen
weichen würde. Er selbst hielt eine flache, gebogene Schöpfkelle mit rauchendem Kopal und einen bemalten hölzernen
Stab in den Händen, an den ein Paar gekreuzte Stöcke so
gebunden waren, dass sie ein V-förmiges Visier bildeten.
Wegen des unebenen Weges und seiner großen Hast lief
Nohoch Gefahr, das Räucherwerk auszuschütten, aber er
konnte bereits erkennen, dass sich der Himmel aufzuhellen
begann, und an einem wolkigen Tag wie diesem wagte
er nicht, zu spät zu kommen. Die Sonne zeigte sich womöglich nur für einen Augenblick oder gar nicht, aber Nohoch
musste sichergehen, dass er alles zu sehen bekam, was zu
sehen war.

   Die Aussichtsplattform des Ordens der Langen Zählung
befand sich östlich des Marktplatzes von Tikal auf einem flachen, baumlosen Hügel, der eine enge Schlucht überblickte.
Ihre gemörtelte Oberfläche war noch nass vom Regen, der
nachts gefallen war, und die Schlucht glich einem Fluss aus
weißem Nebel, dessen Dunstwellen über die Ufer traten. Als
Nohoch außer Atem auf der Plattform ankam, sah er, dass er
gar nicht so spät dran war, wie er befürchtet hatte, und er
gönnte sich eine Verschnaufpause, während sein Gehilfe eine trockene Stelle suchte, wo er die Bücher und Geräte abstellen konnte. Jenseits der Schlucht war der Wald bis auf
niedriges Gebüsch abgeholzt und gab den Blick auf die Hügel am östlichen Horizont frei. In der Mitte der gerodeten

Fläche, gut dreihundert Fuß von der Plattform entfernt, steckte ein eingekerbter Stab im Boden, der dem glich, den Nohoch mit sich führte; er diente als Visierkorn für die Beobachtung des Sonnenaufgangs.

Nohoch übergab den Visierstab seinem Gehilfen und schwenkte die rauchende Kelle über ihn und sich selbst. Dann verbeugte er sich tief nach Osten und richtete ein Willkommensgebet an Kin, den großen Feuergott des Himmels, den Spender von Licht und Leben; Kin, dessen Name auch das Wort für ›Tag‹ war.

Der Schüler setzte sich hinter ihn, legte seine Farben und Pinsel bereit, und Nohoch hielt seinen Visierstab in beiden Händen und überprüfte die waagrechte Rille, die sich als Grundrichtungslinie des Beobachters von einem Ende der langen Plattform zum anderen zog. Trotz des nächtlichen Regens war das bei der gestrigen Beobachtung gemalte Zeichen noch sichtbar, und Nohoch setzte seinen Stab rechts davon auf, zwei Fingerbreit in südlicher Richtung. Die Sonne näherte sich ihrem Stillstand, an dem sie bis zum nördlichsten Punkt ihrer Bahn gelangte, und ihre Position am Horizont veränderte sich von Tag zu Tag nur sehr wenig. Diese geringfügige Veränderung genau zu messen war eine diffizile Aufgabe, besonders wenn der Himmel so bewölkt war; beim Blick durch die V-förmige Visierkimme an seinem Stab auf jenen in der Ferne musste sich Nohoch sehr konzentrieren. Seine Augen fühlten sich schwer und geschwollen an und erinnerten ihn an seine Müdigkeit; er musste sich zuerst noch einmal aufrichten und gähnen.

Nohoch schaute nicht zu seinem Gehilfen zurück; dass seine Schläfrigkeit den jungen Mann schockierte, wusste er ohnehin. Er versuchte auch gar nicht, sich zu rechtfertigen, sondern stellte lieber sicher, dass er seinen Visierstab nicht aus Versehen verrutschte. *Heute gähne ich, morgen schlafe ich*, dachte er abgestumpft und mit der Gewissheit, dass er Schmach und Schande nicht für immer von sich würde fern halten können. Seit zwei Monaten, seit er mit Balam Xoc vor dem Hohepriester erschienen war, hatte er keine Nacht mehr durchgeschlafen. Damals hatte die Probe seiner Stärke

215

wirklich begonnen, eine Probe, die ihn bis zu seinem jetzigen, entkräfteten Zustand hart am Rande des Zusammenbruchs gebracht hatte.

Nohoch unterdrückte einen Verzweiflungsseufzer, bückte sich hinter seinen Stab und konzentrierte sich mit aller Kraft auf die vertrauten Konturen des Horizonts, die mit dem heller werdenden Licht deutlicher hervortraten. In den ersten Tagen nach dem Bekanntwerden von Balam Xocs Vision, als es aussah, als würde die ganze Stadt nur noch auf den Jaguarpranken-Clan schauen, hatte er sich in seine priesterlichen Pflichten geflüchtet. Sie waren ihm zu einer willkommenen Abkehr von den Anforderungen geworden, die sein Amt als Vorsitzender des Clan-Rates ihm auferlegte, denn sie stellten ihn vor Aufgaben, die er in Ruhe und Ordnung erledigen konnte und die vorhersagbare, verifizierbare Resultate erbrachten. Nach einer Nacht unter den Sternen, einer erfolgreichen Berechnung ihrer Bewegungen und Einflüsse, die seine innere Ordnung wiedererstarken ließ, kehrte er für gewöhnlich erholt in den Tumult und das Chaos des Clan-Hauses zurück.

Aber dann hatte der Ärger begonnen; immer öfter musste er nun Nachtwachen absolvieren und vor der Morgendämmerung aufstehen und Aufgaben erledigen, die seine Geduld strapazierten und seine Kräfte verzehrten. Zwar wollte keiner seiner Vorgesetzten es eingestehen, aber es war klar, dass der Hohepriester Druck auf sie ausübte, weil er sich nur auf diese Art und Weise an Balam Xoc rächen konnte. Empört hatte Nohoch sich geschworen, nie zu klagen oder aufzugeben, was auch auf ihn zukommen mochte. Aber die Zufriedenheit, die er aus seinen Aufgaben als Priester gewonnen hatte, war dahin, zerstört von seinem Groll und seiner Erschöpfung. Er konnte jetzt nur mehr so tun als ob, denn er war so sehr zermürbt, dass sein Verhalten die Überprüfung, der es unterzogen wurde, nun auch wirklich verdiente.

»Herr …?«, meldete sich der Schüler erwartungsvoll zu Wort, und Nohoch lenkte seine Aufmerksamkeit hastig wieder auf die ihm bevorstehende Aufgabe zurück, jedoch nicht ohne ein ungutes Gefühl von Panik darüber, wie weit er mit den Gedanken abgeschweift war. Gegen sein ängstlich pochendes Herz ankämpfend, umklammerte er mit beiden Händen seinen Visierstab und konzentrierte den Blick auf die unsichtbare Linie zwischen den beiden Visierinstrumenten; dann veränderte er seine Stellung, bis sich beide in Übereinstimmung befanden, wobei er sich auf den orangefarbenen Rand der Sonne ausrichtete, der soeben über den Hügeln in der Ferne erschienen war, ein helles Stückchen göttlichen Lichts in den umgebenden Wolken.

Ich halte Ausschau nach dir, O Kin, betete er verzweifelt. *Zeige mir dein Antlitz, Großer Geist, zeige mir, dass ich dich nicht mit meiner Müdigkeit und Nachlässigkeit verletzt habe.* Wolken zogen vor der Sonne vorüber, und sie verschwand für einen Augenblick. Doch plötzlich brach ein breiter Strahl gelben Lichts über den Bergen hervor, der Nohoch trotz der Wolken momentan blendete. Sein Herz schlug höher; er hätte am liebsten vor Dankbarkeit aufgeschrien. Dann war die Sonne wieder hinter den Wolken verschwunden, aber Nohoch hatte es geschafft, die genauen Punkte festzustellen, an denen ihre Scheibe über dem Horizont emporgekommen war.

»Markieren«, befahl er selbstsicher, und der Schüler kniete neben ihm nieder und malte sorgfältig ein rundes Zeichen um das untere Ende des Visierstabes auf den Boden. Nohoch hielt den Stab zu einem langen, innigen Gruß an die Sonne hoch über den Kopf; dann setzte er sich mit dem Schüler zusammen und zeigte ihm, wo er in eine vorbereitete Zeichnung der Horizontlinie die Sonne einzeichnen musste. Sobald dies getan war, nahm Nohoch selbst einen Pinsel zur Hand und trug die dazugehörigen Hieroglyphen ein, die das Datum, das Alter des Mondes und die Zählung innerhalb des Mondkalenders wiedergaben. Er ging äußerst gewissenhaft und ohne Eile vor, denn er spürte dabei ein starkes Gefühl von Endgültigkeit und Vollendung.

»Noch dreizehn Tage, dann wird Kin seinen Ruhepunkt erreichen«, sagte er, als er fertig war. »Dann beginnt er seine Reise zurück in die südliche Himmelshälfte.«

Der Schüler nickte ehrerbietig und deutete mit einer Drehung des Kopfes zum südlichen Ende der Plattform. »Vorhin wollte ich Euch nicht stören, Herr«, sagte er leise. »Aber dieser alte Mann beobachtet uns schon eine ganze Weile.«

Nohochs erster Gedanke war, dass jemand ihm nachspionierte; mit einer Mischung aus Zorn und Beklommenheit drehte er sich um und fragte sich, ob sein Gähnen gesehen worden war. Doch der Mann am Rand der Plattform war Balam Xoc.

»Großvater«, sagte Nohoch überrascht und erleichtert, stand auf und winkte Balam Xoc zu sich. »Das sollte inzwischen trocken genug sein«, erklärte er an seinen Schüler gewandt. »Du kannst jetzt gehen.«

Der junge Mann packte seine Sachen ein, verbeugte sich höflich vor Balam Xoc und verließ die Plattform.

»Ich bin aufgewacht und habe an dich gedacht«, sagte der alte Mann zum Gruß, »und dann konnte ich nicht mehr einschlafen. Vielleicht ist es an der Zeit, dass wir miteinander reden.«

Nohoch seufzte laut und ließ die Schultern fallen. Eigentlich war Balam Xocs Kommen sehr erstaunlich; aber er fühlte sich einfach nur erleichtert und getröstet, so, als hätte ihn jemand allein in Dunkelheit und Kälte gefunden und ihm still eine Decke über die Schultern gelegt. Dieses Gefühl gab ihm Balam Xocs Gegenwart; doch die Miene des alten Mannes war forschend und alles andere als warm.

»Habt Ihr mitbekommen, wie müde ich bin?«, fragte Nohoch leise, und Balam Xocs Blick wanderte zu seinem Gesicht, wo die Falten und Ringe um die Augen sicher zu sehen waren.

»Ich habe die unnötigen Strapazen gesehen, die dir auferlegt wurden«, erwiderte Balam Xoc. »Ich habe mich gefragt, warum du dagegen nicht aufbegehrst; schließlich hast du eine solche Bestrafung nicht verdient.«

»Das ist der Hohepriester«, erklärte Nohoch mit einer hilflosen Geste. Balam Xocs Züge, in denen von Anfang an kein Mitgefühl gestanden hatte, verhärteten sich noch mehr.

»Natürlich. Aber Ah Kin Cuy ist vom Orden der Katun-Priester. Wer ist er, dass er sich in deine Pflichten einmischt?

Die Katun-Priester sind doch kaum mehr als aufgeblasene Weissager; ich weiß, dass die Priester der Tun-Zählung sie ebenso verachten wie ich.«

Nohoch war vor Überraschung sprachlos, bis er an all die Leute dachte, die tagtäglich mit Balam Xoc zusammensaßen – einige aus bloßer Neugier heraus, aber andere waren ganz offenbar bereit, dem Lebenden Ahnen ihre tiefsten Geheimnisse anzuvertrauen.

»Die Katun-Priester sind noch immer sehr mächtig«, brachte er endlich heraus. »Es wäre unklug, wenn wir eine solche Meinung öffentlich äußern und damit riskieren würden, sie gegen uns aufzubringen.«

»Aber du würdest zulassen, dass sie sich gegen *dich* stellen? Würde ist nicht immer mit duldendem Schweigen gleichzusetzen, Nohoch. Das müsste dir dein Zorn eigentlich sagen.«

Nohoch fragte nicht danach, woher Balam Xoc von seinem Zorn wusste; wahrscheinlich war er ihm ebenso anzusehen wie seine Müdigkeit. Gab es irgend etwas, das Balam Xoc *nicht* sah?

»Was schlagt Ihr mir vor, Großvater?«, fragte er bescheiden.

»Verteidige dich. Du kannst von deinen Vorgesetzten verlangen, dass sie dich vor solchen Schikanen schützen.«

»Ja«, stimmte Nohoch wehmütig zu. »Aber ich erwarte von ihnen nicht, dass sie sich meinetwegen mit dem Hohepriester anlegen.«

»Dann musst du um eine Verringerung deiner Pflichten bitten«, hielt ihm Balam Xoc schonungslos entgegen, »oder der Tatsache ins Auge sehen, dass sie dich eines Tages aufreiben.«

Nohoch seufzte einmal mehr und blickte betreten auf seine Füße. »Eine solche Bitte hätte zur Folge, dass ich in meinem Rang zurückgesetzt werde«, klagte er. »Und dass ich auf das Einkommen verzichten müsste, das meine Familie ernährt.«

»Hat dein Rang dich beschützt?«, fragte Balam Xoc. »Du wirst behandelt wie der letzte Schüler, aber du klammerst dich an deinen Rang, als ob er dich retten würde. Und was das andere anbetrifft – du weißt genausogut wie ich, dass der Clan leicht für die Differenz aufkommen kann und sich dafür sogar geehrt fühlen würde. Wenigstens deine eigenen Leute haben deinen Wert nicht vergessen.«

»Ich muss mir überlegen …«, begann Nohoch, aber Balam Xoc unterbrach ihn voller Ungeduld.

»Heute hast du Glück gehabt, Nohoch. Kin hat auf dich herabgelächelt, trotz deiner Müdigkeit und Zerstreutheit. War das nicht ein Zeichen, eine Botschaft an dich? Willst du so lange warten, bis die Schande über dich kommt, oder willst du dich jetzt befreien, solange dein Herz und dein Ruf noch unberührt sind von Irrtum und Schuld?«

»Warum übt Ihr Druck auf mich aus, Großvater?«, protestierte Nohoch. »Solche Dinge kann man nicht übereilt entscheiden.«

»Du hast lange genug Ausflüchte gebraucht«, hielt Balam Xoc ihm entgegen. »Du musst dich jetzt entscheiden. Du kannst nicht mehr länger der sein, der du warst, Nohoch; Priester zu sein, dich hinter Büchern und Zahlen zu verschanzen, das bietet dir jetzt keinen Schutz mehr. Du musst dein Leben zurückfordern, oder aber du überlässt es denen, die seinen Wert nicht zu schätzen wissen.«

Nohoch blickte auf den bemalten Stab in seinen Händen, dann in die Ferne zu den Hügeln, die jetzt in einem orangeroten Glühen erleuchteten. »Muss ich aus meinem Orden austreten?«, fragte er schließlich und sah dem alten Mann in die Augen.

Balam Xoc schüttelte den Kopf. »Keineswegs. Ich habe keinen Streit mit den Priestern der Tun-Zählung. Das Zählen und Messen der Zeit war seit Anbeginn unseres Volkes eine heilige Aufgabe, die ich immer achten und ehren werde. Ich erwarte von dir nicht, daß du dein Wissen wegwirfst, Nohoch, und mir nachfolgst wie ein Pilger. Ich will nur, dass du dich veränderst, weil du das tun *musst*, um den Bedürfnissen unserer Leute gerecht zu werden.«

»Dann werde ich mit dem Oberhaupt meines Ordens sprechen«, murmelte Nohoch matt. »Ich kann nicht so tun, als wäre ich nicht müde und zornig und als Priester fast nicht mehr zu gebrauchen. Wie Ihr sagt – es ist besser, wenn ich mich jetzt zurückziehe, bevor ich hinausgeworfen werde.«

»Dann lasse ich dich jetzt allein, damit du dich verabschieden kannst«, sagte Balam Xoc lakonisch und ging ohne ein weiteres Wort. Nohoch schaute ihm schweigend nach; er war zu erschöpft, um zu merken, ob die Unbeschwertheit, die er plötzlich fühlte, auf Erleichterung zurückzuführen war oder auf ein beginnendes Bedauern. Er setzte sich auf die Plattform, legte seinen Stab quer über die Knie und starrte lange auf das verborgene Gesicht der Sonne.

Die Luft war warm und mit Feuchtigkeit gesättigt, als der Tag anbrach, und ein leichter Nieselregen hatte begonnen, bevor die Delegation aus Tikal aus Uaxactun hinausgeleitet wurde. Am Anfang der Kolonne marschierte federgeschmückt und in voller Rüstung die Ehrengarde der Krieger, unter denen Kinich Kakmoo mit seinem Kopfputz aus roten Arafedern und einem geknoteten Brustschutz hervorstach, den er von Schild-Jaguar zum Geschenk bekommen hatte. Hinter den Kriegern folgten die Leiter der Delegation mit ihren Gattinnen, angetan mit Ketten und Armbändern aus Jade und polierten Muschelschalen und mit bunt gefärbten, um die Köpfe gewickelten Tüchern. Einige wurden von Dienern mit Schirmen aus Palmblättern begleitet, und die hochgestelltesten reisten in stoffbezogenen Sänften.

Die restliche Delegation war nach Rang und Funktion geordnet. Die Priester bildeten eine düstere Gruppe zwischen den hochrangigen Diplomaten und den Führern der Kaufleute, die an ihren schwarzen Stäben und fremdartigen Gewändern zu erkennen waren. Akbal ging ganz am Ende der Gruppe der Adeligen. Seine Position war eigentlich keine andere als die, die er bei der Abreise aus Tikal gehabt hatte, doch die Handwerker, die ihm folgten – die damals seine Kameraden gewesen waren –, hielten sich vorsichtig von ihm und seinem Träger fern und ließen klar erkennen, dass sie ihn nicht mehr in ihrer Mitte haben wollten.

Der Maler von Tikal geht allein, dachte Akbal verbittert. Er hatte eine schlaflose Nacht hinter sich und fühlte sich schwach und verstört, aber gleichzeitig spürte er direkt unter seiner Haut eine wilde Energie pulsieren, die seine Hände feucht und zittrig machte. Aus einem Impuls heraus, dem er nicht weiter nachgegangen war, hatte er denselben Lendenschurz angelegt und das schwarze Haarnetz um seinen Schopf gebunden wie bei seinem Gespräch mit Schild-Jaguar, aber dazu trug er auch noch ein Stirnband und schleppte ein Bündel. Erst nach reichlicher Überredung hatte er seinem Träger einen Teil der Last abnehmen können, den er als eine Geste der Verachtung und eine vorsätzliche, gehässige Absage an seine adelige Herkunft selbst transportieren wollte. Der Träger dachte ganz eindeutig, sein Herr habe den Verstand verloren, und in seiner gegenwärtigen Verfassung hatte Akbal auch gar keine große Lust, diesen Eindruck zu korrigieren. Nach allem, was er hatte ertragen müssen, wurde er in der Tat lieber als gewöhnlicher Träger verkannt.

Sobald sie die Ausläufer von Uaxactun hinter sich hatten, verengte sich der Weg und tauchte in den schattigen Urwald ein, der die Stadt mit Bau- und Feuerholz versorgte. Überall war der starke Geruch nasser Erde und faulender Vegetation, und immer wieder hingen vereinzelte Nebelschwaden in der Luft. Obwohl der Regen das Laubdach der Baumriesen kaum durchdringen konnte, war der Pfad zu dieser Jahreszeit sehr weich und verwandelte sich unter den schweren Tritten der vorausgehenden Krieger und Sänftenträger rasch zu Matsch. Deshalb gingen Akbal und sein Träger trotz der Gefahr von Schlangen am Rand des Weges, um festeren Grund unter den nackten Füßen zu haben. Holzfäller hielten in ihrer Arbeit inne, um die Prozession passieren zu sehen; argwöhnisch standen sie auf Lichtungen neben riesigen, umgestürzten Mahagonibäumen und Zedern, die sie geschlagen hatten.

Irgendwann kam die lang gezogene Kolonne wieder aus dem Wald heraus. Akbal spürte den Regen im Gesicht und wie die Nässe seinen steif aufragenden Schopf allmählich in sich zusammensinken ließ. Zu beiden Seiten des Weges dehnten sich Maisfelder aus, deren rötliche, fruchtbare Erde von Asche geschwärzt war. Die in langen Reihen stehenden, kräftig grünen jungen Pflanzen bildeten zu dem dunklen Boden und den verkohlten Strünken einen markanten Kontrast. Akbal wusste nicht, ob diese Felder zu Uaxactun oder zu Tikal gehörten, aber ganz offensichtlich hatten sie von einer guten Wetterlage profitiert. Bei diesem Gedanken fiel ihm auf, dass er bisher noch gar nicht an die kommenden Ernten gedacht hatte, denn während der Zeit, in der er sich normalerweise immer die Sorgen und Klagen seines Vaters über schlechtes Saatgut, Insektenbefall und die ständige Knappheit an Arbeitskräften anhören musste, war er weggewesen. Es war verblüffend, all dieses neue Wachstum zu sehen, ohne die sich jedes Jahr wiederholenden Befürchtungen seines Vaters mitzubekommen.

Nach den Feldern kamen sie durch sumpfiges Terrain und danach wieder durch ein Waldgebiet. Ab und zu zog sich die Kolonne weit auseinander, um sich zu anderen Zeiten wieder zusammenzuschieben, je nachdem, ob die vorneweg Marschierenden gerade eine Pause einlegten, die Sänftenträger wechselten oder darüber diskutierten, wie eine besonders schwierige Wegstrecke am unbeschwerlichsten zu meistern sei. Dann kam die große Mauer aus Erde und Stein in Sicht, die die Nordgrenze von Tikal bildete; wegen tiefer Gräben an beiden Seiten war sie trotz des wuchernden Dschungels schon von einiger Entfernung aus erkennbar. Sie war vor dreizehn Katunen, während der schwierigen Zeiten im letzten Katun 11 Ahau, errichtet worden und inzwischen schon stark zerfallen; nur die zähen Wurzeln der Bäume, die darauf wuchsen, hielten sie noch mehr oder weniger zusammen. Aber dennoch bot sie einen beeindruckenden Anblick, wie sie sich zwanzig Fuß hoch dahinzog, so weit das Auge reichte; ein wuchtiger Zeuge einer längst vergessenen äußeren Bedrohung.

Kurz, nachdem sie die Lücke in dem alten Mauerwerk passiert hatten, kam die Prozession wieder einmal zum Stillstand. Akbal setzte sein Bündel auf einem flachen Felsen am Wegrand ab und rieb sich die Stirn, wo sich sein Tragband eingeschnitten hatte. Zwischen den überall herumstehenden Brotnußbäumen waren Gruppen strohgedeckter Häuser zu sehen, und mit der Zeit kamen Menschen angelaufen, um die bunte Versammlung aus Herren und Kriegern zu bestaunen. Die meisten waren Frauen und Kinder und, ihrer abgetragenen, einfachen Kleidung nach zu urteilen, sehr arm. Sie starrten die Mitglieder der Delegation an, als hätten sie noch nie solch fantastische Wesen gesehen, und verbeugten sich wie von selbst, sobald einer der Herren zufällig einen Blick in ihre Richtung warf.

Akbal jedoch konnte nicht umhin, auf sie zurückzustarren; der Anblick der knochigen, unterernährten Kinder und die teilnahmslosen Mienen ihrer Mütter berührten ihn zutiefst. Viele der jüngeren Kinder weinten unaufhörlich und machten einen Lärm, der schaurig mit dem gleichmütigen Schweigen ihrer Mütter kontrastierte. Akbal widerstand dem Drang, sich die Ohren zuzuhalten, und sah zu, wie ein winziger, nackter Junge sich neben dem Weg ins Gras hockte und sich mit einem hohen, durchdringenden Wimmern erleichterte.

Das sind die Leute, die Katun 11 Ahau am schwersten getroffen hat, erkannte Akbal und wandte rasch den Blick ab, als die Mutter sah, wie er dem Kleinen zuschaute, und sich vor ihm verbeugte. Zweifellos war ihnen wegen der letzten drei schlecht ausgefallenen Ernten nichts anderes übrig geblieben, als sich nur von Brotnüssen und den geringen Erträgen ihrer winzigen Gärten zu ernähren, die sie überall zwischen den Häusern angelegt hatten, wo sich ein Fleckchen Erde dafür eignete. Und obwohl es ihre Ehemänner und Väter waren, die die Felder außerhalb der Stadtmauer bestellten, würden sie von dem Mais und den Bohnen, die sie für den Herrscher ernteten, kaum etwas zu sehen bekommen. Bevor man ihnen Nahrungsmittel zuteilte, würden zuerst die Bedürfnisse der Stadt befriedigt und die Saatdefizite ausgeglichen werden. Oft genug hatte Akbal gehört, wie sich sein Vater über das Problem dieser sich im Grunde widersprechenden Aufgaben beklagt hatte, besonders, wenn der Mais als Handelsgut hoch im Kurs stand. Aber er konnte sich nicht daran erinnern, je mitbekommen zu haben, dass Pacal diese Menschen erwähnt oder sich um *ihre* Probleme Sorgen gemacht hätte.

Was ich zu ertragen habe, ist sehr wenig, dachte er reumütig, als er sein Bündel wieder schulterte und der Marsch weiterging. Das Jammern des kleinen Jungen schien sich in seinem Kopf festgesetzt und seinen Ärger und seine Sorge um sich selbst vertrieben zu haben. Etwas verspätet erkannte er, dass er solche Gesichter schon einmal gesehen hatte, und vor gar nicht langer Zeit: Die Gefangenen auf den Monumenten von Yaxchilan und Ektun hatten dieselben niedergeschlagenen Mienen gehabt, den Blick derer, die ertragen, ohne zu hoffen. Doch diese Menschen waren kampflos zu Gefangenen geworden, ihre Unterjochung war nirgendwo aufgezeichnet außer in dem Elend, das ihnen in die Gesichter geschrieben stand. Es ist nicht verwunderlich, dachte Akbal, während das Jammern und Klagen der Kinder allmählich hinter ihm zurückblieb, dass es die Armen im Clan gewesen waren, die auf Balam Xocs herausfordernde Botschaft am heftigsten reagiert hatten.

Die Kolonne kam weiter südwärts voran, die am Wegrand aneinander gedrängten Häuser wurden allmählich größer und waren sorgfältiger gebaut, und die Leute, die die Delegation begrüßten, waren besser gekleidet und in ihrer Neugier weniger feierlich-distanziert. Namen einzelner Mitglieder der Prozession wurden gerufen; mehrmals hörte Akbal ein triumphierendes »Kinich Kakmoo!«,, dem Jubel und Applaus folgten. Bald liefen kleine Jungen neben und hinter der Prozession her, und der Weg wurde breiter und durch festen Kalkmergel besser begehbar.

Akbal merkte plötzlich, dass seine Füße und Beine über und über mit rötlichem Lehm verschmiert waren, den der Nieselregen nicht abwusch. Sein Schopf hingegen war durch die Nässe inzwischen völlig in sich zusammengesunken; aber er versuchte gar nicht erst, sein Aussehen zu verbessern, obwohl die Kolonne am nördlichen Zeremonialzentrum erneut lange stehen blieb. Der Schock, die Armen vor der Stadt erlebt zu haben, hatte ihn alle Eitelkeit vergessen lassen und ihn in einen Zustand obsessiven Beobachtens versetzt, in dem er neue Eindrücke des Tikal in sich einsog, das er so lange zu kennen geglaubt hatte. Der Komplex aus Tempeln und Palästen, in dem sie sich gerade befanden, war während der langen Regierungszeit des letzten Herrschers, Cauac Caan, erbaut worden; seinen zentralen Teil bildete die Katun-Einfriedung, die zu Ehren des sechzehnten Katuns des Zyklus, Katun 2 Ahau, errichtet worden war. Wie alle anderen Katun-Einfriedungen in der Stadt spiegelte ihr Grundriss den des Platzes der Ahnen wider, mit Pyramidenstümpfen an der Ost- und Westseite des breiten Platzes, einem Gebäude mit neun Eingängen im Süden und einem Ahnenschrein – der hier allerdings nur eine kleine, rechteckige Konstruktion war – im Norden. Doch im Gegensatz zum Großen Platz, der im Verlauf von Tikals langer Geschichte immer wieder umgebaut worden war, hatte man diese Umfriedung aufgegeben, nachdem ihre Periode von zwanzig Tunen abgelaufen war. Die weiße Farbe an den Pyramiden war bereits stark abgeblättert und gab den gelben Stein frei, und zwischen den Pflastersteinen des Platzes spross Gras hervor. Akbal dachte wieder an Yaxchilan und Ektun, wo man das Zeremonialzentrum mehrmals verlegt hatte, so dass ganze Teile beider Städte fast so desolat aussahen wie die Katun-Einfriedung vor ihm. Es ist ein *fremder* Brauch, entschied er im Gedanken daran, dass sein Großvater dasselbe von den Katun-Riten behauptet hatte.

Die Führer der Delegation waren aus dem Tempel des Himmels-Clans zurückgekommen, wo sie ein Opfer dargebracht hatten, und als die Prozession weitermarschierte, stellte Akbal fest, dass sie in voller Länge auf der langen, geraden Straße sichtbar war, die die nördlichen Tempel mit denen auf dem Platz der Ahnen verband. Die Straße war dreißig Fuß breit, auf beiden Seiten von hüfthohen Brüstungen gesäumt, und ihre gemörtelte Oberfläche erhob sich ein gutes Stück über den sumpfigen Grund. Nach Süden hin fiel sie leicht ab, und nach der Hälfte wandte sie sich etwas nach Westen. Rechter Hand konnte Akbal in einiger Entfernung von der Straße die Zwillingspyramiden der Katun-Einfriedung sehen, die Kakaomond dem fünfzehnten Katun, Katun 4 Ahau, geweiht hatte. Auch sie war nach ihrer Zeit aufgegeben worden und noch stärker beschädigt als ihre Nachfolgerin im Norden. Aber im Weitergehen entschwand sie Akbals Blick durch eine Gruppe großer Bauten, und er blickte nach links, wo eine riesige Treppe zu der Katun-Einfriedung hinunterführte, die derzeit gebaut wurde.

Von seinem Vater hatte er gehört, dass die Arbeiten nicht planmäßig vorankamen, und ein einziger Blick genügte, um ihm dies zu bestätigen. Beide Pyramiden befanden sich noch im Anfangsstadium, umgeben von Gerüsten und großen Stapeln behauener Steine, und dem südlichen Gebäude mit seinen neun Eingängen fehlte noch das Dachgewölbe. Nur der rechteckige Bau im Norden, vor dem das Monument des Herrschers errichtet werden würde, war vollendet, wenngleich die Stele selbst noch nicht gemeißelt war, soweit Akbal wusste. Trotz des Regens waren an beiden Pyramiden Arbeitstrupps beschäftigt, aber es schienen viel zu wenig Männer zu sein, als dass sie die ihnen gestellte Aufgabe rechtzeitig würden beenden können. Das Ende von Katun 11 Ahau war keine vier Tune mehr entfernt, und wenn der Herrscher sein Gelübde an Buluc Ahau einhalten wollte, würde er bald noch sehr viel mehr Arbeiter an diesem Projekt beschäftigen müssen.

Die Prozession hatte erneut angehalten, denn an ihrer Spitze waren einige Würdenträger der Stadt zur Begrüßung erschienen. Aber Akbal war zu sehr mit seinen eigenen Entdeckungen beschäftigt, um den Reden, die dort vorne ausgetauscht wurden, Beachtung zu schenken. Seine Aufmerksamkeit galt der derzeit benutzten Katun-Einfriedung hinter der Baustelle, die Caan Ac erst vor sechzehn Tunen eingeweiht hatte. Ihre Zwillingspyramiden waren riesig, etwa doppelt so groß wie diejenigen, die der Vater und der Großvater des Herrschers errichtet hatten. Aber auch sie würden mit Fertigstellung der neuen Einfriedung, die offenbar dieselben immensen Ausmaße erhalten sollte, außer Dienst gestellt werden.

Akbal richtete den Blick wieder nach rechts, und plötzlich

wuchsen die drei hintereinanderliegenden Katun-Einfrie-dungen – die aufgegebene, die gerade im Bau befindliche und jene, die bald aufgegeben werden würde – vor seinem geistigen Auge zu einem einzigen Bild der Eitelkeit und Ver-schwendungssucht zusammen. Mit einem Mal begriff er auf eine Art und Weise, die Worte allein ihn nie hätten lehren kön-nen, die Wahrheit dessen, was sein Großvater sagte: dass die Katun-Rituale den Ruin Tikals bedeuteten. Caan Ac blieb kei-ne andere Wahl, als die nächste Einfriedung fertig zu stellen, was es auch kosten mochte, und auch wenn die Arbeiter an-derweitig viel dringender gebraucht wurden. Dieses Werk nicht zu beenden hätte bedeutet, dass der Herrscher seine Verantwortung für die Ernten von sich wies – auf die sich letztlich sein Machtanspruch stützte. Und deshalb würde Caan Ac auf jeden Fall weiterbauen und die Rituale für reiche Ernten abhalten lassen, selbst wenn das zur Folge hatte, dass die Felder nicht einmal bestellt werden konnten. Es war ein Unterfangen, in dem Kalkül an die Stelle des Gebets trat und sowohl der Herrscher als auch das Volk – seine Gefangenen – vollständig der Gnade des Katuns ausgeliefert wurden.

Können wir unser Schicksal den Launen von Buluc Ahau an-vertrauen, fragte sich Akbal, während er beobachtete, wie sich die Prozession wieder in Bewegung setzte. Aber er wusste die Antwort auf diese Frage; er hatte sie in den Ge-sichtern der Armen gesehen und in den Klagen der Hun-gernden und von Schmerz Geplagten vernommen. *Ist der Herrscher mächtiger als seine Prophezeiung?* dachte er in An-lehnung an eine Frage, die einmal seinem Großvater zuge-schrieben worden war. Jetzt kam sie ihm vor wie eine Frage, die ihre Antwort bereits in sich mit einschloss.

Die Menge, die die Prozession begleitete, war inzwischen beträchtlich angewachsen, und die allgemeine Begeisterung ebenfalls. Auf dem Östlichen Platz warteten weitere Men-schen, viele von ihnen fremde Händler, die, angelockt vom Lärm und der festlichen Stimmung, vom Marktplatz herü-bergekommen waren. Akbal fühlte sich durch die Fröhlich-keit der Leute gekränkt, und so tat er sein Bestes, um sich wieder einmal in sich selbst zurückzuziehen. Als die Delegation den Östlichen Platz hinter sich ließ und die Treppe zum Platz der Ahnen hinabschritt, blieben die Feiernden und Neugierigen zurück; an ihre Stelle traten nun die Priester und Würdenträger. Akbal spürte einen bekannten Druck auf seiner Haut, eine atmosphärische Schwere, die nichts mit dem Regen zu tun hatte. Schon immer hatte er an diesem Platz das Gefühl gehabt, bis in die hintersten Winkel seiner Gedanken und Gefühle *beobachtet* zu werden, ein Eindruck, den er auf die hier beständige Gegenwart der Ahnen zurückführte, derer, die die Kraft und Heiligkeit dieses Platzes erkannt und ihre Tempel darum gebaut hatten. Und auch *weiterhin* ihre Tempel darum bauen, dachte Akbal mit einem grimmigen, besitzsüchtigen Stolz darauf, dass auf *diesem* Platz niemals Gras wachsen würde.

Umgeben von einer zweiten Ehrengarde der Krieger stellten sich die Mitglieder der Delegation in Reihen vor dem großen Begräbnistempel von Kakaomond auf, der die Ostseite des Platzes säumte. Seine Pyramide erhob sich in neun steilen Stufen; darauf thronte der nur mit einem Eingang versehene Schrein mit seinem hohen, reich verzierten Dachkamm, in den die sitzende Gestalt des verstorbenen Herrschers eingemeißelt war. Am Fuß der Pyramidentreppe standen zwei noch nicht skulptierte Monumente, und Caan Ac stellte sich gerade auf den steinernen Sockel vor der nördlichen Stele. Er trug einen Rock aus Jaguarfell und einen Federkopfputz, der so riesig war, dass er von einem am Rücken befestigten Rahmen gehalten werden musste. Wegen des Regens hingen die Federn schlaff herab, und die nasse Tunika des Herrschers klebte an ihm und betonte seinen Leibesumfang. Für Akbal sah er eher absurd aus als erhaben, aber der Ort berührte ihn zu sehr, als dass er sich respektlosen Gedanken hingeben konnte.

Nachdem sich die Delegation vor dem Herrscher verbeugt und den Segen des Hohepriesters empfangen hatte, hielt Caan Ac eine lange Begrüßungsrede, in der er die Teilnehmer lobte und wieder in der Stadt willkommen hieß. Dann machte er eine Pause und gab seinen Kriegshäuptlingen ein Zeichen.

»Kinich Kakmoo Balam, tritt vor«, befahl er mit seiner hohen Stimme. »Von diesem Tag an sollst du den Titel eines Nakom tragen, eines Kriegshäuptlings von Tikal.«

Die vorderen Reihen der Delegation zogen sich etwas auseinander, und Kinich trat heraus und baute sich stolz vor dem Herrscher auf; die roten Federn seines Kopfputzes hingen schlaff und durchnässt nach unten. Ein anderer Nakom befestigte eine Schleppe aus kostbaren, blaugrünen Quetzalfedern an Kinichs breitem Rücken, und ein weiterer Kriegshäuptling überreichte ihm einen langen Zeremonialspeer mit einer blattförmigen Spitze aus grau- und rosafarbenem Feuerstein. Nun lud der Herrscher ihn ein, sich neben ihn auf den Steinsockel zu stellen, und die versammelte Menge ließ ein beifälliges Murmeln vernehmen.

Du hast den richtigen Bruder belohnt, dachte Akbal und spürte dabei seinen früheren Unmut erneut aufwallen. Er überblickte die Reihe der Würdenträger zu beiden Seiten der Sockel und sah seinen Vater und dessen Gehilfen Chac Mut, Tzec Balam, den Hohepriester des Clans, und einen oder zwei weitere Führer der Jaguarpranken. Vielleicht standen auch noch andere Mitglieder des Clans dort, die er von hier aus nicht sehen konnte – er war ganz froh, wenn er sie nicht ansehen musste. Wenigstens hatte Balam Xoc sich dagegen entschieden, an diesem Empfang teilzunehmen, eine Tatsache, die ihn trotz ihrer Vorhersagbarkeit tröstete.

Als der Herrscher begann, einzelne Teilnehmer der Delegation aufzurufen, um ihnen öffentlich seinen Dank auszusprechen, verfestigte sich Akbals Groll zu einer bitteren Erwartungshaltung. *Du bist ein Feigling, Caan Ac*, dachte er eisig, als die ranghöchsten Delegierten die persönlichen Grüße des Herrschers entgegennahmen. Unter ihnen war auch Kuch Caan, der junge Diplomat, der sich vergebens um Zac Kuk bemüht hatte. Der Gedanke daran ließ Akbal für einen kurzen Augenblick hämische Schadenfreude empfinden, während er dastand und darauf wartete, übergangen zu werden.

Sobald die Herren ihre Plätze wieder eingenommen hatten, sprach Caan Ac den rangniedrigeren Teilnehmern der

Delegation seine Anerkennung aus, indem er die Führer der verschiedenen Handwerksgruppen namentlich nannte und für den gemeinsam geleisteten Beitrag lobte. Doch die Maler erwähnte er überhaupt nicht, als würde selbst eine beiläufige Referenz unangenehme Assoziationen hervorrufen. *Du bist ein Feigling, Caan Ac*, sagte sich Akbal noch einmal, *ich werde dir nie mehr dienen.*

Als die Reden endlich beendet waren, wurde das Fest zu Ehren von Kinich Kakmoo angekündigt, und der Herrscher führte seinen neuen Nakom inmitten einer ungeduldigen Menge hoher Herren vom Platz. Die gewöhnlichen Leute und die, deren Rang nicht hoch genug war, um zu den Feierlichkeiten zugelassen zu werden, zerstreuten sich langsam, und Akbal wandte sich seinem Träger zu, der sich bereits das Tragband überstülpte. Er wollte ihm gerade helfen, die Last zurechtzurücken, als er seinen Vater auf sie zukommen sah; deshalb wies er den Mann an, noch einmal abzusetzen und zu warten. Mit gemischten Gefühlen ging er Pacal entgegen; fast wünschte er, sein Vater würde jetzt nicht kommen, um mit ihm zu sprechen.

»Willkommen zu Hause, mein Sohn«, begann Pacal ruhig. Akbal betrachtete eingehend das lange, schlanke Gesicht seines Vaters im Gedanken daran, dass er ihm im Lauf der Jahre immer ähnlicher werden würde. Pacals Augen waren allerdings eher die eines Verwalters als die eines Künstlers; sie gaben nicht mehr zurück, als sie sollten. Akbal verbeugte sich, sofort verärgert durch diesen offensichtlichen Mangel an Gefühl von seiten seines Vaters, der sich verhielt, als sei dies eine Heimkehr wie jede andere. Erst als er merkte, dass seine Emotion abflaute, richtete er sich wieder auf.

»Du hast zugenommen«, meinte Pacal verlegen, als klar wurde, dass Akbal seinen Gruß nicht erwidern würde.

»Ich wurde in Yaxchilan und Ektun gut bewirtet. Und gut behandelt.«

Pacal blickte ihm über die Schultern, als wollte er sichergehen, dass der Träger außer Hörweite war, trat dann näher und legte die Hände auf Akbals Schultern. »Ich möchte dich wissen lassen, dass ich dir dankbar bin, mein Sohn, und stolz darüber, wie du dich in Yaxchilan verhalten hast. Du hast unserer Stadt einen großen Dienst erwiesen. Vielleicht werde ich dir eines Tages erklären können, weshalb es dem Herrscher nicht möglich war, dir dies selbst zu sagen.«

»Vielleicht ist das gar nicht nötig«, erwiderte Akbal kurz angebunden. »Vielleicht verstehe ich das alles nur zu gut.«

Pacal trat zurück und musterte ihn genau. Seine Miene ließ Sorge erkennen, aber an seinen Augen merkte Akbal ihm an, dass er abwägte, wie er das Gespräch weiterführen sollte.

»Es ist dein gutes Recht, zornig auf mich zu sein«, räumte Pacal endlich mit gesenktem Blick ein. »Ich war es, der dich in diese Sache hineingebracht hat, weil ich dem Herrscher einen Gefallen erweisen wollte. Ich kann dir nur versprechen, nie mehr zuzulassen, dass du noch einmal auf so eine Art und Weise benutzt wirst.«

»*Ihr* werdet es nicht zulassen!«, platzte Akbal heraus, biss sich aber dann sofort auf die Lippen, um nicht noch etwas Ungehörigeres zu sagen. Er starrte auf die Clan-Tempel auf der nördlichen Plattform und atmete tief im Bemühen, die Kontrolle über sich nicht zu verlieren. Es war seinem Vater nicht entgangen, wie sehr er sich um Beherrschung bemühte; Pacals Miene war angespannt und unsicher.

»Ihr braucht Euch nicht bei mir zu entschuldigen, Vater«, sagte Akbal knapp. »Ich habe in der Zeit, die ich weg war, nicht gelitten. Ich bin als der Maler von Tikal bekannt geworden und habe für mich und meinen Clan viele Freunde gewonnen. Ich habe sogar die Frau gefunden, die ich heiraten will. Trotz der Undankbarkeit des Herrschers fühle ich mich also nicht wie ein Mensch, der benutzt wurde. Caan Acs Haltung wirft lediglich ein schlechtes Licht auf *ihn*.«

»Du bist sehr gereift«, sagte Pacal anerkennend, wobei er die Bitterkeit im Ton seines Sohnes geflissentlich überhörte. »Über diese Frau müssen wir später sprechen.«

»Das ist der Brauch.«

Diese indifferente Erwiderung Akbals war gewollt und unbarmherzig, doch sein Vater ertrug sie gelassen; er nickte nur und blickte über den mittlerweile fast verlassenen Platz hinweg.

»Ich werde beim Fest des Herrschers erwartet. Dein Großvater hält dir zu Ehren ein Fest in seinem Haus. Soviel ich weiß, ist der größere Teil des Clans dort, um dich willkommen zu heißen.«

Akbal zog erstaunt die Augenbrauen hoch. »Sind sie nicht zu Kinichs Fest eingeladen worden?«, fragte er.

»Ich habe sie alle persönlich eingeladen. Aber dein Großvater hat die Mehrheit davon überzeugt, dass der Maler von Tikal ihren Respekt mehr verdient.«

»*Euch* konnte er allerdings nicht überzeugen«, erwiderte Akbal darauf kategorisch in einem Ton, der mehr nach einer Feststellung klang als nach einer Frage. »Vielleicht meint Ihr das, was Ihr vorhin zu mir gesagt habt, gar nicht wirklich.«

»Mache dich nicht über mich lustig, Akbal!«, brauste Pacal auf. »Meine Lage ist nicht so einfach, wie du denkst oder wie dein Großvater es gerne glauben machen möchte.«

»Das weiß ich«, gab Akbal zurück. »Es kann nicht einfach sein, einem Mann zu dienen, der nur sich selbst treu ist.«

Als Pacals Augen sich verengten und er den Mund zu einer Erwiderung öffnete, zog Akbal in Erwartung einer Rüge die Schultern hoch – tatsächlich erhoffte er sich sogar eine Rüge. Aber dann überlegte sein Vater es sich anders und beendete das Gespräch mit einer abrupten Verbeugung. Er drehte sich um, gab seinem Gehilfen Chac Mut ein Zeichen und ging mit ihm quer über den Platz denselben Weg, den zuvor der Herrscher und Kinich Kakmoo genommen hatten. Akbal beobachtete ihn schweigend, enttäuscht darüber, dass sein Vater weder den Mut hatte, sich vom Herrscher loszusagen, noch von seinem Sohn Respekt einzufordern. Er wusste, dass sein Weg ihn in eine andere Richtung führen und ihn noch weiter von der Anerkennung seines Vaters entfernen würde. *Um ein Mann zu werden*, dachte er mit einem wehmütigen Blick auf die großen Tempel, die den Platz umgaben, *vielleicht sogar ein Mann aus Tikal.*

Kanan Naab hatte die Veränderung ihres Bruders auf den ersten Blick bemerkt. Sie zeigte sich schon in der Art und Weise, wie er auf die Leute reagierte, die zu seiner Begrüßung aus dem Handwerksbau traten, als er, gefolgt von seinem Träger, den Weg heraufkam. So schmutzig und vom Regen mitgenommen, wie er war, bot er nicht gerade einen schönen Anblick. Die meisten hätten sich in seiner Lage rasch verlegen gefühlt, und Kanan Naab wusste, dass auch ihr Bruder anderen Menschen kaum entspannter begegnen konnte als sie selbst.

Aber Akbal hatte ihnen mit vollkommener Selbstsicherheit zugelächelt, sich vor Cab Coh verbeugt und die ausgestreckte Hand des alten Mannes geschüttelt. Und dann hatte er den Blick über sie alle wandern lassen, ohne unhöflich auf irgendjemanden zu starren, und deutlich und in aller Ruhe gesagt: »Ich grüße euch, meine lieben Leute. Es ist eine große Freude für mich, wieder bei euch zu sein.«

Seine Aufrichtigkeit hatte Kanan Naab ebenso berührt wie alle anderen, und es hatte ihr nichts ausgemacht, dass er sie zwar freundlich, aber nur kurz begrüßte, weil so viele sich um seine Aufmerksamkeit bemühten. Als die Gruppe sich auf die Häuser zuzubewegen begann, war sie so nahe wie möglich bei ihm geblieben, hatte ihn beobachtet, wie er Fragen beantwortete und die Komplimente akzeptierte, mit denen er überhäuft wurde. Lob war ihm nicht unbekannt, hatte sie dabei festgestellt, und auch vor dem Titel ›Maler von Tikal‹ war er nicht zurückgeschreckt. Seine Ausdrucksweise war eleganter geworden, und er hatte sich einige Gesten angeeignet, die ihr neu waren und ihr ein bisschen übertrieben vornehm vorkamen. *Mein Bruder hat gelernt, sich zu präsentieren*, hatte sie sich gedacht, obwohl sie sich nicht sicher war, wie weit diese Veränderung wirklich ging.

Dann war Akbal zu seinem Zimmer gegangen, um sein Gepäck abzustellen und trockene Kleidung anzuziehen, und Kanan Naab hatte zu ihren Pflichten zurückkehren müssen. Für Balam Xocs Fest hatten sich so viele Leute entschieden, dass die Häuser von Cab Coh und Nohoch Ich zusätzlich herangezogen werden mussten, und sogar im Handwerksbau wurden Matten ausgelegt, um noch neu hinzukommende Gäste unterzubringen. Einen großen Teil der Vorbereitungen hatte Kanan Naab übernommen, und sie hastete ständig von einem Küchenhaus zum nächsten, ließ von Dienern neues Essen holen und versuchte, alles gut über die Bühne gehen zu lassen. Sie wollte Akbal mit dem neuen Wohlstand des Clans beeindrucken und alle jene erfreuen, die sich dafür entschieden hatten, zu seinem Fest zu kommen und ihn zu beehren. Unmittelbar vor dem Beginn der Feier sollte Akbal sich noch mit Balam Xoc und dem Clan-Rat treffen; deshalb schlich Kanan Naab, sobald sie sich frei nehmen konnte, zum rückwärtigen Eingang des Hauses ihres Großvaters.

Niemand war in dem verdunkelten Hinterzimmer, und so ging sie rasch zu dem Vorhang, hinter dem die gedämpften Stimmen der Männer zu hören waren. Erst dort überlegte sie, dass das, was sie tat, eigentlich ungehörig war, und wandte sich unwillkürlich wieder zum Gehen. Doch die Stimme ihres Bruders hielt sie zurück, und als sie durch den Spalt zwischen Vorhang und Türrahmen spähte und ihn neben Balam Xoc und Cab Coh sitzen sah, verschwand jeder Gedanke daran, ob ihr Verhalten richtig war oder nicht.

Sie hatte das sichere Gefühl, dass im größeren Teil des Raumes, den sie nicht sehen konnte, noch viele weitere Männer saßen; einige standen sogar hinter Akbal an der Wand. Er hatte ein Bündel bemalter Stöcke vor sich liegen, auf das er deutete, während er mit dem anderen Arm fest seinen Lederbeutel an sich drückte. Kanan Naab schnappte das Wort Zuyhua auf, aber ansonsten konnte sie sich aus dem, was Akbal vortrug, keinen Reim machen. Die Männer schienen es jedoch für bedeutsam zu halten, denn als er endete, wurde ein anerkennendes Murmeln laut.

»Und was hast du da in deinem Beutel, mein Sohn?«, fragte Balam Xoc, als wieder Stille eingekehrt war. »Es muss etwas sehr Kostbares sein, dass du es so nahe an deinem Herzen hältst.«

»Ich habe in diesen Städten Freunde gewonnen«, erklärte Akbal mit sichtlichem Stolz. Er holte einige Lederrollen aus dem Beutel und gab sie Cab Coh. »Das sind Handelsverträge, die ich mit Männern aus Lacanha, Bonampak und einigen anderen Städten am Fluss getroffen habe. Es fehlt nur noch Eure Zustimmung, um sie in Kraft treten zu lassen, Großvater.«

Cab Coh öffnete eines der Dokumente und überflog es, brummte leise und ganz offenbar beeindruckt und reichte es an Balam Xoc weiter.

»Ich werde mir diese Dinge später noch genauer ansehen«, sagte Cab Coh. »Aber die Bedingungen scheinen recht annehmbar. Wie hast du sie erreicht?«

»Das sind die Männer, die mit mir in Yaxchilan gemalt haben, wie ich Euch zuvor erzählte«, erklärte Akbal und holte ein weiteres Bündel Rollen aus seinem Beutel. Eine behielt er für sich, die restlichen gab er Cab Coh.

»Ich habe auch ein paar Aufträge angenommen. Die Bezahlung, denke ich, ist mehr als ausreichend, um die Zeit auszugleichen, die ich dafür aufwenden muss.«

Als Cab Coh die erste Rolle öffnete, blickte Kanan Naab zu Balam Xoc, der sich das erste Dokument über die Knie gelegt hatte, ohne es anzusehen. Seine Augen funkelten, und er sah aus, als wollte er lachen. Schelmisch schlug er auf das Leder in Cab Cohs Händen.

»Nun, mein Bruder«, fragte er scherzend, »weiß dein Gehilfe, wie er um seine Dienste verhandeln muss oder nicht?«

»Kann das wahr sein, Akbal?«, fragte Cab Coh mit erstauntem Blick. »Ich kenne diesen Mann, und ich hätte nicht gedacht, dass er sich auf einen Handel einlässt, bei dem so wenig für ihn herausspringt.«

»Er hat härter verhandelt als manch anderer«, entgegnete Akbal mit einem Anflug von Ärger. »So viel bekomme ich in Ektun für meine Arbeit bezahlt. Ebensoviel wie die Händler des Himmels-Clans für einige Zeit erzielt haben«, fügte er pointiert hinzu. »Ich glaube, es ist an der Zeit, dass wir mit ihnen neu abrechnen.«

Cab Coh war in Anbetracht dieses Vorschlags erst einmal sprachlos, während Balam Xoc seine scherzhafte Laune sofort vergaß. »Willst du damit sagen, dass der Himmels-Clan uns betrügt?«, fragte er Akbal impulsiv.

»Hier ist der Beweis«, antwortete Akbal und zeigte auf

seine Aufträge. »Sogar die Kosten für unsere eigenen Träger eingerechnet, wären unsere Gewinne höher, als sie es jetzt sind.«

Balam Xoc lehnte sich zurück und blickte erwartungsvoll auf seinen Bruder, der noch immer stumm dasaß. Nur das Dokument in Cab Cohs Händen begann zu zittern, und dann verdunkelte sich seine Miene zusehends zornesrot.

»Morgen rede ich mit den Händlern!«, sagte er endlich, und in der Stimme des ansonsten so gelassen wirkenden Alten schwang eine solche Wut mit, dass Akbal und die Männer hinter ihm überrascht aufhorchten. Sogar Kanan Naab konnte die Kraft dieses Zorns spüren, obwohl sie ein ganzes Stück von Cab Coh entfernt war. Balam Xoc allerdings schien sich darüber zu freuen, dass sein immer nachsichtiger Bruder so aufgebracht war. Er griff nach der letzten Rolle, die Akbal noch auf seinem Schoß liegen hatte.

»Und, hast du noch eine Überraschung für uns?«, fragte er durchtrieben. Akbal wiegte die Rolle sanft in der Hand hin und her, was Kanan Naab sagte, dass nur dies das Dokument sein konnte, das ihm wirklich am Herzen lag.

»Dies hier muss ich meinem Vater vorlegen«, sagte er leise und runzelte dabei unwillkürlich die Stirn. Doch dann sah er auf die anderen Männer und lächelte wie zuvor draußen vor dem Handwerksbau. »Das ist eine Botschaft des Herrn Batz Mac vom Schildkrötenpanzer-Clan in Ektun. Sie betrifft meine Hochzeit mit seiner Tochter Zac Kuk.«

Kanan Naab musste sich den Mund zuhalten, um einen Überraschungsschrei zu ersticken, aber in den spontan ausbrechenden Hochrufen und Glückwünschen der Männer wäre er ohnehin untergegangen.

»Wer ist die Mutter dieser Frau?«, fragte jemand, und Akbal lachte laut, als würde ihn die Frage belustigen.

»Die Herrin Muan Kal, vom Mond-Clan«, antwortete er.

»Sie sind eng mit dem Himmels-Clan verbunden«, erklärte Cab Coh mit einem besorgten Blick auf seinen Bruder. Balam Xoc bat Akbal mit einer Geste um eine Erklärung.

»Zac Kuk weiß, dass sie zum Jaguarpranken-Clan kommt«, versicherte Akbal den Männern. »Sie weiß auch, wieviel es mir bedeutet, dass ich der Enkel des Lebenden Ahnen bin.«

Akbals Stimme war heiser geworden, als er dies sagte, und plötzlich verneigte er sich tief mit vor der Brust gekreuzten Armen vor Balam Xoc. Kanan Naab seufzte; diese Geste ihres Bruders bewegte sie sehr. *Er gehört zu uns*, dachte sie; *er hat Großvaters Vision als seine eigene angenommen, obwohl er nicht einmal hier war, als sie bekannt wurde*. All die Veränderungen, die sie zuvor bemerkt hatte, die für sich genommen so verblüffend gewesen waren, kamen ihr jetzt überhaupt nicht mehr geheimnisvoll vor. Er war eine Jaguarpranke geworden, im Geiste ebenso wie er es kraft seiner Herkunft war.

»Du bist alt genug, um eine Frau zu nehmen«, sagte Balam Xoc nur und nahm die Verbeugung kommentarlos entgegen. »Und der Wohlstand, den du dem Clan gebracht hast, dürfte für ein Haus für dich und Zac Kuk ausreichen. Ist es nicht so, mein Bruder?«

»In der Tat«, stimmte Cab Coh zu. »Vielleicht hält es ihn sogar lange genug hier, um mich glauben zu machen, dass ich einen Gehilfen habe.«

Die Männer lachten laut und begannen, nach Balche zu verlangen. Diesen Augenblick nutzte Kanan Naab, um sich aus dem Staub zu machen. *Ich muss es Box Ek erzählen*, dachte sie voller Ungeduld, überlegte aber schon im nächsten Augenblick, dass sie dann ja erklären müsste, woher sie ihr Wissen hatte. Sie zögerte kurz, doch dann lachte sie in sich hinein und ging geradewegs zu Box Eks Zimmer. Als Gegenleistung für die Nachricht von Akbals Heirat, dessen war sie sich sicher, würde Box Ek einen Ausweg finden, ihr zu verzeihen, dass sie spioniert hatte.

Am Anfang war Akbal zu sehr davon in Anspruch genommen, der Ehrengast zu sein, und zu glücklich, wieder seine eigenen Leute um sich zu haben, um zu bemerken, dass es gar nicht alles *seine* Leute waren. Aber allmählich, während er vom Haus seines Großvaters zu dem von Cab Coh und dann dem von Nohoch Ich wanderte, gewann er durch die

Anzahl der neuen Gesichter, denen er vorgestellt wurde, einen deutlichen Eindruck. Einige waren Verwandte aus seinem Clan, die in ganz anderen Teilen von Tikal wohnten: Cousins, Onkel und Angeheiratete, die er noch nie getroffen hatte. Aber es waren auch viele andere da, die gar nicht seinem Clan angehörten, und manche kamen sogar aus so weit entfernten Städten wie Pusilha und Copan. Akbal merkte, wie er beim Erzählen seiner Geschichten immer befangener wurde; er wollte nicht mehr von ›fremden‹ Gebräuchen sprechen vor Leuten, die man ebenso gut als Fremde hätte bezeichnen können.

Bald stellte sich jedoch heraus, dass sich diese Neulinge alle nicht wie Fremde verhielten. Und auch die anderen Mitglieder von Akbals Familie betrachteten sie nicht als solche; oft sprachen sie von ihren Geburtsorten erst im nachhinein. Akbal gegenüber waren sie überhaupt nicht zurückhaltend; sie fragten ihn gern über seine Erfahrungen aus und schienen über seinen Hintergrund und seine Leistungen gut informiert zu sein. *Wie lange war ich fort?* fragte er sich, mehr und mehr mit einem Gefühl, als sei *er* hier der eigentlich Fremde.

»Das Clan-Haus der Jaguarpranken hat viele Gäste«, sagte er in einem ruhigen Augenblick zu Nohoch Ich, als Diener gerade Obst servierten und aller Augen sich auf die prachtvoll dekorierten Schalen richteten. Nohoch nahm sich eine Scheibe Ananas und blickte sich die Gesichter im Raum an, als versuche er, sie mit Akbals Augen zu sehen.

»Das sind keine Gäste«, erklärte er schließlich, »sondern *Anhänger*.«

»Ah«, murmelte Akbal nachdenklich. Er erwiderte den Blick des Priesters und versuchte, die Bedeutung zu ermessen, die dieses Wort für ihn hatte. Einen Teil seines Unterrichts in den Hieroglyphen hatte er von Nohoch erhalten, und er hatte ihn immer Onkel genannt, aber dennoch waren sie sich nie sehr nahe gekommen. Das hatte zum einen mit Pacals offener Abneigung gegen seinen Cousin zu tun, aber auch Akbal selbst hatte immer das Gefühl gehabt, dass Nohoch irgendwie unnahbar war – ein richtiger Priester eben.

»Vieles hat sich verändert, während du fort warst«, fuhr Nohoch fort. »Du hast doch sicher vom Tanz deines Großvaters bei der Zeremonie zur Feier des Tun-Endes gehört?«

»In Ektun hat man mir davon erzählt. Ich habe auch gehört, dass er vor den Hohepriester zitiert wurde und behauptete, die Ahnen hätten ihm eine Vision geschenkt.«

»Ich war dabei, als er Ah Kin Cuy davon berichtete«, sagte Nohoch. »Es war eine alte Frau, eine Geistfrau, die in der Zelle zu ihm kam. Sie sagte ihm, er müsse den jungen Leuten ein überzeugendes Beispiel geben und ihnen die Kraft der alten Traditionen zeigen.«

Akbals Augen weiteten sich anerkennend. »Für mich hat er das schon getan. Je länger ich weg war, desto stärker spürte ich seinen Einfluss.«

»Das hat sich bei deinem Auftritt vor dem Clan-Rat klar gezeigt«, sagte Nohoch. »Du hast einen großen Eindruck hinterlassen, Akbal. Nachdem bekannt war, was du geleistet hast, gab es niemanden mehr, der nicht dachte, dass er den richtigen Bruder geehrt hatte.«

Akbal nickte stumm; das Lob des Älteren tat ihm gut und machte ihm Mut, offener zu sprechen.

»Seid Ihr auch ein Anhänger, Onkel?«, fragte er höflich.

Nohoch musterte ihn erst einen Augenblick lang, bevor er antwortete. »Meine Gelübde würden das nicht zulassen. Außerdem wäre es deinem Großvater nicht recht, wenn ich ihm folgen würde wie ein Pilger. Ich glaube, er will nicht, dass wir ihm ergeben sind, Akbal, sondern dass wir uns verändern – dass wir vom Herrscher unser Leben zurückfordern.«

»Einigen von uns hat der Herrscher das leicht gemacht«, erwiderte Akbal mit einem Anflug von Verbitterung. Er warf Nohoch einen kurzen, fragenden Blick zu. »Aber in Uaxactun gibt es viele, die große Zweifel daran hegen, ob es klug ist, die Macht des Herrschers herauszufordern.«

»Hier auch«, räumte Nohoch ein. »Nicht jede Veränderung ist angenehm oder auch nur leicht zu akzeptieren. Aber im Großen und Ganzen ist der Clan gediehen. Du bist nicht der einzige, der mit Handelsverträgen kommt; viele unserer ›Gäste‹ haben ebenfalls welche mitgebracht, und Geschenke und Opfer bekommen wir ebenfalls von ihnen.«

Akbal sah seinen Onkel neugierig an; was Nohoch sagte, klang eher wie die Aussage eines Verwalters als die eines Priesters. *Wie mein Vater*, dachte er verwundert und musste daran denken, wie oft dieser Nohoch ausgelacht und behauptet hatte, auf diesem Gebiet sei er vollkommen unfähig. Doch Nohochs Blick wich Akbal nicht aus und ließ nichts von der Berechnung eines königlichen Verwalters erkennen.

»Ich habe meinen Vater heute auf dem Platz getroffen«, sagte Akbal spontan. »Mit Eurem Sohn Chac Mut. Sie folgten dem Herrscher zum Fest meines Bruders.«

»Es ist Chac Muts Pflicht, deinem Vater zu gehorchen. Und die deines Vaters, dem Herrscher zu gehorchen.«

»Genau aus diesem Grund kann ich ihm keine Achtung mehr entgegenbringen«, platzte Akbal heraus. »Er ist der Diener unseres Feindes.«

»Das ist ein hartes Urteil«, entgegnete Nohoch nachsichtig. »Ich kann nur hoffen, dass mein eigener Sohn etwas mehr Mitgefühl für mich hat.«

Akbal schluckte schwer und zuckte die Achseln. »Wie Ihr gesagt habt, Onkel: Nicht jede Veränderung ist angenehm.«

Nohoch nickte ernst, wollte dieses Thema aus Respekt für Akbals Gefühle jedoch nicht weiter bereden. Er nahm einen Schluck Kakao aus dem Becher vor ihm und überflog den Raum, um seine Pflichten als Gastgeber nicht zu vernachlässigen, bevor er sich wieder Akbal zuwandte. »Die Zeichnungen, die du in Yaxchilan gemacht hast, sind sehr, sehr interessant«, sagte er dann. »Wir müssen uns unbedingt einmal darüber unterhalten.«

»Ich wusste nicht, dass so viele Leute sie schon gesehen haben«, erwiderte Akbal nachdenklich. »Ich weiß noch nicht einmal, wer sie ausgepackt und an die Luft gestellt hat.«

Nohoch lächelte dünn. »Das war deine Schwester. Sie hat mich wegen deiner Bilder schon mehrmals aufgesucht und mich Dinge gefragt, die ich ihr nicht sagen konnte. Deinen Großvater und Yaxal Can, den jungen Priester vom Schlangen-Clan, fragt sie auch immer wieder. Kennst du ihn schon?«

»Er hat mich auch schon auf die Zeichnungen angesprochen. Er scheint ziemlich steif und ernst zu sein«, fügte Akbal hinzu, doch dann lächelte er etwas verlegen. »Aber vielleicht kommen einem alle Freier so vor.«

»Nein«, widersprach Nohoch, »er ist so. Er ist ein Novize im Orden der Langen Zählung und nimmt seine Arbeit sehr ernst. Und er ist sehr *ehrgeizig*, denn sie fällt ihm nicht leicht. Er war enttäuscht, als ich ihm sagte, dass ich um eine Verringerung meiner Ordenspflichten gebeten und dafür eine Herabsetzung meines Rangs in Kauf genommen habe.«

»Ich verstehe«, sagte Akbal. »Glaubt Ihr, das wird sein Interesse an Kanan Naab beeinflussen?«

»Sein Interesse wird schon jetzt oft genug geprüft«, versicherte Nohoch ihm lachend. »Deine Schwester ist keine Frau mehr, die man einfach ignorieren könnte. Sie ist schrecklich neugierig, und dein Großvater ist ihr gegenüber vollkommen nachsichtig. Für Yaxal ist es dementsprechend schwierig, denn er ist auch kein Anhänger.«

»Vielleicht bringt sie ihn dazu, einer zu werden«, meinte Akbal, und Nohoch lachte wieder und schüttelte gequält den Kopf, als würde er auch über sich selbst lachen.

»Ohne Zweifel wird sie das«, bemerkte er nur. »Das ist jetzt der Brauch …«

Unter den Brotnußbäumen hinter seinem Haus erleichterte sich Balam Xoc von dem vielen Balche und Kakao vom Fest. Über ihm raschelten leise die Blätter im Wind, der den Regen endlich vertrieben hatte, und ein leuchtender Halbmond zerteilte mit hellen, bläulichen Strahlen die Schatten. Vom Küchenhaus kam der Lärm der Aufräumarbeiten herüber; Wasser wurde weggeschüttet und Schüsseln gesäubert, und zwischendurch waren die murrenden Stimmen übermüdeter Diener vernehmbar. Zu seiner Linken, weniger deutlich, hörte er Kanan Naab und Akbal, die sich leise beim Stein seines Enkels unterhielten.

Balam Xoc band seinen Lendenschurz zu und ging auf ei-

nem vom Mond beschienenen Pfad durch die Bäume auf die
beiden zu. Ein paar Schritte von dem Unterstand, der einen
dunklen Schatten warf, kam er unter den Bäumen hervor.
Akbal hielt sich an einer der Stangen des Gestells fest, während er sich mit der anderen Hand an dem Strohdach zu
schaffen machte, und über die Schulter hinweg redete er mit
Kanan Naab. Als er Balam Xoc bemerkte, verstummte er sofort, und als ihr Großvater vor sie trat, verbeugten sie sich
beide.

»Ich danke dir, meine Tochter«, sagte Balam Xoc zu Kanan
Naab, die daraufhin ein zweites Mal den Kopf senkte.

»Ich musste nicht erst lange suchen, Großvater«, erklärte
sie. »Er war schon von sich aus hierher gekommen.«

Sie tauschte einen Blick mit ihrem Bruder aus und trat
dann einen Schritt zurück in der Erwartung, zum Gehen
aufgefordert zu werden.

»Nein, bleib hier, meine Tochter, ich möchte mit euch beiden sprechen«, erklärte Balam Xoc, und, an Akbal gewandt,
fuhr er fort: »Ich weiß, dass du mir noch nicht alles erzählt
hast, aber darüber können wir später reden. Du wirst also
bestimmt nicht vergessen, was du gelernt hast?«

»Nein, Großvater«, antwortete Akbal. Balam Xoc betrachtete die beiden im Mondlicht: den hochgewachsenen,
schlanken jungen Mann mit seiner Halskette aus polierten,
grauen Muschelschalen – ein Geschenk von Zac Kuk – und
der Strieme, die das Tragband auf seiner Stirn hinterlassen
hatte; und die junge, ihm kaum bis an die Schulter reichende
Frau, deren offene Gesichtszüge irgendwie die Schönheit ihrer Mutter in Erinnerung riefen und deren leuchtende Augen die große Nähe zu ihrem Großvater erkennen ließen.
Balam Xoc starrte sie an und fühlte nichts außer einer gedämpften, unpersönlichen Befriedigung über die Offenheit,
die sie ihm beide entgegenbrachten.

»Das Fest heute abend war ein großer Erfolg«, sagte er
schließlich. »Dafür muss ich euch beiden danken. Dir, meine Tochter, weil du dich vorzüglich um die Bewirtung unserer Verwandten und Gäste gekümmert hast und sie dieses
Haus glücklich verließen. Und dir, Akbal, dafür, dass du uns

die Gelegenheit gegeben hast, als Clan zusammenzukommen. Als ich mich entschied, dich zu einem Symbol zu machen, wusste ich nicht, dass du diesen Part so gut ausfüllen würdest.«

»Einem Symbol?«, fragte Akbal und runzelte unsicher die Stirn.

»Ja. Ein Symbol für unsere Unabhängigkeit von der Gunst des Herrschers. Ein Symbol dafür, dass seine Verachtung und Geringschätzung uns nichts anhaben können, sondern nur stärker machten. Dafür warst du der lebende Beweis, als du dem Clan-Rat von deinen Aufträgen berichtet und Cab Coh deinen Rat gegeben hast.«

»Stimmt«, murmelte Kanan Naab und senkte peinlich berührt den Blick, als Akbal verwundert zu ihr sah. Balam Xoc zwinkerte ihr verständnisvoll zu und fuhr dann fort: »Ihr wisst, dass ich auf euch beide ein besonderes Auge geworfen habe. Aber das liegt nicht daran, dass ihr meine Enkelkinder seid, wie ihr vielleicht meint. Kinich Kakmoo ist auch mein Enkel, und meine Gefühle für ihn sind nicht anders als das, was ich für euch empfinde.« Er unterbrach sich und sah sie nacheinander genau an, um seine Ernsthaftigkeit zu unterstreichen. »Nein, der Grund ist, dass ich die Gefühle nicht mehr habe, die früher mein Leben bestimmten und mich an andere Menschen banden. Die Geistfrau hat sie mir genommen; sie hat mir ihre Kälte eingehaucht, und seither kann ich nichts mehr fühlen außer meiner Entschlusskraft. Ich suche keine Freundschaft oder Anerkennung oder Zuneigung mehr in anderen Menschen. Ich sehe in ihnen nur, was verändert werden muss: die Furcht oder Selbstsucht oder Verwirrung, die ihr Urteil trübt und sie davon abhält, den Anspruch auf ihr eigenes Leben einzufordern.«

Akbal und Kanan Naab blickten ihn mit weit offenen Augen an und schienen nicht fähig, etwas zu äußern. Der Wind fuhr mit einem kratzenden Geräusch durch das Dach des Unterstands.

»Ihr seid besonders für mich«, fuhr Balam Xoc fort, »weil ich diese hinderlichen Eigenschaften bei euch beiden nicht sehe. Ihr seid neugierig und erwartungsvoll, euch muss man nicht dazu drängen, dass ihr euch verändert. Ihr müsst nur eure eigenen Ziele verfolgen können, und euch diese Gelegenheit zu bieten, habe ich versucht. Aber indem ich das tat, habe ich möglicherweise ein anderes Hindernis geschaffen. Nämlich eure Bindung an mich.«

Kanan Naab warf ihrem Bruder einen nervösen Seitenblick zu. Akbal befeuchtete sich die Lippen und blinzelte, als sei das Licht des Mondes zu stark für seine Augen. Und Balam Xoc stand unbewegt da und ließ die beiden in dem Unbehagen verweilen, das seine Worte bei ihnen auslöste.

»Der Hohepriester hat einen berühmten Mann aus mir gemacht«, sagte er schließlich mit einem sardonischen Lächeln. »Vielleicht sogar noch berühmter als der Maler von Tikal. Das hat Menschen von weither angezogen, und viele haben sich entschieden, zu bleiben und sich uns anzuschließen. Einige dieser Leute sind sehr gelehrt und wollen ihre Ansichten mit mir diskutieren; andere sind Sucher, die nur schweigend mit dem ›heiligen Mann‹ zusammensitzen wollen. Aber alle, sogar die Skeptiker, wollen, dass ich ihnen zuhöre und Anerkennung zolle; sie möchten, dass ich sie sehe und für sie da bin wie ein Großvater für seine Enkelkinder.

Ich sage das nicht, um diese Leute zu verspotten«, fügte Balam Xoc rasch hinzu und hielt vor Kanan Naab, die ihn entgeistert ansah, eine Hand hoch, »sondern nur, weil mir sehr klar ist, was sie eigentlich wollen. Sie suchen nach etwas, das ihre Energie und Hingabe wert ist; aber dort, wo sie herkommen, finden sie es nicht. Ich bin bereit, die Sache unseres Clans mit jedem zu teilen, der bereit ist, sie mitzutragen, und deshalb dulde ich diese Leute in meiner Nähe und widme ihnen meine Zeit.

Aber es gibt noch eine weitere Gruppe von Menschen, die zu mir kommen, meistens an den Tagen, wenn ich den Lebenden Ahnen verkörpere. Es sind arme Leute, die es sich nicht leisten können, mehr als ein paar Stunden ihrer Arbeit fernzubleiben. Sie kommen nicht meines Ruhmes wegen zu mir oder wegen eines Bedürfnisses nach etwas, das sie dort, wo sie herkommen, nicht finden können. Bei ihnen dreht sich alles nur darum, sich selbst und ihre Familien am Leben zu erhalten; sie sind nicht in der Lage, Größeres zu suchen. Einige dieser Menschen haben mir erzählt, ich sei ihnen im Traum erschienen und habe sie glauben gemacht, es gebe Hoffnung für die Zukunft. Ihre Gesichter bringen mich dazu, ihnen Glauben zu schenken, obwohl ich nicht in der Lage bin, in meinen Träumen zu reisen. Andere sagen, ich hätte ihnen Anregungen gegeben, die ihr Leben veränderten – die gemacht zu haben ich mich aber entweder nicht erinnern kann oder die sie eindeutig missverstanden haben. Doch ich glaube auch ihnen, sogar dann, wenn mein Verstand mir sagt, dass sie sich im Irrtum befinden. Ich weiß, dass dies das Tun der Geistfrau ist und nicht mein Einfluss, und das versuche ich ihnen zu sagen. Aber nur wenige verstehen mich, und noch weniger können akzeptieren, dass ich außer meiner Botschaft gar keine Kräfte habe. Sie ziehen es vor zu glauben, ich sei ungewöhnlich, und dass sie ihr Leben *mir* überlassen können, anstatt es selbst in die Hand zu nehmen. Denn das sind sie gewöhnt, auch wenn sie in der Vergangenheit noch so sehr verraten wurden.«

Balam Xoc unterbrach sich und hob die Hände an seine Seite, Handflächen nach oben – eine Geste, mit der er Akbal und Kanan Naab zu genauem Zuhören und richtigem Verstehen auffordern wollte. »Vielleicht seht ihr also, wieviel zu tun vor uns liegt. Dies ist erst der Anfang: Noch viele werden bis zum Ende des Katuns zu uns kommen, und viele weitere werden sich gegen uns stellen. Vielleicht werde ich nie mehr Gelegenheit haben, so zu euch zu sprechen, meine Kinder, deshalb hört mir gut zu. Ich verschmähe eure Treue nicht, und ich weise auch meine Sorge um euer Wohlergehen nicht zurück. Aber ich kann nicht zulassen, dass ihr euch jenen anschließt, die bei mir Trost und Führung suchen. Diese Dinge könnt und müsst ihr euch selbst geben. Der Geist der Jaguarpranke wohnt euch beiden inne; er ist in eurem Blut. Ihr müsst nur eure Erinnerungen zulassen, und dann werdet ihr wissen, wie ihr euer Leben zu führen habt.«

Mit diesen Worten hörte Balam Xoc abrupt auf zu reden, kreuzte die Arme vor der Brust und wartete geduldig auf eine Erwiderung der beiden. Sein Tonfall wie auch seine Miene waren während des gesamten Vortrags unverändert ruhig und gefasst geblieben. Akbal und Kanan Naab sahen einander an, als wollten sie sich vergewissern, dass sie nicht träumten. Dann nickte Kanan Naab ehrerbietig und bedeutete ihrem Bruder zu reden.

»Wir werden Eure Worte in Ehren halten«, versprach Akbal, und seine Schwester nickte noch einmal, um ihre Zustimmung auszudrücken. »Wir werden die Sache unseres Clans unterstützen, so gut wir können.«

»Darauf baue ich«, antwortete Balam Xoc. »Es muss neben mir noch andere geben, die wissen, wie sie für sich selbst und den Clan eintreten können.« Er zeigte auf den Unterstand. »Ich habe dir bereits den Stein gegeben, Akbal. Lass dich nicht von deiner Arbeit und deiner Familie völlig von ihm ablenken; lass ihn dich die Dinge lehren, die du wissen musst. Und teile dein Wissen mit deiner Schwester, damit ihr euch gegenseitig eine Hilfe sein könnt.

Dein Stein ist die Wahrheit, meine Tochter«, fuhr er, an Kanan Naab gewandt, fort. »Suche sie und lass dich von ihr auszeichnen.«

Der Mond war bis auf die Bäume herabgesunken, und sein Licht fiel schräg auf die beiden jungen Leute, so dass sie im Schatten versanken, als sie sich vor Balam Xoc verbeugten, der segnend eine Hand über sie ausstreckte.

»Lasst uns nun schlafen gehen, meine Kinder«, sagte er ruhig, »und uns wappnen für die Aufgaben, die uns aufgetragen wurden …«

KAPITEL 8

Geschenke

Pacal inspizierte gerade die Felder in dem Alkalche im Osten der Stadt, als der Bote eintraf und mitteilte, dass bei seiner Frau die Wehen eingesetzt hatten. Sein Gehilfe Chac Mut
gratulierte ihm sofort mit einem Lächeln, für das Pacal sich
mit einem angedeuteten Nicken bedankte, und dann blickte
er über das Land, als gehöre es ihm. Er stand auf einem der
erhöhten, über den Sumpf gebauten Felder inmitten einer
langen Reihe von Maispflanzen, die ihn um einen ganzen
Fuß überragten und deren reifende Kolben sich wegen des
großen Gewichts nach unten bogen. Auch die weiter entfernten Baumwollpflanzen mit ihren weißen Büscheln schienen gesund zu sein, und die wuchernden Blätter des Mani-
oks und der Macal-Yams leuchteten in einem dunklen Grün.
Die Fische in den Kanälen laichten, und Frauen und Kinder
aus den umliegenden Häusern waren dabei, den Rogen zu
sammeln und die trägen Fische mit Speeren zu erlegen.

»Bestelle meiner Frau, dass ich zu ihr komme«, sagte Pacal zu dem Boten, und der Junge rannte durch die hohen
Maispflanzen davon.

»Ich werde die Inspektion für Euch beenden, Herr«, erbot
sich Chac Mut in einem Ton, der erkennen ließ, dass er diese
Aufgabe offenbar nicht als schwierig betrachtete. Pacal nickte nachsichtig; sie vertrauten beide auf den Erfolg dieser
Ernte, auch wenn keiner von ihnen es offen aussprechen
wollte. Der Herrscher hatte zum Beginn der Pflanzzeit so
viele Männer und Mittel wie möglich zur Verfügung gestellt;
sogar Krieger waren in die Felder geschickt worden, und

auch das Wetter hatte sich von seiner besten Seite gezeigt. Auf jedem verfügbaren Stück Land waren Mais und Baumwolle angebaut worden, sogar auf Feldern, die eigentlich brachliegen sollten, aber dieses Wagnis schien sich sehr gut auszuzahlen.

Da die Brache so kurz gewesen war, war es teilweise zu schwerem Schädlingsbefall gekommen, aber die Verluste durch das Abbrennen dieser Felder wurden durch die zusätzlich angebauten Flächen mehr als wettgemacht. Stürme waren ausgeblieben, und so schien es unvorstellbar, dass sich ein Unglück wie das im letzten Jahr wiederholen würde. Weit wahrscheinlicher war es, dass die Gebete und Bußübungen des Herrschers drohende Unwetter abwenden und eine Ernte gewähren würden, die ihn von seinen Sorgen erlösen konnte.

»Jetzt liegt es in deinen Händen«, sagte Pacal geistesabwesend und ging unbeschwert auf das Ufer zu, erfreut darüber, dass er seine Arbeit mitten am Vormittag verlassen konnte, noch dazu in einer Jahreszeit, in der es normalerweise angespannt und hektisch zuging. Es war ein gutes Zeichen, und es gab ihm auf seinem Heimweg das starke Gefühl, dass dies ein guter Tag für eine Geburt war.

Als Kanan Naab das Haus ihres Onkels Nohoch Ich betrat, blieb sie nur so lange stehen, bis sich ihre Augen an das Dunkel gewöhnt hatten, und ging dann direkt auf die in einer Ecke sitzenden Männer zu. Sie verbeugte sich und wartete, bis man sie erkannte. Als Nohoch endlich fragte, was sie wolle, blickte sie geradewegs auf Yaxal Can – der neben ihrem Onkel saß – und fragte nach der Zahl und dem Zeichen des Tages.

Yaxal schürzte missbilligend die Lippen und zögerte. Er mochte es nicht, wie sie die Männer unterbrach und ihnen einfach Fragen stellte, selbst wenn sie dafür die Erlaubnis ihres Großvaters hatte, und diese Frage schien nun wirklich völlig belanglos zu sein. Aber Nohoch bedeutete ihm mit einer schroffen Geste, Kanan Naab die gewünschte Information zu geben; er wusste, dass Yaxal diesen Morgen Dienst gehabt und bereits das *Tzolkin*, das Buch der Tageszeichen, studiert hatte.

»Es ist der Tag Neun Oc, Herrin«, erklärte der junge Mann, »der achte Tag des Monats Xul. Es ist eine günstige Zahl, ein guter Tag für neue Vorhaben.«

»Ich habe lange nicht mehr erlebt, dass du nach dem Tageszeichen gefragt hast, meine Tochter«, sagte Nohoch. »Ich dachte schon, du hättest dein Interesse an diesen Dingen verloren.«

»Ich frage ja nicht meinetwegen«, erwiderte Kanan Naab mit einer Schalkhaftigkeit, die eigentlich Yaxal meinte. »Die Herrin Ixchel hat ihre Wehen bekommen, und sie legt großen Wert darauf, es zu wissen. Warum, weiß ich nicht.«

»Na, dann lass dich nicht aufhalten«, meinte Nohoch. »Dann musst du doch zu ihr, um das herauszufinden, oder nicht?«

Kanan Naab errötete, brachte es aber fertig, ihrem Onkel zuzulächeln. Sie wusste, dass auch er Yaxal gern foppte, weil er so steif war, und das mochte sie an Nohoch. Sie warf Yaxal einen Blick zu, der sie ausdruckslos ansah – seine Art, ihr zu zeigen, dass sie ihn enttäuscht hatte. Sie spürte ihren Ärger und musste sich zusammennehmen, um ihm keine gehässige Grimasse zu schneiden.

»Ja, das muss ich«, sagte sie rasch und verbeugte sich. »Besten Dank, junger Mann«, fügte sie an Yaxal gewandt noch hinzu, machte kehrt und schritt zielbewusst aus dem Zimmer.

Akbal zog den Kopf ein, als er durch die niedrige Tür des Handwerksbaus auf den Platz hinaustrat, streckte sich und knetete die farbverschmierten Finger seiner Malhand. Im Kopf begann er aufzulisten, was als nächstes alles zu tun war: Er musste noch mehr Kalk für die Stuckarbeiter besorgen, die an seinem Haus arbeiteten, einen weiteren Träger anheuern, der seine Auftragsarbeiten nach Ektun brachte, dann hatte er Cab Coh noch versprochen, sich die Schüsseln anzusehen, die sie gerade von den Töpfern bekommen hatten …

Nein, beschloss er hartnäckig, *ich brauche zuerst ein wenig Zeit für mich*. Den ganzen Morgen hatte er pausenlos gemalt, um die letzten Stücke für Ektun fertig zu machen, und er wusste, dass er zum Handwerksbau zurückgehen musste, sobald die anderen Aufgaben erledigt waren. Er hatte noch nie in seinem Leben so hart gearbeitet, ausgenommen vielleicht damals in Yaxchilan, als er die Maler unterrichtet hatte. Heute kam ihm diese Zeit vor wie eine Übung, wie *seine* Vorbereitung auf das Leben, zu dem sein Talent und sein Ehrgeiz ihn geführt hatten. Er war stolz auf seine Disziplin; sie gab ihm ein Gefühl von Reife und Verantwortlichkeit, das Gefühl, ein Mann zu sein, der eine Frau und ein eigenes Haus wert war. Aber zu anderen Zeiten – so wie jetzt – meinte er, keine eigenen Gedanken mehr zu haben und noch viel weniger Zeit zum Nachdenken; dann sehnte er sich zurück nach der verlorenen Freiheit seiner Jugendzeit.

Als er Cab Coh die Treppe vom oberen Platz herunterkommen sah, ging Akbal sofort in die entgegengesetzte Richtung in der Hoffnung, seinem Meister zu entkommen, bevor dieser ihm neue Aufgaben aufbürden konnte. An der Nordseite des Platzes stand nun ein zweites Haus neben dem von Kinich Kakmoo, und im Vorbeigehen schaute Akbal mit unvermindertem Stolz darauf. Es hatte dieselbe Größe und den rechteckigen Grundriss wie das Haus seines Bruders und erhob sich auf einer Plattform drei Stufen über der Höhe des Platzes. Aber statt der üblichen drei vorderen Eingänge hatte es fünf wie die luftigen Häuser in Ektun, die Zac Kuk gewohnt war. Es war erst halb fertig, und auch das Dach fehlte noch, aber Akbal ging davon aus, dass die Männer es aufsetzen konnten, sobald die Ernte beendet war.

Akbal verlangsamte seinen Schritt, sobald er um die Ecke seines Hauses gebogen war und zu der Stelle kam, an der einmal das Küchenhaus stehen würde und der Feigenbaum, den er und Kal Cuc für Zac Kuks Vögel hergerichtet hatten. Beim Gedanken an die für einen Jäger typische Verachtung, die der Junge bei der bloßen Erwähnung von Haustieren gezeigt hatte, musste er in sich hineinlächeln; schließlich war es Kal Cuc, der sich um die Truthähne seiner Familie kümmerte. Aber Akbal hatte er klargemacht, er würde Chuen nur dulden, weil Klammeraffen ohnehin zu wenig Fleisch hätten.

Vielleicht ist er zu sehr Jäger, um die Alternative ins Auge zu fassen, die ich ihm anbiete, dachte Akbal, als er aus den Bäumen herauskam und Kal Cuc im Schatten des Unterstands vor dem Stein sitzen sah. Es war nichts Überraschendes, den Jungen hier zu finden; Kal Cuc kam oft hierher, so dass er für Akbal irgendwie schon fast zu dem Stein gehörte. Kanan Naab – die den Stein ebenfalls häufig aufsuchte – hatte ihm den Anstoß dazu gegeben, sich einmal zu überlegen, weshalb der Junge so oft hierher kam, und sie hatte ihn auch dazu ermuntert, Kal Cuc einen Vorschlag zu unterbreiten.

Der junge Jäger hatte das Gesicht dem Stein zugewandt, seine Speerschleuder und der Köcher mit den Kurzspeeren lagen quer über seinen Schenkeln. Akbal hatte ihm die Zuyhua-Waffe dafür geschenkt, dass er den Unterstand während seiner Abwesenheit wieder aufgebaut hatte, und um die Originale nicht zu verlieren, hatte sich Kal Cuc selbst Speere gemacht. Er sprang nicht auf, als er Akbals Kommen bemerkte, ein Zeichen dafür, wie wohl er sich in der Gesellschaft des jungen Mannes inzwischen fühlte. Oder vielleicht, dachte Akbal, als er sich neben ihn hockte, wie wohl sie sich beide in Gegenwart des Steins fühlten.

»Hast du geübt?«, fragte Akbal, mit einer Kopfbewegung auf die Waffe deutend.

Kal Cuc zuckte müde die Achseln. »Heute habe ich keine Zeit gehabt. Ich musste den ganzen Tag Holz und Wasser für meine Großmutter und die anderen Hebammen holen.«

Akbal fuhr schuldbewusst zusammen; an eine weitere Pflicht erinnert, blickte er zum Haus seines Vaters zurück.

»Die Herrin Ixchel hat doch ihr Kind noch nicht gekriegt, oder?«

»Meine Großmutter sagt, es ist noch Zeit«, erwiderte Kal Cuc teilnahmslos. »Ich muss gleich noch mehr Holz holen.«

»Wie gut bist du inzwischen mit der Waffe?«, wollte Akbal wissen.

Bei dieser Frage erhellte sich Kal Cucs schmales Gesicht,

und er schürzte besonnen die Lippen im Versuch, seine Antwort so klingen zu lassen, als beherrsche er den Umgang mit der Speerschleuder bereits. »Im Freien klappt es wirklich sehr gut – wenn ich genug Raum habe und zwischen mir und dem Ziel nichts ist. Deshalb sind die Alkalches der beste Ort dafür. Neulich hätte ich fast einen Reiher erlegt, aber ein Schilfrohr hat meinen Wurf abgelenkt.« Er unterbrach sich und schluckte, um Akbal wissen zu lassen, dass er ihn nicht beleidigen wollte. »Aber für die Jagd im Wald ist sie nicht so gut geeignet. Das heißt, für den dichten Dschungel taugt sie eigentlich gar nichts.«

»Das werde ich meinem Bruder, dem Nakom, sagen, bevor er wieder gegen die Ara zieht«, meinte Akbal. »Aber ich möchte über etwas Wichtigeres mit dir reden. Mir ist der Gedanke gekommen, dass du schon fast zwölf bist, alt genug für eine Lehre, und niemand im Clan hast, der dich fördert.«

Kal Cuc senkte den Blick, nickte zaghaft und musterte Akbal argwöhnisch.

»Ich würde gerne wissen, ob es wirklich dein Wunsch ist, Jäger zu werden«, fuhr Akbal fort. »Es wäre möglich, das mit einigen Angehörigen unseres Clans, die etwas außerhalb der Stadt wohnen, in die Wege zu leiten.«

»Ah!«, stieß Kal Cuc hervor, doch dann verfiel er in ein gedankenvolles Schweigen. »Meine Großmutter wäre ganz allein, wenn ich wegginge«, sagte er nach einer Weile düster. »Sie ist alt und auf meine Hilfe angewiesen.«

»Viele von uns sind auf deine Hilfe angewiesen«, versicherte ihm Akbal. »Ich habe auch noch einen anderen Vorschlag, obgleich ich nicht weiß, ob er dir gefällt. Neulich habe ich mit einigen Leuten vom Feuerstein-Clan gesprochen – die Steinmetze, die mir das bisschen beigebracht haben, das ich von ihrem Handwerk weiß. Sie haben mehr Töchter als Söhne, deshalb sehen sie sich außerhalb der Familie nach Lehrlingen um.«

Überrascht starrte der Junge zuerst auf den Stein und dann auf Akbal.

»Sie wohnen nicht weit von hier«, fuhr Akbal fort, »du müsstest also weder deine Großmutter verlassen noch dieses Haus. Ich weiß, dass du geschickte Hände hast, und für gute Steinmetze gibt es immer Arbeit. Der Clan wäre froh, wenn er jemanden aus den eigenen Reihen beschäftigen könnte, anstatt mit Fremden Verträge machen zu müssen.«

Wieder schaute Kal Cuc auf den Stein, und Akbal erkannte, wie recht Kanan Naab gehabt hatte. Er hatte sich schon vorab dafür entschieden, seinen Vorschlag ganz praktisch aussehen zu lassen, denn er erinnerte sich noch gut an Kal Cucs anfängliche Skepsis bezüglich des Wertes, den Akbal dem Stein beigemessen hatte; außerdem glaubte er, dass der Junge im Grunde praktischer veranlagt war als er selbst. Kanan Naab hatte immer wieder behauptet, dass die Faszination, die den Jungen mit dem Stein verband, ebenso zwingend und unerklärlich war wie die, die auch Akbal spürte, und ihm wichtiger sei als jede zukünftige Anstellung.

»Eines Tages werde ich auch selbst Hilfe brauchen«, meinte Akbal, »wenn ich einmal so weit bin, dass ich mich endlich an diesen Stein heranmache. Bis dahin könntest du mir gut helfen, ihn vorzubereiten, wann immer deine Lehre dir Zeit lässt.«

»Ihr würdet mich als Gehilfen nehmen?«, brachte Kal Cuc mühsam hervor; es war ihm anzumerken, dass er einerseits ganz aufgeregt war und andererseits kaum glauben konnte, was er gehört hatte.

Akbal grinste breit, sowohl erfreut über den Scharfsinn seiner Schwester als auch, um die Hoffnung des Jungen zu bekräftigen. »Ich werde einen Gehilfen brauchen«, sagte er nur.

Kal Cuc war so außer sich vor Freude, dass er gar nicht mehr an sich halten konnte; trotz Akbals Einwendungen verneigte er sich immer wieder und wollte nicht aufhören, sich zu bedanken. Aber plötzlich fiel ein Schatten über sie, und dieses Mal sprang der Junge hastig auf. Akbal folgte rasch seinem Beispiel, als er sah, dass es Kinich Kakmoo war, der gekommen war. Kal Cuc verbeugte sich vor dem Kriegshäuptling, der einen viel sagenden Blick auf die Zuyhua-Waffe in Kal Cucs Hand warf und dann Akbal musterte. Dieser bedeutete dem Jungen, dass er gehen konnte, und Kal Cuc rannte sofort davon und ließ die beiden Brüder allein.

Sie sahen sich stumm an; seit ihrer Rückkehr nach Tikal vor nunmehr sieben Monaten – genauer gesagt, seit ihrem Streit damals in Ektun – hatten sie kein Wort mehr miteinander gesprochen. Kinich verbrachte den Großteil seiner Zeit in Gesellschaft des Herrschers und der anderen Kriegshäuptlinge, oder er war mit seinen Kriegern unterwegs, um Kampfübungen durchzuführen. Trotz seines Ansehens fühlte er sich im Clan-Haus der Jaguarpranken ebenso unwohl wie Pacal, und er hatte denen, die nicht zu seinem Fest gekommen waren, nicht verziehen. Er sah älter und dünner aus; Akbal kam es vor, als hätten die breiten Himmels-Clan-Züge sich tief in das Gesicht seines Bruders eingegraben.

»So hältst du also mein Geschenk in Ehren«, brummte Kinich mit einer Kopfbewegung in die Richtung, in die Kal Cuc verschwunden war. Akbal ging unwillkürlich sofort in die Verteidigung und wollte erwidern, dass es jedem Menschen freistehe, was er mit Geschenken machte. Doch Kinich atmete mit einem pfeifenden Geräusch durch seine gebrochene Nase, was erkennen ließ, dass er ziemlich nervös war; außerdem hatte seine Bemerkung nicht nach einer Beschuldigung geklungen.

»Kal Cuc schätzt diese Speerschleuder sehr; er hat sogar gelernt, sie zu benutzen«, erklärte Akbal. »Allerdings meint er, dass sie im Dschungel nicht zu gebrauchen ist.«

Kinichs Augen verengten sich, doch dann lachte er laut. »Gut!«, rief er offensichtlich erfreut. »Das werde ich mir merken. Ein guter Nakom lernt auch vom geringsten Krieger noch etwas.«

Akbal nickte vorsichtig und wartete darauf zu erfahren, was seinen Bruder zu ihm geführt hatte. Innerhalb der Familie hatte sich nichts verändert; wenn überhaupt, so waren die Fronten zwischen beiden Lagern noch mehr verhärtet. Kinich schien das anzuerkennen, indem er es vermied, Akbal voll in die Augen zu schauen, und stattdessen auf dessen Turban oder seine farbverschmierten Hände sah –

und einmal, mit einem unbewussten Stirnrunzeln, auf den Stein.

»Ich habe gehört, dass Ixchels Wehen eingesetzt haben«, sagte der Krieger endlich. »Meine Frau ist bei ihr. Ich denke, es wäre angebracht, dass wir zur Geburt des Kindes unseres Vaters auch dort sein sollten. Meinst du nicht auch?«

»Doch«, stimmte Akbal sofort zu, wenngleich er eigentlich nicht Pacals, sondern nur Ixchels wegen vorgehabt hatte, dem Haus seines Vaters einen Besuch abzustatten.

»Es wäre auch an der Zeit, dass wir unsere Differenzen ausräumten«, sagte Kinich im selben steifen Ton, »und wieder Freunde werden.«

Akbal merkte, welche Anstrengung dieser Versöhnungsversuch seinen Bruder kostete, aber die Erinnerung daran, wie Kinich ihm den Arm verdreht und gedroht hatte, war noch zu frisch, als dass er sofort darauf hätte eingehen können. Außerdem fragte er sich, was seine Freundschaft Kinich wert sein könnte, der doch inzwischen mit den bedeutendsten Köpfen der Stadt im Einvernehmen stand. *Es sei denn*, ging es ihm blitzartig durch den Kopf, *mein Bruder hat angefangen zu begreifen – wie ich –, was Freundschaft und Dankbarkeit einem Menschen wie dem Herrscher bedeuten …*

»Ich bin bereit, die Vergangenheit zu begraben«, schlug Akbal vor.

Kinich reagierte fast zu schnell; offenbar war er sehr erleichtert, dass sein Bruder ihm keine Entschuldigung abverlangte. »Ich auch«, sagte er. »Ich kann dir auch in aller Aufrichtigkeit sagen, dass ich gegen dich wegen des Festes nie einen Groll gehabt habe.«

Die leichte Betonung des ›gegen dich‹ sagte Akbal, dass Kinichs Toleranz offenbar nicht Balam Xoc oder die Angehörigen des Clans mit einschloss, die sich auf dessen Seite gestellt hatten. Die Loyalität zu seinem Großvater ließ Akbal zögern; er fragte sich, ob diese Versöhnung nicht einen Verrat an jenen Menschen bedeutete, die ihn anstatt Kinich geehrt hatten. Doch dann fiel ihm ein, dass Balam Xoc ihn gedrängt hatte, nur auf sein Herz zu hören und sich nicht von außen beeinflussen zu lassen. Brüder *sollten* Freunde sein, selbst wenn sich ihre Differenzen nicht lösen, sondern nur geflissentlich übergehen ließen; und dem Clan konnte eine mitfühlende Reaktion auf die Einsamkeit seines Bruders schließlich nicht weh tun.

»Ich gegen dich auch nicht, mein Bruder«, sagte Akbal aufrichtig. »Lass uns also miteinander zu Ixchel gehen.«

Für einen kurzen Augenblick, bis er mit einem lauten Schnaufen durch die Nase wieder sein feierliches Kriegergehabe annahm, wurden Kinichs Züge weich. »Ich bin bereit ... Bruder«, sagte er befangen, und im Gleichschritt gingen sie zusammen zum Haus ihres Vaters.

An der Tür zum Zimmer ihrer Stiefmutter traf Kanan Naab auf Kinich Kakmoos Frau May, die sie am Arm festhielt. »Du musst sie irgendwie beruhigen, Kanan Naab«, flüsterte sie angestrengt. »Sie kämpft gegen die Wehen an, anstatt sich von ihnen tragen zu lassen.«

Kanan Naab befreite sich aus Mays Griff und betrat den schwach erleuchteten Raum, der von einer Kohlenpfanne erwärmt wurde und ziemlich verräuchert war. Ixchel kauerte nackt, den Rücken an die steinerne Bank gelehnt, an der Wand gegenüber; neben ihr saßen Frauen, die sie an den Armen festhielten. Ihr schmächtiger, aufgeschwollener Körper war schweißgebadet, und aus ihrer Vagina tropfte Blut auf die weichen, mit Matten bedeckten Tücher unter ihr. Kanan Naab ging um die Hebammen herum, die vor Ixchel knieten, und löste Kal Cucs Großmutter ab, die ihr dankte und stöhnend die alten Glieder streckte, sobald sie stand.

Ixchel zitterte von Kopf bis Fuß; jede Kontraktion schüttelte ihren angespannten Körper, und sie rollte panisch die Augen und stieß unverständliche Schreie aus. Kanan Naab musste erst eine ganze Weile leise auf sie einreden, bis Ixchel sie richtig wahrnahm. »Heute ist der Tag Neun Oc, Ixchel«, sagte sie dann deutlich. »Neun Oc.«

Ixchel wandte Kanan Naab mit einem heftigen Ruck den Kopf zu, so dass sie der Frau, die sie auf der anderen Seite festhielt, fast entglitten wäre. »Neun Oc!«, rief sie heiser und starrte mit wildem Blick auf Kanan Naab. »Weißt du noch …?«

Die nächste Wehe kam mitten im Satz; ihr ganzer Körper krümmte sich so plötzlich, dass Ixchel nicht dagegen ankämpfen konnte. Die Hebammen nickten wohl wollend und warfen Kanan Naab ermutigende Blicke zu.

»Atme flach«, wies sie die keuchende Frau an, aber Ixchel schien es nur darum zu gehen, dass sie wieder sprechen konnte. »Weißt du noch, Kanan Naab?«, stieß sie zwischen schweren Atemstößen hervor. »Die Nacht, als dein Großvater kam? Als wir Blumen im Haar hatten?«

»Ja, ich erinnere mich«, versicherte ihr Kanan Naab und hielt sie noch fester, denn soeben erfasste die nächste, noch stärkere Wehe Ixchels Körper.

»Das war … auch Neun Oc«, keuchte Ixchel, während ihre Augen sich krampfhaft öffneten und schlossen. »Dein Vater … in dieser … Nacht …«

»Sprich jetzt nicht. *Atme*«, drängte Kanan Naab, aber nun verstand sie, weshalb es Ixchel so wichtig gewesen war, das Tageszeichen zu wissen. Dieselbe Kombination eines Zeichens und eines Tages wiederholte sich erst nach einem vollen Zyklus des *Tzolkin* – nach 260 Tagen –, und diese Periode entsprach fast genau der Dauer einer normalen Schwangerschaft. Ixchel wollte ihr sagen, dass dieses Baby in der Nacht von Balam Xocs Besuch bei Pacal und Ixchel empfangen worden war, dem letzten Tag Neun Oc, und dass es sich denselben Tag ausgesucht hatte, um das Licht der Welt zu erblicken.

Dass dies für Ixchel eine besondere Bedeutung hatte, zeigte sich in einem plötzlichen Nachlassen ihres Widerstandes gegen die Wehen, die nun in rascher Folge kamen. Sie drückte sich gegen die Bank hinter ihr und presste mit aller Kraft aus ihrer Mitte, so dass Kanan Naab und die Frau auf der anderen Seite alle Mühe hatten, ihre schweißnassen, glitschigen Arme festzuhalten. Der Kopf des Kindes mit seinen dichten, schwarzen Haaren erschien zwischen ihren Beinen, und die Hebammen begannen, ihren Bauch zu massieren und das Baby herauszuziehen. Ixchel grub ihre Fingernägel in Kanan Naabs Arm und zog sie an sich, bis sich ihre Köpfe fast berührten. Sie hielt die Augen geschlossen und murmelte etwas vor sich hin; zwischen ihren tiefen, von Stöhnen begleiteten Atemzügen erkannte Kanan Naab ein Gebet für das Kind, das im Begriff war, in die Welt zu treten:

»Ein Jaguarpranken-Kind … für Euch, Großvater, ein Jaguarpranken-Kind … für Euch …«

Pacal saß neben seiner Frau und streichelte liebevoll ihre Hand. Doch seine Aufmerksamkeit galt hauptsächlich seinem neugeborenen Sohn, dessen rotes, faltiges Gesichtchen zwischen den Tüchern hervorlugte, die Box Ek, die stolze Großtante, auf ihrem Schoß hielt. Neben Box Ek saß May, und Kinich kniete vor der Bank und begutachtete seinen Halbbruder; ein wenig abseits stand Akbal, der leicht über die Köpfe der um das Baby gedrängten Frauen blicken konnte.

Pacal spürte Ixchels Händedruck und beugte sich zu ihr, damit sie ihm ins Ohr flüstern konnte. »Mein Gemahl – erinnerst du dich an den Abend, als dein Vater zum Essen zu uns kam? Die Nacht, in der du lange mit ihm aufbliebst, dann aber zu mir kamst und gar nicht müde schienst?«

Pacal rückte ein wenig von ihr ab, damit er sie besser ansehen konnte; über den Falten und hohlen Wangen, Zeichen ihrer Erschöpfung, lag ein verträumtes Lächeln auf ihrem Gesicht, und beides zusammen verlieh ihr das Aussehen einer stark Betrunkenen. Ganz offenkundig machte die Erinnerung an jene Nacht sie sehr glücklich, was ihn ganz von selbst die Zwiespältigkeit verheimlichen ließ, die in ihm beim Gedanken an jenen Abend aufkam.

»Du warst wunderschön in dieser Nacht«, sagte er besänftigend. »Aber wieso denkst du gerade jetzt daran?«

»In dieser Nacht haben wir unser Kind gezeugt«, flüsterte sie ihm freudig erregt ins Ohr. »Es war im Zeichen Neun Oc, demselben Zeichen, in dem es heute geboren wurde.«

»Das ist in der Tat wunderbar«, erwiderte Pacal im Versuch, möglichst keine Skepsis in seiner Stimme mitschwingen zu lassen. Schließlich wäre es in ihrem momentanen Zustand gefühllos gewesen, darauf hinzuweisen, dass sie sich dessen absolut nicht sicher sein konnte. Wegen seiner falschen Euphorie darüber, dass er Akbal als Mitglied der Delegation bekommen hatte, war seine Leidenschaft in jener Nacht zwar ungewöhnlich groß gewesen, ja, aber das konnte nicht das einzige Mal gewesen sein, dass sie in diesem Monat beisammen gelegen waren. Schließlich hatten sie fünf Jahre lang versucht, ein Kind zu bekommen.

Aber davon sagte er Ixchel nichts; er streichelte lediglich ihre Hand, lächelte und beließ sie in der verzückten Gewissheit, die ihr Blick verriet. Erst als Kanan Naab mit einer roten Blume in der Hand an Ixchels Seite erschien, blickte er auf. Die beiden Frauen lächelten sich zu, ohne ein Wort zu sagen, und ignorierten Pacals Anwesenheit vollkommen, und dann steckte Kanan Naab ihrer Stiefmutter die Blume ins Haar.

»Er kommt«, sagte sie leise, und wieder tauschten die beiden einen viel sagenden Blick aus.

»Wer kommt?«, fragte Pacal lauter, als ihm lieb war; die Geste seiner Tochter verwirrte ihn auf eine ihm unerklärliche Weise. Kanan Naab sah ihn einen Augenblick lang an und richtete den Blick dann auf Kinich, der gerade aufgestanden war.

»Großvater«, antwortete sie mit entschlossener Stimme in die Stille hinein, die Pacals unvermutet lauter Frage gefolgt war. Kinich trat unbehaglich von einem Fuß auf den anderen, als denke er an Flucht. Aber es war zu spät, Balam Xoc war bereits eingetreten, und die Frauen machten ihm den Weg frei und verbeugten sich tief vor dem Lebenden Ahnen.

»Ich begrüße dich, meine Schwester«, sagte er zu Box Ek, ohne Kinich zu beachten, der einige Schritte zur Seite trat. Box Ek reichte ihm voller Stolz das Bündel auf ihrem Schoß, und Balam Xoc hielt das Kind vor sich und betrachtete zärtlich das winzige, faltige Gesicht.

»Es ist ein Junge«, sagte Box Ek freudig, »und er ist rundum gesund.«

»Du hast uns ein großes Geschenk gemacht, meine Tochter«, erklärte Balam Xoc an Ixchel gewandt. »Wir sind alle stolz auf deinen Mut.«

Ixchel senkte schüchtern den Blick und faltete die Hände

vor sich. »Ich bin nur eine arme Frau aus Nohmul, Großvater«, erwiderte sie, »und habe nicht viel Mut. Aber eines weiß ich sicher: Dies ist ein Jaguarpranken-Kind, ein Geschenk des Geistes, den Ihr Euren Leuten gebracht habt.«

»Dieser Geist wohnt auch in dir, Ixchel«, gab ihr Balam Xoc freundlich zurück, während er das Baby in ihre Arme legte, »denn du hast dich mit uns verbunden. Ich nehme deinen Sohn – und deinen, Pacal – an«, fügte er an seinen Sohn gewandt hinzu, »im Namen des Jaguar-Schutzherrn und der Geistfrau, die über unseren Clan wacht.«

»Ich will ihn Bolon Oc nennen, nach dem Zeichen seines Geburtstages«, platzte Ixchel plötzlich heraus und sah zuerst Balam Xoc, dann ihren Gatten forschend an. Pacal war im ersten Augenblick verblüfft, dann verärgert darüber, dass sie sein väterliches Vorrecht einfach überging. Er hatte sich bereits entschlossen, das Kind nach seinem älteren, verstorbenen Bruder Chac Balam zu nennen; keinen Augenblick lang hatte er auch nur daran gedacht, sich darüber mit Ixchel zu besprechen. Und nun kam er in eine Situation, dass er das auch noch vor allen möglichen Leuten tun musste!

»Hat dieser Name eine besondere Bedeutung für dich, meine Tochter?«, fragte Balam Xoc interessiert, und Pacal merkte, wie seine Frau sich erwartungsvoll ihm zuwandte, als wolle sie seine Erlaubnis zu sprechen. Doch er wich ihr störrisch aus und sah stattdessen zu Kinich, dessen Blick aus zusammengekniffenen Augen ebenfalls Zorn signalisierte und ihn unterstützte.

»Ja«, sagte Ixchel schüchtern und machte eine lange Pause, bevor sie schnell und mit ausdrucksloser Stimme weitersprach: »Er wurde in diesem Zeichen empfangen. Und es ist auch das Zeichen, in dem er geboren wurde.«

Die Frauen im Raum hielten einmütig den Atem an, dann begannen sie anerkennend zu murmeln.

»Und was sagst du dazu, mein Sohn?«, wandte sich Balam Xoc an Pacal. »Willst du dem Wunsch deiner Frau nicht entsprechen?«

Pacal sah zu seinen anderen Kindern; Kanan Naabs Blick

versuchte, ihn zu ermutigen, Akbal signalisierte Verständnis, und Kinich hatte in einer stummen Geste, mit der er seinen Vater zum Widerspruch aufforderte, die glitzernden Zähne entblößt. Die Mienen der anderen Frauen im Raum glichen mehr oder weniger der Kanan Naabs; sie ergriffen unwillkürlich für die neue Mutter Partei. Zuletzt blickte er auf Ixchel in der Erwartung, dass sie Furcht zeigen würde, denn sicher waren ihr sein Ärger und die Verlegenheit, in die sie ihn gebracht hatte, bewusst. Doch in ihren dunklen Augen lag keinerlei Schuldgefühl, nur eine verwunderte Enttäuschung, als sei ihr seine Haltung vollkommen unverständlich. Und das ist sie auch, dachte Pacal traurig; sie wusste ja nicht, dass die Nacht, an die sie eine so wunderbare Erinnerung hatte, ihn den Respekt eines seiner Söhne gekostet hatte. Und nun würde auch dieser Sohn an Balam Xoc gehen, der das, was *er* an jenem Abend erfuhr, dazu benutzt hatte, ihn, Pacal, vor dem Clan-Rat bloßzustellen.

Aber auch davon wusste Ixchel nichts, wenngleich sie unter der zunehmenden Isolation ihres Gatten innerhalb des Clans gelitten hatte. Pacal war selbst in Schuld verstrickt; deshalb konnte er die Enttäuschung in Ixchels Blick nicht ertragen.

»Dann soll er eben Bolon Oc Balam heißen«, sagte er mit einer Stimme, die ihm zunächst fast versagte, bevor ihm die Worte herausplatzten – einer Stimme, die versuchte, Resignation wie einen Entschluss klingen zu lassen. Kinich prustete durch die Nase und stapfte entrüstet aus dem Zimmer; Akbals Miene war unverändert verständnisvoll, als sähe er die Kapitulation seines Vaters als Gegebenheit. Ixchel legte das Baby in Pacals Arme und presste dankbar ihre Lippen an die Wange ihres Gatten, und die anderen Frauen lächelten, gratulierten ihm und riefen den Namen des Kindes. Das warme Bündel in seinen Armen ließ einen leisen Schrei vernehmen, und Pacal hielt das Kind instinktiv an sein Herz.

»Willkommen, mein Sohn«, sagte er verwirrt und drückte das Kind an sich. »Willkommen in deinem Heim, Bolon Oc Balam.«

Als spät im Monat Yaxkin die Erntezeit kam, schien die Sonne hell über Tikal und auf Felder, die keinen Schaden durch Wind oder Regen genommen hatten. Jeder, der abkömmlich war, ob Mann, Frau oder Kind, war zur Arbeit erschienen, dazu ein großer Teil der Armee, und dennoch nahm das Schneiden und Einsammeln mehr als einen Monat in Anspruch. Es war die ertragreichste Ernte in Tikals langer Geschichte; größer als alle, die in Büchern aufgezeichnet oder in den Erinnerungen der Alten festgehalten waren. In der Nähe des Marktplatzes mussten mehrere Reihen provisorisch gedeckter Hütten gebaut werden, in denen der überschüssige Mais aufbewahrt wurde, und die königlichen Lager waren randvoll mit Körben von Bohnen, Kürbissen und Maniok sowie großen Bündeln Rohbaumwolle und wohlriechenden Garben des Rauchblatts Mai. Selbst in den ärmsten Häusern wurden Feste gefeiert, und die Clan-Priester waren mit aufwendigen Erntedank-Zeremonien, den ersten seit fast vier Jahren, beschäftigt.

Ebenso plötzlich fanden sich die Verwalter des Herrschers wieder einmal in der Rolle der Verteiler von Wohlstand, anstatt Knappheit rechtfertigen zu müssen, und sahen sich an die Freude erinnert, die sie früher an ihrer Arbeit gehabt hatten. An die Stelle der Bitterkeit, die ihren Umgang mit den Oberhäuptern der Clans charakterisiert hatte, trat ein respektvoller Gleichmut, und die Händler aus anderen Städten begegneten ihnen nun mit einer Art Scheu, als hätten auch sie vergessen gehabt, wie mächtig Tikal wirklich war. Vor allem für einige der jüngeren Verwalter war dies eine so große Entlastung, dass sie sofort lange aufgeschobene Einkäufe erledigten und spontan Verbesserungen an ihren Häusern vornahmen, noch ehe die Zählung der königlichen Einkünfte überhaupt begonnen hatte.

Pacal erlaubte sich derlei optimistische Gesten jedoch nicht. Drei Ernten waren im Katun 11 Ahau noch einzubringen, und es konnte passieren, dass sie ebenso schlecht ausfielen wie die Letzte. In derselben Zeitspanne musste auch die Katun-Einfriedung vollendet werden, was bedeutete, dass für alle anderen notwendigen Arbeiten weit weniger

Kräfte zur Verfügung stehen würden. Die aggressive Besorgnis seines Vaters um die Zukunft teilte Pacal zwar nicht, aber dennoch hatte sie ihn nicht unberührt gelassen, und so hatte auch er das starke Gefühl, dass die Stadt an einem kritischen Punkt angelangt war. Diese Ernte war ein großes Geschenk gewesen, und sie konnten es sich nicht leisten, den Vorteil, den sie dadurch erzielt hatten, leichtsinnig zu vertun. Sie durften nicht *wagen*, ihn zu verschleudern, wenn sie darauf hoffen wollten, überhaupt eine Zukunft zu haben.

Sehr bald würden wichtige – Pacals Meinung nach entscheidende – Beschlüsse gefasst werden müssen; bei den Herren im Palast kursierten bereits erste Gerüchte. Das häufigste war, dass der Herrscher zusammen mit Yaxchilan einen großen Feldzug plane. Ein weiteres, das vor allem von den anderen Verwaltern noch gründlicher diskutiert wurde, besagte, die gesamte Verwaltung solle reorganisiert werden. Caan Ac selbst gab sich äußerst verschlossen; offenbar wollte er erst bei der angesetzten Ratsversammlung der Verwalter seine Intentionen darlegen.

Pacal konsultierte alle seine Informanten und kam zu dem Schluss, dass keiner von ihnen mehr als Gerüchte zu bieten hatte und Caan Ac sich nicht bemühte, heimlich Verbündete zu gewinnen oder einen Konsens zu arrangieren. Er handelte wieder allein, nach eigenem Gutdünken, wie damals mit der Begräbnisvase. *Er will sich unsere Einwilligung erkaufen*, überlegte Pacal, und mit dem Reichtum, über den Caan Ac gegenwärtig verfügte, plus der Möglichkeit, einige neue Titel unter den Verwaltern zu verteilen, schien es wahrscheinlich, dass er den Rat seinen eigenen Intentionen entsprechend manipulieren konnte. Abrupt beschloss Pacal, er könne nicht bis zur Ratsversammlung warten, um zu erfahren, welcher Art diese Intentionen waren und ob er darauf irgendwie Einfluss nehmen konnte. Letztes Jahr war er nicht zu den Verhandlungen zugezogen worden, doch danach hatte man ihn geholt, um die Dinge in Gang zu bringen, was sehr zu seinen persönlichen Lasten gegangen war. Um seiner Selbstachtung, wenn nicht gar um der Achtung seiner Familie willen konnte er es sich nicht erlauben, noch einmal eine Politik zu unterstützen, bei der er nicht mitreden oder die er nicht adäquat rechtfertigen konnte. Er nahm sich nicht die Zeit, zweimal zu überlegen, sondern sandte dem Herrscher eine Nachricht mit der Bitte um eine private Unterredung.

Noch am späten Nachmittag desselben Tages ließ Caan Ac ihn zu sich kommen und empfing ihn auf der langen Terrasse, die die Schlucht hinter dem Palast des Herrschers überblickte. Brotnußbäume säumten den südlichen Rand der Terrasse, und zwischen ihren in gleichem Abstand gepflanzten Stämmen hindurch sah Pacal den Wasserspiegel des Palastreservoirs, den die schräg einfallenden Strahlen der Abendsonne tiefrot färbten. Caan Acs überdachter Thron war im Schatten der Bäume mit Blickrichtung nach Westen aufgestellt, so dass er die riesige Begräbnispyramide seines Vaters Cauac Caan sehen konnte. Der hoch aufragende Dachkamm des Tempelschreins hob sich schwarz gegen das rote Antlitz der Sonne ab, die links von der Pyramide langsam hinter dem Horizont versank.

Pacal verbeugte sich vor dem Herrscher, dessen Augen durch einen vom Rand des Baldachins herabhängenden, breiten Fransensaum aus geknoteten Fäden vor den Sonnenstrahlen geschützt wurden. Er bedeutete Pacal, ihm gegenüber Platz zu nehmen, und winkte die Wachen weg, die ihn über die Terrasse eskortiert hatten. Caan Ac hatte erst vor kurzem seinen fünfundfünfzigsten Geburtstag gefeiert; das unter seinem kunstvollen Kopfputz hervorschauende Haar war stark ergraut. Wie immer ließ er seine kurzen, dicken Beine vor dem Thron baumeln.

»Du musst etwas auf dem Herzen haben, was dir wichtig ist, Pacal. Es ist noch nicht lange her, seit du mir einen Gefallen getan hast.«

»Es ist außerordentlich wichtig, Herr. Ich dachte, dass ich damit nicht bis zur Ratssitzung warten kann; außerdem muss ich dort um Eure Aufmerksamkeit ringen.«

»Nun, ich bin ganz Ohr«, erwiderte Caan Ac ruhig. »Was willst du mir sagen? Oder willst du etwas von mir wissen?«

»Beides, Herr«, antwortete Pacal. »Im Palast machen viele Gerüchte die Runde, und es ist schwer zu wissen, was man glauben oder wie man sich auf die Sitzung vorbereiten soll.«

»Leidest du an diesem Nichtwissen mehr als die anderen Verwalter?«, fragte Caan Ac sarkastisch. »Oder erwartest du für den Gefallen, den du mir erwiesen hast, einen Vorteil über sie?«

Pacal starrte dem Herrscher ins Gesicht, perplex über den Zynismus dieser Erwiderung und vor allem darüber, wie sehr er sich davon getroffen fühlte. Eigentlich war er kein Mensch, der schnell beleidigt reagierte, und schon gar nicht, wenn man ihm persönliches Interesse vorwarf. Aber es war ihm noch nie so ungerecht vorgekommen, so unverdient, wie in diesem Zusammenhang.

»Für wen sollte ich denn einen Vorteil suchen, Herr?«, fragte er zurück. »Mein Clan lehnt alles ab, was ich anbringe. Ich habe niemandem, dem ich dienen kann, außer Euch und unserer Stadt. Und – ja, Herr, ich leide darunter, in Unwissenheit gelassen zu werden. Wir alle leiden darunter. Früher wart Ihr nicht so verschwiegen mit uns.«

Caan Ac brummte und schaute weg auf das Reservoir, über dessen in Rot getauchte Oberfläche elegant die Schwalben hinwegglitten. Aus der Schlucht klang der Schrei einer Waldeule herüber und vermischte sich mit dem kehligen Ruf eines Motmot.

»Bisher hast du dich noch nie beklagt«, räumte Caan Ac schließlich ein und wandte sich wieder Pacal zu, »deshalb muss ich mich dem, was du sagst, mit ernster Sorge widmen. Welche Gerüchte hast du gehört?«

»Ich habe gehört, dass ein Feldzug geplant ist.«

»Das ist richtig. Schild-Jaguar organisiert einen Feldzug gegen die Ara, und Zotz Mac von Ektun hat bereits seine Teilnahme zugesagt; ebenso die Herrscher von Yaxche, Bonampak, Acantun und Lacanha. Sollte Tikal nicht auch einen Anteil an diesem Ruhm haben? Das würde helfen, jene zu beruhigen, die auf unseren Schutz vertrauen, und es wäre eine gute Prüfung für unsere Krieger.«

»Die Kosten einer solchen Expedition wären sehr hoch«,

warf Pacal ein, doch Caan Ac wies dieses Bedenken mit einer ungeduldigen Kopfbewegung zurück.

»Die Kosten werden durch das Land und die Güter, die unsere Krieger erobern werden, um ein Vielfaches aufgewogen. Hast du vergessen, wie leicht dein Sohn mit seinen Leuten die Ara in die Flucht schlug? Wir dürfen uns nicht in uns selbst zurückziehen, Pacal, gerade jetzt nicht, wo wir die Möglichkeit haben, unser Ansehen zu vergrößern! Deshalb behalte ich meine Pläne für mich – damit nicht Männer ohne Mut und Vorstellungskraft daran herummäkeln.«

»Ich hege nicht den Wunsch, Euer Ansehen zu schmälern, Herr«, entgegnete Pacal ruhig, »aber mein Pflichtgefühl zwingt mich, alles in Betracht zu ziehen, was wir hier, zu Hause, noch bewerkstelligen müssen. Die Katun-Einfriedung muss vollendet werden, damit sind wir sehr im Verzug. Aber wenn wir unsere Arbeiter dafür abstellen, wie sollen wir dann mit der nächsten Ernte zu Rande kommen? Dieses Jahr konnten wir die Armee dafür einsetzen, und wir sind das große Risiko eingegangen, die Anbaufläche zu vergrößern. Wir können von Glück reden, dass wir in der Lage sind, unsere Saatgutlager wieder aufzufüllen, aber wenn wir eine Insektenplage vermeiden wollen, muss neues Land gerodet werden, und die Reservoirs wie auch die erhöhten Felder sind dringend reparaturbedürftig. Der Regen war dieses Jahr rechtzeitig und mild und hat kaum Schäden angerichtet wie so oft in der Vergangenheit. Können wir darauf hoffen, noch einmal soviel Glück zu haben?«

»Der Regen gehört in *meine* Verantwortung«, sagte Caan Ac und setzte sich einen Zeigefinger auf die Brust. »Und was die Arbeiter angeht – die, die wir zusätzlich brauchen, werden wir von den Clans einstellen und auch aus Uaxactun und den umliegenden Städten. Sie haben alle die Größe unserer Ernte gesehen, also werden sie darauf vertrauen, dass wir zahlen können, selbst wenn wir ihnen nur einen kleinen Betrag im voraus geben. Für ihr Vertrauen können wir ihnen auch einen Bonus versprechen, den wir später aus der Beute bezahlen, die die Krieger nach Hause bringen. Und die, die uns nicht vertrauen«, fügte Caan Ac spitz hinzu, »werden wir vollständig bezahlen. Aber das erwarte ich nur von deinem Clan und ein paar wenigen anderen.«

Pacal nickte abwesend in dem Wissen, dass es mehr sein würden als einige wenige; schließlich wurde Balam Xocs Einfluss immer größer. Und wenn bekannt wurde, dass *ein* Clan vollständig bezahlt wurde, würden die anderen sich ihr Vertrauen auf Bonusse eventuell noch einmal überlegen. Doch verglichen mit einigen anderen Mängeln, die Pacal bereits im Plan des Herrschers entdeckt hatte, war das noch eine Kleinigkeit. Besonders verdrießlich erschien ihm, dass es vollkommen unkalkulierbar war, was die Krieger nach Hause zurückbringen würden; das allein schon ließ sämtliche Daten, die Pacal im Kopf hatte, nebulös und unverläßlich werden. Er fühlte sich plötzlich sehr müde und brachte seinen nächsten Vorschlag in eher pflichterfülltem Ton vor, als habe er wenig Hoffnung, dass er beachtet würde.

»Wenn wir nicht so viele Arbeiter anstellen müssten«, meinte er, »könnten wir unsere Überschüsse für den Handel heranziehen. Wir könnten unsere Bindungen mit den Städten im Osten und Süden erneuern: mit Holmul, Nakum und Yaxha und mit Pusilha und Copan. Dann müssten wir nicht alles akzeptieren, was Yaxchilan uns anzubieten gedenkt. Ich habe gehört, dass es dort dieses Jahr Kakao im Überfluss gibt, aber trotzdem senken sie den Preis nicht.«

»Aber wir haben den Mais und die Baumwolle«, hielt Caan Ac ihm verärgert entgegen, »und beides ist im Westen mehr gefragt. Du stellst meine Geduld auf eine harte Probe, Pacal. Wie du weißt, kehrte mein Großvater Kakaomond mit der Unterstützung Schild-Jaguars des Älteren aus Acantun nach Tikal zurück. Willst du, dass ich wegen ein paar Kolben Mais unser wichtigstes Bündnis gefährde? Ich bin der Herrscher des Himmels-Clans, und ich gedenke diese Stadt in derselben Weise zu regieren wie mein Vater und mein Großvater!«

Pacal verbeugte sich, Einverständnis und Fügsamkeit signalisierend, doch eigentlich empfand er seine Geste als Resignation. Er wusste schon gar nicht mehr, was er ursprünglich mit diesem Gespräch bezweckt hatte, abgesehen von einem undeutlichen Wunsch, sich seinen Einfluss zu beweisen. Vielleicht waren seine Motive persönlicher gewesen, als er gedacht hatte; vielleicht war er hierher gekommen, um den Argwohn zu überprüfen, den sein Vater ihm in den Kopf gesetzt hatte.

»Schau nicht so elend drein, Pacal«, schimpfte Caan Ac ihn. »Ich schätze deinen Rat, und sicher haben wir genug Mais, um auch mit diesen anderen Städten Handel zu treiben. Aber du wirst dich in Zukunft nicht mehr mit solchen Dingen befassen müssen. Ich habe bereits beschlossen, dich zum Obersten Verwalter der Ernten zu ernennen. Es sollte eine Überraschung für dich werden, aber nun hast du nicht die Geduld gehabt, bis zur Ratsversammlung zu warten.«

»Oberster Verwalter?«, wiederholte Pacal verblüfft, und Caan Acs fleischiges Gesicht verbreiterte sich zu einem selbstgefälligen Grinsen.

»Hast du diesbezüglich keine Gerüchte gehört? Das ist eine neue Position, die ich ins Leben rufe. Es wird fünf Oberste Verwalter geben: für die Ernten, das Bauwesen, die Verwaltung, den Handel und einen, der die Beschaffung für die Armee unter sich hat. Ein jeder kann aus den Reihen der Verwalter selbst seine Untergebenen ernennen, und jeder wird nur mir und dem Rat dieser Obersten Verwalter verantwortlich sein. Du siehst also, ich will dir die Befugnisse einräumen, dich genau mit den Problemen zu befassen, von denen du gesprochen hast. Es sei denn, du möchtest eine geringfügigere Aufgabe in unserer Stadt übernehmen …?«

Obwohl er wusste, dass allein schon sein Zögern ihn um diese Beförderung bringen konnte, schaffte Pacal es nicht, sofort zu antworten. Für einen kurzen Moment verspürte er den irrationalen Drang, sich mit seinem Vater zu besprechen, was ihn so sehr durcheinanderbrachte, dass er auf sich selbst zornig wurde. War diese Beförderung nicht der Beweis seines Einflusses auf Caan Ac und seines Wertes für den Herrscher? Sollte er sich der ihm angebotenen Machtposition versagen und zulassen, dass sie einem anderen zufiel, der dafür womöglich weniger Befähigung mitbrachte als er selbst?

Pacal blickte auf, sah den Herrscher über sich stehen und erkannte, dass er für einen Augenblick den Kontakt mit der Welt verloren hatte und in eine wütende, stumme Auseinandersetzung mit sich selbst verstrickt gewesen war. Caan Ac bedeutete ihm, aufzustehen und sich umzudrehen, so dass er das Gesicht nach Westen wandte, wo die Sonne einer zerfließenden, roten Masse gleich hinter den Horizont versank. Der große Tempel von Cauac Caan stand vollkommen im Schatten, ein schwarzer Koloss, der die Sonne mit der Schulter beiseite geschoben zu haben schien.

»Siehst du das Grabmal, das mein Vater für sich errichten ließ«, sagte Caan Ac mit einer Mischung aus Stolz und Neid in der Stimme. »Viermal so groß wie jedes andere in Tikal, größer als jeder andere von Menschenhand erbaute Tempel. Ein Monument, welches das Andenken an Cauac Caan für immer in seinem Volk lebendig erhalten wird. Aber wird es auch für mich einmal ein solches Denkmal geben, das an meine Regierungszeit erinnert? Wir wissen beide, dass das unmöglich ist. Es ist unser Missgeschick, in einer anderen Zeit zu leben, in einer Zeit, die solche Sinnbilder von Größe nicht mehr zulässt …«

Caan Acs Stimme war zu einem leisen, heiseren Zischen abgesunken, doch nun wurde sie wieder lauter, und er hob die Arme zum Himmel, als wollte er den ersterbenden Glanz der Sonne umfassen. »Aber das hält uns nicht davon ab, dennoch unsere Größe walten zu lassen und unser Vermächtnis in den Herzen der Menschen zu hinterlassen! Deshalb verlange ich beherzte Kühnheit, Pacal. Sterben können wir jederzeit; aber lass uns nicht schon zu unseren Lebzeiten in Vergessenheit geraten!«

Der Ruf des Herrschers scholl über die Terrasse und ließ die Wachen im Umkreis aufhorchen. Die Sonne war jetzt nur mehr eine geschwungene, rote Linie über dem sich verdunkelnden Horizont; rasch brach die Nacht herein.

Caan Ac packte Pacal am Arm und schüttelte ihn. »Lass mich jetzt nicht im Stich, Pacal! Es soll einmal heißen, dass wir es waren, die unser Volk sicher durch den Katun Elf Ahau brachten. Das soll unser Ruhm und unser Denkmal sein!«

Plötzlich war die Sonne weg, und Dunkelheit umfing sie, so dass Pacal das Gesicht, das dem seinen so nahe war, kaum mehr sehen konnte. Doch der Herrscher hielt ihn immer noch fest und schien ihn noch immer zu schütteln, nun allerdings mehr mit der schieren Kraft seiner Emotion.

»Ja, Herr«, hörte Pacal sich sagen und spürte, wie der Griff an seinem Arm sich löste. Caan Ac klopfte ihm auf die Schulter und ging dann quer über die Terrasse davon.

»Ja«, wiederholte Pacal leise, und das Wort klang lange in seinen Ohren nach, als sei damit sein Schicksal besiegelt.

Im Monat Mol brach Batz Mac mit seiner Familie nach Tikal auf, um die Hochzeit von Akbal und Zac Kuk zu feiern. Den ersten Teil des Weges legten sie im Kanu über die Kette kleiner Flüsse zurück, die von Osten nach Westen flossen und nach einer guten Regenzeit noch schiffbar waren. Nach einer Übernachtung in Uaxactun, wo Verwandte ihres Clans lebten, reisten sie auf derselben Route, die Akbal bei seiner Rückkehr benutzt hatte, in südlicher Richtung weiter und kamen durch die abgeernteten Maisfelder, in denen Schwärme wilder Truthühner und Currasows sich an den Ernterückständen gütlich taten. Am Eingang zum nördlichen Zeremonialzentrum der Stadt wurden sie von dem jungen Kal Cuc erwartet, der sie bis zum Haus der Jaguarpranken geleiten durfte. Nach den im Norden gelegenen Katun-Einfriedungen passierten sie mehrere beeindruckende Gebäudekomplexe – einer davon war so groß, dass er fast wie ein Zeremonialzentrum aussah – und kamen dann auf einen Weg, der um einen weiten Alkalche herumführte.

Um sich die Landschaft vertrauter zu machen, sagte sich Zac Kuk, die an der Seite ihrer Mutter ging, dass das offene Wasser des Sumpfs ein Fluss sei. Sie hatte wohl gewusst, dass Tikal viel größer war als Ektun, doch die wahren Ausmaße dieser Stadt hatte sie sich nicht vorstellen können, so dass sie aus dem Staunen nicht herauskam. Sie waren schon fast den ganzen Vormittag gelaufen, vorbei an Häusern, die immer größer wurden und dichter aneinander gebaut waren, und vorbei an Plätzen und Zeremonialzentren, die zunehmend beeindruckender wurden. Und es schien kein Ende zu kommen, keine Begrenzung – wie etwa die Berge, die Ektun umschlossen –, gegen die man die volle Größe der Stadt hätte ermessen können. Nachdem sie die hochaufragenden Tempelpyramiden weiter im Süden gesehen hatte, dachte Zac Kuk, dass sie gar nicht in das eigentliche Zentrum der Stadt kommen würden, aber sie bedauerte das auch nicht; was bisher zu sehen gewesen war, hatte sie schon genügend eingeschüchtert, und Freude machte ihr dieses ungewohnte Gefühl ohnehin nicht.

Sie hörte ein vertrautes Krächzen und blickte über die Schulter zurück, an Verwandten und Dienern vorbei zu den Trägern, die auf ihren Köpfen in mit Tüchern verhangenen Käfigen ihre Vögel transportierten. Beim Aufbruch in Ektun war ihr die aus etwa fünfunddreißig Leuten bestehende Kolonne imposant vorgekommen, aber hier, in der Umgebung von Tikal, war sie gar nicht sehr aufgefallen; tatsächlich waren sie sogar einigen größeren Gruppen begegnet, deren Mitglieder zum Teil besser gekleidet gewesen waren als sie selbst. Das schüchterte Zac Kuk vielleicht noch mehr ein als alles andere, und außerdem schämte sie sich irgendwie wegen ihrer Tiere, die ihr plötzlich wie Kinderspielzeug vorkamen und nur mitgenommen worden waren, um ihr das Eingewöhnen in ihre ungewohnte neue Umgebung zu erleichtern.

»Ah!«, rief Muan Kal neben ihr aus. »Schau, wie viele Häuser sie haben! Und wie groß dieser Familienschrein ist!«

Aber Zac Kuk wollte keine Gebäude sehen; sie warf nur einen kurzen Blick im Vorbeigehen auf die strohgedeckten Häuser, die sich unter Brotnußbäumen zusammendrängten und aus deren Mitte ein hoher, roter Dachkamm emporragte. Sie schaute lieber nach vorne auf die vielen Menschen, von denen sie erwartet wurden. Als sie näher kamen, bemerkte sie, dass es zwei Gruppen waren: die eine bestand aus Akbal und seiner unmittelbaren Familie, die andere war wesentlich größer und hielt sich in respektvollem Abstand hinter der ersten. Von diesen Leuten konnte Zac Kuk nicht genügend sehen, um auszumachen, wer sie waren, aber es waren sicher zu viele, als dass sie alle Diener hätten sein können.

Dann blieben die Männer vor ihr stehen, und zwischen ihnen hindurch sah sie Akbal, der vorgetreten war, um Batz Mac zu begrüßen. Zac Kuks Atem ging schneller, und ihr Magen krampfte sich vor Aufregung zusammen. In ihrer Schüchternheit kam ihr nicht einmal sein Gesicht mehr wirklich vertraut vor; seine Züge waren dünner und schärfer ausgeprägt, als sie sie in Erinnerung hatte, und ließen ihn älter und reifer aussehen.

»Ich bedaure, dass mein Vater nicht hier sein kann, um Euch zu empfangen, Herr«, sagte Akbal höflich. »Seine Pflichten als Oberster Verwalter werden ihn bis zur Hochzeit ganz in Anspruch nehmen. Aber darf ich Euch meinen Großvater vorstellen, Balam Xoc, den Lebenden Ahnen unseres Clans …«

Zac Kuk streckte den Hals so neugierig vor, dass ihr ihre Mutter einen Arm auf die Schulter legte, um sie an ihre gute Erziehung zu erinnern. Widerstrebend gehorchte sie, obwohl sie nur einen kurzen Blick auf den alten Mann hatte werfen können, der an Akbals Seite erschienen war. *Das ist er?* fragte sie sich und fühlte eine momentane Enttäuschung, die gleichzeitig aber auch eine Art Erleichterung nach sich zog. Sie hatte eine viel beeindruckendere Gestalt erwartet, einen wilden, visionären Rebellen mit gebieterischen Gesten und Augen, denen nichts entging. Aber dieser Mann hätte ebenso gut ihr eigener Großvater sein können, außer dass das Alter ihm noch nicht den Rücken gekrümmt hatte.

»Welch ein freudiger Anlass für unsere beiden Familien, Batz Mac«, hörte sie den alten Mann sagen. »Lasst uns deshalb nicht so sehr um die Etikette bemüht sein, sondern einfach zusammen sein wie Freunde.«

»Es ist mir eine Ehre, Euch einen Freund zu nennen«, erwiderte ihr Vater. Zac Kuk konnte sich nur vorstellen, wie sich die beiden die Hände schüttelten, denn ihre Sicht war zu sehr verdeckt, um sie zu sehen. Die Männer vor ihr gingen sofort aufeinander zu; ihr Bruder Chan Mac lief direkt zu Akbal, und die beiden Söhne von Box Ek – die nicht nur wegen der Hochzeit mitgekommen waren, sondern auch, um den siebzigsten Geburtstag ihrer Mutter zu feiern – bückten sich und umarmten eine winzige, runzlige Frau, die sich auf einen glänzenden Holzstock stützte. Als Zac Kuk sah, wie sehr Akbal und Chan Mac sich über ihr Wiedersehen freuten, spürte sie eine Woge von Eifersucht in sich aufwallen, die aber rasch wieder abklang, als Akbal geradezu übereifrig über ihren Bruder hinweg die Menge nach ihr absuchte. Sie senkte mit der gehörigen Bescheidenheit den Blick, allerdings nicht ohne festzustellen, um wieviel jünger er aussah, wenn er lächelte.

Dann führte ihr Vater Balam Xoc und einen zweiten älteren Mann zu ihr und Muan Kal, um sie vorzustellen. In dem kurzen Augenblick, bevor sie sich mit ihrer Mutter verbeugte, wurde Zac Kuk von einer plötzlichen Bewegung im Hintergrund abgelenkt, als hätte sich die zweite, hinten stehende Gruppe geschlossen nach vorne bewegt. Und wirklich, als sie wieder aufsah, bemerkte sie, dass diese Leute eine feste Mauer hinter Balam Xoc gebildet hatten, und jetzt erkannte sie auch eindeutig, dass es sich nicht um Diener handelte. Vielmehr schienen sogar einige fremde Herren und Priester darunter zu sein, und andere trugen Kleider, die für Diener viel zu extravagant waren.

»Willkommen im Haus der Jaguarpranken, Herrin«, begrüßte Balam Xoc Muan Kal. »Ich hoffe, die Reise war nicht zu strapaziös für Euch.«

»Es ist schon viele Jahre her, seit ich in Tikal war, Herr«, erwiderte Muan Kal freundlich. »Ich muss sagen, es ist noch viel imposanter geworden.«

»Es ist sicherlich gewachsen«, räumte Balam Xoc ein, wobei sein nüchterner Tonfall Zac Kuks aufmerksamen Ohren beinahe sarkastisch vorkam. Doch in seinem braunen, wettergegerbten Gesicht stand kein Lächeln, und keine verborgene Bedeutung lag in seinem Blick. Er zeigte auf den alten Mann neben sich. »Darf ich Euch meinen jüngeren Bruder vorstellen, Cab Coh, Meister der Handwerker …«

Muan Kal zögerte einen kurzen Augenblick, bevor sie sich verbeugte, und Zac Kuk wusste, dass es ihrer Mutter ebenso schwer fiel zu glauben, was sie gehört hatten. Cab Cohs ganzer Körper wackelte leicht, als er sich vor den Frauen verneigte, und seine wässrigen Augen blinzelten unaufhörlich, so dass sein Lächeln ebenso freundlich wie verwirrend wirkte. Er sah mindestens um zehn Jahre älter aus als sein Bruder, auf keinen Fall jünger.

»Das ist meine jüngste Tochter, Zac Kuk«, erklärte Batz Mac stolz, und jetzt verbeugte Zac Kuk sich vor den beiden Männern, um danach ernst und zurückhaltend Balam Xocs Blick zu begegnen. Sie hatte sich auf dieses Zusammentreffen vorbereitet und versuchte, ihm zu zeigen, dass sie eine intelligente und besonnene Frau war – eine Frau, die es wert war, in sein Haus aufgenommen zu werden. Auch die vielen beobachtenden Augenpaare hinter Balam Xoc waren Zac Kuk bewusst, wenngleich sie nicht das Gefühl hatte, dass sie direkt auf sie gerichtet waren.

»Du bist wirklich so schön, wie Akbal es mich glauben gemacht hat, mein Kind«, sagte Balam Xoc in demselben trockenen, leicht sarkastischen Ton, den er schon zuvor angeschlagen hatte. »Allerdings habe ich keinen so ernsten Menschen erwartet.«

Batz Mac lachte schallend über diese Bemerkung, und nach einer obligatorischen, verlegenen Verbeugung erwiderte Zac Kuk den Sarkasmus des alten Mannes mit ihrem strahlendsten Lächeln. Aber während Cab Coh deutlich Freude erkennen ließ, veränderte sich Balam Xocs Miene kaum; erst verspätet erschien ein fast unmerkliches Lächeln in seinen Zügen.

»Solch ein strahlendes Gesicht geziemt sich für eine Braut!«, sagte Cab Coh mit leiser Begeisterung und reichte Batz Mac die Hand, um ihm zu seiner Tochter zu gratulieren.

»Ja, alles andere als ernst und feierlich«, kommentierte Balam Xoc. Zac Kuk lächelte noch immer, aber gleichzeitig musste sie eine böse Vorahnung unterdrücken. Sie hatte das sichere Gefühl, noch nie einem Menschen begegnet zu sein, der so wenig Wärme und Zuneigung besaß – und der für ihr Lächeln derart unzugänglich war. Sie hatte nicht die geringste Vorstellung, wie sie diesen Menschen beeindrucken konnte, aber sie wusste, dass *er* es war, dem sie am meisten imponieren musste.

Doch zu ihrer Überraschung bot er ihr seine Hand und bat sie, ihn zu begleiten. »Bevor du dich für die Zeremonie umziehst«, schlug er ihr vor, »erlaube mir, dir das Haus zu zeigen, das mein Enkel für dich vorbereitet hat. Vielleicht kann es dir eher ein Gefühl des Willkommenseins geben, als ich es vermag.«

Zac Kuk blickte zögernd zu ihren Eltern, doch sie erteilten freudig ihre Zustimmung zu diesem ungewöhnlichen Vorschlag, in dem auch ein Anflug von Entschuldigung mitgeschwungen hatte, so als sei sich Balam Xoc seiner kühlen Wirkung durchaus bewusst. Die beiden gingen auf die Menge zu, die sich wie von selbst teilte, um sie hindurchzulassen; offenbar verfolgten die Menschen genau jedes Wort, jede Geste ihres Lebenden Ahnen. Doch Balam Xoc beachtete sie gar nicht und erklärte Zac Kuk nicht einmal, wer diese Leute waren.

»Das ist der Handwerksbau, wo Akbal und die anderen Handwerker unter der Leitung meines Bruders arbeiten«, erläuterte er, als sie ein langes, strohgedecktes Gebäude passierten, das Zac Kuk wegen seiner vielen offenen Eingänge an Ektun erinnerte. Sie merkte, dass die Menge ihnen folgte, und versuchte, sie ebenso wie Balam Xoc nicht zu beachten, doch das fiel ihr nicht leicht. Nach dem Handwerksbau kamen sie auf einen Platz, der etwas größer war als der vor dem Haus ihres Vaters, und dahinter lag, etwas erhöht und mit Büschen und kleinen Bäumen abgegrenzt, ein zweiter, noch größerer. Vor den ersten beiden Häusern an der Nordseite des Platzes hielt Balam Xoc an.

»Akbal hat neben seinem Bruder Kinich Kakmoo gebaut«, sagte er.

Zac Kuk nickte zögernd und schaute von einem Haus zum anderen. »Ich habe Kinich Kakmoo in Ektun kennen gelernt«, erwiderte sie; etwas Besseres oder Passenderes wollte ihr nicht einfallen. Sie wusste nicht recht, was sie an den beiden Häusern Besonderes sehen sollte; außerdem lenkten die Leute sie ab, die hinter ihnen auf den Platz drängten. Aber plötzlich bemerkte sie die beiden zusätzlichen Eingänge, die Akbal eingebaut hatte, und welchen Kontrast sie mit der mehr geschlossenen Fassade von Kinichs Haus bildeten.

»Oh!«, rief sie, erstaunt darüber, dass ihr dieser Unterschied nicht auf den ersten Blick aufgefallen war. »Das ist ja wie ein Haus aus Ektun«, fügte sie hastig und leicht verlegen hinzu.

»Das war seine Absicht«, sagte Balam Xoc nachsichtig, als habe er ihre Verlegenheit bemerkt, sehe aber keinen Grund dafür. Es schien für ihn keine Rolle zu spielen, wie rasch sie begriff, was er ihr deutlich machen wollte. Zac Kuk bemerkte, dass ihm nicht nur Wärme fehlte, sondern auch Verachtung und Ungeduld. Das fand sie auf eine eigenartige Weise beruhigend, und so begleitete sie ihn, ohne zu zögern, die Treppen hinauf und in das mittlere der drei Zimmer auf dieser Seite des Gebäudes. Durch die drei Türen bekam es reichlich Licht, und obwohl es lang und schmal geschnitten war, wirkte es mit seinem steilen Dach sehr geräumig.

Dieses Mal sah Zac Kuk die Überraschung, die sie erwartete, sofort, und sie war sprachlos. An die lange Wand zwischen den Türen zu den hinteren Räumen hatte Akbal ein Bild der Stadt Ektun gemalt, wie sie sich dem Blick von einem hohen Berg jenseits des Flusses darbot. Unten, knapp über der Bank, die sich an der Mauer entlang zog, schäumte der grüne, reißende Strom an die schwarzen Felsen, von denen Ektun seinen Namen hatte. Gelbliche Klippen bildeten den Übergang zur nächsthöheren Ebene des Gemäldes, auf der sich, wie eine Treppe von rechts nach links ansteigend, die verschiedenen Zeremonialzentren und darüber die Stadt selbst, erhoben. Und dahinter leuchteten die grünen Berge und ragten steil in einen blauen Himmel, in dem weiße Wolken dahintrieben.

Zac Kuk wusste nicht, wo Akbal einen solchen Aussichtspunkt gefunden hatte oder ob dieses Bild lediglich in seiner Vorstellung existierte, aber sie hatte keinen Zweifel, dass sie auf ihr Zuhause blickte. Es sah richtig aus, und es fühlte sich auch so an, und bestimmte Details der Tempel und Monu-

mente – und von einem Berg insbesondere – waren unzwei-
felhaft ganz genau wiedergegeben. Sie wandte sich zu
Balam Xoc um und versuchte nicht, die Tränen in ihren Augen zu verbergen.

»Ich habe kein Geschenk für ihn, das diesem gleich-
kommt«, sagte sie nur.

»Ich bezweifle, dass er dem zustimmen würde. Es ist ihm
sehr wichtig, dass du hier glücklich bist.«

»Das sehe ich«, flüsterte sie ergriffen und schaute wieder
auf das Bild an der Wand. »Er hat mich vorgewarnt, dass es
nicht leicht werden würde.«

»Aber es dürfte auch nicht zu schwer für dich werden,
meine Tochter. Sicher kannst du auch im Unglück noch hin
und wieder ein Lächeln erübrigen.«

»Ich weiß nicht«, gestand Zac Kuk und wandte sich ab,
als ihr erneut die Tränen kamen.

»Dann wirst du es lernen«, sagte Balam Xoc nur. »Aber
komm und beruhige dich. Du willst doch nicht, dass die anderen dich weinen sehen.«

Zac Kuk betupfte sich die Augen mit einem Ende ihres
Schals und warf einen ängstlichen Blick hinaus auf die
schweigend auf dem Platz stehende Menge.

»Wer sind diese Leute, Großvater?«, fragte sie in flehentli-
chem Ton; sie konnte jetzt einfach nicht mehr so tun, als sei-
en diese Menschen ihr gleichgültig.

»Das sind die Leute, die die Geistfrau zu mir bringt. Und
ihr eigenes Bedürfnis nach Ziel und Führung. Solche Menschen gibt es viele auf der Welt, meine Tochter; du dürftest
allerdings nicht dazu gehören.«

»Nein?«, fragte Zac Kuk zweifelnd.

»Hast du nicht ein eigenes Leben zu leben?«, fragte
Balam Xoc zurück. »Eines, das nur dir gehört?«

»Ja«, erwiderte Zac Kuk, ohne nachzudenken. »Meines
und das meines Ehemannes«, fügte sie dann hinzu.

»Er wird es dir nicht wegnehmen«, sagte Balam Xoc.
»Und du hast auch zuviel Stolz, um es dir wegnehmen zu
lassen. Nein, mein Kind, spare dir deine Versprechen für den
Priester auf«, meinte er und winkte ihren Einspruch ab.

»Das ist kein Urteil, vor dem du fliehen solltest. Du wirst deinen Stolz brauchen, um dir hier einen Platz zu schaffen. Vielleicht nicht im Herzen deines Gatten, aber bei diesen anderen Leuten, ja, da wirst du ihn brauchen.«

»Mir ist immer gesagt worden, ich sei zu stolz«, gestand Zac Kuk etwas verwirrt, doch Balam Xoc zuckte nur die Achseln.

»Das waren Ermahnungen für ein Mädchen. Der Stolz, den eine Frau braucht, ist etwas anderes. Aber auch das wirst du lernen.«

Mit einer brüsken Geste bedeutete ihr Balam Xoc, ihm zu folgen, und ging hinaus. Zac Kuk eilte an seine Seite und wischte sich noch rasch die letzte Träne ab, damit niemand meinte, sie sei ein weinerliches kleines Mädchen.

Da das Wetter gut war und so viele Leute baten, als Zuschauer dabei sein zu dürfen, fand die Zeremonie im Freien statt, auf den Stufen vor Pacals Haus. Ein blauer Baldachin – die Farbe der Himmelsgötter – wurde über das Brautpaar gehalten, neben dem auf der einen Seite Batz Mac und Muan Kal, auf der anderen Pacal und Ixchel Aufstellung genommen hatten. Die Brautleute legten ihr Eheversprechen vor Nohoch Ich ab, der sich aus diesem Anlass Gesicht und Oberkörper hellblau bemalt und einen gleichfarbigen Turban um den Kopf geschlungen hatte. Er schwenkte eine Schöpfkelle mit Kopal über ihren Köpfen und richtete ein gesungenes Gebet an die Ahnen und die Geister, die Kinder schenkten.

Ein paar Schritte weiter stand Chan Mac neben Kinich Kakmoo und beobachtete die Zeremonie mit einem Ausdruck von sehnsüchtigem Stolz auf seinem runden Gesicht. Er dachte, dass seine Lieblingsschwester Zac Kuk noch nie strahlender ausgesehen hatte als in diesem Augenblick – mit ihrem in der Sonne glänzenden, schwarzen Haar und den großen Augen, die gebannt auf den Priester gerichtet waren. Und neben ihr stand sein Freund Akbal, dessen langer, turbangekrönter Kopf fast den Baldachin berührte und der so konzentriert und ganz bei der Sache war, wie wenn er den

Pinsel führte. Selbst für einen Fremden wären die beiden ein schönes Paar gewesen, Chan Mac aber hatte dabei, wenn auch nur kurz, Einblick in die Tiefen ihrer Schönheit erleben dürfen.

All seiner Bewunderung zum Trotz konnte er jedoch auch ein Gefühl des Verlustes nicht verleugnen, das sich fast zeitgleich mit der Ankunft am Clan-Haus der Jaguarpranken bei ihm eingestellt hatte. Er war beeindruckt, wenn auch nicht wirklich überrascht gewesen, wie sehr Akbal gereift war, seit sie sich vor einigen Monaten zum letzten Mal gesehen hatten. Angesichts der Verantwortlichkeiten, die er seither übernommen hatte, war das jedoch nicht weiter verwunderlich. Anscheinend hatte Akbal durch den Kontakt mit den Pilgern und gelehrten Männern, die zu seinem Großvater kamen, auch an Klugheit im Umgang mit Menschen gewonnen.

Was Chan Mac jedoch wirklich überraschte, war, wie sehr er die Gesellschaft seines Freundes vermisst hatte. Das war ihm schon in den ersten Momenten ihrer Begrüßung aufgefallen, als sie darüber gesprochen hatten, wie sehr sie sich über ihr Wiedersehen freuten, und Akbal plötzlich an ihm vorbeischaute, Zac Kuk suchte und lächelte, sobald er sie entdeckte. Auch das war zu erwarten gewesen; aber trotzdem hatte Chan Mac sich in diesem Augenblick verlassen gefühlt, und obwohl er sofort erkannte, wie kindisch diese Reaktion war und schnell ein Lachen aufgesetzt hatte, war diese Erfahrung für ihn dennoch wie ein körperlicher Schock gewesen. Immerhin reiste er bald wieder von hier ab, und wenn Zac Kuk einmal schwanger war, würde er von seinem Schwager keine häufigen Besuche mehr erwarten können; andererseits würden seine eigenen Pflichten ihn auch nur selten nach Tikal bringen. Ihm stand also tatsächlich eine Trennung bevor.

Während Chan Mac die Zeremonie verfolgte, fragte er sich, ob seine Gefühle für Akbal bedeuteten, dass dieser mehr für ihn war als lediglich ein Freund. Weshalb war es eine solche Freude zu sehen, wie er sich entwickelte und seine Kräfte entdeckte? Chan Mac hatte zwei jüngere Brüder und mehrere halberwachsene Neffen, und er hatte zwei junge Männer als Protegés gehabt, die er in der Kunst der Diplomatie unterrichtet hatte. Aber für deren Entwicklung hatte er nie ein vergleichbares Interesse verspürt. Ist es die Besonderheit von Akbals Talenten, fragte sich Chan Mac, oder hat es mehr mit dem Zeitpunkt zu tun, an dem er in mein Leben trat? Zum erstenmal kam ihm der Gedanke, dass er Akbal womöglich deshalb so schätzte, weil er aufgehört hatte, von sich selbst Großartiges zu erwarten. *Vielleicht bin* ich *der Protegé,* dachte er voller Wehmut.

»Du machst dir schwere Gedanken, mein Freund«, flüsterte Kinich Kakmoo ihm ins Ohr und riss ihn damit aus seiner Versonnenheit. Die Zeremonie ging soeben zu Ende; gerade überreichte seine Mutter Pacal im Namen ihrer Tochter das Hochzeitsbündel, und aller Augen leuchteten bereits in Vorfreude auf das sich anschließende Fest.

Chan Mac lächelte verlegen. »Nein, ich bin nur neidisch auf den Bräutigam«, meinte er.

Kinich prustete, um ein Lachen zu unterdrücken, und zog mit einem hämisches Zwinkern die Augenbrauen hoch – der Komplott der Ehemänner. Kinich war vierundzwanzig Jahre alt, zwei Jahre jünger als Chan Mac, aber fast genauso lange schon verheiratet.

»Deine Schwester ist ein kostbarer Schatz«, flüsterte er anerkennend. »Mein Bruder sollte dankbar sein für den Tag, an dem er *dich* getroffen hat, mein Freund.«

Chan Mac warf ihm einen scharfen Blick zu, der aber unbemerkt blieb, da in diesem Augenblick eine plötzliche Unruhe entstand; die Menschen um sie herum brachen in Jubel aus und drängten vorwärts, um dem Brautpaar zu gratulieren. Die beiden Männer verstummten und warteten außerhalb des Kreises der Gratulanten.

»Bleibst du noch zum Fest?«, fragte Chan Mac beiläufig im Gedanken, dass Kinich ihm dieses Kompliment wohl gemacht hatte, ohne lange darüber nachzudenken, und die Umstände, unter denen er und Akbal sich kennen gelernt hatten, offenbar vergessen hatte.

Kinich schaute auf den Platz hinunter und scharrte mit

dem Fuß. »Ein bisschen«, sagte er achselzuckend. »Außer dir sind hier nur wenige, mit denen ich meine Zeit verbringen möchte.«

»Ich dachte, du hättest deine Unstimmigkeiten mit Akbal ausgeräumt«, erwiderte Chan Mac überrascht.

»Haben wir. Aber in diesem Clan sind Krieger nicht sonderlich angesehen. Nicht einmal einer, der ein Nakom von Tikal ist.«

Chan Mac betrachtete ihn mitleidsvoll, sagte aber nichts. Kinich würde seine Anteilnahme nicht wollen, und außerdem wäre es für ihn, einen Fremden, nicht schicklich, in einer claninternen Angelegenheit Partei zu ergreifen.

»Ich freue mich schon darauf, wenn ich wieder ins Feld ziehen kann«, fuhr Kinich mürrisch fort. »Für einen Kriegshäuptling hat der Palast nicht viel zu bieten. Sie meinen, ich soll mich damit zufrieden geben, meine Männer durch die Dörfer und die Jagdlager marschieren zu lassen, um die Bauern zu beruhigen. Ha! Die Ara werden mir eine bessere Gesellschaft sein. Die wollen wenigstens *kämpfen*!«

Chan Mac brauchte nicht zu fragen, wer ›sie‹ waren; damit konnte Kinich nur die höherrangigen Kriegshäuptlinge oder die Verwalter des Herrschers meinen. Er hatte selbst miterlebt, wie ehrgeizige junge Männer von ihren Vorgesetzten gebändigt wurden; ihre Ambitionen wurden ihnen mit unbedeutenden, alltäglichen Aufgaben ausgetrieben. Wie zum Beispiel dem Bemalen einer Begräbnisvase, während andere die wichtigen Verhandlungen führten, dachte Chan Mac bitter und begann zu begreifen, weshalb er sich in Yaxchilan so sehr zu Akbal hingezogen gefühlt hatte.

»Hast du manchmal das Gefühl, Kinich«, fragte er plötzlich, »dass du einen Punkt erreicht hast, an dem dir Erfolg zuteil werden sollte, du ihn aber noch immer nicht fassen kannst?«

Kinich atmete lange und hörbar aus. »*Ja.*«

»Gibt es dir das Gefühl, alt zu sein und neidisch auf die, die ihren Erfolg wahrscheinlich noch vor sich haben, weil sie jünger sind?«

»Es *ärgert* mich«, erwiderte Kinich mit Nachdruck. »Am

liebsten würde ich von hier weggehen, irgendwohin, wo Tapferkeit noch anerkannt wird!«

»Daran hatte ich nicht gedacht«, gab Chan Mac ernüchtert zu, von diesem Gedanken jedoch sichtlich berührt.

»Aber wo könnte ich hingehen?«, fuhr Kinich fort, ohne auf die nachdenkliche Bemerkung seines Freundes einzugehen. »Ich werde mit den Yaxchilani kämpfen, ja, aber ich respektiere sie nicht genug, um einer von ihnen zu werden. Außerdem ist Tikal mein Zuhause und der Ort, an dem ich meine Kinder aufziehen möchte.«

»Ja«, stimmte Chan Mac abwesend zu. »Aber wenn du hier das Gefühl hast, dass man dich nicht sonderlich haben will?«

»Na ja, so schlimm ist es nun auch wieder nicht«, spöttelte Kinich und spürte, wie sein Ärger verschwand. »In erster Linie ist es mein Großvater, der sich quer zu mir stellt, und der hat nicht mehr so viele Jahre vor sich. Ich werde die Achtung, die mir gebührt, schon noch bekommen. Aber komm, mein Freund«, sagte er mit neuerlicher Herzlichkeit, »sehen wir uns nach etwas Balche um. Es war unhöflich von mir, dich mit meinen Problemen zu belästigen.«

»Überhaupt nicht«, versicherte ihm Chan Mac in aller Aufrichtigkeit. Er war versucht, Kinich für seinen Rat zu danken, wusste aber, dass diese Geste den Krieger nur verwirrt hätte. *Ich kann es später erklären*, sagte sich Chan Mac, *wenn ich diesen Großvater, diesen Balam Xoc, und seine Vision der Zukunft kennen gelernt habe.*

Große Mengen an Speisen und Getränken waren an den vier Ecken des oberen Platzes bereitgestellt, und hier versammelten sich die Gäste, um ihre Kürbisse mit Kakao, Balche oder Fruchtsaft zu füllen und bei dem an Spießen gebratenen Wildbret und den Truthähnen zuzugreifen. Dazu gab es frisches Gemüse und reife, rote Tomaten, Körbe mit Avocados, Zapotes und Papayas sowie dicke, saftige Scheiben Ananas und Wassermelone. Aber mehr als alles andere wurde Mais angeboten: Mais in vielen verschiedenen Farben, gemahlen und auf jede erdenkliche Art und Weise gekocht; mit Chilis gewürzt oder mit Honig und Vanille gesüßt, in Eintöpfen mit Fleisch oder Fisch zubereitet, ausgerollt und als Kuchen gebacken und sogar zusammen mit Kakao und Wasser zu einem dickflüssigen, nahrhaften Getränk geschlagen. Mais, die wichtigste Nahrung der Ahnen, und nun das Symbol für die letzte Ernte und für Tikals neuerlichen Wohlstand.

Akbal und Zac Kuk übten Zurückhaltung und aßen der Tradition gemäß nur von der Hand des anderen. Ungeachtet der fast ständigen Belagerung durch Gäste erfreuten sie sich ihrer neuen Freiheit und berührten sich, hielten Händchen und schauten sich tief in die Augen. Als die Fackeln entzündet wurden, begannen sie mit den anderen verheirateten Paaren zu tanzen, und auch hier boten sie ein auffallendes Bild: Zac Kuk, anmutig und elegant in ihrem Hochzeitskleid in Gelb und Weiß, wie sie sich leicht zum raschen Schlag der Trommeln bewegte, während Akbal langbeinig und voller Begeisterung fantasievolle Sprünge machte. Als Batz Mac, trotz seiner Leibesfülle ein guter Tänzer, in einer Reihe an seinem neuen Schwiegersohn vorbeitanzte, neckte er Akbal und erinnerte ihn lachend an den Spruch vom ›Reiher unter Fröschen‹.

In den Tanzpausen mischten sie sich unter die Gäste, gefolgt von Dienern, die die Geschenke für das Brautpaar einsammelten. Einige, zum Beispiel die federbesetzten Glücksbringer, die Kindersegen sicherstellen sollten, waren eher bescheiden; andere hingegen, etwa eine Halskette aus orangefarbenen Muscheln, die Zac Kuk von einem alten Mann aus Altun Ha bekam, hatten sicherlich viel gekostet. Selbst Akbal kannte nicht alle, von denen sie beschenkt wurden, aber er bedankte sich bei jedem und fragte auch die Gemeinen nach Namen und Herkunft. Zac Kuk, die die vielen Namen und Gesichter verwirrten, hielt die Höflichkeit ihres Gatten für übertrieben und begnügte sich damit, sich nur die Namen jener zu merken, bei denen es ihr wichtig erschien. Das waren Leute, deren Kleidung für sich sprach oder die ihr Lächeln erwiderten, obwohl sie pflichtschuldig alle anlächelte, die vor sie traten.

Einer fiel allerdings aus dem Rahmen. Der Mann trat ihnen in den Weg, als sie zum Tanz zurückkehren wollten, so dass Zac Kuk erschreckt Akbals Arm fester packte. Er war so sehr abgemagert, dass seine Rippen und die Schlüsselbeine unter der ledernen Haut deutlich hervortraten; das fettige Haar hing ihm lose auf die Schultern, und den Kopf trug er schief im Versuch, sein blindes rechtes Auge zu verbergen. Das andere Auge war starr auf Akbal gerichtet, und der Blick des Mannes war so intensiv, dass Zac Kuk Angst bekam und sich fragte, wieso ihr Gatte nicht etwas mehr Abwehr zeigte. Doch Akbal streckte lediglich eine Hand aus, um das Geschenk anzunehmen, das der Mann ihm stumm entgegenhielt.

»Das ist für den Enkel von Balam Xoc«, sagte er endlich mit einer Stimme, die so rau war, dass man ihn kaum verstand. Er legte Akbal einen abgerundeten Stein in die Hand, der etwa einen halben Finger lang war und im Schein der Fackeln schwach glänzte. Akbal betrachtete ihn kurz und umschloss ihn dann mit seiner Faust.

»Wie heißt du?«, fragte er den Mann, die Faust noch immer ausgestreckt haltend, als würde er das Gewicht des Steines schätzen.

»Hok«, antwortete er und zeigte auf den Stein. »Er gehörte meinem Vater, in Quirigua«, fügte er dann hinzu.

Zac Kuk war entsetzt über die Manieren dieses Menschen und wurde allmählich ungeduldig mit Akbal, weil er dieses in ihren Augen absurde Geschenk nicht einfach ignorierte. Andererseits wollte sie nicht auch noch unhöflich werden; aber vielleicht war Akbal ja durch diesen offensichtlich gestörten Mann selbst so perplex, dass er ihrer Hilfe bedurfte.

»Ich habe Verwandte in Quirigua«, warf sie höflich ein. »Welchem Clan gehörst du an?«

Der Mann richtete seinen unheimlichen Blick kurz auf sie, wozu er den ganzen Körper drehen musste, und wandte sich dann erwartungsvoll wieder Akbal zu. »Ich habe keinen Clan«, murmelte er trotzig. »Außer dem von Balam Xoc …«

»Das ist *mein* Clan und der meiner Frau«, sagte Akbal in warnendem Ton, denn er merkte, dass Zac Kuk ärgerlich geworden war, weil der Mann ihre Frage einfach übergangen hatte. Er neigte sich zu ihr und senkte den Blick, als wollte er sie um Nachsicht bitten. Dann öffnete er seine immer noch ausgestreckte Hand.

»Dieser Stein hat Kraft und Wärme«, sagte er. »Ein Erbe wie dieses sollte man nicht weggeben.«

»Ich kann ihn nicht verwenden!«, rief der Mann und schnitt eine Grimasse, die erkennen ließ, dass sein anderes Auge unbeweglich und nutzlos war. Er atmete schwer; die Sehnen an seinem Hals traten deutlich hervor. »Ihr habt Augen«, brummte er mürrisch, »Ihr seid der Maler. Ihr müsst ihn haben!«

»Dann danke ich dir«, erwiderte Akbal und ließ den Arm sinken. »Wenn ich dir je einmal einen Gefallen tun kann, Hok, dann musst du zu mir kommen.«

Der Mann zuckte nur die Achseln und verschwand dann in der Menge.

»Er hat deine Höflichkeit nicht verdient, mein Gemahl«, erklärte Zac Kuk bestimmt. »Er hat dich verspottet!«

»Das glaube ich nicht«, entgegnete Akbal ruhig. »Ich denke eher, dass er sich gar nicht anders verhalten kann.« Er zeigte ihr den Stein in seiner Hand. »Das ist ein Polierstein, damit reibt man Keramiken ab, nachdem sie bemalt wurden. Diese Steine werden normalerweise in den Familien der Maler weiter vererbt, vom Vater an den Sohn oder von der Mutter an die Tochter.«

»Du hast also gar nicht nur vorgegeben, ihn zu bewundern?«

»Sie sind selten, und ein jeder hat bestimmte Eigenheiten; ich habe allerdings gehört, dass sie im Laufe der Zeit die Eigenschaften ihrer Besitzer annehmen. Ich konnte den Geist des Mannes spüren, der ihn zuletzt benutzt hat, und das war ein ganz anderer Mensch als der, den wir zu sehen bekamen. Ich weiß nicht, was Hok geschehen ist, aber er hat recht. Dieser Stein *ist* nutzlos für ihn, wenn auch nicht nur wegen seiner Augen.«

Zac Kuk warf ihm einen argwöhnischen Blick zu, verwirrt von all dem Gerede über Geister und Steine, das ihr einen ganz anderen Akbal zeigte als den, den sie kannte.

»Aber *du* wirst ihn doch sicher nicht benutzen?«, fragte sie unsicher.

»Ich würde den Geist seines Vaters entehren, wenn ich es nicht täte«, erklärte Akbal. »Das heißt, ich würde sein Erbe ein zweites Mal missachten. Ich glaube, Hok möchte, dass ich für ihn bewahre, was er nicht bewahren konnte.«

»Aber«, wollte Zac Kuk einwenden, doch dann gab sie mit einem Seufzer auf. »Ich habe keine Erfahrung mit solchen Menschen. Er hat mir Angst gemacht.«

»Das tut mir leid«, sagte Akbal und legte ihr tröstend einen Arm um die Schultern. »Du brauchst ein bisschen Zeit, um dich an Großvaters Anhänger zu gewöhnen. Sicher sind sie für dich so verwirrend, wie es die Frauen in Ektun für mich waren.«

Sie lächelte und lehnte sich an seine Brust, ohne die auffordernden Gesten der Tänzer, ihnen zu folgen, zu beachten.

»*Daran* können wir arbeiten«, murmelte sie viel sagend, und Akbal lachte laut. Dann führte er sie zurück zu den Gästen, und sie begannen, sich zu verabschieden.

Kaum hatte sich Chan Mac dem Kreis der Männer angeschlossen, da bezog Balam Xoc ihn mit in das Gespräch ein und fragte ihn nach seiner Meinung zu dem geplanten Krieg gegen die Ara. Er zog an seiner langen Zigarre, sah sich um und bemerkte in den Mienen seines Vaters und des Priesters Nohoch Ich ein gewisses Unbehagen. Ihm gegenüber saß Pacal, dem der Schweiß auf der Stirn stand, obwohl es nachts abgekühlt hatte; er nahm gerade einen kräftigen Schluck aus seinem Becher mit Balche.

»Zotz Mac, der Herrscher unserer Stadt, will sich auf dem Schlachtfeld beweisen«, begann Chan Mac in sachlichem Ton, da er Balam Xocs Miene zwar nicht entschlüsseln konnte, aber bereits von dessen Haltung zu diesem Feldzug gehört hatte. »Und die Ara sind bei ihren Raubzügen Gebieten nahe gekommen, die unter unserer Protektion stehen. Man muss ihren Übergriffen Einhalt gebieten.«

»Glaubt Ihr, dass sie bald auch für Tikal eine Bedrohung darstellen werden?«, fragte Balam Xoc.

Verwundert fragte sich Chan Mac, ob diese Bemerkung als Scherz gemeint war. »Das ist höchst unwahrscheinlich, Herr«, erwiderte er taktvoll. »Wir gehen davon aus, dass wir sie in ihr eigenes Gebiet zurückdrängen, das weit im Norden von Ektun liegt.«

»Ah!«, rief Balam Xoc überrascht und blickte auf Pacal. »Vielleicht ist es dann ein anderes Volk«, meinte er, »das unsere Verbündeten so nervös macht. Vielleicht beruhigt es sie gar nicht, wenn wir unsere Armee gegen die Ara schicken.«

Pacal füllte seinen Becher und starrte auf einen unsichtbaren Punkt in der Mitte des Kreises. Chan Mac spürte sofort ein Schuldgefühl, denn nun erkannte er, dass Balam Xoc ihn benutzte, um sich über seinen eigenen Sohn lustig zu machen. Und er war damit auch noch gar nicht zu Ende, sondern wandte sich wieder Chan Mac zu, ohne auch nur eine Regung in seinem faltenzerfurchten Gesicht zu zeigen.

»Aber die Beute ist doch sicher immens, nicht wahr?«, fragte er. »Zotz Mac wird das doch nicht nur seines Ruhmes wegen tun?«

»Die Gründe für diese Maßnahme hat mein Sohn bereits genannt«, warf Batz Mac jetzt ein. »Wir sind mit vielen befreundet, die unter den Raubzügen der Ara zu leiden haben. Wir würden das Leid dieser Menschen nicht noch durch Plünderungen vergrößern.«

»Verzeiht mir, mein Freund«, entschuldigte sich Balam Xoc hastig. »Das habe ich durchaus nicht gemeint. Ich wiederhole lediglich, was jene sagen, die sich hier für diesen Feldzug aussprechen.«

Wieder schaute Balam Xoc zu seinem Sohn, und dieses Mal begegnete Pacal seinem Blick. Seine Augen waren blutunterlaufen, aber sie flammten vor Zorn. Dann wandte er sich mit einem kehligen Laut, der seinen ganzen Ekel erkennen ließ, ab, stand auf und wankte unsicher aus dem Raum. Balam Xoc sah ihm stumm nach und nickte, als Nohoch Ich und einige andere Männer sich entschuldigten und ebenfalls gingen. Chan Mac tauschte einen Blick mit seinem Vater aus, der sein Unbehagen und Bedauern darüber, bei Pacals Demütigung mitgewirkt zu haben, kaum verbergen konnte.

»Ihr missbilligt mein Verhalten, Batz Mac«, sagte Balam Xoc ohne jeglichen Vorwurf in der Stimme. »Aber wenn Euer Sohn dümmliche Überzeugungen verlauten ließe und sie anderen als die Wahrheit vorsetzte, würdet Ihr ihn nicht zurechtweisen?«

»Nicht in der Öffentlichkeit«, erwiderte Batz Mac, ohne zu zögern. »Und nicht ohne Respekt für seine Gefühle, ungeachtet dessen, was ich von seiner Meinung hielte.«

»Ihr habt Glück, Chan Mac«, wandte sich Balam Xoc an den jüngeren Mann. »Ich verfüge nicht über das Mitgefühl und die Zurückhaltung Eures Vaters. Ich respektiere nichts als die Wahrheit.«

Hätte diese Bemerkung großtuerisch geklungen, so hätte Chan Mac sie als eine schwere Beleidigung seines Vaters aufgefasst. Doch Balam Xoc hatte sie im Ton einer simplen Tatsache geäußert, so als spräche er über ein persönliches Manko, das er zwar kannte, aber nicht sehr bedauerte.

»Ich bin Diplomat, Herr«, gab Chan Mac ihm zu bedenken. »Ich habe gelernt, dass es viele Möglichkeiten gibt, ein und dieselbe Wahrheit auszudrücken.«

»Und ebenso viele, sie zu verleugnen«, erwiderte Balam Xoc. »Oft ist es unmöglich, sie zu unterscheiden. Deshalb haben die Menschen schon immer versucht, mit den Geistern ihrer Ahnen zu kommunizieren – damit sie die Wahrheiten erfahren, die man nicht verleugnen kann.«

»Aber man kann jede Wahrheit verleugnen«, behauptete Chan Mac, »wenn sie den Mächtigen nicht passt oder ihnen gefährlich ist.«

»Vielleicht. Aber solange es sich um eine Wahrheit handelt, die die Welt beschreibt, in der die Menschen leben, kann sie nicht unterdrückt werden. Denn inmitten ihres Schmerzes und ihrer Desillusion werden sie sie immer wieder aufs neue finden.«

»So wie Ihr sie gefunden habt, Herr?«, fragte Chan Mac andeutend und zog damit sofort einen ängstlichen Blick seines Vaters auf sich, der eine derart skeptische Frage als an der Grenze des guten Geschmacks empfand. Doch Chan Mac war ganz auf Balam Xoc konzentriert und bemerkte die Betroffenheit seines Vaters gar nicht.

»Ich habe mich von anderen Menschen in keiner Weise unterschieden«, gab Balam Xoc frei heraus zu. »Ich versteckte mich vor allem, was mein Herz oder meinen Geist hätte beunruhigen können. *Das* war die Wahrheit, die ich in meiner ersten Vision erfuhr: dass wir uns vor unserer Verantwortung nicht mehr drücken und so tun können, als würden wir wie gute Menschen einfach unsere Pflicht erfüllen. Wir können nicht diplomatisch mit jenen reden, die uns ins Verderben führen. Meint Ihr das nicht auch, Chan Mac?«

Chan Mac wollte fast, wie auch Kinich schon früher, mit einem ausdrücklichen *Ja* antworten, aber solch ein leichtes Einlenken widersprach allem, was er in seinem Beruf gelernt hatte, und deshalb nickte er nur. Er sah auf die kalte Zigarre in seiner Hand und dann auf seinen Vater und zögerte, das zu sagen, was er eigentlich sagen wollte.

»Wart Ihr es, Herr, der Akbal nach Yaxchilan geschickt hat?«, fragte er schließlich.

»Das war sein Vater und der Herrscher. Ich habe lediglich meine Zustimmung gegeben.«

Chan Mac nickte wieder und seufzte. Er wusste, dass er Ausflüchte machte. »Gebt Ihr mir Eure Zustimmung«, fragte er dann leise, »dass ich Euch besuchen darf, sobald ich in Tikal lebe?«

»Mein Sohn!«, fuhr Batz Mac ungläubig auf. »Davon hast du mir überhaupt nichts gesagt! Verzeiht mir, Balam Xoc«, wandte er sich zwischendurch an den Gastgeber, »aber ich muss dich an das erinnern, was dir bevorsteht. Du hast hart gearbeitet, Chan, und der Posten, auf den du wartest, wird dir bald zur Verfügung stehen.«

»Es gibt bereits einen offenen in der hiesigen Botschaft. Er wurde mir angeboten, bevor ich Ektun verließ.«

»Das weiß ich«, versicherte ihm Batz Mac, »aber damals hast du nicht erkennen lassen, dass du vorhattest, diese Stelle zu akzeptieren, sondern du wolltest nach Copan gehen. Was hat dich umgestimmt?«

»Mir wurde bewusst, was mein Warten mich gekostet hat. Ich freute mich nicht mehr auf eine herausfordernde Aufgabe, sondern nur mehr auf das, was ich für mich als gebührend erachtete.« Chan Mac unterbrach sich und warf Balam Xoc einen viel sagenden Blick zu. »Ich hatte ein bequemes Leben mit meinen Pflichten, und alles andere hat mich kaum gekümmert.«

»Aber in Copan hättest du große Verantwortung!«, hielt Batz Mac ihm entgegen. »Der Posten dort ist höher als dieser hier, und der Botschafter ist alt und wird seinen Dienst früher quittieren. Denk an deine Karriere, mein Sohn, und welche Auswirkungen sie auf deine Familie hat. Es ist unklug, das Leben so spontan verändern zu wollen.«

»Vielleicht ist es notwendig«, widersprach Chan Mac trotzig, legte aber gleichzeitig beschwichtigend eine Hand auf den Arm seines Vaters. »Außerdem habe ich Freunde hier, Vater, und eine Schwester. Und eine Zukunft, die mir Freude macht, und das kann Copan mir nicht mehr bieten.«

Batz Macs Schultern fielen nach unten, und er ließ den Kopf auf die Brust sinken. Chan Macs Blick wandte sich Hilfe suchend an Balam Xoc, der die Szene mit der für ihn typischen ausdruckslosen Miene verfolgte; er nickte Chan Mac lediglich zu, was dieser als ein Zeichen des Wohlwollens auffasste.

»Ihr habt Eure väterliche Pflicht getan, mein Freund«, sagte er zu Batz Mac. »Das habe ich jetzt selbst miterlebt. Vielleicht bringt Euch das dazu, uns hier in der Zukunft öfter zu besuchen.«

»Vielleicht«, entgegnete Batz Mac bedrückt, doch er blickte auf und studierte genau die Miene seines Sohnes. »Du bist alt genug, um zu wissen, was gut für dich ist, mein Sohn«, meinte er schließlich resigniert. »Ich hoffe, du hast dich richtig entschieden.«

»Zumindest habe ich mich *entschieden*«, murmelte Chan Mac und sah an seinem Vater vorbei zu Balam Xoc. »Und dafür werde ich die Verantwortung tragen …«

Die Frauen versammelten sich in einem Zimmer in Kinich Kakmoos Haus, um die Braut auf die Hochzeitsnacht vorzubereiten. Sie brachten Schüsseln mit warmem Wasser und frische Handtücher, um sie zu waschen; dazu Schmuck und Kleidungsstücke, köstlich duftende Salben und Haartönungen sowie einige ihrer bevorzugten Kosmetika, um Zac Kuks Gesicht zu schminken. Ein Feuer in der Ecke erwärmte den Raum und fügte den verschiedenen Wohlgerüchen noch das Aroma von Pinienharz hinzu. Fackeln an den Wänden warfen ein gelbes, warmes Licht auf die lächelnden Gesichter. Denn auch das Ankleiden der Braut stellte zwar eine Art von Initiation dar, eine Zeremonie der Anerkennung, die für sich genommen ebenso bedeutsam war wie jene, die tagsüber stattgefunden hatte, doch sie war kein Anlass, der ernste Feierlichkeit gebot. Sie waren nicht hier, um die neue Ehefrau einzuschüchtern, sondern um sie kennen zu lernen und ihr zu zeigen, wie sie ihr künftig zur Seite stehen würden.

Dem Brauch folgend, hätte die Schwiegermutter der Braut diesem Zusammensein vorstehen sollen, doch Ixchel meinte, dafür fehle ihr sowohl das entsprechende Alter als auch das nötige Selbstvertrauen. Letzteres machten auch Kinichs Frau May und Nohoch Ichs Gattin Haleu für sich geltend, und Pek, Cab Cohs Gemahlin, konnte nicht kommen, weil sie krank war. Deshalb gebot niemand Muan Kal Einhalt, als sie mit drei Dienerinnen eintraf und das Ankleiden ihrer Tochter einfach selbst in die Hand nahm.

Kanan Naab war gegangen, um Box Ek abzuholen, und als sie den Vorhang öffnete und die alte Frau in den hell erleuchteten Raum geleitete, war sie überrascht von der Stille, die dort herrschte. Nur eine Stimme war zu hören – Muan Kals, die mit dem Rücken zur Tür am anderen Ende des Zimmers stand, Zac Kuk Kleidungsstücke zeigte und die anderen Frauen völlig ignorierte.

Box Ek ließ sich bis kurz hinter Muan Kal führen und verschnaufte dort erst einmal; dann blieb sie, auf ihren Stock gestützt, einfach still stehen. Kanan Naab sah, dass die Dienerinnen der Brautmutter sie und Box Ek bemerkt hatten und auch die nur halbbekleidete Zac Kuk versuchte, ihrer Mutter mit einem Blick zu signalisieren, dass noch jemand gekommen war, doch Muan Kal ließ sich in ihrem Redeschwall nicht beirren. Sie hatte an diesem Tag noch nicht allzu viele Freunde gewonnen; das war Kanan Naab aufgefallen, die das überhebliche Benehmen der Frau gegenüber allen, die unter ihrem Rang waren, sowie ihre offene Ablehnung der Anhänger Balam Xocs genau beobachtet hatte. Immer wieder hatte Muan Kal gefragt, wieso dieses oder jenes Mitglied des Himmels-Clans nicht zum Fest eingeladen worden war, auf ihre Verwandtschaft mit der betreffenden Person hingewiesen und offenbar nicht verstanden, weshalb die Antworten, die sie erhielt, samt und sonders ziemlich kühl ausgefallen waren. Zuletzt hatte sie Kanan Naab nur mehr leid getan; offenbar hatte Zac Kuk ihr aus Loyalität zu Akbal nichts über die Beziehungen zwischen den Clans von Tikal erzählt.

Box Ek klopfte plötzlich mit ihrem Stock auf den Steinboden, und Muan Kal wirbelte erschreckt herum.

»Ihr seid im Weg, Muan Kal«, sagte die alte Frau und sah ihr fest in die Augen, obwohl ihr das wegen ihres steifen Halses schwer fiel.

»Oh, verzeiht, Herrin«, erwiderte Muan Kal verwirrt, »ich habe nicht gewusst, dass Ihr mir zugesehen habt.«

»Wir haben Euch *alle* zugesehen«, erklärte Box Ek spitz. »Es ist hier der Brauch, Muan Kal, dass die Frauen des Clans die Braut vor der Hochzeitsnacht waschen und ankleiden. Das ist ganz ähnlich dem, was die Frauen des Schildkrötenpanzer-Clans für mich taten, als ich nach Ektun kam, und was sie sicher auch für Euch taten, als Ihr Batz Mac geheiratet habt.«

»Der Brauch des Mond-Clans erlaubt, dass auch die Mutter der Braut dabei ist«, insistierte Muan Kal, ohne Box Ek den Weg frei zu machen. »Meine Mutter hat mitgeholfen, mich anzukleiden.«

»Ihr könnt auch gerne hier bleiben, wenn Ihr das wollt«, entgegnete Box Ek entschlossen, »aber Ihr habt nicht das Recht, uns alle auszuschließen.«

Zac Kuk hielt ihr Kleid vor die Brust und trat an die Seite ihrer Mutter. »Vielleicht ist es besser, wenn Ihr geht, Mutter«, meinte sie leise. »Diese Frauen sind jetzt meine Leute. Ich vertraue darauf, dass sie mich für meinen Gemahl schön machen.«

Die Frauen im Hintergrund murmelten anerkennend und rückten näher. Muan Kals Gesicht zitterte, als würde sie gleich anfangen zu weinen, aber Box Ek klopfte unverdrossen noch einmal mit ihrem Stock auf den Boden, trat vor und ergriff ihren Arm.

»Dies ist keine Zeit zum Trauern oder Bedauern«, erklärte sie gebieterisch, obwohl sie es war, die der Hilfe Muan Kals bedurfte und sich an ihr festhielt. »Kommt, Herrin, setzt Euch mit mir, damit wir uns alle an diesem Tag freuen können. Wir wollen Euch nicht aus unseren Reihen hinausdrängen.«

Die Frauen nickten und geleiteten Muan Kal und Box Ek zu der Bank an der Mauer. Ixchel setzte sich zu ihnen und begann, ihr Baby zu stillen, was Muan Kal sofort von ihrer Verlegenheit ablenkte.

Kanan Naab gesellte sich zu der Gruppe um Zac Kuk, die inzwischen ganz nackt war. Die verheirateten Frauen waren schützend um sie geschart und begannen, sie mit weichen Schwämmen zu waschen; dabei scherzten sie und neckten die Braut und machten ihr Komplimente für ihre frische, jugendliche Schönheit.

»Was für eine zarte Haut …«

»Ah, sechzehn … Das Leben hat dich noch nicht berührt, meine Tochter.«

»Aber bald wird es soweit sein!«

»Beachtet sie einfach nicht, sie ist schon zu oft berührt worden …«

Zac Kuk lächelte scheu über diese Sprüche, doch ihre großen Augen wanderten von einem Gesicht zum anderen, ohne sich länger bei einem bestimmten aufzuhalten. Das ist der Augenblick der Prüfung, erkannte Kanan Naab aufgeregt, der Augenblick, in dem keine Bescheidenheit erlaubt ist, in dem man nackt vor den Frauen stehen muss, mit denen man künftig sein Leben teilt. Aber auch Zac Kuks Scheu konnte die Anmut ihres reifen, geschmeidigen Körpers nicht verbergen; ihre festen Brüste mit den dunklen Brustwarzen, der flache Bauch und die graziösen Hüften, die noch nicht vom Austragen eines Kindes geweitet waren. Allmählich verlor ihr Lächeln den Ausdruck von Schüchternheit, und je mehr sie sich der allgemeinen Bewunderung bewusst wurde, die man ihr zollte, desto verführerischer begann sie zu wirken. Kanan Naab bemerkte, dass mehrere der Frauen die Lippen schürzten und Blicke austauschten. *Auch wenn sie sich noch so gut mit ihr verstehen*, dachte sie, *werden sie immer ein Auge auf sie werfen, wenn ihre Männer in der Nähe sind.*

»Akbal mag noch immer der Maler sein«, sagte eine der älteren Frauen mit gespielter Resignation, »aber ob er jemals wieder eine von uns ansieht, das bezweifle ich.«

Zac Kuk senkte den Blick, als die Frauen lachten, doch durch ihre gespielte Bescheidenheit war zu erkennen, dass auch sie sich amüsierte. Akbal hatte Kanan Naab erzählt, dass die Kinder von Ektun, und manchmal sogar ganze Familien, oft zusammen badeten oder schwimmen gingen; deshalb dachte sie, dass es für Zac Kuk keine neue Erfahrung sein konnte, nackt vor anderen Menschen zu stehen, aber wahrscheinlich war sie klug genug, das nicht zu zeigen.

»Dort nicht *zu* trocken«, sagte Haleu zu der Frau, die Zac Kuks Oberschenkel und ihren Venushügel abtrocknete. »Es ist ganz gut, wenn es ein bisschen feucht bleibt.«

»Sehr gut sogar!«, stimmte eine andere zu. »Lass dich dort von ihm berühren, meine Tochter; lass ihn glauben, er muss seinen Weg selbst hinein finden.«

»Aber zögere nicht, ihm zu helfen, wenn er sich verirrt!«

»Wenn dir dein eigenes Vergnügen etwas wert ist«, warf eine der Frauen ernst ein, »musst du ihm klar machen, dass er langsam vorgehen soll, sehr langsam …«

»Wenn er das zu hören bekommt, verliert er doch jede Leidenschaft.«

»Hast bedeutet nicht immer gleich Leidenschaft, meine Liebe. Warum sollte er, während er selbst Freude empfindet, nicht auch dir welche schenken?«

Kanan Naab errötete und unterhielt sich leise mit den anderen jungen Frauen, weil sie nicht zugeben wollte, dass ihr diese Art zu reden nicht behagte. Sie wusste, was Männer und Frauen miteinander machten, und sie hatte auch schon an sich herumgespielt und erfahren, welches Vergnügen das bereiten konnte. Aber es war so persönlich und intim gewesen – sie konnte sich nicht denken, dass ein Mann ihr solche Gefühle vermitteln könnte. Ebensowenig vermochte sie sich vorzustellen, dass Yaxal Can das mit ihr tun wollte, obwohl sie diesen Gedanken mehr als einmal verfolgt hatte. Jeder derartige Versuch hatte sie verwirrt und verletzbar gemacht und sie noch stärker davon überzeugt, dass etwas mit ihr nicht stimmte.

Jetzt halfen die Frauen Zac Kuk bei der Auswahl ihrer Kleidung und hielten ihr duftende Wäschestücke unter die Nase; dazu rieten sie ihr, sich nicht anzuspannen und das Kommende einfach zu akzeptieren. Kanan Naab beobachtete Zac Kuk und gewann mehr und mehr den Eindruck, dass derartige Ratschläge für sie vollkommen überflüssig waren. *Sie ist bereit, ja sogar begierig darauf, eine Ehefrau zu werden*, dachte sie wehmütig. *Sie hat mehr mit Akbal geteilt als nur süße Worte und respektvolle Kameradschaft – vielleicht einen Einblick in Dinge, die sie eine gemeinsame Zukunft ins Auge fassen ließen.* Kanan Naab war sich allerdings nicht sicher, weshalb dies für sie so offensichtlich war.

Nach langem Hin und Her wurde für Zac Kuk ein dünnes, weiches, rosafarbenes Kleid aus Baumwolle gewählt. Es reichte ihr bis zu den Knien und war am Ausschnitt und am Saum mit roten Rosen bestickt. Dann griffen die Frauen zu ihren Töpfen, Bürsten und Spiegeln und begannen, sie zu schminken. Zum Schluss rieben sie ihr noch den berauschenden, intensiv duftenden Saft wilder Orchideen – winzigen, braunen Blumen aus dem tiefen Dschungel – an Hals und Arme.

Am längsten jedoch beschäftigten sie sich mit Zac Kuks Haar. Es wurde als erstes mit Schildpattkämmen ausgekämmt, bis es ihr weich und glänzend über Schultern und Rücken fiel. Dann lernte die Braut alles über die Haartrachten ihrer neuen Heimat kennen. Zac Kuk hörte aufmerksam zu und stellte Fragen, die ein weitaus größeres Interesse erkennen ließen, als die Frauen aufgrund ihrer früheren Bescheidenheit vermutet hatten. *Auch das ist nichts Neues für sie*, dachte Kanan Naab im Gedanken daran, was Àkbal ihr aus Ektun erzählt hatte, wo die heiratsfähigen Mädchen so sehr im Mittelpunkt standen und man so viel Zeit darauf verwendete, ihre Schönheit zur Geltung zu bringen. Er hatte versucht, ihr zu erklären, dass Eitelkeit in Ektun einen anderen Stellenwert hatte und Zac Kuk deshalb nicht an den Wertvorstellungen von Tikal gemessen werden sollte.

Ach, mein Bruder, überlegte Kanan Naab trübselig, *wie wenig du davon verstehst, was die Frauen interessiert und welche Bedeutung die Eitelkeit für sie hat. Wie wenig* wir *davon verstehen*, klagte sie sich selbst an, da sie Akbals Urteil vertraut und seine Bedenken für berechtigt gehalten hatte. Auch sie war darauf gefasst gewesen, dass die anderen Frauen Zac Kuk für oberflächlich und eitel halten würden, für ein nicht ernst zu nehmendes Mädchen, das keinen Respekt verdiente. Und Muan Kals herablassendes Verhalten hatte sie darin noch bestärkt und Kanan Naab zu der Einbildung verführt, sie sei zur Rettung ihrer Schwägerin gekommen.

Tatsächlich hatte Zac Kuk sie alle in ihren Bann geschlagen, sie mit ihrem guten Geschmack beeindruckt und ihnen geschmeichelt mit der Begeisterung, die sie für alles aufbrachte, was sie von ihnen lernen konnte.

Endlich waren die Frauen mit Zac Kuks Haar fertig; den Mittelteil hatten sie, der Mode von Ektun gemäß, aus Respekt für den Geschmack der Braut ausgelassen, obwohl diese durchaus willens gewesen wäre, auch diesen im Stil von Tikal verändern zu lassen. Jetzt bewunderte sie gerade den Schmuck, den die Frauen für sie mitgebracht hatten, und schien jedes Stück noch schöner zu finden als das vorherige. Kanan Naab hielt kurz den Atem an, als sie sah, dass Zac Kuk ein Paar Ohrstifte aus Bernstein auswählte, das Geschenk von Haleu. Die Halskette, die sie selbst aus der Truhe ihrer Mutter mitgebracht hatte und noch in einem winzigen Bündel auf ihrem Schoß hielt, war ebenfalls Bernstein und würde hübsch zu den Ohrpflöcken passen. Doch sie zögerte, sie Zac Kuk zu bringen, aus Angst, dass diese sie nicht annehmen würde.

»Sie sind alle so schön«, sagte Zac Kuk hilflos und hielt die Hände über die Halsketten, Armbänder und Anstecknadeln, die vor ihr ausgebreitet lagen. Die anderen Frauen begannen, ihr ihre jeweiligen Lieblingsstücke zu zeigen, aber plötzlich schaute Zac Kuk geradewegs auf Kanan Naab und gab ihr zu verstehen, dass *sie* die Wahl treffen solle. Im ersten Moment war Kanan Naab verwirrt; doch dann wurde ihr klar, dass Zac Kuk ihr nicht aus Unentschiedenheit die Wahl überließ. Vielleicht wollte sie nicht die Gefühle derjenigen verletzen, deren Schmuck sie zurückweisen musste; vielleicht wollte sie aber einfach Kanan Naabs Meinung erfahren, auch wenn sie darauf nicht angewiesen war.

Ohne ein Wort öffnete Kanan Naab ihr Tuchbündel und legte das Schmuckstück vor Zac Kuk. Es war eine dünne Scheibe aus fast durchsichtigem Bernstein an einer feinen Schnur von derselben gelblich-braunen Farbe. In die Mitte der Scheibe war das T-förmige Ik-Zeichen eingeritzt, das Zeichen des Windgottes und der Vorname von Kanan Naabs Mutter.

»Das ist *wunderschön*!«, Zac Kuk hielt die Scheibe verzückt an ihren Hals, damit die Frauen die Schnur hinter ihrem Nacken verknoten konnten. Der Bernstein hob sich leuchtend von ihrer rötlich-braunen Haut ab, und das Ik-Zeichen war deutlich zu erkennen.

»Ich danke dir, meine Schwester«, sagte sie gerührt zu Kanan Naab und vergaß sogar, ihr übliches Lächeln aufzusetzen.

Kanan Naab empfand ihrerseits Dankbarkeit und Freude. »Mein Bruder sollte heute nacht dankbar sein«, erwiderte sie ruhig und stand mit den anderen auf, um Zac Kuk aus dem Zimmer zu führen.

Während des Wartens hatte Akbal sich oft im ganzen Raum umgesehen, wobei er jedes Mal mit dem glimmenden Feuer in der Ecke begonnen hatte, wo Zac Kuks Mutter die drei runden Kaminplatten hingelegt hatte. Dann war sein Blick nach links gewandert, über die Hochzeitsgeschenke, die im Schein des Feuers zu sehen waren: der schwere, dreibeinige Mahlstein in Form eines Schildkrötenpanzers und die dazugehörige Rolle aus demselben harten, grobkörnigen Stein; die gebündelten Leisten und Schnüre eines Webstuhls; Truhen aus Holz mit Decken und Kleidung; Tonschüsseln und Krüge in allen Formen und Größen, einige in einfachem Rot, andere in glänzenden Farben bemalt. Sein Clan hatte sich äußerst großzügig gezeigt, was nicht zuletzt der reichen Ernte zu danken war, die in der ganzen Stadt eine Atmosphäre der Freigebigkeit ausgelöst hatte.

Was die Frauen wohl so lange machen? fragte er sich ungeduldig und schaute auf die beiden verhangenen Eingänge, die von diesem Zimmer in das vordere führten. Er saß auf dem Bett aus weichen Kissen, Binsenmatten und Baumwolldecken, so dass er, wenn er den Kopf wendete, das Hochzeitsbündel sah, das geöffnet auf der Bank hinter ihm lag. Das dicke Bündel aus besticktem Tuch enthielt alles, was die Tradition vorschrieb: Schmuckstücke aus Jade und Muschel und ungewöhnlich geformtem Feuerstein, kleine Obsidianklingen und weiße Papierstreifen, klebrige Kugeln aus Gummi und Kopal, Päckchen mit Salz und Mais und ein langes, spitzes Stück Rochenstachel, in das feine Begräbnisglyphen eingeritzt waren. Akbal warf einen kurzen Blick darauf und musste an die Türstürze in Yaxchilan und die Szenen ritueller Selbstkasteiung denken, die Kanan Naab so fasziniert hatten. Er hatte diese Symbolik zwar als sehr kraftvoll empfunden, aber er war dennoch froh, dass die Heiratsbräuche von Tikal keine wirkliche Vermischung von Blut verlangten. Hier reichte es, der Tradition im Geiste zu genügen und tatsächliches Blutvergießen den Priestern und den heiligen Männern zu überlassen.

Plötzlich flackerte das Feuer, und einen Augenblick später kniete Zac Kuk neben ihm auf dem Bett. Für einen langen Augenblick konnten sie sich nur ansehen, wie gelähmt von dem Sehnen, das sie so viele Monate erfüllt hatte. Schließlich sah Zac Kuk bedeutungsvoll nach oben in das Dunkel, welches das strohgedeckte Dach ihren Blicken entzog.

»Vielleicht brauchen wir wieder einen Sturm«, meinte sie schelmisch. Akbal kniete sich dicht vor sie und strich über die Knochenstückchen in ihrem Haar und die Bernsteinscheibe an ihrem Hals.

»Auch damals warst du wunderschön«, murmelte er, und nun kam sie bereitwillig in seine Arme und umhüllte ihn mit einer Wolke aus erregendem Orchideenduft. Alles Warten war ebenso vergessen wie die Ratschläge seiner männlichen Verwandten und seine eigenen, unbeholfenen Vorstellungen davon, wie er sich mit seiner Ehefrau zu verhalten habe. Es lag keinerlei Unbeholfenheit darin, wie ihre Körper sich gegenseitig suchten, und es bedurfte keiner Berechnung dafür, dass sie sich ganz von selbst fanden. Sie sanken zusammen auf das Bett, und Zac Kuks Kleid glitt bis an ihre Hüften hinauf, als sie sich an ihn schmiegte und sich seinen tastenden Fingern öffnete.

»Langsam, mein Gemahl, langsam«, flüsterte sie und atmete tief, als seine Hand zwischen ihre Beine glitt. Er schaute ihr in die Augen, verfolgte, wie sich ihre Empfindungen in ihrem Gesicht abzeichneten, während er sie streichelte. Sein Lendenschurz hatte sich geöffnet und fiel ganz ab, als sie seine Liebkosungen zu erwidern begann und seine Erregung stieg. Ohne den Blick von seinen Augen abzuwenden, ließ sie ihre Hände über seinen Körper gleiten, sanft den Konturen der Muskeln und Knochen unter seiner heißen Haut folgend. Erst als er ihr das Kleid über den Kopf zog, sah sie weg, doch schon im nächsten Moment heftete sie die Augen erneut auf sein Gesicht, das im Schein des rot glühenden Feuers ganz weich wirkte.

»Ja, berühre mich«, drängte sie ihn, als sie seine Hand wieder zwischen ihren Beinen fühlte. »Mach mich bereit für dich.«

Akbal spürte, wie seine Finger nass wurden, während er sie streichelte und drückte, wie ihre Brustwarzen sich versteiften und ihr Atem heiß über seine Schulter strich. Sie flüsterten miteinander, aber ihre Worte waren nicht mehr verständlich und von gelegentlichen leisen Aufschreien unterbrochen. Akbal verlor sich in einem Freudentaumel und registrierte verständnislos, wie sich ihre Schenkel krampfartig über seiner Hand schlossen; erst als sie sich umdrehte und aufkniete und die Haare nach hinten schüttelte, konnte er sie wieder befreien. Er kniete sich hinter sie und presste sich an sie, bis sie seinen Penis ergriff und zu ihrer Vagina führte.

Langsam, erinnerte er sich noch schwach trotz der Schreie und des Stöhnens, doch alle Laute verloren sich in den Schauern, die durch seinen bebenden Körper jagten. Als er in sie eindrang, zitterte er vor Erregung bis in die Arme, und dann schien er sich plötzlich wie von selbst zu bewegen, ohne es zu wollen, ohne irgend etwas Konkretes zu empfinden außer totaler Glückseligkeit. Am Rand seines Gesichtsfeldes glomm der rötliche Schein des Feuers, doch als er zum Höhepunkt kam, schien alles um ihn herum goldgelb zu werden; er hörte seine eigenen Schreie wie ein fernes Echo, dessen Ursprung irgendwo im Unbekannten lag.

Langsam lösten sie sich voneinander und sanken schwer atmend wieder auf das Bett. Auf der Seite liegend, schmiegten sie sich aneinander und blickten in die Dunkelheit hinauf, bis ihre Körper allmählich zur Ruhe kamen. Nach einer Weile stützte sich Akbal auf einen Ellbogen auf und betrachtete Zac Kuk mit einem Staunen, das sich jedem Ausdruck zu widersetzen schien. Zwischen ihnen war deutlich das Zeichen ihrer Jungfräulichkeit zu sehen – eine unauslöschliche Spur dunkler Flecken auf der Bettdecke.

»Ich hatte gedacht …«, begann er verlegen. »Ich meine, die Männer sagten, dass das erste Mal oft nicht das beste …«

»Habe ich dir Grund gegeben, unzufrieden zu sein?«, murmelte Zac Kuk mit leuchtenden Augen und einem erschöpften Lächeln, und er musste unwillkürlich lachen.

»Das würde ich ganz vehement abstreiten! Sie sagten auch, dass es für die Frau manchmal schwierig ist. Und schmerzlich.«

»Einige Frauen haben mir das auch gesagt«, räumte Zac Kuk ein. »Aber ich habe so wenig Schmerz gespürt und so viel Lust … Ich habe nicht erwartet, dass es schwierig werden würde.«

Dieses Mal lachte Akbal voller Stolz, doch dann wurde er noch einmal ernst. »Und wie hast du die Leute meines Clans gefunden?«, wollte er wissen.

»*Unseres* Clans«, korrigierte sie ihn sanft. »Nach der Warnung, die du mir in Ektun gabst, wusste ich nicht, was ich hier erwarten sollte. Ich weiß auch jetzt noch nicht, was ich von den Anhängern deines Großvaters halten soll. Aber es ist nicht alles Trübsinn und Argwohn hier, wie du mich glauben gemacht hast.«

»Ich wollte nicht übertreiben«, entschuldigte sich Akbal. »Aber es bestehen Spannungen innerhalb des Clans, die heute nicht sichtbar wurden.«

»Glaubst du, in Ektun gibt es keine?«, hielt sie ihm entgegen, legte ihm aber dann lächelnd eine Hand auf die Brust. »Ich glaube nicht, dass mir hier Freunde fehlen werden, mein Gemahl. Du hättest dir meinetwegen keine Sorgen zu machen brauchen. Aber ich muß sagen, von einem scheinen deine Leute nicht viel zu verstehen.«

»Wovon denn?«, fragte Akbal abwehrend. Zac Kuk lachte, legte die andere Hand auf seine Hüfte und zog ihn zu sich, so dass sein Ohr ihren Mund berührte.

»Lust«, flüsterte sie und schmiegte sich an ihn, um seine Aufklärung fortzusetzen.

KAPITEL 9

Die Stimme der Ahnen

9.17.16.16.15 11 Men 8 Mac
(A.D. 787)

Das Land der Ara

Ein bleicher Halbmond ging im Westen unter, als Kinich Kakmoo die verräucherte Hütte verließ, in der die Kriegshäuptlinge sich noch immer berieten, und zum Ufer hinunterging. Die Zelte und Hütten der Herrscher und Kriegsführer beanspruchten das wenige erhöhte Terrain auf dieser Insel, und die gewöhnlichen Krieger schliefen, wo immer sie einen Platz fanden; viele lagen in Gruppen von zehn bis zwanzig Personen auf den Mangrovenhügeln und winzigen Eilanden verstreut, die die Insel umgaben. Mit einem Speer bewaffnet und einem grobfaserigen Umhang über den Schultern folgte Kinich einem engen Pfad durch die schlafenden Männer hindurch und nickte kurz den Wachen zu, die er passierte. Am Ende des Weges lag ein gestrandetes Kanu, das eine Brücke zu der schmalen Sandbank bildete, auf der er sich mit zehn seiner Männer eingerichtet hatte. Die restlichen zwanzig Krieger unter seinem persönlichen Kommando verteilten sich auf zwei Inselchen weiter draußen im Fluss und waren nur per Boot zu erreichen.

Der einzige Wachposten kauerte am anderen Ende des Kanus, das er ebenso zu sichern hatte wie die Männer, denn die Ara hatten schon einmal im Schutz der Dunkelheit Schwimmer ausgeschickt, die versucht hatten, die Kanus loszumachen. Er stand auf und begrüßte Kinich mit einer Bewegung seines Speers.

»Geh schlafen«, wies Kinich ihn an, »ich übernehme deine Wache.«

Der Krieger schlug nach einem Moskito und verbeugte sich dankbar, wodurch der behelfsmäßige Verband um sein Ohr sichtbar wurde. Kinich fragte ihn nicht, wie er sich diese Wunde zugezogen hatte; er wusste, dass sie nur von einem Insekt oder einem Dorn stammen konnte, denn eine richtige Feindberührung hatten sie schon seit vielen Tagen nicht mehr erlebt. Einige der anderen Männer litten an Magenkrämpfen und Durchfall, weil sie schlechtes Wasser getrunken hatten, und alle waren der stetigen Hitze und Feuchtigkeit überdrüssig und hatten schmerzende Beine vom tagelangen Knien in den Booten. Das war einer der Gründe, weshalb Kinich anstatt oben in einer der Hütten lieber bei seinen Kriegern schlief; dadurch, dass sie in verschiedene Lager aufgeteilt waren, war es ohnehin schon schwierig genug, die Moral der Truppe aufrechtzuerhalten.

»Ein Stück weiter soll ein Dorf sein«, sagte der Wachposten bedeutungsvoll und ohne Anstalten zu machen, sich zurückzuziehen.

»Von den Kundschaftern ist kein einziger wiedergekommen«, erwiderte Kinich kurz angebunden. »Aber der Angriffsplan wird schon gemacht. Wir werden ausrücken, wenn der Proviant, den Zotz Mac und seine Männer zurückgelassen haben, neu verteilt ist.«

»Die haben uns von Anfang an nur gebremst«, entgegnete der Mann entrüstet. »Ohne sie sind wir besser dran.«

»Schlaf jetzt«, wiederholte Kinich, und der Mann legte sich gehorsam ein Stückchen weiter auf die Erde, rollte sich in seinen Umhang und stülpte den Schild über Kopf und Oberkörper. Alle Krieger schliefen so, denn sobald der Mond untergegangen war, würden die Ara mit ihrer Zermürbungstaktik beginnen und von Kanus im Fluss aus Steine und Kurzspeere auf sie schleudern. Das bedeutete, dass die Männer, die am weitesten von der größeren Insel entfernt lagerten, kaum Schlaf bekamen und am leichtesten einem Überraschungsangriff zum Opfer fielen.

Obwohl er es dem Wachposten nicht gesagt hätte, konnte

Kinich gut verstehen, weshalb Zotz Mac seine Krieger nach Ektun zurückgeführt hatte. Der Herrscher hatte seine eigenen Ziele gleich zu Beginn des Feldzuges erreicht und war ohnehin nur aus Loyalität zu Schild-Jaguar und Ain Caan, dem Sohn, den Caan Ac an seiner Stelle geschickt hatte, bis hierher mitmarschiert. Zotz Mac hatte überzeugend dargelegt, dass Ektun von einer weiteren Verfolgung der Ara in deren eigenes Gebiet hinein nichts gewinnen konnte, und versucht, den anderen Befehlshabenden deutlich zu machen, dass sie mit einem äußerst starken Widerstand zu rechnen hätten. Auch Kinich hatten die Argumente für ein weiteres Vorrücken nicht überzeugt, vor allem auch, weil die nicht zurückgekehrten Kundschafter so gut wie sicher tot waren und von den Wiedergekommenen keiner bis zu dem besagten Dorf vorgedrungen war. Und da die verfügbaren Karten alle Fehler und Lücken aufwiesen, war allein schon das Finden der richtigen Route durch das vor ihnen liegende Labyrinth von Wasserläufen eine äußerst heikle Angelegenheit.

Doch Kinich hatte seine Befürchtungen für sich behalten; er dachte, es würde sich nicht gut mit seinem Ruf als jüngster Nakom vereinbaren lassen, sich auf die Seite der Vorsichtigen zu stellen. Es war ohnehin nur eine Frage der Zeit, bis sie zur Umkehr gezwungen sein würden. Tatsächlich war dieses Land der Ara mehr Wasser als Land, und der Vorteil, den seine Bewohner aus ihrer Kenntnis des Terrains schöpften, wurde mit jedem Tag offenkundiger. Die Kanus der Ara waren kleiner und leichter zu manövrieren als die der Verbündeten, und mit ihren Speerschleudern konnten sie überraschend aus größerer Entfernung zuschlagen und dann unversehrt entkommen. Auch war ihre Zahl gestiegen, wiewohl sie sich bei Tage kaum blicken ließen. Außerdem veränderten sie immer wieder über Nacht den Flusslauf, indem sie für die Boote passierbare Stellen absperrten und Kanäle gruben, die in Sümpfen endeten und kein Weiterkommen erlaubten. Einmal hatten sie einen Kanal hinter einer ganzen Kette von perfekt getarnten Flossen verschwinden lassen, die erst bei sehr genauem Hinsehen vom Ufer zu unterscheiden gewesen waren. *Sie werden sich keiner Schlacht*

mehr stellen, dachte Kinich, als er sich neben dem Kanu nie-
derhockte, *aber sie werden mit Sicherheit dafür sorgen, dass wir
aus ihrem Land verschwinden.*

Begonnen hatte der Feldzug mit einem grandiosen Sieg,
bei dem es bisher jedoch geblieben war – einem perfekten
Überfall auf einen Plünderertrupp der Ara außerhalb der
Stadt Chinikiha. Dreißig Feinde waren getötet oder gefan-
gen genommen worden; dabei hatten Schild-Jaguar und
Zotz Mac eigenhändig je einen Gefangenen gemacht und
Ain Caan einen mit Unterstützung seiner Männer. Auch
Kinich konnte seinem Ruf mit einem weiteren Gefangenen
Rechnung tragen, und von seinen Männern hatten sich mehrere auf dem Schlachtfeld ausgezeichnet. Dieser anfängliche
Erfolg hatte die Verbündeten ermutigt, rasch nach Norden
vorzurücken, wobei es zu gelegentlichen offenen Schlachten
mit auf dem Rückzug befindlichen Ara-Kämpfern gekommen war. Um sie aufzuhalten, hatte der Feind schon damals
Deiche durchbrochen und ganze Dörfer und Kakaopflanzungen in Brand gesteckt, die Bewohner terrorisiert und sie
der Gnade der nachrückenden Armee überlassen. Dadurch
waren Orte, denen Zotz Mac eigentlich seinen Schutz zugesichert hatte, unmittelbar vor seinem Eintreffen zerstört
worden, und er hatte die Verfolgung des Feindes immer
wieder hinausgezögert, um Feuer zu löschen und wertvolle
Anbauflächen vor der Überflutung zu retten. Sicher waren
seine Leute auch jetzt wieder dabei, Deiche zu reparieren
und bei der Bestattung der vielen Toten zu helfen.

Der Mond war untergegangen, aber noch bevor er ganz
verschwunden war, hatte Kinich in einiger Entfernung bereits dunkle Gestalten ausgemacht. Der erste Schrei des
Feindes durchschnitt die Nachtluft wie ein Messer; ihm folgte ein Speer, der über Kinich hinwegging und in das Laubwerk auf der Insel krachte. Er warf einen prüfenden Blick
auf seine Männer und stellte zufrieden fest, dass sie sich alle
als Reaktion auf den Schrei besser geschützt hatten. *Der
Kampf liegt hinter uns*, dachte er, *aber wir sind noch immer
wachsam und für einen groß angelegten Überraschungsangriff zu
viele. Wenn es zu einer richtigen Schlacht käme, würden sie ihre*

Kühnheit bald sehr bedauern. Aber als er über das schwarze Wasser schaute und den höhnenden Schreien des Feindes lauschte, begann er sich innerlich bereits auf den langen, beschwerlichen Rückmarsch nach Tikal vorzubereiten.

Tikal

Der Regen setzte kurz vor Tagesanbruch ein und ging mit einer für die Jahreszeit ungewöhnlichen Heftigkeit auf das Strohdach des Jaguarpranken-Hauses nieder. Hok schlief auf dem Boden im vorderen Zimmer von Balam Xocs Haus und wachte vom Lärm und dem zur offenen Tür hereinspritzenden Wasser sofort auf. Er schaute sich um – die anderen Leute im Raum schliefen noch alle – und kontrollierte dann, ob seine Decke und seine Matte noch neben ihm aufgerollt lagen. Er hatte die Sachen von Balam Xoc bekommen, benutzte sie jedoch nicht; aber wegen eines möglichen Diebes behielt er sie eifersüchtig im Auge.

Plötzlich kam Balam Xoc selbst aus dem hinteren Zimmer und blieb einen Moment unsicher stehen, ehe er weiter auf den Ausgang zuging. Seine Augen waren offen, aber er war völlig nackt, und die weißen Haare hingen ihm wirr auf die Schultern herab. Hok setzte sich auf und starrte ihn gespannt an in der Hoffnung, bemerkt zu werden, doch Balam Xoc registrierte ihn überhaupt nicht, sondern schritt geradewegs an ihm vorbei in den strömenden Regen hinaus.

Hok sprang auf und wollte ihm folgen, zögerte aber zunächst, verschreckt durch das Unwetter und Balam Xocs Nacktheit. Der alte Mann ging quer über den Platz, ohne den Regen im geringsten zu beachten. Hok griff nach seiner Decke und rannte hinter ihm her. Er stolperte und rutschte, denn die Wassermassen erschwerten ihm die Sicht; nur indem er sich die Decke über den Kopf hielt, konnte er überhaupt etwas sehen. Als er an die Stufen kam, die zum Platz hinunterführten, hatte Balam Xoc bereits die Holzbrücke überquert und den halben Weg bis zum Handwerksbau zurückgelegt. Es stand so viel Wasser auf den Stufen, dass das

Hinabsteigen Hok große Mühe kostete, ja selbst das Atmen fiel ihm schwer; Balam Xoc hingegen schritt unbeirrt aus und verschwand gerade unter den Brotnußbäumen entlang des Weges zum Wasserspeicher des Clans.

Als Hok ihn endlich eingeholt hatte, stand Balam Xoc auf dem Damm des Reservoirs und blickte über das tiefe, ovale Becken. Da die Trockenzeit schon länger andauerte, war der Wasserstand ziemlich gesunken, und die rote Erde der um das Reservoir laufenden Eindeichung war zum Teil abgerutscht und bildete unten einen dicken Ring. Der Regen, der die Wasseroberfläche kräuselte, hatte etwas nachgelassen, aber an vielen Stellen lief abfließendes Wasser über die erodierte Einfassung des Beckens, trug den Ring aus rotem Schlamm ab und legte die darunterliegende, gemauerte Tonverkleidung des Reservoirs frei. Balam Xoc starrte auf den Boden und kniete dann neben einem dieser Rinnsale nieder.

Im Vertrauen darauf, dass Balam Xoc ihn so wenig bemerken würde wie den Regen, kroch Hok näher, bis er ihm gegenüber kauerte. Der alte Mann tauchte plötzlich beide Hände in das schlammigrote Wasser des Rinnsals und holte ein paar Erdklumpen herauf, die im Regen sofort zwischen seinen Fingern zerrannen. Er hielt den Kopf schief, als würde er einer inneren Stimme lauschen, starrte gebannt auf den flüssigen Schlamm in seinen Händen und formte dazu Worte, die Hok wegen des rauschenden Regens unverständlich blieben.

Dann hielt er beide Hände in das Rinnsal und staute es, bis das Wasser über seine Handgelenke lief. Bald blieb ein Zweig an seinen Fingern hängen, den er vorsichtig neben sich legte. Und dieses Mal verstand Hok, was der alte Mann sagte; es war nur ein Wort, das er aber abrupt betont aussprach, so als habe er eine Botschaft empfangen: »Holz.«

Noch zweimal tauchte Balam Xoc die Hände in das Rinnsal und holte einen abgenagten Maiskolben und ein Stück Rinde eines Brotnußbaums heraus. Dazu sagte er beide Male »Samen« und nickte bestätigend. Inzwischen hatte der Regen so rasch wie meistens aufgehört, und als Balam Xoc wieder ins Wasser griff, bemerkte er, dass das Rinnsal beträchtlich dünner und dickflüssiger geworden war. Er hielt die Hände darüber, drehte sie und bog die Finger ab, als sei er fasziniert von ihrer Beweglichkeit.

»Ja«, sagte er laut. »Und mehr Hände auch.«

Er beugte sich über die Rinne, schöpfte etwas Wasser und führte es an die Lippen. Aber kaum hatte er es im Mund, da prustete er es wieder aus. Hok machte unwillkürlich einen kleinen Satz nach rückwärts, und Balam Xoc fiel auf seine Hände und Knie, schüttelte den Kopf und spuckte noch immer. Es dauerte eine ganze Weile, bis er sich aufgerafft hatte und setzte. Das erste, was er sah, war Hok, der ihn mit einer Mischung aus Bestürzung und Besorgnis beobachtete. Dann sah er an seinem nassen, nackten Körper hinab und auf zum Himmel, der sich trotz dichter Wolken zusehends erhellte.

»Wie bin ich hierher gekommen?«, fragte er heiser und wischte sich die Mundwinkel ab, an denen noch immer roter Schlamm klebte.

»Ihr seid gelaufen, Großvater«, antwortete Hok ihm ehrerbietig. »Wie in einem Traum seid Ihr geradewegs zu diesem Ort gegangen.«

Balam Xoc nickte abwesend und blickte sich um. Dann sah er die Dinge, die er neben sich gelegt hatte. »Ja, jetzt erinnere ich mich«, sagte er und stand mit einem Ächzen auf. Er schaute über das Wasserbecken, drehte sich langsam im Halbkreis und ließ den Blick über den dichten Urwald gleiten, bevor er ihn auf Hok richtete.

»Was habe ich getan, mein Sohn? In meinem Traum …«

Hok spannte den ganzen Körper an, als wolle er jedes kleinste Detail seiner Erinnerung erfassen, und berichtete genau, was er gesehen und gehört hatte. Zuletzt beschrieb er, wie Balam Xoc auf seine Hände gestarrt und versucht hatte, das schlammige Wasser zu trinken.

»Wasser«, wiederholte Balam Xoc. »Zuerst war es so viel und dann so wenig. Und Erde … *Land*«, sagte er nachdenklich und stocherte mit einer Zehe in der Wasserrinne zwischen ihnen. »Und Holz und Samen. Und Arbeiter, Arbeiter, um das Wasser zu drosseln und zu verteilen und zu sammeln. Mit der Hand …«

Er nickte selbstvergessen und sah dann zu Hok, der den

Kopf wie üblich schief hielt; das schwarze Haar klebte ihm im Gesicht und am Hals, und sein sehtüchtiges Auge blinzelte seltsam.

»Du bist mein einziger Zeuge, Hok. Es kann sein, dass ich dich einmal brauche, damit du bestätigst, wie ich hierher gekommen bin.«

Hok erbleichte, und ein Ausdruck schlimmsten Elends erschien auf seinem ausgemergelten Gesicht, als müsse er eine äußerst schmerzreiche Erfahrung noch einmal durchleben. Er fiel auf die Knie und berührte mit der Stirn willfährig die Erde, hatte aber nicht die Kraft, sich wieder aufzurichten, so dass Balam Xoc ihm helfen musste. Er zitterte am ganzen Körper und konnte Balam Xoc nicht in die Augen sehen.

»Ich habe deine Geschichte gehört, mein Sohn«, sagte Balam Xoc mitfühlend. »Ich weiß, wie sehr du unter dem Unglauben anderer Menschen gelitten hast. Zweifellos wird man dir auch in dieser Angelegenheit keinen Glauben schenken, aber um der Wahrheit und um meinetwillen musst du sie durchstehen. Wir haben keine Wahl, Hok; wir müssen dem gemäß handeln, was uns gezeigt wird. Deshalb sei tapfer und denke immer daran, dass *ich* dich nie verleugnen werde.«

Hok atmete flach und schnell, aber jetzt konnte er Balam Xoc ansehen und sogar schwach nicken. Balam Xoc zeigte auf den Boden hinter ihm. »Ich muss mir deine Decke ausleihen.«

Hok hob sie auf und versuchte, sie auszuwringen, bevor er sie Balam Xoc reichte, der sie sich um die Taille band.

»Es gibt viel zu tun. Ich muss gehen«, sagte der alte Mann kurz angebunden und stieg ohne einen weiteren Blick zurück von dem Damm herunter. Hok schaute ihm nach, wie er zwischen den Brotnußbäumen verschwand; dann sank er auf die Knie und sammelte den Zweig, den Maiskolben und das Stückchen Brotnußbaumrinde auf. Er drückte die Gegenstände an seine knochige Brust und folgte Balam Xoc, tiefe Fußstapfen im roten Schlamm des Dammes hinterlassend.

Nohoch Ich schaute vom oberen Laufgang des Jaguarpranken-Hauses auf den östlichen Hof hinunter, wo sich eine kleine, lärmende Menge versammelt hatte. Die Menschen scharten sich um einen knochigen Mann, der sich nach Art der Fastenden Gesicht und Körper schwarz angemalt hatte; aber auch ein großer Teil der anderen in dem Auflauf hatte sich geschwärzt. Nohoch erkannte ihn sofort als Hok und spürte einen großen Überdruss darüber, welch ein vertrauter Anblick dieser Mann innerhalb von nur wenigen Tagen geworden war: Hok mit seinem Zweig und dem Maiskolben, die er, inmitten erregbarer Menschenansammlungen wie dieser, heiligen Reliquien gleich vor sich schwenkte; Hok, der Zeuge und Verteidiger von Balam Xoc, der jedem, Priestern ebenso wie adeligen Herren, den Kampf ansagte, sobald man die Weisheit seines Meisters in Frage stellte.

Während Nohoch weiter beobachtete, trat Tzec Balam, der Hohepriester des Clans, aus dem Clan-Haus und ging in Begleitung von sechs großen, kräftigen Priesterschülern die Stufen hinunter auf die Menschen zu. Einige entfernten sich sofort, als sie ihn kommen sahen, aber eine kleine Gruppe der Geschwärzten blieb standhaft um Hok geschart, der mit unverhohlener Aggressivität auf Tzec Balam starrte. Nohoch hörte, wie der Priester die Männer mit ruhiger Stimme aufforderte, sich zu zerstreuen, worauf Hok so laut und heftig protestierte, dass es über den gesamten Hof schallte und viele Leute neugierig aus den umliegenden Häusern kamen. Das Clan-Haus war ein Ort der Ruhe und gesitteten Benehmens; ungehörige Zornesausbrüche gehörten nicht hierher.

Nohoch wandte sich angewidert ab. Auch diese Szene würde man Balam Xoc anlasten, und sie würde seine Glaubwürdigkeit innerhalb des Clans weiter verringern. Nohoch schaute auf den verhangenen Eingang auf der anderen Seite des Laufgangs, wo bald sein Vater von einer Besprechung mit dem Lebenden Ahnen erscheinen musste. Cab Coh hatte er als letzten gebeten, mit Balam Xoc zu reden in der Hoffnung, dass persönliche Überredung erreichen möge, was alle Argumente und Einwände des Clan-Rates nicht erreicht hatten. Aber bislang hatte es niemand geschafft, Balam Xoc zu einer Änderung seiner Einstellung zu bewegen, und Nohoch bezweifelte, dass sein Vater mehr Glück haben würde. Der allerletzte Versuch würde ihm selbst zufallen, aber obwohl er sich gut überlegt hatte, wie er argumentieren wollte, vertraute er wenig darauf, dass Begriffe wie Vorsicht oder Überlegung bei Balam Xoc ins Gewicht fallen würden. Er begriff allmählich, wie sein Cousin Pacal sich gefühlt haben musste, als *er* Oberhaupt des Clan-Rats gewesen war.

Nohochs Verrat war weniger persönlich gewesen als der Pacals, aber ebenso plötzlich und unerwartet. Er hatte gerade die Bedingungen ausgehandelt, unter denen die Arbeiter des Clans an den Herrscher ausgeliehen würden, und den Clan-Rat einberufen, um dessen Bestätigung einzuholen und zu besprechen, wie die erzielten Einkünfte innerhalb des Clans verteilt würden. In seiner Ausbildung zum Priester hatte er mehr Verhandlungsgeschick erlernt, als er gedacht hatte, und er war stolz auf den Pro-Kopf-Preis, den er ausgehandelt hatte, und noch stolzer hatte ihn die Achtung gemacht, die die Verhandlungsführer des Herrschers ihm gezollt hatten. Und so hatte er den Clan-Rat mit der Erwartung einberufen, Lob und Glückwünsche zu erhalten, besonders als die Sprache auf die Verteilung des Wohlstands kam.

Aber dann hatte Balam Xoc einen eigenen Vorschlag eingebracht. Als Gegenleistung für die ausgeliehenen Arbeiter, hatte er erklärt, solle der Herrscher die Rechte auf bestimmte Anbauflächen sowie zusätzliche Waldstücke und Brotnußbaumpflanzungen abtreten. Er behauptete, eine ›Botschaft‹ erhalten zu haben, welche besagte, dass es wichtig sei, dieses Land zu erwerben, und dazu zusätzliches Saatgut und Werkzeug zur Bearbeitung der Felder. Außerdem hatte er entschieden, dass ein Teil der Leih-Arbeiter zurückbehalten werden sollte, um die Clan-Reservoirs zu reparieren, und dass jene seiner Anhänger, die sich an den Arbeiten beteiligten, vom Clan adoptiert werden sollten. Wenn der Clan wirklich unabhängig sein wolle, selbst von den Regenfällen, so hatte er verkündet, dann müsse er über ›mehr Hände‹ verfügen.

Das war vor fast zehn Tagen gewesen, aber Nohoch erin

nerte sich noch lebhaft an den Augenblick bestürzten Schweigens nach Balam Xocs Rede. Auch die passivsten Mitglieder des Rates konnten ihre Überraschung und ihren Unglauben nicht verhehlen, und mehrere sahen so verletzt drein, als hätte man ihnen ein Messer in den Rücken gestoßen. Doch dann waren die Einwände gekommen: zuerst in vorsichtiger Ehrerbietung für Balam Xocs Position, später, nachdem er alle Vorschläge zurückgewiesen hatte, schärfer und pointierter und schließlich, als die Ratsmitglieder erkannten, dass Balam Xoc nicht kompromissbereit war – dass sein ›Vorschlag‹ letztlich ein Befehl war –, mit aller Vehemenz. Er wusste sogar, welche Landstücke er erwerben wollte.

Plötzlich öffnete sich der Vorhang, und Cab Coh trat auf den Laufgang heraus. Nohoch sah auf den ersten Blick, dass auch er sich nicht gegen Balam Xoc hatte durchsetzen können.

»Es ist zwecklos, mein Sohn«, murmelte Cab Coh niedergeschlagen. »Er hört auf niemanden.«

»Versteht er denn den Ernst der Lage? Weiß er, dass bereits von seiner Absetzung die Rede war?«

»Ich habe es ihm gesagt«, behauptete Cab Coh. »Ich habe ihm erklärt, dass Tzec Balam sich gegen ihn aussprach und dass viele Leute zugehört haben. Ich habe ihm gesagt, dass er großen Ärger erregt hat, sogar bei mir. Aber es hat alles nichts genützt.«

»Ich muss es trotzdem versuchen«, erwiderte Nohoch entschlossen und trat durch den Vorhang. Balam Xoc saß am anderen Ende des Raums auf der Bank und war kaum zu sehen, denn es brannte nur eine Fackel, und sein ganzer Körper war zum Zeichen des Fastens geschwärzt. Seine Zeit der Zurückgezogenheit für die Zeremonie zum Tun-Ende hatte nur zwei Tage nach seinem Erscheinen vor der Ratsversammlung begonnen, doch das hatte ihn nicht davon abgehalten, sich weiterhin für seinen Vorschlag auszusprechen. Er hatte den Rat einfach nur einberufen, damit er ihm aufwartete, und sich lieber mit ihm befasst, als seine Zeit den üblichen Vorbereitungs- und Reinigungsritualen zu widmen. Das war ein weiterer Vorwurf, den Tzec Balam an ihn richtete und mit dem der Hohepriester versuchte, seinen Einfluss im Clan wieder zu stärken.

»Großvater«, grüßte Nohoch und verbeugte sich vor der schwarzen Gestalt auf der Bank.

»Setz dich, Nohoch. Sag mir, weshalb *du* denkst, dass ich unrecht habe.«

Nohoch hockte sich auf den kalten Steinfußboden und brauchte erst einmal einen Augenblick, um Balam Xocs unfreundliche Begrüßung zu verwinden.

»Ich kann nicht sagen, dass Ihr unrecht habt, Großvater«, begann er dann wohl überlegt. »Nur, dass Ihr Eurem Ansehen innerhalb des Clans großen Schaden zufügt. Die Leute glauben, dass Ihr über Eurem Machtstreben Eure Pflichten vergesst und dass Euer Machtstreben auf ihre Kosten geht. Sie sind nicht der Meinung, dass ihre Anteile am Wohlstand des Clans an Eure Anhänger gehen sollen.«

»Sie werden lernen müssen, die Dinge anders zu sehen.«

»Vielleicht«, räumte Nohoch ein. »Aber war es falsch von ihnen zu denken, dass auch sie vom Wohlstand der Stadt profitieren würden? Sie sehen, wie ihre Freunde und Verwandten in den anderen Clans ihre Häuser und Schreine renovieren und wie sie sich die Dinge einhandeln, die ihnen während der vergangenen schlechten Zeiten gefehlt haben. Es ist nur natürlich, dass sie das auch gerne tun würden, vor allem, seit Ihr selbst zu einem Gefühl des Wohlstands im Clan beigetragen habt. Das war kein gut gewählter Zeitpunkt, um ihnen Enthaltsamkeit abzuverlangen.«

»Für so etwas gibt es *nie* einen guten Zeitpunkt«, konterte Balam Xoc kurz angebunden. »Aber es gibt Zeiten, wenn es zu spät ist, es auch nur zu versuchen. Wir können nicht auf einen besseren Zeitpunkt warten.«

»War Eure ›Botschaft‹ wirklich so unmissverständlich?«, fragte Nohoch hartnäckig nach. »Ihr habt doch selbst gesagt, dass Euch die größere Bedeutung nicht klar ist – dass Ihr nicht wisst, weshalb wir dieses Land und die zusätzlichen Leute brauchen. Ihr behauptet nicht einmal, dass es die Geistfrau war, die am Wasserspeicher zu Euch gesprochen hat.«

314

»Das bringt mich aber nicht dazu, das, was ich gehört habe, anzuzweifeln oder verstärkt an Caan Acs Vermögen zu glauben, Regen zu bringen. Der Katun Elf Ahau hat noch drei Tune. Ist der Herrscher stärker als seine Prophezeiung?«

»Seid Ihr demnach also auch ein Prophet? Seht Ihr, was auf uns zukommt?«

»Ich werde sein, was immer ich sein muss«, erklärte Balam Xoc feierlich. »Ich werde sehen, was immer mir gezeigt wird. Und ich werde dementsprechend handeln.«

»Selbst wenn Ihr allein handeln müsst?«, fragte Nohoch ungläubig.

Balam Xoc nickte, ohne zu zögern. »Selbst dann. Ich bin der Lebende Ahn; mir werden meine Pflichten nicht von anderen Menschen aufgetragen.«

Entmutigt ließ Nohoch den Kopf hängen. Als er wieder aufsah, kam ihm Balam Xoc so schwarz und undurchdringlich vor, dass er sich des Gefühls nicht erwehren konnte, mit der personifizierten Dunkelheit konfrontiert zu sein.

»Ihr habt einmal zu mir gesagt, dass Ihr mich nicht als Anhänger wollt«, sagte er ruhig. »Ihr sagtet, um den Bedürfnissen des Clans gerecht zu werden, müsse ich mein Leben zurückfordern und es verändern. Ich glaube, dass ich das getan habe – aber trotzdem gehöre ich zu jenen, die dem, was Ihr uns aufzwingt, widersprechen. Ich muss Euch davor warnen, Großvater, dass die Leute ihr Leben von *Euch* zurückfordern.«

»Dieses Risiko muss ich eingehen«, erwiderte Balam Xoc. »Aber ich warne dich auch: Ich werde mich in dieser Sache durchsetzen. Ich werde das, was ich will, bekommen, bevor ich mich in die Zelle zurückziehe, oder aber du wirst mit dem gesamten Rat mit mir dorthin gehen. Sag *das* Tzec Balam und allen anderen, die sich mir entgegenstellen.«

Entsetzt über diese Drohung, die ihn sowohl als Priester als auch als Mitglied des Clan-Rates verletzte, konnte Nohoch sich nur noch verbeugen und den Raum verlassen. Er spürte ein plötzliches, starkes Bedürfnis nach Helligkeit und Menschen mit Vernunft. *Es gibt keine Tradition, mit der er nicht brechen wird*, dachte er, als er durch die Tür ging, *und nieman-*

315

den, den er nicht verraten wird. Tzec Balam hat recht, folgerte er traurig. *Wir haben einem Verrückten die Treue gehalten.*

Kanan Naab hielt kurz inne, um auf Geräusche aus dem angrenzenden Zimmer zu lauschen; dann öffnete sie die nach Zeder und Kopal riechende Holztruhe und suchte das dicke Hochzeitsbündel ihrer Mutter. Ohne es herauszuholen, band sie es auf; ein großer Teil des ursprünglichen Inhalts war zwar mit der Herrin Ik Caan begraben worden, aber Kanan Naab wusste, was noch alles da war, und sie fand das kleine Obsidianmesser genau dort, wo sie es zuletzt gesehen hatte. Die dünne, schwarze Klinge schimmerte im Licht; sie betrachtete den Griff aus Knochen und drehte das Messer, um die zarte, in die Klinge eingravierte Blume genau zu sehen. Es war die kostbare Seerose, der Kanan Naab ihren Namen verdankte, und diese Blume war auch der Grund dafür, weshalb dieses Opfermesser für sie aufbewahrt wurde: Sie sollte es einmal ihrem eigenen Hochzeitsbündel beilegen können.

Jetzt war draußen das klopfende Geräusch von Box Eks Stock auf den Stufen zu hören, und so wickelte Kanan Naab das Bündel rasch wieder zu und steckte es zurück unter Decken und Kleider. Sie schloss die Truhe, versteckte das Messer in einem Strang Baumwollgarn, den sie dafür extra mitgebracht hatte, verstaute ihn in einer Netztasche und ging hinaus, um Box Ek zu begrüßen.

Soeben trat die alte Frau in Begleitung einer Dienerin aus der grellen, heißen Sonne, die jetzt in der Trockenzeit herrschte, unter das Vordach am Eingang des Hauses. Sie atmete schwer und musste sich mit dem Sprechen Zeit nehmen.

»Cab Coh ist wieder ins Clan-Haus gerufen worden«, berichtete sie nach einer Verschnaufpause. »Er bittet dich, Akbal zu suchen und ihm zu sagen, dass er sich um den Handwerksbau kümmern soll.«

»Ich gehe sofort«, antwortete Kanan Naab, froh darüber, dass sie sich so rasch mit ihrer Netztasche aus dem Staub machen konnte. Aber Box Ek erhob eine Hand und bedeutete ihr, noch zu bleiben.

»Die Heiratsvermittler vom Schlangen-Clan waren auch wieder bei mir. Sie wollen eine klarere Antwort als das, was du ihnen bisher mitgeteilt hast, und ich denke, die verdienen sie auch. Mit deinen Ausflüchten verletzt du nur Yaxal Cans Stolz.«

»Aber er verletzt auch den meinen«, erwiderte Kanan Naab streitsüchtig, »weil er darauf besteht, dass ich mich zu einer Zeit entscheide, in der ich nicht mit Großvater sprechen kann.«

»Sich mit Balam Xoc zu besprechen ist *nie* möglich«, konterte Box Ek gereizt. »Er tut, was er will, und kümmert sich nicht um die Angelegenheiten anderer. Sei nicht so dumm zu glauben, er würde bei dir eine Ausnahme machen.«

»Ihr habt immer gesagt, dass ich anders bin«, hielt Kanan Naab ihr entgegen. »Und Ihr wart auch dabei, als Großvater sagte, dass er einer Verbindung, die meines Standes nicht würdig ist, nicht zustimmen würde.«

»Yaxal Can ist dir wohl nicht gut genug! Du bist wirklich eingebildet, Kanan Naab. Aber ich will mich nicht mit dir streiten. Ich habe mit den Heiratsvermittlern vereinbart, dass sie sich mit deinem Vater treffen; so will es der Brauch unseres Clans. Die Entscheidung liegt bei ihm, und was Balam Xoc dazu sagt, ist gleichgültig. Ob mein Bruder überhaupt noch einmal eine Gelegenheit bekommt, seine Autorität zu missbrauchen, ist sowieso fraglich.«

Kanan Naab war so entrüstet, dass sie kein Wort sagen konnte, sondern Box Ek nur perplex anstarrte. Die alte Frau erwiderte ihren Blick mit zorniger Miene und der gleichen Verbissenheit.

»Ich gehe Akbal suchen«, erklärte Kanan Naab schließlich, und Box Ek trat zur Seite. Ohne sich noch einmal umzusehen, ging Kanan Naab die Stufen hinunter und weiter, bis sie um die Ecke des Hauses ihres Vaters gebogen war und vor der offenen Tür zu Akbals altem Zimmer stand. Erst dann begann sie zu zittern, und sie musste die Fäuste gegen ihre Wangen pressen, um die Tränen zurückzuhalten. Sie hatte ein Gefühl, als würde ihre Welt ihr entgleiten, als würde ihre Zukunft von jenen in die Hand genommen, die sie nicht kannten; jenen, die mit Verachtung von ihrem Großvater sprachen, dem sie mehr vertraute als jedem anderen Menschen. Es schien niemand mehr da zu sein, an den sie sich um Trost wenden konnte.

Allmählich jedoch beruhigte sie sich wieder. Sie konnte sich nicht einfach der Verzweiflung überlassen, denn sonst würde sie verloren sein, hinweggefegt von denselben Kräften, die auch gegen Balam Xoc hetzten. Sie beschloss, sofort mit Akbal zu reden, und zwar weniger Cab Cohs als vielmehr ihrer selbst wegen. Aber zuerst ging sie in das alte Zimmer ihres Bruders, wo sie sich einen Weg durch die Bilder bahnte, die sie selbst in einem Halbkreis um das durch den Eingang einfallende Licht angeordnet hatte. Sie versteckte das Baumwollgarn mit dem Opfermesser unter ein paar alten Matten in der Ecke und murmelte ein kurzes Gebet, mit dem sie sich dafür entschuldigte, dass sie es an einem so unheiligen Ort hinterlegen musste. Dann blieb sie für einen Moment inmitten der Zeichnungen stehen und dachte daran, was sie ihr aufgezeigt hatten – eine Möglichkeit, die mit jedem Tag realer und notwendiger zu werden schien. Sie war sich nicht sicher, ob sie den Mut finden würde, selbst den Versuch einer Vision zu wagen, aber die Verzweiflung trieb sie mit aller Macht in diese Richtung.

Als sie das Zimmer verließ, ging sie zu Akbals Stein in der Hoffnung, dass sie ihn dort finden würde. Große Chancen bestanden allerdings nicht, denn er suchte ihn kaum mehr auf und hatte seit kurz nach seiner Heirat auch nicht mehr davon gesprochen. Das war vor fünf Monaten gewesen, doch seine Vernarrtheit in Zac Kuk hatte sich seither nur noch gesteigert, was dazu führte, dass Akbal praktisch für niemanden mehr zu sprechen war. Dies war nicht das erste Mal, dass Cab Coh oder sonst jemand sie geschickt hatte, um ihn zu suchen; sogar Chan Mac, der seit kurzem in Tikal wohnte, hatte sich schon über die Unerreichbarkeit seines Freundes beschwert und bemängelt, dass Akbal offenbar überhaupt keine Ambitionen mehr habe.

Aus Kanan Naabs Hoffnung wurde Verärgerung, als sie die Lichtung vor den Brotnußbäumen erreichte und den

Schlangenstein einsam und verlassen vorfand. Sie bemerkte jedoch, dass andere ihn nicht vergessen hatten. Kal Cuc war mit der Reinigung und dem Abschleifen der rauen Oberfläche sichtlich vorangekommen, und ein Unbekannter – oder auch mehrere – hatte Opfergaben davor gestellt: ein Tonschüsselchen mit klebrigem Kopal, ein paar Stückchen rosafarbenen Feuerstein, weiße, mit Gummi beschmierte Papierstreifen. Auf dem Boden waren die Überreste kleiner Feuer zu erkennen, die zur Läuterung dieser Gaben abgebrannt worden waren. *Vielleicht zwingen sie ihn, seine Aufgabe endlich anzugehen*, dachte Kanan Naab hoffnungsvoll, als sie sie betrachtete. Eines Nachts hatte jemand einen Obsidian hierhergebracht, der so groß gewesen war wie eine große Männerfaust; Akbal hatte ihn gegen Mais eingetauscht, den er an die armen Familien des Clans verteilte. Das war, soweit Kanan Naab sich erinnern konnte, das letzte Mal gewesen, dass er sich um die Belange der Armen gekümmert hatte, was nach seiner Rückkehr aus dem Westen monatelang sein vordringlichstes Interesse gewesen war. Sie fragte sich, ob er überhaupt noch manchmal an die Hungernden dachte, die er auf dem Weg von Uaxactun nach Tikal angetroffen hatte.

»*Der Geist der Jaguarpranke wohnt euch beiden inne; er ist in eurem Blut*«, erinnerte sie sich. »*Ihr müsst nur eure Erinnerungen zulassen.*« Abrupt wandte sie sich von dem Stein ab und beschloss, Akbal an seine Pflicht zu erinnern. Der Clan brauchte ihn jetzt; *sie* brauchte ihn, und sie konnte nicht warten, bis er endlich irgendwann wieder vernünftig wurde. Vielleicht konnten sie zusammen einen Weg finden, Balam Xoc gegen die zu verteidigen, die ihn anzweifelten, oder sich zumindest für ihn aussprechen. Vielleicht war es auch schon zu spät, um noch einzugreifen, aber sie konnte einfach nicht mehr nur hilf- und tatenlos dastehen.

Der Pfad durch die Brotnußbäume war dunkel und kühl und durch das Blätterdach gut vor der Hitze geschützt. Kanan Naab schritt rasch aus, ohne die bunten Vögel im Unterholz und die kleinen Tiere zu beachten, die vor ihr flohen. Vor Akbals Haus führte der Weg aus dem Dschungel heraus, aber als sie ein Lachen hörte, blieb sie am Rand des Waldes im Schatten der hohen Bäume stehen.

Sie standen zusammen unter dem Baum, der für Zac Kuks Vögel aufgestellt worden war. Chuen saß auf einem Ast ein paar Fuß über ihren Köpfen, und Akbal deutete lachend zu ihm hinauf, während er mit Zac Kuk sprach; den anderen Arm hatte er um ihre Hüfte gelegt. Zac Kuk stellte sich mit einem Fuß auf die Zehenspitzen, mit dem anderen Schenkel umschlang sie sein Bein und rieb ihre Brüste an seinem Oberkörper. Dann lächelte sie zu ihm auf, legte ihm eine Hand auf den Bauch und ließ sie langsam in seinen Lendenschurz gleiten.

Entsetzt über das, was sie sah, und dass es sich noch dazu im Freien abspielte, hielt Kanan Naab den Atem an und wich noch tiefer in den Schatten zurück. Aber trotz ihrer verschämten Angst, als heimliche Beobachterin dieser Szene entdeckt zu werden, konnte sie den Blick nicht abwenden. Die beiden unter dem Baum hingegen schienen die Welt um sich herum völlig vergessen zu haben. Auf Akbals Gesicht lag ein Ausdruck verzückten Genusses; er küsste mit geschlossenen Augen Zac Kuk auf die Wange und bewegte im Einklang mit der Hand in seinem Lendentuch die Hüften. Dann blickte er lachend an sich hinab und flüsterte Zac Kuk etwas ins Ohr, und daraufhin gingen die beiden eng umschlungen und mit wiegenden Hüften zu ihrem Haus. Chuen begann schrill zu schreien und zeigte in einer grinsenden Grimasse die Zähne. Akbal winkte dem Äffchen kurz noch einmal zu und verschwand dann hinter Zac Kuk in der Tür.

Sobald sie sich vergewissert hatte, dass niemand in der Nähe war, ging Kanan Naab langsam unter den Bäumen zurück. Ihre Wangen glühten, über ihre Haut lief ein Prickeln, das ständig an- und abzuschwellen schien, und sie konnte sich kaum auf den Weg konzentrieren. Sie dachte an die Nacht, als Großvater ihr vor dem Stein gesagt hatte, sie solle die Wahrheit suchen und sich von ihr auszeichnen lassen. Jetzt wusste sie, dass es zwecklos war, noch länger außerhalb ihrer selbst zu suchen. Die Zeit war gekommen, die Erinnerungen zuzulassen, die sie in sich trug …

Das Land der Ara

Kinich Kakmoo saß im hinteren Teil des Kanus zwischen zwei der insgesamt sechs Paddler, die den schweren Einbaum durch das Wasser bewegten. Zehn seiner Männer knieten paarweise vor ihm; ihre Baumwollpanzer waren schweißgetränkt, und wegen einer möglichen überraschenden Attacke vom Ufer aus hielten sie ständig die Schilde hoch. Falls die Kundschafter sich nicht getäuscht hatten, waren sie bereits ganz in der Nähe des Ara-Dorfes; deshalb suchte Kinich unentwegt nach einem Anzeichen für den zu erwartenden Angriff. Angesichts des heftigen Widerstandes der Ara hatte er nicht damit gerechnet, dass sie so weit vorstoßen würden, aber seit sie die letzte Barrikade passiert hatten, waren sie nicht mehr mit dem Feind in Berührung gekommen. Sicher war das klare Wasser vor ihnen irgendeine Art von Falle; Kinich konnte nicht glauben, daß die Ara sich so nahe bei ihrem Dorf einer regulären Schlacht stellen würden.

Sein Kanu und das folgende, das ebenfalls mit seinen Männern besetzt war, bildeten die Vorhut der Flotte, die sich über eine beträchtliche Länge hinter ihnen hinzog; der dritte Teil seines Kommandos eskortierte Ain Caan, der sich mit Schild-Jaguar und den anderen Herrschern in der Mitte des Verbands befand. Der von Bäumen gesäumte Wasserweg, den sie entlangruderten, war breit, aber an den Rändern sehr seicht; deshalb konnten die Boote nur paarweise hintereinander fahren und mussten sich in der Mitte halten. Die Sonnenstrahlen brachen sich auf dem träge dahinfließenden grünen Wasser und blendeten stark, so dass die einzig sichtbare Bewegung das Kreisen der Geier am Himmel hoch über ihnen war.

Plötzlich erscholl hinter ihm ein Schrei, und als Kinich über die Schulter blickte, sah er, wie ein riesiger Baum in den Kanal stürzte, der zwei Boote sofort zum Kentern brachte und die Flotte zweiteilte. Die Paddler gerieten aus dem Takt, so dass die Kanus sich zu drehen begannen, ineinander fuhren und Wellen aufwarfen. Dann wurde auf beiden Ufern ein vielstimmiges Kriegsgeheul laut, und Speere und Steine begannen auf die Boote niederzuprasseln. Kinich duckte sich unter seinen Schild und überblickte rasch die Lage hinter ihm – ein Kanu war bereits auf Grund gelaufen im Versuch, den umgestürzten Baum zu umschiffen; seine Insassen wurden von den Speerwerfern am Ufer niedergemetzelt.

»Vorwärts!«, brüllte er und winkte dem Boot hinter ihm zu folgen. Vielleicht fand sich eine Stelle, wo sie an Land gehen und sich verschanzen konnten, um den Feind so lange aufzuhalten, bis die ganze Flotte den umgestürzten Baum umfahren hatte und ihnen dann helfen konnte. Aber als er an dem hohen, bemalten Bug des Bootes vorbei nach vorne blickte, sah er, dass aus den weiter abwärts einmündenden Nebenarmen des Flusses viele Kanus voller Krieger mit roten Federschöpfen auf sie zukamen. Der Gedanke an den Tod überrollte Kinich wie eine niederschmetternde Woge, aber dennoch drängte er die Paddler weiterzurudern. Sein zweites Boot war direkt hinter ihm, doch die meisten anderen fielen immer weiter zurück, weil sie, statt einen bestimmten Kurs zu halten, unentschlossen dahinschlingerten. Kinich suchte verzweifelt das Ufer nach einem Platz zum Anlegen ab, und plötzlich bemerkte er linker Hand einen kurzen Abschnitt, wo die Vegetation niedriger und weniger dicht zu sein schien.

»Links!«, schrie er und zeigte auf die Stelle. In diesem Augenblick brach der Paddler neben ihm mit einem Speer in der Seite zusammen; Kinich nahm dem Sterbenden das Ruder ab und übernahm seinen Platz. Je näher sie dem vermeintlichen Ufer kamen, desto offensichtlicher wurde jedoch, dass sie auf einen verbarrikadierten Seitenarm zuhielten, und mit einem hoffnungsvollen Aufschrei verdoppelten sie ihre Anstrengungen und hielten auf die Stelle zu, an der am meisten Licht durch das tarnende Gebüsch fiel.

»Brecht durch!«, befahl Kinich und zog im letzten Augenblick, bevor der hohe Bug krachend die schwimmende Camouflage rammte, das Ruder ein; ein Ara-Krieger, der sich darin versteckt hatte, stürzte ins Wasser. Als einen Augenblick später das zweite Kanu in voller Fahrt auf die Barrikade auffuhr, brach sie auseinander, so dass das offene Fahrwasser dahinter sichtbar wurde. Schreie der Erleichterung und des Dankes wurden laut, und die Bootsleute begannen wieder, mit aller Kraft zu paddeln.

Sobald sie um eine erste Biegung gekommen waren, war von dem Überfall nichts mehr zu hören. Niemand verfolgte sie, und auch vor ihnen war nichts zu bemerken, das ihr Weiterkommen verhindert hätte. Kinich hörte kurz zu paddeln auf, um seine Männer zu zählen, und stellte fest, dass er dem Hinterhalt mit fünfzehn Kriegern und neun von ursprünglich zwölf Ruderern entkommen war. Immer noch eine schlagkräftige Gruppe, dachte er, zumindest an Land. Sie kamen jetzt durch dichten Dschungel voran, aber als der Wasserlauf immer verzweigter und unübersichtlicher wurde, immer mehr Kehren machte und sie sich von dem Fluss, auf dem sie ursprünglich gefahren waren, immer weiter entfernten, wurde ihnen bewusst, dass sie auf diese Art und Weise nie mehr zu ihrer Flotte zurückfinden würden – und schon gar nicht, ehe die Ara *sie* finden würden. Mit einem Blick zur Sonne stellte Kinich fest, dass sie ungefähr in südöstlicher Richtung fuhren, in die Richtung, in der Tikal lag. *Nach Hause*, dachte er voller Sehnen und begann wieder die unangenehme, ungewohnte Aufgabe des Paddelns.

Wenig später stießen sie nach einer weiteren Biegung wieder eine Barrikade, und damit war Kinichs Entschluss gefasst. Zum ersten Mal freute er sich über das große Geschick der Ara im Bauen von Hindernissen, denn dieses würde seinem nächsten und sicherlich unwillkommenen Befehl Glaubwürdigkeit verleihen. Er befahl den Ruderern, das Ufer anzusteuern, sprang dann ins Wasser und warf sein Paddel mit einem lauten Klappern in das Boot, um die Aufmerksamkeit der Männer auf sich zu ziehen.

»Versteckt die Boote im Dschungel«, ordnete er an. »Von hier aus gehen wir zu Fuß weiter.«

Die Männer blieben wie angewurzelt stehen und blickten ihn ungläubig an.

»Wir wissen nicht, wohin dieser Wasserlauf führt oder wie viele Barrikaden uns noch erwarten«, erklärte Kinich.

»Die Ara werden uns sicher verfolgen, und auf dem Wasser sind wir ihnen hoffnungslos unterlegen. Aber wenn wir an Land auf sie treffen, wird sich zeigen, wer den kürzeren zieht. Denn auf diese Art zu kämpfen verstehen wir uns.«

»Aber wir kennen dieses Land nicht«, wandte einer der älteren Krieger ein, »und außerdem ist es für Fußmärsche nicht geeignet.«

»Das Land nicht, aber wir«, hielt Kinich ihm entgegen. »Wäre es dir etwa lieber, deinem Ende in einem Kanu kniend ins Auge zu sehen, wo du für die Speerwerfer der Ara ein leichtes Ziel bist? Oder willst du nicht lieber im Dschungel kämpfen, wo sie ihre wichtigste Waffe nicht richtig zum Einsatz bringen können?«

»Ain Caan wird uns suchen«, meinte ein anderer. »Wir könnten als Deserteure angeklagt werden.«

»Ist es nicht schlimmer, getötet oder gefangen genommen zu werden?«, schnauzte Kinich ihn an. »Ich bin der Nakom. Sobald wir wieder in Tikal sind, liegt alle Verantwortung bei mir. Aber erst einmal will ich zusehen, dass wir wieder sicher dorthin zurückkommen, und zwar alle.«

Die Bootsleute warfen unbehagliche Blicke auf den von Schlingpflanzen überwucherten Urwald und murrten leise vor sich hin, doch die Krieger nickten einer nach dem anderen oder gaben zu verstehen, dass sie Kinichs Plan für das klügste Vorgehen hielten. »Es ist ein langer Weg«, bemerkte einer von ihnen, als sie begannen, die schweren Boote ins Unterholz zu schieben.

»Ich habe die Sonne in meinem Namen«, sagte Kinich grimmig und zeigte seine glitzernden Zähne, als er die Schulter gegen das Heck des Bootes stemmte und mit aller Kraft schob. »*Sie* wird uns den Weg nach Hause weisen.«

Tikal

Der Beginn der Pflanzzeit war weniger als zwei Monate entfernt, und im Zimmer des Obersten Verwalters der Ernten herrschte eine angespannte Atmosphäre. Ständig gingen

Schreiber, Boten und Verwalter ein und aus, doch als Chac Mut eintrat, verwies Pacal alle anderen des Raumes und bedeutete dem jungen Mann, Platz zu nehmen. Sein ehemaliger Gehilfe war inzwischen zum Verwalter aufgestiegen und hatte an den Verhandlungen mit dem Jaguarpranken-Clan, die sich beträchtlich länger hingezogen hatten als erwartet, stellvertretend für Pacal teilgenommen.

»Sind die Verhandlungen vorüber?«, fragte Pacal, sobald sie allein waren.

Chac Mut nickte lässig; er konnte eine gewisse Selbstgefälligkeit nicht verbergen. »Balam Xoc ist zufrieden gestellt«, berichtete er. »Er hat meinen Vater und die anderen Unterhändler nach Hause geschickt und sich mit den Clan-Priestern zurückgezogen.«

»Ist er zum Austausch der Dokumente geblieben?«

»Er musste. Er konnte nicht darauf vertrauen, dass seine Leute die Vereinbarungen in seiner Abwesenheit einhalten. *Sie* waren nämlich nicht zufrieden.«

Pacal brummte leise und blickte auf die Landkarten und Dokumente, die neben ihm auf dem Boden ausgebreitet lagen. Er hatte nicht damit gerechnet, bei den Verhandlungen mit dem Clan überhaupt eine Hand im Spiel zu haben, aber Balam Xocs unerhörte Forderung nach Landrechten hatte die Angelegenheit unter die Zuständigkeit des Obersten Verwalters der Ernten gebracht – was wiederum Pacal in die Lage gebracht hatte, auf die Wünsche seines Vaters einzugehen, allerdings auf eine Art und Weise, die Balam Xocs Sturz nur beschleunigen konnte. Es war wie eine Rache ganz besonderer Art, vor allem deshalb, weil Pacal sie gar nicht angestrebt hatte.

»Ist noch einmal von seiner Absetzung als Lebender Ahn gesprochen worden?«, fragte er.

Chac Mut zuckte selbstgefällig die Achseln. »Das brauchen sie gar nicht auszusprechen; man sieht es ihnen an. Sie waren alle aufs peinlichste davon berührt, dass Balam Xoc bei den Verhandlungen teilnahm, weil er ja bereits die Farbe des Fastens aufgetragen hatte. Es ist jetzt zu spät für den Hohepriester des Clans, ihn noch vor der Zeremonie zum Tun-

Ende abzusetzen, aber ich habe gehört, dass Tzec Balam die Sache schon mit Ah Kin Cuy besprochen hat.«

»Dann wird mein Vater also noch einmal tanzen«, erwiderte Pacal nachdenklich.

»Aber selbst das kann jetzt nicht mehr viel ändern«, versicherte ihm der junge Mann. »In letzter Zeit hat er sowohl seine Anhänger als auch seine zeremoniellen Pflichten vernachlässigt, und viele zweifeln inzwischen die Heiligkeit seines Tuns an. Alle – bis auf diesen Verrückten Hok und die, die darauf hoffen, in den Clan aufgenommen zu werden.«

»Er hätte sich selbst einen Gefallen getan, wenn er diesen Mann fallen gelassen hätte«, murmelte Pacal in Gedanken. »Oder wenn er einfach behauptet hätte, dass seine ›Botschaft‹ von der Geistfrau stammt. Wundert es dich nicht, dass er weder das eine noch das andere getan hat?«

Chac Mut sah ihn verwundert an und runzelte dann die Stirn, als würde diese Frage ihn ungeduldig machen. »Verzeiht mir, Onkel, aber ich muss doch sicherlich nicht *Euch* an seine unglaubliche Arroganz erinnern«, sagte er.

»Nein!«, fuhr Pacal wütend auf. Einen Augenblick lang schien es, als würde er die Kontrolle über sich verlieren, doch dann verfiel er wieder in seine passive Haltung. »Du kannst an deine Arbeit zurück. Aber vorher sag mir noch, was du bezüglich der Krieger Neues gehört hast.«

Auf diese Frage war Chac Mut offensichtlich nicht gefasst gewesen; er konnte nur die Achseln zucken. »Ich muss zugeben, dass ich nicht einmal daran dachte, danach zu fragen. Aber sicher haben sie das Dorf der Ara inzwischen eingenommen. Vielleicht sind Ain Caan und Kinich Kakmoo gerade dabei, ihre Gefangenen zu zählen.«

»*Vielleicht*«, entgegnete Pacal verächtlich. »Sieh zu, dass ich so schnell wie möglich den neuesten Bericht bekomme. Ich mag zwar nur für die Ernten verantwortlich sein, aber das heißt noch lange nicht, dass mein Wissen ausschließlich auf meine Amtspflichten reduziert wird, vergiss das nicht!«,

»Natürlich nicht, Herr«, erwiderte Chac Mut unterwürfig, obwohl er mehr verwirrt als reumütig zu sein schien. Er stand auf, verbeugte sich und verließ gemessenen Schrittes den Raum. Pacal blickte ihm nach und merkte, dass seine Rüge keine positive Wirkung gehabt hatte, sondern lediglich eine Reaktion auf seine eigene Unsicherheit und Frustration gewesen war. Die *Ganzheit* des Wissens, die das Amt des Verwalters immer ausgezeichnet hatte, ließ sich nicht dadurch wiederherstellen, dass er Chac Mut tyrannisierte. Sie war den Ambitionen des Herrschers zum Opfer gefallen, wie auch die Zusammenarbeit, die einst unter den Verwaltern gang und gäbe gewesen war. Jetzt waren sie alle nur mehr darauf erpicht, ihre Einflussbereiche zu vergrößern und zu verteidigen, und viel zu sehr damit beschäftigt, sich gegenseitig zu bekämpfen, um für Caan Ac noch eine ernsthafte Opposition zu bedeuten. Er hatte seine Politik genau so umgesetzt, wie er es Pacal beschrieben hatte – bis auf das Bringen des Regens hatte er alle seine Verantwortlichkeiten delegiert, ohne aber irgendeine Machtbefugnis hinsichtlich der Bestimmung der Geschicke der Stadt abzutreten.

Bislang, so sah es selbst Pacal, schien dieser Plan aufzugehen. Der Feldzug gegen die Ara verlief den letzten Meldungen zufolge erfolgreich, der Handel hatte zugenommen, auch nach Süden und Osten, und die reiche Ernte hatte in der Tat Vertrauen erzeugt, wie Caan Ac es vorausgesagt hatte. Der Jaguarpranken-Clan war praktisch der einzige gewesen, der auf Zahlung bestanden hatte, anstatt Bonusse zu akzeptieren, und wie es aussah, waren auch genügend Arbeiter vorhanden, um neben der Vollendung der Katun-Einfriedung auch Pacals Anforderungen für die nächste Ernte Genüge zu tun. Sie würde nicht so groß ausfallen wie die Letzte, aber wenn das Wetter sich gütig zeigte, würde dennoch ein beträchtlicher Überschuss erzielt werden.

Wenn, überlegte Pacal mit einem unguten Gefühl, während er den Blick über die steifen weißen Papierbögen wandern ließ, die neben ihm ausgebreitet lagen. Um zu bekommen, was er wollte, hatte Balam Xoc nicht nur die Menschen seines Clans beleidigt, sondern auch den Palastangestellten zusätzliche Arbeiten abverlangt. Er hatte gewusst, *was* er wollte, auch wenn er nicht richtig erklären konnte, *warum* er es wollte. Und falls sein wenn auch noch so vage geäußerter

Verdacht sich bestätigte, falls also der Regen ausbleiben und die Ernten auf den Feldern verdorren würden, dann würde der Clan der Jaguarpranken als einziger über die Mittel verfügen, sich zu versorgen. Und dann würde Balam Xoc für seine weise Voraussicht ebenso gerühmt, wie er jetzt für seinen radikalen Konservatismus kritisiert wurde.

Diese für ihn persönlich so bedrohliche Möglichkeit war es, was Pacal zögern ließ, seinen Vater aus seiner Überlegung auszuschließen. In ein paar Tagen würde Balam Xoc sich in die Zelle zurückziehen – und wer konnte schon wissen, welche Vision dieses Mal zu ihm kommen würde? Ebensowenig ließ sich die Wirkung seines Tanzes vorhersagen, die auf das Volk nicht weniger stark gewesen war als seine Worte. Nein, Balam Xoc hatte ihn schon zu oft überrascht, als dass Pacal jetzt seine Wachsamkeit verringert hätte. Weit davon entfernt, sich über den Sturz seines Vaters zu freuen, brachte ihn dessen extremes Verhalten zu einem ganz anderen Schluss: dass Balam Xoc recht hatte, dass er aus einer Weisheit heraus gehandelt hatte, die anderen nicht zugänglich war.

»Wir werden sehen«, murmelte Pacal vor sich hin und hörte dabei sofort den Zweifel in seiner Stimme. Er klatschte in die Hände und wies die daraufhin eintretenden Diener an, die Dokumente ins Haus der Schriften zu schaffen.

»Schnell«, befahl er ihnen mit plötzlicher Dringlichkeit. »Bis zur Regenzeit sind es nur noch zwei Monate, und bis dahin müssen wir bereit sein. Wir müssen *alle* bereit sein …«

Am Abend vor der Zeremonie zum Tun-Ende überquerte Zac Kuk mit einer Fackel in der Hand die Brücke über den Kanal und stieg dann die Treppe zum oberen Platz hinauf. Als sie den mittleren Absatz erreichte, hörte sie ein Rascheln, das von der links gelegenen Terrasse kam. Sie blieb erschreckt stehen und hielt abwehrend die Fackel vor sich.

»Wer ist da?«, fragte sie unsicher.

Ixchel trat so plötzlich unter den Avocadobäumen hervor, dass Zac Kuk erst einmal einen Schritt zurückwich, bevor sie ihr Gegenüber erkannte.

»Herrin …«

»Ich kann Kanan Naab nicht finden«, sagte Ixchel, die offenbar gar nicht bemerkte, dass sie Zac Kuk erschreckt hatte oder dass es ungewöhnlich war, im Dunkeln hier draußen zu sein. »Hast du sie nicht gesehen?«

»Ich wollte eigentlich selbst mit ihr reden«, antwortete Zac Kuk. »Aber weshalb sollte sie hier draußen sein?«

»Sie benimmt sich in letzter Zeit komisch. Ich dachte, dass sie vielleicht zur Bank ihrer Mutter gegangen ist, um allein zu sein.« Ixchel zeigte hinter sich ins Dunkel. »Dort, unter den Bäumen auf der Terrasse.«

»Ja«, sagte Zac Kuk, obwohl sie von dieser Bank noch nie gehört hatte. Wieder spürte sie dieses Gefühl der Schuld und Unsicherheit in sich aufwallen, dessentwegen sie Kanan Naab suchen gegangen war, dieses Gefühl, dass es im Zusammenhang mit Akbals Leuten noch vieles gab, das sie noch nicht verstand und das zu lernen sie zu lange vor sich hergeschoben hatte.

»Wo könnte sie denn sonst noch sein?«, fragte sie.

Ixchel drückte immer wieder nervös die Hände zusammen und dachte nach. Plötzlich hellte sich ihre Miene auf. »Beim Schlangenstein!«, rief sie und wandte sich zum Gehen. »Sehen wir dort einmal nach.«

Zac Kuk lief eilends hinter ihr her und hielt die Fackel hoch, um die steilen Stufen zu erleuchten, die zum oberen Platz führten. Erst verspätet wurde ihr klar, dass Ixchel den Stein gemeint hatte, den Akbal von seinem Großvater bekommen hatte. Akbal hatte ihn nie so genannt, er hatte ihr jedoch erzählt, dass der Stein von einer Schlange bewacht worden war. Ob *er* wohl weiß, dass andere ihn so nennen, fragte sie sich, froh darüber, dass Ixchel ihre Unwissenheit nicht bemerkt hatte. *Es gibt noch so vieles, das du nicht verstehst*, dachte sie voller Selbstvorwurf, während sie sich beim Überqueren des Platzes auf Pacals Haus zu bemühte, mit der größeren Frau Schritt zu halten.

Als sie den Weg zwischen dem Haus und dem Kanal entlang liefen, blieb Ixchel plötzlich stehen und zeigte auf den mit einem Vorhang verschlossenen Eingang.

»Der Vorhang ist vorgezogen«, sagte sie bestürzt, als habe dieser Umstand eine besondere Bedeutung für sie. Ohne sich zu erklären, schob sie ihn zur Seite und trat in das Zimmer. Zac Kuk folgte ihr; das flackernde Licht der Fackel warf zwar Schatten an die Wände und auf den Boden, doch die überall herumliegenden Zeichnungen waren deutlich zu sehen – und dann sahen sie die Gestalt auf dem Boden. Ixchel hielt den Atem an und ergriff Zac Kuks freien Arm so fest, dass die Fackel in ihrer anderen Hand hin und her schwankte, bis ihr Schein voll auf Kanan Naabs blutbefleckte Gestalt fiel.

»Sie hat sich umgebracht!«, stieß Ixchel hervor und begann krampfhaft zu weinen. Zac Kuk starrte auf den reglosen Körper; sie war zu schockiert, um zu begreifen, was sie sah. Erst nach einer Weile entdeckte sie das Opfermesser auf dem Boden neben Kanan Naabs Hand, dann den Beutel mit Kopal und die kleine Kohlenpfanne voller Asche. Sie löste sich aus Ixchels Griff, steckte die Fackel in eine Wandnische und kniete neben Kanan Naab nieder, um ihre Halsschlagader zu fühlen.

»Sie lebt!«, rief sie erleichtert. »Ixchel, sie lebt! Schnell, wir brauchen Wasser und Medizin. Und eine Decke. Ihre Haut ist ganz kalt. Rasch, Ixchel!«

Ixchel wischte sich die Tränen ab und ging langsam, als würde sie schlafwandeln, zur Tür. Zac Kuk stand auf, führte sie hinaus und legte ihr ermutigend eine Hand auf die Schulter.

»Und sagt niemandem etwas«, drängte sie und verschwand wieder hinter dem Vorhang. Halb im Sitzen und halb kniend schaffte sie es, Kopf und Schultern der Bewusstlosen in ihren Schoß zu legen, dann deckte sie sie mit ihrem weiten Rock provisorisch zu. Kanan Naabs Gesicht und Hals waren blutverkrustet, ihr Kleid überall besudelt. Zac Kuk musste weinen, als sie die zerfetzten Ohrläppchen und die zahlreichen Schnitte sah, die ihre Schwägerin sich an den Schienbeinen und Unterarmen beigebracht hatte. Sie stellte sich die entsetzlichen Schmerzen vor, die Kanan Naab sich zugefügt hatte, und die Verzweiflung, die sie zu einem solchen Akt der Selbstkasteiung getrieben haben musste. Wenn sie überhaupt überlebte, würde sie ihr Leben lang Narben haben …

Plötzlich lief ein Schauer durch Kanan Naabs Körper. Sie öffnete die Lider. Sie blinzelte schwerfällig und rollte die Augäpfel hin und her, bis sie ihre Umgebung wahrnahm. Dann sah sie zu Zac Kuk auf, und zu deren ungläubigem Erstaunen lächelte sie.

»Ich grüße dich, meine Schwester«, flüsterte sie.

Zac Kuk hielt das Lächeln ihrer Schwägerin für ein Zeichen von Delirium und legte ihr beruhigend die Hände auf die Schultern. »Bitte sprich nicht, du musst erst wieder zu Kräften kommen«, sagte sie leise. »Ixchel holt Medizin und eine Decke für dich.«

»Mir geht es gut«, erwiderte Kanan Naab, aber ihre Stimme war so schwach, dass Zac Kuk ihr keinen Glauben schenken konnte. »Warum weinst du denn?«, fragte sie, als sie sah, dass Zac Kuk Tränen über die Wangen liefen.

»Oh Kanan Naab, wir dachten, du bist tot!«, platzte Zac Kuk heraus, und wieder füllten sich ihre Augen mit Tränen. »Was hast du dir denn bloß angetan?«

»Das war mein Opfer für die Ahnen«, hauchte Kanan Naab ehrfurchtsvoll. »Sie gaben mir Mut und machten, dass sich mein Fleisch leicht öffnen ließ. Ich habe keinen Schmerz gespürt.«

»Aber warum? Niemand hat das von dir verlangt. Der ganze Clan hat zum Tun-Ende Buße geübt.«

»Es war ein Opfer«, wiederholte Kanan Naab. »Ich habe ihn gesehen, Zac Kuk. Ich habe Großvater gesehen … den Jaguar-Schutzherrn.«

Nun war sich Zac Kuk ganz sicher, dass Kanan Naab im Delirium sprach, doch sie beschloss, sie am Reden zu halten, denn das machte es leichter, sich um sie zu kümmern.

»Wo hast du ihn gesehen, meine Schwester? In einem Traum?«

»Ich bin zu ihm gegangen«, sagte Kanan Naab schlicht, als würde sie etwas beschreiben, das sie tatsächlich erlebt hatte. »Er stand am Eingang einer Höhle, einem tiefen, dunklen Ort.

Seine Arme und Beine waren mit geflecktem Fell bedeckt, und seine Augen waren nicht mehr die eines Menschen – sie waren groß und gelb, und sie sahen mich aus der Dunkelheit heraus glühend an, wie die Augen eines Jaguars …«

In diesem Moment kam Ixchel mit Decken, mehreren Bündeln und einer Schüssel Wasser zurück. Sie hatte sich wieder gefasst, stellte ruhig die Schüssel auf den Boden und legte die Bündel daneben. Dann half sie Zac Kuk, Kanan Naab aufzusetzen und ihr mit nassen Tüchern das Blut von Gesicht und Hals abzuwaschen. Vorsichtig betupften sie ihre zerschundenen Ohrläppchen und achteten beständig auf ein Anzeichen dafür, dass sie wieder ohnmächtig werden könnte.

Aber Kanan Naab ließ alles geduldig über sich ergehen und gab keinen Laut von sich. Zac Kuk und Ixchel tauschten einen verwunderten Blick aus; beide waren erstaunt, wie sauber und gerade die Schnitte waren, was darauf schließen ließ, dass sie mit ungewöhnlich sicherer, ruhiger Hand ausgeführt worden waren. Sie schienen sich bereits jetzt zu schließen und bluteten nach dem Waschen nicht mehr. Erst als Ixchel eine Salbe aufzutragen begann, verzog Kanan Naab schmerzvoll das Gesicht, und Tränen traten ihr in die Augen.

»Wir müssen dich ausziehen«, sagte Ixchel leise. »Ist dir warm genug?«

»Ja ja, es geht schon«, willigte Kanan Naab ein und ließ alles mit sich geschehen. Die beiden Frauen reinigten sie mit Schwämmen, zogen ihr ein frisches Kleid an und wickelten sie zuletzt in eine warme Decke.

Ein Lächeln erschien auf Kanan Naabs Lippen, als sie fertig waren. »Jetzt habt ihr mich auch noch gewaschen«, sagte sie matt. »Ich danke euch.«

»Wir haben niemandem etwas gesagt«, versicherte ihr Zac Kuk. »Vielleicht können wir deine Wunden mit Farbe und Puder kaschieren.«

Kanan Naab betrachtete sie nachdenklich. »Es gibt keinen Grund für Heimlichkeiten«, erklärte sie. »Ich schäme mich nicht für das, was ich getan habe. Balam Xoc hat zu mir gesprochen. Er sagte, ich brauche keine Angst zu haben, aber ich solle in die Welt der Menschen zurückgehen und dort auf ihn warten. Er sagte, es sei noch zu früh für mich, zu ihm zu kommen.«

»Hast du eine Vision gehabt?«, fragte Ixchel mit zitternder Stimme.

Kanan Naab nickte, den Blick noch immer auf Zac Kuk gerichtet. »Es war mehr als nur ein Traum, meine Schwester. Ich sah ihn und hörte ihn, und ich verstand vieles, das er nicht einmal aussprach. Wenn er aus der Abgeschiedenheit der Zelle zurückkommt, wird er nicht mehr derselbe sein. Er vollendet seine Verwandlung. Er nimmt den Geist des Jaguar-Schutzherrn in sich auf, damit er uns in Sicherheit bringen kann. Ihr werdet es sehen, wenn er morgen tanzt.«

»Dann musst du dir jetzt Ruhe gönnen«, erwiderte Zac Kuk vorsichtig, »damit du morgen mit dabei sein kannst.«

»Ich bin eine Jaguarpranke«, hielt Kanan Naab ihr kühn entgegen und bat sie mit einer Geste, ihr beim Aufstehen zu helfen. »Ich werde stark genug sein.«

Die beiden Frauen richteten sie auf und nahmen sie in die Decke eingewickelt zwischen sich, als sie etwas schwankte. Schweiß trat ihr auf die Stirn, aber sie lächelte, obwohl sie schwer atmen musste und schwindlig wirkte.

»Und wenn nicht«, fügte sie weniger kühn hinzu, »dann müsst ihr dafür Sorge tragen, dass ich hingetragen werde. Ihr *müsst* …«

»Das werden wir«, versicherte ihr Ixchel inbrünstig, und auch Zac Kuk versprach ihr jede Hilfe. Dann nahmen sie Kanan Naab in die Arme und gingen langsam mit ihr zur Tür; ihre Kleider und rituellen Geräte ließen sie, wie sie waren, auf dem blutbefleckten Boden liegen.

Das Tun-Ende

9.17.17.0.0 10 Ahau 13 Kankin

Nohoch Ich und Tzec Balam, der Hohepriester des Clans, standen auf der Plattform vor dem Schrein des Jaguar-Schutzherrn, während sich die Sonne ihrem höchsten Punkt am Himmel näherte. Unter ihnen, am Fuß der steilen Tempeltreppe, ragte das einfache Steinmonument des Lebenden Ahnen empor, und sie beobachteten, wie der Schatten der großen, gelben Stele allmählich zusammenschrumpfte und die kommende Tagesmitte anzeigte. Der Platz dahinter war voller Menschen; Herren mit farbenprächtigen Kopfbedeckungen und Halsketten aus Jade oder Muscheln standen Schulter an Schulter mit schwarzbemalten Pilgern, deren Köpfe schutzlos der sengenden Sonne ausgesetzt waren. Die Menge war so groß, dass der Platz an beiden Seiten überquoll, und von den Frauen im Hintergrund waren einige die terrassierte Pyramide des riesigen Himmels-Clan-Tempels hinaufgestiegen, der den Platz südlich begrenzte. Trotz der überwältigenden Hitze und des gleißenden Lichts, das von den hellen Mauerflächen der umliegenden Tempel grell reflektiert wurde, spürte Nohoch eine große Unruhe in der Menge; es kam ihm vor, als würde sie, bewegt von einander widerstreitenden Angst- und Erwartungshaltungen, vor seinen Augen hin- und herwogen.

Dann war der richtige Augenblick gekommen, und Tzec Balam gab den neben der Stele wartenden Musikern ein Zeichen. Die schweren Holztrommeln setzten mit ihrem Rhythmus ein, und daraufhin zogen sich der Hohepriester und Nohoch wieder in den Schrein zurück. In dem schmalen, vorderen Zimmer drängten sich die Priesterschüler und Kostümierer im Versuch, sich ihre Zeremonialgerätschaften und Arbeitsutensilien von den schweißüberströmten Körpern fern zu halten. Es war heiß und stickig und roch stark nach den Ausdünstungen der Männer und dem Kopal, den sie in ihrer dreitägigen Wache für den Lebenden Ahnen verbrannt hatten.

Während dieser Zeit hatten sie oft gehört, wie Balam Xoc aufschrie und mit sich selbst sprach, doch wegen der dicken Wand, die die beiden Kammern trennte, waren ihnen seine Worte unverständlich geblieben. Nohoch wollte eigentlich gar nicht hören, was Balam Xoc sagen würde, wenn er herauskam. Er war müde, seine Augen brannten vom Rauch, und er spürte einen dauernden Ärger – einen Widerwillen, hier zu sein –, den er in all seinen Tagen als Priester noch nie empfunden hatte. Es ist zu spät für Rechtfertigungen, dachte er; zu spät, als dass Worte allein das verloren gegangene Vertrauen und den geschwundenen Respekt wiederherstellen könnten.

Als der stete Rhythmus der Trommeln Nohochs Gedanken allmählich zu zerstreuen begann, riss plötzlich Balam Xoc mit einer heftigen Bewegung den dicken Vorhang zur Seite und trat in den Raum. Abgesehen von einigen Flecken auf der Brust trug der alte Mann keine Fastenschwärze mehr auf seinem nackten Körper, und obwohl er aus absoluter Dunkelheit ins Licht kam, musste er nicht einmal blinzeln. Drohend strich sein flammender Blick über alle Anwesenden; er strahlte einen so glühenden, alles durchdringenden Zorn aus, dass Nohoch sofort eine heftige Angst vor Strafe befiel, wie er sie seit seinen Kindheitstagen nicht mehr erlebt hatte. Es war erschreckend, eine solch starke Emotion in diesem Gesicht zu sehen, das sonst selbst bei den hitzigsten Diskussionen im Clan-Rat stets unbewegt geblieben war.

Nach einigen Augenblicken heftete Balam Xoc den Blick auf Tzec Balam, der sich daraufhin aber eher aufrichtete, als sich in Verehrung des Lebenden Ahnen zu verbeugen. Neben ihm stand der Kostümierer mit der Federschleppe, die zu tragen Balam Xoc sich bei der letzten Zeremonie geweigert hatte; dieses Mal hatte Tzec Balam darauf bestanden, dass sie zum Einsatz kommen müsse. Nohoch stellten sich die Haare auf, als er das leise, heisere Grollen aus Balam Xocs Kehle vernahm, der jetzt geradewegs durch den Raum schritt, dem erschreckten Kostümierer mit einer raschen Bewegung die Schleppe entriss und sie durch den geöffneten Ausgang hinauswarf. Die Menge auf dem Platz reagierte sofort mit unterdrückten Schreien und einem gedämpften Murmeln.

»Ihr werdet lernen müssen, meine Wünsche zu respektieren, Tzec Balam!«, drohte Balam Xoc dem Hohepriester und trat dicht vor ihn. »Oder ich werde Euch ebenso wegwerfen!«

Tzec Balams Miene versteinerte sich, doch seine Augen funkelten vor Zorn. Er machte kehrt und wollte den Raum verlassen, doch Balam Xoc packte ihn an der Schulter. Überrascht fuhr der Priester herum und starrte wie von Sinnen auf die Hand, die mit eisernem Griff seine Schulter hielt, als spüre er dort einen unerklärlichen Schmerz.

»Ja, *fühlt* die Kälte meines Entschlusses!«, zischte Balam Xoc grimmig. »Fühlt seine Kraft, spürt seine Heiligkeit! Ihr werdet nicht noch einmal so dumm sein, Euch mir zu widersetzen.«

Tzec Balam verzog das Gesicht, und die Sehnen in seinem Nacken traten deutlich hervor, als er gegen die unnachgiebige Hand und die eisige Stimme Balam Xocs ankämpfte. Aber plötzlich knickten seine Beine ein, sein Mund wurde schlaff, und er sank langsam zu Boden. Alle knieten mit ihm nieder; nur Nohoch blickte auf, sobald er spürte, dass Balam Xoc vor ihm stand.

»Auch du hast an mir gezweifelt, Nohoch Ich«, beschuldigte ihn der alte Mann. »Aber noch ehe der nächste Tun zu Ende ist, wirst du meine Weisheit wieder erkennen. Du wirst sogar eine mir zugedachte Wunde tragen – da!«

Mit einer blitzschnellen Bewegung zeigte Balam Xoc auf Nohochs rechte Hüfte, der sofort einen bohrenden Schmerz spürte und nach hinten sank. Er keuchte und griff sich an das Becken, doch auf einmal war das Schmerzgefühl ebenso plötzlich verschwunden, wie es gekommen war.

»Dein Körper weiß, was auf dich zukommt«, sagte Balam Xoc verächtlich. »Weshalb wendet dein Geist sich ab?«

Am ganzen Leib zitternd, berührte Nohoch mit der Stirn die Erde; anders wußte er seine Furcht und sein Staunen nicht zum Ausdruck zu bringen. Über sich hörte er Balam Xocs donnernde Stimme, die nun, da alle im Raum vor ihm zu Kreuze krochen, zornig und ungehalten klang.

»Zieht mich an!«, befahl er. »Heute werde ich zu den Menschen *sprechen*, nachdem ich für sie getanzt habe …«

Dichtgedrängt zwischen den Frauen im rückwärtigen Teil der Menge stehend, meinte Zac Kuk das Gefühl zu haben, dass ihre Isoliertheit in der entsetzlichen Glut dahinschmolz. Die Sonne brannte ihr auf den Schädel, und von unten strahlte die Hitze durch ihre nackten Sohlen nach oben. Zeitweilig kam es ihr vor, als würden die Menschen im Gleichklang atmen, und als müssten sie mit dem nächsten Atemzug alle gemeinsam von der Erde abheben. Erst ein durch die Menge gehendes Zucken oder eine laute Stimme beendete diesen Zauber immer wieder und brachte sie zu sich selbst zurück; dann wurde ihr wieder bewusst, wie sie schwitzte, wie der Schweiß kleine Rinnsale durch den gelben Puder grub, mit dem sie sich das Gesicht geschminkt hatte, und wie ihre Haare in schlaffen Strähnen auf die Schultern hingen.

Dennoch sah sie im Vergleich zu ihrer Schwägerin neben ihr noch gut aus. Kanan Naab hatte dunkle Ringe unter den Augen, ihre Haut war ganz fahl, und für die tiefen Falten um Mund und Nase war sie eigentlich noch viel zu jung. Zac Kuk hatte sie gebeten, sie wenigstens ein bisschen schminken zu dürfen, doch Kanan Naab wollte nichts davon wissen; außerdem hatte sie darauf bestanden, aus eigener Kraft hierher zu kommen. Sie trug die Merkmale ihres Aderlasses, ihres ›Opfers‹, mit unmissverständlichem Stolz und so tapfer, dass Zac Kuk schon bald eingesehen hatte, wie unangemessen ihre Bitte war. Zac Kuk registrierte auch die Reaktionen der anderen Frauen des Clans, vor allem jener, deren Männer gegen Balam Xoc opponierten; ihre offenkundige Missbilligung ließ Kanan Naabs zur Schau gestellte Loyalität nur um so eindrucksvoller und einzigartiger erscheinen.

Die Trommeln setzten ein, und Zac Kuk streckte sich, um über die Köpfe der Männer hinweg nach vorn zu sehen. Die beiden Priester, die vor dem mittleren Eingang des Schreins gestanden hatten – den einen hatte sie als Akbals Onkel erkannt –, waren verschwunden. Der Schrein selbst kam ihr, vor allem im Vergleich mit den hoch aufragenden Tempeln des Himmels-Clans auf der darunterliegenden Terrasse, ziemlich klein vor. Er war von oben bis unten rot gestrichen und stand auf einer Pyramidenplattform mit nur neun Stufen, und sein hoher, sich verjüngender Dachkamm ragte in den Himmel wie ein Kopfputz. Anders als die eleganten, zierlichen Dachkämme von Ektun war er massiv und kompakt, mit kunstvollen Stuckschlangen und einer großen Maske des Nachtsonnen-Jaguars verziert. Die Vorderfront des Schreins hatte drei Eingänge, von denen die beiden äußeren mit rotem Stoff verhängt waren, so dass die Fassade geschlossen und undurchdringlich erschien, als würden sich dahinter große Geheimnisse verbergen.

Während Zac Kuk diesen Gedanken nachhing, kam durch die mittlere Tür plötzlich eine große Schleppe aus blaugrünen Federn herausgeflogen, schwebte einen kurzen Augenblick in der Luft wie eine schillernde, grüne Schlange und fiel dann auf halbem Wege die Tempelstufen hinab auf einen Haufen zusammen. Eine Bewegung ging durch die Menge, und der aus tausend Kehlen aufbrausende Schrei traf Zac Kuk wie ein Schlag. *Der Tänzer ohne Federn*, dachte sie spontan, erregt, aber auch etwas erschreckt über diese herausfordernde Geste und den Aufruhr, den sie bei den Menschen ausgelöst hatte. Sie konnte spüren, wie die ganze Atmosphäre mit dem schneller werdenden Rhythmus der Trommeln ebenfalls hitziger wurde. Als sie sich noch einmal Kanan Naab zuwandte, sah sie ein Lächeln um den Mund ihrer Schwägerin spielen, deren Blick fest auf den Schrein geheftet blieb. *Ich fange an zu begreifen*, sagte sich Zac Kuk mit dem sicheren Gefühl, dass jetzt gleich irgend etwas Außergewöhnliches geschehen würde, etwas, das ihr ins Herz dessen Einblick geben würde, was es bedeutete, dem Clan der Jaguarpranken anzugehören.

Die Federn dort, wo sie hingefallen waren, liegen; die Menge schien schwebend zu verharren und kaum zu atmen, während sie darauf wartete, dass die Zeremonie begann. Schließlich erschienen die Clan-Priester wieder, dieses Mal mit Zeremonialstäben und dreigezackten Geräten in den Händen, und hinter ihnen kam der Lebende Ahn, der in seinem Jaguarkostüm riesengroß und schwerfällig wirkte. Langsam stiegen sie die Stufen hinab, wobei die Priester der Federschleppe vorsichtig auswichen. Balam Xoc jedoch blieb davor stehen, spießte sie auf seinen Zeremonialstab und schleuderte sie verächtlich aus dem Weg. Erneut ging ein Schrei durch die Menge, der über die Trommeln hinweg schallte und Zorn wie auch Anerkennung zum Ausdruck brachte.

Dann wurde Zac Kuks Blick auf den Lebenden Ahnen durch die vor ihr Stehenden verdeckt, so dass sie nur mehr den gefleckten Kopf mit der Seerose am Ohr sah, der sich über der Menschenmenge bewegte, als er um die hohe Stele am Fuß der Tempelstufen tanzte. Erst als er auf sein Podest gestiegen war, stand er vor dem gelben Hintergrund des Monuments wieder bis zu den Hüften in ihrem Blickfeld. Er hielt den Zeremonialstab und die dreigezackte rote ›Pranke‹ hoch und blickte auf die Menschen; das gewaltige Jaguarmaul klaffte weit auf und ließ das menschliche Gesicht darin schemenhaft erkennen.

Die Trommeln endeten abrupt, und während ihr letztes Echo erstarb, wandte sich die Gestalt auf dem Podest nach Westen und begann, das Lied des Nachtsonnen-Jaguars zu singen, der Sonne, die jede Nacht unter die Erde ging und die neun Ebenen der Unterwelt durchwanderte, um wieder an ihren Ort des Aufgangs im Osten zu gelangen. Balam Xoc sang mit eintönig-hypnotisierender Stimme und stellte mimisch die Prüfungen dar, die der Nachtsonnen-Jaguar zu bestehen hatte: die Qualen von Kälte und Feuer, die er bei seinem Abstieg in die Wasser-Abgründe der Unterwelt erleiden musste; den Wind der Messer, der seinen Körper zerfetzte; die Geister, die ihn in Gestalt von Fledermäusen, Schlangen und Jaguaren bedrohten; und schließlich den Tod und die Verwandlung, die er vor seinem erneuten Aufgehen am Himmel erdulden musste. Zac Kuk verstand nur einen Teil der Worte, doch sie kannte die Geschichte des Nachtsonnen-Jaguars schon seit ihrer Kindheit. Seine Reise durch die Unterwelt war dieselbe, die auch der Herrscher von Ektun nach seinem Tode antrat, um danach beim Ort der Ahnen wieder aufzusteigen und von dort über die Menschen auf der Erde zu wachen. Dies galt auch für die Herrscher Tikals und der anderen Städte und, so war ihr gesagt worden, für den Lebenden Ahnen des Jaguarpranken-Clans, dessen Schutzgeist der Nachtsonnen-Jaguar, der Jaguar-Schutzherr, war.

Als Balam Xoc mit seinem Lied geendet hatte, bemerkte Zac Kuk, dass sie viel mehr von diesem Ritual – das sie zum erstenmal in ihrem Leben gesehen hatte – betroffen war als die Menschen um sie herum. Sie warteten auf den Tanz, der, wie sie gehört hatte, jetzt kommen würde, und stöhnten während der kurzen Pause nach Balam Xocs Gesang unter der großen Hitze.

Plötzlich schallte ein heiseres Bellen über den Platz, die hohl klingende, zornige Stimme des Jaguars in der Nacht, ein Laut, den Zac Kuk erst ein- oder zweimal in ihrem Leben, und nur im Dschungel, gehört hatte. Es wiederholte sich einige Male und wurde lauter, so als würde die zum Töten bereite Bestie sich nähern. Dann brach ein Schrei aus dem Maul des Jaguars auf dem Podest hervor, der das Blut in den Adern gerinnen ließ; er bäumte sich auf, hob den Zeremonialstab und die dreigezackte Pranke über den Kopf und begann im Rhythmus der einsetzenden Trommeln zu tanzen.

Steif vor Angst schauderte Zac Kuk zurück und rempelte einige Umstehende an. Links von ihr rollte eine Frau mit den Augen und sank in Ohnmacht; vor ihr fielen Männer um und rissen manche ihrer Nachbarn mit sich zu Boden. Der Jaguar hatte sich zu den Trommlern umgedreht, offenbar, um sie zu größerem Tempo anzufeuern; sein langer, gefleckter Schwanz peitschte nervös hin und her. Der Rhythmus der Trommeln steigerte sich zu einem donnernden Stampfen, und plötzlich sprang der Jaguar hoch, drehte sich in der Luft wieder der Menge zu und schüttelte seinen Stab und die dreigezackte Pranke gegen sie. Dann stieß er einen erneuten Schrei aus, ein durchdringendes Kreischen, welches das Schlagen der Trommeln übertönte und sich in Zac Kuks Fleisch einzugraben schien. Sie fühlte, wie sie fiel und ihre Augen sich wie von selbst schlossen, bis eine Hand sie am Arm ergriff und wieder zu Bewusstsein brachte.

Sie hielt sich an Kanan Naabs Hand fest, während Wellen von Farbe vor ihren Augen vorüberwogten und ihr Herz mit den Trommeln im Takt schlug und die Furcht erregenden Schreie des Jaguars in ihren Ohren gellten. Die Menge um sie herum sank in sich zusammen, und als Zac Kuk es schaffte, den Blick zu heben, sah sie viele der Frauen auf den Boden hingestreckt daliegen, während die Männer vor dem Jaguar auf dem Podest knieten. Nur einige wenige waren stehen geblieben, und der Jaguar schien sich einem nach dem anderen entgegenzustellen und sie fauchend und knurrend zu bedrohen, bis auch sie in die Knie gingen. Noch immer an Kanan Naab festgeklammert, entdeckte Zac Kuk Akbal, der weit vorne kniete; sein leuchtend blauer Turban stand über die Männer um ihn herum empor. Sie heftete den Blick auf ihn und betete, dass ihre Furcht enden möge.

Ein letztes drohendes Brüllen hallte in Zac Kuks Kopf wider, so dass sie ihren eigenen Schrei nicht hörte, als Akbal sich versteifte und über dem Mann vor ihm zusammenbrach; dann erhob der Jaguar seinen Zeremonialstab und brachte die Trommeln zum Schweigen, und es war still. Zac Kuk spürte, wie sie geschüttelt wurde, und kam durch einen Dunst voll gelber Flecken wieder zur Besinnung, obwohl sie die ganze Zeit gestanden hatte. Kanan Naab stützte sie und schaute ihr in die Augen, bis sie ihre Schwägerin klar erkennen konnte. Dann ließ Kanan Naab sie los, um Ixchel zu helfen, die Box Ek sanft an ihre Brust hielt und vergebens versuchte, sie wieder zu Bewusstsein zu bringen.

Jetzt wandte sich auch Zac Kuk Ixchel zu, um zu helfen, aber auf einmal lief ein Gemurmel durch die Menge, das sie wieder nach vorne sehen ließ. Balam Xoc hatte sein Podest verlassen, doch nun stieg er ohne den Kopf des Jaguarkostüms und ohne den Zeremonialstab und die dreigezackte Pranke wieder hinauf, breitete die Arme aus und begann zu sprechen:

»Es sind noch drei Tune bis zum Ende von Katun Elf Ahau, meine Leute! Wem werdet ihr in dieser Zeit folgen?«

Die Menge verfiel in absolutes Schweigen, und er senkte die Arme und ließ seinen düsteren Blick über sie gleiten. Dann erhob er wieder eine Hand, als wolle er die Aufmerksamkeit der Menschen noch erhöhen.

»Ich sage euch, dass der Herrscher euch ins Verderben führen wird! Er hat nicht die Macht, den Lauf seiner Prophezeiung zu verändern; er kann den Regen nicht bringen, wie er es versprochen hat. Das werdet ihr bald sehen, denn der Regen wird früh kommen, und danach werden die Ernten verdorren. Das habe ich gesehen!«

Ein gedämpftes Murren der knienden Männer wurde vernehmbar, doch Balam Xoc richtete sofort schonungslos seinen Finger auf sie.

»Und ich sage euch auch, dass die Krieger besiegt wurden und viele gefallen sind. Das einzige, was dieser Krieg uns beschert, ist Trauer! Auch das habe ich *gesehen*.«

Als Balam Xoc weitersprach, hielt er den Menschen seine offenen Hände entgegen und wählte einen anderen Tonfall, der Zac Kuk, die nach den ersten Worten wieder Angst bekommen hatte, sehr beruhigte.

»Wir müssen wieder nach der Sitte unserer frühesten Vorfahren leben«, fuhr er fort, »und dürfen uns für unseren Unterhalt nur mehr auf uns selbst verlassen. Auf uns und die Geister unserer Ahnen, die uns mit ihrer Weisheit leiten. Die Katun-Prophezeiung hat für uns keine Bedeutung mehr. Wir brauchen sie nicht mehr und werden ihrem Propheten nicht mehr Folge leisten.«

Er senkte die Arme und blickte über die Menschen, bevor er seine Rede mit großer Bedachtsamkeit, als würde er aus dem Gedächtnis zitieren, beendete:

»Die Masken sind zerbrochen. Niemand kann sich mehr verstecken, niemand kann dem bevorstehenden Konflikt entrinnen. Wir müssen Mut beweisen und unsere Herzen den Zeichen und Visionen öffnen, die uns leiten werden. So haben die Ahnen gesprochen, und so habe ich zu euch gesprochen ...«

Balam Xoc verließ das Podest, so dass nur noch die große, gelbe Stele einem Mahnmal gleich vor der Menge aufragte. Die Menschen knieten oder lagen am Boden, so wie sie gefallen waren, und kamen nur langsam wieder hoch, wie die Überlebenden einer Schlacht oder eines verheerenden Sturms. *Ja, eines Sturms*, dachte Zac Kuk, *wie jener, der Akbal und mich in Ektun überraschte und mithalf, mich nach Tikal zu bringen, damit ich dies hier erlebe*. Akbal hatte versucht, sie zu

342

warnen, aber um das, was sie soeben erlebt hatte, zu beschreiben, gab es keine Worte, zumindest keine, die sie geglaubt hätte.

Sie schaute zu Kanan Naab und Ixchel, die Box Ek auf den Boden gesetzt hatten und ihr besorgt mit ihren Röcken Schatten spendeten. Mit einem seltsam benommenen Stolz erkannte Zac Kuk, dass sie drei die einzigen auf dem ganzen Platz waren, die noch standen. Sie streckte Kanan Naab die Hände entgegen, die sie ergriff und ihr in Anerkennung ihrer gemeinsamen Stärke zulächelte.

»Ohne dich wäre ich verloren gewesen«, gestand Zac Kuk, und auch Ixchel, der Tränen über die Wangen liefen, nickte. Kanan Naab sah sie beide an, ohne ihren Dank anzunehmen oder abzuweisen.

»Ihr werdet nie mehr verloren sein«, versprach sie ihnen und wandte sich dann den anderen Frauen des Clans zu, als würde sie deren Stöhnen und Weinen zum ersten Mal hören.

»Kommt!«, sagte sie abrupt. »Wir sind jetzt die Starken. Wir müssen jenen helfen, die auf die Berührung durch den Jaguar-Schutzherrn nicht vorbereitet waren.«

»Ja«, murmelte Zac Kuk gehorsam, obwohl sie eher das Gefühl hatte, selbst zu diesen zu gehören und nicht eine der Starken zu sein. Aber sie kniete nieder, um der nächstbesten am Boden liegenden Frau zu helfen, und sie begriff auch, dass ihre Zweifel und Ängste keine Rolle spielten, solange sie noch handeln konnte. Vielleicht war es ja letztlich *das*, was es hieß, eine Jaguarpranke zu sein.

KAPITEL 10

Der Clan-Krieg

9.17.17.1.0 4 Ahau 13 Muan
(Ein Monat später, A.D. 787)

Der Dschungel

Die Fieberwelt von Kinichs Träumen war grün und nass und
kannte kein Sonnenlicht. Wie er sich auch hin- und herdreh-
te und -wälzte, jedes Mal umfing ihn eine grüne Wand von
allen Seiten und hielt ihn fest, bis er sich nicht mehr rühren
konnte. Er sah, wie sich seine Männer von ihm entfernten,
wie sie schon fast von dem allgegenwärtigen Grün verschluckt wurden, und wollte ihnen zurufen zu bleiben. Aus-
gezehrte Gesichter, verschwollen und von Dornen und Insektenstichen verunstaltet, blickten mit glasigen, blinden
Augen auf ihn zurück. *Ich muss sie zählen*, dachte Kinich verzweifelt; *ich muss die zählen, die noch bei mir sind.* Aber sie waren fort; die einzigen, die er sah, waren die Umgekomme-
nen, die sich vorwurfsvoll vor ihm aufreihten, um ihn an
den Heldentod zu erinnern, den er ihnen versprochen hatte.
Bleiche, vom Ertrinken aufgedunsene Gesichter, von unerträglichen Schmerzen durch Schlangenbisse verzerrt, entstellt vom Todeskampf gegen das Fieber. Einer hing schlaff,
mit herausgestreckter Zunge und eine Liane um den Hals, in
der Luft; ein anderer versank in einem Strudel aus blutrotem
Wasser, die Augen vor Entsetzen völlig verdreht. Kinich
konnte es nicht ertragen, diese Tode noch einmal ansehen zu
müssen, aber er konnte sie auch nicht aus seinen Gedanken
verbannen. Wieder und wieder sah er diese Gesichter vor
sich, wie sie ihn verfluchten und angesichts seiner Hilflosig-
keit höhnisch grinsten und verlachten; sie stürzten ihn in ei-

ne Verzweiflung, die ihn dazu trieb, zu versinken, sich dem unbarmherzigen Sog des Sumpfes zu ergeben … Schlangen wanden sich durch die Schlingpflanzen über ihm, schwarzgemusterte Boas, die sich um das Licht wanden und es erstickten. Die Gesichter verblassten, die Luft vor ihm wurde dick und undurchdringlich und voller grüner Sporen, die keimten und wucherten, bis auch die Luft aufgebraucht war. Er fühlte, wie sein Kopf umwickelt und zusammengedrückt wurde, wie knorrige Wurzeln in seinen Schädel eindrangen, um sein Gehirn zu zerquetschen …

Dann konnte er wieder atmen, und seine Augen öffneten sich, doch sie wurden sofort von einem blauen Licht getroffen, das sich mit unerträglichen Schmerzen tief in sein Gehirn bohrte. Das Fieber war wie eine immer wieder größer und kleiner werdende Flamme unter seiner Haut, die vom Schweiß klitschnass war und sich wund anfühlte. Die Schmerzen ließen ihn alles verschwommen wahrnehmen, bis auf einmal sein Sehvermögen zurückkehrte und er feststellte, dass er an einen Baum gelehnt auf dem Boden saß. Das blaue Licht sickerte spärlich durch den von Schlingpflanzen verhangenen Baldachin, fiel auf die Blätter der riesigen Farne und warf einen glänzenden Schein auf das taugetränkte Laub des Bodengestrüpps. Seine Männer schliefen in kleinen Gruppen zusammengedrängt auf der Lichtung, die sie sich geschlagen hatten; dicht über ihnen hingen Nebelschwaden, die sich in dem unheimlichen Licht wie Rauch kräuselten. Kinich starrte lange auf sie, ehe er die einzelnen Gestalten unterscheiden konnte; erst nach einer Weile sah er auch die Kreaturen, die auf den hingestreckten Körpern saßen oder zwischen ihnen herumkrochen, mit den Flügeln schlugen wie riesige Insekten und sich von den schlafenden Männern ernährten …

Ein unbeschreiblicher Ekel erfasste ihn und gab ihm die Kraft, sich in Bewegung zu setzen; er musste seine Männer vor diesem abscheulichen Getier schützen. Aber seine Muskeln verweigerten sich seinem Willen. Er sah an sich hinab, das unwirkliche Licht warf bläuliche Flecken auf seine Brust und seine Beine. Und da, auf seinem Schenkel, saß ein sich bewegendes schwarzes Etwas, das sich von *ihm* ernährte. In Panik holte er mit dem Arm aus, doch er war so langsam, dass es ihm schien, als könne er zusehen, wie sich seine Hand über dem Biest schloss, bevor er mit all seiner verbliebenen Kraft zudrückte. Ein ersticktes Quieksen wurde laut, und etwas biss oder stach scharf in seine Hand; er ächzte und warf das Tier von sich, angeekelt von dem warmen, klebrigen Gefühl, das es in seiner Hand hinterließ.

Das Fieber pochte laut in seinen Ohren, als er sich aufrappelte und blindlings nach dem Baum griff, um sich festzuhalten. Seine Beine fühlten sich schlaff an und so, als würden sie nicht zu ihm gehören; jedes Mal, wenn ihn ein Schwindel überfiel, wollten sie einknicken. Für einige Zeit wusste er nicht mehr, wo er war; er stand einfach nur da und bebte am ganzen Körper und scheuerte sich an der rauen Rinde die Hände auf. Schließlich schaffte er es aber doch, frei zu stehen; er wandte sich langsam der Lichtung zu und wankte vorwärts wie jemand, der zuviel Balche getrunken hatte. Als er sich seinen Männern näherte, flatterten die Kreaturen auf und um ihn herum und stießen auf ihn nieder, und er fuchtelte ungelenk mit den Armen, um sie zu vertreiben oder totzuschlagen.

Und dann schwangen sie sich in die Luft und waren verschwunden. Erschöpft ließ Kinich die Arme fallen; der schmerzhafte Druck in seinem Kopf war jetzt noch stärker. Die Männer um ihn herum schliefen; sie hatten von dem ganzen Tumult ebensowenig mitbekommen wie von den Kreaturen, die ihnen ihr Blut abgezapft hatten. Kinich wusste nicht, wie er es geschafft hatte, nicht auf sie zu treten, und es fiel ihm schwer, dies ein zweites Mal zu vermeiden, als er zu dem Baum zurücktaumelte. Sein Speer lehnte an einem nahen Gebüsch, und er nahm ihn, um sich darauf abzustützen, und starrte in die Schwärze des Dschungels, in die dunklen Schatten, die das bläuliche Licht des Mondes nicht zu durchdringen vermochte.

Plötzlich sah er die Augen, die ihn groß und gelb und mit unheimlicher Intensität anstarrten. *Ein Jaguar*, dachte er hilflos und spürte panische Angst in sich aufsteigen. Er umfasste den Speer mit beiden Händen und richtete ihn zwischen die Augen, doch die Kraftlosigkeit seiner Bewegung jagte ihm einen neuerlichen Angstschauer durch den ganzen Körper. In diesem Zustand war er eine leichte Beute, er konnte der hungrigen Raubkatze nichts entgegensetzen. Aber er würde kämpfen; er würde sterben, bevor er sich auffressen ließ.

Doch die Augen kamen nicht näher. Sie schienen vielmehr nach oben zu wandern, als würde der Jaguar hochgehoben oder sich langsam auf die Hinterbeine aufrichten. Schließlich waren sie auf gleicher Höhe mit seinen Augen und erwiderten seinen Blick für einen Moment, der Kinich vorkam wie eine Ewigkeit. Er hörte sein Herz schlagen und spürte, wie alle Kraft aus seinen Armen wich, so dass ihm der Speer aus den Händen fiel und mit einem dumpfen Geräusch zur Erde plumpste. Die Augen blinzelten einmal, doch dann verschwanden sie plötzlich auf unerklärliche Weise, so dass die Spannung zwischen ihnen und ihm so abrupt abriss, dass Kinich das Gleichgewicht verlor und vornüber zu Boden stürzte. Er versuchte, wieder aufzustehen, aber er hatte nicht mehr die Kraft dazu. Kurze Zeit später verlor er das Bewusstsein.

Das Geräusch tropfenden Wassers und Ameisen, die geschäftig über seinen Rücken liefen, weckten ihn auf. Er lag zusammengerollt auf der Seite; die grauen Lichtflecken auf dem Boden innerhalb seines Gesichtsfeldes sagten ihm, dass der Tag gerade anbrach. Er blinzelte mehrmals und bemerkte, dass sich seine Augen nicht mehr so verschwollen anfühlten. Vorsichtig testete er seine Muskeln, und obwohl er sich noch schwach fühlte, gehorchten sie ihm; sie waren ihm wieder zu Diensten. Er hatte das Fieber überstanden.

Kinich setzte sich auf, wischte sich die Ameisen vom Rücken und fühlte sich unglaublich erleichtert, als er feststellte, dass diese Bewegungen ihn nicht wieder schwindlig werden ließen. Er hatte sich schon fast an den Zustand gewöhnt, ein dauerndes Schwindelgefühl und keine Kontrolle über sich zu haben, nicht mehr richtig denken zu können und vom

Fieber seines raschen Reaktionsvermögens beraubt zu sein. Jetzt würde er seine Männer wieder anführen können, anstatt einfach hinter ihnen herzutrotten und nicht einmal beim Schlagen eines Pfads durch den Dschungel mithelfen zu können. Jetzt konnte er sie vielleicht aus diesem Dschungel *hinaus*führen, bevor noch mehr von ihnen darin umkamen.

Sein Speer lag neben ihm, und die Männer auf der Lichtung schliefen noch genauso, wie er sie von der letzten Nacht in Erinnerung hatte. Aber hatte er sie tatsächlich gesehen? Kinich schüttelte sich verwirrt, unsicher, ob er auch wirklich wach gewesen war und nicht geträumt hatte. Das seltsame Licht, die riesigen Insekten, der Jaguar, der ihn beobachtet, aber nicht angegriffen hatte. Derart große Insekten *gab* es nicht, nicht einmal in diesem verfluchten Dschungel, und es gab auch keine Jaguare, die einfach nur dastanden und einem in die Augen starrten. All das konnte nur ein Produkt seines Fieberwahns gewesen sein, ebenso wie die Vorstellung, dass er aufgestanden und auf der Lichtung herumgelaufen war, ohne einen der Männer aufzuwecken, wie es ihm seine Erinnerung vorgaukeln wollte. Er *konnte* das alles nur geträumt haben.

Aber … als er seine Handflächen betrachtete, sah er, dass sie von Dornen zerrissen waren und Blasen hatten vom rauen Griff seines Speers, mit dem er sich wie mit einer Axt seinen Weg durch den Dschungel bahnte. Doch im Ballen seiner rechten Hand fand er zwei frische, punktförmige Wunden mit Blutergüssen darum herum, die darauf schließen ließen, dass es ein ziemlich tiefer Biss war. *Ja, ich habe eines von ihnen getötet*, ging es ihm durch den Kopf, und er kniete sofort nieder, um den Boden um sich herum abzusuchen. Er fand das, wonach er Ausschau hielt, zusammengerollt an einer aus dem Boden ragenden Wurzel liegen: ein behaarter, kleiner brauner Körper, mit häutigen, schwarzen Flügeln umwickelt, ein dreieckiger Kopf mit spitzen Ohren und einer weit vorspringenden Schnauze.

Fledermäuse, dachte Kinich; Kreaturen der Unterwelt, die das Blut lebender Wesen tranken. Angewidert stand er auf und schüttelte unwillkürlich die Hand, in die er gebissen worden war. Jetzt wusste er, dass er nicht geträumt hatte. Bevor er zu der Stelle ging, an der er die gelben Augen gesehen hatte, nahm er seinen Speer zur Hand, und auf dem Weg dorthin suchte er sorgfältig den Boden ab. Er war zwar kein Jäger, daran erinnerte ihn allein schon sein leerer Magen unablässig, aber er hatte gelernt, was er zu tun hatte, um am Leben zu bleiben. Und er erkannte die Spuren eines Jaguars, wenn er sie zu sehen bekam, denn dies wäre nicht der erste gewesen, der nachts um ihr Lager gestrichen war. Aber er fand nichts dergleichen, keine an Dornen hängen gebliebenen Fellstückchen, keine Pflanzenteile, die ein so großes Tier bei seiner Pirsch durch das dichte Gestrüpp umgeknickt oder abgerissen hätte. Es war kein Jaguar hier gewesen.

Kinich stand steif da und blickte auf die reglosen Gestalten seiner Männer zurück. Nur zwölf von ihnen waren noch übrig, halb so viele, wie er vor so vielen Tagen in diese unwegsame Wildnis geführt hatte. Aber nur zwei der Toten gingen auf das Konto der Ara. Zwei weitere waren eines Nachts desertiert, und einer hatte sich erhängt; die restlichen waren qualvollere Tode gestorben, als Kinich es jemals auf dem Schlachtfeld erlebt hatte. Die Überlebenden hatten alles zurückgelassen bis auf ihre Waffen und ihr Vertrauen in ihn; sie waren ihm durch endlose Sümpfe und Wälder gefolgt, die am Tag fast ebenso dunkel waren wie nachts, und hatten endlose Tage mit ihm ausgeharrt, an denen der Regen so heftig war, dass die Sonne überhaupt nicht herauskam. Sie gehorchten ihm wie Krieger, obwohl sie kaum mehr wie Menschen aussahen, so sehr waren ihre Gesichter und ihre Körper durch Krankheit und Hunger entstellt.

Ich muss sie retten, sagte sich Kinich eindringlich und ließ von derselben Stelle, von der aus er selbst beobachtet worden war, wachsam den Blick über sie gleiten. Er dachte an die Augen, die sich nach oben bewegt hatten, bis sie auf gleicher Höhe mit den seinen gewesen waren, und erkannte – akzeptierte –, dass dies kein gewöhnlicher Jaguar gewesen war. Es war kein Traum gewesen, sondern ein Zeichen, eine Vision, die ihn daran erinnerte, dass er sich selbst hier, in diesem feindlichen Land, im Angesicht seiner Ahnen bewegte.

Inzwischen war der Urwald um ihn herum erwacht, und über den Baumkronen war ein blasser Himmel zu sehen. Er musste die Männer aufwecken und ihnen berichten, was er gesehen hatte, und sie ermutigen, den Marsch fortzusetzen. Während er überlegte, wie er es ihnen sagen wollte, kam ein Leguan aus dem Unterholz hervor und blieb nur ein paar Fuß von ihm entfernt mit schief gelegtem Kopf stehen. Er war graugrün mit schwarzen Streifen an der Seite und maß bis zur Schwanzspitze mindestens vier Fuß. Kinich hielt den Speer noch in der Hand und schleuderte ihn sofort, ohne zu denken. Mit einem wütenden Zischen hauchte die Echse ihr Leben aus.

Ein weiteres Zeichen, dachte er erfreut und leckte sich die aufgesprungenen Lippen im Gedanken an das zarte, weiße Fleisch des Leguans. Aber trotz seines großen Hungers hielt er kurz inne, um den Geist des Tiers zu ehren, dessen Leben er genommen hatte. Dann sprach er ein stummes Dankgebet und tauchte die Finger in das Blut, um einige Tropfen gen Himmel zu spritzen, dem Ort der Ahnen.

Tikal

Zac Kuk füllte ihren Kürbis mit Wasser aus dem Eimer unter den Bäumen, rückte ihren Hut aus Palmenblättern zurecht und trat dann wieder in die gleißende Sonne hinaus. Sie stieg auf den Damm des Reservoirs hinauf und blieb neben einem der großen Schlammhaufen stehen, die das Ufer in regelmäßigen Abständen säumten. Die Hitze hatte die Oberfläche der konisch geformten Schmutzhügel ausgetrocknet und sie zu einer Schale wie aus getrocknetem Ziegellehm verbacken, die einen starken Gestank nach verfaulenden Schnecken und Algen von sich gab und Wolken von kleinen Mücken und blaugeflügelten Fliegen anlockte. Zac Kuk betrachtete das Becken und wunderte sich, wieviel sie in einem einzigen Monat geschafft hatten. Der Wasserbehälter war geleert und das ovale Becken dann gereinigt worden, so dass jetzt wieder die Pflastersteine an Boden und Wänden zu sehen waren. An der tiefsten Stelle zeigte ein rötlichgrauer Kreis, wo die Steine herausgerissen worden waren und der Lehm darunter freilag; dort waren Männer mit Hacken und Rechen damit beschäftigt, eine frische Schicht Kies über den Lehm auszubreiten.

Einen Monat, dachte Zac Kuk ungläubig und versuchte geistesabwesend, die Fliegen vor ihrem Gesicht zu verscheuchen. An dem Tag, als Balam Xoc sie hierherbrachte, hatte es ausgesehen wie ein Vorhaben, das nicht zu schaffen war. Nur ein paar von ihnen waren wirkliche Arbeiter; der Rest hatte ebensowenig wie Zac Kuk selbst jemals schwere körperliche Arbeit geleistet. Aber *sie* müssten dafür Sorge tragen, hatte Balam Xoc ihnen eisern gesagt, dass das Reservoir gereinigt und ausgebessert wurde, bevor der Regen kam. Sie könnten sich nicht mehr darauf verlassen, dass andere taten, was getan werden musste, damit sie am Leben blieben, hatte er gewarnt; dies sei zwar nicht die Arbeit von Herren, aber sie habe mehr Würde als ein langsamer und hilfloser Tod durch Verhungern.

Und deshalb haben wir es getan, dachte Zac Kuk, die Balam Xoc vielleicht noch mehr fürchtete als den Hunger. Dann erinnerte sie sich an die Kürbisflasche in ihrer Hand und lief den Damm entlang zurück. Sie ging ohne Hast; das hatte sie in langen, harten Arbeitstagen in brütender Hitze gelernt. Zusammen mit den anderen würde sie auch morgen bei Sonnenaufgang wieder hier sein, und auch am Tag danach und so weiter – so lange, bis die Arbeit getan war. Das Reservoir war zu ihrer aller Leben geworden, zu dem, was vor allem anderen kam, und die Stunden, die sie nicht hier zubrachten, dienten lediglich dazu, sie wieder auf den Einsatz hier vorzubereiten. Bevor sie nach Tikal gekommen war, hatte Zac Kuk noch nie ein Reservoir gesehen, und daran, wie so ein Bauwerk konstruiert war, hatte sie noch nie einen Gedanken verschwendet. Aber jetzt war es das einzige, worüber sie und Akbal redeten, wenn sie überhaupt die Energie aufbrachten, sich zu unterhalten. Die meisten Nächte schliefen sie einfach nur; sie versuchten, Kraft zu schöpfen für den nächsten Tag und schafften es nicht einmal, sich über sich selbst zu wundern.

Sie fand Akbal bei einer Gruppe von Männern und Frauen, die Kies in Tragekörbe schaufelten. Über seine Stirn lief ein ledernes Tragband, und sein Gesicht und Körper waren mit einer dicken Staubschicht bedeckt. Aber er lächelte, als er sie sah, und nahm den Kürbis dankbar an. Auch die anderen Arbeiter bedankten sich und unterbrachen kurz ihre Tätigkeit, um die Flasche von einem zum anderen gehen zu lassen. Akbal rückte Zac Kuks spitzen Hut in ihren Nacken, damit er ihr besser ins Gesicht sehen konnte, und schnalzte mit der Zunge, als er auf ihrer Wange einen dicken Insektenstich bemerkte.

Sie betastete die Stelle und zuckte gelassen die Achseln. »Sie kommen immer genau dann, wenn man gerade die Hände voll hat«, sagte sie. Akbal lächelte bestätigend; sein Rücken und seine Beine waren mit Stichen übersät, und sie konnte seinen Schweiß riechen wie er sicher auch den ihren. Doch Eitelkeit und fleischliche Genüsse waren längst auf der Strecke geblieben. Das einzige, was zählte, war innere Kraft und Stärke, und sie waren beide stolz darauf, dass sie noch keinen Arbeitstag wegen einer Verletzung, Übermüdung oder wegen der zu großen Hitze hatten ausfallen lassen. Dies war ihre Buße, ihre Absolution dafür, dass sie den Zorn des Jaguar-Schutzherrn auf sich gezogen hatten.

Plötzlich wurden die Arbeiter hinter Akbal still und aufmerksam, und als Zac Kuk sich umdrehte, sah sie Balam Xoc kommen. Er war in Begleitung seiner üblichen Gefolgsleute, der Nahen, wie die anderen Angehörigen des Clans sie nannten. Sie fungierten als eine Art menschlicher Schutzschirm zwischen Balam Xoc und seinen Leuten, leiteten seine Botschaften oder Anordnungen weiter und überbrachten ihm die Fragen jener, die es nicht wagten, ihn persönlich anzusprechen. An diesem Tag waren es allerdings nur vier: Hok und Kanan Naab, eine untersetzte alte Frau namens Chibil, eine Heilerin, und Opna, ein ehemaliger Priester aus Copan.

Zac Kuk verbeugte sich mit den anderen, als Balam Xoc und sein Gefolge auf der anderen Seite des Kieshaufens stehen blieben. Er musterte sie lange, ohne ein Wort zu sagen, und ließ seinen durchdringenden Blick ruhelos von Gesicht zu Gesicht wandern. Trotz der gleißenden Sonne musste er nicht blinzeln, und auf seiner dunklen, rotbraunen Haut war wie immer kein einziger Insektenstich zu sehen. Selbst aus dieser Entfernung konnte Zac Kuk sein eindringliches Wesen erspüren; es war, als würde sich die Luft um ihn herum verdichten. Sein letzter Aufenthalt in der Zelle hatte ihn in der Tat verwandelt; seine Distanz zu den Menschen hatte sich zu der erschreckenden Ferne eines Sehers oder Weisen gesteigert, der nur noch auf seine innere Stimme hörte. Seinen Mitmenschen begegnete er jetzt fast nur mehr mit Ungeduld oder Verärgerung, und Zac Kuk beneidete Kanan Naab ganz und gar nicht darum, dass sie das Privileg seiner Nähe genoss.

Balam Xoc klaubte eine Hand voll Kies auf, ließ die Steinchen durch die Finger rinnen und beobachtete ihren Fall mit der Intensität eines Wahrsagers, der Maiskörner warf. Dann blickte er noch einmal auf die Arbeiter, und schließlich wandten er und die Nahen sich wortlos zum Gehen. Aber schon nach den ersten Schritten kam ihnen ein Bote auf dem Damm entgegengelaufen, ein junger Mann im blauen Netzumhang der Palastbediensteten.

»Ich habe eine Nachricht des Herrn Pacal Balam, des Obersten Verwalters der Ernten«, sagte er, an Opna gewandt. »Aber ich soll sie nur Balam Xoc persönlich übermitteln.«

»Sprich«, befahl Balam Xoc und winkte Opna zur Seite. Der Bote verbeugte sich, zögerte aber mit einem Seitenblick auf die Umstehenden. Balam Xoc gab ihm mit einer ungehaltenen Geste zu verstehen, dass die Zuhörer ihn nicht störten.

»Es ist eine Nachricht aus Yaxchilan eingetroffen«, begann der junge Mann und schluckte schwer. »Die Krieger von Ain Caan und Schild-Jaguar wurden von den Ara überfallen und mussten eine entsetzliche Niederlage hinnehmen. Über dreißig Mann aus Tikal sind tot, darunter drei Angehö-

353

rige des Jaguarpranken-Clans. Einer von ihnen war der Na-kom Kinich Kakmoo.«

In Erwartung einer bewegten Äußerung von Kummer und Sorge legte der Bote eine respektvolle Pause ein. Doch der Mann vor ihm zeigte keinerlei Reaktion, als würde die Nachricht ihn nicht im geringsten berühren – die Menschen, die ihn umgaben, fielen allerdings auf die Knie und ver-beugten sich voller Ehrerbietung vor ihm. Der Bote sah fas-sungslos zu, bis Balam Xoc ihm bedeutete, seinen Bericht fortzusetzen.

»Es wurde lange nach Überlebenden geforscht, aber nie-mand konnte gefunden werden«, erklärte der junge Mann, immer noch ungläubig auf die Knienden blickend. »Es muss davon ausgegangen werden, dass alle von den Ara getötet oder gefangen genommen wurden. Ain Caan und die ande-ren Krieger sind in Yaxchilan; sobald sie zurückgekehrt sind, wird eine öffentliche Trauer angeordnet.«

»Ist das alles?«, fragte Balam Xoc, als der Bote geendet hatte.

Der junge Mann nickte verunsichert. »Wollt Ihr mir eine Nachricht für Pacal Balam mitgeben?«, fragte er dann zu-rück.

»Er kennt meine Nachricht schon längst«, erwiderte Balam Xoc kurz angebunden. »Und ich die deine auch. Geh.«

Er ignorierte die Verbeugung des Boten und bedeutete seinen Gefolgsleuten aufzustehen. »Teilt es den Leuten mit«, ordnete er an. »Und erinnert sie daran, dass der Regen früh kommen wird, wie ich es gesagt habe. Wir müssen noch här-ter arbeiten, damit wir rechtzeitig fertig werden.«

Nur in Begleitung von Hok ging Balam Xoc weiter den Damm entlang. Die Arbeiter standen langsam auf und tauschten nervöse Blicke aus, als sie sahen, dass Akbal ste-hen geblieben war. Er war wie betäubt und schien unfähig, sich zu bewegen; in seinen glasigen Augen standen Schock und das Unverständnis über den Verlust seines Bruders. Zac Kuk trat zu ihm, aber er bemerkte sie nicht. Als sie ihm gera-de sagen wollte, er solle sich kurz in den Schatten setzen, winkte Kanan Naab ihr, mit ihr zu kommen.

»Komm, meine Schwester. Wir müssen May den Tod ihres Mannes berichten.«

Ihr fordernder Ton riss Akbal abrupt aus seiner Versteinerung, als hätte er eine Ohrfeige bekommen. Er blinzelte und hielt sich zum Schutz gegen die Sonne eine Hand vor die Augen.

»Kinich ist von uns gegangen«, sagte er mit belegter Stimme. »Unser Bruder ist tot.«

»Ja«, pflichtete Kanan Naab bei, ohne auch nur ein Quäntchen mehr an Bewegtheit zu zeigen wie zuvor ihr Großvater. Akbals Züge spannten sich an, und er beugte sich aggressiv ihr entgegen, als wolle er eine bewegtere Reaktion von ihr erzwingen. Die Arbeiter starrten entsetzt auf ihn; für sie war es unbegreiflich, dass er sich einer der Nahen gegenüber so herausfordernd verhielt, auch wenn es seine eigene Schwester war.

»Werden wir nicht eine Trauerzeit einhalten?«, schaltete Zac Kuk sich ein im Versuch, die böse Spannung zwischen den beiden Geschwistern zu lockern.

Kanan Naab schüttelte ungeduldig den Kopf. »Dazu haben wir jetzt keine Zeit. Wir werden trauern, wenn Großvater es für angebracht hält.«

»Oder gar nicht!«, stieß Akbal verbittert hervor.

»Konntest du das nicht vorhersehen?«, fragte Kanan Naab ihn. »Unser Bruder war ein Krieger; es war *seine* Entscheidung, dem Herrscher anstatt dem Clan zu dienen.«

»Müssen wir ihn deswegen gleich im Stich lassen?«, hielt Akbal ihr entgegen. »Sollen wir zulassen, dass seine Seele allein in der Unterwelt umherwandert, ohne unsere Gebete, um sie zu leiten und zu unterstützen?«

Kanan Naab warf wütend den Kopf zurück. »Wir werden tun, was Großvater sagt!«, wiederholte sie eisig. »Du machst weder unserem Bruder noch dir selbst Ehre, wenn du dich jetzt deinem Kummer überlässt. Komm, Zac Kuk …«

Zac Kuk zögerte und blickte zu Akbal auf. Er stand da mit zusammengebissenen Zähnen und atmete heftig, als kämpfe er schwer mit seiner Wut. Aber allmählich erlangte die Vernunft in ihm die Überhand, und er sah die Sorge in Zac Kuks Miene und bemerkte, daß die Arbeiter alle auf ihn starrten. Resigniert ließ er die Schultern fallen und seufzte.

»Tröste May, so gut du kannst, meine Gemahlin«, sagte er leise. »Sag ihr, dass sie in ihrem Kummer nicht allein ist. Auch wenn es vielleicht so aussehen sollte ...«

In den letzten Tagen vor dem Regen wurde Balam Xocs Drängen immer ungestümer, als würde er das Herannahen des Sturms riechen. Er ging von einer Gruppe von Arbeitern zur nächsten, forderte sie zu vermehrter Leistung auf und legte oft genug sogar selbst Hand an. Die Pflastersteine waren alle herausgerissen und auf einem frischen Kiesuntergrund mit größter Sorgfalt auf genaue Passform neu verlegt worden. Darauf war noch einmal eine Schicht Kies aufgetragen worden, und schon während dieses Arbeitsgangs waren feuchte, salzige Winde aus dem Osten aufgekommen. Der Monat Pax war erst angebrochen; damit war es eigentlich noch zu früh für den Regen, aber Balam Xoc trieb die Leute an, als sei es bereits zu spät.

Zum Schluss musste noch der Uferdamm überholt und ausgebessert werden. In den letzten eineinhalb Tagen waren Wolken aufgekommen, so dass die Arbeiter während dieser Reparaturen nicht mehr so sehr der direkten Sonne ausgesetzt waren. Dann verdunkelte sich der Himmel zusehends; Donner rollten über Tikal hinweg, und man konnte hören, wie der in der Ferne auf die Bäume niederprasselnde Regen näher kam. Viele der Arbeiter packten ein letztes Mal mit aller Energie an, andere hörten einfach auf, wo sie gerade standen, und blickten zum Himmel hinauf. Als auch Balam Xoc innehielt und sich nach Osten wandte, legten schließlich alle die Arbeit nieder. Und nun erkannten sie zum erstenmal, dass sie fertig geworden waren. Was noch zu tun blieb, war nicht mehr von wirklicher Bedeutung. Sie würden deswegen kein Wasser verlieren; sie hatten die Arbeiten rechtzeitig abgeschlossen.

Und dann bog der Regen die Bäume um und prasselte über das Clan-Haus der Jaguarpranken und die Menschen um das Reservoir herum nieder. Sie wandten die Gesichter himmelwärts, schlossen vor den dicken Tropfen die Augen und öffneten die Münder, um das Wasser aufzufangen. Männer wie Frauen nahmen ihre Kopfbedeckungen ab und ließen das Nass sich über das offene Haar ergießen und den Staub und Schweiß so vieler langer Arbeitstage abwaschen. Auch nach dem ersten Guss regnete es beständig weiter, und der Himmel im Osten blieb dunkel und zeigte damit, dass dies kein vereinzelter Schauer gewesen war. Der Regen war tatsächlich verfrüht gekommen und noch dazu mit außergewöhnlicher Kraft.

Balam Xoc, dessen weißes Haar in dem trüben, milchigen Licht glänzte, ging allein in das Reservoir hinunter, dunkle Fußspuren im Kies hinterlassend. Ganz unten stand das Wasser schon fast kniehoch, und er watete bis zur Mitte und wandte sich den am Ufer Stehenden zu. Während sich seine Lippen zu einem unhörbaren Gesang oder Gebet bewegten, tauchte er die Hände in das Wasser und hielt in einer Geste des Dankes eine Hand voll zum Himmel empor. Dann füllte er die Hände noch einmal und trank, und die Menschen am Ufer begannen spontan und voller Freude zu rufen und zu singen.

Zac Kuk stand an einem der sprudelnden Abflussgräben und sah Akbal suchend durch die feiernde Menge auf sie zukommen. Sie schaute kurz an sich hinab und musste lächeln im Gedanken an die Erinnerung, die ihr am Körper klebendes Kleid hervorrief. Als sich Akbals und ihr Blick begegneten, wurde ihr ganz heiß; auch er hatte den Sturm in Ektun nicht vergessen, und sie wussten beide genau, was der andere dachte.

»Komm«, sagte er nur und ergriff ihre Hand, um sie wegzuführen.

Sie wehrte sich nur halbherzig. »Vielleicht sollten wir warten, bis Balam Xoc uns gehen lässt.«

Akbal schüttelte entschlossen den Kopf. »Er könnte es vergessen. Außerdem haben wir es uns verdient, jetzt zu gehen, wenigstens für heute.«

Sie spürte kaum Lust, ihm zu widersprechen, und folgte

ihm bereitwillig durch die Menge zu dem Pfad, der sie zu ihrem Haus führte.

Das frühe Eintreffen des Regens überraschte den Rest der Stadt und verzögerte das Abbrennen der brachliegenden Maisfelder über den vom Herrscher und seinen Priestern festgesetzten Zeitpunkt hinaus. Doch dann nahmen die Regenfälle ab, und zwischen den schweren Schauern traten immer wieder Schönwetterperioden mit kräftiger Sonne und klarem Himmel auf. Das Abbrennen eines Teils der Anbauflächen im Tiefland war zwar durch die beständige Nässe nur von bescheidenem Erfolg gekrönt, aber dafür versprach die Wassertiefe in den Alkalches eine umso bessere Ernte in den erhöhten Feldern dort. Das Pflanzen von Mais, Baumwolle und anderen Feldfrüchten endete zu Anfang des Monats Kayab; damit war der vom Obersten Verwalter der Ernten erstellte Zeitplan nur geringfügig überschritten worden.

Der Regen verzögerte auch die Rückkehr Ain Caans und seiner Krieger aus Yaxchilan, so dass die Trauerzeit für die Gefallenen erst nach Abschluss der Pflanzperiode angesetzt wurde. Sie sollte neun Tage dauern, einen für jede der neun Ebenen der Unterwelt. Eine gedämpfte Trommel schlug auf dem Platz der Ahnen, wo Caan Ac persönlich mit aschegeschwärztem Körper die Totenrituale leitete. Auf dem Ballspielplatz daneben fand ein zeremonielles Spiel statt. Der Markt durfte täglich nur für wenige Stunden öffnen, und alle Geschäfte mussten in einer den Umständen entsprechenden stillen Atmosphäre getätigt werden.

Der Clan der Jaguarpranken jedoch hatte nicht einmal einen Vertreter zur Begrüßung der Krieger entsandt, und Balam Xoc hatte mit der zweiten Ausbauphase des Reservoirs begonnen, sobald die Regenfälle nachgelassen hatten. Er hatte die Anführer der Arbeitsgruppen und seine Nahen zusammengerufen und ihnen beschrieben, wie er das Reservoir in seiner letztendlichen Gestalt *gesehen* hatte: tiefes, sauberes Wasser, in dem sich gepflegte Gärten und Obsthaine und die strohgedeckten Hütten derer spiegelten, die das Land bearbeiteten und bewässerten. Des weiteren hatte er bestimmt, welche Bäume gefällt werden sollten und welche nicht und wie der aus dem Becken geholte Schlamm über die freien Flächen verteilt werden musste; darauf sollte getrocknetes Buschwerk ausgebreitet werden, um den Boden abzudecken, bis es Zeit zum Abbrennen war. Er hatte sich sogar in allen Einzelheiten darüber geäußert, welche Früchte angebaut werden sollten, und festgelegt, was im Schatten der verbleibenden Bäume wachsen würde und welche Pflanzen das volle Sonnenlicht benötigten. Obwohl er kein Bauer war, hatte er geredet wie einer, der mit jedem Arbeitsschritt bestens vertraut war und als ob er die fertigen Gärten bereits inspiziert hätte.

Anfänglich hatten sich die Arbeitsgruppen freiwillig und meist auf der Basis familiärer oder freundschaftlicher Bande gebildet. Doch jetzt strukturierte Balam Xoc sie vollkommen um, wobei er darauf achtete, dass jede Mannschaft erfahrene Leute bekam und einige Spezialisten in besonderen Gruppen zusammengefasst wurden. Die Gruppe unter der Leitung des Hohepriesters Tzec Balam wurde zu einem kleineren Reservoir unweit der Häuser seiner Familie geschickt. Eine weitere sollte Pfosten, Stangen und Stroh schneiden für die Häuser, die Balam Xocs Anhänger für die Dauer des Projekts bewohnen würden oder bis sie formell in den Clan aufgenommen werden konnten. Eine dritte, ausschließlich aus Frauen bestehende Gruppe sollte die Werkzeuge schärfen und aus Lianen und Zedernholz Wassereimer herstellen.

Den restlichen drei Mannschaften wurde je ein abgesteckter Abschnitt in dem Wald um das Reservoir zugewiesen, wo sie mit der mühsamen Aufgabe begannen, mit Steinäxten und Messern aus Feuerstein das Land zu roden. Akbal war die Leitung einer dieser Gruppen übertragen worden, und zu ihm kam Kanan Naab eines Tages mit einer Anforderung von Balam Xoc, ihm einen besonders geschickten Holzfäller auszuleihen. Sie fand ihren Bruder unter dem einzigen an dieser Stelle verbliebenen Baum, einem Chiclebaum mit einem Zeichen aus weißem Kalk am Stamm. Akbal war in eine von ihm selbst gezeichnete Karte vertieft, auf der die anderen Bäume und sonstige Pflanzen eingetragen waren, die nicht gerodet werden sollten; es dauerte eine Weile, bis er die Anwesenheit seiner Schwester bemerkte. Nachdem er sie angehört hatte, beugte er sich noch einmal kurz über seine Karte und blickte dann zu den zwischen den Bäumen arbeitenden Männern hinüber.

»Ich kann ihn wahrscheinlich entbehren«, erklärte er schließlich umsichtig nickend. »Ich schicke ihn los, sobald er mit dem Baum fertig ist, den er gerade fällt. Bis er wieder kommt, können wir uns mit dem Unterholz beschäftigen.«

»Großvater wird sich freuen, dass du das einrichten kannst«, erwiderte Kanan Naab sarkastisch, verärgert über seine Hinhaltetaktik. Er verhielt sich allen Nahen gegenüber so, aber bei ihr schien er es mit seiner mangelnden Ehrerbietung immer besonders weit treiben zu wollen.

»Es ist nach Mittag«, sagte er mit einem kurzen Blick zum Himmel. »Die offizielle Trauerzeit ist zu Ende.«

Er zog die Augenbrauen hoch und grinste sardonisch, als könne er ihre Antwort mit Leichtigkeit vorhersagen.

Kanan Naab verriet ihren Ärger durch ihren Blick, ließ sich aber Zeit mit ihrer Entgegnung. »Ich bin mir dessen sehr wohl bewusst«, sagte sie dann steif. »Und Großvater ebenfalls. Ich habe mehrmals versucht, mit ihm darüber zu sprechen, aber ich kann ihn nicht zum Zuhören zwingen.«

Akbal murrte verächtlich. »Sicher hast du dabei ganz laut geflüstert, meine Schwester. Und bestimmt hast du all deinen Einfluss geltend gemacht.«

»Warum willst du mich immer ärgern, Akbal?«, fuhr sie ihn jetzt wütend an. »Warum tust du, als ob ich mehr Einfluss auf ihn hätte als du oder sonst irgend jemand? Wenn du das wirklich glauben würdest, würdest du mir gegenüber mehr Respekt zeigen!«

»Was soll ich denn glauben? Dass du nur dienst und keine eigenen Gedanken oder Gefühle hast? Ist das etwa ein Grund, jemanden zu respektieren?«

Tränen der Wut traten Kanan Naab in die Augen, und sie ballte die Fäuste. »Ich habe mir meine Rolle ebensowenig ausgesucht wie du dir die deine. Vielleicht bewundern dich deine Arbeiter, wenn du die Nahen mit Verachtung strafst, aber eine falsche Zurschaustellung von Unabhängigkeit ist es trotzdem. Du tust schließlich auch alles, was Großvater fordert, obwohl du die verachtest, die ihm dienen.«

»Das ist *meine* Wahl«, beharrte Akbal. »Die Wahl, die *er* mir gab und dir ebenfalls. Oder hast du das vergessen?«

»Er ist nicht mehr derselbe, der beim Stein mit uns gesprochen hat. Ich bezweifle, dass *er* sich daran erinnern würde. Er hält jetzt nach Zeichen Ausschau und erwartet, dass man ihm ohne Widerrede und ohne zu zögern gehorcht. Hast du den Zorn des Jaguar-Schutzherrn vergessen?«

Akbal rollte seine Karte ein. »Den werde ich nie vergessen«, sagte er kurz angebunden. »Aber wir haben alle für unsere Versäumnisse bezahlt. Mein Pflichtbewusstsein gründet sich nicht auf Furcht.«

Er wandte sich ab und ging mit der Karte in der Hand auf seine Arbeiter zu. In diesem Augenblick sah Kanan Naab die Männer, die soeben unter den Brotnußbäumen auf dem Pfad aufgetaucht waren. Sie rief Akbal zurück und gestikulierte in die Richtung der Ankömmlinge. Es waren an die zwanzig Personen, einschließlich Nohoch Ich und einiger anderer Angehöriger des Clan-Rates, denen eine etwa gleich große Anzahl von Knaben folgte. Die meisten trugen die Kleidung und die Kopfbedeckung der Palastbediensteten, und sie schritten stumm und düster einher.

»Ich gehe Großvater holen«, sagte Kanan Naab zu Akbal, als er wieder bei dem Chiclebaum angekommen war, und lief dann rasch den Damm entlang. Bis Nohoch und die anderen ihn erreicht hatten, war Akbal klar geworden, was geschehen sein musste. Er warf seinem Onkel einen ernsten, fragenden Blick zu.

»Der Herrscher hat sich gerächt«, begann Nohoch angespannt. »Ich bin aus dem Orden der Langen Zählung entlassen, und alle Angehörigen unseres Clans haben ihre Posten in der Stadtverwaltung verloren. Ausgenommen dein Vater und Chac Mut, so wie es aussieht.«

Kal Cuc erschien an Akbals Seite; sein niedergeschlagener Blick verriet, dass auch er seine Stelle eingebüßt hatte. Akbal legte ihm tröstend eine Hand auf die Schulter. Seine Männer unterbrachen ihre Arbeit und versammelten sich hinter ihm. Er schickte sie jedoch nicht zurück, sondern verbeugte sich zusammen mit ihnen, als Balam Xoc mit Kanan Naab und seinen anderen Dienern kam.

»Caan Ac hat beschlossen, für sein Unglück Euch und Eure Prophezeiung verantwortlich zu machen, Großvater«, erklärte Nohoch und wiederholte, was er bereits Akbal berichtet hatte.

Gedankenvoll, aber offenbar ohne überrascht zu sein, blickte Balam Xoc ihn an. »Was hat er sonst noch getan?«, fragte er.

»Er hat den reisenden Händlern des Himmels-Clans verboten, künftig unsere Güter zu transportieren«, fuhr Nohoch fort, »und droht jedem in der Stadt mit Strafe, der mit uns Handel treibt. Seine Krieger sind an den Wegen zu unseren Häusern postiert, beobachten jeden, der zu uns kommen möchte, und schüchtern die Leute ein.«

Abgesehen vom Summen der Insekten und dem krachenden Geräusch eines Baums, der im angrenzenden Arbeitsabschnitt zu Boden stürzte, herrschte vollkommene Stille auf der Lichtung.

»Dann geht es jetzt also los«, sagte Balam Xoc schließlich und wandte sich zu Hok um, der erst einmal zusammenzuckte, ehe er bemerkte, dass Balam Xoc auf seine Hüfte deutete. Er holte aus seinem Hüftband ein kurzes Messer in einer Lederscheide und mit einem Griff aus Knochen hervor.

»Hier«, fuhr Balam Xoc fort und hielt es Nohoch hin. »Das musst du jetzt tragen.«

Nohoch war im ersten Augenblick verblüfft, dann nahm er das Messer und verstaute es wie eine Waffe im Hüfttuch seines Lendenschurzes. Die Umstehenden ließen Unbehagen erkennen; einerseits war nicht recht klar, welche Bewandtnis es mit diesem Geschenk auf sich hatte, andererseits aber wussten sie, dass Priester keine Waffen tragen durften und dass Nohoch noch nie eine gebraucht hatte. Das machte Balam Xocs Worte *Es geht los* noch viel undurchsichtiger, aber wie immer, so unterließ er es auch jetzt, sich zu erklären.

»Die Rache des Herrschers wird sich als unser Glück herausstellen«, verkündete er stattdessen. »Hier gibt es für jeden von euch einen Posten und Arbeit, die unseren Leuten direkt zugute kommen wird. Nohoch, du kannst gleich die Gruppe hier übernehmen.« Balam Xoc unterbrach sich und suchte Akbal. »Zeig deinem Onkel, wie weit du schon bist, Akbal. Und dann kannst du in den Handwerksbau zurück.«

Akbal starrte ihn nur an, zu überrascht, als dass er daran gedacht hätte, sich zu verbeugen oder seinen Gehorsam auf andere Weise zu zeigen. Aber Balam Xoc war bereits mit weiteren Aufträgen beschäftigt und deutete in die Richtung der anderen Arbeitsabschnitte. Nohoch kam herüber, und Akbal übergab ihm wie benommen seine Karte. Aber er hatte kaum begonnen zu erklären, wie die Bäume geschlagen werden sollten, als er plötzlich eine Idee hatte, die ihn wieder quicklebendig werden ließ.

»Vielleicht möchtet Ihr mich als Euren Gehilfen haben, Onkel«, schlug er Nohoch spontan vor. »Dann hätte ich Zeit, Euch alles genau zu erklären.«

Nohoch kniff zweifelnd die Augen zusammen. »Balam Xoc hat dich doch in den Handwerksbau zurückbeordert, nicht wahr? Du musst also dorthin gehen.«

»Aber was kann ich da schon machen?«, fragte Akbal. »Wenn sich meine Arbeit nicht verkaufen lässt, ist sie doch nicht von Wert.«

Die Menschen um sie herum hatten sich rasch zerstreut; die Männer waren wieder an ihre Arbeit gegangen, und die Neuankömmlinge waren von einigen der Nahen weggeführt worden. Plötzlich aber mischte sich Balam Xoc in das Gespräch der beiden ein. »Was ist euer Problem?«, fragte er in scharfem Ton und sah forschend zu Akbal, der rasch den Blick senkte.

Nohoch ergriff höflich das Wort zur Verteidigung seines Neffen. »Akbal meint, als mein Gehilfe könnte er dem Clan besser dienen. Und auch mir würde dieser Gedanke sehr gut gefallen, Herr.«

»Wenn niemand mit uns Handel treibt, Großvater«, warf Akbal jetzt tapfer ein, »dann sind unsere Güter wertlos. Ich würde aber auch gern Arbeit leisten, die unseren Leuten zugute kommt.«

Balam Xoc legte den Kopf schief und betrachtete Akbal von oben bis unten, als suchte er nach Anhaltspunkten für diesen plötzlichen Widerstand. Hinter ihm schüttelte Kanan Naab traurig den Kopf und schaute weg, wie wenn es sie schmerzen würde zuzusehen. Aber als Balam Xoc sich schließlich äußerte, war sein Ton überraschend tolerant und fast erklärend.

»Du hast immer noch deine Freunde in Yaxchilan und Ektun«, erinnerte er Akbal. »*Sie* werden mit uns handeln, wenn wir unsere Vereinbarungen einhalten. Sieh zu, dass die Arbeit getan wird, Akbal, selbst wenn du sie ganz allein machen musst. Ich werde eine Lösung finden, die Güter zu liefern, wenn es soweit ist.«

Erleichtert und beruhigt verbeugte sich Akbal tief, was Balam Xoc veranlasste, ihn noch einmal für einen Moment in Augenschein zu nehmen, da dieser rasche Wandel seines Enkels von Widerspenstigkeit zu Willfährigkeit ihn argwöhnisch machte. Dann zuckte er die Achseln und zeigte auf Kal Cuc. »Willst du den Jungen mit dir nehmen?«, fragte er.

Akbal schaute zu Kal Cuc hinab, und seine Miene erhellte sich, als habe er eine Belohnung erhalten. »Natürlich. Er ist mein Gehilfe.«

»Dann setze ihn gut ein«, sagte Balam Xoc abschließend und wandte sich mit Kanan Naab zum Gehen.

Akbal sah zu Nohoch und atmete lang gezogen aus.

»Jetzt ist dir sicher klar, was du zu tun hast«, meinte Nohoch trocken. »Also, geh an dein Werk, mein Sohn. Ich komme hier schon zurecht.«

»Das habe ich nie bezweifelt«, gestand Akbal mit einem halben Lächeln ein und bedeutete Kal Cuc, ihm zu folgen. »Komm, es gibt wichtige Arbeit für uns im Handwerksbau. *Unsere* Arbeit …«

»Bring mich zu ihm, meine Tochter«, sagte Box Ek zu Zac Kuk, als die beiden aus Kinich Kakmoos Haus kamen. »Das geht jetzt schon zu lange.«

»Aber er ist beim Reservoir«, widersprach Zac Kuk vorsichtig und hielt den Palmblattschirm so, dass er die alte Frau vor der Sonne schützte. »Und es ist sehr heiß heute, Großmutter.«

»Damit redet sich May auch heraus«, erwiderte Box Ek kurz angebunden. »Aber wir alle leiden unter etwas anderem viel mehr als unter der Hitze. Also komm.«

Obwohl sie sich schwer auf ihren Stock stützen musste, humpelte sie mit einer Vitalität auf den Platz hinaus wie seit Monaten nicht mehr. Seit dem Beginn der Arbeit am Wasserspeicher hatte Zac Kuk kaum etwas von ihr mitbekommen; um so mehr war sie überrascht gewesen, als Box Ek plötzlich in Mays Zimmer aufgetaucht war, wo Zac Kuk versucht hatte, ihre trauernde Schwägerin zu trösten. Sie hatte sich an den Abend ihrer Hochzeit erinnern müssen, als Box Ek gekommen war, während sie für die erste Nacht mit ihrem Ehemann hergerichtet wurde. Sie hatte der alten Frau ebensowenig Paroli bieten können wie damals ihre Mutter.

Als sie langsam am Handwerksbau vorbeigingen, sahen sie durch die offene Tür Akbal, der mit Kal Cuc Farben mischte. Beide waren zu sehr in ihre Arbeit vertieft, um die Frauen zu bemerken.

»Wieso haben Akbal und Kanan Naab eigentlich nichts unternommen?«, fragte Box Ek und strengte sich an, zu ihrer Begleiterin hinaufzublicken.

»Kanan Naab hat versucht, es Balam Xoc zu sagen«, erklärte Zac Kuk, »aber er wollte nicht auf sie hören. Sie und Akbal hatten deswegen einen Streit, und seither reden sie nicht mehr miteinander.«

Box Ek gab einen ärgerlichen Laut von sich und schüttelte den Kopf. »Und wann hast du *deinen* Bruder zum letzten Mal gesehen?«, fragte sie.

»Chan Mac?«, fragte Zac Kuk überrascht zurück und überlegte stirnrunzelnd. »Vor der letzten Zeremonie zum Tun-Ende, Großmutter. Als der Herrscher Balam Xocs Prophezeiungen zurückwies, empfahl der Botschafter aus Ektun meinem Bruder, uns erst einmal nicht mehr zu besuchen. Und jetzt ist es natürlich gar niemandem mehr möglich, zu uns zu kommen.«

»Natürlich«, wiederholte Box Ek mürrisch und erhob eine Hand, um anzuzeigen, dass sie eine Pause brauchte. Sie hatten die schattigen Brotnußbäume erreicht, aber auch hier hing die brütende Nachmittagshitze schwer in der Luft. Der Regen hàtte vor ein paar Tagen aufgehört, und danach war es wie üblich sehr heiß und trocken geworden. Überall sonst in der Stadt beteten die Menschen, dass die Trockenperiode nicht zu lange dauern und der Regen rechtzeitig zurückkommen würde, damit die neuen Ernten nicht verdorrten. Nur der Clan der Jaguarpranken schuftete für sich allein weiter, geleitet von Balam Xocs Prophezeiung, dass es in der Tat eine Dürre geben werde, und weil der Lebende Ahn darauf bestand, dass die Gärten bis zum Ende der Trockenzeit fertig würden.«

»Hat mein Bruder gesagt, wann der Regen wiederkommt?«, fragte Box Ek, als sie weitergingen.

Zac Kuk schüttelte unsicher den Kopf. »Ich habe gehört, dass er nach Zeichen Ausschau hält, die es ihm sagen.«

»Letzte Nacht habe ich im Traum die Uos singen gehört«, sagte Box Ek plötzlich. »Aber das Wasser, das sie aus der Erde hervorlockte, war kein Regen. Es waren die Tränen unserer Leute.«

Zac Kuk stockte der Atem. »Vielleicht war das ein Zeichen, Großmutter.«

»Vielleicht«, räumte Box Ek ein. »Aber May ist ein Zeichen, das viel sichtbarer ist, und *sie* wird schon viel zu lange übersehen. Ah, wir sind da. Suche ihn, meine Tochter. Ich kann nicht mehr weiter gehen.«

Gleich in der ersten Rodung entdeckte Zac Kuk Balam Xoc, der wie immer von einer Traube von Menschen umgeben war. Sie standen vor dem ersten der Häuser für die Arbeiter, einer noch unverputzten Konstruktion aus Balken und Stroh. Zac Kuk führte die alte Frau zwischen Stapeln von Feuerholz und trockenen Reisighaufen hindurch zu dem Haus. Aber noch bevor sie die Gruppe um Balam Xoc erreichten, trat ihnen Kanan Naab entgegen.

»Verzeiht mir, Großmutter«, entschuldigte sie sich bei Box Ek. »Aber es ist jetzt nicht gut, ihn zu stören. Er ist schon den ganzen Tag lang völlig verschlossen.«

Mit einem Blick über die Schulter zeigte sie den beiden Ankömmlingen, was sie meinte. Balam Xoc stand regungslos inmitten seiner Diener, die ihn mit angespannter Erwartung umringten. Niemand sprach ein Wort. Die Augen des alten Mannes waren auf den wolkenlosen Himmel gerichtet; offenbar verfolgte er die Geier, die hoch über dem Reservoir ihre Kreise zogen.

»Vielleicht kann *ich* Euch behilflich sein«, schlug Kanan Naab ihrer Großmutter halblaut vor.

»So wie du May geholfen hast?«, schnauzte Box Ek sie an. »Das ist keine Hilfe, sondern Missachtung. Ich will mit meinem Bruder reden.«

Kanan Naab warf ärgerlich den Kopf in den Nacken und sah fragend auf Zac Kuk, als befürchte sie, dass die beiden sich gegen sie verschworen hatten. Doch ihre Miene brachte eher Sorge als Argwohn zum Ausdruck, und sie versuchte noch einmal, Box Ek mit Vernunft zu beschwichtigen.

»Ich bin nicht herzlos, Großmutter. Ich habe oft versucht, das Thema Trauer anzusprechen, aber er hat nie darauf reagiert.«

»Hat er dir mit seinem Schweigen verboten, selbst etwas zu unternehmen?«, fragte Box Ek und winkte ihre Enkelin mit dem Stock zur Seite. »Du stehst mir im Weg, Kanan Naab. Wir haben uns schon viel zu lange vor unserem Kummer versteckt.«

»Wer ist das?«, rief jetzt Balam Xoc, und Kanan Naab trat augenblicklich zurück. Er winkte Box Ek und Zac Kuk zu sich. »Lass sie kommen«, sagte er, an Kanan Naab gewandt.

Er stand zwischen Nohoch und Opna, Hok kauerte gleichmütig zu seinen Füßen. Doch sobald seine Schwester bei ihm war, ging auch Balam Xoc in die Hocke, damit Box Ek nicht angestrengt zu ihm aufschauen musste, und Nohoch, Opna und Zac Kuk taten es ihm nach. Anders als Kanan Naab gedacht hatte, konzentrierte sich Balam Xoc ganz auf Box Ek.

»Du hast von Kummer gesprochen, meine Schwester«, begann er.

Box Ek nickte und stützte sich entschlossen mit beiden Händen auf ihren Stock. »Ich komme gerade von Kinich Kakmoos Frau. Sie ist krank vor Kummer und auch deswegen, weil ihre Gefühle ignoriert werden. Es ist nicht richtig, dass sie um ihren Mann nicht trauern darf.«

Nohoch und Opna runzelten die Stirn ob dieses unverblümten Tadels, und Hok warf aus seinem einen Auge einen zornigen Blick auf Box Ek. Doch Balam Xoc bedeutete ihr fortzufahren, als sei er sicher, dass sie selbst eine Lösung des Problems parat habe.

»Ich wollte dich fragen, ob du weißt, wie Kinich umgekommen ist; vielleicht hast du es ja *gesehen*. Wir können nicht angemessen um ihn trauern, wenn wir nicht wissen, welche Rituale wir abhalten sollen.«

Zac Kuk beobachtete, wie Opna überdrüssig den Kopf schüttelte, als sei Box Ek nicht die erste Person, die das Schicksal eines geliebten Mitmenschen durch Balam Xocs Visionen in Erfahrung bringen wollte. Nohochs Stirn legte sich noch stärker in Falten; ihn schien zu beunruhigen, dass die alte Frau offenbar fest entschlossen war, die Rituale auch ohne Erlaubnis des Lebenden Ahnen abzuhalten.

Balam Xoc schaute kurz zum Himmel empor und rieb sich gedankenvoll das Kinn. »Es wäre in der Tat falsch gewesen, nicht um Kinich Kakmoo zu trauern«, räumte er ein und senkte langsam die Augen, bis er dem Blick seiner Schwester begegnete. »*Wenn* er tot wäre. Aber die Ara haben ihn nicht getötet und auch nicht gefangen genommen; soviel habe ich gesehen.«

Erstaunen erschien auf allen Gesichtern, das aber alsbald einem mit Ehrfurcht gemischten Stolz über die Macht des Meisters Platz machte. Nur Box Ek war über diese Offenbarung sichtlich erbost.

»Das hast du gewusst, und du hast May nichts gesagt?«, platzte sie zornig heraus. »Warum hast du zugelassen, dass sie sich unnötig grämt?«

Balam Xoc musterte sie ungerührt. Hok allerdings war

drauf und dran aufzuspringen, so dass Balam Xoc ihm beruhigend eine Hand auf die Schulter legte.

»Weil ich nicht weiß, ob Kinich wirklich zurückkommt«,
erwiderte er ruhig. »Aber vielleicht ist die Tatsache, dass du
hierher gekommen bist, ein Zeichen, *dass* er wiederkommt.
Ich dachte gerade an Tod, als du kamst.«

Box Ek starrte ihn sprachlos an; ihre Energie war ebenso
verpufft wie ihr Ärger.

»Aber was beunruhigt dich sonst noch, meine Schwester?«, fragte Balam Xoc wissend. »War es nur die Sorge um
May, die dich hierhergeführt hat?«

»Es war ein Traum«, antwortete Box Ek, »und auch meine Einsamkeit. Seit diese Arbeit angefangen hat, habe ich
von meiner Familie kaum etwas mitbekommen, und offenbar haben sie einander ebenfalls vergessen. In meinem
Traum hörte ich die Uos singen, und sie wurden benässt
von den Tränen unserer Leute. Als ich aufwachte, ging ich
zu May und verstand, was ich geträumt hatte. Ich konnte
ihren Kummer nicht einfach übersehen, so wie du und die
anderen.«

»Uos«, wiederholte Balam Xoc leise. »Ist das wahr, meine
Tochter?«, wandte er sich dann an Zac Kuk. »Sind unsere
Leute unglücklich?«

Zac Kuk spürte sofort aller Augen auf sich und nickte
schüchtern. »Wir haben kaum Zeit füreinander, denn wenn
wir nicht arbeiten, sind wir erschöpft«, erklärte sie. »Und
wir sind jetzt auch weiter voneinander entfernt. Es ist
schwierig, sich Dinge auszuleihen oder welche einzutau-
schen, vor allem, seit der Marktplatz für uns geschlossen ist.
Niemand will sich beklagen, Großvater, aber wir sind alle
müde und können uns gegenseitig kaum Trost spenden.«

»Und was ist mit euch?«, fragte Balam Xoc und schaute
auf seine Nahen, die schuldbewusst die Augen senkten.
»Weshalb hat niemand von euch das gesehen?«

»Weshalb hast du es nicht selbst gesehen, mein Bruder?«,
fragte Box Ek in scharfem Ton. »Bist du blind für unser
Leid?«

Die Unverfrorenheit dieser Frage rief bei denen, die es nie

gewagt hätten, sich solchermaßen zu verteidigen, große Missbilligung hervor. Auch Zac Kuk befürchtete, dass Box Ek damit zu weit gegangen war, aber aus Loyalität und ob der Kühnheit der alten Frau spürte sie dennoch einen gewissen Stolz.

»Ja, das bin ich«, antwortete Balam Xoc langsam. »Die Geistfrau hat mich für Gefühle und Wünsche blind gemacht, damit ich Kraft sammeln kann. Anzeichen für die Sorgen oder den Zorn anderer kann ich nur aus meiner Erinnerung heraus erkennen; es gibt aber wichtigere Dinge, an die ich mich erinnern muss.« Er unterbrach sich und ließ den Blick über seine Gefolgsleute streifen. »Aber ich habe niemandem verboten, Gefühle zu haben«, fuhr er fort, »und ich möchte auch nicht, dass *ihr* meine innere Leere teilt.«

Balam Xoc machte noch einmal eine Pause, in der er jeden einzelnen musterte, bevor er sich wieder seiner Schwester zuwandte.

»Ich werde dafür Sorge tragen, dass dies allen bekannt gemacht wird«, versprach er ihr. »Du musst Kinich Kakmoos Frau erzählen, was ich dir gesagt habe. Sag ihr, sie soll aufhören, sich zu grämen, und stattdessen dafür beten, dass er sicher zurückkehrt. Vielleicht ist er bei dem Fest, das wir feiern, sobald das Pflanzen beendet ist, wieder da und tanzt mit uns. Ich denke, ein solches Fest veranstalten wir irgendwann im Monat Uo.«

»Ich werde es ihr sagen«, erwiderte Box Ek und verbeugte sich steif über ihrem Stock. Auch Zac Kuk verneigte sich, und Balam Xoc segnete sie beide.

»Ihr habt gut daran getan, zu mir zu kommen. Geht nun und wacht über die Herzen meiner Leute. Seid ihnen ein Zeichen, so wie ihr mir ein Zeichen wart ...«

Asche knirschte unter Pacals Sandalen, als er in das Feld hineinschritt. Er bemerkte, wo über Nacht das Wild gefressen hatte, und bei jedem Schritt durch die Reihen der bis zu den Knöcheln reichenden Pflanzen scheuchte er grüne Heuschrecken auf. Stellenweise war das Unkraut ebenso hoch, denn dieses war eines der Felder, die für ein gründliches Abbrennen zu nass gewesen waren. Jetzt aber war es knochentrocken; die schwarze Kruste, die die Erde überzog, zerfiel zu Staub, wenn Pacal mit dem Finger daranklopfte. Die jungen Maispflanzen ließen die Köpfe hängen, und ihre Blätter färbten sich an den Rändern gelb; für die Bohnen hingegen kam bereits jede Hilfe zu spät, sie lagen verkümmert zwischen dem Unkraut.

Die Dürre dauerte nun schon den vierzehnten Tag an, doppelt so lange wie sonst. Und trotz aller Gebete und Opfer des Herrschers – einschließlich zweier Gefangener vom Volk der Ara – hatte es nur zweimal kurz geregnet, was den Pflanzen aber eher geschadet als genützt hatte, weil sie dadurch anfälliger für Krankheiten und die sengende Sonne geworden waren. Wenn es noch weitere sechs Tage nicht regnete, dann würde es einen vollen Monat trocken gewesen sein, und das bedeutete höchstwahrscheinlich, dass keine Hoffnung auf eine Besserung der Lage mehr bestand. Dann würde Pacal sich in das Unvermeidliche fügen und das Aus für alle Ernten bekannt geben müssen.

Er stand da und spürte, wie die Verzweiflung schwer auf seinen Schultern lastete. Die Clans hatten ihn bereits aufgefordert, einige ihrer Arbeiter freizustellen, damit sie wenigstens ihre eigenen Gärten retten konnten, bevor es auch dafür zu spät war. Sie hatten alle das Beispiel der Jaguarpranken gesehen und zögerten nicht, ihn damit zu beschämen, wenn er versuchte, ihre Forderungen abzuwenden. Uaxactun und einige andere Städte, die ebenfalls Arbeiter an Tikal verliehen hatten, drohten, diese abzuziehen, falls die ihnen versprochenen Bonusse nicht voll bezahlt würden. Die Stimmung im Palast war von verzweifelten gegenseitigen Beschuldigungen geprägt, wobei Caan Ac selbst am allermeisten versuchte, die Schuld anderen zuzuweisen. Für den gescheiterten Feldzug gegen die Ara hatte er bereits Balam Xocs Prophezeiungen sowie Zotz Macs ›Abfall‹ verantwortlich erklärt, und wenn nun auch noch die Ernten ausfielen, würde er dies zweifellos Pacal in die Schuhe schieben, auch wenn die Verantwortung für den Regen einzig und allein bei ihm lag.

Er wird als letzter eingestehen, dass er versagt hat, dachte Pacal, während er die Trostlosigkeit um sich herum betrachtete. Er würde seine Männer weiterarbeiten lassen müssen, bis Caan Ac beschloss, die Hoffnung aufzugeben; doch dazu würde sich der Herrscher wahrscheinlich zu allerletzt entschließen. *Aber zumindest werden wir keine Zeit damit verschwenden, dieses Feld retten zu wollen*, entschied Pacal. Unweit seines Standorts beraubte eine Kolonne Blattschneiderameisen eine ganze Reihe von Pflanzen ihrer Blätter und transportierte sie in einer sich bewegenden Linie ab. Pacal trat näher und beobachtete sie eine Weile; dann zerstörte er den Ameisenpfad und verschüttete einige der Tiere in einer Grube, die er mit der Ferse ausscharrte. Dadurch entstand Verwirrung unter ihnen, aber gleich darauf erschienen Soldaten, die den Arbeitern einen neuen Pfad um die Grube herum anwiesen, und schon transportierten sie das, was eigentlich dem Herrscher gehörte, weiter ab in ihren Bau.

Vielleicht verdienen sie es mehr als wir, dachte Pacal trübsinnig; *unsere Krieger würden uns ja geradewegs in die Grube führen und auch noch darauf bestehen, dass wir mit ihnen hineinspringen.* Langsam ging er auf den großen Kapokbaum am Rand des Feldes zu, wo er seinen Schreiber im Schatten zurückgelassen hatte. Er war überrascht zu sehen, dass auch Chac Mut und Ixchel mit dem kleinen Bolon Oc dort eingetroffen waren.

»Meine Gattin«, sagte Pacal in einem etwas spöttischen Ton, als er unter dem Baum ankam. »Chac Mut … seid ihr zusammen hergekommen?«

»Wir haben uns auf dem Weg getroffen«, erklärte Chac Mut und machte eine leichte Verbeugung vor Ixchel. »*Ich* bin gekommen, um Euch zu sagen, dass Kinich Kakmoo am Leben ist. Er und zehn andere Männer sind in Palenque eingetroffen.«

Pacal sah zu Ixchel, die beredt die Achseln zuckte und das Baby in den Armen wiegte. »Das hat uns Balam Xoc schon vor vielen Tagen mitgeteilt«, sagte sie. »Allerdings haben wir uns schon länger nicht mehr gesehen, mein Gatte.«

»Ich hatte davon gehört«, versicherte ihr Pacal gelassen.

»Auch ich habe gebetet, dass es wahr sein möge. Wann kommt er zu uns zurück?«

»Sie sind nicht bei guter Gesundheit«, berichtete Chac Mut. »Sie müssen sich erst in Palenque erholen. Schild-Jaguar hat versprochen, sie mit Kanus abzuholen, sobald sie reisefähig sind.«

Pacal warf einen kurzen Blick auf das dunkeläugige Kind in Ixchels Armen und die Sorgenfalten im Gesicht seiner Frau. »Ist der Clan benachrichtigt worden?«, fragte er Chac Mut, den diese Frage zu überraschen schien.

»Soviel ich weiß, nicht. Mit Sicherheit ist nichts dergleichen geplant.«

»Dann werde ich ihnen Bescheid geben. Ihr könnt in den Palast zurück«, fügte Pacal mit einer Geste hinzu, die den Schreiber mit einbezog. »Hier gibt es nichts mehr zu tun. Lasst uns nur ein wenig Wasser hier.«

Er nahm seiner Frau das Baby ab und staunte, wie schwer es bereits war. Ixchels Arme zitterten, als sie ihm das Kind überreichte, und er fragte sich, wie sie es geschafft hatte, es die ganze Strecke bis hierher allein zu tragen.

»Es ist ein langer Weg in dieser Hitze«, sagte er. »Setzen wir uns ein wenig und ruhen uns aus.«

Sie lehnten sich an den Stamm des Kapokbaums und tranken von dem Wasser, das Chac Mut ihnen zurückgelassen hatte. Ixchel stillte kurz Bolon Oc, der daraufhin in ihrem Schoß einschlief. Pacal strich ihm sanft über das schwarze Haar.

»Ich weiß, dass ich dich vernachlässigt habe, Ixchel«, sagte er leise. »Dich *und* unseren Sohn. Das tut mir sehr leid, aber vielleicht kannst du verstehen, wie schwer es zur Zeit für mich ist, mich mit den Jaguarpranken eins zu fühlen. Und der Herrscher brandmarkt Balam Xoc jeden Tag, ohne Rücksicht auf mich.«

»Ich weiß«, erwiderte Ixchel rasch. »Ich bin auch nicht hierher gekommen, um dich zu beschämen, mein Gatte, sondern um dir zu helfen. Ich dachte, dass es dir nützen könnte zu wissen, wann der Regen wiederkommt, und dass du vielleicht eher nach Hause kommst, wenn du es weißt.«

Pacal betrachtete sie skeptisch. »Hat mein Vater auch das gesehen?«, fragte er.

»Die Zeichen, ja. Die Herrin Box Ek hatte einen Traum, in dem sie die Uos singen hörte. Und ein paar Tage darauf, als Hok und noch ein Mann einen Baumstumpf ausgruben, fanden sie einen Uo, und wir alle hörten ihn singen: *Quak, quak*«, machte sie leise die Stimme des Frosches nach.

Pacal beobachtete sie mit einer Miene gequälter Toleranz. »Und das soll anzeigen, wann der Regen zurückkommt?«, fragte er ungläubig.

»Im Monat Uo, hat Großvater gesagt«, erklärte Ixchel mit offensichtlichem Stolz.

»Uo«, wiederholte Pacal bitter. »Das würde bedeuten, dass es noch mehr als einen Monat dauert. Bis dahin wären sogar die Alkalches ausgetrocknet.«

Ixchel nickte ernst, obwohl sie den Schmerz in seiner Stimme nicht hörte. »Dann wollen wir das Ende des Pflanzens feiern. Bleibt *dir* denn nicht mehr genügend Zeit, noch einmal anzupflanzen?«

»Zeit schon«, erwiderte Pacal brüsk. »Aber woher sollte ich das Saatgut und die Arbeiter nehmen? Und wie den Herrscher davon überzeugen, ein solches Risiko einzugehen? Glaubst du vielleicht, er ist erpicht darauf, Balam Xocs Rat anzunehmen? Ich kann nicht einmal den Namen meines Vaters vor ihm aussprechen!«

Das Baby wimmerte und krümmte sich in Ixchels Schoß, und sie schaute hastig zu ihm hinab, um zu verbergen, dass sie sich verletzt fühlte. Pacal entschuldigte sich mit einem überdrüssigen Seufzen.

»Es tut mir leid, Ixchel. Du hast meinen Zorn nicht verdient. Aber du musst doch einsehen, dass dein Vorschlag unmöglich annehmbar ist. Man würde mich für einen Idioten halten und feuern, wenn ich dem Herrscher etwas von Uos erzählen und darum bitten würde, noch einmal anpflanzen zu dürfen.«

»Dann ist Balam Xoc wohl auch ein Idiot?«, konterte Ixchel mürrisch. »Alles, was er vorhergesagt hat, ist eingetroffen. Er hat uns davon überzeugt, dass das Unmögliche geleistet werden kann, wenn es für das Überleben notwendig ist.«

»Und er hat den Herrscher davon überzeugt, dass er ein gefährlicher Mensch ist, eine Bedrohung für den Frieden und das Wohlergehen der Stadt! Bei all seiner Weisheit, Ixchel, wie kann er darauf hoffen, sich so isoliert, wie er es nun einmal ist, durchsetzen zu können? Kann es dem Clan der Jaguarpranken gut gehen, während alle anderen hungern? Glaubst du etwa, ihr könntet in Frieden leben, wenn es wirklich so weit kommt? Ich denke eher, dass ihr das Ziel aller Angst und allen Neids und der Verzweiflung der anderen Clans werdet und dass ihr Hass euch vernichten wird.«

»Gehörst du denn nicht mehr zu uns?«, fragte Ixchel flüsternd, mit Tränen in den Augen.

Pacal nickte resigniert. »Doch, natürlich. Und wenn der Regen so lange ausbleibt, wie du sagst, dann werde ich womöglich schon sehr bald wieder bei euch sein. Aber ich sehe die Dinge, wie ein Verwalter sie nun einmal zu sehen hat, und ich sehe nur dann eine Tragödie für unsere Stadt, wenn jeder Clan auf Kosten der anderen nur seine eigenen Interessen verfolgt.«

Ixchel nickte respektvoll; seine Erklärung schien sie zu beruhigen – oder vielleicht war es auch nur die Möglichkeit seiner baldigen Rückkehr. Jedenfalls sah es nicht so aus, als würde die Tragödie, von der er gesprochen hatte, sie erschrecken.

»Vielleicht entschließen sich die anderen Clans, unserem Beispiel zu folgen«, meinte sie hoffnungsvoll.

Pacal konnte nur mit einem bitteren Lachen den Kopf schütteln; für ihn war ihr unverwüstlicher Optimismus nicht nachvollziehbar. »Dann hätte mein Vater in der Tat das Unmögliche erreicht«, erwiderte er sarkastisch und stand auf. »Komm, bringen wir unseren Sohn zum Haus der Jaguarpranken zurück.«

»Du bist mir also nicht böse, dass ich einfach so zu dir kam?«, fragte Ixchel, während sie ihm das schlafende Kind hochreichte.

»Böse?«, wiederholte Pacal ungläubig. »Nein, meine Gattin, ich bin dir dankbar dafür, dass du versucht hast, mir zu helfen.« Er blickte über die Felder hinweg. »Selbst wenn mich keine Hilfe mehr erreichen kann …«

Es war Abend, und dunkle Wolken waren aufgekommen, als Nohoch Ich, Balam Xoc und Cab Coh Tzec Balams Haus verließen. Balam Xoc ging sofort bis an den Rand des Platzes, blickte zum Himmel hinauf und atmete tief die kühle Luft ein. Nohoch und Cab Coh ließen ihn allein; sie wussten, dass es ihm nicht leicht gefallen war, die Geduld aufzubringen, die er während der Ratsversammlung gezeigt hatte.

»Die Sitzung war ein großer Erfolg, mein Sohn«, sagte Cab Coh mit einem Blick zurück durch die offene Tür, wo Tzec Balam und einige andere Ratsmitglieder noch dabei waren, die Einzelheiten der Pläne auszuarbeiten, die im Verlauf der Sitzung formuliert worden waren.

»Er hat es uns allen leicht gemacht«, erwiderte Nohoch bescheiden mit einem Nicken auf Balam Xoc zu. »Er hat uns die Unstimmigkeiten der Vergangenheit vergessen lassen. Anstatt auf unsere Schuld und Unsicherheit zu pochen, appellierte er an unsere Findigkeit.«

»Er hat niemanden unterbrochen«, gestand Cab Coh ein. »Aber trotzdem warst du es, der vorschlug, dass wir uns hier und ohne die Nahen treffen sollten. Das machte einen großen Unterschied.«

»Ich *bin* einer der Nahen, Vater«, erinnerte Nohoch ihn gelassen, doch Cab Coh akzeptierte diese Zurechtweisung nicht.

»Du bist nicht wie Hok oder dieser arrogante Mensch aus Copan, dieser Opna. Heute warst du das Oberhaupt des Clan-Rates, und wir waren wieder die respektierten Ältesten. Für viele von uns war es nötig, daran wieder einmal erinnert zu werden.«

Balam Xoc ging auf den Pfad zum Reservoir und das Clan-Haus der Jaguarpranken zu, und sie folgten ihm in einiger Entfernung, weil sie ihn nicht beim Nachdenken stören wollten. Nohoch, den das Lob seines Vaters freute, grübelte über die vielen Themen nach, die sie bei der

Versammlung besprochen und einer Lösung hatten zuführen können. Die meisten drehten sich um das Handelsverbot des Herrschers und seine fortgesetzten Schikanen des Clans, die bei notwendigen Gütern zu Engpässen führten und es den Angehörigen des Clans erschwerten, mit ihren Freunden und Verwandten in anderen Teilen der Stadt in Kontakt zu treten. Aber durch ihren Gedankenaustausch hatten die Männer auch entdeckt, wieweit sie sich gegenseitig helfen konnten. So hatten einige Dinge übrig, die andere benötigten, und ein entsprechender Tauschhandel war vereinbart worden; ferner wurden Möglichkeiten besprochen, wie man Nachrichten vermitteln und sicher von einem Ort zum anderen gelangen konnte; und wie sich zeigte, waren die Aussichten auf geheime Handelsvereinbarungen mit den unmittelbaren Nachbarn weit besser als vermutet. Die mit der Isolierung einhergehenden Schwierigkeiten förderten den Ideenreichtum und die Zusammenarbeit untereinander. Mit der Ausnahme vielleicht von Balam Xoc hatten sie alle von dem einfachen Wissen profitiert, dass ihre Probleme nicht einzigartig oder unlösbar waren, wenn sie sie gemeinsam angingen.

»Akbal wird sich freuen zu hören, dass es Farben gibt«, stellte Cab Coh zufrieden fest und holte Nohoch aus seinen Gedanken heraus. »Er musste in den letzten Wochen zuviel Zeit auf die Suche nach Materialien verwenden.«

Nohoch betrachtete den Wald, den sie durchschritten, und bemerkte, wie trocken das Laub war; es war stumpf und mit einer Staubschicht überzogen. »Bald wird der Herrscher eingestehen müssen, dass seine Ernten verdorrt sind«, mutmaßte er, »und dann, glaube ich, werden wir keine Schwierigkeiten mehr haben zu bekommen, was wir brauchen. Dann werden sogar unsere Brotnüsse einen Handelswert haben.«

»Aber wir dürfen unsere Nachbarn nicht übervorteilen«, warnte Cab Coh. »Darauf haben wir uns geeinigt.«

»Richtig«, stimmte Nohoch zu. »Wir wissen alle, wie wichtig es ist, neue Freunde und Verbündete zu gewinnen.«

Sie bemerkten, dass Balam Xoc stehen geblieben war, und

zögerten zunächst, ihn zu überholen. Er schaute in die über den Pfad hängenden Äste hinauf und hatte den Kopf schief gelegt, als lausche er einer Botschaft.

»Horcht«, sagte er, als sie ihn eingeholt hatten. »Ich höre keine Vögel.«

Auch sie hörten nichts. Eben noch hatte es geschienen, als sei der Wald voll von den Stimmen zahlloser Vogelarten, und ein Waldkauz hatte immer wieder laut gerufen. Jetzt war es absolut still wie manchmal vor einem Sturm oder wenn sich ein großes Raubtier in der Nähe aufhielt. Sie schauten beide auf Balam Xoc, der den Blick auf den Boden geheftet hatte. Seine Nasenflügel bebten, und in seiner Kehle entstand ein tiefes Grollen. »*Tod*«, sagte er mit schnarrender Stimme.

Plötzlich brach aus dem Gebüsch linker Hand ein Mann hervor und stürzte sich auf sie. Cab Coh stieß einen erstickten Schrei aus, als der Attentäter ihm das Messer in den Bauch rammte, und im Fallen riss er den Mann mit sich zu Boden. Nohoch wurde durch den Sturz seines Vaters zur Seite gestoßen, stolperte mit dem Kopf voran in einen der Männer, die auf der anderen Seite des Weges aus dem Gebüsch gesprungen kamen, und lenkte den Stoß der auf ihn zielenden Waffe mit dem Ellbogen ab, bevor auch er zusammen mit seinem Angreifer zu Boden ging. Im Fallen versuchte er verzweifelt, sein eigenes Messer aus der Scheide zu ziehen.

Der dritte Mann stürzte sich mit einem unterdrückten Schrei auf Balam Xoc und holte aus, um ihm sein Messer in die Kehle zu stoßen. Doch der alte Mann duckte sich und sprang mit überraschender Behändigkeit zur Seite, und als der Attentäter einen zweiten Anlauf machte, wich Balam Xoc erneut seitlich aus und zerkratzte ihm mit den Fingernägeln das ganze Gesicht, so dass der Mann entsetzt aufheulte. Einen Augenblick lang hielt er inne, um sich mit der freien Hand über die blutroten Striemen auf Stirn und Wangen zu fahren.

Doch dann erschien der erste, der Cab Coh niedergestochen hatte, und nun gingen sie von zwei Seiten auf Balam

Xoc los. Er schaffte es zwar noch, ein paar Schritte den Pfad entlang zu fliehen, doch dann drehte er sich mit entblößten Zähnen um wie ein in die Enge getriebenes Tier und fauchte so wild, dass die beiden einen Augenblick zögerten. Plötzlich zischte etwas durch die Luft, es folgte ein dumpfes Aufschlaggeräusch, und der Mann mit dem zerkratzten Gesicht umklammerte einen kurzen Speer, der ihm in der Brust steckte. Dann warf er die Arme hoch und brach über Cab Cohs Leiche zusammen.

Balam Xoc knurrte und trat einen Schritt auf den vor ihm stehenden Mann zu, doch dieser ließ entsetzt sein Messer fallen und rannte blindlings in den Dschungel. Im nächsten Augenblick erschien Kal Cuc neben Balam Xoc und umklammerte krampfhaft mit beiden Händen seine Speerschleuder. Zusammen starrten sie auf die blutbefleckten Körper vor ihnen; Cab Cohs weiße Haare schauten unter dem erschlafften Arm des Mörders hervor, dessen zerschundenes Gesicht zu einer Fratze entstellt war. Kal Cuc zitterte; Balam Xoc legte ihm eine Hand auf die Schulter, doch die kalten Finger ließen den Jungen erschreckt zusammenfahren.

»Du hast ein Leben genommen, mein Sohn«, sagte der alte Mann sanft. »Aber du hast damit mein Leben gerettet und den Tod meines Bruders gerächt. Bete für die Seelen der beiden, mein Sohn. Ich muss mich um Nohoch kümmern.«

Kal Cuc sank auf die Knie, legte die Speerschleuder vor sich und neigte das Gesicht zur Erde. Balam Xoc fand Nohoch ein paar Fuß neben dem Pfad. Neben ihm lag zusammengekrümmt sein Angreifer; das Messer mit dem Knochengriff steckte ihm noch zwischen den Rippen. Nohoch hielt sich die Hüfte und stöhnte leise. Als Balam Xoc neben ihm niederkniete und ihm eine Hand unter den Kopf schob, öffnete er die Augen.

»Großvater«, murmelte er. »Ihr habt es gesagt …«

»Ja«, antwortete Balam Xoc nur. Hinter ihnen erschien Kal Cuc. »Geh zu Tzec Balam, mein Sohn«, trug er ihm auf. »Er soll Verbandszeug und eine Trage bringen. Beeil dich!«

Der Junge rannte davon, und Balam Xoc wandte sich wieder Nohoch zu, der die Augen vor Schmerzen weit aufgerissen hatte.

»Mein Vater?«, fragte er.

»Er ist tot. Ein Mord, der mir galt.«

Nohoch stöhnte auf und schloss die Augen.

»Jetzt müssen wir stark sein«, sagte Balam Xoc beschwörend. »Jetzt hat es wirklich begonnen.«

»Was?«, fragte Nohoch verwirrt und kaum hörbar; er war kurz davor, das Bewusstsein zu verlieren. Balam Xoc drückte auf Nohochs über dessen Wunde liegende Hände, um die Blutung abzuschwächen.

»Die Schlacht um unser Leben«, antwortete er. »Der *Clan-Krieg* ...«

KAPITEL 11

Das Lied der Uos

9.17.17.6.1   1 Imix 9 Uo
(Zwei Monate später, A.D. 788)

Während der letzten Tage des Monats Pop gingen einige
kurze Schauer über Tikal nieder, aber für den größten Teil
der Ernten des Herrschers kamen sie viel zu spät. Das nasse
Wetter war auch nicht von Dauer und hinderte die Jaguarpranken nicht daran, das getrocknete Buschwerk zu verbrennen, mit dem sie ihre Gärten abgedeckt hatten; dadurch
wurde der Boden mit einer schwarzgrauen Schicht fruchtba-
rer Asche überzogen. Das Pflanzen begann am ersten Tag
des Monats Uo; am zweiten wurde es durch ein starkes Gewitter unterbrochen, in dessen Verlauf eine Pyramide in
einer der aufgegebenen Katun-Einfriedungen vom Blitz getroffen wurde. Aber erst am neunten Tag des Monats, als der
Clan das Anpflanzen bereits abgeschlossen hatte, erschienen
die Uos.

Fast den ganzen Tag lang, bis kurz vor Sonnenuntergang,
war ein steter Regen gefallen. Die Insekten und Nachtvögel
hatten ihr monotones Lied angestimmt, ein leierndes Gezirp, das so vertraut und konstant war, dass die menschli-
chen Bewohner des Clan-Hauses der Jaguarpranken es gar
nicht wirklich wahrnahmen. Aber plötzlich erscholl aus der
Richtung des unteren Platzes ein tiefes, voll tönendes Quaken, und kaum hatte es geendet, da antwortete eine zweite,
höhere Stimme, und dann noch eine und noch eine, und mit
einemmal erklangen sie gleichzeitig von überall und verschmolzen zu einem einzigen, allumfassenden, allgegenwärtigen Chor: *qua-qua-qua* …

Die Leute kamen mit Fackeln aus ihren Häusern gelaufen

und starrten fasziniert auf das Schauspiel, das sich ihnen bot. Die winzigen, rot gefleckten Frösche waren überall; sie hüpften und krochen durch die Pfützen auf den Plätzen und blähten quakend ihre dunklen, gallertartigen Körper auf. Manche klebten aneinander und paarten sich mit der blinden Dringlichkeit von Kreaturen, die nur eine Nacht im Jahr aus ihrem Schlafzustand aufwachen. Die Menschen lachten und begrüßten die Uos, deren Gesang die Stimme des Regengottes Cauac symbolisierte und als ein Zeichen seiner Gunst gesehen wurde.

Akbal saß mit Kinich Kakmoo zusammen, als der erste Uo zu singen begann. Er hörte sofort zu reden auf und lächelte seinem Bruder zu in der Hoffnung, dass der Gesang der Uos auch Kinich zu einer ähnlichen Reaktion bewegen würde. Tatsächlich hob Kinich den Kopf, als die Stimmen draußen ohrenbetäubend laut wurden, aber zu einem Lächeln ließ er sich nicht verleiten. Seine Augen waren stumpf, mit gelblichen Rändern, und sie lagen tief in den Höhlen. Er war seit zehn Tagen zu Hause und hatte seither kaum dieses öde Zimmer verlassen, in dem er, wegen des Fiebers in Decken gewickelt, inmitten zahlreicher Arzneien saß: Salben für die wunden Stellen an seinen Füßen und Beinen, starke Abführmittel gegen die Würmer in seinen Eingeweiden, Aufgüsse gegen das Fieber, das ihn abwechselnd vor Kälte zittern und vor Hitze schwitzen ließ. Aber es gab keine Medizin gegen die Krankheit seines Gemüts, die Akbal immer wieder vergebens durch Gespräche und seine Gesellschaft zu bekämpfen versuchte.

Da Akbal wegen des Lärms der Uos nicht zu hören war, gab er Kinich mit Gesten zu verstehen, dass sie hinausgehen sollten, um sich das Spektakel anzusehen. Dann holte er die Fackel aus der Halterung an der Wand, und Kinich drückte sich mit Hilfe seines Speers, den er nun immer bei sich hatte, in den Stand hoch. Als er auf die Tür zuschlurfte, öffnete sich die Decke um seine Schultern, so dass sein ausgemergelter Körper sichtbar wurde: Hoks Körper, aber mit Falten und Narben übersät, hatte Akbal gedacht, als er seinen Bruder zum erstenmal nackt gesehen hatte. Er hielt für Kinich das Netz vor dem Ausgang zur Seite, um ihn passieren zu lassen, und tat, als würde er nichts bemerken.

Auch Kinichs Frau May und ihre zweijährige Tochter Coba standen auf der Plattform vor dem Haus. May brachte das Kind zu seinem Vater, sobald sie ihn sah; Coba hielt sich die Ohren zu, aber sie grinste und kicherte und freute sich über das Meer der hüpfenden Frösche auf dem Platz und die vielen mit Fackeln herumstehenden, aufgeregten Menschen. Akbal richtete seine Fackel auf die Frösche, die bis zur Plattform heraufgekommen waren. Als eines der glitschig-feuchten Tiere ihr direkt vor die Füße sprang, quiekte Coba und machte einen Satz nach rückwärts zu ihrer Mutter. Akbal und May mussten lachen, aber gleich im nächsten Moment schauten sie unsicher zu Kinich; und wirklich schreckte er vor dem Anblick der unzähligen Tiere zurück, den Mund vor Verwirrung und Entsetzen geöffnet. Plötzlich wurde er von einem Krampf geschüttelt, und es sah aus, als würde er gleich zu Boden stürzen; er ließ seinen Speer fallen, streckte den Kopf vor und erbrach grüne, zähflüssige Galle.

Coba begann zu weinen, als sie bemerkte, was mit ihrem Vater geschah; Akbal und May liefen zu ihm und stützten ihn, und als das Schütteln nachließ, führten sie ihn ins Haus zurück. Sie setzten ihn auf die Bank und wickelten ihn in Decken ein, denn sein ganzer Körper zitterte heftig. May hatte Tränen in den Augen, als sie ihren Mann zusammen mit Akbal festhielt und sie beide versuchten, das hilflose Beben seines Körpers einzudämmen. Draußen dröhnte nach wie vor das lautstarke Lied der Uos; es übertönte das entsetzte Weinen der kleinen Coba ebenso wie das einzige Wort, das Kinich wieder und wieder vor sich hinmurmelte: *Fledermäuse*.

Die vier Frauen im vorderen Zimmer von Cab Cohs Haus waren fast am Ende ihrer Zeremonie angelangt, als die Uos zu singen begannen, aber obwohl sie alle eine körperliche Reaktion auf den Lärm zeigten, ließen sie sich nicht davon aus der Fassung bringen. Box Ek stand vor der Bank, auf der die für das Ritual notwendigen Dinge bereitlagen, schwenkte einige fein geschnitzte Knochen im duftenden Kopalrauch einer Pfanne mit glühenden Kohlen und murmelte dazu das letzte Gebet. Ihre Augen waren feucht, denn dieses Ritual galt ihrem Bruder Cab Coh, dessen Leichnam unter dem Boden des angrenzenden Raums begraben lag, während seine Seele, begleitet von den Gebeten der Frauen, jetzt irgendwo in der Unterwelt umherwanderte.

Dann legte sie die Knochen vorsichtig auf den Zeremonialteller neben dem Räuchergefäß und senkte für einen Augenblick das weiße Haupt, ehe sie den anderen Frauen ein Zeichen gab, dass das Ritual zu Ende war. Sie verbeugten sich noch einmal alle zusammen und traten von der Bank zurück. Das Quaken draußen war inzwischen entsetzlich laut geworden, und Box Ek erkannte die Anziehungskraft, die das Lied der Uos ausübte, mit einem schwachen Lächeln an. Sie hakte sich bei Zac Kuk ein und bedeutete Ixchel und Haleu mit einer Geste ihres Stocks vorauszugehen.

Fackeln warfen ein flackerndes Licht über den mit unzähligen Fröschen übersäten Platz. Box Ek spürte Zac Kuks Aufregung daran, wie die junge Frau ihren Arm festhielt, und als sie auf die Plattform hinaustraten, tauschten sie einen innigen Blick aus, mit dem sie ihre gemeinsame Erinnerung daran teilten, wie sie Balam Xoc aufgesucht hatten. Die alte Frau freute sich über die Intimität von Zac Kuks Lächeln; sie war ein Ausdruck der Verbundenheit, die sich seit diesem Tag zwischen ihnen entwickelt hatte. Das Erscheinen der Uos ließ sie beide nicht an Regen denken, sondern an Tränen und an den Traum, der den Gefühlen der Menschen entsprochen hatte. Auf Balam Xocs Geheiß hin hatten sie bereits mit der Planung der Feier begonnen, die der Clan abhalten würde, sobald die Trauerzeit für Cab Coh vorüber war und Kinich Kakmoo und Nohoch Ich so weit genesen waren, dass sie daran teilnehmen konnten.

Haleu beugte sich zu Box Ek und gab ihr zu verstehen, dass sie nach Hause gehen wolle. Die alte Frau stimmte hastig zu; sie wusste, dass Haleu sich um den noch verwundeten Nohoch kümmern wollte und auch um ihre Schwiegermutter Pek, deren Zustand sich nach dem Tode Cab Cohs rapide verschlechtert hatte. *Bald werden wir um* sie *weinen*, dachte Box Ek traurig, während sie Haleu nachblickte. Ihr Sohn, Chac Mut, hielt die Tür auf und kam seiner Mutter ein Stückchen entgegen, so dass diejenigen, die im Haus waren, im Schein seiner Fackel die Frösche sehen konnten. Box Ek vermutete, dass diese Geste in erster Linie für Nohoch selbst gedacht war, und sie nahm seinen Wunsch, die Uos zu sehen, als ein Zeichen dafür, dass er sich gut von seiner Verletzung erholte. Eine Zeit lang war sein Zustand ziemlich bedenklich gewesen und hatte nach Cab Cohs Weggang zu weiteren Tränen Anlass gegeben.

Der Gedanke an Cab Coh machte sie wieder traurig, aber sie tadelte sich selbst dafür, dass sie diesem Gefühl nachhing, während hier auf dem Platz eitel Freude herrschte über diesen Ausdruck von Leben und Lebendigkeit aus den Tiefen der Erde. Ixchel und Zac Kuk winkten zu den Dienerinnen vor Pacals Haus hinüber, von denen eine den kleinen Bolon Oc im Arm hielt und so tat, als würde er zurückwinken.

Während Box Ek die fröhliche Szene beobachtete, schritten Balam Xoc und einige seiner Nahen auf den Clan-Schrein am östlichen Ende des Platzes zu. Sie mussten langsam gehen, damit sie keine Frösche zertraten, und als Box Ek genauer hinsah, fiel ihr auf, dass auch Kanan Naab in dieser Gruppe war. *Die einzige Frau unter ihnen*, überlegte sie, *aber mit keinem der Männer verheiratet.* Wieder stieg Traurigkeit in ihr auf, und dieses Mal konnte sie sie nicht unterdrücken; ungehindert rollten die Tränen über ihre faltigen Wangen. Sie bemerkte, dass Zac Kuk sich besorgt ihr zuwandte, aber sie blickte nicht auf, um ihren Trost anzunehmen. Wenngleich sie Zac Kuk für ihre Freundlichkeit dankbar war, konnte die junge Frau ihr doch nicht geben, was sie verloren hatte – die Zuwendung ihrer leiblichen Enkelin, des Kindes, wegen dem sie vor so vielen Jahren aus Ektun zurückgekommen war.

Soeben stieg Kanan Naab hinter Balam Xoc die steile Tempeltreppe hinauf; zweifellos, um an einem Dankopfer für den Regengott teilzunehmen. Box Ek blinzelte, um die Tränen zu vertreiben, und erinnerte sich daran, dass Kanan

Naab sich schon immer zu diesen Dingen hingezogen gefühlt hatte, sogar als kleines Mädchen schon. Es war falsch gewesen, sie zu entmutigen und ihr zu sagen, dass sie schwierig und verstockt sei und etwas mit ihr nicht stimmte; schließlich war sie immer nur ihren innersten Impulsen gefolgt.

Aber Box Ek konnte nicht umhin, sich zu fragen, welches Leben Kanan Naab erwartete, wenn Balam Xoc einmal nicht mehr war. Vielleicht würde etwas von seiner Heiligkeit auf sie übergehen und ihr einen Platz in der Mitte der spirituellen Führer des Clans sichern. Womöglich würde sie auch eigene Kräfte entwickeln, die sie dafür prädestinierten, einmal selbst Lebender Ahn zu werden; diesen Wunsch, Box Ek wusste es, hegte Kanan Naab heimlich schon seit längerer Zeit. Aber wenn nicht – wenn in der Tat nach Balam Xocs Weggang wieder die Tradition die Oberhand gewann – was würde dann aus ihr werden? Sie würde nie mehr einfach nur als eine unverheiratete Frau gelten können, nicht, nachdem sie eine der Nahen gewesen war. Zudem schien Balam Xocs Kälte und Indifferenz gegenüber anderen auf sie abzufärben. Welcher Mann würde eine solche Frau wollen und eine, von der er wusste, dass ihre Ergebenheit nie ihm allein gelten würde?

Dann betraten Kanan Naab und ihre Gefährten den Schrein. Der Blick auf die dunkle Fassade des Gebäudes gab Box Ek das Gefühl, dass ihr ihre Enkelin jetzt ganz entzogen war. *Ich habe nicht mehr viel Zeit*, dachte sie düster, wie schon so oft seit dem Tod ihres Bruders. Cab Coh war immer der Freundliche gewesen, derjenige ihrer Brüder, dessen entgegenkommendes Wesen ihr immer Sicherheit gegeben hatte. Er hätte nicht als erster sterben sollen; mit ihm war auch ein Teil ihres eigenen Lebenswillens gegangen. Sie zweifelte allen Ernstes und ohne jedes Selbstmitleid daran, dass sie noch lange genug leben würde, um die Uos noch einmal singen zu hören.

»Ihr seid traurig, Großmutter«, bemerkte Zac Kuk besorgt und beugte sich zu ihr hinab.

Die alte Frau kämpfte gegen die Steifheit in ihrem Nacken an und versuchte, ihr Gesicht nahe an das von Zac Kuk zu bringen. »Ich bin zu alt für einen Neuanfang«, sagte sie. »Die Freude über solche Dinge gehört der Jugend.«

Zac Kuk sah sie fragend an.

»Höre auf ihr Lied«, sagte Box Ek und deutete mit dem Stock auf den Platz. »Sie singen, dass die Welt *euch* gehört ...«

Pacal und die anderen Obersten Verwalter konferierten mit dem Herrscher, als die Uos ihr unverkennbares Lied begannen. Ihre Stimmen brachten die düstere Diskussion im Palast schlagartig zum Stillstand. Caan Ac entließ die Verwalter mit einer Handbewegung und eilte in Begleitung des Hohepriesters und seiner Gehilfen sofort aus dem Raum. Zunächst saßen die Verwalter verblüfft da, eigentlich mehr erleichtert als irritiert durch diese Unterbrechung, hatte sie ihnen doch erspart, sich die Antwort des Herrschers auf ihre – ohne Ausnahme entmutigenden – Berichte anhören zu müssen. Pacal schloss das Geschäftsbuch, aus dem er während seines Berichts zitiert hatte, und gab es einem seiner Gehilfen mit der Anweisung, er solle zusammen mit den Schreibern sicherstellen, dass alle Beträge richtig eingetragen waren. Er sagte es zwar zu niemandem, aber er hatte das starke Gefühl, dass dies sein letzter Bericht als Oberster Verwalter der Ernten sein würde, und umso mehr legte er Wert darauf, dass alle Eintragungen absolut korrekt waren.

Wie um diesen Verdacht zu erhärten, bat einer der Boten des Herrschers Pacal, zu warten, bis Caan Ac zurückkommen würde. Der Raum hatte sich rasch geleert, denn alle wollten sich die Uos anschauen, und offenbar war niemand sonst aufgefordert worden zu bleiben. Pacal entließ seine Mitarbeiter und wünschte, Chac Mut würde noch zu ihnen gehören. In einem Augenblick wie diesem, wo er darauf wartete, aus dem Amt des Verwalters – einer Aufgabe, der er sein Leben gewidmet hatte – auszuscheiden, hätte er um die Gesellschaft seines Neffen viel gegeben. Aber Chac Mut hatte seine Stelle kurz nach dem Überfall auf seinen Vater und seinen Großvater aufgegeben, und Pacal hatte nicht versucht, ihn umzustimmen. Abgesehen von den vertraglich verpflichteten Arbeitern war Pacal damit der Letzte aus dem Clan der Jaguarpranken, der noch im Dienst des Herrschers stand, und auch er hätte am liebsten sofort aufgehört, wenn er sich nicht verpflichtet gefühlt hätte, seinen Schlussbericht zu beenden.

Als der Herrscher zurückkam und seinen Platz auf dem Jaguarthron einnahm, hatte sich der Lärm der Uos etwas gelegt. Caan Ac wirkte erschöpft und unruhig; seine Schienbeine und Oberarme wiesen frische Spuren von Selbstkasteiung auf. Nach einer kurzen Rücksprache mit dem Hohepriester schickte er alle Anwesenden hinaus und forderte Pacal auf, näher zu kommen. Vor dem draußen wogenden Lärm der Frösche schuf das leise Knistern der Fackeln an den Wänden eine vertrauliche Atmosphäre. Caan Ac bot Pacal nach dessen Verbeugung nicht an, sich zu setzen, und musterte ihn mit einer Mischung aus Misstrauen und Kalkulation, als wolle er seine Antworten im vorhinein erraten.

»Du weißt natürlich, dass ich dich als Obersten Verwalter der Ernten absetzen muss«, sagte er schließlich.

»Ich habe es mir gedacht, Herr.«

»Ja«, fuhr der Herrscher fort, »du musst eine Zeit der Ungnade über dich ergehen lassen. Nicht lange, wahrscheinlich. Vielleicht möchtest du für eine Weile nach Uaxactun gehen. Und wenn du zurückkommst, kannst du mir wieder hier dienen, als Berater oder als Botschafter bei den anderen Clans vielleicht.«

Die Möglichkeit eines solchen Angebots hatte Pacal bereits erwogen. »Ich danke Euch, Herr«, erwiderte er deshalb mit aller Höflichkeit, »aber angesichts des schlechten Ansehens, das mein Clan derzeit in der Stadt hat, würde ich bezweifeln, dass ich Euch wirklich von Nutzen sein kann. Wenn ich nicht Verwalter bleiben kann, möchte ich freundlichst darum bitten, aus Euren Diensten entlassen zu werden.«

Caan Acs Auftreten veränderte sich abrupt, als hätten sich alle seine Mutmaßungen bestätigt. Er schlug sich kräftig auf die Brust, so dass seine Jadekette klimperte.

»Ich biete dir keine *Wahl* an, Pacal. Der Anschein deiner

Loyalität ist mir genug, falls das alles ist, was ich von dir haben kann. Aber du wirst mich nicht verlassen, um zum Verwalter der Rebellion deines Vaters zu werden.«

»Ich verstehe.«

»*Ach, wirklich*?«, feixte Caan Ac und neigte sich ihm drohend entgegen. »Das verstehst du allen Ernstes? Du glaubst doch sicher genau wie dein Vater, dass die Mörder, die ihn angriffen, von mir beauftragt waren. Oder etwa nicht? Heraus mit der Sprache, Pacal! Du hast keinen Grund mehr, mir noch länger etwas vorzumachen!«

Pacal nahm einen tiefen Atemzug, mit dem er mehrere unpassende diplomatische Erwiderungen schluckte. Er hatte in der Tat keinen Zweifel daran, dass Balam Xocs Attentäter vom Herrscher gedungen waren, und Caan Acs falsches Auftreten beleidigte ihn. Aber der instinktive Wunsch nach Verständigung war noch zu stark in ihm, als dass er sich getraut hätte, eine solch unangenehme Wahrheit auszusprechen, obwohl der Blick des Herrschers alles andere als Verständigungswillen signalisierte.

»Ich habe Euch nie etwas vorgemacht, Herr. Waren sie von Euch beauftragt?«

Caan Ac schnaubte unhöflich und schürzte angewidert die dicken Lippen. »Sogar jetzt gebrauchst du noch Ausflüchte. Eigentlich solltest du wissen, dass ich mich nicht mit lächerlichen Racheakten abgebe. Ich bin der Herrscher von Tikal; ich habe es nicht nötig, Mörder zu dingen – ich habe die Macht, deinen ganzen Clan zu zerschlagen! Verstehst du, wovon ich rede? Ich rede nicht nur von deinem Leben oder dem deines Vaters. Es gibt noch viele andere, die vor euch dran glauben könnten.«

Pacal sah ihn schweigend an und dachte dabei an Ixchel und Bolon Oc, denn er wusste genau, was Caan Ac meinte.

»Du wirst das Zimmer des Obersten Verwalters der Ernten sofort räumen«, fuhr der Herrscher in seinem schonungslosen Ton fort, »und dann als mein Sonderbotschafter nach Uaxactun gehen. Falls du meine Warnung beherzigst und mir keinen Ärger bereitest, werde ich dir erlauben, beizeiten zurückzukehren. Andernfalls wirst du dir nicht wünschen, zurückzukehren und zu sehen, was du über deine Leute gebracht hast!«

»Dann bin ich also Eure Geisel«, sagte Pacal mit hohler Stimme, und der Herrscher kniff die Augen zusammen und grinste ihn arglistig an.

»Das bist du, jawohl. Denn das ist der einzige Wert, den du jetzt noch für mich hast. Das kannst du deinem Vater danken. Du bist frei, sobald er keine Gefahr für meine Autorität mehr darstellt, und nicht eher.«

»Dann müsst Ihr ihn ja sehr fürchten«, entfuhr es Pacal spontan.

Das Grinsen des Herrschers wurde von einem wütenden Schnauben hinweg gewischt. »Ein Dummkopf ist er! Was glaubst du, wie lange die Herren seines Clans noch für ihn im Dreck wühlen werden? Sie werden schon bald genug haben von ihrer Isolation und sich daran erinnern, wie schön es war, sich der Gunst ihres Herrschers zu erfreuen!«

»So wie *ich* mich daran erfreut habe?«, entgegnete Pacal. »Oder meine Söhne?«

»Treibe es nicht zu weit, Pacal«, zischte Caan Ac drohend. »Heute nacht würde man die Todesschreie der deinen nicht hören!«

»Ihr habt einmal über Größe mit mir gesprochen«, erinnerte ihn Pacal mit unverhüllter Verachtung. »Vom Ansehen Tikals. Aber jetzt sprecht Ihr gegen mich und meine Familie Drohungen aus wie ein Mann, der täglich mit Mördern verkehrt. Wer von uns beiden hat dem anderen etwas vorgemacht, Herr?«

Caan Ac klatschte laut in die Hände, und sofort traten zwei seiner Leibwächter in den Raum, die Hand am Messer in ihrem Gürtel. Doch dann überlegte der Herrscher es sich anders und schickte sie wieder hinaus.

»Nein, so leicht entkommst du mir nicht«, fauchte er. »Übermorgen bist du in Uaxactun, oder ich schaffe dich mit Gewalt dorthin, gefesselt wie ein Truthahn auf dem Weg zum Markt. Und denk daran, Pacal Balam: Dein Vater kann vielleicht voraussagen, wann der Regen kommt, aber ich bezweifle, dass er ihn rechtzeitig bestellen kann, um die Häuser deines Clans vor dem Abbrennen zu retten. Denk *daran*, bevor du dir überlegst, mich an ihn zu verraten. Und jetzt geh!«

Pacal wollte sich, der Gewohnheit entsprechend, verbeugen, aber mitten in der Bewegung hielt er inne. Den Blick direkt auf den Herrscher gerichtet, ließ er die gekreuzten Arme auf halbem Wege zur Brust wieder sinken, machte kehrt und verließ das Zimmer. Er rechnete jeden Moment damit, dass Caan Ac seine Wachen rufen würde, denn eine solche Respektlosigkeit konnte mit dem Tode bestraft werden. Doch das machte ihm keine Angst; wenn er für diese Stadt wertlos geworden war, kümmerte es ihn nicht, was mit ihm geschah, ob er lebte oder starb.

Der Herrscher ließ ihn unbehelligt gehen, und Pacal schritt aus dem Palast und hinaus in die feuchte, vom Gesang der Uos erfüllte Nachtluft. Er fühlte sich leer, betäubt von der vagen Erkenntnis, wie unbekümmert er mit dem Tod geliebäugelt hatte. Der Ahnen eingedenk, blickte er hilflos in den schwarzen Nachthimmel hinauf; ein Mann, der am Ende war, dessen Gefangenschaft soeben begonnen hatte. Das Quaken der Frösche klang ihm in den Ohren und erstickte den Schrei aus Angst und Schmerz, der sich in seiner Kehle formen wollte. Er stand da, allein und ohne jede Hoffnung, und wartete auf die Tränen, die nicht kamen.

Zwei Monate später, im Monat Zotz

Chan Mac und seine Frau Kutz waren die ersten auswärtigen Gäste, die zum Fest der Jaguarpranken eintrafen; im goldenen Licht der späten Nachmittagssonne kamen sie den Hauptpfad entlang. Um sich den Weg durch die Stadt zu erleichtern, hatte Chan Mac seine Diplomatentracht angelegt und zwei stämmige Wachposten der Botschaft mitgebracht, die außerdem die Geschenke für seine Schwester und ihre Familie trugen. Als sie zufällig in den Handwerksbau hineinschauten, sahen sie dort Akbal, der bereits festlich gekleidet, aber noch mit einem unvollendeten Bild beschäftigt war. Er winkte ihnen zu und erbat sich noch ein paar Minuten, um seine Arbeit beenden zu können. Deshalb führte Chan Mac die anderen auf den Platz hinter dem Gebäude, wo Diener unter Strohdächern bereits Speisen und Getränke auftrugen. Zac Kuk war mit den Festvorbereitungen beschäftigt und kümmerte sich um hundert Dinge gleichzeitig, aber sie begrüßte ihren Bruder und ihre Schwägerin mit einem überschwenglichen Lächeln und fragte sie nach ihren Kindern. Chan Mac überließ Kutz und die beiden Wachen ihrer Obhut, entschuldigte sich und ging wieder zum Handwerksbau zurück.

Akbal lud ihn ein, neben ihm Platz zu nehmen, und Chan Mac sah sofort, dass das Bild, an dem sein Freund arbeitete, jenes für Kinich Kakmoo war, für das er in Yaxchilan eine Zeichnung angefertigt hatte: das Bild des Kriegers, der Schild-Jaguar seinen Gefangenen präsentierte. Aber Akbal hatte die ursprünglich auf einer Lederrolle angefertigte Skizze unter Verwendung der gesamten Farbenpalette auf ein Faltblatt aus kalkbeschichtetem Rindenpapier übertragen, das mit Streifen aus poliertem Holz zusammengebunden war.

»Der Ara-Bezwinger«, erinnerte sich Chan Mac nachdenklich. »Es könnte jetzt einen falschen Eindruck erwecken.«

»Ich bin darauf gefasst, dass er es ablehnt«, erwiderte Akbal. »Aber alles andere, um ihn aufzuheitern, haben wir schon versucht. Damit kann ich auch nichts mehr verkehrt machen. Und nun komm, ich bin hier fertig. Ich möchte dir unsere Gärten zeigen, solange es noch hell ist.«

Zusammen gingen sie durch den Schatten der Brotnußbäume, vorbei an Gruppen farbenprächtig gekleideter Menschen, die mit Geschenken zum Fest unterwegs waren. Sie begrüßten Akbal ungezwungen und in den verschiedensten Dialekten.

»Sind das die Anhänger deines Großvaters?«, fragte Chan Mac, während er die ihm geltenden Verbeugungen erwiderte.

»Ja. Aber heute abend werden viele von ihnen in den Clan aufgenommen.«

»Davon habe ich vor langem schon gerüchteweise gehört. Heißt einer von ihnen Hok?«

Akbal sah ihn erstaunt an, aber bevor er antworten konnte, kamen sie aus den Bäumen heraus wieder ins Freie und blieben stehen, um den Anblick zu bewundern, der sich ihnen bot. Still und grün lag das Reservoir vor ihnen, nur der östliche Teil wurde von den schräg einfallenden Strahlen der untergehenden Sonne rot gefärbt. Die Rodungen waren offenbar mit frischem Grün dekoriert worden; um die stehen gebliebenen Bäume herum und zwischen ihnen rankten sich Reihen belaubter Pflanzen, und auf den gestampften Flächen vor den weiß gestrichenen Häusern suchten domestizierte Truthühner nach Körnern.

»Auch davon habe ich gehört«, sagte Chan Mac. »Aber ich muss gestehen, ich konnte nicht glauben, dass ihr in so kurzer Zeit so viel leisten würdet.«

»Wir haben alle mitgeholfen«, erklärte Akbal stolz. »Sogar deine Schwester. Und Männer wie Hok. Was weißt du von ihm?«

»Sehr wenig. Dein Großvater bat mich, vom Botschafter von Quirigua, der sein Amt früher einmal in meiner Stadt ausübte, ein paar Erkundigungen über ihn einzuziehen. Nur eine seiner Fragen betraf zwar diesen Hok direkt, aber es schien, dass die ganze Aktion mit ihm in Zusammenhang stand, allerdings auf eine Art und Weise, die ich nicht ganz verstehe. Bis jetzt hatte ich noch keine Gelegenheit, Balam Xoc direkt Bericht zu erstatten. Aber sag mir, was du von Hok weißt.«

»Er ist aus Quirigua«, bestätigte Akbal. »Sein Vater war ein Maler, ein unbedeutender Handwerker, der sich dem Himmels-Clan dieser Stadt angeschlossen hatte. Als Hok noch ein Junge war, ging er mit seinem Vater und seinen älteren Brüdern in die Berge, um Pflanzen und Mineralien zu suchen, die sie zur Herstellung von Farben brauchten. Einige Tage darauf kam er allein zurück, blutüberströmt, völlig verschmutzt und halb wahnsinnig vor Schmerzen. Ein Auge des Jungen war durch einen Stein zerstört worden, und er sagte, sein Vater und seine Brüder seien alle getötet worden.

Er behauptete, Krieger mit den Insignien des Herrschers von Quirigua hätten sie ermordet.«

Akbal unterbrach sich und beobachtete, wie sich in der Miene seines Freundes ein Begreifen abzeichnete, doch Chan Mac bedeutete ihm fortzufahren.

»Man wusste zu jener Zeit aber nichts von Kriegern in diesem Gebiet; deshalb erschien die Annahme wahrscheinlicher, dass die Morde das Werk von Bergvölkern waren, mit denen Quirigua damals verfeindet war. Man nahm an, Hok habe sie in seinem Schmerz und seiner Panik fälschlicherweise für Krieger aus Quirigua gehalten. Er aber weigerte sich, seine Meinung zu ändern, obwohl er weder jemanden an den Ort des Geschehens führen konnte noch wusste, wie er überhaupt überlebt hatte. Er bestand so hartnäckig auf seiner Version der Ereignisse, dass der Herrscher der Stadt ihn schließlich allen seinen Kriegern gegenüberstellte. Er behauptete aber nur von einem der Männer, dass er mit Sicherheit einer der Mörder seines Vaters und seiner Brüder gewesen sei – und das war ausgerechnet der Bruder des Herrschers. Der aber hatte sich die ganze Zeit über zurückgezogen im Clan-Haus aufgehalten, um für eine Zeremonie zu fasten.«

»Ah«, rief Chan Mac leise. »Aber offenbar hat auch das Hok nicht von seinem Irrglauben abgebracht.«

»Nein«, pflichtete Akbal traurig bei. »Er wurde von Alpträumen und Weinkrämpfen gequält und griff jeden Krieger an, der ihm über den Weg kam, und biss und kratzte wie ein wildes Tier. Schließlich wurde es so schlimm, dass man ihn zu Verwandten in einem abgelegenen Teil des Tals schickte. Aber er lief davon und war dann ständig auf Wanderschaft. Bis er hierher kam.«

Chan Mac nickte nachdenklich und blickte über das Wasser und auf die Häuser, Gärten und Obsthaine. »Ich kann verstehen, warum er hier blieb«, sagte er mit stiller Bewunderung. »Vor allem, da er in Balam Xoc offenbar jemand gefunden hat, der an ihn glaubt. Vielleicht kann ich diesen Glauben bekräftigen.«

»Das wäre ein großartiges Geschenk für Hok, wenn er es denn annehmen könnte«, meinte Akbal. »Aber vielleicht möchtest du das Großvater erzählen, bevor jemand anders es hört. Das wäre nur recht und billig.«

»Ich danke dir für dein Verständnis, mein Freund. Er hat mich gebeten, diese Erkundigungen diskret einzuholen. Aber ich denke, er hat nichts dagegen, dass du dabei bist, wenn ich ihm berichte, was ich in Erfahrung gebracht habe.«

»Bei Großvater kann man nie wissen«, meinte Akbal ohne Umschweife. »Es kann ebenso gut sein, dass er deine Worte vor dem versammelten Clan wiederholt, wie dass er sie lediglich Hok selbst mitteilt. Aber was wir wissen müssen, werden wir früher oder später erfahren.«

»Sollen wir also zum Fest zurückgehen? Es gibt noch viele andere Dinge, über die wir reden müssen. Es ist schon zu lange her, dass ich mich deiner Gesellschaft erfreuen konnte.«

»Ja, das stimmt«, pflichtete Akbal ihm bei und machte kehrt, um zum Haus der Jaguarpranken zurückzugehen. »Es gibt *viele* Geschichten, die wir uns heute abend erzählen müssen …«

Derselbe Junge, der die Einladung überbracht hatte, erwartete Yaxal Can wie versprochen am Beginn eines wenig benutzten Pfades hinter den Häusern des Schlangen-Clans. Sie gingen ohne ein Wort los, und kurz darauf bog der Junge auf einen noch schmaleren Weg ein, der sich zwischen Blauholzdickichten und morastigen Flecken hindurchwand. Die Sonne neigte sich schon sehr nach Westen; deshalb eilte der Junge trotz des unsicheren Grundes stetig und behände voran. Yaxal hatte Schwierigkeiten, ihm zu folgen, denn seine schöne blaue Tunika und das um den Kopf gewickelte Tuch – die Kleidung, die ihn als Priester des Ordens der Tun-Zählung auswies – waren für Eilmärsche durch den Dschungel nicht gerade ideal. Aber da er nicht gesehen werden durfte, hatte auch er allen Grund, schnell voranzukommen, was die Gefahr, auszurutschen und in den Alkalche zu fallen, nur noch vergrößerte. Es war für Yaxal Can schon herabwürdigend genug, dass die Reise absolut geheim bleiben musste; er brauchte nicht auch noch völlig verschmutzt und außer Atem anzukommen.

»Langsamer, mein Sohn«, drängte er, woraufhin der Junge gehorsam stehen blieb und auf ihn wartete.

Als Yaxal ihn eingeholt hatte, rückte er zunächst den mit Quasten verzierten Beutel mit Räucherwerk zurecht, den er an einem Riemen über der Schulter trug. »Ich habe leider deinen Namen vergessen, mein Sohn«, sagte er, als sie dann etwas vorsichtiger weitergingen. »Ich weiß aber noch, dass du Akbal geholfen hast, den Schlangenstein zu finden.«

»Kal Cuc, Herr«, erwiderte der Junge über die Schulter.

»Ach ja. Und wie geht es Akbal, Kal Cuc?«

»Er ist jetzt der Meister der Handwerker. Er hat viel zu tun.«

»Zweifellos. Und was macht seine Schwester, die Herrin Kanan Naab?«

Erneut warf der Junge einen Blick über die Schulter auf ihn zurück, doch dieses Mal war in seiner Miene eine gewisse Vorsicht gegenüber Yaxals Fragen zu erkennen.

»Sie ist eine von denen, die dem Lebenden Ahnen nahe stehen«, antwortete er und schwieg dann, als sei eine weitere Erklärung überflüssig. Inzwischen waren sie auf der anderen Seite der Schlucht angelangt, die im Norden an das Clan-Haus der Jaguarpranken grenzte, und hatten wieder festen Grund unter den Füßen. Durch die Baumkronen hindurch sah man Rauch aus den Küchenhäusern des Clans aufsteigen, und der hohe Dachkamm des Clan-Schreins leuchtete im letzten Licht der untergehenden Sonne und überragte die höchsten Wipfel. Der Himmel im Westen verlor rasch seine rote Färbung, und im Osten war bereits ein voller Mond aufgegangen.

»Es ist eine wunderbare Nacht«, sagte Yaxal anerkennend, als er hinter Kal Cuc auf den Pfad zuging, der um die Schlucht herumführte. »Sag mir, mein Sohn: Kommen viele auswärtige Gäste zu dem Fest?«

»Einige; sie kommen später, nach Einbruch der Dunkelheit.«

»Ich verstehe«, meinte Yaxal nachdenklich, fühlte sich wegen seiner eigenen Vorsichtsmaßnahmen aber gleich etwas erleichtert. »Und war es die Herrin Kanan Naab, die dich geschickt hat, um mich einzuladen? Oder vielleicht ihr Vater?«

»Pacal Balam ist in Uaxactun«, entgegnete Kal Cuc kurz angebunden und beobachtete ihn mit einem plötzlichem Argwohn, als hätte Yaxal das eigentlich wissen müssen. »Die Herrin Zac Kuk hat mich geschickt, Euch abzuholen.«

Nach dieser Auskunft kam sich Yaxal ein wenig dumm vor; er nickte nur und ließ den Jungen stumm weiter vorangehen. Natürlich hatte er gewusst, dass Pacal in Uaxactun war – das wusste ganz Tikal –; er hatte es nur vergessen, weil er eine vage Hoffnung hegte, dass die Einladung ein Zeichen einer tieferen Intention sein würde. Seine Teilnahme an diesem Fest war für ihn schließlich mit einem großen Risiko verbunden; falls der Herrscher oder der Hohepriester davon erfuhren, würde seine Priesterlaufbahn morgen zu Ende sein. Zac Kuk hatte doch wohl nicht nur aus einer Laune heraus nach ihm geschickt, ohne an die möglichen Konsequenzen zu denken?

Aber um im Zorn umzukehren, war es ohnehin zu spät. Es wurde inzwischen schon rasch dunkel, doch vor ihnen waren bereits die Häuser zu sehen. Yaxal bat den Jungen, noch langsamer zu gehen, so dass sie ganz im dunklen Schatten dahinschritten, als sie dem Clan-Haus der Jaguarpranken näher kamen.

Mit einem deutlich hörbaren Rascheln wurde das Netz vor dem Eingang beiseite geschoben und fiel dann wieder zu. Kinich lag regungslos mit dem Rücken zur Tür und wartete darauf, dass die Person, die das Zimmer betreten hatte, wieder ging. Sein Bruder Akbal und Chan Mac hatten bereits versucht, ihn zum Aufstehen zu bewegen; sie hatten Balche mitgebracht und ein Geschenk, das ihm, wie sie meinten, angenehme Erinnerungen schenken würde. Aber er hatte es geschafft, sie ziemlich schnell zum Aufgeben ihres Vorhabens zu bewegen, ohne sie oder ihr Geschenk überhaupt anzusehen. Er hatte schon viel zu viele Erinnerungen, und keine davon war angenehm.

Die Person hinter ihm schien im Zimmer herumzulaufen;

er hörte das Geräusch von Sandalen auf dem Steinboden. Dann war es wieder still, doch das Gefühl, dass noch jemand im Raum war, wollte Kinich nicht verlassen. Wer war es dieses Mal? May? Er hatte ihr schon gesagt, dass er an dem Fest nicht teilnehmen und auch keine Besucher haben wollte.

»Geh weg«, sagte er mürrisch. »Mir geht es nicht gut.«

»Ich bin gekommen, um dich zu heilen.«

Kinich drehte sich auf die andere Seite und sah ein paar Fuß von sich entfernt Balam Xoc sitzen; der Schatten des alten Mannes zeichnete sich auf dem Netz vor dem Eingang ab. Wortlos starrten sie einander an.

»Der Mond ist voll, Kinich«, begann Balam Xoc nach einigen Augenblicken. »Die Geister der Nacht sind ruhelos und achten auf unser Tun. Sie beschützen uns, so wie sie dich im Dschungel beschützt haben. Du musst aufstehen und ihnen Ehre erweisen.«

»Was wisst Ihr schon vom Dschungel?«, fragte Kinich abweisend.

»Ganz bestimmt nichts, was ich von dir gelernt hätte. Du zeigst uns dein Leiden, aber du verbirgst uns seine Ursache. Deine Geheimnisse nagen an dir wie Parasiten, Kinich. Sie sind wie Kreaturen, die sich im Dunkel der Nacht von dir ernähren …«

»*Ihr!*«, stieß Kinich hervor und setzte sich auf. Er streckte seinem Großvater eine Hand entgegen, dann zog er sie unsicher wieder zurück und drückte sie gegen sein wild pochendes Herz.

»Selbst in diesem leeren Raum«, fuhr Balam Xoc fort, »bist du noch immer vom Dschungel umgeben. Oder etwa nicht?«

Kinich lehnte sich zurück und schnaufte leise durch die Nase. Seine Stimme war belegt und bebte, als er endlich sprechen konnte. »Immer, wenn ich schlafe, bin ich vom Dschungel umgeben. Dann spüre ich wieder die Nässe und rieche den fauligen Gestank … und ich sehe meine Männer sterben, immer wieder.«

»Erzähle es mir. Wie viele hast du verloren?«

»Vierzehn.«

»Erzähle es mir«, wiederholte Balam Xoc hartnäckig, und mit einem langen, tiefen Seufzer ließ Kinich den Rest seines Widerstands fahren. Sobald er angefangen hatte zu sprechen, schienen die Worte wie von selbst aus ihm herauszusprudeln und seine Geheimnisse preiszugeben. Zum erstenmal beschrieb er, wie er mit seinen Männern den Ara entkommen war und wie er sie in den Dschungel geführt hatte. Die Ara hatten sie tagelang verfolgt, immer tiefer in die undurchdringliche Wildnis hineingejagt und unablässig versucht, sie zwischen einer Landstreitmacht und ihren Kanus einzukeilen. Aber Kinich hatte die Art von Dschungelkrieg gekämpft, die er erlernt hatte; er hatte sich nie weit von den Verfolgern entfernt und immer wieder ihren Kundschaftern aufgelauert. Schließlich hatten sie so viele Ara getötet, dass der Feind die Verfolgung aufgab. Aber zu diesem Zeitpunkt hatten sie sich schon längst hoffnungslos verirrt.

»Anfangs schien das gar nichts auszumachen«, sagte Kinich mit einem jämmerlichen Rest von Stolz, an den er sich noch erinnerte. »Wir hatten bloß zwei Männer verloren, und jeder von uns trug die Insignien von mindestens einem toten Ara. Wir hatten das Gefühl, uns unsere Flucht erkämpft zu haben. Wir fühlten uns wie Krieger.«

Er unterbrach sich, fuhr mit der Zunge über die ausgetrockneten Lippen und erzählte dann mit monotoner Stimme weiter.

»Aber wir hatten keine Vorräte und waren verirrt in einem Land, das uns vollkommen unbekannt war. Nur ein paar von uns hatten einige Erfahrungen als Jäger oder Fischer, doch die Angst, die Gruppe zu verlieren, hielt uns davon ab, Wild über weite Strecken zu verfolgen. Es regnete ununterbrochen; nichts wurde jemals trocken. Unsere Baumwollpanzer schimmelten und waren bald voller Blutegel und Läuse. Wir warfen sie weg, aber der Schimmel wuchs sogar auf der Haut, und wir hatten keinen Schutz gegen Fliegen und Stechmücken. Wir bekamen Fieber von fauligem Wasser, doch wir dachten, der rasende Fieberdurst würde uns umbringen, und tranken noch mehr. Wir warfen die Insignien der Ara weg, und dann unsere eigenen, und behielten nur unsere Lendenschurze und die Waffen. Wir kämpften gegen den Dschungel wie gegen einen Feind, und wie ein Feind laugte er uns aus und tötete uns.

Die Bootsmänner waren die ersten. Die meisten von ihnen wussten nicht einmal, wie man im Dschungel läuft, wie man mit dem Speer den Boden prüft, bevor man auftritt. Einer fiel der Länge nach in einen Teich, der völlig mit Seerosen zugewachsen war. Und unter den großen Blättern lagen die Krokodile auf der Lauer ... Der Mann wurde so schnell gefressen, dass er nicht einmal mehr schreien konnte. Niemand war nahe genug, um ihn zu retten. Ein anderer wurde ungeduldig mit denen, die vor ihm marschierten, und trat auf eine schlafende Schlange, eine Lanzenotter. *Er* schrie – so lange, bis er keine Luft mehr bekam und starb, das Gesicht purpurrot und sein Bein so dick geschwollen wie ein Baumstamm.

Auch mit Wasser hatten meine Krieger keine Erfahrungen; deshalb ertranken zwei von ihnen beim Überqueren tiefer Flüsse. Zwei weitere starben am Fieber; sie lagen zitternd in meinen Armen, bis sie irgendwann aufhörten, sich zu bewegen. Aber was sie eigentlich umbrachte, war der Hunger. Sie hätten überlebt, wenn ich sie mit Nahrung hätte versorgen können. Einen der Bootsmänner trieben Hunger und Verzweiflung dazu, sich mit einer Liane zu erhängen, und seine beiden noch verbliebenen Kollegen setzten sich bald darauf bei Nacht und Nebel ab. Zwei weitere Krieger verloren wir während der letzten Tage unseres Marsches – als wir anhielten, um zu rasten, waren sie einfach nicht mehr da, und wir waren zu krank und zu erschöpft, um zurückzumarschieren und sie zu suchen.«

»Das macht dreizehn«, stellte Balam Xoc fest, als Kinich offenbar nicht mehr fortfahren wollte. »Wer war der Letzte?«

»Mein Stellvertreter, Tzimin. Es geschah in der letzten Nacht, bevor wir auf die Holzfäller trafen, die uns nach Palenque brachten. Als wir morgens aufwachten, war Tzimin tot. Zuerst wussten wir nicht, weshalb. Er sah aus, als wäre er erstickt worden, aber er hatte keine Würgemale am Hals, und er konnte auch nichts erbrochen haben – wir hatten ja nichts zu essen. Dann fanden wir die Korallenschlange unter seiner Achsel. Sie muss in die Achselhöhle gekrochen sein, während er schlief, und als sie zubiss, erdrückte er sie wie ein Insekt und trieb so die Giftzähne noch tiefer ins Fleisch. Sie war nicht länger als mein Finger«, murmelte Kinich verbittert, »ein hübsches Tierchen, mit roten, schwarzen und gelben Streifen. Sie sah aus wie eine Halskette, eine Halskette für ein Kind.«

Plötzlich begrub Kinich das Gesicht in den Händen, zog den Kopf zwischen die Schultern und begann zu weinen. Balam Xoc wartete geduldig, bis er sich wieder gefasst hatte, und ignorierte die Geräusche, die von draußen in den Raum drangen. »Sie sind gegangen, Kinich, und du musst sie in Frieden ruhen lassen«, sagte er, als Kinich sich ausgeweint hatte. Er schob ihm eine Kürbisflasche und einen bemalten Tonbecher zu. »Trink das«, forderte er ihn auf. »Das ist Balche von einer Frau, die mich betreut, eine Heilerin namens Chibil. Er gibt dir Kraft und hilft dir, die Kreaturen zu bezwingen, die in dir leben.«

Mit zitternden Händen schenkte sich Kinich einen Becher ein und leerte ihn; dann legte er argwöhnisch den Kopf schief und wartete, was passieren würde. Nach einer Weile musste er rülpsen und legte sich eine Hand auf den Magen, als wollte er sich selbst beruhigen. Er sah zu Balam Xoc und trank noch einen Becher.

»Jetzt habt Ihr alle meine Geheimnisse gehört, Großvater. Aber Ihr habt mir nicht einmal gesagt, warum Ihr mich heilen wollt.«

»Das ist kein Geheimnis. Du wirst hier gebraucht. Mein Bruder wurde ermordet und Nohoch schwer verwundet. Mich hat ein Junge gerettet – mit der Zuyhua-Waffe, die du den Ara abgenommen hast. In der nächsten Zeit werden wir unsere Krieger brauchen.«

»Aber als ich gesund war, hattet Ihr keine Verwendung für mich«, hielt Kinich ihm argwöhnisch entgegen. »Ihr habt von den Kriegern immer nur voller Verachtung gesprochen.«

»Ich habe keine Verwendung für Krieger, die nur auf Eroberungen aus sind«, korrigierte Balam Xoc ihn scharf, »und meine Verachtung gilt denen, die das Leben ihrer Krieger in sinnlosen Versuchen, ihr eigenes Ansehen zu steigern, vergeuden. Wenn du das nicht ebenso siehst, dann hast du aus deiner Erfahrung nichts gelernt.«

Kinich kämpfte mit sich, bevor er den Becher erneut an die Lippen setzte. Als er sich zum dritten Mal einschenkte, zitterten seine Hände nicht mehr so sehr. »Unabhängig davon, wie ich die Dinge sehe«, sagte er mit einem zaghaften Blick auf Balam Xoc, »bin ich immer noch ein Nakom von Tikal. Ich habe gelobt, dem Herrscher zu dienen.«

»Kein Gelöbnis kann deine Blutbande abschaffen«, hielt ihm Balam Xoc unumwunden entgegen. »Du bist eine Jaguarpranke, und deine höchste Pflicht besteht gegenüber dem Clan und den Geistern der Ahnen. Sie haben dich nicht im Stich gelassen, als du im Dschungel verloren warst. Jetzt darfst *du* sie nicht im Stich lassen.«

»Und mein Gelöbnis gegenüber dem Herrscher?«

»Kannst du ihm mehr schulden, als du ihm bereits gegeben hast? Du hast dich und zehn andere vom Tod zurückgebracht, in den er euch sandte. Du wirst ihm nicht gestatten, dich noch einmal dorthin zu schicken.«

Es war keine Frage, sondern eine Absichtserklärung. Kinich nickte schließlich, außer Stande, ein Gegenargument zu finden. Er prostete Balam Xoc zu und leerte den Becher in einem Zug.

»Dann heilt mich«, sagte er und schnaufte, als er die Hitze des Balche in seinem Magen zu spüren begann. »Ich werde der Krieger sein, den Ihr braucht.«

Wie ein heller, blau-weißer Fächer hing der Mond hinter dem Dachkamm des Clan-Schreins, als Kanan Naab aus dem Haus ihres Onkels Nohoch kam und die Menschen auf dem Platz musterte. Schon ein erster Blick sagte ihr, dass Balam Xoc nicht unter ihnen war; sie wären sonst nicht über die ganze Fläche verteilt gewesen, sondern hätten sich alle um ihn gesammelt. Unter den aufgestellten Strohdächern wurde gegessen und getrunken, und die Männer pafften lange Zigarren aus dem Rauchblatt Mai. Kinder spielten in Grüppchen oder liefen zwischen den sich unterhaltenden Erwachsenen herum.

Die Männer, mit denen Kanan Naab sich getroffen hatte, um die letzten Einzelheiten für das am späterer Abend angesetzte Aufnahmezeremoniell zu besprechen, zerstreuten sich in verschiedene Richtungen und ließen sie allein auf der Plattform zurück. Sie überblickte noch einmal die Menge und fragte sich, wohin ihr Großvater wohl verschwunden war. Er hatte nur kurz an der Sitzung teilgenommen und war wieder gegangen, sobald er die wenigen noch offenen Fragen beantwortet hatte. Ohne ihn war sich Kanan Naab mehr denn je ihrer Distanz zu dieser Feier bewusst, welche in ihrem Denken unmittelbar mit der Rüge verbunden war, die Box Ek ihr am Reservoir erteilt hatte. Sie konnte zwar die Weisheit eines solchen Zusammenkommens akzeptieren und auch erkennen, dass es auf die Menschen vor ihr die gewünschte Wirkung hatte. Aber sie konnte die Umstände nicht vergessen, unter denen es zustande gekommen war, und auch nicht den vorausgegangenen Vorwurf, herzlos zu sein. Die überzeugende Demonstration ihrer Gefühllosigkeit machte es ihr nun unmöglich zu fühlen, dass sie es verdiente, an der Freude des Clans mit Anteil zu nehmen.

Plötzlich wurden auf dem unteren Platz Stimmen laut. Die Menge vor ihr horchte auf, und dann rief jemand vorne an der Treppe, die nach unten führte, laut: »Kinich Kakmoo!«

Die vor Kanan Naab Stehenden drängten zu den Stufen hin, und sie folgte ihnen bis unter die Avocado- und Kirschbäume, die den Absatz oberhalb des Kanals säumten; von hier aus konnte sie den ganzen unteren Platz überblicken.

Dort standen inmitten einer großen Menschenmenge zwei Männer im Zentrum eines frei gebliebenen Kreises: der eine die wohl vertraute weißhaarige Gestalt Balam Xocs, der andere ihr Bruder Kinich. Er hatte sich eine Decke um die Schultern gewickelt und führte einen langen Speer mit einer Feuersteinspitze mit sich. Als die Menschen um die beiden still wurden, verfielen auch jene auf der Treppe und den beiden Absätzen in Schweigen. Balam Xoc forderte die ihm am nächsten Stehenden auf, in den Kreis zu treten. Als erste kam May, die sich tief vor ihm verbeugte, bevor sie den Platz neben ihrem Gatten einnahm; dann wurde Box Ek aufgerufen, die die Zeichen von Kinichs Rückkehr gesehen hatte, und mit ihr Zac Kuk, die ihr geholfen hatte, Balam Xoc die Nachricht zu überbringen. Kinich verbeugte sich vor den beiden Frauen wie auch vor Nohoch Ich und Kal Cuc, den anderen, inoffiziellen Kriegern des Clans. Die Worte, die sie austauschten, konnten nur wenige hören, aber für die meisten Zuschauer waren Worte auch gar nicht notwendig. Sie verstanden die Bedeutung von Kinichs arg mitgenommenem Speer und wussten, weshalb seine Verbeugungen so unbeholfen und mühevoll waren; sie kannten die Frauen und den Jungen und wussten nur allzu gut, weshalb Nohoch humpelte und ein Messer in seinem Bund steckte.

Schließlich wurde Akbal aufgerufen; sein mit einem Tuch umwickelter Kopf machte ihn deutlich sichtbar, als er sich, ein flaches, rechteckiges Bündel in den Armen, den Weg zu dem freien Kreis vor Kinich bahnte. Er verbeugte sich vor Balam Xoc, und dann standen sich die beiden Brüder gegenüber, der Maler und der Nakom von Tikal – die Brüder, deren Taten in Yaxchilan einst den Clan gespalten hatten. Akbal öffnete langsam sein Bündel und zeigte es Kinich. Es war offensichtlich ein Gemälde, doch aus der Entfernung konnte Kanan Naab keine Einzelheiten erkennen. Balam Xoc deutete einige Male darauf, und auf ein Nicken von Kinich hin reichte Akbal das lange Faltbild an Nohoch Ich und Tzec Balam weiter. Sie hielten es über ihre Köpfe und drehten es langsam, damit alle das Bild sehen konnten.

»Der Ara-Bezwinger«, verkündete Tzec Balam mit lauter Stimme, und in der Menge wurde ein anerkennendes Gemurmel laut. Dann übergab Kinich seinen Speer Balam Xoc, trat auf unsicheren Beinen vor und umarmte seinen Bruder, und nun schwollen die vielen Stimmen an zu einem spontanen Freudenschrei, der von Pfiffen und Jubel gekrönt wurde. Die Zuschauer drängten sich dicht um die beiden Brüder, berührten sie und riefen ihre Namen, und zuletzt begannen auch die Menschen auf der Treppe und dem oberen Platz nach unten zu drängen, um an der Versöhnungsfreude teilzuhaben.

Nur Kanan Naab blieb wie angewurzelt stehen und beobachtete die Szene, als würde sie nicht dazugehören. Plötzlich aber erklang unmittelbar hinter ihr eine Stimme, eine Stimme, die sie seit Monaten nicht mehr gehört hatte.

»Ich kann verstehen, weshalb du diesen Ort nicht verlassen willst, Kanan Naab. Bei den anderen Clans dieser Stadt gibt es kaum Grund zu feiern.«

»Yaxal!«, flüsterte sie überrascht und drehte sich zu ihm um. Er stand vor ihr im hellen Licht des Mondes, das Schatten von Blättern auf sein Gesicht und seine Kopfbedeckung warf.

»Aber du weinst ja«, murmelte er verblüfft. »Wie kannst du traurig sein, wenn dein ganzer Clan sich freut?«

»Ich habe keinen Anteil daran«, antwortete Kanan Naab traurig. Tränen liefen ihr über die Wangen, als sie sich noch einmal kurz umwandte. »Nicht einmal in meiner eigenen Familie habe ich mehr einen Platz.«

»Das kann nicht sein«, widersprach Yaxal. »Es war deine Familie – die Herrin Zac Kuk und die Herrin Box Ek – die mich heute abend hierherbrachten.«

»Sie bedauern mich.«

»Sie sorgen sich um dein Glück«, versicherte ihr Yaxal. »Und außerdem – stehst du nicht deinem Großvater sehr nahe?«

Kanan Naab wandte sich kurz ab, um sich die Tränen zu trocknen. »Niemand kann ihm mehr nahe sein«, erwiderte sie dann etwas gefasster, aber mit Bedauern in der Stimme. »Er ist *wirklich* ein Mensch ohne Gefühle. Diejenigen von uns, die ihm dienen, wissen das besser als alle anderen. Wir existieren lediglich, um seine Befehle auszuführen und seine Botschaften an die Leute weiterzugeben. Unsere Fragen und Zweifel sind für ihn bedeutungslos.«

Yaxal betrachtete sie still und ließ sie ihrer Klage nachhorchen, als sei er sich bewusst, dass sie sie noch nie zuvor ausgesprochen hatte.

»Vielleicht hast du dich auch einer Priesterschaft ange-schlossen«, meinte er vorsichtig und spielte mit dem Weih-rauchbeutel an seiner Seite. »Ist es nicht das, was du schon immer wolltest, Kanan Naab?«

Sie musterte ihn und suchte in seiner Miene nach Zeichen von Missbilligung oder Verurteilung. »Vielleicht«, räumte sie schließlich ein. »Als Kind hatte ich vor vielen Dingen Angst. Ich glaubte, dass Wissen mich vor meinen Ängsten schützen würde. Das glaube ich immer noch, obwohl ich nur wenig gelernt habe.«

»Jeder Novize ist voller Ungeduld und Wissensdurst«, er-klärte Yaxal. »Aber als erstes muss man beweisen, dass man zu dienen bereit ist. Früher hatte ich den Eindruck, dass dein Großvater zu nachsichtig mit dir war. Vielleicht wird er es wieder sein, wenn du mehr bereit bist, auf ihn zu hören.«

Kanan Naab blickte ihn verwundert an; seine offensichtli-che Bereitschaft, sie als Novizin zu betrachten, stimmte sie nachdenklich.

»Du warst auch nachsichtig mit mir«, sagte sie. »Und du bist es auch jetzt. Dadurch, dass du hierher kamst, hast du ein großes Risiko auf dich genommen.«

»Ja«, gestand Yaxal, ohne zu zögern. »Ich habe mich dem Irrglauben hingegeben, dass die Einladung von dir stammte oder von deinem Vater. Doch ich bedaure mein Kommen nicht.«

»Aber eine Heirat ist jetzt ganz unmöglich. Das sage ich dir in deinem eigenen Interesse. Du würdest aus deinem Or-den ausgeschlossen, wenn du einen solchen Wunsch auch nur zur Sprache brächtest.«

»Darüber bin ich mir im klaren.«

»Und trotzdem bist du heute abend gekommen, um mich zu sehen?«

Yaxal trat unbehaglich von einem Fuß auf den anderen und hüstelte in die Hand. »Als ich zum erstenmal zum Haus der Jaguarpranken kam, war ich nicht auf der Suche nach ei-ner Frau«, gestand er. »Ich hatte keine Zeit für solche Dinge. Dein Großvater hatte mich gebeten, ihm einen Dienst zu er-weisen, und ich hoffte, von der Bekanntschaft mit ihm und deinem Onkel Nohoch Ich zu profitieren. Ich schäme mich nicht für meinen Ehrgeiz, denn meine Familie ist nicht wohlhabend, und mein Vater ist schon viele Jahre tot. Aber du warst es, Kanan Naab, was mich bewog, hierher zurückzukommen, und nicht mein Ehrgeiz. Und ich würde gerne wiederkommen, wenn du es gestattest.«

Kanan Naab hob die Arme hoch, als wollte sie diese Möglichkeit mit Händen greifen, ließ sie aber dann in einer Geste der Hoffnungslosigkeit wieder sinken.

»Ein solches Risiko einzugehen, könnte ich nicht von dir verlangen.«

»Das musst du auch nicht«, beharrte Yaxal. »Du musst mir lediglich sagen, dass du mich sehen willst.«

»Das will ich«, erwiderte sie entschlossen.

Yaxal erlaubte sich die Andeutung eines Lächelns. »Ich muss dich jetzt verlassen. Der Mond steht hoch, und hier sind viele fremde Gäste. Ich kann ihnen nicht vertrauen, so wie ich dir und deinen Leuten vertraue.«

»Ich führe dich hinaus«, erbot sich Kanan Naab, aber er schüttelte bestimmt den Kopf.

»Ich finde meinen Weg schon. Du musst der Herrin Zac Kuk und der Herrin Box Ek meine Entschuldigung übermitteln. Und meinen Dank. Sie haben dich nicht vergessen, Kanan Naab, ebensowenig wie ich.«

»Ja«, flüsterte sie. »Alles Gute, Yaxal.«

Sie reichte ihm die Hand, und er berührte leicht und zärtlich ihre Finger und ging dann über den leeren Platz davon. Kanan Naab legte die Hand an ihr Gesicht und stellte fest, dass ihre Wange warm und ihre Tränen getrocknet waren. Ihr Herz schlug mit einer Beharrlichkeit, die ihren Atem schneller gehen ließ, und schließlich konnte sie nicht mehr stillstehen und ging zu den feiernden Menschen auf den Platz hinunter.

Mit der Übergabe seines Gemäldes an Kinich hatte Akbal den anderen Feiernden das Zeichen gegeben, nun ebenfalls mit dem Austausch ihrer Geschenke zu beginnen, und mit einemmal erschienen überall Bündel und Taschen auf dem

Platz. Chan Mac konnte weder seine Frau noch seine Botschaftswachen in der Menge finden und ging deshalb selbst zu Akbals Haus, wo, wie man ihm gesagt hatte, seine Geschenke aufbewahrt wurden. Die Plattform davor war zur Hälfte mit einem Strohdach versehen worden; darunter saßen Dienerinnen, die ihm Balche und frisch geschlagenen Kakao anboten. Chan Mac lehnte jedoch dankend ab und klopfte sich zur Bekräftigung auf seinen stattlichen Bauch. Vor dem mittleren Eingang blieb er stehen und kündigte sich an, bevor er den von Fackeln erleuchteten vorderen Raum betrat.

Seine sorgfältig verpackten Bündel lagen gleich hinter der Tür, und er kauerte nieder, um die Geschenke hervorzuholen, die er als erste verteilen wollte. Doch als er wieder aufstand, fiel sein Blick auf Akbals Wandgemälde, und er blieb von plötzlichem Heimweh gepackt stehen und betrachtete es eingehend. Es war viele Monate her, seit er die grünen Berge von Ektun, der Stadt am tiefen, gewundenen Strom, zum letzten Mal gesehen hatte. *Meine Heimat*, dachte er, *mein Zuhause, das ich verließ, um hierher zu kommen*. Versonnen stand er da, mit dem Rücken zur Tür, und vergaß für eine Weile den Lärm und die Feier draußen.

Als er nach einiger Zeit mit einem Bündel unter dem Arm das Haus verließ, war er nicht gefasst auf den Lärm und die Unruhe, die ihn empfingen. Die Menge unmittelbar vor dem Haus war beträchtlich angewachsen, aber zunächst war Chan Mac noch zu sehr in seinen Erinnerungen an Ektun befangen, um irgendwelche Gesichter zu erkennen. Einige der Leute schienen ihm zuzuwinken, und allmählich merkte er, dass zwei von ihnen Akbal und Zac Kuk waren, die ihn zu sich riefen, um Balam Xoc zu begrüßen. Er ging zögernd auf sie zu, aber als er sich vor dem alten Mann verbeugte, hatte er sich wieder ganz gefasst. Balam Xoc war sehr schlicht gekleidet; er trug weder Schmuck noch Kopfputz und ließ das lange, weiße Haar einfach auf die Schultern fallen.

»Nun, Chan Mac«, sagte er und taxierte ihn, »du bist zu unserem Fest gekommen. Bist du nur als Beobachter hier, oder willst du dich uns anschließen?«

Chan Mac blickte ihn entgeistert an; die unverhüllte Direktheit des alten Mannes erschreckte ihn. »Ich bin hier als Gast, auf Einladung meiner Schwester und ihres Mannes«, erwiderte er.

»War es denn so leicht?«, wollte Balam Xoc wissen. »Haben deine Vorgesetzten dir so einfach die Erlaubnis gegeben?«

»Nein«, räumte Chan Mac ein, »aber wie Ihr vielleicht wisst, hat der Herrscher von Tikal versucht, für das Scheitern des Kriegszuges Zotz Mac und die Krieger von Ektun verantwortlich zu machen. Die Beziehungen zwischen unseren Städten sind in letzter Zeit nicht besser als die zwischen Eurem Clan und Caan Ac. Unter diesen Umständen hatte ich keinen Grund, sein Missfallen über mein Kommen zu fürchten.«

»Dann ist das unser gutes Glück«, erklärte Balam Xoc. »Akbal hat mir gesagt, du hättest Neuigkeiten für mich.«

»Das ist richtig. Ihr habt mich vor einiger Zeit gebeten, mit dem Botschafter von Quirigua zu sprechen. Das habe ich getan.«

»Erzähle«, forderte Balam Xoc ihn auf. Chan Mac blickte unsicher auf die Zuhörer um sie herum, und dann auf Akbal, der aber lediglich die Achseln zuckte. Mit einer gebieterischen Geste lenkte Balam Xoc Chan Macs Aufmerksamkeit wieder auf sich und verzichtete demonstrativ auf jegliche Vertraulichkeit, indem er die Umstehenden noch näher heranwinkte.

»Ihr wolltet wissen«, begann Chan Mac, »wie es mit den Beziehungen Quiriguas zu den Bergstämmen bestellt ist. Der Botschafter war über mein Interesse zunächst verwundert, äußerte sich aber freimütig, als ich noch einmal nachfragte. Er sagte, gewisse Szinca sprechende Stämme hätten sich lange dem zivilisatorischen Einfluss Quiriguas und auch der Protektion des Herrschers widersetzt. Diese Auseinandersetzung hatte sich über Jahre hingezogen und war gelegentlich zu offenem Konflikt eskaliert. Aus anderen Dingen, die er sagte – und auch aus solchen, die er verschwieg –, wurde mir allmählich klar, dass es bei diesem Streit eigentlich um Jade ging, deren Herkunft ein Geheimnis der Bergvölker war, das sie nicht preisgeben wollten. Offenbar wollte der Herrscher von Quirigua die Jade lieber selbst schürfen lassen, als sie von den Szinca einzuhandeln.«

»Offenbar«, stimmte Balam Xoc trocken zu.

»Dann fragte ich den Botschafter, ob er sich an einen Vorfall erinnerte, der sich vor ungefähr zwölf Jahren zugetragen hatte; es gehe dabei um einen Maler und seine Söhne, von denen einer Hok hieß. Ich erwähnte das ganz beiläufig und sagte, jemand hätte mir einmal davon erzählt, aber daraufhin wurde er äußerst argwöhnisch. Er meinte lediglich, der Maler und seine Söhne seien vielfach gerächt worden, aber es war ihm anzumerken, dass er sich an den Vorfall gut erinnerte und dass er sich bei diesem Thema sehr unbehaglich fühlte. Auf meine Frage nach Hoks Schicksal antwortete er, der Junge habe den Verstand verloren und Menschen schwer beschuldigt, die mit der Sache nichts zu tun gehabt hätten.«

Chan Mac unterbrach sich und stellte fest, dass die Zahl der Menschen um ihn stark angewachsen war und absolutes Schweigen herrschte.

»Hast du ihn über den Bruder des Herrschers befragt?«, wollte Balam Xoc wissen.

Chan Mac verzog das Gesicht zu einer leichten Grimasse. »Ich fragte, ob er nicht einer der Beschuldigten gewesen sei und ob es denn nicht stimme, dass er sich allein zurückgezogen habe, so dass niemand habe überprüfen können, wo er sich zur Zeit des Vorfalls wirklich aufgehalten hatte. Doch da verlor der Botschafter die Nerven und warf mir vor, ich hätte sein Vertrauen missbraucht. Er schickte mich weg und hat seither kein Wort mehr mit mir gesprochen.«

»Und wie interpretierst du eine solche Reaktion?«, fragte Balam Xoc forsch. »Du kennst diesen Mann, nicht wahr?«

»Gut genug, um zu wissen, dass sein Zorn nichts mit Unschuld zu tun hatte. Der Tod des Malers war ohne Zweifel eine Provokation, die dem Herrscher nützte; sie verschaffte ihm einen Grund, seine Soldaten in die Berge zu schicken. Hätte der Botschafter mehr Mitgefühl mit dem Jungen gezeigt, dann hätte ich die ganze Sache vielleicht anders gesehen, aber der Name Hok sprach ein ganz anderes Gefühl bei ihm an, eines, das weit mehr mit Hass zu tun hatte. Es ist schwer zu glauben, dass die Anschuldigungen eines Jungen eine solche Reaktion hervorgerufen hätten, wenn sie tatsächlich unwahr und aus der Luft gegriffen wären.«

»Richtig«, pflichtete Balam Xoc bei und nickte Chan Mac offenbar zufrieden zu. Chan Mac fiel auf, dass die einzigen Laute auf dem Platz vereinzelte Stimmen am Rand der Menge waren, die seine Worte für die am entferntesten Stehenden wiederholten. Seine Botschaft, die seiner Meinung nach nur für Balam Xoc bestimmt gewesen war und die er Akbal diskret verschwiegen hatte, war nun allen bekannt.

»Tritt vor, mein Sohn«, sagte Balam Xoc jetzt zu jemandem hinter ihm.

Chan Mac hatte das Gesicht des Mannes schon über Balam Xocs Schulter hinweg gesehen, ein ausgemergeltes, abstoßendes Gesicht, so dass er unwillkürlich versucht hatte, es einfach zu übersehen. Jetzt fiel ihm das blinde, halb von fettigen Haaren verdeckte Auge auf, und er schämte sich, weil er vor diesem Menschen Abscheu empfunden hatte.

»Du hast seine Geschichte gehört, Hok«, sagte Balam Xoc zu dem Mann, dem die Aufmerksamkeit, die er empfing, sichtlich Unbehagen bereitete. »Du bist nun von deiner Last befreit und brauchst dich nicht mehr selbst zu bestrafen. Das Blut deines Vaters und deiner Brüder klebt an den Händen des Herrschers von Quirigua und seines Bruders. Niemand wird dich mehr dafür verletzen, dass du die Wahrheit kennst. Du wirst unser Zeuge sein, Hok, derjenige, an den man sich wenden wird, um die Einhaltung unserer Gelübde und Vereinbarungen zu überprüfen.«

Balam Xocs Worte wurden durch die gesamte Menge weiter getragen, und die Menschen reagierten darauf mit einem breiten Murmeln. Dann flüsterte Zac Kuk dem alten Mann etwas ins Ohr und zeigte ihm ein Stück Tuch, das sie in der Hand hielt. Balam Xoc nickte energisch und stellte sie Hok vor.

»Auch Chan Macs Schwester hat ein Geschenk für dich, mein Sohn«, sagte er.

Hok versteifte sich, als Zac Kuk auf ihn zutrat und auf Zehenspitzen versuchte seinen Kopf zu umfassen. Zuerst schreckte er zurück, aber sie sprach beruhigend auf ihn ein, bis er sich nach vorn beugte. Sie wischte ihm die Haarsträhne aus der Stirn und legte ihm den Stoffstreifen so an, dass er Hoks blindes Auge bedeckte. Es war ein gelbes Band mit schwarzen Punkten und einer schwarzen Klappe, die sich über Hoks versehrtes Auge legte und sein Aussehen sehr vorteilhaft veränderte: Er wirkte nun nicht mehr so verstört und wild, und ohne die wirren Haare im Gesicht machte er einen wesentlich angenehmeren Eindruck.

Als er die Komplimente und bewundernden Rufe der Umstehenden hörte, kreuzte Hok die Arme vor der Brust und verbeugte sich vor Zac Kuk und Chan Mac. »Ich danke Euch«, sagte er mit seiner rauen Stimme und kam sich dabei recht linkisch vor. Balam Xoc schwang die Arme über dem Kopf, um anzuzeigen, dass das Schauspiel zu Ende war, und die Menge begann sich zu zerstreuen. Chan Mac dachte an das Bündel unter seinem Arm und reichte es Balam Xoc, aber der alte Mann ließ ihn nicht zu Wort kommen.

»Das musst du dem geben, der es am meisten benötigt«, erklärte er. »Wir haben den Brauch des Schenkens verändert. Du wirst feststellen, dass der Dank, den du dann erhältst, viel aufrichtiger ist als der, den ich dir spenden könnte. Die Maßnahmen des Herrschers haben viele Dinge bei uns knapp werden lassen, aber gleichzeitig hat er uns dadurch wieder die Bedeutung und den Wert der Freigebigkeit ins Bewusstsein gerufen. Wir tauschen Geschenke nicht aus wie die Emissäre von Herrschern, bei denen es nur um Vorteil oder Prestige geht. Aber kommt, zuerst muss ich allein mit euch sprechen. Du auch, Akbal …«

Hok und seine anderen Gefolgsleute hinter sich lassend, führte Balam Xoc die beiden jungen Männer ans Ende der Plattform, wo ihnen niemand zuhören konnte. »Wann bist du mit deiner Arbeit fertig, mein Sohn?«, fragte er als erstes Akbal.

»Ich komme langsam voran, weil mir Material fehlt«, erklärte er. »Aber viele Leute haben dem Meister der Handwerker heute abend Geschenke gemacht und mir damit sehr geholfen. Ich bin sicher, dass ich fertig sein werde, sobald die Regenzeit vorüber ist.«

Balam Xoc nickte und wandte sich Chan Mac zu. Er sah ihn schweigend an und ließ ihn seine Präsenz fühlen, die ohne eine absorbierende Menschenmenge wesentlich stärker spürbar war.

»Hast du zur Zeit einen Grund oder eine Rechtfertigung, um nach Ektun zu reisen?«, fragte er dann.

»Ja, ich habe die Erlaubnis, meine Familie zu besuchen«, antwortete Chan Mac vorsichtig. »Tatsächlich habe ich heute am früheren Abend schon einmal daran gedacht, genau das zu tun.«

»Wir haben Waren, die wir an deine Stadt liefern müssen. Du würdest unseren Trägern auf der Reise doch sicher deinen Schutz gewähren.«

Chan Mac lächelte dünn. »Offen könnte ich das nicht tun, Herr. Aber wenn meine Reisegruppe unterwegs größer würde, dann müsste ich alle neu Hinzukommenden als dazugehörig betrachten.«

»Dann werden wir es eben entsprechend arrangieren«, entschied Balam Xoc kurzerhand. Er schaute zum vollen, hellen Mond hinauf und dann auf Chan Mac, als prüfe er, wie das Licht auf ihn fiel. »Vielleicht ist es ganz gut, dass du dich uns noch nicht anschliessen willst, denn dadurch kannst du das für uns tun. Aber du wirst zu uns kommen, und zwar bald.«

»Verzeiht, Herr«, protestierte Chan Mac höflich, aber bestimmt. »Ich bin beeindruckt von dem, was ich heute abend hier gesehen habe, und auch von der Geisteshaltung Eurer Leute. Aber ich habe nicht meinen Clan und meine Stadt aufgegeben, als ich meinen Posten hier in der Botschaft annahm. Ich fürchte, Ihr habt den Grund meines Interesses an Euch und Euren Leuten missverstanden.«

»Welchem Zweck dient dein Interesse dann? Sind wir für dich nicht mehr als eine gute Unterhaltung? Du hast doch gesehen, welche Männer unsere Städte regieren und wie sie alles Kostbare verschleudern. Auch Ektun ist dagegen nicht immun. Du versteckst dich vor der Wahrheit, Chan Mac. Du weißt genau, dass *wir* die Hoffnung für die Zukunft sind – wenn es eine Hoffnung gibt.«

»Reicht es denn nicht, Euer Freund und Verbündeter zu sein?«

»Nein«, erwiderte Balam Xoc geradeheraus. »Jetzt nicht. Später vielleicht, wenn wir stärker sind. Wir sind jetzt im Krieg, und wir brauchen jeden, der bereit ist, mit uns zu kämpfen. Ein Freund im Palast kann weder uns noch sich selbst etwas nützen.«

Chan Mac stemmte hartnäckig die Hände in die Hüften und stellte sich dem Druck, den Balam Xoc auf ihn ausübte, entgegen. Dabei blickte er Hilfe suchend und mit einem langen Seufzer zu Akbal, doch dessen Miene war ausdruckslos und leer. Chan Mac wandte sich wieder Balam Xoc zu, der ihn erwartungsvoll fixierte.

»Ich kann Euch nichts versprechen«, sagte er angespannt. »Aber ich werde mit meinem Vater darüber reden, sobald ich in Ektun bin.«

»Es ist deine Wahl«, erwiderte Balam Xoc, offenbar nicht beunruhigt durch Chan Macs widerwilligen Ton. »Du hast hier einen Platz, sobald du bereit bist, ihn zu beanspruchen. Ich muss jetzt gehen und mich für die Aufnahmezeremonie bereit machen.«

Er quittierte ihre Verbeugungen mit einer flüchtigen Handbewegung und ging zu der kleinen Gruppe zurück, die noch auf ihn wartete.

Chan Mac schürzte die Lippen und warf Akbal einen verdrießlichen Blick zu. »Darauf hast du mich nicht vorbereitet, mein Freund.«

»Ich habe dir geraten, nichts als gegeben vorauszusetzen. Ich hätte dir vielleicht noch raten sollen, auf alles gefasst zu sein.«

»Das ist für einen Diplomaten nicht möglich«, sagte Chan Mac kopfschüttelnd. Er sah auf das Bündel in seinen Händen und zuckte die Achseln. »Vielleicht kannst du mir helfen, diese Geschenke zu verteilen. Ich brauche jetzt ein wenig von der Dankbarkeit, von der dein Großvater gesprochen hat.«

»Die wirst du bekommen«, versicherte ihm Akbal lächelnd und führte ihn eifrig bemüht auf den Platz zurück.

Der auf einer Pyramide am östlichen Ende des oberen Platzes errichtete, gedrungene Clan-Schrein hatte dicke Mauern und war nur halb so hoch wie der bemalte Dachkamm, der auf ihm thronte. Er bestand aus zwei hintereinanderliegenden Räumen mit gewölbten Decken, von denen der hintere etwas erhöht war. Die Kandidaten für die Aufnahme in den Clan stiegen einer nach dem anderen die steile Treppe der Pyramide hinauf, wurden im vorderen Raum von Kanan Naab und Chibil mit einem Becher Balche empfangen und dann bis an die Schwelle zum hinteren Zimmer geleitet, wo sie den Eid ablegten. Jeder Kandidat hatte ein Opfermesser bei sich – ein scharfes Stück Knochen, Obsidian oder Rochenstachel –, das er von seinem Clan-Bürgen bekommen hatte, und Kanan Naab spürte die Angst der Leute bei dem Gedanken, sich selbst Blut abnehmen zu müssen. Sie kannte diese Angst aus eigener Erfahrung, und deshalb tat sie ihr Bestes, um die Kandidaten zu trösten und zu beruhigen, wobei sie sehr leise sprach, um das Ritual im rückwärtigen Raum nicht zu stören.

Am Anfang wunderte sie sich selbst darüber, wie gut sie den Leuten helfen konnte, denn sie hatte die Kraft ihres Einfühlungsvermögens völlig vergessen. Aber die in solchen Dingen erfahrene Chibil erkannte Kanan Naabs Erfolg sehr rasch und fügte sich, indem sie das Ausschenken des Balche allein übernahm. Kanan Naab fühlte, wie ihre Kraft mit jedem Kandidaten wuchs, so dass sie schon bald gar keine Worte mehr gebrauchen musste: Es genügte, einfach nur bei den Menschen zu *sein* und die Furchtlosigkeit auszustrahlen, die sie selbst in der Nacht ihrer Visionssuche überkommen hatte, in jener Nacht, als die Geister der Ahnen sie leiteten und sie keinen Schmerz spüren ließen. Irgendwie war ihr bewusst, dass sie das Freiwerden dieser Kraft, die seit jener Nacht in ihr geschlummert hatte, Yaxal verdankte. Aber im Augenblick konnte sie nicht an ihn denken; Balam Xocs Stimme, der hinter ihr die Eidesformel rezitierte, der berauschende Duft des Kopals, von dem sie eingehüllt war, und die Tatsache, dass sie sich mit allen ihren Sinnen auf den jeweiligen Kandidaten konzentrieren musste, erlaubten ihr nicht, ihren Gedanken nachzuhängen.

Dann trat Opna in den vom Mondlicht erhellten Eingang des Schreins, in den Händen das gezackte Stück Rochenstachel, das Kanan Naab ihm selbst gegeben hatte. Schon bei der Planung der Zeremonie hatte er sie gebeten, für ihn zu bürgen, und sie hatte ohne langes Überlegen zugestimmt; schließlich war er ebenso wie sie einer der Nahen. Sein umfangreiches Wissen und seine hochmütige Art – Relikte aus seiner Zeit als Priester in Copan – schüchterten sie zwar ein, aber umso mehr hatte sie sich geschmeichelt gefühlt, dass er sie als Patin für würdig befunden hatte.

Jetzt hingegen wirkte sein Auftreten eher ernüchternd auf Kanan Naab, denn er ignorierte die ermutigende Atmosphäre, die sie für die anderen Kandidaten ausstrahlte, vollkommen. Chibil würdigte er keines Blickes, als er den Becher mit Balche von ihr nahm, und er trank ihn aus, ohne das geringste Zeichen von Angst oder Nervosität zu zeigen. Sein ganzes Wesen schien ausdrücken zu wollen, dass nichts ihn hier einschüchtern konnte und dass er keiner Hilfe bedurfte. Dann blickte er voller Herablassung und irgendwie herausfordernd auf Kanan Naab, und dabei fiel ihr auf, dass sie dieses Herausfordernde schon öfter von ihm gespürt, sich aber nie erlaubt hatte, es wirklich zu sehen. Nun kam ihr zum ersten Mal der Gedanke, dass er sie womöglich nur als Bürgen gewählt hatte, weil sie Balam Xocs Enkelin war und er sich dadurch vielleicht eine zusätzliche Rechtfertigung für seine Aufnahme in den Clan erhoffte.

Als der vorherige Kandidat mit blutenden Schienbeinen und Unterarmen und glasigen Augen den hinteren Raum verließ, verbeugten sich Kanan Naab und Chibil und geleiteten ihn hinaus, wo andere ihn erwarteten, um ihn die Tempeltreppe hinabzuführen. Dann eskortierten sie Opna bis zum rückwärtigen Raum. Weiter durften sie nicht gehen; keine Frau hatte je die Erlaubnis erhalten, das Allerheiligste des Schreins zu betreten. Nur wenige Frauen hatten bislang den Vorraum von innen sehen dürfen; deshalb war Kanan Naab zufrieden gewesen, als Balam Xoc ihr und Chibil diese Ehre gewährt hatte. Aber als nun Opna das dunkle, raucherfüllte hintere Gewölbe betrat, spürte sie einen starken Unmut darüber, dass ihr dieser Bereich verschlossen war – schließlich gehörte sie schon seit ihrer Geburt dem Clan der Jaguarpranken an, und einmal war sie sogar in einer Vision zu Balam Xoc gegangen! Es erschien ihr nicht nur ungerecht, sondern einfach falsch – eine Tradition, die mit den religiösen Bräuchen des Clans nicht mehr in Einklang war. Im Dienst für Balam Xoc waren sie und Opna *beide* Novizen, ebenso wie die anderen Nahen.

Widerwillig folgte sie Chibil zurück zum Ausgang des Schreins, wo bereits der nächste Kandidat wartete. Aber bevor sie sich um ihn kümmerten, nahm die ältere Frau Kanan Naabs Hände, um ihr zu helfen, ihre innere Ruhe wieder zu finden. Kanan Naab nickte dankbar und schloß kurz die Augen, um sich zu fassen und Opna aus ihren Gedanken zu verbannen. Erst dann begrüßte sie den nächsten Kandidaten, und dabei spürte sie, wie allmählich ihre Kraft erneut in ihr erstarkte …

Wegen des kräftigen Mondlichts waren die Fackeln um den oberen Platz herum alle gelöscht worden. Die neuen Clan-Mitglieder stiegen von der Pyramide herab und bildeten in der Mitte der Fläche, die auf allen Seiten von den Mitgliedern des Clans und ihren Gästen umgeben war, eine lange Reihe. Als der Letzte der Neuaufgenommenen sich angestellt hatte, trat Balam Xoc aus dem Schrein. Er war mit Beinkleidern und einem Turban aus Jaguarfell bekleidet, und seitlich an seinem Kopf war eine Seerose befestigt; dazu trug er Ohrpflöcke aus Jade, und sein Gesicht und die nackte Brust waren mit roten und schwarzen Streifen bemalt.

Langsam kam er die Stufen herab, gefolgt von Nohoch Ich und Tzec Balam, Kanan Naab und Chibil und den anderen, die ihm bei dem Ritual assistiert hatten. Er ging an den Beginn der Reihe und wies die Bürgen an, sich zu ihren Schützlingen zu begeben. Nohoch trat neben Hok, dem die

Ehre zuteil geworden war, den ersten Platz einzunehmen, und Tzec Balam wurde zum Partner des Mannes hinter Hok. Kanan Naab ging zu Opna, und Akbal gesellte sich stolz zu Kal Cuc, dem einzigen Jungen, der den Eid geleistet hatte. Dahinter gingen andere auf ihre Plätze, bis keines der neuen Mitglieder mehr alleine stand.

»Jetzt sind wir alle Jaguarpranken«, verkündete Balam Xoc, und seine Worte hallten über den vom Mond erleuchteten Platz. »Jetzt werden wir zusammen tanzen.«

Eine einzelne Trommel fing an zu schlagen, und Balam Xoc begann einen langsamen, wiegenden Schritt, mit dem er die Reihe bis zum Rand des Platzes anführte und sich dann nach rechts wandte. Nohoch humpelte hinter ihm drein; seine unbeholfenen Bewegungen wurden fast noch übertroffen von Hok, der mit jedem Schlag der Trommel linkisch hüpfte und die Arme in die Luft warf. Kanan Naab versuchte, ihre Schritte mit denen Opnas in Einklang zu bringen, verfiel aber schon bald in ihren eigenen Rhythmus, da er entschlossen schien, ihr immer ein wenig voraus zu sein. So tanzte die Reihe der Neuaufgenommenen einmal rund um den Platz; dann gesellten sich, in bunt durcheinander gewürfelten Paaren, die anderen Mitglieder des Clans dazu – Väter mit Töchtern, Mütter mit Söhnen, Cousins und Cousinen miteinander. Die Reihe wurde immer länger, bis nur noch die Alten und Schwachen und die auswärtigen Gäste Zuschauer waren. Mit feierlichen rhythmischen Schritten kreiste die Reihe der Tänzer um den Platz, wand sich in- und umeinander und füllte die ganze Fläche aus wie eine riesige, vielfarbige Schlange, die bereit war, sich zu verteidigen, und die im Licht des Mondes gefährlich schimmerte ...

KAPITEL 12

Masken

9.17.17.14.0 4 Ahau 8 Yax
(Sechs Monate später, A.D. 788)

Ektun

Wie jeden Morgen seit seiner Ankunft in Ektun blieb Akbal, nachdem er sich dem Diener vorgestellt hatte, vor der Tür von Batz Macs Haus stehen und wartete. Mittlerweile war es schon mehr sture Höflichkeit als Hoffnung, was ihn bewog, mit dem Rock, den Zac Kuk für ihre Mutter bestickt hatte, und den von ihm selbst geschnitzten und bemalten Haarnadeln aus Holz in der heißen Sonne auszuharren. Vor seinem Aufbruch nach Ektun wäre es ihm nie in den Sinn gekommen, dass es schwieriger sein würde, seine Schwiegermutter zu Gesicht zu bekommen, als unbemerkt Tikal zu verlassen.

Schließlich erschien Batz Mac persönlich, das dicke, runde Gesicht in tiefe Falten gelegt ob der unangenehmen Aufgabe, die ihm aufgetragen worden war.

»Sie will dich nicht empfangen, mein Sohn. Sie ist eisern.«

»Wenn ich ihr bloß diese Geschenke und die Botschaften von Zac Kuk überbringen könnte«, meinte Akbal, »dann würde ich gar nicht mehr länger versuchen, mich zu rechtfertigen.«

»Es tut mir leid, Akbal. Sie ist der Meinung, dass du sie im Hinblick auf deine Familie und deine Aussichten auf Erfolg in Tikal getäuscht hast. Ich muss sagen, dass ich zum Teil ebenfalls ihrer Meinung bin. Ich habe zum Beispiel sicherlich nicht gedacht, daß meine Tochter arbeiten muss wie eine Gemeine oder dass *du*, der Maler von Tikal, dich als Träger verkleidet aus deiner Stadt stehlen musst.«

»Ich *war* ein Träger«, erwiderte Akbal und versuchte, es wie eine einfache Tatsache klingen zu lassen. »Wir konnten für die vielen Waren, die wir zu tragen hatten, nicht genügend Männer erübrigen. Ich finde, es ist keine Schande, zu tun, was getan werden muss.«

»Siehst du?«, hielt Batz Mac ihm sofort entgegen. »Du kannst gar nicht anders, als dich zu rechtfertigen.«

»Verdiene ich die Möglichkeit dazu etwa nicht, Herr?«, fragte Akbal ruhig zurück. »Ich habe mich auch Euch gegenüber noch nicht voll und ganz erklärt.«

Batz Mac wandte kurz den Blick ab und schürzte unbehaglich die Lippen. »Du musst Geduld haben«, war alles, was er Akbal sagen konnte. »Vielleicht kann Chan sie überreden, ihre Meinung zu ändern.«

Akbal machte eine höfliche Verbeugung und beschloss, nicht zu fragen, was Batz Macs Meinung dahingehend ändern könnte, dass *er* etwas Druck auf seine Frau ausüben würde. Viel Geduld konnte Akbal sich nicht mehr leisten; er hatte seinem Großvater versprochen, die Träger nicht länger als nötig zu beanspruchen. Und sein Aufenthalt hier würde beendet sein, sobald er mit Ah Kin Tzab, dem Hohepriester der Stadt, gesprochen hatte, der allerdings bislang zu krank war, um Besucher empfangen zu können.

Er ging rasch über den Hof zurück zu Chan Macs Haus, ließ die Geschenke in dem Zimmer, das man ihm gegeben hatte, und machte sich wieder auf den Weg, ohne Kutz auf sich aufmerksam zu machen. Sie hatte ihn schon oft genug unterhalten, und er wusste, dass sie viele Verwandte hatte, denen sie ebenfalls ihre Zeit widmen musste. Er wusste auch, wohin er gehen konnte, um allein zu sein, obwohl er sicherlich nicht erwartet hatte, bei diesem Besuch die Einsamkeit zu suchen. Eigentlich hatte er erwartet, viele Stunden im Gespräch mit seiner angeheirateten Verwandtschaft und mit dem Hohepriester zu verbringen und darüber hinaus mindestens zwei Tage beim Handeln mit den Freunden und Verwandten, für die er Waren mitgebracht hatte. Aber stattdessen war es zu überhaupt keinem Gespräch und kaum zu Geschäften gekommen. Auch in Ektun waren die

Ernten schlecht ausgefallen, und zusätzlich hatte Zotz Mac neue hohe Steuern einführen müssen, um die ständigen Auseinandersetzungen mit den Ara zu finanzieren. Niemand hatte Geld oder auch nur Lust, kunsthandwerkliche Güter zu erwerben, und Akbal hatte schon bald gemerkt, dass den Leuten seine Gegenwart peinlich war – er erinnerte sie zu sehr an die verzweifelte Lage der Stadt.

Er folgte dem Pfad durch die Kopalbäume zu dem Tümpel in dem Felsvorsprung, wohin er damals mit seiner enttäuschten Sehnsucht nach Zac Kuk gegangen war. Die Erinnerung daran ließ ihn etwas wehmütig in sich hineinlächeln; es war einfach seltsam, dass er jetzt wieder ähnlich frustriert war, wo er doch lediglich den Wunsch hatte, Batz Mac und Muan Kal zu berichten, dass ihre Tochter in Tikal glücklich war – ein Geschenk, das Eltern eigentlich nicht verschmähen sollten, selbst wenn der Überbringer unangekündigt und als Träger verkleidet kam.

Kopfschüttelnd setzte er sich unter die Palmen am Rand des Felsvorsprungs; um am Wasser in der Sonne zu bleiben, war es zu heiß. Von hier aus konnte man in nördlicher Richtung ins Tal hinab sehen, wo ein neu gebauter Damm jetzt einen Teil des Flusses aufstaute und ein langes, tiefes Becken hatte entstehen lassen. Dort übten Jungkrieger mit mehreren Kanus einen Angriff auf das Ufer, wo eine zweite Gruppe von ihnen mit roten Helmen darauf wartete, sie zurückzuschlagen. Die Männer am Ufer schwangen drohend dünne Stäbe und schleuderten sie auf die in den Booten Sitzenden.

Akbal wandte sich vom Fluss ab und blickte in die Schlucht hinunter; er hatte in der kurzen Zeit, die er hier war, schon genug Krieger gesehen. Anfangs war es ihm fast vorgekommen, als habe er sich nach Yaxchilan verirrt, so zahlreich waren überall in der Stadt die Anzeichen, die auf Krieg deuteten. Die Ara hatten sofort nach dem Feldzug gegen sie wieder mit ihren Überfällen auf Ektuns Schutzgebiete begonnen, und obwohl Zotz Macs Armee größtenteils intakt war, hatte er sich gezwungen gesehen, für die Garnisonen entlang der Nordgrenze zusätzliche Krieger zu rekrutieren. Auch über neuerliche Scharmützel im Süden und Westen wurde geredet, wo Yaxchilan, das noch immer unter den Verlusten des Kriegszuges zu leiden hatte, versuchte, die Situation wieder in den Griff zu bekommen. Akbal wusste nur wenig über die Einzelheiten Bescheid, da er Chan Mac kaum mehr zu Gesicht bekommen hatte als dessen Eltern, aber es war klar zu ersehen, dass Ektun und seine Verbündeten für die Verteidigung ihrer Territorien einen zunehmend hohen Preis zu zahlen hatten.

In den Baumkronen auf der anderen Seite der Schlucht flatterten gelbschnäbelige Tukane umher, doch ihr raues Gekrächze war über dem lauten, hypnotischen Surren der Heuschrecken kaum zu hören. Hier hatte es keine Dürre gegeben; dafür waren kurz vor der Ernte ganze Wolken dieser Insekten über die Felder hergefallen und hatten sie in wenigen Tagen größtenteils vernichtet. Einer von Akbals Verwandten hatte halb im Scherz gemeint, die Heuschrecken seien nach Westen gewandert, weil sie in Tikal nichts zu fressen gefunden hätten. Akbal hatte daraufhin gelacht, wie es erwartet wurde, aber er hatte auch die hinter dieser spaßigen Bemerkung liegende Botschaft verstanden: dass Tikals Missgeschick sich weit über die Grenzen der Stadt hinaus auswirkte, weil Handelsvereinbarungen nicht mehr eingehalten und zugesagte Hilfen nicht mehr gewährt werden konnten. Es herrschte große Verbitterung über Caan Acs Entscheidung, einen Teil des versprochenen Maises der letzten Ernte einzubehalten. Akbal war zunächst versucht gewesen, klarzustellen, dass er mit den Unternehmungen des Herrschers nichts zu tun habe, hatte sich dann aber dazu durchgerungen, die Vorwürfe einfach stillschweigend zu akzeptieren. Er war schließlich nicht hier, um jemanden zu bekehren oder Anhänger zu gewinnen, und es war weder zweckdienlich noch freundlich, wenn er den Einwohnern von Ektun von der erfolgreichen Ernte seines Clans berichtete.

Selbst im Schatten machte ihn die drückende Hitze schon bald schläfrig; die Augen fielen ihm zu, und er dämmerte in einen Zustand zwischen Schlafen und Wachen hinüber, den der eintönige Lärm der Heuschrecken zu einer Art Trance steigerte. Das Bild seines Steins tauchte vor seinem geistigen Auge auf, wie er glatt und gelb unter dem provisorischen Strohdach stand. Vielleicht würde er jetzt Zeit dafür haben, denn er hatte hier keine Aufträge bekommen. Aber war es nicht überhaupt zu früh, sich schon jetzt über ein Monument für den Clan Gedanken zu machen? Als er Tikal verlassen hatte, war gerade wieder Land für noch mehr Gärten gerodet worden, und neue Leute kamen, um sich darauf niederzulassen und es zu bestellen. Balam Xoc hatte schon davon gesprochen, eine zweite Neuaufnahme-Zeremonie abzuhalten, womöglich zeitgleich mit dem Ritual zum Tun-Ende in vier Monaten. Es war noch viel zu tun, und vieles musste noch von auswärts angeschafft werden. Besser wäre es, darüber nachzudenken, wo er mit den Produkten des Clans Handel treiben konnte, um all das zu beschaffen, was noch gebraucht wurde: Obsidian, Salz, harter Stein zum Maismahlen, Töpfereiglasuren, Farben …

Die Liste wurde zusammenhanglos, und seine Gedanken schwenkten zurück zu seinem Stein und dann zu Erinnerungen an Zac Kuk, zu lebhaften, vergnüglichen Szenen ohne Enttäuschungen. Er begann, von dem Kind zu träumen, das sie unter dem Herzen trug und das sie eines Tages dem Clan geloben würden … er sah Zac Kuk mit dem Baby im Arm, das sie stolz hochhob, um es von Balam Xoc segnen zu lassen. Im Hintergrund erschien Chan Mac, und dann Kinich, die pyrit-glitzernden Zähne zu einem Lächeln entblößt. Dann sah er sich im Handwerksbau, wie er zusammen mit Kal Cuc malte, und sie waren beide sehr begeistert von dem, was er auf die Schale oder den Teller malte – herrliche Farben, aber ein undeutliches Muster, das er nicht erkennen konnte, weil er vor Aufregung zitterte …

Akbal wachte auf und sah Chan Mac, der sich über ihn beugte, eine Hand auf seine Schulter gelegt. Er blinzelte und seufzte, spürte noch immer die Gefühle, die er in seinem Traum gehabt hatte und wünschte, er hätte das Muster gesehen, an dem er mit solcher Freude gemalt hatte. Chan Mac richtete sich auf und warf ihm einen seltsam strengen Blick zu; dann trat er an den Rand des Felsvorsprungs und schaute in das Tal hinab. Akbal ging zum Tümpel, um sich etwas zu erfrischen, und trat dann respektvoll an Chan Macs Seite. Sein Freund war sichtlich angespannt, und in seiner Stimme schwangen Ärger und Resignation mit, als er endlich zu sprechen begann.

»Welche Verwendung hat dein Großvater für einen Diplomaten?«, fragte er streng.

»Ich könnte mir einige vorstellen«, erwiderte Akbal vorsichtig. »Aber was ist denn geschehen? Hast du mit deinem Vater gesprochen?«

»Nein. Und auch den Herrscher habe ich noch nicht sprechen können. Er konferiert noch immer mit Schild-Jaguar und den anderen Kriegshäuptlingen.« Plötzlich runzelte Chan Mac kräftig die Stirn und kniff die Augen zusammen. »Ich hatte die Berichte in Tikal gehört, aber es ist viel schlimmer, als ich gedacht hatte. *Viel schlimmer*.«

»Die Ara?«

»Neben ihren Überfällen haben sie in letzter Zeit auch angefangen, Bündnisse mit Stämmen zu schließen, die bislang unserem Schutz unterstellt waren, und haben uns auf diese Art und Weise sozusagen per Vertrag anstatt mit Gewalt Land abgerungen. Aber sie sind jetzt nur *eines* unserer Probleme. Es ist noch eine neue Gruppe von Fremden aufgetaucht – sie nennen sich die Putun. Immer mehr von ihnen kommen aus dem Westen; sie überfallen die Siedlungen am Lakandonen-Fluss und bedrohen die Städte südlich von Yaxchilan. Gerüchten zufolge hat der Herrscher von Yaxche einen Geheimpakt mit ihnen geschlossen und plant, sie bei Angriffen auf benachbarte Städte zu unterstützen. Der Handel mit dem Hochland ist bereits unterbrochen – und das zu einer Zeit, in der unsere Vorratshäuser geleert werden, um die Soldaten auszustatten, und in der von Tikal keine Hilfe zu erwarten ist. Caan Ac hat versprochen, uns Krieger zu schicken, sonst nichts.«

»Typisch für seinen Großmut«, bemerkte Akbal trocken, aber Chan Mac schien ihn gar nicht zu hören.

»Für Diplomatie ist kein Platz mehr«, klagte er verbittert. »Unsere Feinde sind zu kühn, um uns anzuhören, und unsere Verbündeten misstrauen sich gegenseitig. Wenn eine Gefahr unmittelbar bevorsteht, beharren sie darauf, dass ihr eigenes Territorium vor allen anderen verteidigt wird; aber wenn sie meinen, ihr Land sei sicher, wollen sie für jede Hilfeleistung an andere bezahlt werden. Und einige, Schild-Jaguar zum Beispiel, sehen bedrohliche Situationen sogar noch immer lediglich als Gelegenheit, ihren Ruhm zu mehren.«

»Großvater hatte also recht«, sagte Akbal nachdenklich. »Auch Ektun ist nicht immun.«

Chan Mac warf einen düsteren Blick auf die im Tal trainierenden Krieger. »Ektun ist vielleicht verloren. Die Heuschrecken fressen unsere Ernte, während unsere Männer auf fernen Schlachtfeldern ihr Leben lassen, auf Feldern, die nur Leichen hervorbringen. Und wenn wir fallen, werden Yaxchilan und die anderen Städte am Fluss mit uns fallen. Und dann wird auch Tikal nicht mehr immun sein.«

»Aber wir haben bestimmt genügend Zeit, uns in Sicherheit zu bringen«, hielt Akbal ihm entgegen. »Großvater hat uns den Weg gezeigt.«

»Hier hat dein Großvater keine Anhänger«, erklärte Chan Mac unnachgiebig. »Selbst in Tikal hat er nicht allzu viele und dazu den Herrscher zum Feind. Das ist keine Situation, die zu großen Hoffnungen Anlass gibt.«

Akbal trat einen Schritt zurück, um der Sogwirkung von Chan Macs Verzweiflung zu entgehen. »So allein sind wir nicht, mein Freund. Wir handeln im Angesicht unserer Ahnen und mit ihrer Führung. Das wirst du besser verstehen, sobald du einer von uns geworden bist.«

»Vielleicht«, erwiderte Chan Mac ohne Überzeugung. »Ich bezweifle, ob mein Vater mein Abtrünnigwerden je verstehen oder es mir verzeihen wird.«

»Ich werde helfen, so gut ich kann«, erbot sich Akbal. »Wann redest du mit ihm?«

Chan Mac hätte fast gelächelt. »Ich bin sicher, dass du eine große Hilfe sein wirst, sobald ich meine Eltern davon überzeugen kann, *dir* zu verzeihen. Aber das kann noch ein paar Tage dauern.«

»In Ektun bin ich daran gewöhnt zu warten.«

»Ja«, sagte Chan Mac wehmütig, »und dann, wenn du wieder gehst, einen von uns mitzunehmen …«

Tikal

So leise wie er konnte, kam Kal Cuc den Abhang der Schlucht herunter, vorsichtig über Wurzeln steigend und mit der stumpfen Spitze seines Speers Äste aus dem Weg schiebend. Auf halber Höhe stieß er auf Kinich Kakmoo und die anderen sechs Männer, die eng in einem Kreis zusammengekauert saßen, den Blick verteidigungsbereit nach außen gerichtet, wie Kinich es ihnen beigebracht hatte. Der Schweiß rann ihnen in kleinen Bächen über die rußgeschwärzten Gesichter, während sie mit einer Mischung aus Erleichterung und Erschöpfung die Rückkehr ihres Kundschafters erwarteten.

»Die Herrin Kanan Naab und der Priester vom Schlangen-Clan sitzen unter den Brotnußbäumen«, berichtete Kal Cuc. »Gleich am Rand der Rodung, rechts vom Schlangenstein. Niemand ist in ihrer Nähe.«

Kinich nickte zufrieden und drehte sich zu den anderen Männern um. »Habt ihr alle gehört? Gut. Dies wird eure letzte Übung für heute, *wenn* ihr sie gut macht. Ihr kreist sie ein, ohne gesehen oder gehört zu werden, und arbeitet euch so nahe an sie heran, dass ihr ihnen an die Kehle gehen könnt, bevor sie schreien oder nach einer Waffe greifen können. Ihr seid müde; denkt deshalb daran, eure Füße hochzuheben, und denkt auch an den Schatten, den ihr werft. Der Eulenschrei ist das Zeichen zum Angriff. Seid vorsichtig mit euren Waffen und passt auf, dass ihr sie nicht verletzt.«

Kinich nickte Kal Cuc zu, der die Männer daraufhin im Gänsemarsch den Abhang hinauf führte; er selbst ging am Schluss, um alles beobachten zu können. Er wusste, dass ihr Vorhaben für seine Schwester und Yaxal Can alles andere als nett war, aber alle im Clan waren vor den Drills gewarnt worden, und seine Jungkrieger mussten einfach Erfahrungen sammeln. Wenn sie nicht einmal eine Frau und einen Priester in einem Überraschungsangriff überwältigen konnten, würden sie gegen die Mörder des Herrschers kaum Chancen haben. Und Kanan Naab musste einfach begreifen, dass der Schrecken, den sie davontrug, dem Wohl des Clans diente.

Oben angekommen, verteilten sich die Männer in einem Halbkreis, wobei die mittleren etwas warteten, bis jene an den Flanken ein Stück vorausgegangen waren, bevor sie sich selbst wieder in Bewegung setzten. Sobald das Unterholz dünner wurde und das Licht der Rodung durch die Brotnußbäume zu sehen war, schlichen sie, Sichtkontakt haltend, einzeln auf Händen und Füßen weiter. Kinich blieb ihnen auf den Fersen, horchte auf Geräusche und hielt Ausschau nach Bewegungen, die sie verraten hätten, wenn die beiden vor ihnen *wirkliche* Feinde wären. Er hörte die Stimme seiner Schwester, dann Yaxals knappe Erwiderung. *Worüber reden sie so lange?* fragte er sich. Er dachte daran, wie er May umworben hatte – es war eine quälende Zeit sehnsüchtiger Blicke und verlegenen Schweigens gewesen, das lediglich von den Bemerkungen der unvermeidlichen Begleitperson unterbrochen worden war. Die Beziehung seiner Schwester mit dem Priester konnte Kinich überhaupt nicht verstehen, und erst recht nicht, dass sie ganz allein mit ihm zusammen sein durfte. Aber Box Ek hatte gesagt, er solle sich nicht einmischen, und er hatte der alten Frau gehorcht, weil er wußte, dass sich in der Zeit, in der er weggewesen war, vieles im Clan verändert hatte.

Vielleicht mische ich mich jetzt ein, dachte Kinich schuldbewusst, aber um seine Männer zurückzurufen, war es nun zu spät. Sie hatten sich dem nichts ahnenden Paar bis auf ein paar Schritte genähert und warteten nun, hinter Baumstämmen versteckt, auf sein Signal. Jetzt konnte er ihnen ihre ›Beute‹ nicht mehr vorenthalten, auch wenn seine Schwester ihn danach noch so sehr verurteilte. Er legte die Hände an die Lippen, ahmte den traurigen Schrei der Eule nach und beobachtete, wie seine Männer vorgingen.

Einer stolperte über eine Wurzel und fiel der Länge nach

neben Yaxal zu Boden, aber im selben Augenblick war Kal Cuc zwischen ihnen und hielt dem Priester die stumpfe Spitze seines Speers direkt an die Kehle. Die anderen schlossen das Paar so schnell von allen Seiten ein, dass die beiden nur noch erschrocken die Luft anhalten konnten, bevor ihre Gesichter angesichts der bedrohlichen Speere zu Stein erstarrten. Selbst Kinich war beeindruckt.

»Genug!«, schrie er und trat aus seinem Versteck heraus. »Lasst sie, und entschuldigt euch für den Schrecken, den ihr ihnen eingejagt habt.«

Die Männer senkten ihre Waffen und grinsten, so dass ihre Zähne weiß in den rußgeschwärzten Gesichtern leuchteten. Dann traten sie zurück und murmelten ihre Entschuldigungen, zu denen ihre fröhlichen Mienen jedoch nicht passen mochten. Kanan Naab legte eine Hand auf ihr Herz und atmete mit geschlossenen Augen tief durch. Als Kinich Yaxals zornigen Blick bemerkte, beschloss er, zuerst mit seinen Männern zu reden.

»Einer von euch ist tot«, sagte er zu dem Gestolperten. »Aber ansonsten habt ihr euch heute gut geschlagen. Morgen lauft ihr mit Speeren und Schilden die Strecke, die ich euch gezeigt habe. Und wenn Akbal zurückkommt, werden wir sein Durchhaltevermögen prüfen.«

Die jungen Männer lachten, gingen mit stolzen Mienen davon und überließen es Kinich, mit dem wütenden Yaxal fertig zu werden, der über Kanan Naab gebeugt war und ihr Luft zufächelte. Kinich wollte ihm helfen, aber als er näher kam, stand der Priester auf und stellte sich ihm entgegen.

»War das nötig?«, fragte Yaxal ärgerlich, so dass Kinich sich unwillkürlich verteidigungsbereit machte und den Speer vor sich auf den Boden stemmte.

»Nötig war es vielleicht nicht«, antwortete er ruhig, »aber sehr nützlich für meine Männer. Ich entschuldige mich dafür, dich gestört zu haben, Yaxal. Und auch dich, meine Schwester«, fügte er mit einem Blick auf Kanan Naab hinzu. »Ihr müsst mir verzeihen, dass ich euch zum Opfer unseres Trainings auserkoren habe.«

Yaxal murmelte etwas Unverständliches und stapfte unter die Bäume davon, wo er sich an seinem Lendenschurz zu schaffen machte. Kinich lächelte verständnisvoll.

»Er kommt wieder«, sagte er zu Kanan Naab und setzte sich ihr gegenüber, ohne seinen Speer aus der Hand zu legen. »Es tut mir wirklich leid, meine Schwester. Ich weiß, dass es ihn Mut kostet, um überhaupt hierher zu kommen.«

»Eine solch grobe Erinnerung hätte er nicht gebraucht«, versicherte ihm Kanan Naab seufzend und schüttelte sich. »Und ich auch nicht. Du hast sie wirklich gut trainiert.«

Kinich grinste und zeigte seine pyritglitzernden Zähne. »Ich kann es kaum erwarten, mit Akbal zu trainieren. Aber ihr habt es uns ja auch nicht gerade schwer gemacht. Unsere Feinde sollten sich nur unterhalten, wie ihr beide, und ansonsten für nichts ein Ohr haben.«

Kanan Naab senkte errötend den Blick, sah aber gleich wieder auf, als Yaxal zurückkehrte, sich neben sie setzte und sich mürrisch bei ihrem Bruder entschuldigte.

»Verzeihe mir meinen Zorn, Kinich. Ich hatte vergessen, dass du hier eine Armee aufstellst.«

»Eine Armee von Verteidigern«, korrigierte ihn Kinich. »Ich möchte nicht gegen wirkliche Krieger mit ihnen ins Feld ziehen, aber sie werden uns Belästigungen und Drohungen ersparen.«

»Vielleicht besteht schon bald kein Bedarf mehr für sie«, meinte Yaxal mit übertriebener Milde und betrachtete Kinich genau. »In zwei Monaten feiert Caan Ac das Katun-Jubiläum seiner Regierungszeit. Ich habe Gerüchte gehört, dass er mit den Jaguarpranken Frieden schließen will, wenn Balam Xoc dafür an den Ritualen des Herrschers teilnimmt.«

»Von solchen Gerüchten habe ich nichts gehört«, räumte Kinich missgünstig ein. »Aber es gibt keinen Grund, weshalb Großvater mit *ihm* Frieden schließen sollte.«

»Aber der Herrscher hat keinen Grund anzunehmen, dass Großvater *nicht* an seinen Ritualen teilnimmt«, mischte sich Kanan Naab ein und schaute von einem zum anderen im Versuch zu vermitteln.

Kinich warf ihr einen finsteren, ablehnenden Blick zu. »Er *sollte* es aber nicht tun«, beharrte der Krieger. »Keiner von uns sollte sich an etwas beteiligen, was die Herrschaft Caan Acs legitimiert.«

»Dann provoziert ihr ihn aber nur dazu, seine Krieger gegen euch zu schicken«, erklärte Yaxal nicht minder stur. »Und darauf seid ihr nicht vorbereitet, wie du selbst sagst.«

»Wir sind darauf vorbereitet, uns der Anwendung von Gewalt zu widersetzen«, hielt Kinich dagegen, seinen Speer fest umklammernd. »Die Krieger kommen aus sämtlichen Clans, und sie sind noch nie gegen ihr eigenes Volk gezogen. Sie würden sich sträuben, gegen uns vorzugehen, vor allem, wenn sie sehen, dass wir *kämpfen*.«

Kanan Naab stand so abrupt auf, dass die Männer überrascht verstummten. »Dieser Streit hat für niemanden eine Bedeutung außer für euch beide«, sagte sie in schneidendem Ton. »Balam Xoc kann diese Angelegenheiten genausogut selbst entscheiden. Zumindest muß *er* nicht seine Dominanz beweisen.«

Yaxal und Kinich standen fast gleichzeitig auf und erhoben die Hand zum Einspruch, aber Kanan Naab ließ sie einfach stehen und ging zum Haus ihres Vaters zurück, ohne sich noch einmal umzudrehen. Die beiden Männer konnten sich zunächst nicht ansehen, aber es wollte auch keiner von ihnen als erster gehen. Schließlich klopfte Kinich ärgerlich mit seinem Speer auf den Boden.

»Das ist alles nur mein Fehler!«, murrte er und atmete pfeifend durch die Nase. »Ich hätte euch einfach in Frieden lassen sollen.«

»Ich hätte dich nicht mit Gerüchten aufstacheln sollen«, bezichtigte Yaxal sich selbst. »Mein Interesse daran, dass du mit dem Herrscher Frieden schließt, ist vollkommen selbstsüchtig. Ich möchte einfach nur hierher kommen können, ohne ständig Angst haben zu müssen, dass es meine Vorgesetzten erfahren … Oder von deinen Kriegern überfallen zu werden«, fügte er hinzu.

Kinich wertete diesen kleinen Spott als ein Zeichen der Vergebung und lachte leise. »Ich werde euch nicht noch einmal als Opfer auswählen«, versprach er. »Aber wir haben meine Schwester mit unserem Streit sehr verärgert. Sie hat noch nie so mit mir gesprochen.«

Yaxals Züge entspannten sich sichtlich. »Sie mag es nicht, wenn Männer um die Macht kämpfen«, erklärte er ruhig. »Sie hat in dieser Beziehung auch ein Problem mit einem der Nahen – diesem Opna. Er missgönnt ihr, dass sie Balam Xoc am nächsten steht.«

»Aber er kann ihm niemals näher stehen als sie«, entgegnete Kinich spontan. »Er ist ein Fremder.«

»Er wurde in den Clan aufgenommen. Und deine Schwester ist eine Frau.«

Kinich blieb unvermittelt stehen und überlegte; seine Kiefer bewegten sich, ohne dass er etwas sagte. Er betrachtete Yaxal mit einer Neugier, die er anscheinend nur ungern zeigte.

»Meine Frau hat mir gesagt, dass Kanan Naab eine Vision hatte. Sicher weiß mein Großvater das.«

»Ja«, stimmte Yaxal zu. »Aber er hat noch nie mit ihr darüber gesprochen, und sie meint, dass sie ihn nicht um ein solches Gespräch bitten darf. Ich glaube, sie hat auch Angst, dass Opna es mitbekommen und dann irgendwie gegen sie verwenden könnte.«

»Was weißt du von diesem Mann?«, fragte Kinich düster, einem unwillkürlichen Impuls folgend, seine Schwester zu schützen.

»Nur, was man über ihn sagt. Er war ein Wunderkind wie dein Bruder Akbal; allerdings sind die Gaben der Priesterschaft bei Kindern viel seltener. In Copan war er der jüngste, der je zu einem Orden zugelassen wurde, und noch bevor er zwanzig Jahre alt war, diente er schon dem Herrscher dieser Stadt. Dann wurde er besser bekannt wegen der Trancezustände, die er durch die heiligen Pilze bekam, und begann, einen Kult um sich aufzubauen und Anhänger um sich zu sammeln. Aber der Hohepriester verbot den Kult, ehe er zu mächtig wurde, und wies Opna aus der Stadt.«

»Und jetzt meint er, er könnte in *unserem* Clan die Macht an sich reißen!«, platzte Kinich zornig heraus. »Das werde ich dem Clan-Rat berichten, falls Großvater mich nicht anhört!«

»Nein, das darfst du nicht«, drängte Yaxal ihn energisch. »Nichts von dem, was ich gesagt habe, spricht gegen seine Aufrichtigkeit. Balam Xoc müsste das wissen, aber er erlaubt Opna, ihm zu dienen. Nein, Kanan Naab muss das für sich selbst lösen. Sie darf nicht zum Objekt eines Streits zwischen Männern gemacht werden.«

Kinich schaute in die Ferne, drehte seinen Speer zwischen den Händen und ließ seinen Ärger abkühlen. »Vielleicht hast du ja recht. Von solchen Dingen verstehe ich nicht viel.« Er blickte mit neuem Respekt auf Yaxal. »Auf jeden Fall hat sie Glück, dich als Ratgeber zu haben.«

»Zumindest weiß ich, worauf Priester aus sind«, meinte Yaxal bescheiden. »Und dein Großvater hat mir die Erlaubnis gegeben, sie im Lesen der Hieroglyphen und im Messen der Zeit zu unterrichten.«

»Sie hat wirklich großes Glück«, sinnierte Kinich, während er mit einer Mischung aus Schläue und Neugier Yaxals Miene studierte. »Aber ich frage mich, ob das für *dich* zufrieden stellend ist? Wie du sagtest, ist sie eine Frau. Selbst ein Bruder kann das nicht übersehen.«

»Ich auch nicht«, erwiderte Yaxal frei heraus. »Aber eine Frau aus dem Clan der Jaguarpranken zu heiraten ist jetzt nicht möglich. Selbst wenn Kanan Naab sich bereit erklären würde, die Dienste deines Großvaters zu verlassen, könnte ich sie nicht bitten, meine Frau zu werden.«

»Warum wirst du dann nicht einfach einer von uns?«

Der Priester schaute einen Augenblick lang auf den Stein und den Unterstand und ließ die Frage zwischen ihnen in der Luft hängen. »Das habe ich mir schon oft überlegt«, antwortete er schließlich. »Aber dann denke ich an die Jahre, die ich als Clan-Priester verbracht habe, und die Jahre danach, in denen ich mir meinen Platz im Orden der Langen Zählung verdiente. War es für dich leicht, deinen Rang bei den Kriegern des Herrschers aufzugeben?«

»Caan Ac hat es mir leicht gemacht.«

»Ja, natürlich; aber mir hat er diesen Dienst noch nicht erwiesen. Ich habe, was meine Arbeit anbelangt, das Gefühl, gebraucht zu werden – ja, und auch, wichtig zu sein. Und ich habe eine Mutter und zwei unverheiratete Schwestern, die auf meine Unterstützung angewiesen sind, und Verwandte, die von mir erwarten, dass ich meinen Pflichten dem Clan gegenüber nachkomme. Ich kann ihnen nicht einmal sagen, dass ich hierher zu Besuch komme.«

Kinich zeigte Verständnis und Mitgefühl. »Verzeih mir, Yaxal. Ich will nicht von dir verlangen, wider dein besseres Wissen zu handeln. Aber … ich glaube einfach nicht mehr, dass die Menschen zufällig zu uns kommen. Ich habe Balam Xoc mehr als jeder andere Widerstand geleistet. Aber er kam zu mir in den Dschungel und führte mich heim.«

»Ah!«, rief Yaxal erstaunt und zog ob dieser durch seine eigene Freimütigkeit hervorgerufenen Offenbarung die Augenbrauen hoch. Gleichzeitig schienen die beiden Männer zu erkennen, wieviel sie von sich preisgegeben hatten und wie rasch sie vom Streit zu einer Vertrautheit gelangt waren. Beide verfielen in Schweigen, als wollten sie das Zutrauen, das sie einander entgegengebracht hatten, erst noch einmal überdenken.

»Ich muss mir diesen Ruß vom Gesicht abwaschen«, meinte Kinich schließlich. »Und sicher wartet Kanan Naab darauf, dass ihr euer Gespräch zu Ende führt, das ich so grob unterbrochen habe.«

»Wenigstens muss ich mich noch von ihr verabschieden«, sagte Yaxal.

»Gut, lass uns ein anderes Mal weiterreden. Und diesen Opna werde ich mir näher ansehen. Aber heimlich.«

»Das ist sicher eine gute Idee«, stimmte Yaxal ihm zu. Dann verbeugten sie sich und gingen ihrer Wege.

Ektun

Ah Kin Tzab lag im Sterben. Soviel hatte Akbal schon nach dem halben Tag in Erfahrung gebracht, den er vor dem Zimmer des Hohepriesters gewartet und die Gesichter derer studiert hatte, die ihn besuchen durften. Nach weiteren anderthalb Tagen war ihm klar, dass *ihm* keine Audienz bei dem

Hohepriester bewilligt würde. Die Priester, die den verhängten Eingang bewachten, kannten ihn und hatten auf seine wiederholten Bitten durchaus höflich reagiert. Aber sie waren in der Pflicht ihrem kranken Herrn gegenüber treu geblieben und hatten Akbal klargemacht, dass ein Maler aus Tikal zu einer solchen Zeit nicht damit rechnen konnte, bevorzugt zu werden, umso mehr, als sie ja auch gar nicht wussten, welche Beziehung er zu dem Hohepriester hatte. Der einzige, der sich für ihn hätte einsetzen können, war Ah Kin Tzab selbst, doch solche Entscheidungen wurden von ihm fern gehalten.

Diese letzte Enttäuschung war gleichzeitig die schwierigste für Akbal, und sie begann die Gleichmut zu untergraben, mit der er alle anderen ertragen hatte. Es schien ihm, als würde die Kette der Ereignisse, die ihn in diese Stadt geführt und mit ihren Menschen verbunden hatte, in Bruchstücke zerfallen, die für sich genommen absolut bedeutungslos waren. Da sich keine Gelegenheit geboten hatte, seine Beziehungen zu erneuern und zu festigen, würde er mehr als ein Fremder abreisen, als er es bei seiner Ankunft gewesen war. Er würde Ah Kin Tzab nie mehr sagen können: »Ja, mein Großvater *ist* ein heiliger Mann«, oder ihm von den Prophezeiungen berichten, die sich bewahrheitet, und den Projekten, die sie durchgeführt hatten. Und auch seinen Stolz über Zac Kuks Aufnahme in den Clan der Jaguarpranken sowie sein Glück über ihre Heirat würde er nicht mehr zum Ausdruck bringen können. Dies waren die Geschenke, die er für den Hohepriester mitgebracht hatte, und auch für Batz Mac und Muan Kal, aber sie wurden allmählich bitter, weil sie missachtet wurden.

Sogar seinen Glauben an Chan Mac, der offenbar noch immer mit seinen Eltern über ein Treffen verhandelte, verlor er zusehends. Angesichts der diplomatischen Fähigkeiten seines Freundes fiel es Akbal schwer zu glauben, dass er nach wie vor keine Verständigung zustande gebracht hatte, und konnte daraus nur folgern, dass Chan Mac Ausflüchte gebrauchte. *Niemand will mir ins Gesicht sehen*, dachte er wütend und begann zu überlegen, ob er seine Geschenke nicht einfach vor Batz Macs Haus abstellen und seine Träger nach Tikal zurückgeleiten sollte, ohne sich zu verabschieden. Er war geduldig gewesen, aber auch wenn er noch jung war, konnte man nicht von ihm verlangen, eine Respektlosigkeit hinzunehmen, die er nicht verdient hatte.

Je mehr sein Groll wuchs, desto mehr zog er sich zurück und mied den Kontakt mit Chan Macs Familie, schließlich bis zu dem Punkt, dass er an den gemeinsamen Mahlzeiten nur noch sporadisch teilnahm. Er wurde teilnahmslos und reizbar und schlief viel, aber schlecht. Doch wenn er es ausnahmsweise schaffte, gut zu schlafen, träumte er intensiv, und eines Nachts malte er wieder im Traum. Dieses Mal jedoch konnte er sehen, was es war, und er wunderte sich über seine eigene Kühnheit. Jetzt verstand er auch, weshalb er aufgeregt war, und zwar so gut, dass die Erregung real wurde und er abrupt aufwachte.

Es war mitten in der Nacht, aber er stand auf, zündete eine Fackel an und begann, mit Kohle auf ein Stück Leder zu zeichnen – zuerst sehr roh, verglichen mit der verblüffenden Klarheit des Bildes, das er im Traum gehabt hatte, aber mit dem Nachlassen seiner Aufregung wurde seine Hand allmählich sicherer. Dann ging er daran, seine Pinsel zuzuschneiden und seine Farben vorzubereiten; ein Ritual, das seine innere Ruhe noch mehr stärkte. Als die Sonne begann, den Himmel im Osten zu röten, war alles bereit, und er konnte es kaum mehr erwarten anzufangen. Mit einer Tasche voller Handelswaren ging er zum besten Töpfer von Ektun, um die Zeremonialschale zu erstehen, die er brauchte, eine, die seinem Traum ebenso angemessen war wie dem Grab von Ah Kin Tzab.

Chan Mac kündigte sich vor der Tür an, und auf Akbals Antwort schickte er den Diener mit dem Essen auf dem Tablett voraus. Sein Freund saß mit gekreuzten Beinen auf dem Boden, Farben und Pinsel um sich herum und eine bemalte, dreifüßige Schale auf der Matte vor sich. Chan Mac setzte sich ihm gegenüber und zeigte auf das Tablett, das der Diener abgestellt hatte.

»Du musst Hunger haben. Seit zwei Tagen hast du schon nicht mehr mit uns gegessen.«

»Meine Aufgabe hat mich ausgefüllt«, erwiderte Akbal müde, ohne das Tablett auch nur anzusehen. Aber seine Nase verleitete ihn doch, so dass er sich schon bald über die dampfende Schüssel Bohneneintopf, die Maiskuchen und den geschlagenen Kakao hermachte. Er machte nur einmal eine kurze Pause, um die Zeremonialschale zu drehen, damit Chan Mac sehen konnte, wie er sie bemalt hatte.

Sie war rund und dunkelorange, und die sanft abgeschrägte Wand war mit schwarzen und roten Linien verziert. Die Bodenmitte schmückte eine Figur, deren Konturen schwarz gezeichnet waren: ein Mann mit getupftem Kopftuch und Beinkleidern, der die Arme in die Hüften gestemmt hatte, auf einem Bein stand und das andere abspreizte. *Er tanzt*, erkannte Chan Mac sofort. Gesicht und Lendenschurz der Gestalt waren in einem dunklen Rot gehalten, die Brust schwarz gestreift; an den Seiten rankte sich je eine kunstvoll ausgeführte Seerose empor, die die Vorstellung tänzerischer Bewegung noch verstärkte.

»Es ist höchst ungewöhnlich«, bemerkte Chan Mac; ein positiveres Urteil wollte ihm nicht über die Lippen kommen. »Die Pinselführung ist wie immer ganz hervorragend. Aber … ich habe noch nie eine Figur auf einer Zeremonialschale gesehen. Ich wusste auch nicht, dass in Tikal eine solche Tradition überhaupt existiert.«

»Tut es auch nicht«, entgegnete Akbal knapp und wischte sich mit einem Tuch den Mund ab. »Ich habe mich selbst im Traum gesehen, wie ich dies malte.«

Chan Mac betrachtete die Schale noch einmal, aber er fand das Werk immer noch äußerst problematisch – es wich so sehr von jeglicher Tradition ab, dass es ihm schwer fiel, es zu akzeptieren. Er war an simple Muster mit Muanfedern oder Schnörkeln oder ähnliches gewöhnt – einfache, beruhigende Dinge mit einem Bezug zu den Ritualen, in denen solche Schalen gebraucht wurden. Der Tänzer hingegen rief ein Gefühl der Unruhe in ihm wach, ein nicht benennbares Risiko.

»Das ist natürlich dein Großvater«, sagte er indifferent im Versuch, Akbal zu einer Aussage zu bewegen. »In der Nacht eures Clan-Festes.«

»Der Jaguar-Schutzherr«, murmelte Akbal ehrfurchtsvoll. »Dies ist sein – und auch mein – Geschenk an Ah Kin Tzab. Ich wollte, dass du es siehst, bevor ich es ihm bringe.«

»Ich fühle mich geehrt, und ich bin beeindruckt von deinem Können. Aber ich muss dich noch einmal darauf hinweisen, wie sehr dieses Werk aus dem Rahmen fällt. Bist du dir sicher, dass Ah Kin Tzab es annehmen wird?«

Akbal zuckte die Achseln und breitete die Hände über der Schale aus, als würde sie sich selbst erklären. »Er hat sich sehr für meinen Großvater interessiert, und ich gebe ihm die Wahrheit. Es steht ihm frei, die Schale abzulehnen, aber er wird sie nicht ungesehen abweisen, so wie *ich* abgewiesen wurde. Er wird wissen, was ich ihm sagen wollte.«

Chan Mac betrachtete Akbal kritisch; die unbeugsame Arroganz seines Freundes beunruhigte ihn. »Du sprichst sehr anmaßend von der Wahrheit, mein Freund, vor allem, wenn du sie in Träumen findest. Man möchte fast glauben, *du* seist der heilige Mann.«

»Einen solchen Anspruch erhebe ich nicht«, meinte Akbal kurz angebunden. »Aber Balam Xoc hat uns gelehrt, auf Zeichen zu achten und den Wahrheiten zu vertrauen, die uns gezeigt werden. Das gleiche fordert er auch von dir.«

»Er hat persönlich mit mir gesprochen«, erwiderte Chan Mac nicht weniger knapp, um deutlich zu machen, dass er zu diesem Thema keinen Rat mehr hören wollte. »Ich werde dich also zum Hohepriester gehen lassen. Aber eigentlich bin ich gekommen, um dir zu sagen, dass ich meine Eltern überredet habe, heute abend mit dir zu essen, falls du noch mit ihnen reden möchtest.«

»Ja«, sagte Akbal und begann, die Schale in eine Decke zu wickeln. »Ich habe sie dir nicht gezeigt, um dich einfach nur damit zu beeindrucken«, erklärte er dann. »Ich wollte dich an den Geist erinnern, der unser aller Leben leitet, hier ebenso wie in Tikal.«

»Das habe ich nicht vergessen«, versicherte ihm Chan

Mac mürrisch. »Ich habe zu vieles gesehen, um zu vergessen. Ich werde meinen Eltern sagen, dass sie dich erwarten sollen. Sieh zu, dass *du* nichts vergisst.«

Der Hohepriester lehnte in Decken eingehüllt an der Wand; über ihm erhellte eine einzige Fackel in einem Halter den Raum. Seine Augen waren so tief in den Höhlen versunken, dass man nicht erkennen konnte, ob sie offen oder geschlossen waren. Sie verliehen seinem in Schatten getauchten, fleischlosen Antlitz das Aussehen einer skeletthaften Maske. Neben ihm saß ein Priester und blies ihm den Rauch einer langen Zigarre ins Gesicht, der äußerst moderig roch. Der Priester, der Akbal hereingeführt hatte, bedeutete ihm, den Platz des Rauchers einzunehmen und die Zigarre selbst zu halten.

»Der Rauch belebt seinen Geist«, erklärte der Priester leise. »Aber seid vorsichtig, wieviel Ihr selbst einatmet. Es ist ein sehr starkes Mai.«

Akbals Schale stand auf dem Tuch, in das er sie eingewickelt hatte, vor Ah Kin Tzab, dessen Augen fest geschlossen waren, wie er von diesem Platz aus sehen konnte. Die Priester gingen hinaus, und Akbal nahm einen vorsichtigen Zug von der Zigarre und blies den Rauch auf den alten Mann, ohne selbst zu inhalieren. Der Rauch erzeugte ein Kribbeln auf seiner Zunge und hinterließ einen erdigen, bitteren Geschmack im Mund, einen Geschmack, den er von Mai nicht kannte. Er blies noch einmal eine Wolke auf Ah Kin Tzab und spürte, dass der Geschmack stärker wurde; gleichzeitig breitete sich in seinem Kopf eine irgendwie angenehme Taubheit aus. Das ist nicht nur Mai, dachte er voller Unbehagen und legte die qualmende Zigarre auf das Holzgestell, das vor ihm stand.

Einige Augenblicke später öffnete Ah Kin Tzab die Augen, aber nur so lange, bis er die Zigarre gesehen und darauf zugenickt hatte. »Mehr«, hauchte er schwach.

Akbal zwang sich zu gehorchen; er spürte, wie schon die geringe Menge, die er abbekam, ihm in den Kopf stieg. Der Wirkstoff machte ihn leicht schwindlig, aber irgendwie schien er auch den Raum zu erhellen; er sah die Farben seiner Schale und die Muster auf Ah Kin Tzabs Decken plötzlich viel intensiver. Andererseits merkte er gar nicht, dass er auf die Decken starrte, bis der alte Mann, dessen Augen jetzt offen und achtsam waren, wieder zu sprechen begann.

»Das ist genug. Es hilft auch dir, mich besser zu hören.«

Akbal legte die Zigarre wieder auf das Gestell und bemerkte, dass die Stimme des Hohepriesters jetzt tatsächlich lauter und deutlicher schien. Seine eigenen Bewegungen hingegen kamen ihm quälend langsam vor, so dass es lange dauerte, bis er den Blick wieder auf Ah Kin Tzabs ausgemergeltes Gesicht gerichtet hatte.

Der alte Mann nickte kaum wahrnehmbar zu der Schale hin. »Der Stil ist sehr alt. Aber die Farbe ist neu.«

»Ich habe sie zuerst in einem Traum bemalt«, sagte Akbal und fand, dass auch seine Stimme wie in einem Traum klang. Er war jedoch nicht überrascht darüber, dass der Stil Ah Kin Tzabs Worten zufolge nicht sein eigener war – er selbst hatte beim Malen das bestimmte Gefühl gehabt, sich an etwas zu erinnern.

»Der Tänzer hat keine Federn«, fuhr der Hohepriester fort. »Das ist auch neu. Oder vielleicht auch sehr, sehr alt.«

»Das sagt Balam Xoc ebenfalls, Herr. Er ist ein heiliger Mann, daran habe ich keinen Zweifel mehr.«

Ah Kin Tzab lehnte den Kopf an die Wand; Müdigkeit ließ seine Lider zufallen. »Du hast es mir gezeigt«, flüsterte er. »Und andere werden es sehen, wenn ich begraben bin. Es wird nicht mehr lange dauern, Akbal. Ich fühle die Kälte der Unterwelt schon überall um mich.«

Akbal erschauerte und senkte respektvoll den Kopf. Sein Schwindelgefühl war vorüber; seine Gedanken waren noch immer langsam, aber sehr transparent. Er erkannte, dass all die anderen Dinge, die er Ah Kin Tzab hatte sagen wollen, jetzt nicht mehr wichtig waren. Er musste zuhören, nicht sprechen. Außer in seiner Erinnerung würde er diese Stimme nie mehr hören können.

»Sag Balam Xoc, dass ich ihm danke«, murmelte der alte Mann. »Sag ihm, dass ich die Welt mit einem schweren Herzen verlasse, weil ich weiß, dass es zu wenige wie ihn gibt: Männer, die den Ahnen in jeder Hinsicht nacheifern, nicht nur im Krieg.«

»Ich werde es ihm sagen, Herr«, versprach Akbal. Ah Kin Tzab nickte, und auf seinen dünnen Lippen erschien der Anflug eines Lächelns.

»Dann lebe wohl, Akbal Balam. Jetzt bist du wirklich der Maler von Tikal. Du musst die Träume deiner Leute malen, bevor sie von der Erde verschwinden. Du musst deinen Stein meißeln, damit die Erinnerung an deine Weisheit und deine Größe nicht verloren geht.« Er unterbrach sich, um Atem zu schöpfen, und blickte ein letztes Mal auf Akbal. »Du hast meinen Segen. Geh jetzt und nimm dich der Welt an, solange du es kannst. Ich muss mich meines Sterbens annehmen …«

»Maler.«

Akbal fuhr hoch und blinzelte verwirrt in das gleißende Sonnenlicht, das von dem hellen Platz und den umgebenden Gebäuden reflektiert wurde. Er spürte noch stark das Mai, das er geraucht hatte, so dass er sich nicht sicher war, woher die Stimme kam oder ob er überhaupt gemeint gewesen war. Was er hörte, hätte letztlich sogar ein Widerhall seiner eigenen Gedanken sein können, in denen noch die letzten Worte Ah Kin Tzabs nachklangen. Er beschattete mit einer Hand die Augen, sah sich langsam um – und fand sich Schild-Jaguar gegenüber.

Der große Krieger trug eine Tunika aus Jaguarfell und einen hohen Kopfputz aus blauen und grünen Federn. Den breiten Oberkörper bedeckte eine Brustplatte aus schimmernder grüner Jade, seine Handgelenke und die Taille schmückten Bänder mit runden Jadeperlen. Auf seinem reich bestickten Lendenschurz hing das Bildnis eines Ahnen, und die Füße steckten in Ledersandalen mit Fesselriemen aus Jaguarfell.

»Herr«, murmelte Akbal verspätet und zu sehr überwältigt von der leibhaftigen Gegenwart des Herrschers von Yaxchilan, um eine richtige Verbeugung zustande zu bringen.

Schild-Jaguar lachte laut auf und zeigte seine spitz zugefeilten Zähne; hinter ihm wartete eine große Gruppe von Bediensteten.

»Warum solltest du dich ausgerechnet vor mir verbeugen?«, meinte der Herrscher voller Sarkasmus. »Vor Caan Ac verbeugst du dich ja schließlich auch nicht mehr! Ja, und gaffe mir ruhig auch noch ins Gesicht, Maler. Ich bin deine Dreistigkeit schon gewohnt. Na komm, sag mir, was du darin siehst …«

Akbal wusste, dass er verhöhnt wurde, aber er konnte den Blick nicht abwenden, und wenn es ihn das Leben gekostet hätte. In seinem sensibilisierten Zustand sah er jede Miene des Mannes mit äußerster Klarheit: die große, an einen gebogenen Schnabel erinnernde Nase, die funkelnden, schwarzen Augen, die nun von winzigen Linien umgeben waren, eine frische, gezackte Narbe quer über die Wange; das aggressive Schürzen der dicken Lippen, ein Hinweis auf den Zorn, der gleich unter der Oberfläche verborgen lag und nur darauf wartete, entfesselt zu werden. Doch während die Augen noch immer dieselben waren, war das Gesicht gealtert; eine Maske, die hart und unbeweglich geworden war und den inneren Impulsen nicht mehr so bereit folgte wie einst. Akbal hatte ein solches Gesicht schon einmal gesehen, das Gesicht eines widerstrebend erlernten Erduldens.

»Ich sehe den Dschungel, Herr«, sagte er ruhig. »Wie ich ihn jetzt auch im Gesicht meines Bruders sehe.«

Der Herrscher trat einen kleinen Schritt zurück; seine Freundlichkeit war mit einem Schlag verschwunden. »Vielleicht ist dein Auge *zu* ehrlich, mein junger Freund«, murmelte er in einem warnenden Ton. Er stemmte die Hände in die Hüften und atmete tief ein. »Was ist mit Kinich? Hat er sich aufs Altenteil zurückgezogen? Sitzt er mit den Frauen um das Feuer?«

»Er ist der Nakom unseres Clans. Er kümmert sich um unsere Verteidigung.«

»Verteidigung!«, prustete Schild-Jaguar verächtlich. »Euren *Trotz*, meinst du wohl! Ich habe von diesem Möchtegern-Heiligen gehört und wie er sich Caan Ac gegenüber aufgeführt hat. Es wundert mich nur, dass er geduldet wird, sogar von Caan Ac. Das kannst du mir glauben, Maler – *ich* hätte euren Clan schon längst zerschlagen!«

Akbal konnte nur nicken angesichts dessen, mit welcher Freude Schild-Jaguar seine Drohung aussprach und wie sehr er davon überzeugt war. Er war ein Mann, der sich am besten des Sterbens *anderer* annahm.

»Aber sag Kinich Kakmoo«, fuhr er fort, »wenn es ihm zu langweilig wird, das Küchenhaus des Clans zu verteidigen, gibt es Kriegerarbeit für ihn in Yaxchilan. Er kann einen Clan – ein ganzes *Dorf* – für sich haben, wenn er will.«

»Er *hat* einen Clan für sich, Herr«, erwiderte Akbal freundlich. »Aber ich werde ihm Euer Angebot überbringen.«

Schild-Jaguar sah ihn durchdringend an; vielleicht spürte er, dass Akbal ihm nicht glaubte, oder vielleicht erwartete er es auch nur. Die Maske des Edelmuts stand ihm schlecht zu Gesicht; Akbal wandte diskret seine ›zu ehrlichen‹ Augen ab.

»Das will ich auch hoffen«, meinte der Herrscher knapp. »Was tust du eigentlich hier?«

»Ich habe hier Verwandte, und ich habe Ah Kin Tzab einen Besuch abgestattet.«

»Was hast du denn mit dem Hohepriester zu schaffen?«, fragte Schild-Jaguar barsch, vergessend, dass dies weder seine Stadt noch Akbal sein Untertan war.

Akbal musterte ihn kurz; er wusste, dass es eigentlich zwar richtig, aber nicht unbedingt klug sein würde, diese Frage überhaupt nicht zu beantworten. »Ich habe eine Zeremonialschale für ihn bemalt«, sagte er langsam. »Und ich habe ihm Grüße meines Großvaters Balam Xoc überbracht, des heiligen Mannes, den Ihr erwähntet.«

»Der Tänzer ohne Federn«, murmelte Schild-Jaguar, aber plötzlich drückten seine Augen hinter der Maske der Verachtung Unbehagen aus. Er blickte finster über den Platz, als wollte er sich von dem, was er soeben gehört hatte, distanzieren. Dann schien er das Interesse an einer Fortsetzung des Gesprächs zu verlieren und bedeutete Akbal mit einer abrupten Geste, dass er gehen könne.

»Geh zurück nach Tikal«, fuhr er ihn an. »Wir brauchen hier *Krieger*, keine Maler oder Heilige.«

Diesmal war Akbal geistesgegenwärtig genug, sich zu verbeugen, bis der Herrscher samt Gefolge an ihm vorbeigezogen war. Als er sich wieder aufrichtete, war er allein, und plötzlich spürte er die gleißende Sonne, die auf den Platz niederbrannte. Er fühlte sich ausgedörrt und entkräftet; die nachlassende Wirkung des Mai ließ seine Hände leicht zittern. Auf dem Weg zu Chan Macs Haus dachte er sehnsüchtig an Schatten und kühles Wasser, an den Tümpel auf dem Hügel, zu dem Zac Kuk ihn geführt hatte. Er beschloß dorthinzugehen, sobald er den Trägern Bescheid gesagt hatte, dass sie morgen früh nach Tikal aufbrechen würden. Es war zwecklos, auch nur einen Tag länger hierzubleiben, selbst wenn er Batz Mac und Muan Kal nicht an einem Abend für sich gewinnen konnte. Er hatte heute dem Tod ins Angesicht geschaut – zweimal –, und seit dieser Erfahrung verspürte er einen Drang in sich, den er bislang nicht gekannt hatte. »Nimm dich der Welt an, solange du es kannst«, hatte Ah Kin Tzab gesagt, und Akbal verstand, was damit gemeint war. Er hatte keine Zeit mehr, Bittsteller zu sein und zu warten.

Als erstes wollte er den Trägern Bescheid geben. Danach konnte er zum Tümpel gehen und ein letztes Mal die anderen Teile der Stadt besichtigen. Und dann konnte er sich einen richtigen Abschied von Ektun gönnen, in dem Wissen, dass er nie mehr zurückkehren würde.

Die Träger hockten mit ihren Lasten unter den an einer Seite des Hofes in Kästen eingepflanzten Bäumen, um sich vor dem Nieselregen zu schützen. Chan Mac, eingehüllt in eine Decke, stand neben Akbal unter dem Feigenbaum, der einst als Sitzstange für Zac Kuks Tiere gedient hatte. Seine Eltern waren nicht herausgekommen, um ihren Gast zu verabschieden, und Akbal schien das auch gar nicht zu erwarten; er war mit den Knoten und Riemen seines Gepäcks beschäftigt. Er sah zu Chan Mac auf mit einem Gesicht, das so abgespannt war, wie dieser sich fühlte, weil sie fast die ganze

Nacht aufgeblieben waren. Doch sein Blick war wach; schließlich verlangte die bevorstehende Reise ihm Konzentration und Verantwortung ab.

»Letzte Nacht war ich grob«, sagte er leicht heiser. »Besonders zu deiner Mutter.«

Es war keine Frage und eigentlich auch kein Eingeständnis einer Schuld, sondern eher das Anerkennen von etwas, das sich nicht hatte vermeiden lassen.

»Vielleicht«, meinte Chan Mac. »Vielleicht warst du manchmal energischer als nötig. Aber sie haben dir zugehört. Sie müssen sich gewundert haben – wie ich auch –, was aus dem zurückhaltenden jungen Mann geworden ist, den ich vor nicht mehr als zwei Jahren hierherbrachte.«

»Zumindest wissen sie jetzt, dass ich nicht falsch bin«, bemerkte Akbal trocken. »Jetzt werden sie glauben, ich sei ein in die Irre Geführter und ein Fanatiker wie mein Großvater.«

Chan Mac zuckte die Achseln; er gestand nur ungern ein, wie gut Akbal die Reaktionen seiner Eltern erkannt hatte. An ernsthafte Gespräche über Visionen und Zeichen, Träume und im Körper gespeicherte Erinnerungen waren sie kaum gewöhnt. Und natürlich hatten die Kräfte, die Akbal seinem Großvater zuschrieb, ihre Skepsis erregt, ebenso wie die Aussicht darauf, dass ein einzelner Clan sich vom Herrscher unabhängig machen könnte. Aber Akbal hatte so überzeugt geredet, dass sie ihm zuhören mussten, und ihr Urteil schien ihn gänzlich unbeeindruckt zu lassen.

»Was mir allerdings leid tut«, sagte er jetzt und stand auf, »ist, dass ich dir so wenig Hilfe bieten konnte.«

»Mein Vater sieht, was geschieht«, versicherte ihm Chan Mac, »auch wenn er sich wider sein besseres Wissen verhält. Er weiß, dass unser *aller* Leben bald verändert werden wird. Nur meine Mutter hält noch immer an ihren Wunschvorstellungen fest. Sie kann nicht glauben, dass die Herrscher unserer Städte – vor allem jene, mit denen sie verwandt ist – gegen die Interessen ihrer eigenen Leute handeln würden.«

Akbal schüttelte wütend den Kopf und bückte sich, um sein Lastenbündel aufzuheben. Dann schlüpfte er mit den

Armen durch die Schulterriemen und beugte sich in der Hüfte ab, damit Chan Mac ihm helfen konnte, das über die Stirn laufende Tragband anzulegen.

»Ich bin jung, ich weiß«, sagte er mit angespannter Stimme. »Aber ich habe keine Geduld mehr mit denen, die sich weigern zu sehen, was für jeden ersichtlich ist. ›Die Masken sind zerbrochen‹ – wie mein Großvater sagte.«

»Habe wenigstens mit mir Geduld«, bat ihn Chan Mac. »Bei meiner Rückkehr werde ich mit dem Botschafter reden und ihm meine Entscheidung mitteilen müssen. Und dann schließe ich mich euch an.«

»Auf diesen Tag freue ich mich schon heute«, erwiderte Akbal und legte seinem Freund zum Abschied eine Hand auf den Arm. Dann blickte er über den Hof und den Platz auf den verschlossenen Eingang von Batz Macs Haus, als wollte er sich von all jenen verabschieden, die er nicht sehen konnte, und mit einem letzten genickten Gruß an Chan Mac führte er seine Träger in den leichten Regen hinaus.

Uaxactun

Der Repräsentant des Herrschers hatte den Zweck seines Besuches bemerkenswert gewandt erläutert, doch dann hatte er sich, womöglich angespornt durch Pacals offensichtliche Indifferenz, bemüßigt gefühlt, eine ausführliche Beschreibung der Feste und Zeremonien zu geben, die für Caan Acs erstes Katun-Regierungsjubiläum geplant waren. Pacal war gerade im Begriff gewesen, sich in seine eigenen Gedanken zurückzuziehen, als er aus dem Nebenzimmer Ausrufe der Überraschung hörte, wo Ixchel und seine Schwester Pom Ix beisammen saßen. Dann hörte er eine Stimme, die ihm bekannt vorkam, und plötzlich wusste er, dass es sein Sohn war. Was macht denn Akbal hier? fragte er sich und versuchte, die Worte zu verstehen, die zur Begrüßung ausgetauscht wurden. Doch dadurch wurde es ganz unmöglich, den Bericht des Repräsentanten zu ignorieren, der ihn nun erst recht ärgerte.

»Ich habe genug gehört«, unterbrach Pacal den Mann abrupt. »Sag mir noch einmal, was der Herrscher als Gegenleistung für die Teilnahme meines Vaters bietet.«

»Er erklärt sich bereit, das offizielle Handelsverbot in der Stadt aufzuheben«, wiederholte der Mann pflichtbewusst, »und erlaubt den Angehörigen des Jaguarpranken-Clans, sich frei in Tikal zu bewegen. Er kann jedoch keine Amnestie gewähren, und er wird auch jene, die er aus seinen Diensten entlassen hat, nicht wieder aufnehmen. Euch ausgenommen, natürlich.«

»Natürlich. Dann sag ihm, dass ich morgen nach Tikal zurückkehren werde. Aber erinnere ihn daran, dass ich auf meinen Vater keinen Einfluss habe.«

Der Repräsentant nickte mit einem Widerstreben, das allzu offenkundig war und Pacal denken ließ, dass seine Warnung Caan Ac wahrscheinlich nicht erreichen würde. »Der Herrscher und der Hohepriester möchten ferner, dass Balam Xoc bei den Riten des Nachtsonnen-Jaguars die kompletten Insignien trägt.« Er unterbrach sich und schluckte. »Damit meinen sie natürlich die Federn.«

Pacal lachte verbittert auf. »Ich glaube nicht, dass er in diesem Punkt mit sich handeln lässt – falls er überhaupt mit sich handeln lassen wird.«

»Ihr scheint die Sorge des Herrschers bezüglich dieser Angelegenheiten nicht zu teilen«, meinte der Repräsentant, aber Pacal winkte einfach nur ab.

»Meine Sorge richtet sich auf Uaxactun, so wie es der Herrscher angeordnet hat. Du hast meine Antwort gehört; überbringe sie ihm.«

Mit einer flüchtigen Verbeugung verließ der Repräsentant das Zimmer und verursachte im Raum nebenan eine plötzliche Stille. Pacal wartete kurz, ehe er ihm folgte. Er fand Akbal, mit Ixchel und Pom Ix zusammensitzend, den Blick erwartungsvoll auf den Vorhang gerichtet, als er ihn beiseite schob. Im ersten Moment konnte er gar nicht sprechen; es war einfach zu lange her, seit er sich mit seinem Sohn unterhalten hatte. Er bemerkte, dass Ixchel ängstlich zu ihm aufschaute; offenbar befürchtete sie, dass er und Akbal gleich wieder streiten würden.

»Ich grüße dich, mein Sohn«, sagte Pacal schließlich, und Akbal stand auf und verbeugte sich. Ein Gefühl der Befriedigung packte Pacal so heftig, dass es ihn ärgerte und ihm vor Augen führte, wie sehr er sich wünschte, dass sein Sohn ihm vergeben möge. Er runzelte gedankenvoll die Stirn, um seine Freude über das Wiedersehen mit Akbal zu verbergen.

»Was bringt dich nach Uaxactun?«, fragte er.

»Ich bin auf dem Rückweg von Ektun nach Tikal«, erklärte Akbal. »Und da dachte ich, es wäre doch angebracht, Euch hier zu besuchen.«

»Das ist es in der Tat. Aber du sagst, du kommst aus Ektun. Offenbar hat der Herrscher dich nicht so sehr im Griff, wie er glaubt.«

Akbal zögerte und verriet damit eine gewisse Vorsicht, Geheimnisse des Clans preiszugeben. Aber Pacal sah, dass er sich *wünschte*, ihm vertrauen zu können, selbst wenn er sich nicht sicher war, ob er es sollte.

»Die guten Ernten in unseren Gärten haben es uns ermöglicht, großzügig zu unseren Nachbarn zu sein«, erklärte Akbal, seine Worte sorgfältig abwägend. »Dafür dürfen wir die kleineren Pfade benutzen, die an ihren Häusern vorbeiführen, und so können wir die Orte meiden, die kontrolliert werden.«

»Ich verstehe«, meinte Pacal und wandte sich dann an Ixchel. »Wir gehen morgen nach Tikal zurück. Der Herrscher hat mich zurückbeordert.«

Ixchel sprang erfreut auf und verbeugte sich vor ihrem Mann und Akbal. »Entschuldigt mich, aber ich muss sofort den Dienern Bescheid sagen, dass sie mit dem Packen beginnen.«

Pom Ix begleitete sie hinaus; es war unverkennbar, dass sie die Freude ihrer Schwägerin teilte. Doch auf Akbal hatte Pacals Ankündigung ganz offenbar den gegenteiligen Effekt; er schien seine Offenheit sofort zu bedauern.

»Vielleicht gibst du uns die Ehre, mein Sohn«, schlug Pacal vor, »morgen mit uns zu reisen.«

Akbal musterte ihn unsicher. »Ich habe Träger dabei und

wertvolle Waren. Eigentlich hatte ich vorgehabt, die Stadt erst bei Dunkelheit zu betreten.«

»Das ist jetzt nicht mehr notwendig«, meinte Pacal voller Zuversicht. »Caan Ac hat mich zur Rückkehr aufgefordert, um mit deinem Großvater zu verhandeln. Er möchte, dass Balam Xoc an den Ritualen zu seinem Katun-Jubiläum teilnimmt, und er würde es nicht riskieren, ihn zu brüskieren, indem er etwas gegen dich oder deine Männer unternimmt. Er hat mich bereits ermächtigt, dem Clan für ganz Tikal Bewegungsfreiheit zuzusichern.«

»Dann wird es *mir* eine Ehre sein«, erwiderte Akbal beeindruckt.

Er ist sich noch immer nicht sicher, zu wem ich halte, dachte Pacal wehmütig; er spürte Akbals Zögern, als er seinen Sohn hinaus und über den Platz vor dem Haus geleitete. Die aneinander gedrängten Gebäude der Botschaft von Tikal waren Teil eines größeren Komplexes auf einem flachen Bergrücken am nördlichen Ende von Uaxactun. Die Stadt selbst bestand aus acht solchen Gruppen, die alle auf Bergrücken oder flachen Hügeln lagen und durch zum Teil erhöhte und gepflasterte Straßen miteinander verbunden waren. Von diesem zeremoniellen Zentrum breiteten sich die strohgedeckten Häuser der Bewohner in alle Richtungen aus.

Pacal führte ihn zu einer Klippe oberhalb eines aufgegebenen Kalksteinbruchs; von dort konnten sie die meisten Tempel und Plätze der Stadt überblicken. Uaxactun war zwar viel kleiner als Tikal, aber was das Alter und das Ansehen der Stadt anbelangte, stand es der großen Schwester in nichts nach. Pacal bemerkte Akbals offene Bewunderung, als dieser die bemalten, kunstvoll gestalteten Dachkämme auf den zahlreichen Schreinen betrachtete. Dann schaute Akbal weit in die Ferne, und auch Pacal, der wusste, was sein Sohn suchte, hob den Blick zum Horizont, wo in einer Entfernung von einem halben Tagesmarsch der Schrein auf dem großen Begräbnistempel von Cauac Caan zu sehen war, der selbst die höchsten Bäume überragte. Wie eine rote Hand reckte sich sein hoher Dachkamm in den Himmel und gemahnte den Betrachter zu Demut und Achtsamkeit.

»›Cauac Caans Kopfputz‹«, sagte Pacal leise. »So heißt er hier in Uaxactun bei den einfachen Leuten. Er erinnert sie daran, dass sie im Schatten Tikals und seines Herrschers leben.«

»Das gleiche Gefühl herrscht auch in Ektun«, erwiderte Akbal. »Aber dort ärgert man sich darüber.«

»Hier auch«, räumte Pacal ein. »Dieses Jahr wird sich Caan Ac anderswo nach Erntearbeitern umsehen müssen. Niemand in Uaxactun glaubt mehr an seine Versprechungen.«

»Aber er hat versprochen, Krieger nach Ektun zu schicken.«

»Das wird er zweifellos tun. Er möchte, dass man sich an ihn erinnert wie an seinen Vater. Er will sozusagen seine Taten zu seinem Kopfputz machen.«

»Auch wenn andere dafür leiden und sterben müssen?«

»Auch dann.«

»Also …«

»Also?«, hakte Pacal sofort nach, als Akbal zögerte fortzufahren. Offensichtlich im Widerstreit mit sich selbst, hielt der junge Mann die Hände hoch, als wollte er die richtigen Worte aus der Luft greifen.

»Bevor ich Ektun verließ«, erklärte er angespannt, »konnte ich noch mit Batz Mac und Muan Kal sprechen. Während meines Aufenthalts wollten sie mich nicht empfangen, weil sie dachten, ich hätte sie bezüglich des Status meiner Familie getäuscht. Dazu gehörte für Muan Kal auch, dass Ihr in Ungnade gefallen wart und Euren Posten als Verwalter aufgeben musstet. Ich war darauf gefasst gewesen, Großvater und mich zu rechtfertigen, aber ich hatte nicht gedacht, dass ich auch Euch verteidigen müsste.« Akbal atmete tief. »Aber ich habe es getan, und ich muss sagen, es ist mir gar nicht schwer gefallen.«

»Tatsächlich«, murmelte Pacal überrascht.

»Tatsächlich«, wiederholte Akbal grimmig und ballte die Fäuste. »Denn es wart nicht *Ihr*, der den Regen nicht bringen konnte. Jeder in Tikal weiß das, auch die, deren Freiheit eingeschränkt wurde. Und jetzt weiß es auch Muan Kal.«

»Du scheinst verärgert, mein Sohn.«

»Ja! Ich ärgere mich, weil dieser Mann Euch benutzt, um sein Versagen zu verbergen, und mehr noch darüber, dass Ihr das *zugelassen* habt. Aber was ich wirklich nicht verstehen und auch nicht rechtfertigen kann, ist, dass Ihr ihm immer noch die Treue haltet, obwohl Ihr ihn mittlerweile doch gut genug kennt!«

Pacal schaute auf die ausgebleichten Felsen des Steinbruchs hinab und wartete, dass Akbal sich wieder fasste. Der Zorn seines Sohnes und die Sorge, die daraus sprach, machten ihm Mut. Er selbst war nur mehr selten fähig, Zorn zu fühlen oder sich Gedanken darüber zu machen, wie er benutzt wurde.

»Ich kann dir nur sagen, dass ich ihm nicht freiwillig oder aus Respekt die Treue halte«, erwiderte er.

»Hat er Euch bedroht?«, fragte Akbal sofort, und seine Miene ließ Hoffnung erkennen. Aber Pacal konnte sich nicht dazu überwinden zuzugeben, dass er als Geisel benutzt wurde, obwohl er wusste, dass er damit die Sympathie seines Sohnes gewonnen hätte. Es erschien ihm erniedrigend und eher als ein Eingeständnis von Ohnmacht denn von Mut.

»Kinich ist jetzt auf unserer Seite«, sagte Akbal andeutend. »Wir können uns gegen die Mörder des Herrschers wehren.«

»Könnte Kinich ein Feuer löschen«, hielt Pacal ihm entgegen, »wenn der Wind gegen ihn stünde?«

Akbal zögerte und blinzelte verwirrt. »Aber … habt Ihr nicht gesagt, der Herrscher würde uns jetzt nichts anhaben wegen der bevorstehenden Rituale?«

»*Jetzt*«, betonte Pacal. »Aber sobald die Rituale vorüber sind, könnte er sehr wohl wieder anders denken. Und er würde mir meine Untreue heimzahlen, das kann ich dir versichern. Der Clan braucht mich nicht, Akbal, und da, wo ich bin, kann ich ihm auch nicht schaden. Vielleicht kann ich sogar irgendwie von Nutzen sein.«

Akbal starrte ihn schweigend an, aber Pacal schien es, als liege seinem Sohn eine Erwiderung auf der Zunge – oder vielleicht auch eine Anklage. *Sagt er mir jetzt, dass ich alt und besiegt bin?* fragte sich Pacal. *Wird er mich zwingen zuzugeben, dass ich nicht auf eine Versöhnung hoffen kann und auch nicht die Kraft habe, es zu versuchen?*

Aber Akbal schaute nur in die Ferne, über die Stadt Uaxactun hinweg. »Ihr müsst Euch der Welt so annehmen, wie Ihr es vermögt«, sagte er schließlich. »Aber wenigstens solltet Ihr wieder bei uns leben. Seht selbst, wie Ihr gebraucht werdet.«

Jetzt konnte Pacal lediglich starren; eine derart ausgereifte, weise und mitfühlende Entgegnung hatte er nicht erwartet. Übereilte Versprechungen drängten sich ihm auf, und für einen kurzen Augenblick konnte er an die Möglichkeit einer Rückkehr in den Clan und eines nützlichen Lebens dort glauben. Doch dann sah er die jugendliche Erwartung in Akbals Zügen und wusste, dass in seinem, Pacals, Herzen nichts dergleichen mehr existierte. Er konnte keinen Versprechungen mehr Glauben schenken, und am allerwenigsten seinen eigenen. Aber dennoch verbeugte er sich vor seinem Sohn, um Akbal den Respekt und den Dank zu erweisen, den dieser verdiente.

»Lass uns morgen zusammen gehen«, schlug er vor, von seinen starken Emotionen ermüdet. »Zurück nach Tikal.«

»Zum Haus der Jaguarpranken«, korrigierte Akbal ihn milde und belohnte seinen Vater mit einer weiteren Verbeugung.

Tikal

Kanan Naab trennte sich auf dem unteren Platz von Hok und Nohoch Ich, denn sie hatte bereits entschieden, dass es besser war, wenn *sie* Zac Kuk über Balam Xocs neueste Weissagung unterrichtete. Der vordere Raum von Akbals Haus war leer, aber hinter dem Gebäude hörte sie Stimmen, denen sie folgte.

Vier Personen saßen oder standen unter dem Baum, der Zac Kuks Vögeln als Sitzstange diente. Zac Kuk selbst hielt Chuen im Arm; er hatte einen seiner langen schwarzen Arme um ihren Nacken gelegt und streckte den anderen zu Kinich aus, der ihn mit einem Bissen Obst neckte. Die Gesichter von Kinich, Akbal und Kal Cuc waren rußgeschwärzt. Der Junge grub mit dem Ende seines Speers gelangweilt eine flache Rinne, während Akbal zu erschöpft schien, um sich zu bewegen; er lehnte apathisch an einem Feigenbaum. Chuen protestierte lautstark, weil Kinich ihm die Frucht vorenthielt, und der Krieger prustete vor Lachen.

»Im Dschungel haben wir solche Kerlchen wie dich gegessen«, meinte er fröhlich, aber als Zac Kuk ihm einen giftigen Blick zuwarf, hielt er abwehrend eine Hand hoch. »Ist ja gut. Hier, friss. Dein Frauchen schaut drein, als wollte sie mich gleich auffressen.«

Kinichs Scherz ließ Kanan Naab zusammenzucken und wünschen, sie hätte Zac Kuk allein angetroffen. Sie schaute zu den Aras und den anderen bunten Papageien hinauf, die sich wie kostbare Schmuckstücke von dem intensiven Grün der Baumkrone abhoben. Doch dann entdeckte Kinich sie und winkte ihr, näher zu kommen, so dass ihr nichts anderes übrig blieb, als es allen zu erzählen.

»Ich komme gerade von einem Treffen unseres Vaters mit Balam Xoc«, begann sie, und Akbal horchte sofort interessiert auf. »Es ging um Großvaters Teilnahme an den Ritualen des Herrschers, die in weniger als einem Monat stattfinden, beim Katun-Jubiläum von Caan Acs Regierung. Vater hat stellvertretend für den Herrscher verhandelt.«

»Ah«, meinte Kinich. »Und wollte Großvater mit ihm verhandeln?«

»Nein«, antwortete Kanan Naab zögernd. »Zu Beginn sagte er, dass der Lebende Ahn des Jaguarpranken-Clans schon immer an den Riten des Herrschers teilgenommen hat und dass er die Tradition seiner Vorgänger respektieren wird. Er sei lediglich gegen die Katun-Rituale.«

»Es kam also zu keiner Verständigung?«, fragte Akbal ungeduldig und offenbar enttäuscht.

»Ja und nein. Es ist sicher die seltsamste Übereinkunft, die man sich denken kann. Vater tat, als habe er Großvaters Worte nicht gehört, und fing an, die Zugeständnisse aufzuzählen, zu denen der Herrscher sich bereit erklärt hat. Er sagte zum Beispiel: ›Wenn Ihr teilnehmt … bekommt Ihr von Caan Ac dies und jenes.‹ Und wenn Balam Xoc wiederholte, dass er ja bereits vorhabe teilzunehmen, sagte Vater: ›Dann ist es abgemacht.‹ Es war, als würde er für *uns* verhandeln und wollte uns nicht ablehnen lassen, was der Herrscher anbot!«

Akbal lächelte plötzlich, aber Kinich schüttelte verwirrt den schopfgekrönten Kopf. »Was *hat* er denn angeboten?«, fragte er.

»Die Aufhebung des Handelsverbots innerhalb der Stadt und freie Bewegungsmöglichkeit in ganz Tikal. Vater fügte noch – anscheinend aus eigenem Antrieb heraus – das Versprechen hinzu, dass unsere Besucher nicht beobachtet oder belästigt werden. Daraufhin ließ Großvater ihn alles vorschlagen, was er wollte.«

»Warum sollten wir einem Versprechen Caan Acs Vertrauen schenken?«, fragte Kinich argwöhnisch.

Kanan Naab zuckte die Achseln und breitete die Arme aus. »Das hat Nohoch Ich auch gefragt«, erklärte sie. »Aber Vater versuchte nicht, ihn von der Vertrauenswürdigkeit des Herrschers zu überzeugen. Er wies einfach nur darauf hin, wie wichtig diese Riten für Caan Ac sind, und meinte, das könnte sich ändern, sobald sie vorüber sind. Er sagte also mehr oder weniger, wir sollten dem Wort des Herrschers nicht über das Katun-Jubiläum hinaus trauen.«

»Und was ist mit den Federn?«, warf Akbal ein. »Ich habe in Uaxactun mit Vater gesprochen«, fuhr er fort, als die anderen ihn überrascht ansahen. »Dort sagte er mir, der Herrscher und der Hohepriester wollten unbedingt, dass Balam Xoc die Federn trägt.«

Kanan Naab schluckte, als sie sämtliche Blicke wieder auf sich schwenken spürte, besonders die großen, schönen Augen Zac Kuks. »Wie gesagt, da wollte Großvater nicht mit sich handeln lassen. Aber er sagte … er sagte, dass er in dem Augenblick, bevor die Mörder ihn überfielen, eine Vision gehabt hatte.« Sie unterbrach sich und blickte mitleidsvoll zu Zac Kuk. »Er sagte, er habe gesehen, dass die Vögel sterben werden. Er sagte, er würde jetzt verstehen, weshalb ihm dies gezeigt worden war: Es sei seine Rache für die Mörder, die auf ihn gehetzt wurden. Er befahl Vater, das Caan Ac und Ah Kin Cuy mitzuteilen.«

»*Meine* Vögel?«, fragte Zac Kuk leise und drückte Chuen an sich. Akbal trat an die Seite seiner Frau, Kinich und Kal Cuc sahen betroffen zu Boden.

»Er sagte: ›Die Vögel, die uns diese Federn geben‹«, zitierte Kanan Naab. Auch sie trat nun zu Zac Kuk, die Chuen an Akbal weiterreichte und sich ihren Vögeln zuwandte. Der blauköpfige Papagei auf dem niedrigsten Ast zeterte erwartungsvoll und neigte sich ihrer ausgestreckten Hand entgegen. Einer der Aras kreischte eifersüchtig und breitete die rot-, gelb- und blaugefiederten Flügel aus.

Kanan Naab nahm Zac Kuks freie Hand. »Es tut mir leid, meine Schwester. Ich weiß, das ist ein schwerer Schlag für dich.«

Zac Kuk sah sie aus feuchten Augen an und fasste sie verzweifelt an den Händen. »Sie sind doch viel zu schön, um zu sterben«, sagte sie leise.

»Ja«, stimmte Kanan Naab zu. Sie blickte auf den Bauch ihrer Schwägerin, dessen Wölbung unter dem Kleid gerade eben erkennbar war. »Aber du wirst ein Kind haben, das all deiner Zuneigung bedarf. Dafür musst du dankbar sein.«

»Ich werde neue für Euch fangen«, erbot sich Kal Cuc spontan. »Solche, die nicht sterben.«

Aber Zac Kuk schüttelte nur den Kopf und wischte sich die Tränen aus den Augen. »Nein, Kanan Naab hat recht. Ich bin zu alt für Haustiere. Wenn diese hier sterben müssen, wie Großvater sagt, dann will ich keine mehr haben.«

Sie drehte sich zu Kanan Naab um, ließ sich von ihr in die Arme nehmen und weinte leise an ihrer Schulter. Kanan Naab schaute zu den drei Männern mit ihren geschwärzten Gesichtern, die unbehaglich dastanden und nicht wussten, wie sie sich verhalten sollten.

»Lasst uns allein«, sagte sie leise und schloss ihre Schwägerin fester in die Arme, damit Zac Kuk ihre beruhigende Kraft aufnehmen konnte, die heilende Kraft ihres Mitge-

fühls. Während die anderen Nahen einfach nur Balam Xocs
Botschaften überbrachten und sich nicht weiter mit den
Empfängern aufhielten, blieb Kanan Naab nun immer noch
mit den Menschen zusammen und spendete Trost, wo sie
konnte. Oft waren die Wahrheiten ihres Großvaters
schmerzlich; und wenn sie diese Schmerzen auch niemandem ersparen konnte, so konnte sie den Leuten zumindest
nahe bringen, dass sie zu ertragen waren. Dies war *ihre* Botschaft an die Menschen, ihr Geschenk an sie: eine Kraft, die
sie für ihre Mitmenschen einsetzen konnte.

Das Katun-Jubiläum

9.17.17.16.4 9 Kan 12 Ceh

Ein voller Katun, zwanzig Jahre, waren vergangen, seit Caan
Ac, der Sohn von Cauac Caan, den Jaguarthron des Herrschers bestiegen hatte. Zur Feier dieses großen Jubiläums
hatte er Adelige und Herrscher eingeladen, die aus so fernen
Städten kamen wie Copan und Quirigua im Süden, Ca-
lakmul und Chetumal im Norden, Yaxchilan und Ektun im
Westen und Altun Ha, das unweit der Großen Wasser im Osten lag. Die Rituale des Herrschers, die an Caan Acs Erfüllung seiner Pflichten als Priester und Staatslenker erinnerten, sollten im Beisein von mehreren tausend Personen
mittags auf dem Platz der Ahnen stattfinden; dabei würden
ihm Vertreter aller bedeutenden Clans von Tikal zur Seite
stehen und ihm in der Gestalt des jeweiligen Clan-Schutz-
geistes ihre Anerkennung erweisen.

Und einer von ihnen würde Balam Xoc sein, mit der Autorität – und eventuell sogar den vollständigen Insignien –
des Nachtsonnen-Jaguars. Erst kürzlich hatte Pacal dies dem
Herrscher zugesichert, und als Gegenleistung hatte Caan Ac
dem Clan der Jaguarpranken wieder die Erlaubnis erteilt, zu
handeln und sich frei in der Stadt zu bewegen. Doch Balam
Xocs Weigerung, Federn zu tragen, und dazu seine Voraussage, dass die bunt gefiederten Vögel sterben würden – all

das hatte Pacal gewissenhaft berichtet –, hatten Pacal jegliche Gunst gekostet, die er sich durch seine ›Verhandlungen‹ erworben hatte. Unter anderem war ihm sein üblicher, privilegierter Platz unter den Mitgliedern des Hofes abgesprochen worden, so dass er zum erstenmal seit vielen Jahren eine öffentliche Zeremonie wieder in der einfachen Gesellschaft seiner Clan-Angehörigen feiern würde.

Er war jedoch durchaus zufrieden damit, Caan Ac von ferne die Ehre zu erweisen. In dem Monat seit seiner Rückkehr nach Tikal hatte er genug Zeit im Palast verbracht, um die derzeitige Politik des Herrschers zu durchschauen, und sie verdiente nichts Besseres als Bewunderung aus der Ferne. Mit dem für ihn typischen prahlerischen Gehabe hatte Caan Ac eine verschwenderische Kampagne gestartet, mit der er die Welt davon zu überzeugen gedachte, dass Tikal stark und seine Größe unvermindert war: Als erstes sollten die großzügigen Festivitäten rund um das Katun-Jubiläum stattfinden, und kaum zwei Monate später die nicht weniger aufwendigen Feiern zum Tun-Ende. Trotz der Bitten und Warnungen seiner Verwalter dachte Caan Ac nicht im mindesten daran, den gewaltigen Pomp dieser Festlichkeiten zu verringern. Er wollte sie prunkvoll begehen wie sein Vater und sein Großvater vor ihm, damit niemand auf den Gedanken kam, der Herrscher des Himmels-Clans würde unter den Schicksalsschlägen, die er hatte hinnehmen müssen, leiden. Er hatte sogar aus seinen eigenen Lagern Lebensmittel an die Bevölkerung verteilen lassen, damit die zu Besuch kommenden Würdenträger nicht durch den Anblick hungernder Menschen gestört würden.

Trotz der hohen Ausgaben konnte Pacal diesen Plan soweit gutheißen, und zwar deshalb, weil die Menschen angesichts der näher rückenden Pflanzzeit einen Vertrauensbeweis brauchten. Außerdem hatte Caan Ac die Kosten für sein Hasardspiel ausnahmsweise einmal selbst übernommen. Er war dazu gezwungen gewesen, denn seine Versprechen oder sein Ansehen brachten ihm schon seit längerem nichts mehr ein. Gerüchten zufolge hatte er Jadeschmuck und Edelsteine aus seinem Erbgut veräußert, und das glaubte Pacal sogar, denn er wusste von keiner anderen Quelle, die der Herrscher noch hätte anzapfen können.

Aber Caan Ac hatte auch angekündigt, er wolle eine große Anzahl Krieger nach Yaxchilan und Ektun entsenden – zu einer Zeit, in der Arbeiter knapp waren und keine Möglichkeiten bestanden, welche von außerhalb anzuheuern. Außerdem hatte er einen nicht qualifizierten Obersten Verwalter der Ernten berufen, was bedeutete, dass eine erfolgreiche Ernte – die einzige Basis für eine *echte* Verbesserung der Lage – hauptsächlich vom Glück abhängen würde. Daran konnte Pacal nun auch aus seiner offenbar mit jedem Tag größer werdenden Distanz nichts Bewundernswertes finden.

Nicht, dass er im gleichen Maße den Leuten seines Clans näher gekommen wäre. Als er sich anzog und hinausging, um sich der Prozession zum Platz der Ahnen anzuschließen, dachte er darüber nach, wie *sie* ihn seit seiner Rückkehr behandelt hatten. Wie jemanden, der einen langen Aufenthalt in der Fremde beendet hat, meinte er; jemand, der Zeit brauchte, um sich wieder einzugewöhnen. Größtenteils waren sie überraschend freundlich gewesen und hatten ihn mehr oder weniger subtil ermutigt, sich aktiv an den Angelegenheiten des Clans zu beteiligen. Aber bislang hatte ihm noch niemand eine konkrete Rolle angetragen oder sich auch nur dazu geäußert, wie eine solche aussehen könnte, solange er noch im Dienst des Herrschers stand. Balam Xoc war in dieser Hinsicht verdächtig still geblieben, und auch der Clan-Rat hatte Pacal keinen Sitz angeboten. Er fühlte sich in der Tat wie ein Fremder, ein Flüchtling aus der größeren Welt, die dieses Widerstandsnest umgab.

Auf dem unteren Platz nahm die Prozession nun Gestalt an; Frauen und Kinder versammelten sich an einem Ende, die Männer am anderen. Da Tzec Balam und Nohoch Ich schon mit Balam Xoc vorausgegangen waren, fiel es Kinich Kakmoo und einem der Söhne von Tzec Balam zu, die Mitglieder des Clans anzuführen; sie wiesen die Leute mit selbstbewusst-würdevollen Gesten in ihre Plätze ein.

Pacal wandte sich an Kinich, der einfach gekleidet war, aber einen langen Speer mit einer zeremoniellen Spitze aus grauem Feuerstein mit sich führte. »Und wo ist *mein* Platz, Nakom?«, fragte er höflich, nachdem Kinich ihn mit einem angedeuteten, unpersönlichen Nicken begrüßt hatte. Er dachte, angesichts der Anrede mit dem Titel würde sein Sohn leichte Verlegenheit empfinden und sich vielleicht zu einer gegenseitigen Anerkennung ihrer demütigenden Umstände bewegen lassen. Schließlich war ja auch Kinich ein Flüchtling aus jener größeren Welt, und so rasch konnte er seine einstige privilegierte Stellung ja wohl nicht vergessen haben.

Aber Kinich warf lediglich einen Blick auf die Liste in seiner Hand und deutete mit dem Speer auf die Reihe hinter ihnen. »Der Clan-Verwalter bittet Euch, mit ihm zu gehen. Er ist dort, Herr.«

Pacal verbeugte sich und wandte sich zu Chac Mut um, der nicht weit vom Anfang der entstehenden Kolonne entfernt stand. *Der Clan-Verwalter*, dachte Pacal hämisch, als er sich zu seinem früheren Gehilfen gesellte. Hinter Chac Mut hatten sich Akbal und Chan Mac eingereiht, der Meister der Handwerker und der Clan-Botschafter – bestimmt würde Chan Mac so tituliert werden, sobald er formell in den Clan aufgenommen war. Pacal konnte zwar verstehen, dass es durch die Isolation des Clans wohl zu einem Bedarf an solchen Titeln gekommen war, aber er wusste nicht, wie Männer vom Schlage eines Kinich, Chac Mut oder Chan Mac, die einst *tatsächliche* Machtpositionen bekleidet hatten, sie wirklich ernst nehmen konnten.

Die drei verbeugten sich feierlich vor ihm, als er seinen Platz neben Chac Mut einnahm, zeigten aber ebensowenig Vertrautheit wie Kinich, so dass er sich mehr wie ein Ehrengast fühlte als der Onkel und Vater, der er für sie war. Auch fiel ihm auf, dass er in diesem Teil der Reihe einer der Ältesten war. Vor ihm sah er zwar ein paar weiße Häupter, aber diese Männer kannte er nicht; sicher waren sie erst kürzlich in den Clan aufgenommen worden. Ganz am Anfang des Zuges gingen die Nahen: Noch mehr Fremde, bis auf Kanan Naab und den Mann mit der Augenklappe, der bei den Verhandlungen mit Balam Xoc dabei gewesen war. Den ›Clan-Zeugen‹ hatten sie ihn genannt.

Alle jung und gläubig, dachte Pacal; *ich werde hier nicht gebraucht*. Chac Mut, der einst für große Anbauflächen des Herrschers verantwortlich gewesen war, benötigte für die Verwaltung des vergleichsweise bescheidenen Ackerlandes, das dem Clan gehörte, keine Hilfe. In der kurzen Zeit seit der Aufhebung des Handelsverbots hatte er es geschafft, die Überschüsse aus den Gärten und Brotnußbaumhainen des Clans zu verkaufen und große Lager mit den Gütern anzulegen, die während des Embargos knapp gewesen waren. Die Auswirkungen eines eventuellen erneuten Handelsverbots würde der Clan also erst in Monaten zu spüren bekommen. Außerdem hatten die Jaguarpranken die Armen mit Nahrungsmitteln versorgt, und Kinich hatte aus deren Reihen zusätzliche Verteidiger ausgebildet. Akbal und Chan Mac hingegen hatten kürzlich drei im Osten von Tikal gelegene Städte besucht, und zwar mit Zeremonialschalen, die Akbal als Geschenke für deren Herrscher bemalt hatte.

Jawohl, diese jungen Leute mit ihren ›erfundenen‹ Titeln waren sehr effizient; sie wussten, was sie wollten, und widmeten sich ganz und gar der Erfüllung von Balam Xocs Vision der Unabhängigkeit. Der Herrscher konnte nicht darauf hoffen, über solch loyale und energische Diener zu verfügen. Aber dennoch schienen sie zu keiner realistischen Selbsteinschätzung fähig zu sein und nicht zu merken, dass ihr Versuch, unabhängig zu sein, sich im Endeffekt als aussichtslos, um nicht zu sagen kläglich, erweisen könnte. Sie schienen zu denken, dass sie für ganz Tikal ein Vorbild waren, nicht nur für einen kleinen, kontroversen Clan. Sie glaubten, dass eines Tages alle die Richtigkeit ihres Tuns erkennen würden und dass man ihnen nacheifern würde, anstatt sie zu verfolgen.

Pacal seufzte verstohlen und neigte sich zu Chac Mut. »Es wird seltsam sein, wieder zur Menge zu gehören, anstatt mit dem Hof vorne zu stehen«, sagte er leise.

»Ich vermisse den Hof nicht«, erwiderte Chac Mut sofort frei heraus, mäßigte sich aber dann etwas im Ton, um nicht vorwurfsvoll zu erscheinen. »Ich freue mich lieber auf den

Platz, den ich bei der Zeremonie zum Tun-Ende haben werde, beim Tanz des Jaguar-Schutzherrn.«

Pacal betrachtete ihn skeptisch von der Seite, aber Chac Mut wollte sich nicht mehr auf die Form ihrer früheren Beziehung einlassen, in der sie alles mit dem Auge des kühl kalkulierenden Verwalters betrachtet hatten. Keiner von ihnen hatte Balam Xoc je tanzen gesehen, aber es war Pacal gar nicht in den Sinn gekommen, sich darauf zu freuen. *Nein, ich werde hier nicht gebraucht*, dachte er noch einmal; *ich kann nicht glauben, wie sie es können, und ich verfüge auch nicht über die Gabe, die Welt so klein zu machen, dass sie ihrer Größe gerecht wird. Zweifellos hat mein Vater das gespürt und deshalb nicht versucht, mich in den Clan zurückzuholen.*

Die Prozession hatte sich in Bewegung gesetzt, angeführt von den Nahen mit ihren Räuchergefäßen, die einen starken Duft verströmten. Inmitten der Menschen seines Clans schritt Pacal stumm dahin, im Begriff, einem Herrscher die Ehre zu erweisen, den keiner von ihnen respektierte, nicht einmal er selbst, obwohl er diesem Mann fast während des gesamten Katuns, dessen Ende nun gefeiert wurde, gedient hatte. *Für einen Katun der falschen Urteile*, dachte er ohne Mitleid für sich selbst, *verdiene ich keinen Platz bei den Hoffnungsvollen, weder hier noch anderswo.*

Das Tun-Ende

9.17.18.0.0 6 Ahau 8 Kankin
(Sechsunddreißig Tage später)

Der Weg war immer dunkler und kälter geworden, und die Tiefe und Breite des Wassers forderten selbst die Ausdauer eines so kraftvollen Schwimmers heraus, wie es der Jaguar war. Kein anderes Lebewesen bedrohte ihn, aber es war auch keines da, auf das er hätte Jagd machen können. Er spürte den grollenden Hunger in seinem leeren Bauch, schnappte nach den Seerosen, die vor seiner Schnauze trieben, und zermahlte sie zwischen seinen Kiefern. Sie hatten den Geschmack von Fleisch, aber nicht die Konsistenz; frustriert rieb er knirschend die Zähne aneinander, und die Leere in seinem Magen begann, ihn nach unten zu ziehen. Wasser umschloss seine Schnauze, er nieste, versuchte, sich zu schütteln, und schlug mit ausgestreckten Krallen um sich. Dann ging er unter, eine Traube aus Luftblasen ins Wasser fauchend und noch im Sinken um sein Leben kämpfend …

Als er die dunklen, wässerigen Tiefen der Unterwelt verließ und wieder emporstieg, zurück ins Bewusstsein, spürte Balam Xoc, wie sich seine Gestalt veränderte, wie die große Kraft seiner Kiefer und Gliedmaßen schwand, Fänge und Krallen sich zurückbildeten, Muskeln schrumpften und die schnelle, kluge Geschicklichkeit des Raubtiers in Widerstreit geriet mit den wirren und verwirrenden Gedanken eines Menschen. Als ihm klar wurde, welch wilde Kreatur er gewesen war, erschrak er zunächst, aber im selben Augenblick spürte er auch den Verlust, der ihn überkam, als die Furcht einflößende Kraft dieser Kreatur ihn verließ. Dann wurde sein Geist leicht, er erinnerte sich wieder ganz seiner selbst und legte die Gestalt und die Wesenheit des Nachtsonnen-Jaguars ab.

Erst jetzt hörte er die Stimmen, die ihn riefen, und hielt sich zurück, um nicht noch weiter in den Wachzustand aufzusteigen. Stattdessen sammelte er seine Aufmerksamkeit und richtete sie nach innen, dorthin, wo die Stimmen Wellen gleich aus den Tiefen seines Wesens hervorkamen, ohne Worte, aber durchaus deutlich. Eine vor allem war ihm sehr vertraut in ihrer Beharrlichkeit; er gehorchte ihr und überließ sich einmal mehr der Geistfrau. Er verspürte eine plötzliche Bewegung, Farben verschwammen vor seinen Augen, und er wurde fortgezogen von der Stimme, die breiter und zu einem Pfad wurde, auf dem er durch die Geistwelt schwebte …

Sein Sehvermögen kehrte zurück, als die Stimme verblasste; er fand sich, aus einer ungewissen Höhe auf einen Platz schauend, der voller Menschen war. Es war kein großer Platz, und er war auf drei Seiten von hohen Bäumen umgeben. Die Plattform auf der vierten Seite war nur ein paar

Fuß höher; darauf standen lediglich drei Schreine, rote, rechteckige Gebäude mit gewölbten Dächern. An den Wänden zwischen den Eingängen hingen große Geistermasken, und vor jedem Schrein ragte ein einziges gemeißeltes und bemaltes Steinmonument empor.

Balam Xoc hatte diese Szenerie noch nie gesehen, aber ein tieferer Sinn sagte ihm zweifelsfrei, dass so in ferner Vergangenheit einmal der Platz der Ahnen ausgesehen hatte. Er wusste nicht, wie viele Katune seitdem vergangen waren, doch die Atmosphäre des Platzes, das Gefühl, das er vermittelte, war dasselbe wie heute. Hier waren mächtige Geister, unsichtbare Wesen, denen er sich unmittelbar und unleugbar verwandt fühlte.

Es mochten tausend Personen sein, die unbeweglich und stumm vor den Schreinen standen, festgehalten in dem Moment, dessen Zeuge er werden sollte. Drei fielen besonders auf; sie hoben sich deutlich von der Menge ab: eine Frau mit einem Umhang aus Jaguarfell, die ihre Lebensmitte bereits überschritten hatte, ein etwa zehnjähriger Junge mit einem Cauac-Zepter und ein weißhaariger, alter Mann, der auf einem überdachten Thron saß. Der Knabe stand zwischen der Frau und dem Mann, mehrere Schritte von beiden getrennt, doch es war klar erkennbar, dass seine Präsenz die beiden verband. Balam Xocs Aufmerksamkeit wurde ganz und gar von der Frau in Anspruch genommen, die den Ehrenplatz rechts von dem Jungen einnahm. *Die Geistfrau*, dachte er, als er ihre kalte, unbeugsame Kraft spürte. Sie hatte ihn also schließlich in ihre eigene Lebenszeit mitgenommen, eine Zeit, in der sie in Tikal offenbar eine prominente Stellung innegehabt hatte.

Er erspürte auch etwas von den Haltungen und Eigenschaften der Männer hinter ihr und erkannte, dass sie die Ältesten des Jaguarpranken-Clans sein mussten – also auch *seine* Ahnen. Es waren stolze, gebildete Männer; die langen Köpfe waren mit farbigen Tüchern umwickelt, und ihre Gesichter wirkten gefasst und respektvoll. Doch in ihrer Einstellung zu der Frau an ihrer Spitze bestanden feine Unterschiede: Einige standen aufrecht da, den Blick auf den

Rücken der Frau geheftet; in ihren Mienen war absolute Gefolgschaftstreue zu lesen. Eine ebenso große Anzahl aber ließ durch ihren abgewandten Blick und ihre seitwärts gedrehte Körperhaltung Widerstreben und Missbilligung erkennen. *Trotz ihrer Bedeutung*, dachte Balam Xoc, *trotz ihrer Entschlossenheit hat sie nicht die ungeteilte Unterstützung des Clans.*

Der Knabe in der Mitte sah der Frau zu sehr ähnlich, um irgendein anderer zu sein als ihr Sohn, und plötzlich erkannte Balam Xoc, dass er Zeuge der Amtseinsetzung eines Erben war. Aber es fiel ihm schwer, den Jungen anzusehen; er empfand dabei einen Abscheu, der mit seinem Gefühl des Verwandtseins und der Zusammengehörigkeit in krassem Widerspruch stand. Vielleicht lag es daran, wie der Junge das Cauac-Zepter hielt; es vermittelte den Eindruck eines zu frühen Wissens um seine Macht. Das Zepter war alt und nicht so kunstvoll gearbeitet wie das des Himmels-Clan-Herrschers aus späterer Zeit: ein schlangenbeiniges Bildnis des rüsselnasigen Regengottes, in dessen Stirn eine rauchende Axt steckte. Cauacs Antlitz, das sich mit dem Kopf des Knaben auf gleicher Höhe befand, war zu einem bösen, perversen und leicht bedrohlichen Grinsen erstarrt. Die beiden Gesichter schienen ineinander zu verschmelzen und sich wieder zu trennen und spiegelten so den Konflikt, den ihr Nebeneinander in Balam Xocs Herz entflammte.

Unmittelbar hinter dem Jungen standen zwei Männer, offenbar seine Vormünder. Der eine hielt einen Beutel mit Räucherwerk und trug eine Tunika, die mit der vierblättrigen Blume der Katun-Priester bestickt war; von ihm spürte Balam Xoc kaum etwas, außer, daß ihm die kraftgeladene Atmosphäre des Platzes nicht behagte. Der andere Mann war in das Kostüm des Jaguar-Schutzherrn gekleidet – ohne Federn –; er fesselte Balam Xoc und übte eine Kraft auf ihn aus, die noch stärker und fordernder war als die der Geistfrau. Er erkannte den Geist des Mannes als den, der bei seinem letzten Aufenthalt in der Zelle zu ihm gekommen war, der zornige Geist, der ihm geholfen hatte, die Loyalität des Clans zurückzufordern. *Mein Vorgänger als Lebender*

Ahn, dachte er, *ein Mann, dessen Fremdenhaß nie versiegt ist und der erneut in mir lebt.* Es war unmöglich, ihn *nicht* anzuschauen; nur mit Mühe konnte Balam Xoc den Blick wieder abwenden.

Schließlich schaffte er es, auch den alten Mann auf dem Thron anzusehen. Er schien sehr, sehr alt zu sein, noch älter als Balam Xoc selbst, ein Mann mit einem flachen, undurchdringlichen Gesicht und einem Federkopfputz eindeutig fremder Herkunft. Seine Beine baumelten vor dem Thron herunter, und durch das Gewicht seiner perlenverzierten Jade-Brustplatten saß er in sich zusammengesunken da. Balam Xoc betrachtete ihn, als ob er ein Gemälde wäre; es schien keine persönliche Ausstrahlung, keine Stimme von ihm auszugehen. Offensichtlich hatte dieser Mann hier keine Ahnen, und damit war er unerkennbar. Auch er hielt das Cauac-Zepter in der Hand, doch er wirkte müde und seiner Autorität überdrüssig.

Beiderseits des Thrones stand eine Anzahl ähnlich fremder Männer, angetan mit großen Mengen Jade- und Muschelschmuck und Kopfbedeckungen, die mit bunten Federbüscheln verziert waren. Einige waren schlichter gekleidet, nach Art der rechts von ihnen stehenden Jaguarpranken, aber auch sie trugen Vögel, Schmetterlinge und Totenschädel an ihren Gewändern – die Symbole der Zuyhua. Der prahlerischen Zurschaustellung ihres Wohlstandes zum Trotz schienen diese Männer ihren Schmuck zu tragen wie eine Rüstung, als wollten sie sich vor den Geistern schützen, die diesen Platz bewohnten. Besonders auffallend unter ihnen waren zwei Krieger mit völlig fremdartigen Gesichtszügen, glitzernden Muschel-Halsketten und Kopfbedeckungen mit Quetzalfedern. Sie waren mit Speerschleudern bewaffnet und trugen Schilde, die mit Fransen eingefasst waren und das glotzäugige Gesicht eines unbekannten Gottes zeigten. Ihre Mienen waren ausdruckslos und geduldig; die Züge von Menschen, die weit von zu Hause fort waren und eine zeremonielle Pflicht erfüllten, über die sie kaum Bescheid wussten.

Sie sind Zuyhua, erkannte Balam Xoc. Plötzlich verstand

er alles, was er sah. Bilder der Hieroglyphen aus den Clan-Büchern drängten sich ihm auf und ließen die Szene vor ihm undeutlich werden. Er sah die Glyphe von Schnute vor sich, dem fremden Usurpator, und die seines berühmten Sohnes Sturmhimmel, dem Erben, den eine Frau der Jaguarpranken ausgetragen hatte. Er sah die Glyphe von Kan Balam Moo, der letzten Tochter von Jaguarpranke, dem Clan-Begründer, und der Frau von Schnute, der Geistfrau …

Seine Sicht verblaßte vollkommen, und wieder wurden die Stimmen in ihm laut; sie riefen ihm zu, die Amtseinführung von Sturmhimmel anzusehen. Es lag eine Traurigkeit in ihnen, ein mahnendes Bedauern, das jedoch rasch der kalten Entschiedenheit Platz machte, die ihn so viele Male bedrängt hatte, keine Kompromisse einzugehen, sich nicht den Fremden anzupassen oder ihnen Legitimität zuzugestehen. Balam Xoc spürte das nachklingende Echo dieser drängenden Stimmen, als sein Geist begann, in das Dunkel abzudriften, das ihn umgab und dann verschlang, so daß er nichts mehr sehen oder hören konnte.

Als er endlich erwachte, wusste er zunächst nicht, wer und wo er war, ja nicht einmal, dass sein Geist in einem Körper wohnte. Das erste Bewusstsein seiner Körperlichkeit war ein quälendes, angespanntes Gefühl, das er allmählich als Durst erkannte; es dauerte jedoch noch einige Zeit, bis er sich daran erinnerte, wie er diese Qual lindern konnte. Seine Hände zitterten, als er in der Dunkelheit die Kürbisflasche ertastete und an die Lippen setzte, aber als ihm die ersten Tropfen durch die Kehle rannen, kehrte die Erinnerung an seinen Körper und seine Bedürfnisse vollständig zurück, so dass er gegen den Drang ankämpfen musste, die ganze Flasche auf einmal zu leeren.

Das Räuchergefäß vor ihm war erkaltet, und durch die Luftschlitze unterhalb des Deckengewölbes kamen schwache Lichtstrahlen. In dem Raum hinter ihm waren Menschen zu hören, was bedeutete, dass die Zeremonie unmittelbar bevorstand. Er war weitaus länger weggewesen als je zuvor, war tiefer in die Unterwelt gegangen, näher an den Ort, an dem er seinen Tod und seine Verwandlung finden würde. Seine Lebenszeit auf der Erde konnte nicht mehr lange währen; das verstand, das fühlte er jetzt. Er musste sich über einen Nachfolger Gedanken machen, einen Erben, der weiterführte, was er begonnen hatte. Das war es, was die Ahnen ihm hatten sagen wollen.

Er dachte sofort an Kanan Naab; daran, wie sie in der Zelle zu ihm gekommen war, als er sich anschickte, in die Unterwelt hinabzusteigen. Konnte sie es sein? Aber sie war eine Frau, und er hatte die missbilligenden Männer nicht vergessen, die hinter der Geistfrau gestanden hatten, oder das Bedauern, das er in ihrer Stimme gehört hatte, als die Vision verblasste. Auch Opna und Nohoch Ich hatte er in Träumen gesehen, die bedeutsam und möglicherweise prophetisch gewesen waren. War es also einer von ihnen? Wem konnte er sein Wissen und die Verantwortung für den Zusammenhalt des Clans anvertrauen? Vieles war ihm von den Ahnen gezeigt worden, aber zu dieser Frage hatten sie ihm nichts Klares mitgeteilt. Er würde ein Zeichen finden müssen.

Draußen schlug eine Trommel den Auftakt: Die Zeremonie begann. Balam Xoc blieb noch einen Augenblick sitzen, um seine Kraft und seine Gedanken zu sammeln. Bis jetzt hatte er nicht gewusst, wie er tanzen würde; er hatte darauf vertraut, dass die Ahnen ihm zeigen würden, was notwendig war, wie sie es schon beim letzten Tun-Ende getan hatten, als der wilde, befehlende Geist seines Vorgängers von ihm Besitz ergriffen hatte. Dieses Mal war ihm der Erbe gezeigt worden, der Vertreter der nächsten Generation. Also würde er für *sie* tanzen. Für die, die jung und voller Zuversicht waren, für die neuen Mitglieder des Clans und jene, die bald aufgenommen würden, für alle, die nach ihm kommen und sich Jaguarpranken nennen würden. Für die Hoffnungen, die sie verkörperten, wollte er tanzen, so wie Sturmhimmel einst die Hoffnung seiner Mutter und seines Vormundes gewesen war. Er wollte tanzen, um ihnen Mut zu machen – damit sie das schafften, woran ihre Ahnen gescheitert waren, deren Hoffnungen sich in Bedauern aufgelöst hatten.

Er stand auf, und während er auf den verhangenen Ausgang zuging, erkannte er, daß er auch noch für etwas anderes tanzen würde, was er den Menschen jedoch nicht sagen wollte: Er wollte tanzen für ein Zeichen, dem er vertrauen konnte, ein Zeichen für den einen, der eines Tages seinen Platz auf der Erde einnehmen würde, wenn er zu den Ahnen in den Himmel gegangen war.

KAPITEL 13

Der Schatten der Gefahr

9.17.18.6.0 9 Ahau 3 Uo
(Sechs Monate später, A.D. 789)

Tikal

Zac Kuk erwachte im ersten Licht des Morgens; ihr Mund
und ihre Kehle waren ausgetrocknet, weil sie auf dem Rücken geschlafen hatte. Sie war allein, denn Akbal war mit
Chan Mac nach Nohmul und Chetumal gegangen und wurde erst in einigen Tagen zurückerwartet. Aber ihr erster Gedanke galt nicht ihm, sondern ihren Vögeln; irgend etwas
sagte ihr, dass ihre Befürchtungen heute bestätigt würden.
Sie setzte sich langsam auf und fühlte die Stärke, die sich in
ihren Armen entwickelt hatte, damit sie für das Gewicht des
Kindes in ihrem Bauch bereit sein würde. Es war der letzte
Monat ihrer Schwangerschaft, und sie hatte mittlerweile gelernt, sich vorsichtig zu bewegen und die Bank oder die
Wand als Stütze zu nehmen, wenn niemand da war, um ihr
aufzuhelfen. Diesen Morgen bewegte sie sich sogar noch
langsamer, allerdings mehr aus einer Furcht heraus denn
aus Vorsicht.

Der Nachtnebel begann sich gerade zu heben, als sie
durch die Hintertür in die feuchte Luft hinaustrat. Die Gärten und Küchenhäuser lagen noch verlassen da, aber die ersten Vögel in den Brotnußbäumen hatten bereits ihr Lied begonnen. Zac Kuk ging gemessenen Schrittes auf ihren Baum
zu und zwang sich, nicht stehen zu bleiben, als sie den grünen Farbklecks darunter sah. In einer bewegungslosen Pa-
rodie seines Fluges lag der Papagei mit ausgebreiteten Flügeln auf der Erde, den Kopf mit dem großen Schnabel

unnatürlich verdreht, so dass ein orangenes Auge zu ihr heraufstarrte.

Chuen saß zusammengekauert auf einem Ast weit oben, wimmerte vor sich hin und kam nicht herunter, als Zac Kuk mit der Zunge schnalzte, um ihn zu locken. Die anderen Vögel regten sich lustlos, ohne Zutrauen oder Hunger, auf ihren Plätzen; der Boden unter ihnen war mit Federn übersät, die sie in der letzten Phase ihrer Krankheit verloren hatten. Zac Kuk bemerkte, dass sie sich über das zu Ende gehende Elend ihrer Tiere nicht grämen konnte und dass die Monate, seit sie dieses Ende erwartete, sie gegen den Schmerz über ihren Verlust abgestumpft hatten. Das einzige, was noch blieb, war, Balam Xoc den Beweis zu bringen, der seine letzte Prophezeiung bestätigte.

Mühevoll hob sie den toten Papagei auf und ging, um ihre Schwägerin Kutz zu wecken, die mit ihren Kindern in einem der freien Zimmer in Akbals Haus schlief. Kutz war selbst gerade erst aufgewacht, aber sie lief sofort ins Haus nebenan, um May zu holen. Dann gingen die drei Frauen zusammen über den unteren Platz und die Stufen hinauf zum oberen; Zac Kuk trug den toten Vogel wie eine Gabe oder ein Opfer vor sich her, und die beiden anderen stützten sie beim Ersteigen der steilen Treppe.

Balam Xoc saß auf der Plattform vor seinem Haus und aß mit Hok und Chibil, aber als sie die Frauen über den leeren Platz kommen sahen, unterbrachen die drei ihr Morgenmahl. Zac Kuk ging langsam die Stufen hinauf und verbeugte sich; ihre Begleiterinnen blieben hinter ihr stehen. Ohne aufzusehen, legte sie den toten Papagei vor Balam Xocs Füße.

»Das ist der erste, Großvater«, sagte sie und blickte den alten Mann ernst an. »Aber auch die anderen werden bald sterben, weil sie nicht fressen.«

Balam Xoc nickte stumm; dann breitete er mit einer Hand die grünen Flügelfedern des Tiers aus. Unzählige winzige, weiße Parasiten kamen darunter zum Vorschein.

»Hier sind die Übeltäter«, sagte er heiser und zog die Hand zurück. »Sie gehen mit der Krankheit einher.«

Er nahm das Tuch, das Chibil ihm hinhielt, wischte sich die Hand ab und gab es dann Zac Kuk. Sie folgte seinem Beispiel und ließ das Tuch dann neben den toten Vogel fallen.

»Das wird den Herrscher wieder an uns erinnern«, fuhr Balam Xoc fort. »Der Frieden wird wieder gebrochen werden.« Er wandte sich abrupt zu Hok um. »Geh und wecke Kinich Kakmoo auf. Sag ihm, er soll seine Männer auf die Gefahr hinweisen und Wachposten aufstellen. Dann geh zu Nohoch Ich und Chac Mut und bestelle ihnen, sie sollen zu mir kommen. Wir müssen mit allem fertig werden, solange noch Zeit dazu ist.«

Hok ging ohne ein Wort; im Vorbeigehen warf er Zac Kuk aus seinem einen Auge einen wohl wollenden Blick zu.

»Sag den anderen Nahen Bescheid«, wandte sich Balam Xoc nun an Chibil. »Die Leute müssen Bescheid wissen und davor gewarnt werden, allein in die Stadt zu gehen.«

»Die Herrin Box Ek wird bald aufwachen«, gab Chibil zu bedenken. »Sie braucht ihre Medizin.«

»Ich kümmere mich um sie«, erbot sich Zac Kuk und erntete damit einen etwas skeptischen Blick von Chibil, die auch ihre Hebamme war. Aber Balam Xoc nickte der älteren Frau nur zu und schickte sie los, und Zac Kuk bot May und Kutz an, sie könnten zu ihren Kindern zurückgehen. Sie hoffte, einen Augenblick mit Balam Xoc allein zu sein, und er versagte ihr diesen Wunsch nicht, als sie sich ihm wieder zuwandte.

»Du trägst deinen Verlust tapfer, meine Tochter«, bemerkte er, aber Zac Kuk wollte kein Lob hören.

»In meinem Herzen habe ich sehr viel Angst, Großvater. Erinnert Ihr Euch noch daran, wie es ist, Angst zu empfinden?«

»Nicht sehr gut«, gab Balam Xoc zu. »Hast du Angst um dich selbst oder um das Kind, das du trägst?«

»Ich fürchte um uns alle.« Sie deutete traurig auf den toten Papagei zu ihren Füßen. »Ihr habt uns gelehrt, auf Zeichen zu achten, Großvater, und dies ist ein äußerst unheilvolles Zeichen. Es macht keinen Unterschied, dass Ihr den Tod der Vögel vorhergesehen habt oder dass dies Eure Rache für den Herrscher ist. Das habe ich mir alles auch schon selbst gesagt, aber ich habe noch immer das Gefühl, dass ein Schatten über unserem Leben liegt.«

Balam Xoc musterte sie genau. »Rache hat immer ihren Preis, und ich erwarte nicht, dass der Herrscher aus dieser einen Lektion etwas lernt. Aber vielleicht werden andere allmählich erkennen, was er in seinem Wunsch, uns zu bestrafen, nicht sehen will. Vielleicht sehen sie, wie er sich selbst und auch allen anderen schadet, weil er die Wahrheit ablehnt.«

»Aber *er* wird uns nur noch mehr hassen.«

»Das lässt sich nicht vermeiden«, erwiderte Balam Xoc lakonisch. »Wir können nur achtsam sein und bereit, uns zu verteidigen. Die Versuchung ist groß, an Kompromisse und Entgegenkommen zu denken, aber dadurch würden wir lediglich verschlungen und uns selbst verlieren. Das ist die Lektion, die *ich* aus den Erfahrungen meiner Ahnen gelernt habe, und um unserer gegenwärtigen Sicherheit willen werde ich sie nicht ignorieren. Ja, meine Tochter, der Schatten der Gefahr liegt tatsächlich über unserem Leben, aber wir können nicht zulassen, dass er unsere Hoffnungen für die Zukunft verdunkelt. Wir *dürfen* es nicht.«

Zac Kuk seufzte tief; seine schonungslose Offenheit war nicht leicht zu verkraften. Dann hörte sie etwas hinter ihrem Rücken, und als sie sich umdrehte, sah sie Nohoch Ich und Chac Mut kommen.

Sie verbeugte sich vor Balam Xoc. »Ich kümmere mich um Box Ek«, sagte sie nur.

»Gut. Ich habe verstanden, was du mir sagen wolltest, Zac Kuk. Ich danke dir, dass du deine Angst nicht vor mir versteckt hast.«

»Dann werde ich sie jetzt bei Euch lassen«, erwiderte sie leise und machte mit den leeren Händen eine Geste, als würde sie neben dem toten Papagei ein unsichtbares Bündel ablegen. Resigniert, aber auch erleichtert, atmete sie hörbar aus, faltete die Hände über ihrem Bauch und ging ins Haus, um sich um Box Ek zu kümmern.

Pacal war mit einem relativ bedeutungslosen Auftrag zum Marktplatz geschickt worden; deshalb ließ er sich nach der Erledigung Zeit mit der Rückkehr in den Palast, bummelte durch die Verkaufsstände beiderseits des langen, galerieartigen Gebäudes und hörte dem Feilschen der Käufer und Verkäufer zu. Die Geschäfte verliefen ziemlich träge, ein Zeichen dafür, dass die beiden großen Feierlichkeiten von Caan Ac kaum einen bleibenden Effekt auf den Handel in der Stadt gehabt hatten. Wie nicht anders zu erwarten war, ging das Geschäft vor allem an den Lebensmittelständen mit ihrem kargen Angebot zäh. Tikal war eine hungernde Stadt, und die Ernte, die allein Abhilfe schaffen konnte, ließ noch sechs bis sieben Monate auf sich warten. Der Großteil der Lebensmittelverkäufer kam aus anderen Städten, und ihr Auftreten zeigte deutlich, dass sie sich beim Feilschen im Vorteil sahen.

Chac Mut hat dem Clan hier einen guten Namen verschafft, ging es Pacal durch den Kopf, als er sich von dem Lärm und Gezänk der Lebensmittelstände entfernte. Der Clan-Verwalter hatte den vollen Preis für die überschüssigen Ernteprodukte der Jaguarpranken erzielt, aber nie versucht, seinen Vorteil bis zum äußersten auszunutzen. Vielmehr hatte er sich immer fair verhalten und bewusst keine Gelegenheiten gesucht, die sich nur aufgrund des allgemeinen Mangels geboten hatten. Pacal war sich nicht einmal sicher, ob er selbst ebenso zurückhaltend vorgegangen wäre, denn er bezweifelte, dass die Großmut des Clans je belohnt werden würde. Der Regen war dieses Jahr gut ausgefallen, es hatte vielleicht sogar mehr geregnet als üblich. Eine erfolgreiche nächste Ernte würde die Erzeugnisse aus den Gärten des Clans überflüssig machen anstatt rar wie jetzt. Und dann würden diese ›Freunde‹, die Chac Mut dem Clan gewonnen hatte, sich wahrscheinlich als vergesslich und als weniger zurückhaltend erweisen, als er es war.

Am Ende des Korridors machte Pacal kehrt und betrat die Gasse mit den Verkaufsständen der Federnhändler, wo er erneut von lautem Feilschen umgeben war. Die Federarbeiter und Kostümmacher schienen den besorgt wirkenden

Händlern ihre Kaufangebote aus einer verzweifelten Wut heraus zuzuschreien, und diese wussten offenbar selbst nicht, weshalb ihre Waren so gefragt, ja geradezu umkämpft waren. *Was ist hier los?* wunderte sich Pacal, während er die heftig gestikulierende Menge beobachtete. Die Männer in den vorderen Reihen schienen das *Alter* der Federn erfahren zu wollen, eine seltsame Forderung, wie Pacal meinte, der Federn immer nur nach ihrer Farbe und ihrem Zustand beurteilt hatte.

Plötzlich griff sich im Zentrum des Streits ein Mann eine Hand voll blauer und gelber Federn von einem der Haufen eines Händlers. Seine Miene verriet feindseliges Misstrauen, als er sich zu den anderen Käufern umwandte und seine Beute zornig über dem Kopf schüttelte.

»Diese Federn sind von einer Krankheit befallen! Verdorben!«

»Das ist eine gemeine Lüge!«, protestierte der Händler lautstark und versuchte über die Schultern einiger Käufer hinweg, sie wieder an sich zu reißen. Er griff jedoch daneben und traf statt dessen einen der Männer mitten ins Gesicht. Ein Aufschrei ging durch die Menge, und mehrere Männer gingen auf den Händler los und schleuderten ihn in seinen Stand zurück. Aber jetzt begann der Kampf erst richtig; die Händler, die hoffnungslos in der Minderzahl waren, versuchten, die Angreifer mit ihren Amtsstäben abzuwehren; diese fielen über die Federn her und schleuderten sie in die Luft, so dass in kürzester Zeit weiße, rote und leuchtend blaugrüne Büschel wie kleine Wolken über den Köpfen der Raufenden schwebten.

Pacal hatte sich beim ersten Anzeichen von Gewalt instinktiv zurückgezogen, aber er war noch immer überrascht über das, was vor sich ging. Zornige Dispute gehörten auf dem Marktplatz zum Alltag, aber dass Menschen hier mit Fäusten und Fußtritten aufeinander losgingen, daran konnte Pacal sich beim besten Willen nicht erinnern. Er sah blutverschmierte Gesichter und zerstörte Waren, und niemand forderte wie sonst durchaus üblich zu Vernunft und Anstand auf. Die Stoffbahnen der Verkaufsstände wurden heruntergerissen, Stützlatten und Querleisten herausgezerrt und als Waffen verwendet. Pacal war so bestürzt, dass er sich nicht vom Fleck bewegen konnte, und er dachte auch nicht daran, Hilfe zu holen, bis er die Pfeifen der Krieger hörte, die für Ruhe und Ordnung auf dem Marktplatz zuständig waren und sich nun ihren Weg durch die Zuschauermenge bahnten.

Die Krieger waren mit Stöcken bewaffnet, und sie zögerten nicht, sie gegen jeden einzusetzen, der sich ihren Befehlen widersetzte. In wenigen Augenblicken war die Ordnung wiederhergestellt, wenn auch auf Kosten von ein paar mehr eingeschlagenen Köpfen. Überall lagen Federn herum, zerrissen und zertrampelt und mit dem Blut von Verletzten besudelt. Auf der eingetretenen Stille lastete schwer das Gefühl von Scham.

»Wie hat das angefangen?«, fragte der Hauptmann der Kriegertruppe fordernd. Er bekam zunächst keine Antwort, aber plötzlich erscholl aus der Menge der Zuschauer eine Stimme: »Die Vögel sterben! Wie es Balam Xoc vorhergesagt hat!«

Der Hauptmann wirbelte herum, um den Mann auszumachen, und blickte so drohend, dass die unmittelbar vor ihm Stehenden erschreckt zurücktraten. Dann regte sich etwas in der Mitte der Menge – der unerkannte Sprecher machte sich hastig aus dem Staub.

»Geht zurück an eure Arbeit, und passt auf, was ihr sagt!«, drohte der Hauptmann und machte eine ungeduldige Geste mit seinem Amtsstab. »Das Verbreiten falscher Gerüchte wird nicht geduldet!«

Die Wahrheit ist sicher gefährlicher, dachte Pacal, aber er trat zurück wie die anderen und ging dann rasch zum Palast. Die erste Nachricht über diese Prophezeiung hatte er selbst überbracht, doch er hatte die ganze Sache vergessen, weil sich in den Monaten danach nichts Diesbezügliches ereignet hatte. Aber offenbar hatte sich Balam Xocs Voraussage in dieser Zeit überall verbreitet – höchstwahrscheinlich als Resultat der Freiheit, die der Herrscher den Jaguarpranken gewährt hatte. Zumindest würde das Caan Acs Schlussfolgerung sein, und Pacal wollte es nicht versäumen, wenn der Herrscher sich zum Handeln entschloss. Dann konnte er wenigstens einen Teil von Caan Acs Zorn auffangen, auch wenn er den Clan nicht vor dem Kommenden warnen konnte. Ihm blieb nur zu hoffen, dass sein Vater wusste, was geschehen war, und dass Balam Xoc auch darauf vorbereitet sein würde, die Konsequenzen aus der Tatsache zu akzeptieren, dass er es mit solch rachsüchtiger Genauigkeit vorhergesehen hatte.

Ah Kin Cuy hatte die Verantwortung für Balam Xocs Vorladung an vier seiner besten Priester delegiert, und der Herrscher hatte zwanzig Krieger zur Verfügung gestellt, um sicherzustellen, dass die Anordnung des Hohepriesters befolgt wurde. Pacal hatte Befehl erhalten, bei der Abholung seines Vaters dabei zu sein; zuvor war ihm noch eindringlich geschildert worden, was der Clan zu erwarten habe, falls Balam Xoc Widerstand leisten sollte.

Der Pfad über den Alkalche war verlassen, aber als die Kolonne die Anhöhe zum Handwerksbau hinaufkam, wurde ersichtlich, dass sie erwartet wurde. Vor dem Gebäude blockierte eine kleine Menschenmenge den Eingang zum unteren Platz; doch als sich die Ankömmlinge näherten, teilte sie sich und machte den Weg frei. Die Priester zögerten kurz, gingen aber weiter, als sie bemerkten, dass es sich nur um Frauen und Kinder handelte. Einer der Krieger hinter Pacal lachte leise, aber von den Menschen, die sie passierten, kam kein Laut; sie drehten nicht einmal die Köpfe, während die Kolonne durch ihre Mitte schritt.

Als sie um die Ecke des Handwerksbaus bogen, zögerten die Priester erneut: Am anderen Ende des Platzes stand übergroß der Jaguar-Schutzherr mit seinem Zeremonialstab und den roten Krallen an seiner Pranke, auf der einen Seite flankiert von Kinich Kakmoo und Hok, auf der anderen von Nohoch Ich und Tzec Balam. Nur Tzec Balam war unbewaffnet; die anderen trugen Holzschilde mit schwarzen und gelben Punkten und lange Speere mit feuergehärteten Spitzen. Die restlichen Nahen standen dicht gedrängt hinter

Balam Xoc, dessen Gesicht hinter den mächtigen Kiefern des Jaguars verborgen war.

Die Priester blieben einige Fuß vor Balam Xoc stehen, und die Krieger bildeten Viererreihen hinter ihnen. Aber noch ehe der Oberpriester etwas sagen konnte, hob Balam Xoc die Arme, und plötzlich kamen aus den umliegenden Häusern und den Lücken dazwischen Männer hervor. Sie waren mit Speeren, Schilden und Keulen bewaffnet und stellten sich wortlos hinter die Frauen und Kinder, die die Krieger umringt hatten. Der Oberpriester warf einen besorgten Blick auf den Anführer der Krieger, der stirnrunzelnd die riesige Übermacht zählte.

»Sprich!«, befahl Balam Xoc dem Oberpriester und zeigte auf ihn. »Sag uns, weshalb du mit Waffen hierher gekommen bist.«

»Der Hohepriester Ah Kin Cuy ruft Euch zu sich«, erwiderte der Mann gebieterisch. »Ihr werdet der Zauberei beschuldigt und für den Tod der Vögel verantwortlich gemacht.«

»Ich bin kein Zauberer«, erklärte Balam Xoc verächtlich. »Das hat Caan Ac selbst durch seine bösen Absichten über sich gebracht. Du kannst ihm diese hier mitbringen, als Beweis dafür, dass auch wir von dieser mysteriösen Krankheit betroffen sind.«

Balam Xoc schlug mit seinem Stab auf das Pflaster, und Kanan Naab und Chibil traten mit einem Bündel vor, das sie vor den Füßen des Priesters öffneten. Es enthielt die leblosen, farbenprächtigen Körper toter Vögel.

»Würde ein Zauberer seinem eigenen Haus schaden?«, fragte Balam Xoc spöttisch. »Das ist meine Antwort auf diese dumme Anschuldigung.«

»Ihr müsst mitkommen«, insistierte der Oberpriester. Die Krieger hinter ihm rückten enger zusammen und musterten die sie umgebenden Menschen.

»Bist du etwa kein verlässlicher Bote?«, fragte Balam Xoc. »Oder ist Ah Kin Cuy mehr an meiner Person interessiert als an meiner Antwort?«

»Ihr müsst ruhig mitkommen«, wiederholte der Priester;

seine Stimme war fast zu einem Murmeln abgesunken. »Sagt es ihm, Pacal.«

»Sie haben Befehl, Euch notfalls gewaltsam mitzuführen«, erklärte Pacal pflichtbewusst. »Der Herrscher lässt Euch keine Wahl.«

»Wenn du darauf bestehst, dann werde ich mitkommen«, sagte Balam Xoc zu dem Priester, der sofort erleichtert aufatmete. »Aber ruhig werde ich nicht sein. Ich werde so gehen, wie es sich für den Jaguar-Schutzherrn geziemt – in Begleitung meiner Leute.«

»Unsere Nachbarn sind ebenfalls benachrichtigt worden«, warf jetzt Kinich Kakmoo ein und trat vor, damit die Krieger ihn alle erkennen konnten. »Sie werden herauskommen, um uns vorbeiziehen zu sehen.«

»Also«, sagte Balam Xoc. »Du hast die Wahl. Gehen wir?«

Der Oberpriester schluckte und blickte unentschlossen um sich; dann zog er Pacal und den Anführer der Krieger zur Seite, um sich leise mit ihnen zu beraten. Pacal, dem Caan Acs öffentlich geäußerte Drohungen natürlich bekannt waren, wusste, dass er nun die vertraulichen Instruktionen des Herrschers zu hören bekommen würde – die Grenzen, die er für die Durchsetzung seines Befehls gesteckt hatte.

»Wir können nicht eine bewaffnete Menschenmenge ins Zentrum der Stadt führen«, klagte der Priester. »Das würde mit Sicherheit große Probleme geben.«

»Aber sobald wir dort sind, haben wir Verstärkung«, meinte der Krieger.

»Ja«, stimmte Pacal zu, »aber auch viele Zuschauer.«

»Sie würden es nicht wagen einzugreifen.«

»Einzugreifen *wobei*, Herr?«, fragte Pacal. »Glaubt Ihr, dass Ihr Kinich Kakmoo kampflos von ihm wegbringt?«

Die beiden blickten auf Kinich, der mit seinem Ara-Federkopfputz und dem geflochtenen Brustpanzer, dem Geschenk Schild-Jaguars, gefährlich und Furcht erregend wie eh und je aussah.

Niedergeschlagen schüttelte der Priester den Kopf. »Das können wir nicht riskieren«, entschied er. »Es hat heute schon einen Aufruhr gegeben.«

»Aber wer wird *uns* schützen«, protestierte der Krieger, »wenn wir mit leeren Händen zurückkommen?«

»Mein Befehl lautete, ihn ohne Aufhebens mitzunehmen«, beharrte der Priester. »Selbst bei der Anwendung von Gewalt sollten wir weder auf uns noch auf *ihn* unnötig Aufmerksamkeit ziehen. Aber das ist allein schon aufgrund seiner Kostümierung unmöglich – die ganze Stadt würde sich fragen, wieso der Nachtsonnen-Jaguar in Gewahrsam genommen wird.«

Ohne auf die Zustimmung der anderen zu warten, wandte sich der Oberpriester wieder Balam Xoc zu. »Ich werde dem Hohepriester Eure Worte übermitteln«, erklärte er.

»Sieh zu, dass du sie auch genau übermittelst«, warnte Balam Xoc ihn. »Ich möchte nicht, dass mein guter Wille angezweifelt wird.«

Der Priester verzog verdrießlich das Gesicht, vergaß aber nicht, sich zu verbeugen, bevor er seinen Trupp vom Platz führte.

Pacal blieb stehen und wartete, bis Balam Xoc Notiz von ihm nahm. »Der Herrscher hat gelobt, Euch dafür zu bestrafen, Herr«, sagte er. »Er denkt dabei insbesondere an Feuer.«

»Ich habe verstanden«, erwiderte Balam Xoc formell und ohne erkennen zu lassen, dass ihn etwas mit dem Menschen vor ihm verband. Aber als Pacal sich aus seiner Verbeugung aufrichtete, erhob der Jaguar-Schutzherr seinen Stab und schwenkte ihn segnend über ihm. Die Umstehenden murmelten anerkennend; sie wussten um die Besonderheit dieser Geste und die Dankbarkeit, die daraus sprach. Pacal machte kehrt und schritt durch die Menge; seine Wangen glühten, und seine Kehle war plötzlich wie zugeschnürt. Er fühlte sich von einem immensen Stolz übermannt, der ihm absurd vorkam; schließlich hatte er nicht viel mehr getan, als die Drohung des Herrschers weiterzuleiten. Aber er versuchte nicht, dieses Gefühl zu verleugnen, sondern ließ sich von ihm Kraft geben auf dem Weg zurück zum Palast und zu dem zornigen Mann, der ihn dort erwartete. Irgendwie fühlte er sich nicht mehr so sehr wie die Geisel dieses Mannes, nicht mehr so sehr wie ein Mensch, der für seine Leute und seine Stadt keinen Wert hatte …

Chetumal

Chan Mac war als erster zu dem Schluss gekommen, dass sie sich weiter von Tikal entfernen mussten, wenn sie Gewinn bringende Märkte und verlässliche Handelspartner für den Clan finden wollten – hinaus aus der Sphäre, in der die jüngsten Missgeschicke der Stadt noch spürbar waren. Er und Akbal hatten einige nennenswerte Handelskontakte in Nakum und Holmul geknüpft, allerdings nur für Lebensmittel, da diese beiden Städte ebenso wie Tikal unter der letzten Dürre litten. Deshalb hatte Chan Mac mit dem Clan-Verwalter Chac Mut gesprochen und, nachdem er ihn von seiner Idee überzeugt hatte, es auch noch geschafft, Balam Xoc und den Clan-Rat zu überreden, ihn und Akbal mit mehreren Trägern auf eine Erkundungsreise zu den im Norden gelegenen Städten Nohmul und Chetumal zu entsenden.

Vor allem in Chetumal hatte sich gezeigt, dass seine Vorstellung sogar richtiger war, als er selbst geglaubt hatte. Der Bevölkerung dieser Stadt waren die Sorgen und Nöte im Landesinneren kaum bekannt, und von den schlimmen Auswirkungen derselben wusste man hier gar nichts. Hier lebte man den Großen Wassern zugewandt und kehrte dem Landesinneren – dem Peten, wie sie es nannten – den Rücken zu. Die Stadt hatte ihre Kakaopflanzungen und eine ganze Flotte von Fischerbooten, und sie betrieb per Boot einen blühenden Handel über enorme Entfernungen. Die Vielfalt der Waren auf dem Marktplatz von Chetumal erstaunte die Männer aus Tikal ebenso wie die unterschiedlichen Menschen, die hier Handel trieben. Akbal und Chan Mac waren sprachlos, als sie eines Tages auf eine Gruppe der verhassten Ara stießen, die hier friedvoll mit den anderen Händlern Geschäfte machten.

Als sie am Nachmittag ihres zehnten Tages in Chetumal endlich ihren letzten Tauschhandel hinter sich gebracht hatten, seufzte Akbal erleichtert und zufrieden. Er freute sich über das, was sie erreicht hatten, aber er war auch froh, nun die viertägige Heimreise antreten zu können. Fast einen ganzen Monat lang war er aus Tikal und von Zac Kuk weggewesen, und er wollte rechtzeitig zur Geburt seines Kindes zu Hause sein. Außerdem fragte er sich, wie es dem Clan ging und wie es um den Waffenstillstand mit dem Herrscher bestellt war, der es ihnen erst ermöglicht hatte, Tikal überhaupt zu verlassen.

Chan Mac jedoch war gar nicht auf eine Rückkehr in seine neue Heimat erpicht; er versuchte vielmehr, Akbal und Kal Cuc zu bewegen, ihn bis an die Großen Wasser zu begleiten. Akbal protestierte zunächst, ließ sich aber dann überreden, wenn auch sehr viel widerstrebender als sein junger Gehilfe, der sich von Chan Macs Begeisterung anstecken ließ. Der Strand neben den langen Landungsstegen war, abgesehen von Möwen und Strandläufern, leer; die Fischerboote mit ihren hohen Bugen waren auf den Sand gezogen worden, und die schweren Netze hingen zum Trocknen auf Holzgestellen. Die untergehende Sonne warf lange Schatten auf das klare salzige Wasser, das in weißen, schaumgekrönten Wellen auf das Land zurollte und Tang und Treibholz auf den Sand spülte.

Er kann nicht genug davon kriegen, dachte Akbal, als er Chan Mac beobachtete, der barfuß mit Kal Cuc im seichten Wasser herumspielte. Sein Freund war doppelt so alt wie Kal Cuc, aber zumindest in der Nähe des Wassers benahm er sich viel mehr wie ein Kind als dieser. Keiner von ihnen hatte die Großen Wasser vor ihrer Reise je gesehen, aber während Akbal und Kal Cuc zuerst scheuen Respekt vor der unendlichen, ruhelosen, grau-grünen Weite gehabt hatten, war Chan Mac sofort davon begeistert gewesen.

Akbal war froh, seinen Freund so gut gelaunt zu sehen. Seit seiner Rückkehr aus Ektun hatte Chan Mac ziemlich bedrückt und pessimistisch gewirkt, als könne er die Probleme nicht vergessen, die er dort zurückgelassen hatte. Selbst die Aufnahme in den Clan hatte seine Stimmung nicht allzu sehr gehoben. Erst als er mit der Planung dieser Reise begonnen hatte, war er wieder froher geworden, und je weiter sie sich von Tikal entfernt hatten, desto mehr hatte sich seine Laune gebessert. Seine diplomatischen Fähigkeiten und sein neu erwachter Enthusiasmus machten ihn zu einem äußerst erfolgreichen Geschäftsmann; außerdem hatte er Akbal mit dem für ihn typischen Charme und Takt geholfen, sämtliche notwendigen gesellschaftlichen Ereignisse gut zu überstehen. Akbal hätte sich also keinen besseren Begleiter wünschen können. Was ihm Sorge bereitete, war jedoch, wie es zu diesem Stimmungsumschwung gekommen war – es war der Gedanke, dass Chan Mac Tikal hatte *verlassen* müssen, um wieder er selbst zu sein.

Das Tageslicht war schon fast verblasst, als Akbal seine beiden Begleiter endlich überreden konnte, zum Haus ihrer Gastgeber – einer Familie, die entfernt mit dem Clan der Jaguarpranken verwandt war – zurückzukehren. Dort angekommen, fanden sie aus Anlass ihrer bevorstehenden Abreise ein Festmahl vorbereitet. Auch dies war größtenteils auf Chan Mac zurückzuführen, denn seine Begeisterung für die Küche von Chetumal war in kürzester Zeit ebenso bekannt geworden wie seine Art, Gastgeber mit Komplimenten zu überhäufen. Tatsächlich war der viel versprechendste Geschäftspartner, den sie hier gefunden hatten, ein Kakaohändler, den Chan Mac bei einem Austernwettessen besiegt hatte. Doch dem Mann hatte es nichts ausgemacht zu verlieren, hatte sich danach doch das ›Märchen‹ verbreitet, es seien genug Austernschalen übrig geblieben, um die Straßen der Stadt damit zu pflastern; eine Geschichte, die der Mann als einen wunderbaren Beweis seines Reichtums betrachtete.

An diesem Abend verwöhnten ihre Gastgeber sie mit Schwertfisch-Steaks und Langusten, deren rosafarbene Schalen mit Steinen aufgebrochen worden waren. Zwischen delikaten Häppchen, zu denen köstlicher, schäumender Kakao serviert wurde, erfreute Chan Mac die Gesellschaft mit Geschichten über die großen Städte, die er besucht hatte. Akbal kannte die meisten schon, deshalb hörte er nur mit halbem Ohr zu und wunderte sich über die eigentümliche

Begeisterung, mit der Chan Mac von seinen Reisen berichtete. Auch dies war etwas, das mit der Distanz von Tikal zugenommen hatte: sein Wunsch, sich in Erinnerungen an das Leben zu ergehen, das er vor seiner Ankunft dort geführt hatte. Akbal begann, sich Sorgen zu machen, dass sein Freund ihre Rückkehr insgesamt als etwas Enttäuschendes empfinden könnte und deshalb versuchte, sie zu verzögern.

Doch auch als sie in ihrem Zimmer allein waren – Kal Cuc schlief bereits nebenan –, blieb Chan Mac fröhlich und guter Dinge und zeigte kein Widerstreben, sein Gepäck reisefertig zu machen. Leise summte er vor sich hin und wickelte sorgfältig eine Halskette aus winzigen, geriffelten Muschelschalen ein, die er für seine Frau Kutz erworben hatte.

»Du bist von dieser Stadt begeistert«, meinte Akbal vorsichtig. »Die Zeit hier hat dir ausnehmend gut gefallen.«

»Es war wunderbar«, stimmte Chan Mac zu, ohne aufzusehen. »Hierher müssen wir kommen, falls wir Tikal verlassen müssen.«

Akbal setzte die Töpferwaren ab, die er in den Händen hielt, und starrte auf Chan Mac, bis dieser seinem Blick begegnete. »Meinst du denn, dass wir daran denken müssen?«, fragte er.

»Du warst es doch, der mich warnte, auf *alles* gefasst zu sein, oder nicht?«, erinnerte ihn Chan Mac. »Aber ja, ich meine, das ist nötig und auch vernünftig. Ich habe schon eine Stadt hinter mir gelassen und bin in eine andere gegangen, die jetzt nicht mehr sicher ist. Es ist für mich ein Trost zu wissen, dass ich woanders noch einmal ein anderes Leben für mich finden könnte.«

»Ein seltsamer Trost.«

»Welchen Trost bietet uns denn Balam Xoc?«, fragte Chan Mac spitz. »Sicher, er ist eine große Inspiration, aber er ist unerbittlich in seiner Entschiedenheit. Er sieht die Konsequenzen mit anderen Augen als wir. Verstehe mich nicht falsch, Akbal. Genau wegen der Inspiration, die er für uns darstellt, fühlte ich mich zu deinem Großvater hingezogen. Und ich werde ihn in seinem Kampf unterstützen, so gut ich kann. Aber selbst wenn er als Sieger daraus hervorgeht – ich glaube nicht mehr daran, dass die Städte des Peten überleben können. Es ist zu spät, Männer wie Caan Ac und Schild-Jaguar zu ändern. Das solltest du mindestens ebenso gut wissen wie jeder andere.«

»Das weiß ich«, stimmte Akbal zu. »Aber mir fällt es schwer, an ein Leben anderswo zu denken, weil ich ohnehin erst seit einem Jahr in meinem eigenen Haus wohne und das Gesicht meines ersten Kindes noch nicht gesehen habe.«

»Mir ging es nicht anders«, versicherte ihm Chan Mac, »und das ist noch gar nicht so lange her. Aber denk daran, wie sehr sich unser Leben bereits in der kurzen Zeit verändert hat, seit wir uns kennen. Wir können uns die Erwartungen, die das Leben unserer Väter bestimmten, nicht mehr erlauben. Wir *dürfen* es nicht. Die Art und Weise, wie du in Ektun gesprochen hast, mein Freund, ließ mich glauben, dass du das besser verstanden hast als ich selbst.«

»Dort erschien es mir klarer. Ich hatte den dringenden Wunsch, mit meiner Arbeit für den Clan voranzukommen. Das war auch *mein* Grund hierher zu kommen.«

»Das war meine *Entschuldigung*«, gestand Chan Mac mit einem Lächeln. »Ich musste mich davon überzeugen, dass es auch noch eine andere Welt gibt außer der, die wir uns geschaffen haben. Sie ist hier, Akbal. Du hast selbst gesehen, wie wenig die Menschen hier vom Schicksal unserer Städte beeinflusst sind. Jetzt kann ich nach Tikal zurück, ohne das Gefühl zu haben, dass ich dort auf immer und ewig festsitzen muss. Das ist eine andere Form von Unabhängigkeit, die vielleicht nicht weniger wertvoll ist als jene, die dein Großvater erstrebt.«

»Das kann ich dir nicht missgönnen«, räumte Akbal ein. »Vielleicht ist es ja auch nur vernünftig, wie du sagst. Aber du würdest dich doch wehren, wenn du gegen deinen eigenen Willen hierher vertrieben würdest, oder nicht?«

»Natürlich«, erwiderte Chan Mac und wandte sich wieder seinem Gepäck zu. »Ich bin jetzt eine Jaguarpranke, wohin mich das auch bringen mag …«

Tikal

Schon den zweiten Morgen hintereinander wachte Kanan Naab auf mit der Erinnerung, von einem heftigen Regen im Schlaf gestört worden zu sein. Es war nicht wie die Erinnerung an einen Traum, sondern wie an etwas tatsächlich Geschehenes; ein Schauer, der so laut und stark niederprasselte, dass sie jäh davon aufgewacht war. Doch der Boden vor dem Haus ihres Vaters war trocken, und keiner, den sie fragte – einschließlich Hok, der *nie* einen tiefen Schlaf hatte –, wollte etwas von dem, was sie beschrieb, gehört haben. Jene, die wussten, welche Aufgabe Balam Xoc ihr zugewiesen hatte, betonten, es habe sich nichts dergleichen zugetragen, und legten ihr nahe, diese Erlebnisse als Zeichen zu betrachten.

Diesem Rat folgte Kanan Naab gerne, denn es waren ohnehin die *einzigen* Zeichen, die in ihren Tagen des Suchens zu ihr gekommen waren. Allerdings brachten sie sie der Lösung ihres Problems kaum näher, und die Zeit, die Balam Xoc ihr gewährt hatte, war fast abgelaufen. Was würde es bedeuten, wenn es so heftig regnete? Sie hatte keine weiteren Anhaltspunkte, die ihr geholfen hätten, das *Resultat* eines solchen Ereignisses zu bestimmen, und das in Erfahrung zu bringen war Balam Xocs eigentliches Anliegen an sie gewesen. Ihr Beitrag zu dem Wissen, das er suchte, würde fast zu mager sein, um ihn überhaupt zu erwähnen, vor allem vor Opna und Nohoch Ich.

Wie schon oft in den vergangenen Tagen ging sie auf der Suche nach Inspiration zu Akbals Stein. Der Unterstand darum herum war halb zusammengefallen und das Dach von den letzten heftigen Regenfällen schwer beschädigt. Die abgeschliffene gelbe Oberfläche war mit Wasserflecken und Vogeldung verschmutzt, und eine Maus schaute mit großen Augen aus dem Stroh, als Kanan Naab unter das Dach trat. *Nachlässigkeit*, dachte sie mit einem Vorwurf an Akbal und Kal Cuc im Hinterkopf. Der Gedanke kam ihr irgendwie bekannt vor, und sie bemerkte, dass sie ihn in letzter Zeit immer wieder gehabt hatte – ein Begriff, der so unbestimmt und vage war wie die Zeichen eines heftigen Regens. Was vernachlässigte *sie*? Oder war es das, was andere vernachlässigten, worum sie sich kümmern sollte?

Sie nahm sich vor, Akbal wegen des Steins zu tadeln, sobald er aus Chetumal zurück war, und verließ dann den Unterstand, weil ihr seine Aura des Verlassenseins nicht gut tat. Sie fühlte sich bereits von Yaxal verlassen, der sie nicht mehr besucht hatte, seit der Herrscher erneut seinen Bann über den Clan verhängt hatte. Kanan Naab wusste, dass die Hauptwege jetzt wieder kontrolliert wurden und dass einige ihrer Nachbarn massiv von umherstreunenden Kriegerbanden des Herrschers eingeschüchtert worden waren. Dennoch glaubte sie, dass Yaxal einen Weg zu ihr hätte finden können – und auch gefunden hätte –, wenn sie nur in der Lage gewesen wäre, ihm ihre missliche Situation mitzuteilen. Aber auch Kal Cuc war in Chetumal, und außer ihm gab es niemanden, dem sie eine solche Botschaft hätte anvertrauen können.

Als sie zum Eingang von Akbals altem Zimmer kam, blieb sie wie immer stehen und betrachtete die vielen Zeichnungen und den dunklen Flecken auf dem Boden. Auch hier hatte sie schon einige Zeit auf der Suche nach Inspiration verbracht. Aber sie schaffte es nicht, noch einmal ein Blutopfer zu bringen wie jenes, das ihr ihre bisher einzige Vision beschert hatte. Damals hatte sie aus Verzweiflung gehandelt, nicht aus einer inneren Zerrissenheit oder Befangenheit heraus. Heute war es ganz anders. Balam Xoc hatte ihr, Opna und Nohoch Ich die Aufgabe gestellt, vorherzusagen, wie die Ernte gedeihen würde, ohne ihnen mitzuteilen, weshalb er dieses Wissen brauchte oder warum er es nicht selbst suchte. Es ging eindeutig um eine Prüfung ihrer Fähigkeiten und Kräfte – davon hatten zumindest die Reaktionen ihres Onkels und ihres Rivalen Kanan Naab überzeugt. Nohoch hatte sich sofort zum Fasten in den Clan-Schrein zurückgezogen, den Kanan Naab nicht betreten durfte. Opna hatte sich eine kleine Hütte mit einem Geisterloch im Dach gebaut, und Kinich hatte ihr erzählt, der ehemalige Priester versuche, mit Hilfe der heiligen Pilze eine Vision aus der Geistwelt zu erlangen. An einer Zusammenarbeit hatte keiner der beiden auch nur das geringste Interesse gezeigt, obwohl Balam Xoc nichts darüber gesagt hatte, wie sie dieses Wissen erlangen sollten.

Nachlässigkeit, dachte sie noch einmal und dachte über diese ungenutzte Gelegenheit nach. Sie seufzte und wandte sich von der Tür ab, denn plötzlich fühlte sie sich ermüdet. Sie wollte sich nicht, bloß um ihre Kräfte zu beweisen, noch einmal selbst kasteien. Das erschien ihr selbstsüchtig und falsch und vor allen Dingen unnötig. Wenn dies wirklich eine Prüfung war, dann würde sie lieber nicht bestehen, als eine Tat zu begehen, die die Geister der Ahnen beleidigen oder sonst wie veranlassen könnte, sich von ihr abzuwenden. Sie war absolut sicher, dass sie ihr letztes Blutopfer nicht überlebt hätte, wenn die Geister ihr nicht geholfen und sie geleitet hätten. Und damals hatte sie keine Befürchtungen oder Zweifel gehabt, die sie verwundbar machen konnten.

Ihre Verwirrung drückte Kanan Naab so sehr nieder, dass sie beschloss, eine Weile zu schlafen; vielleicht würde sie ja eine Lösung träumen. Doch ihre Lethargie war mit einem Schlag verschwunden, als sie im vorderen Raum des Hauses ihren Vater vorfand. Er saß auf dem Boden und spielte mit dem kleinen Bolon Oc, während Ixchel mit gekreuzten Beinen auf der Bank an der hinteren Wand saß und einen Rock bestickte.

In dem Augenblick, bevor die anderen sie bemerkten, fiel Kanan Naab auf, wie grau ihr Vater geworden war und wie viele Falten er bekommen hatte. Aber dennoch lag bei dem Spiel mit seinem Sohn eine Unbeschwertheit in seinem Wesen, die gar nicht zu ihrem ersten Eindruck passen mochte und die Pacal jünger wirken ließ, als sie ihn je erlebt hatte. Für einen kurzen Moment spürte sie sogar einen heftigen Neid, weil sie sich nicht erinnern konnte, dass ihr Vater sich jemals mit ihr so fröhlich beschäftigt hatte.

»Ich grüße dich, meine Tochter«, sagte er herzlich und lud sie mit einer Geste ein, sich zu ihm zu setzen. »Schau, wie gut dein kleiner Bruder schon seine Beinchen bewegt.«

Kanan Naab kniff Bolon Oc zärtlich in die Wange, und der Kleine lachte fröhlich. Dann winkte er seinem Vater zu und hüpfte auf der Stelle, bis Pacal den Garnball in seiner Hand ans andere Ende des Zimmers rollen ließ, damit Bolon Oc hinterherrennen konnte.

»Ich habe gehört, du gehörst zu denen, die von Balam Xoc eine Aufgabe gestellt bekommen haben«, sagte er, als Bolon Oc davonlief. »Das ist eine große Ehre.«

Kanan Naab senkte bescheiden den Blick; sie war es nicht gewohnt, von ihm gelobt zu werden. Doch als sie wieder aufsah, war sie gefasst und entschlossen.

»Ich bin gekommen, um Euch um Hilfe zu bitten, Vater«, sagte sie bestimmt.

»*Meine* Hilfe?«, fragte Pacal überrascht. »Ich weiß wenig über Zeichen oder Visionen.«

»Aber Ihr wisst alles über die Ernten. Ich hätte schon früher daran denken sollen, Euch zu fragen.«

»Mich *was* zu fragen?«, wollte Pacal wissen und warf den Garnball, den Bolon Oc gebracht hatte, noch einmal.

Kanan Naab überlegte kurz, wie sie ihre Frage am besten formulieren sollte. »Wenn es stark, sehr stark regnen würde – was wäre dann mit den Ernten?«

Pacal schaute in die Ferne und überlegte angestrengt, so dass er gar nicht merkte, dass Bolon Oc schon wieder mit dem Garn vor ihm stand. Kanan Naab nahm es und warf es in die fernste Ecke des Raums.

»Wenn der Regen lange genug anhalten würde«, sagte Pacal schließlich, »und erst kurz vor der Ernte käme, könnte er sich so schlimm auswirken wie die Dürre im letzten Jahr.«

»Wie kommt das?«

Pacal breitete hilflos die Hände aus, als seien die Gründe für das, was er sagte, vollkommen offensichtlich. Doch dann dachte er daran, wen er vor sich hatte, und überlegte genau, wie er seine Erklärung formulieren sollte.

»Ein schwerer Regen kann zum einen der Ernte selbst schaden und sie für Insekten anfällig machen. Wir haben bereits Probleme mit Maisbohrern und Heuschrecken, habe ich gehört, und letztes Jahr waren die Blattschneiderameisen ein ernstes Problem. Aber das ist nichts im Vergleich zu dem Schaden, den die Felder selbst erleiden könnten. Der wäre wesentlich schwerer wieder gutzumachen und würde auch künftige Ernten noch betreffen. Wir müssten für unsere Nachlässigkeit schwer bezahlen.«

»*Nachlässigkeit*?«, stieß Kanan Naab wie aufgeschreckt hervor, so dass Pacal innehielt und sie eingehend musterte. Beide waren zu sehr in ihr Gespräch verstrickt, um Bolon Oc zu bemerken, der enttäuscht die Stirn runzelte und dann mit dem Garnball zu seiner Mutter lief.

»Ja, du hast richtig gehört«, fuhr Pacal fort. »Wir haben die Felder nun schon seit mehreren Jahren, noch bevor ich selbst Oberster Verwalter der Ernten wurde, nicht so instand gehalten, wie es sein sollte. Wir hatten nie genügend Männer für alle notwendigen Arbeiten; das gilt insbesondere für dieses und das letzte Jahr. Die erhöhten Felder in den Alkalches würden auf einen schweren Regen wahrscheinlich am empfindlichsten reagieren, weil ihre Ränder schon erodieren, und die Kanäle zwischen ihnen sind schon seit zwei Jahren nicht mehr richtig gesäubert worden. Sie würden einfach in den Alkalche zurücksinken, wenn das Wasser tief genug würde.« Pacal seufzte schwer; offenbar bereitete ihm dieser Gedanke Sorgen. »Den Maisfeldern würde es unter Umständen auch nicht besser gehen, selbst wenn sie nicht vollkommen überflutet würden. Die Ablaufgräben reichen schon unter normalen Umständen kaum aus, und der Boden würde in die Alkalches abgeschwemmt. Das meine ich damit, dass der Schaden schwer wieder gutzumachen wäre.«

»Ich verstehe«, erwiderte Kanan Naab ernst. »Wären unsere Gärten in der gleichen Weise betroffen?«

Pacal runzelte gedankenvoll die Stirn und zuckte die Achseln. »Wahrscheinlich nicht, wenn man die richtigen Vorsichtsmaßnahmen treffen würde«, meinte er und sah sie dann forschend an. »Hast du *gesehen*, dass das geschehen wird, meine Tochter?«

»Nur die ersten Zeichen«, gestand Kanan Naab. »Aber Ihr habt mir geholfen, sie zu verstehen. Ich danke Euch, Vater.«

»Falls das wirklich eintreten sollte«, sagte Pacal ernst, »muss sofort Chac Mut benachrichtigt werden. Er weiß, welche Vorkehrungen dann zu treffen sind.«

»Zuerst muss ich Großvater Bescheid geben und mir anhören, was Opna und Nohoch Ich in Erfahrung gebracht haben.«

»Ah, ja«, murmelte Pacal verständnisvoll. »Die anderen möglichen Nachfolger. Es ist dir schon bewusst, dass die Leute so über euch drei reden?«

»Von Großvater haben sie das nicht gehört, soviel kann ich Euch versichern. Und von mir auch nicht.«

»Na, dann vielleicht von Opna«, meinte Pacal pfiffig. »Dass er dieses Amt möchte, ist klar. Aber wie steht es mit deinen Wünschen, meine Tochter? Willst du einmal Großvaters Platz einnehmen, wenn er nicht mehr bei uns ist?«

»Das wäre anmaßend«, antwortete Kanan Naab ausweichend. »Eine Frau als Lebenden Ahnen hat es noch nie gegeben. Und Großvater ist stärker als wir alle. Er braucht nicht über einen Nachfolger nachzudenken.«

»Nein? Er ist fast siebzig, und ein Anschlag auf sein Leben wurde bereits unternommen. Aber ich will dich nicht zu einer Antwort zwingen«, fügte Pacal hinzu. »Ich bin hier, falls du dich mir anvertrauen möchtest oder meinen Rat suchst.«

Kanan Naab schluckte schwer und suchte vergeblich nach Worten. Dann schaute sie zu Ixchel, die lächelte und ganz offensichtlich stolz auf sie beide war. Neben ihr an der Wand war das Porträt der Herrin Ik Caan, das Akbal vor so vielen Jahren gemalt hatte, nachdem ihre Mutter von ihnen gegangen war. Auch sie schien einverstanden zu sein – zumindest kam es Kanan Naab so vor, als sie das Bild durch einen leichten Tränenschleier betrachtete.

»Ich werde wiederkommen«, versprach sie gerührt und lächelte durch ihre Tränen. Eine Woge des Vertrauens lief durch ihren Körper, ein Gefühl, dass sie vielleicht endlich doch noch ihrer Ähnlichkeit mit der Frau an der Wand würdig geworden war, der Mutter, von der sie verlassen wurde, um ihren eigenen Weg in der Welt zu finden.

Erst in Nakum, wo sie Halt machten, um zu übernachten, hörten Akbal und Chan Mac vom Vogelsterben und erfuhren, dass der Herrscher erneut Sanktionen über den Clan der Jaguarpranken verhängt hatte. Die Leute, die es ihnen erzählten, schienen ihnen dazu fast gratulieren zu wollen und zeigten sich über Balam Xocs Widerstand sehr zufrieden. Irgendwie hatte *diese* Prophezeiung, die er fast ein Jahr lang für sich behalten hatte, ihm mehr Bekanntheit eingebracht als seine Voraussage der Dürre im letzten Jahr. Das mochte daran liegen, dass die Dürre ein großes Gebiet betroffen hatte, während die mysteriöse Krankheit, die die Vögel tötete, offenbar nur auf Tikal beschränkt und bereits in Nakum, das nur eine halbe Tagesreise entfernt lag, nicht mehr feststellbar war. Damit erschien sie wie ein direkter Schlag gegen Caan Acs Prestige, und es gab kaum jemand in Nakum, der sich darüber nicht gefreut hätte. Denn auch hier herrschte der Hunger, und man hatte Caan Ac nie die Bonusse verziehen, die er versprochen und dann nicht bezahlt hatte.

Akbal und Chan Mac jedoch bereitete die Nachricht Sorgen, und sie diskutierten bis spät in die Nacht, wie sie sicher in die Stadt gelangen würden. Kal Cuc erbot sich, vorauszugehen und Kinich und einige Krieger zu holen, um sie in die Stadt zu eskortieren, doch die beiden Älteren meinten, es sei sicherer, zusammenzubleiben und den Vorteil ihrer großen Zahl auszunutzen. Mit ihren sechs Trägern waren sie zu neunt, und die meisten von ihnen hatte Kinich einigermaßen trainiert. Akbal kaufte für alle Holzstöcke, und sie beschlossen, erst gegen Abend auf einem der wenig benutzten Wege in die Stadt hineinzugehen. Es war unwahrscheinlich, dass die unbedeutenden Pfade stark bewacht sein würden; außerdem hatten sie gute Chancen, eventuellen Gegnern einfach durch Schnelligkeit zu entkommen.

Der Plan schien gut überlegt, und sie legten ihre Ankunft in Tikal so, dass sie die ersten nennenswerten Wohngebäude erst erreichen würden, wenn die Sonne schon fast untergegangen war. Akbal zwang sich zu einem normalen Tempo und dachte nicht, dass sie irgend jemandem, an dem sie vorbeikamen, aufgefallen waren. Aber als er beim Überqueren eines seichten Alkalche zufällig zurückschaute, sah er hinter ihnen Krieger auftauchen. Und noch ehe er überlegen konnte, ob sie fliehen sollten, trat vor ihnen ein zweites Kontingent aus den Bäumen hervor und riegelte den Weg nach vorne ab. Sie saßen in der Falle, mit Waren beladen, in der Minderzahl und mit einem hüfthohen Sumpf zu beiden Seiten des Weges. Akbal und Chan Mac setzten ihre Lasten ab und gingen mit ihren Stöcken dem Hauptmann entgegen.

»Ihr seid Jaguarpranken«, sagte der Mann lakonisch und richtete seinen Speer auf Akbals Brust.

»Ja«, erwiderte Akbal und fragte sich, wer sie wohl verraten hatte. »Was wollt Ihr von uns?«

»Euch ist es verboten, in Tikal Handel zu treiben. Woher habt ihr die Waren, die ihr mit euch führt?«

Trotz des Speers, der inzwischen auf seine Kehle zielte, antwortete Akbal nichts. Der Hauptmann entblößte grinsend seine spitz zugefeilten Zähne.

»Na ja, das ist sowieso gleichgültig. Sie bleiben auf jeden Fall bei uns. Sag deinen Männern, sie sollen ihre Lasten absetzen, dann könnt ihr weitergehen.«

»Das sind *unsere* Waren!«, entgegnete Akbal stur. »Ihr habt kein Recht, sie uns abzunehmen!«

»Geh mir nicht auf die Nerven«, meinte der Hauptmann verächtlich. »Ketzer haben keine Rechte. Sei froh, dass ich euch euer Leben lasse!«

Akbal nickte stumm, trat zurück und wies seine Männer an, ihre Lasten und Bündel abzusetzen und nichts am Körper zu verbergen.

»Diebe!«, murmelte er hörbar mit einem hasserfüllten Blick auf die Krieger, die sich auf ihre Speere lehnten und hämisch lachten.

»Provoziere sie nicht, mein Freund«, warnte Chan Mac. »Vielleicht lassen sie uns dann wirklich gehen.«

»Nein«, widersprach Akbal. »Schau doch – ein paar von ihnen haben schon ihre Keulen losgebunden. Sobald sie uns ausgeraubt haben, werden sie uns auch noch verprügeln.«

»Es sind zu viele, um gegen sie zu kämpfen, selbst wenn wir Waffen hätten, die den ihrigen ebenbürtig sind.«

Akbal betrachtete die Bündel um sich herum: die Säcke mit Kakao und getrocknetem Fisch, die sorgfältig eingewickelten Obsidiankerne und den Schmuck aus Muscheln und Jade. Sechs Monate harter Arbeit lagen hier, und dazu noch die Geschenke, die sie von ihren neuen Handelspartnern bekommen hatten. Der Gedanke, dass all dies nun an eben jene Krieger gehen würde, die ihn und seine Männer auch noch misshandeln würden, machte ihn rasend. Er hob einen der Kakaosäcke auf und schaute zu Chan Mac und seinen Begleitern.

»Dann sollen sie zwischen uns und unseren Waren wählen!«, sagte er zornig. »Schlagt euch tapfer, meine Freunde, und schaut nicht zurück, sobald ihr an ihnen vorbei seid.«

Mit einer plötzlichen Bewegung riss er den Sack über den Kopf und schleuderte ihn, so weit er konnte, in den Alkalche, wo er mit einem lauten Platschen im Wasser landete. Die anderen folgten entsetzt und in überstürzter Hast seinem Beispiel und warfen ihre Taschen und Bündel ebenfalls in den Sumpf, so schnell sie konnten. Ein wütender Aufschrei kam von den Kriegern, die zuerst auf sie losgehen wollten, dann aber unvermittelt innehielten, weil sie es nicht verwinden konnten, dass ihre so sicher geglaubte, wertvolle Beute im trüben Wasser versank. Nur der Hauptmann griff, seine Kriegskeule schwingend, Akbal an, aber seine Männer hinter ihm begannen, durcheinander zu laufen und in den Alkalche zu springen.

Akbal packte einen Beutel Salz und hob seinen Stock hoch. »Jetzt!«, schrie er seinen Kameraden zu. »Lasst euch nicht von ihnen aufhalten!«

Er schwang den Salzbeutel über dem Kopf und warf ihn auf den Hauptmann, bevor dieser so nahe kam, dass er mit seiner Keule hätte zuschlagen können. Der Krieger wehrte das Geschoss zwar problemlos mit seinem Schild ab, doch beim Aufprall zerbarst der Beutel, und ein Hagel weißen Salzes spritzte ihm ins Gesicht. Momentan erblindet, konnte er die Schläge nicht parieren, die Akbal und Chan Mac ihm mit ihren Stöcken verpassten, als sie an ihm vorbeihasteten.

Aber jetzt trat ihnen eine Hand voll Krieger entgegen, die sich offenbar weniger für die im Sumpf versinkenden Waren interessierten, sondern darauf zu brennen schienen, Akbal und seinen Freunden mit ihren Keulen zu Leibe zu rücken. Akbal schlug wild mit seinem Stock um sich und konnte sie zunächst abwehren; dann rannte plötzlich Chan Mac an ihm vorbei, wich dem Schlag einer Keule aus und warf sich mit seinem ganzen Gewicht so heftig gegen die Beine der vordersten Krieger, dass drei von ihnen hinfielen. Von hinten drängten die Träger nach, überrannten die am Boden liegenden Gegner und rammten in einer wilden Kollision gegen die Nächsten, so dass ein heilloses Durcheinander von Körpern entstand. Akbal verlor seinen Stock, und im nächsten Moment streifte ein Schlag so heftig seine Wange, dass er herumwirbelte und genau in die Schlagbahn einer anderen Keule taumelte. Im Versuch, sich zu schützen, riss er noch die Arme hoch, doch im selben Augenblick hörte er den Knochen brechen, und dann spürte er von der Schulter bis zum Handgelenk einen flammenden Schmerz. Er wollte schreien, presste den gebrochenen Arm an den Körper und krümmte sich qualvoll.

Der Krieger, der ihn getroffen hatte, stieß einen Jubelschrei aus und wollte noch einmal zuschlagen, doch ein wütender Stoß Kal Cucs mit dem Stock in den Unterleib ließ ihn plötzlich in sich zusammensinken. Dann packte der Junge Akbal am Lendenschurz und zog ihn hinter sich her. Vor ihnen war niemand mehr zu sehen; Akbal ließ sich dahinzerren und torkelte, ohne zu wissen, wohin er eigentlich lief; der Schmerz in seinem Arm war zuviel für ihn, er konnte kaum mehr das Gleichgewicht halten.

Sie rannten, bis Akbal das Gefühl hatte, ohnmächtig zu werden, und als sie dann auf einmal innehielten, wurde ihm sofort schwindlig und schlecht. Er keuchte und würgte und musste sich übergeben; Kal Cuc und Chan Mac stützten ihn, damit er nicht in sein eigenes Erbrochenes fiel. Aber sie ließen ihm kaum eine Pause; von den beiden Freunden in die Mitte genommen, musste er stolpernd weiterhasten, obwohl sein Arm bei jedem Schritt unerträglich weh tat.

»Verfolgen sie uns?«, fragte er halblaut Chan Mac, dessen rundes Gesicht mit Schrammen und Blutergüssen übersät war; ein Auge war vollständig zugeschwollen.

»Ich glaube nicht. Aber wir dürfen uns nicht aufhalten. Einer unserer Träger fehlt. Wir müssen Kinich zurückschicken, um ihn zu retten.«

»Natürlich«, flüsterte Akbal und biss die Zähne zusammen gegen den pochenden Schmerz. Ein anderer Träger war ohnmächtig geworden und wurde von seinen Kameraden, die alle selbst verletzt waren, mitgeschleift. Kal Cuc war der einzige, der noch seinen Stock hatte, aber er hinkte sehr und hielt sich eine Seite seines Kopfes. Akbals Schmerzen waren zu stark, als dass er Erleichterung über die gelungene Flucht oder Bedauern über ihre verlorenen Waren hätte empfinden können. Er wollte einfach nur anhalten und in Ohnmacht fallen, um seiner Qual ein Ende zu bereiten.

Auch was Chan Mac schließlich zu ihm sagte, hörte er nur mit halbem Ohr: »Willkommen zu Hause, mein Freund. Ich hoffe, es wird leichter sein, die Stadt zu verlassen, wenn es soweit ist, als es war, hierher zurückzukommen …«

Nohoch Ich, der Älteste, war als erster an der Reihe, um zu berichten, was er in der Abgeschiedenheit erfahren hatte. Er schien sehr erschöpft wie von einer schweren Prüfung; seine Augen lagen tief in den Höhlen, und seine Stimme war heiser und bebte.

»Ich sah eine große Menge Wasser«, sagte er langsam, »das vom Himmel fiel, über die Erde rann und tiefe Tümpel bildete. Und ich sah einen Mann, der in einem dieser Tümpel ertrank. Aber das ist alles, was mir gezeigt wurde, und ich kann nicht behaupten, daß ich die Bedeutung dieses Bildes verstehe.«

Er klang enttäuscht von sich selbst; offenbar hatte er Balam Xocs Wunsch nach Information als eine heilige Verantwortung aufgefasst, der er mit der gleichen selbstlosen Hingabe nachgegangen war wie früher seinem Priesteramt. Balam Xoc nickte nur und forderte dann Opna mit einer Geste auf, seine Erfahrung zu berichten.

»Auch ich sah eine übergroße Menge Wasser«, begann Opna fast nonchalant, als sei das eine relativ unbedeutende Beobachtung. Sein Blick war träumerisch, aber ab und zu blitzten seine Augen hellwach auf. »Und ich sah ein grünes, fruchtbares Land mit vielen Fröschen und Eidechsen und Schlangen, die sie fraßen.« Er unterbrach sich, um seinen nächsten Worten noch mehr Nachdruck und Bedeutung zu verleihen. »Es geht eine Gefahr von einer Schlange aus, Großvater, vielleicht auch von einem *Mann* mit einer Schlange.« Er legte erneut eine Pause ein und schaute seitwärts zu Kanan Naab. »Vielleicht ein Mann vom Schlangen-Clan.«

»Und das Resultat der Ernte?«, fragte Balam Xoc kurz angebunden, ohne auf die Anspielung einzugehen.

»Sie wird gut«, erklärte Opna voller Zuversicht. Balam Xoc musterte ihn einen Augenblick lang, bevor er sich Kanan Naab zuwandte, die zu seiner Linken saß. Sie sah ihn offen und gerade an und schloss ihre beiden Vorredner bewusst aus ihrem Blickfeld aus. Dann erklärte sie, dass der Regen stärker als gewöhnlich ausfallen werde, möglicherweise sogar sehr viel stärker, und führte im Anschluss daran genau die Möglichkeiten aus, auf die Pacal sie hingewiesen hatte. Dabei betonte sie, es würde sich lediglich um *Möglichkeiten* handeln, nicht aber um etwas, das sie gesehen habe.

»Aber trotzdem glaube ich, dass die Ernten von der Feuchtigkeit profitieren werden«, schloss sie. »Und dass der Herrscher die Vernachlässigungen der Vergangenheit sühnen muss.«

»Wie hast du diese Dinge in Erfahrung gebracht?«, wollte Balam Xoc wissen.

»Von den Regenfällen erfuhr ich durch Erlebnisse, die Träumen gleich waren, und der Gedanke der Vernachlässigung kam mir, als ich Akbals Stein aufsuchte. Alles andere hat mir mein Vater erzählt.«

Opna murrte geringschätzig und erntete damit einen raschen, durchdringenden Blick von Balam Xoc. »Und du, Opna?«, fragte er mit einer leichten Schärfe im Ton.

»Die Pilze, Großvater«, antwortete Opna mit plötzlicher Demut.

»Nohoch?«

»Ich war im Clan-Schrein, wo ich gefastet und geträumt habe, Herr.«

»Gut«, meinte Balam Xoc schroff. »Eine Übereinstimmung besteht also lediglich, was den Regen anbelangt. Oder bist du der Meinung, Nohoch, dass dein Traum von dem Ertrinkenden mit dem übereinstimmt, was Kanan Naab berichtete?«

Nohoch überlegte einen Moment. »Es war ein sehr beunruhigender Traum«, sagte er dann, »aber ich kann ihn nicht mit einem Erfolg oder Misserfolg der Ernten in Zusammenhang bringen. Was Kanan Naab allerdings von Pacal erfahren hat, ist sicher einer näheren Betrachtung wert.«

»Mein Vater sagte auch«, fügte Kanan Naab jetzt, ermutigt durch die Unterstützung ihres Onkels, hinzu, »dass Chac Mut weiß, mit welchen Vorkehrungen unsere Gärten vor Regenschäden zu schützen sind.«

»Dann sag ihm, er soll sich sofort darum kümmern«, trug Balam Xoc ihr auf. »Sobald wir hier fertig sind.«

Er schwieg und sah alle drei nacheinander an, dann richtete er sich plötzlich auf und schaute über ihre Köpfe hinweg zur Tür hinaus. Jetzt bemerkte Kanan Naab zum erstenmal, dass es dunkel geworden war, doch sie war sich nicht sicher, ob dieser Umstand oder etwas anderes Balam Xocs Aufmerksamkeit nach draußen gelenkt hatte. Es war ganz still; keine Stimmen, keinerlei Unruhe unterbrach das stetige Gezirp der Insekten. Nach einer kurzen Weile fuhr Balam Xoc fort zu sprechen, allerdings in einem anderen Ton. Kanan Naab spürte, wie die Spannung im Raum nachließ und nahm an, die ›Prüfung‹ ihres Großvaters habe kein Ergebnis erbracht.

»Wie ihr wisst«, sagte er, »wurden die Clan-Bücher in der Friedenszeit aus den Clan-Häusern hierher zurückgebracht. Das hat sich als günstige Vorsichtsmaßnahme erwiesen. Ich möchte, dass ihr drei sie jeden Morgen und Abend studiert und euch die gesamte Geschichte unseres Volkes aneignet. Ihr könnt euch gegenseitig helfen oder mich und auch jeden anderen fragen, der euch in eurem Verständnis dieser Materie weiterhelfen kann. Wenn ihr die Geschichte unserer Leute beherrscht, so wie unsere Ahnen sie für uns aufgezeichnet haben, werde ich …«

In diesem Augenblick wurden draußen aufgeregte Stimmen laut, die ihn mitten im Satz unterbrachen. Dann warf eine Fackel Licht in den Raum, und Hok erschien frenetisch gestikulierend in der Tür.

»Akbal und seine Leute – sie sind überfallen worden!«, schrie er außer sich.

Balam Xoc stand wortlos auf und folgte Hok über den oberen Platz und die Treppe hinunter zum unteren. Vor Akbals Haus hatte sich eine Menschenmenge versammelt; auf der Plattform saßen oder lagen die Verwundeten in einem hell erleuchteten Kreis und wurden von Chibil und einigen anderen Frauen behandelt. Die Heilerin kniete gerade bei Akbal, der der Länge nach hingestreckt lag und bei jedem Atemzug stöhnte. Daneben stand weinend Zac Kuk, die von Ixchel und May festgehalten wurde. Kanan Naab ging zu ihr und drückte ihr kurz die Hände, um sie etwas zu beruhigen. Dann kniete sie neben Chibil und Akbal nieder.

»Sein Arm ist gebrochen«, erklärte die ältere Frau kurz. »Ich lasse Holz holen, um ihn zu schienen.«

»Die Krieger des Herrschers?«, erkundigte sich Balam Xoc bei Chan Mac, der sein jüngstes Kind im Arm hielt, während Kutz die Wunden in seinem Gesicht mit einem feuchten Tuch betupfte.

»Da, wo der Pfad über den Alkalche führt, haben sie auf uns gewartet. Kinich ist hingegangen, weil einer unserer Träger nicht entkommen konnte.«

»Und eure Waren?«

»Haben wir in den Alkalche geworfen«, antwortete Chan Mac mürrisch. »Die meisten der Krieger haben uns laufen lassen und sind ihnen hinterher.«

Ein Mann mit einer Hand voll Leisten und einem Messer aus Feuerstein erschien neben Chibil und begann, die Hölzer nach Anweisung der Heilerin auf die richtige Länge zuzuschneiden.

»Ich muss die Bruchstelle erst noch finden«, sagte Chibil zu Kanan Naab. »Das wird ihm große Schmerzen bereiten.«

Kanan Naab nahm Akbals lange, schlanke Hand und beugte sich über ihn. »Ich bin bei dir, mein Bruder«, flüsterte sie. »Du musst tapfer sein und stillhalten, damit wir dich heilen können.«

Akbal öffnete die Augen und schnappte nach Luft. Die aufgeplatzte Schwellung auf seiner Wange blutete, und als er versuchte, seine Kiefer zu bewegen, zuckte er zusammen. Aber schließlich schaffte er es, zu Kanan Naab hinaufzuschauen, und sein übel mitgenommenes Gesicht schien sich etwas zu entspannen.

»Deine Hände sind sehr warm«, murmelte er.

Kanan Naab verstärkte sanft ihren Druck. »Lass mich deinen Schmerz nehmen«, sagte sie und nickte Chibil zu, bevor sie sich über Akbals Hand beugte. »Lass die heilende Kraft zu dir kommen …«

Er zuckte zusammen, als Chibil seinen Arm hochhob, und noch einmal, als sie mit tastenden Fingern den Bruch fand. Aber er schrie nicht und war noch immer bei Bewusstsein, als die Heilerin damit fertig war, die Leisten an seinen Arm zu binden. Kanan Naab bemerkte es erst, als Chibil ihr zuflüsterte und sie mit einer leichten Berührung am Arm aus ihrer Trance zurückholte. Ihre Hände waren feucht von ihrem eigenen Schweiß und dem Akbals, und einen Moment lang konnte sie nicht zwischen seinem Körper und ihrem unterscheiden; eine große Kraft war durch sie hindurchgeströmt und hatte jegliche Empfindung und jedes Geräusch abgeblockt. Aber als sie den Kopf hob, sah sie, dass niemand ein Geräusch machte: Alle beobachteten sie in Schweigen versunken und konzentrierten sich mit ihr. Auch Akbal sah zu ihr auf; seine Pupillen waren weiß umrandet.

»Ich habe sie gespürt, meine Schwester«, sagte er mit schwacher Stimme. »So stark, dass ich von meinen Schmerzen abgelenkt war.«

Kanan Naab nickte, ließ seine Hand los und winkte Zac Kuk heran. Dann setzte sie sich erschöpft, als habe sie wirklich einen Teil von Akbals Schmerz ertragen, zurück. Zac Kuk berührte leicht ihre Schulter, kniete neben Akbal nieder und beugte sich besorgt über ihn.

Plötzlich ging ein lauter Aufschrei durch die Menschen am Rand der Menge. Kanan Naab stand auf und sah Kinich und seine Krieger um die Ecke des Handwerksbaus biegen. Die Männer am Kopf der Kolonne trugen zusätzliche Schilde und Speere – die Waffen ihrer Kameraden, die hinter ihnen auf einer behelfsmäßigen Trage ein großes, von Decken verhülltes Bündel transportierten. Die verbissenen Mienen der Krieger und der reglose Körper, den sie mit sich führten, ließen keinen Zweifel daran: Der Träger hatte nicht mehr gerettet werden können.

Mehrere Personen stürzten auf die Trage zu, und eine Frau begann, in hohen Trillertönen zu wehklagen. Die Träger stellten ihre Last in der Mitte des Platzes ab und traten zurück, damit die Verwandten sich des Toten annehmen konnten. Balam Xoc ging langsam auf die Trage zu, gefolgt von einer ganzen Gruppe von Leuten, der sich auch Kanan Naab pflichtbewusst anschloss. Kinich kam ihnen mit einem tropfenden Lederbeutel in der Hand entgegen; sein breites Gesicht erschien im flackernden Kerzenlicht sehr bleich. Er stellte den Beutel ab und umfasste seinen Speer mit beiden Händen.

»Wir haben ihn im Alkalche gefunden«, berichtete er mit einem leisen Pfeifen durch die Nase und deutete mit einem Nicken auf den toten Träger. »Die Krieger waren bereits mit ihrer Beute geflohen. Sie haben ihn verprügelt und dann in den Sumpf geworfen, wo er ertrank.«

»Er starb durch Ertrinken?«, fragte Nohoch sofort. »Bist du sicher?«

Einen Augenblick lang funkelte Kinich seinen Onkel feindselig an, als habe Nohoch ihn eines Verbrechens beschuldigt. Dann senkte er den Blick und schluckte schwer.

»Ich kenne die Anzeichen. Ich habe schon öfter Ertrunkene gesehen.«

Nohoch ging zu dem Toten, kniete neben ihm nieder und betrachtete ihn genau.

»Er hat nicht dein Urteil in Frage gestellt, mein Sohn«, erklärte Balam Xoc seinem Enkel. »Er hat neulich von einem Ertrinkenden geträumt.«

»Einen solchen Traum habe ich oft gehabt«, murmelte Kinich. Dann blickte er Balam Xoc fest in die Augen. »Aber trotzdem muss ich die Schuld dafür auf mich nehmen, Großvater. Ich hätte Vorkehrungen treffen sollen, um ihnen bei ihrer Rückkehr entgegenzugehen. Wir wussten, dass das Friedensversprechen des Herrschers nicht von Dauer sein würde.«

Auch Chan Mac, der sich ein nasses Tuch über sein zugeschwollenes Auge hielt, hatte sich der Gruppe zugesellt und versuchte, Kinich zu entlasten. »Es war eine Falle, Herr«, erklärte er Balam Xoc. »Wir wurden in Nakum erkannt, und vielleicht haben wir zu offen geredet. Es muss uns dort jemand verraten haben.«

»Ich habe euch beide gehört«, erwiderte Balam Xoc mit einem ernsten Nicken. »Aber es gibt nur einen, der wirklich die Schuld daran trägt. Ich muss mit Pacal reden, ist er hier?«

Pacals Name wurde mehrmals gerufen, und Kanan Naab sah ihren Vater aus der Gruppe um Akbal aufstehen und auf Balam Xocs Winken hin kommen. Er war wohl soeben erst aus dem Palast eingetroffen, denn vorhin hatte Kanan Naab ihn noch nicht bemerkt.

»Der Krieg zwischen den Clans hat ein weiteres Opfer gefordert«, bemerkte er leise, nachdem er Balam Xoc begrüßt hatte. Seine Miene war wie immer höflich, aber unbewegt.

»Kannst du dem Herrscher eine Nachricht überbringen?«, fragte Balam Xoc.

Pacal nickte. »Die Krieger, die den Hauptweg bewachen, kennen mich, sie lassen mich passieren.«

»Kannst du dafür sorgen, dass diese Botschaft auch der Öffentlichkeit bekannt wird?«

»Das kommt auf den Inhalt an«, erklärte Pacal. »Wollt Ihr, dass ich gegen diesen Überfall protestiere?«

»Nein«, erwiderte Balam Xoc entschieden. »Ich will dem Herrscher mitteilen, dass die Regenfälle für die verbleibende Zeit des Jahres sehr heftig ausfallen werden. Und ich will, dass das Volk von Tikal weiß, dass ich Caan Ac diese Warnung gegeben und ihm empfohlen habe, die notwendigen Maßnahmen zum Schutz der Ernten zu treffen.«

Kanan Naab atmete heftig; die unerwartete Verwendung

der teilweise auf sie zurückgehenden Information überraschte sie. Auch Opna schien perplex oder sogar ärgerlich zu sein.

Pacal schürzte die Lippen und überlegte. »Da Caan Ac nicht die Mittel hat, eine solche Warnung wirklich zu beherzigen«, sagte er schließlich, »bezweifle ich, dass er sie als einen Akt der Großmut auffassen wird. Er könnte sie eher als einen Versuch verstehen, ihn zu demütigen und seine Führungsrolle in Frage zu stellen.« Er blickte seinen Vater fest an. »Und in diesem Fall würde er zweifellos sowohl die Botschaft als auch den Boten unterdrücken.«

»Ich will, dass meine Botschaft von allen gehört wird«, insistierte Balam Xoc. »Gleichgültig, was Caan Ac über meine Motive denkt.«

»Dann solltet Ihr sie vielleicht besser direkt an den Obersten Verwalter der Ernten schicken. *Er* würde den Herrscher sicher davon in Kenntnis setzen und viele andere ebenfalls. Er ist kein Mann, der seine Verpflichtungen schweigend trägt.«

»Dann geh zu ihm«, entschied Balam Xoc abrupt. »Sag ihm, dass ich ihm dieses Wissen mitteile zum Wohle der ganzen Stadt. Sag ihm, dass er die Konsequenzen tragen muss, falls er sich dafür entscheidet, meine Warnung zu ignorieren.«

»Ich habe Euch verstanden«, erwiderte Pacal und verließ mit einer Verbeugung den Platz. Gemischte Gefühle stiegen in Kanan Naab auf, als sie ihn gehen sah und ihr klar wurde, dass ihre schwer gewonnenen Einsichten, und auch die von Nohoch und Opna, nun als Provokation und subtile Rache gegen den Herrscher dienen mussten. Sollte das der letztendliche Zweck ihrer ›Prüfung‹ gewesen sein? Eine vorsätzliche, kalkulierte Beleidigung des Mannes, der sie ohnehin bereits grundlos angegriffen hatte?

»Warum …?«, sagte sie laut, hielt aber mitten im Satz inne, als Balam Xoc sich rasch ihr zuwandte.

»Ja?«, fragte er, und Kanan Naab deutete unbestimmt auf den Toten auf der Trage.

»Ich verstehe nicht, Großvater. Ein Toter liegt bereits hier, und mein Bruder und diese anderen Männer wurden verwundet. Warum müssen wir den Herrscher zu weiteren Gewalttaten provozieren?«

»Weil zwischen uns und ihm Krieg ist«, erklärte Balam Xoc unumwunden. »Wir müssen das Wissen, über das wir verfügen, einsetzen; es ist unsere einzige Waffe. Die Gründe dafür wirst du erfahren, wenn du die Clan-Bücher studierst, wie ich es euch aufgetragen habe. In der Zwischenzeit«, fügte er hinzu und hob den nassen Beutel auf, »bring dies zu Akbal. Er wird jetzt eine Zeit lang nicht malen oder reisen können. Erinnere ihn an den Stein, den er vernachlässigt hat.«

Wortlos nahm Kanan Naab den Beutel an sich und trat zur Seite; Balam Xoc ging zu den Trauernden bei der Trage. Kinich sagte etwas zu ihr, doch sie verstand ihn nicht. Sie musste an die Nacht denken, in der sie Balam Xoc mit Akbal über den Stein sprechen gehört hatte, die Nacht, in der er ihnen beiden aufgetragen hatte, sich nicht von ihm abhängig zu machen. Angesichts dessen, was Balam Xoc in letzter Zeit sonst noch alles getan hatte, konnte diese Aufforderung nur eines bedeuten.

»Er hat seinen Tod gesehen«, murmelte sie und zwang sich, sachlich zu bleiben. Kinich trat näher und riss sie aus ihren schweren Gedanken. Sie schaute ihn ausdruckslos an.

»Ich bat dich«, wiederholte er, »Akbal zu sagen, dass dieser Beutel alles war, was wir retten konnten. Aber sobald es Tag ist, gehen wir noch einmal zurück und sehen nach, ob wir noch etwas finden.«

»Ich sage es ihm«, versprach Kanan Naab und drückte geistesabwesend den nassen Beutel an sich. Sie war froh, dass er *ihre* Worte nicht verstanden hatte. In dem Krieg, von dem Balam Xoc gesprochen hatte, konnte ihm dieses Wissen nicht weiterhelfen. Sie musste es still für sich ertragen, mit der ehrfürchtigen Demut der möglichen Nachfolgerin, die sie war, einer Nachfolgerin, die für ihr Amt weder bereit noch würdig war. Mit dem Beutel in beiden Händen schritt sie blindlings auf Akbals Haus zu und hörte in der Ferne den Donner rollen, der bereits das Kommen des Regens ankündigte.

Drei Monate später, im Monat Tzec

Box Ek war zwar nicht mit zunehmendem Alter schwerhörig geworden, aber sie hatte jetzt ab und zu Zeiten, in denen jegliche Geräusche einfach auszusetzen schienen, und gleichzeitig hatte sie das Gefühl, alles aus großer Distanz zu sehen. Sie war dann immer beeindruckt von der enormen Mühe, die die Menschen in den Akt des Lebens legten, besonders wenn es darum ging, zu beschreiben und zu erklären, wozu sie ihrer jeweiligen Meinung nach überhaupt lebten. Dann wunderte sich Box Ek über die fortwährenden Bewegungen der Münder und Hände der Menschen, mit denen sie die Luft aufwühlten, als sei dies der Beweis für ihr Dasein. Und sie fragte sich, ob die Ahnen wohl so die auf der Erde Lebenden sahen und ob dies dieselbe, lautlose Kluft war, die auch Balam Xoc von seinen Mitmenschen trennte.

Draußen hielt der Regen beständig an, und allmählich drang sein monotones Trommeln auf das Strohdach bis in ihr Bewusstsein vor; auch ein paar Worte von Zac Kuk und ein vereinzelter Schrei des Babys im Arm der jungen Frau erreichten sie. Zac Kuk, Ixchel und May brachten immer ihre Babys mit, wenn sie mit einem Besuch an der Reihe waren; Haleu und die älteren Frauen hatten gewöhnlich eine warme Suppe dabei oder ein neues Kräuterrezept, mit dem sie versuchten, die ständigen Schmerzen in Box Eks Knochen und Gelenken zu lindern. Sie alle hofften, irgendwie ihre Lebenskraft mit ihr zu teilen, als wäre Vitalität nichts weiter als ein warmes Getränk, das man lediglich zu sich zu nehmen brauchte, um das Leben zu verlängern. Nur Kanan Naab kam mit leeren Händen zu ihr, doch es hatte einer gemeinsamen Anstrengung bedurft, bis Box Ek die junge Frau davon überzeugt hatte, dass es besser war, wenn sie ihre Heilkräfte anderen zukommen ließ.

Jetzt vernahm sie Zac Kuks Worte zu deutlich, als dass sie sie noch länger hätte ignorieren können, und so zwang sie sich zuzuhören, und lenkte ihre Aufmerksamkeit von den Schmerzen weg. Sie war von oben bis unten in Decken eingewickelt, und neben ihr stand eine Pfanne mit glühenden

Kohlen, aber dennoch war ihr kalt; ihre Knochen fühlten sich so spröde und empfindlich an, als könnte die kleinste Bewegung sie brechen lassen. Es half, ganz still zu sitzen und nicht über die Schmerzen nachzudenken, deretwegen sie sich am liebsten anders hingesetzt hätte.

»Was hast du über deinen Mann gesagt?«, fragte sie, als sie den roten Faden dessen erkannte, was Zac Kuk ihr hatte mitteilen wollen. »Sein Arm heilt nicht gut?«

Zac Kuk zögerte und legte das Baby in den anderen Arm, um ihre Enttäuschung darüber zu verbergen, dass Box Ek sie nicht gehört hatte. Sie müssen alle denken, ich werde taub, dachte die alte Frau gequält, fand aber nicht die Kraft, ihre Unaufmerksamkeit zu erklären.

»Chibil hat vor zehn Tagen die Schiene entfernt«, wiederholte Zac Kuk. »Sie ist ganz zufrieden damit, wie der Knochen zusammengewachsen ist. Aber seine Muskeln sind sehr schwach geworden, deshalb darf er sie noch nicht belasten. Wenn er nur kurze Zeit malt, verkrampfen sich schon seine Finger, und er bekommt Schmerzen in den Schultern.«

»Er wird seine Kraft wiedergewinnen«, versicherte ihr Box Ek. »Was gibt es denn so dringend zu malen für ihn? Kanan Naab sagt mir, nur unsere Arbeiter dürfen das Haus der Jaguarpranken verlassen und dass ihr Vater die Männer jeden Tag begleiten muss.«

»Das stimmt«, räumte Zac Kuk ein. »Das war die Bestrafung des Herrschers für Pacal, weil er die Stadt auf die Gefahr durch den Regen hingewiesen hat. Akbal glaubt nicht mehr daran, dass er die Handelsvereinbarungen einhalten kann, die er und mein Bruder in Nohmul und Chetumal geschlossen haben. Das macht ihn doppelt enttäuscht, denn selbst wenn er malen *könnte*, wäre er nicht imstande, seine Arbeiten abzusetzen.«

»Er hilft Kanan Naab beim Studium der Clan-Bücher«, bemerkte die alte Frau. »Und sicher freut er sich doch auch über diese Kleine hier.«

»Ja«, erwiderte Zac Kuk mit einem stolzen Blick auf das Kind auf ihrem Schoß. »Er war überhaupt nicht enttäuscht, als er sah, dass unser Erstgeborenes kein Junge ist.«

»Unsere kleine Nicte«, seufzte Box Ek liebevoll und wandte sich, obwohl es sie schmerzte, dem winzigen Gesichtchen zu. »Sie ist so hübsch wie die Blume, nach der sie benannt wurde. Möge ihr ein längeres Leben beschieden sein als der Frau, die diesen Namen vor ihr trug.«

»Ihr habt Großvaters Ehefrau gekannt, die Herrin Nicte?«

»Ja, ich habe sie gekannt«, sagte Box Ek in Gedanken. »Ich war schon nach Ektun gegangen, bevor mein Bruder sie heiratete, deshalb habe ich sie nur gesehen, wenn wir uns gegenseitig besuchten. Aber ich lernte sie so gut kennen, wie es bei einer Schwägerin eben möglich ist. Sie war Balam Xoc eine gute Frau. Ich frage mich oft, ob er der geworden wäre, der er heute ist, wenn er zusammen mit Nicte alt geworden wäre.«

»Akbal hat mir einmal erzählt«, bemerkte Zac Kuk vorsichtig, »dass es der Kummer über den Tod seiner Mutter, der Herrin Ik Caan, war, der Balam Xoc bewog, Lebender Ahn zu werden.«

»Zu Beginn des Katun Elf Ahau hat es in dieser Familie viele Tote gegeben«, stimmte Box Ek traurig zu. »Und sicher gibt es noch einen, ehe er zu Ende geht. Komm her, meine Tochter«, fügte sie dann hinzu, »es ist kein Trost für mich, wenn ich die Wahrheit verleugne. Ich hatte nicht erwartet, die Uos noch einmal singen zu hören. Und obwohl ich doch noch lange genug lebte, konnte ich mich an ihrem Lied nicht erfreuen. Ich hänge nicht mehr an dieser Welt, Zac Kuk; ich würde sie gerne loslassen, um meinen Schmerzen ein Ende zu bereiten.«

Zac Kuk senkte respektvoll den Blick und strich sanft die Haare ihrer Tochter glatt.

Die alte Frau brauchte einen Moment, ehe sie wieder wusste, wie sie überhaupt auf dieses Thema gekommen waren. »Viele sind niedergeschlagen«, sagte sie schließlich. »Sie haben das Gefühl, dass sie vom Regen genauso eingesperrt werden wie von den Kriegern des Herrschers. Vielleicht sollte Akbal das meinem Bruder mitteilen.«

Mit plötzlicher Dankbarkeit in der Miene wandte sich Zac Kuk wieder ihr zu. »Er hat in letzter Zeit nicht gut gegessen und geschlafen«, erklärte sie. »Und nachts denkt er oft über seinen Stein nach, anstatt …«

Ihre Verlegenheit ließ sie verstummen, aber Box Ek verschleierte die Augen und zeigte ihr, dass sie verstanden hatte. »Sag ihm, er soll zu meinem Bruder gehen. Erinnere ihn daran, was Balam Xoc beim Reservoir zu uns sagte, an dem Tag, als wir ihn zusammen aufsuchten. Hat er uns nicht aufgetragen, über die Herzen unserer Mitmenschen zu wachen?«

»Doch«, stimmte Zac Kuk zu.

»Dann handle für uns beide; ich muss mich ausruhen. Geh zu deinem Mann, meine Tochter. Er braucht dich mehr als ich. Er hat noch viel Zeit vor sich und sollte schönere Dinge spüren als Schmerzen …«

Als es endlich zu regnen aufhörte und die Wolken zum erstenmal seit drei Tagen aufrissen, gingen die Männer im Handwerksbau geschlossen zum Reservoir. Alle wussten inzwischen, was zu tun war – die Schlammfänger reinigen, Mais- und Tomatenpflanzen abstützen, jäten –, und jedes Mal, wenn der Regen auch nur kurz aufhörte, gingen sie sofort an die Arbeit. Die Feldfrüchte in den Gärten des Clans wuchsen durch die viele Nässe sehr rasch; einige hatten bereits ihre volle Größe erreicht, obwohl es bis zum frühestmöglichen Erntebeginn noch zwei Monate waren. Aber dadurch erforderten sie ständige Pflege, damit der Regen nicht die immer größer werdenden Wurzeln freilegte und die Pflanzen nicht vor der vollen Reife durch das Gewicht ihrer eigenen Fruchtstände umknickten.

Bald blieb nur noch Akbal allein im Handwerksbau zurück. Chibil hatte ihm verboten, sich an der Arbeit in den Gärten zu beteiligen; das Risiko, im Schlamm hinzufallen, war zu groß, und die Heilerin hatte ihn gewarnt, er würde womöglich nie mehr malen können, wenn er sich den Arm noch einmal brechen sollte. Auch die qualvollen langen Tage, an denen er keinen Pinsel hatte halten können, waren noch nicht vergessen; selbst jetzt noch fühlte er sich beim Malen unbeholfen und befürchtete heimlich, dass er vielleicht nie wieder sein ganzes Können erlangen würde.

Dieser Gedanke machte Akbal unruhig; er stand auf und ging zur nächsten Tür. Die Sonne war mit aller Macht hinter den Wolken hervorgekommen, und die Feuchtigkeit war geradezu greifbar, als er in die warme Luft hinaustrat. Auf dem Platz dampften die tiefen Pfützen, weit und breit war niemand zu sehen. Er warf einen Blick auf sein Haus, ließ dann seine Ruhelosigkeit für ihn entscheiden und ging über den Platz zur Treppe nach oben. Er hatte das, was er jetzt tun wollte, viel zu lange vor sich hergeschoben, so dass es nun schon leichter war, Balam Xoc gegenüberzutreten, als noch eine Entschuldigung für Zac Kuk zu erfinden.

Hok stand mit Speer und Schild bewaffnet auf der Plattform von Cab Cohs Haus; seine Achtsamkeit ließ vermuten, dass Balam Xoc sich darin aufhielt. Seit dem Tod Cab Cohs und seiner Frau Pek war es leergestanden, bis beschlossen wurde, die früher im Haus der Jaguarpranken aufbewahrten Bücher des Clans hier zu lagern. Jetzt studierten Kanan Naab, Nohoch Ich und Opna jeden Morgen und Abend hier, und auch Balam Xoc verbrachte immer mehr Zeit im Haus seines Bruders. Hok begrüßte Akbal mit einer kurzen Geste und bedeutete ihm einzutreten.

Der Boden des langen Vorderzimmers war mit Büchern übersät. Einige waren ordentlich aufeinander gestapelt und mit den dazugehörigen gefleckten Tüchern umwickelt; andere lagen geöffnet auf Schildmatten oder standen aufrecht auf ihren hölzernen Deckeln, so dass die farbenfroh gestalteten Seiten mit ihren Zahlen, Zeichen und Hieroglyphen zu sehen waren. Der Geruch von Farbe und kalkbeschichtetem Rindenpapier vermischte sich mit dem moderigen Duft von Brotnüssen, die in großen, tönernen Urnen an beiden Enden des Raumes aufbewahrt wurden. Alle Häuser der Jaguarpranken hatten diesen Geruch, seit Chac Mut als erste Vorsichtsmaßnahme gegen den Regen sämtliche Brotnüsse aus den Chultunes, den unterirdischen Speichern, hatte entfernen lassen. Dadurch waren die harten Nüsse im Inneren der Früchte vor dem Verderben bewahrt worden, aber die permanente Feuchtigkeit hatte die orangefarbene Rinde mit einem bläulichen Schimmel überzogen, der ihnen diesen typischen Geruch gab.

Balam Xoc saß mit überkreuzten Beinen auf der Bank an der Rückwand, und Akbal bahnte sich seinen Weg durch die Bücher, ohne sie näher zu beachten; viele der schönen Seiten hatte er ohnehin selbst gestaltet. Sein Großvater lud ihn ein, sich vor ihn zu setzen.

»Kommst du also endlich zu mir, um über deinen Stein zu sprechen«, begann der alte Mann in seiner üblichen Direktheit.

Akbal ließ erst einmal den Kopf hängen, ehe er müde nickte. »Darüber und über noch vieles andere, Großvater. Meine Frau und die Herrin Box Ek wollten, dass ich zu Euch komme. Sie haben bemerkt, dass ich nicht mehr ich selbst bin seit … seit meiner Rückkehr aus Chetumal.«

»Wie könntest du auch? Du bist der Maler, aber du kannst nicht malen. Deshalb habe ich Kanan Naab aufgetragen, dich an deinen Stein zu erinnern.«

»Es hat nichts geholfen«, entgegnete Akbal traurig. »Ich kann einfach nicht vergessen, was alles verloren gegangen ist.«

»Und was ist das alles?«, fragte Balam Xoc eisig. »Warst du dem Träger, der starb, so nahe? Oder hängst du so sehr an deinen Waren? Du hast dich den Umständen entsprechend gut und richtig verhalten, Akbal, und solltest nicht den Verlusten nachtrauern, die du nicht verhindern konntest.«

»Ich trauere etwas anderem nach«, erwiderte Akbal eigensinnig; der tadelnde Ton seines Großvaters ärgerte ihn. »Nämlich den verlorenen Möglichkeiten, den Abmachungen, Bündnissen und Freundschaften, die nun alle umsonst sind. Und am meisten trauere ich dem Traum nach, den ich in Ektun hatte, und der mir zeigte, wie ich für den Clan sprechen und dazu beitragen kann, uns stark und unabhängig zu machen. Ich hatte das Gefühl, meine wahre Aufgabe gefunden zu haben, und dieses Gefühl wurde jedes Mal bestärkt, wenn ich einem neuen Freund eine der Schalen mit dem Tanzenden Jaguar schenkte. Aber jetzt ist es, als hätte ich sie alle in den Alkalche geworfen.«

»Also ist es die Trauer über deinen verlorenen Traum«, bemerkte Balam Xoc emotionslos, »die dich von deinem Stein abhielt.«

»Nein«, widersprach Akbal unumwunden. »Nichts hat mich von dem Stein abgehalten. Ich habe ständig an ihn gedacht, und Kal Cuc hat mir geholfen, ihn zu reinigen und den Unterstand zu reparieren. Ich habe ihm Zeit gewidmet und auch meinen Zeichnungen der Steinmetzarbeiten von Yaxchilan und Ektun und den Büchern hier. Aber nichts gibt mir eine Inspiration – und wenn ich eine bekäme, dann würde ich ihr sicher misstrauen. Ich kann mich nicht mehr an meine Träume erinnern, und ich fürchte, wenn ich es könnte, dann würden sie mich in die Irre führen.«

Balam Xoc betrachtete ihn schweigend und ließ Akbal die Schmach über seinen verlorenen Mut spüren. Dann deutete er plötzlich auf die offene Tür zu seiner Rechten.

»Im nächsten Zimmer findest du eine Zeremonialtafel in einem roten Tuch. Bring sie mir.«

Akbal gehorchte und legte die Tafel dann vorsichtig vor Balam Xoc auf den Boden.

»Sie wurde zu Lebzeiten meines Urgroßvaters bemalt«, erklärte Balam Xoc, »im siebten Katun dieses Zyklus. Sie wird mit mir begraben, aber zuerst musst du sie dir ansehen. Nimm das Tuch ab.«

Als Akbal das Motiv erkannte, zuckte er überrascht zusammen. »Der Tanzende Jaguar!«, rief er leise. »Aber er trägt Federn!«

»Dein Traum war aus einer früheren Zeit, bevor die Fremden sich unter uns gemischt hatten. Zweifelst du jetzt an dir, mein Sohn?«

»Nein, an meinem Traum nicht«, murmelte Akbal hilflos. »Aber …«

»Unsere Träume können von anderen Menschen durchkreuzt werden«, sagte Balam Xoc, »oder von unserem eigenen Unvermögen, sie mit Mut und Überzeugung zu verwirklichen. Aber das ist kein Grund, die Wahrheit dessen anzuzweifeln, was sie uns zeigen. Erst wenn wir das tun, gehen sie wirklich verloren.«

Akbal nickte stumm und wickelte die Tafel wieder ein. Dann blickte er Balam Xoc erwartungsvoll an. »Großvater, erlaubt Ihr mir, eine Tafel für Euch zu bemalen, wenn mein Arm ganz geheilt ist? Einen Tänzer *ohne* Federn?«

»Natürlich. Aber der Stein ist mir viel wichtiger. Wenn ich tot bin, bleibt er für die anderen sichtbar.«

Akbals Augen weiteten sich, und er warf unwillkürlich einen Blick auf die Begräbnistafel zwischen ihnen.

»Diese Tafel und meine anderen Begräbnisbeigaben«, fuhr Balam Xoc mit einer kurzen Geste auf die Platte fort, »sind nur hier, weil sie in den Chultunes aufbewahrt worden waren. Aber mir bleibt nicht mehr viel Zeit auf dieser Erde, Akbal. Vielleicht nicht mehr als dem Katun Elf Ahau. Das sage ich dir, weil du einer von jenen bist, die dafür Sorge tragen müssen, dass die Träume der Jaguarpranke nicht mit mir sterben. Sie müssen in deinem und den Herzen deiner Kinder weiterleben und in dem, was deine Hände schaffen.«

Mit niedergeschlagenem Blick massierte Akbal vorsichtig die geschrumpften Muskeln seines rechten Unterarms. Nach einer Weile hörte er hinter sich Hok ins Zimmer eintreten; erst jetzt bemerkte er, dass er offenbar länger stumm dagesessen hatte.

»Dann habe ich nichts mehr, was ich Euch noch fragen muss«, sagte er schließlich zu Balam Xoc. »Ich werde meine Trauer ablegen und versuchen, einen neuen Traum zu finden, der mich leitet.«

»Alle unsere Träume sind sehr alt, mein Sohn. Wir erneuern sie durch unser Erinnern und unseren Glauben.« Er erhob eine Hand zum Segen. »Geh jetzt und sorge dich nicht um das, was vielleicht verloren ist. Denke nur daran, wieviel wir noch gewinnen müssen, damit unser Leben der Erinnerung wert wird ...«

Ursprünglich war es das Bedürfnis gewesen, einen Teil des vielen Balche loszuwerden, den er getrunken hatte, was Yaxal Can in die regnerische Nacht hinausgetrieben hatte. Als er am Rand der Schlucht stand und den Regen auf seiner brennenden Haut kaum spürte, merkte er, dass er so betrunken war wie noch nie in seinem Leben und sich gleich übergeben musste. Das machte ihm jedoch nichts aus; er wusste, dass er es ebenso nötig gehabt hatte, sich innerlich zu reinigen, wie alle seine Sinne auszulöschen. Und so beugte er sich vornüber, stützte die Hände auf die Knie und erbrach zusammen mit einem bernsteinfarbenen Strom Balche all seinen angestauten Zorn und seine Schuldgefühle.

Als sein Magen leer war, fühlte er sich zwar besser, doch sein Kopf war kaum klarer geworden. Er bemerkte, dass er trotz des Regens ziemlich weit sehen konnte, und dachte daran, dass der irgendwo hinter den Wolken verborgene Mond fast voll war. Die Häuser des Schlangen-Clans lagen in Stille und Dunkelheit; er hatte allein getrunken, was er nur selten tat – außer im Rahmen seiner priesterlichen Pflichten. Wie jener Pflicht etwa, der er vor so langer Zeit für Balam Xoc nachgekommen war …

Schwankend entfernte er sich unter den Brotnußbäumen von den Häusern. Ein paar Mal blieb er stehen und lauschte, aber er hörte nichts außer dem Geräusch des Regens und seinem eigenen Atem, der rascher ging, sobald er sich sein Ziel eingestehen konnte. Würde er es schaffen, in der Dunkelheit, bei diesem Regen und in seinem gegenwärtigen Zustand so weit zu laufen? Die Alkalches waren überflutet; selbst die besten Pfade waren dann gefährlich. Er dachte an die leeren Kürbisflaschen, die er in seinem Zimmer zurückgelassen hatte, und die Schande, die über seine Mutter und seine Schwestern kommen würde, wenn man ihn ertrunken in einem Sumpf fände. Ein betrunkener Priester, der sich auf dem Weg zu einem Clan von Ketzern verirrt hatte!

Zorn flammte in ihm auf, und er verfluchte sich dafür, dass er sich vor lauter Schwäche erst hatte betrinken müssen, bevor er es gewagt hatte, diesen Weg anzutreten. *Besser zu ertrinken, als jetzt umzukehren*, dachte er sich und stapfte weiter den Pfad entlang, den Kal Cuc ihm gezeigt und den er seither oft benutzt hatte.

Aber an vielen Stellen war gar kein Pfad mehr, sondern nur Wasser. Mit leisen Gebeten an die Wasserschlangen auf den Lippen zwang sich Yaxal, trotzdem weiterzugehen, obwohl es manchmal bis an die Brust reichte und das Waten durch Seerosen und andere Pflanzen doppelt erschwert wurde. Oft rutschte er auf dem schlüpfrigen Untergrund aus und tauchte vollständig unter, kam dann spuckend und nach Luft schnappend wieder hoch und versuchte mit verzweifelter Anstrengung, das Gleichgewicht zu halten. Einmal scheuchte er einen Reiher im Schilf auf und wäre vor Schreck fast gestürzt, als der Vogel plötzlich laut krächzend aufflog. Der Weg kam ihm endlos lang vor und sein Ziel immer törichter, je mehr die Wirkung des Balche nachließ und die Erschöpfung sich bemerkbar machte.

Als er endlich einigermaßen trockenen Boden erreichte und wusste, dass er nun in der Nähe des Clan-Hauses war, setzte er sich unter einen Baum, um sich auszuruhen. Er saß noch immer da, als der Wachposten der Jaguarpranken mit Speer und Schild bewaffnet an ihm vorbeischritt. Irgendwie bemerkte der Mann ihn nicht, obwohl er ihn in nur ein paar Fuß Entfernung passierte. Yaxal hatte die Wachen völlig vergessen gehabt; er war heilfroh, nicht entdeckt worden zu sein, und ging nun in der Mitte des Weges weiter, damit er, falls er auf jemanden traf, nicht für einen Attentäter gehalten wurde.

Er erreichte die Rückseite von Pacals Haus ohne einen weiteren Zwischenfall und stellte sich eine Weile unter das vom Dach ablaufende Wasser, um sich den Schmutz abzuwaschen. Dann trat er mit einem tiefen Atemzug vor Kanan Naabs Zimmer und spähte durch das Netz vor dem Eingang. Der Raum war dunkel, aber Yaxals Augen passten sich rasch an und fanden Kanan Naab im Nu – sie lag auf einem Haufen Schlafmatten direkt hinter der Türöffnung, um möglichst jede kühlende Brise zu spüren, die sich eventuell in der warmen, feuchten Luft regte.

Und sie war nackt – ein Umstand, der Yaxal zwar bewegte, sich gleich nach dem ersten Blick abzuwenden, doch die heftige Erregung, die sofort in ihm aufstieg, konnte er nicht ignorieren. Er musste einfach wieder hinsehen und starrte auf die sanften Konturen ihres Körpers, die dunklen Kreise ihrer Brustwarzen, die abgewinkelten Beine, ihre geöffneten Schenkel. Ein leises Stöhnen entkam seinen Lippen; mit zitternden Händen ergriff er das Netz und hätte es am liebsten weggerissen und sich auf sie gestürzt. In seinem ganzen Leben hatte er noch nie etwas so sehr gewollt, wie er in diesem Augenblick sie wollte. Fast konnte er sich davon überzeugen, dass er es verdiente, dass es nach allem, was er mitgemacht und riskiert hatte, um hierher zu kommen, sein Recht war. Sie konnten nicht alt werden, ohne sich zu kennen, ohne ihre Körper zu vereinigen in dem Ritus, der sie zu Männern und Frauen machte. Es war undenkbar, unheilig.

Dann bewegte sie sich, sie ließ den Arm über ihrem Gesicht nach unten gleiten, und ihre Lippen formten stumme Worte. Yaxal atmete lange aus und ließ das Netz los, doch sein Blick blieb noch einige Augenblicke auf ihr haften. Langsam, Schritt für Schritt, zog er sich zurück, bis er wieder den Regen auf Kopf und Schultern spürte. Als er sich beruhigt hatte, kauerte er neben der Tür nieder und klopfte ein paar Mal auf das Netz, bis sich etwas regte. Kurz darauf schaute Kanan Naab heraus und zeigte sich überrascht, ihn zu sehen.

»Ich bin da«, sagte er nur mit einem rauen Flüstern. Kanan Naab nickte und verschwand für einen Moment, und als sie zurückkam, trug sie ein langes Kleid und hielt sich eine Decke über den Kopf, die sie beide als Regenschutz benutzten. Sie führte ihn um das Haus herum zu Akbals Zimmer, breitete die Decke auf dem Boden aus und bedeutete ihm, sich zu ihr zu setzen.

»Jemand war schon vor uns hier«, bemerkte Yaxal mit einem Blick auf die Holzkohle und die auf dem Boden liegenden Lederrollen und Zeichnungen.

»Mein Bruder Akbal«, erwiderte Kanan Naab. »Er hat Skizzen für seinen Stein gemacht.«

»Ah ja, der Schlangenstein. Deswegen bin ich gekommen.«

»Erzähle«, sagte Kanan Naab, ohne zu zögern, und wandte sich ihm zu.

Yaxal schaute kurz in den Regen hinaus und wischte sich

Wasser von der Stirn. »Ich muss zu der Zeit zurückgehen, als die Vögel anfingen zu sterben und der Herrscher die Sanktionen wieder einführte. Vielleicht verstehst du dann, weshalb ich dich seither nicht besucht habe.« Er wartete, bis sie nickte, ehe er fortfuhr. »Bald danach kam ein Abgesandter des Hohepriesters Ah Kin Cuy zum Hohepriester meines Clans und wollte die Unterlagen über alle unsere Verbindungen mit dem Jaguarpranken-Clan einsehen. Der Priester, ein Mann namens Hapay Can, war natürlich wütend über diese Einmischung in unsere Angelegenheiten und lehnte rundweg ab. Aber dann setzte er eigene Nachforschungen in Gang, und dadurch erfuhr er von dem Dienst, den ich deinem Großvater erwies, als ich zum erstenmal hierher kam.«

»Du hast mir nie gesagt, was das war«, unterbrach ihn Kanan Naab.

»Du erinnerst dich doch sicher an die Schlange, die Akbals Stein bewachte – die Lanzenotter, die er tötete? Balam Xoc nahm den zornigen Geist der Schlange auf sich. Auf seine Bitte hin führte ich den Versöhnungsritus durch und begrub die Haut der Schlange.«

Ein Schauer lief durch Kanan Naabs Körper, und ihr Blick ging an Yaxal vorbei, Gedanken folgend, die sie deutlich erkennbar bedrückten. »Sprich weiter«, sagte sie nach einer Weile mit Furcht in der Stimme.

»Hapay Can stellte mich deswegen zur Rede, und ich gab ihm wahrheitsgemäß Auskunft. Ich dachte gar nicht daran, ihm irgend etwas zu verheimlichen, denn er war damals mein Vorgesetzter, und außerdem schien er sehr verärgert über das Verhalten des Hohepriesters. Ich sagte ihm also, welche Riten ich durchgeführt und wo das Begräbnis stattgefunden hatte.«

Plötzlich verzog Yaxal angewidert das Gesicht. »Es war ein Fehler, ihm zu vertrauen. Ein schrecklicher Fehler. Als er alles wusste, veränderte er sich nämlich sofort. Er wurde verschlagen und einschmeichelnd und fing an, von meinen ›inoffiziellen‹ Besuchen bei den Jaguarpranken zu reden. Anscheinend weiß er schon seit einiger Zeit, dass ich hierher komme, und er hat mir klar und deutlich gemacht, dass er sehr genau weiß, wie schnell ich aus dem Orden der Langen Zählung entlassen würde, wenn meine Vorgesetzten das erführen. Er behauptete zwar immer wieder, er würde mich nie verraten, aber seither hat er mich schon mehrmals um ›Gefallen‹ gebeten oder wollte, dass ich ihm etwas ›leihe‹ – das ist natürlich nichts anderes als Bestechung.«

»Würde er … *kann* er die Riten verraten, die du für Großvater durchgeführt hast?«, fragte Kanan Naab ängstlich.

»Jedes Ritual kann entweiht und dadurch zunichte gemacht werden«, räumte Yaxal ein. »Insbesondere durch einen Priester, der bereit ist, sein Gelübde des Schweigens und Vertrauens zu brechen. Früher hätte ich geschworen, dass so etwas unmöglich ist. Aber jetzt … ihr wisst nicht, wie schlimm es in der Stadt zugeht, Kanan Naab. Alle verzweifeln. Sogar die Herren sind verarmt und hungern und freuen sich, wenn sie Brotnüsse zu essen haben. Die einfachen Leute essen Insekten und Gras. Und die Ernte verspricht kaum eine Besserung. Bald wird es niemand mehr geben, der nicht bereit ist, seine Ehre zu verhökern, um seiner Familie etwas zu essen geben zu können.«

»Wir können dem Schlangen-Clan Lebensmittel abgeben«, schlug Kanan Naab spontan vor. »Wir könnten uns für das Schweigen dieses Hapay Can erkenntlich zeigen.«

»Das würde ich nicht zulassen«, erwiderte Yaxal streng. »Dein Großvater hat mich für meine Dienste gut bezahlt, obwohl ich versucht habe, mich gegen ihn zu stellen. Es liegt an mir, dafür Sorge zu tragen, dass er durch sein Vertrauen in mich nicht in Gefahr gerät. Ich werde Hapay Can selbst zum Schweigen bringen, falls es notwendig wird.«

»Yaxal! Denk daran, dass du auch Gelübde abgelegt hast«, wies Kanan Naab ihn zurecht. »Nein, wir müssen meinen Großvater aufwecken und ihm diese Sache mitteilen. Vielleicht weiß er es auch schon. Opna sagte ihm, es gehe Gefahr von einer Schlange aus oder von einem Mann mit einer Schlange. Ich wollte nicht glauben, dass er das tatsächlich *gesehen* hat, aber jetzt …«

»Jetzt«, stöhnte Yaxal und schlug sich mit der Faust auf die Brust. »Dein Bruder Kinich meinte schon vor Monaten, ich solle eurem Clan beitreten, und erzählte mir, wie *er* von jenen verraten wurde, denen er vertraute. Wenn ich auf ihn gehört hätte, wüsste Hapay Can heute nichts.«

Zu seiner Überraschung ergriff Kanan Naab seine Hand und brachte ihn mit einem Druck ihrer Finger zum Verstummen.

»Verurteile dich nicht selbst«, sagte sie leise. »Du kannst immer noch einer von uns werden. Balam Xoc wird einen Weg finden, mit Hapay Can fertig zu werden.«

Yaxal starrte auf ihre Hand in der seinen und spürte ihre Wärme. »Als ich dich heute nacht zum erstenmal sah, wollte ich nichts mehr, als immer mit dir zusammen zu sein. Aber jetzt kann ich dir nur schaden. Opna wird unsere Verbindung benutzen, um dich vor den anderen im Clan bloßzustellen.«

»Solange Großvater noch lebt, ist es seine Meinung, was zählt. Er würde mich als deinen Bürgen akzeptieren.«

»Aber wenn der Begräbnisort der Schlange gestört wird, ist das Leben deines Großvaters in Gefahr. Wie könnte ich mit euch leben, wenn er durch meine Schuld verletzt oder gar getötet würde?«

»Er fürchtet den Tod nicht«, erwiderte sie bestimmt und drückte noch einmal seine Hand. »Komm, lass uns jetzt gleich zu ihm gehen. Wenn du zurückgehen musst, ist es besser, du gehst, bevor es ganz hell ist.«

Yaxal stand auf und half ihr auf die Füße. »Du weißt, dass ich nicht zurückgehen möchte«, sagte er mit belegter Stimme. »Ich möchte bleiben – und auch mit deinem Vater sprechen.«

Ohne den Blick von ihm abzuwenden, ließ Kanan Naab sacht seine Hand los. »Ich werde ihn bitten, dich anzuhören, Yaxal Caan«, flüsterte sie. »Ich möchte nicht, dass du es jemals wieder so weit zu mir hast.«

»Dann lass uns zu Balam Xoc gehen«, sagte Yaxal knapp und trat hinaus. »Lass uns die Hoffnung wagen, dass es noch eine Zukunft für uns gibt …«

KAPITEL 14

Der Tod des Nachtsonnen-Jaguars

9.17.18.16.5 6 Chicchan 8 Ceh
(Sieben Monate später, A.D. 789)

Fast elf Monate lang, seit er dem Obersten Verwalter der Ernten Balam Xocs Botschaft überbracht hatte, war Pacals einzige offizielle Aufgabe gewesen, die Arbeiter des Jaguarpranken-Clans jeden Morgen in die Stadt zu begleiten und sie abends wieder abzuholen. Es war eine sinnlose Aufgabe, die ihn nur demütigen und ihn seine Nutzlosigkeit spüren lassen sollte. Offenbar konnte sich der Herrscher für seinen ehemaligen Verwalter keine bessere Strafe denken, denn Pacal hatte während der ganzen Zeit keine einzige Botschaft oder Aufforderung, in den Palast zu kommen, erhalten. Er war eine Geisel, die offenbar der Vergessenheit anheim gefallen war, um langsam zu verkümmern.

Doch dann, knapp anderthalb Monate vor dem Tun-Ende – mit dem auch die Arbeitsverträge ausliefen –, kam eine Botschaft vom Herrscher. Pacal wurde beauftragt, mit den Ältesten des Jaguarpranken-Clans neue Verträge auszuhandeln. Allerdings bot Caan Ac als Gegenleistung für das fortgesetzte Ausleihen der Arbeitskräfte lediglich eines: Er erlaubte den Jaguarpranken, die Zeremonie zum Tun-Ende im Clan-eigenen Tempel am Platz der Ahnen zu feiern. Pacal, so hieß es, solle Balam Xoc nahe legen, dieses Angebot gründlich zu erwägen, denn ein anderes werde es nicht geben.

Als Pacal sicher war, dass der Bote ihm alles mitgeteilt hatte, ging er zu seinem Neffen Chac Mut, der gerade den Bau einiger neuer Häuser unweit der Getreidespeicher des Clans beaufsichtigte. Chac Mut schüttelte angewidert den Kopf, als er das Angebot des Herrschers hörte, aber er erklärte sich einverstanden, mit Pacal zu Balam Xoc zu gehen.

»Das ist ungeheuerlich«, sagte er ärgerlich, als sie unter den Bäumen zurückgingen. »Caan Ac hat schließlich kein Recht, uns den Zutritt zu unserem eigenen Tempel zu verwehren.«

»Er hat die Macht«, erinnerte ihn Pacal. »Und der Hohepriester würde ihn wahrscheinlich unterstützen, selbst wenn es zu Blutvergießen käme.«

»Die anderen Clans würden das nie gutheißen. Vor allem unsere Freunde nicht, die wir mit Lebensmitteln versorgt haben, als der Herrscher es nicht konnte.«

»Den Mut solcher ›Freunde‹ sollte man nicht überbewerten«, warnte ihn Pacal. »Sie mögen dankbar sein, aber sie sind nicht stark. Bevor sie für unsere Interessen eintreten, werden sie erst einmal ihre eigenen wahren.«

»Wollt Ihr damit sagen, wir sollten die Bedingungen des Herrschers akzeptieren?«

Sie hatten inzwischen den unteren Platz erreicht, aber Pacal blieb stehen und deutete zurück auf die Baustelle. »Du hast sicher keinen Mangel an Arbeitern. Die Missernten des Herrschers und dein Erfolg haben uns mehr Pilger beschert, als wir aufnehmen können, ganz zu schweigen davon, dass wir für alle Arbeit hätten. Ist es nicht ein paar Männer wert, wenn wir dafür eine friedvolle Feier des Tun-Endes bekommen?«

Chac Mut starrte ihn wortlos an. »Diese Frage soll Balam Xoc beantworten«, sagte er schließlich und wandte sich der Treppe zum oberen Platz zu. Sie fanden Balam Xoc mit Hok und Nohoch Ich im Haus von Cab Coh. Als Pacal den Grund ihres Kommens erklärt hatte, legte Balam Xoc das Buch beiseite, das er mit Nohoch studiert hatte, und bedeutete ihnen, sich zu setzen. Er hörte achtsam zu, während Pacal in etwa wiederholte, was er Chac Mut vorgetragen hatte und dazu erklärte, der Herrscher brauche Arbeiter viel zu dringend, als dass er sein Versprechen nicht einhalten werde.

»Das ist in jedem Fall ein leeres Versprechen«, unterbrach ihn Balam Xoc knapp. »Der Lebende Ahn braucht für die Rituale des Nachtsonnen-Jaguars nicht die Erlaubnis des Herrschers.«

»Das ist natürlich richtig. Aber …«

»Das ist *richtig*«, unterbrach Balam Xoc erneut und betonte seine Worte mit einer schneidenden Geste. »Ich werde vier Tage vor dem Tun-Ende in meine Zelle im Clan-Tempel gehen, wie ich es immer gemacht habe. Der Nakom des Clans wird bei mir sein und dafür Sorge tragen, daß mir mein Weg nicht versperrt wird.«

Pacal schluckte schweigend. »Caan Ac würde nichts besser gefallen, als an Euch ein Exempel zu statuieren, um die Aufmerksamkeit von seinen eigenen Fehlern abzulenken.«

»Ich *möchte* ihm und ganz Tikal ein Beispiel sein«, insistierte Balam Xoc. »Würde er mein Blut und das meiner Leute vergießen, noch dazu zu einer Zeit, die allgemein als heilig erachtet wird? Dann soll das mein Beispiel sein, denn es wäre mit Sicherheit sein Sturz.«

In der Hoffnung auf ein Zeichen des Mitgefühls oder zumindest der Vernunft sah Pacal sich um. Aber alle schauten ihn an wie zuvor Chac Mut und schienen so eisern entschlossen wie Balam Xoc selbst.

»Ich habe dir erlaubt, meine Wünsche so vorzutragen, wie es dir beliebt, Pacal«, fuhr Balam Xoc fort. »Ich habe nicht danach gefragt, was du Caan Ac gesagt hast. Aber ich lasse niemanden in dem Glauben, er könne mich von meinen heiligen Pflichten abhalten. Sag dem Herrscher, ich lehne sein ruchloses Angebot ab.«

»Dann wird er gegen Euch vorgehen«, entgegnete Pacal leise.

»Wir werden schon aufpassen. Es hat bereits zwei Feuer gegeben, aber wir haben beide rechtzeitig entdeckt. Er hat keine Macht mehr, uns weiterhin zu bedrohen. Wenn er unsere Arbeiter haben will, dann soll er auf die übliche Art und Weise verhandeln und im voraus bezahlen, und zwar in Form von Salz, Fischen, Obsidian und Steinwerkzeugen.«

»Das ist eine unmögliche Forderung«, murmelte Pacal, doch Balam Xoc ignorierte ihn und deutete auf Hok.

»Ich habe gesprochen, und der Clan-Zeuge und diese anderen Männer haben meine Worte gehört. Sieh zu, dass du sie exakt wiedergibst, Pacal. Sieh zu, dass dieser Mann die Wahrheit von dir erfährt. Etwas anderes hast du nicht anzubieten ...«

Obwohl Akbal keinen entsprechenden Traum gehabt hatte, nahm die Vorstellung dessen, was er in seinen Stein einmeißeln wollte, allmählich mehr und mehr Gestalt an. Als Obergrenze würde er die traditionelle doppelköpfige Schlange skulptieren – das Symbol für die Sonne bei ihrem Auf- und Untergang und für den Schlangenstein selbst. Der gewundene Körper des Tiers sollte einen Bogen über den beiden Gestalten bilden, die sich, an den Seiten von Hieroglyphensäulen eingerahmt, in der Mitte des Quaders gegenüberstehen würden. Akbal ging davon aus, dass eine der beiden Figuren Balam Xoc sein würde; er war sich nur noch nicht im klaren darüber, wie er seinen Großvater porträtieren sollte. Die zweite Figur hingegen war noch immer ein vollkommenes Geheimnis für ihn. Er wusste lediglich, dass es zwei sich konfrontierende Gestalten sein sollten, wie er es an den Monumenten in Yaxchilan gesehen hatte. Die Glyphen, um sie zu identifizieren, waren ihm ebensowenig bekannt wie die Datumsglyphen, die an der rechten Seite in einer Säule übereinanderstehen sollten.

Akbal wollte nicht beginnen, solange noch so viele Details unklar waren, aber Balam Xoc hatte ihm versichert, dass ihm diese Informationen rechtzeitig zukommen würden und er mit der Oberkante beginnen solle, für die er in seinen aus Ektun mitgebrachten Zeichnungen sehr gute Vorlagen hatte. Als er seine eigene Version der doppelköpfigen Schlange genau in der zu seinem Stein passenden Größe gezeichnet hatte, zeigte er sie Balam Xoc und den Clan-Priestern und erhielt dafür so viel Lob und Ermutigung, dass er sich ans Werk machte.

Mit der Hilfe einiger Arbeiter legten er und Kal Cuc den Stein zuerst flach auf Holzrollen. Dann keilten sie ihn mit kräftigen Pfosten fest, damit er sich nicht bewegen konnte, wenn er mit Hammer und Meißel bearbeitet wurde. Nachdem sie sorgfältig die Oberfläche gereinigt hatten, wuschen sie sich und holten Tzec Balam, der ihr Werk segnete und duftenden Kopalrauch über dem Stein aufsteigen ließ. Zuletzt unterzogen sich Akbal und Kal Cuc einer freiwilligen Fastenkur und erwarteten den günstigen Tag, den die Priester für sie im *Tzolkin*, dem Buch der Tageszeichen, ermittelt hatten.

Zum festgelegten Datum standen sie im Morgengrauen auf und gingen zum Unterstand hinaus, wo sie am Abend zuvor Opfer aus Kopal, Obsidian und Feuerstein hinterlassen hatten. Diese begruben sie am Fuß des Steins in der Erde, und nun waren sie bereit. Akbal holte das lange, gewundene Stück Rindenpapier hervor, auf das er die Himmelsschlange gemalt hatte – mit ihrem fleischigen Kopf, den sie auf der rechten Seite, im Osten, hochreckte, und dem mit offenem Rachen nach unten hängenden Skelettkopf links, im Westen. Zusammen mit Kal Cuc legte er das dünne Papier über den oberen Teil des Steins, um zu prüfen, ob es genau passte.

»Na ja, zumindest können wir exakt messen«, meinte Akbal, nachdem er die Zeichnung von jedem Winkel aus betrachtet hatte. Dann entfernte er sie wieder und zeigte auf den Topf mit Leim, den Kal Cucs Großmutter für sie angerührt hatte. Mit Malpinseln begannen sie, die klebrige, durchsichtige Substanz über den oberen Teil des Steins zu verteilen. Es war inzwischen heiß geworden, und sie mussten darauf achten, dass kein Schweiß von ihren Gesichtern auf den Leim tropfte. Doch diese Arbeit ging zügig voran, vor allem verglichen damit, wie lange es dauerte, die Zeichnung danach exakt auf die bestrichene Oberfläche zu kleben. Erst gegen Mittag waren sie fertig und suchten sich einen schattigen Platz, während der Leim in der Hitze trocknete.

Lange konnten sie jedoch nicht Pause machen, denn nun mussten so bald wie möglich, bevor die Zeichnung von Regen oder starkem Tau ruiniert werden konnte, die Konturen der Schlange in den Stein eingeritzt werden. Die Sonne stand noch immer hoch, als sie wieder an die Arbeit gingen, und sie wickelten sich Stoffstreifen um Stirn und Handgelenke, die den Schweiß aufsaugten. Nachdem sich Akbal vergewissert hatte, dass das Papier fest auf dem Stein fixiert war, nahm er eine dünne Obsidianklinge zur Hand, die in einem Pinselstiel steckte.

»So, mein Freund«, sagte er mit einem angespannten Blick auf Kal Cuc, »jetzt fangen wir also an. Mögen die Geister der Ahnen unsere Hände führen …«

Den Ellbogen vorsichtig in der Mitte des Steins, unterhalb des Papiers, aufgestützt, winkelte er das Handgelenk ab und schnitt geschickt entlang einer der schwarzen Linien durch das Papier. Kal Cuc ließ einen aufgeregten Ton vernehmen und beugte sich vor, um die feine Rille zu untersuchen, die Akbal in die Oberfläche des Steins eingeritzt hatte. Akbal blies den gelben Staub weg, richtete sich dann auf und reichte die Klinge Kal Cuc.

»Du musst auch deine Markierung setzen«, sagte er zu dem verblüfften Jungen. »Dieser Stein war mein Traum«, fuhr er dann fort und ermunterte den zögernden Kal Cuc mit einer Geste, die Klinge zu nehmen, »aber du hast mir geholfen, ihn hierherzubringen und zu reinigen, und du hast ihn mit deiner Arbeit beschützt. Außerdem hast du mich vor dem Krieger gerettet, der mir den Schädel genauso zerschlagen hätte wie meinen Arm. Und deshalb ist dies auch *dein* Stein, Kal Cuc, und wir müssen ihn zusammen bearbeiten.«

Mit stolzgeschwellter Brust nahm Kal Cuc die Klinge und beugte sich spontan über den Stein. Doch dann zögerte er wieder, eingeschüchtert von der Feinheit der gemalten Linien und seinem Gefühl, zu jung und nicht gut genug zu sein.

»Stütze deinen Arm auf, so wie ich es gemacht habe«, wies Akbal ihn an, »und verwende denselben Strich wie beim Malen. Die Klinge ist scharf und viel härter als der Stein; du musst nicht aufdrücken.«

Kal Cuc atmete ein paar Mal tief durch und konzentrierte sich auf die Klinge und die gezeichnete Linie darunter. Akbal wartete geduldig, und schließlich bewegte der Knabe die Hand und ritzte eine fingerlange Linie.

»Perfekt!«, rief Akbal, und Kal Cuc lachte impulsiv und wippte vor Begeisterung und Erleichterung auf den Füßen vor und zurück. Akbal lächelte und nahm eine andere Klinge zur Hand.

»Jetzt haben wir wirklich angefangen«, sagte er feierlich. »Und nun lass uns langsam fortfahren, sehr langsam. Mit Geduld und Respekt ...«

Der Bote des Herrschers kam zwei Tage später zu Pacal zurück. Pacal hatte während dieser Zeit kaum geschlafen; er konnte den wütenden Dialog in seinem Kopf nicht zum Schweigen bringen. Wieder und wieder trug er Caan Ac und Balam Xoc alle Argumente vor, die sie ihn nicht hatten vorbringen lassen und die zumindest seiner Meinung nach bewiesen, dass keiner Seite mit einem offenen Konflikt gedient war. Aber er konnte mit niemandem über seinen Ärger sprechen, denn wahrscheinlich hätten alle im Haus der Jaguarpranken, selbst Ixchel, seine eigene Frau, ebenso wie Balam Xoc gesagt, dass es besser sei zu kämpfen, als um Rechte zu feilschen, die ihnen ohnehin bereits zustanden. Wie um seine Kompromisslosigkeit noch zu betonen, hatte Balam Xoc ihm nach ihrem Gespräch noch mitteilen lassen, dass die Arbeiter des Clans für den Bau der Katun-Einfriedung nicht verfügbar seien und dass dies auch in einem neuen Vertrag festgeschrieben werden müsse.

Als Pacal mit dem Boten das Haus der Jaguarpranken verließ, nahm er sich vor, sich noch ein letztes Mal umzusehen, denn er bezweifelte, aus diesem Gespräch lebend herauszukommen. Zu guter Letzt hatte ihn Balam Xoc also doch noch in eine Lage gebracht, in der er nicht mehr manövrieren, aus der er nicht entkommen konnte. Er hatte gedacht, in seiner Vermittlerrolle könne er keinen Schaden anrichten, ja, er hatte sogar begonnen zu glauben, dass er damit etwas Gutes tue. Aber jetzt musste er die letztendliche Provokation überbringen, die den Herrscher zum Blutvergießen seines Clans treiben würde. Und dabei war es so unnötig! Der Clan hatte genügend Arbeiter, und der Herrscher brauchte diese Männer viel mehr als einen Krieg; diese gegenseitigen Bedrohungen waren absolut sinnlos. Warum wollten sie das alle nicht sehen?

Das Haus der Jaguarpranken lag schon längst hinter ihm, als Pacal merkte, daß er vergessen hatte, sich ein letztes Mal umzublicken. Dieser Gedanke brachte ihn leicht ins Stolpern, so daß der Bote ihn verwundert von der Seite ansah. *Bin ich wirklich bereit zu sterben?* fragte er sich, *so bereit wie mein Vater und seine Anhänger?* Unsicher schüttelte er den Kopf; er sah sich nicht imstande, zu seiner vorherigen Überzeugung, dass sein Leben keine Rolle spiele, zurückzufinden. Zu stark war das Gefühl, daß die Stadt einen kritischen Punkt erreicht hatte: Wenn der gegenwärtige Tun vorüber war, würde der Katun 11 Ahau nur noch einen Tun dauern. Einen Tun, um die Katun-Einfriedung rechtzeitig zur Einweihung fertig zu stellen und gleichzeitig die Felder zu reparieren, damit sie wieder gute Erträge lieferten. Nach allem, was er gehört hatte, bezweifelte Pacal ernstlich, dass Caan Ac genügend Zeit – oder Männer oder Ressourcen – haben würde, um die Größe, die er sich selbst beimaß, demonstrieren zu können. Tatsächlich musste er wohl froh sein, wenn es in Tikal nicht zu Hunger und Aufstand kam.

Aber vielleicht weiß Caan Ac das noch nicht, dachte sich Pacal, während er hinter dem Boten die Krieger passierte, die den Anfang des Weges bewachten. Vielleicht war der Herrscher noch gar nicht imstande gewesen, sich einzugestehen, wie ernst die Situation wirklich war. Vielleicht hätte er sich damit zufrieden gegeben, die Arbeiter des Clans einsetzen zu können, und hätte seine Drohung nicht wahrgemacht. Vielleicht … aber es war zwecklos. Balam Xoc war Unvernunft mit Unvernunft begegnet, und nun war lediglich noch offen, wie der Konflikt ausgetragen würde. Er, Pacal, als Vermittler konnte nichts mehr tun; er konnte nicht einmal vermeiden, zwischen den beiden unversöhnlichen Lagern aufgerieben zu werden.

Plötzlich kamen sie aus den Bäumen heraus in die volle Sonne, die so kurz vor der Trockenzeit unerträglich heiß brannte. Pacal bemerkte, dass er sich zornig mit seinen Gedanken im Kreis bewegt hatte, ohne einer Lösung – oder auch der Resignation – näher zu kommen. Der Bote wandte sich auf der breiten Straße, die vom Stadtzentrum wegführte, nach Westen, und er folgte ihm blindlings, nur von seinem Zorn vorangetrieben. Die Straße war voller Unrat; ein Zeichen dafür, wie dringend der Herrscher Arbeiter benötigte. Alle von den Clans zur Verfügung gestellten Straßenkehrer und Reinigungskräfte waren mit wichtigeren Aufgaben betraut worden; zumindest hatte Pacal das von einigen Arbeitern der Jaguarpranken mitbekommen, die sich darüber beschwert hatten, wie nutzlos diese unkundigen Leute in den Feldern seien.

Dann kam ihm in den Sinn, dass er in den letzten Monaten vieles gehört hatte, und zwar nicht nur von den Männern, die er täglich zur Arbeit führte. Auch Chan Mac und Chac Mut, die für den heimlichen Handel mit den anderen Clans zuständig waren, hatten ihm einiges darüber berichtet, wie die Menschen außerhalb des Hauses der Jaguarpranken zu leiden hatten. Sogar von den Neulingen, den Pilgern, waren welche zu ihm gekommen und hatten erzählt, wie die Probleme Tikals in den anderen Städten gesehen wurden, und ihm verraten, wieviel sie an Bestechung bezahlen mussten, um an den Kriegern des Herrschers vorbeizukommen. Irgendwie hatten sie alle gewusst, dass er daran interessiert war, und viele waren ziemlich stolz auf sich gewesen, als hätten sie dadurch, dass sie ihm sagten, was sie wussten, eine unausgesprochene Pflicht erfüllt. Dass er auch nicht mehr Zugang zum Herrscher hatte als sie selbst, machte ihnen offenbar nichts aus. Sie schienen darauf zu vertrauen, dass er mit dem Gesagten etwas Gutes anfangen würde, sobald sich die Gelegenheit dazu bot.

Als rechter Hand die Zwillingspyramiden der Katun-Einfriedung in Sicht kamen, erkannte Pacal, dass seine Gelegenheit gekommen war und Balam Xoc einfach sichergestellt hatte, dass er sie auch nutzte. Aber konnte davon, dass man dem Herrscher sagte, was er nicht hören wollte, etwas Gutes kommen? Jeder Instinkt sagte Pacal nein, selbst jetzt, nachdem er die bittere Vergeltung dafür erlebte, dass er die meiste Zeit seines Lebens das Gegenteil getan hatte. Was würde

Caan Ac *befähigen*, die Wahrheit anzuhören, falls er, Pacal, sich tatsächlich dazu überwinden konnte, sie auszusprechen?

Der Bote hatte seinen Schritt beschleunigt und hielt nach rechts auf die Katun-Einfriedung zu. Als sie die breite Treppe von der Straße herunterkamen, sah Pacal sofort, wieweit die Bauarbeiten im Rückstand waren und dass seine Informanten bei ihren Einschätzungen bezüglich des Fortschritts der Arbeiten sehr wohl wollend geurteilt hatten. Der große Platz, die Plattform für die Einfriedung, war fertig gepflastert; die stumpfen Pyramiden an seinem westlichen und östlichen Ende erhoben sich zu voller Höhe und waren auch schon mit Steinplatten verkleidet. Aber die bei beiden Pyramiden auf allen Seiten vorgesehenen Treppen waren noch lange nicht fertig, und mit der immensen Aufgabe, die Oberflächen zu verputzen und zu tünchen, war noch nicht einmal begonnen worden. Pacal schätzte, dass die Arbeiten etwa einen vollen Tun im Rückstand waren, was erklärte, weshalb Caan Ac, noch dazu an einem so ungewöhnlich heißen Tag wie heute, persönlich hierher gekommen war.

Der Bote führte ihn zu der Treppe, die auf der Südseite der westlichen Pyramide hinaufführte. »Der Herrscher erwartet Euch oben«, sagte er und zeigte hinauf, vorbei an den paarweise aufgestellten Wachen auf jedem Absatz. Pacal unterdrückte ein Stöhnen und begann, die steilen Stufen zu erklimmen; dabei spürte er die Bürde seiner Jahre und die unerbittliche Glut der Sonne wie noch nie zuvor. Er war schweißgebadet und völlig außer Atem, als er endlich oben ankam, und ließ sich willenlos von den Kriegern nach Waffen durchsuchen. Dann führte man ihn unter das Strohdach, das in der Mitte der Plattform für den Herrscher errichtet worden war. Der Schatten brachte etwas Erleichterung, aber die Hitze betäubte ihm nach wie vor die Sinne, so dass Pacal eine Weile brauchte, bis er richtig wahrnahm, was er eigentlich vor sich hatte.

Caan Ac saß auf einem trommelförmigen Thron und ließ die Beine vorne herabhängen. Zwei Diener dahinter fächelten ihm mit großen Federbüscheln und trägen, gleichförmigen

Bewegungen Luft zu. Beim Verbeugen fiel ihm auf, dass die erlesenen Edelsteine und Federn des Herrschers – die er zweifellos nur angelegt hatte, um seinen Arbeitern zu imponieren – auf Schilfmatten neben dem Thron lagen. Aber als er sich wieder aufrichtete, sah er die Kürbisflaschen auf einem Tischchen auf der anderen Seite des Throns, und das plötzliche Bewusstsein seines quälenden Durstes machte es ihm fast unmöglich, sich auf Caan Acs Worte zu konzentrieren.

»Nun, Pacal«, begann der Mann auf dem Thron mit einer Stimme, die so träge war wie die Bewegungen der Fächer hinter ihm. »Vielleicht dachtest du ja, ich hätte dich vergessen.«

»Ja, Herr«, erwiderte Pacal geistesabwesend; seine Augen wanderten unwillkürlich zu den Kürbissen. Er bemerkte, dass Caan Ac kurz seinem Blick folgte und ihn dann wieder eingehend musterte. Als der Herrscher stumm blieb, konnte Pacal sich nicht mehr zurückhalten. »Dürfte ich einen Schluck zu trinken haben, Herr?«, bat er.

Caan Ac grinste hämisch. »Nein«, sagte er entschieden. »Es ist immer gut, eine Geisel im Zustand der Bedürftigkeit zu belassen.«

Pacal konnte seinen Ärger nicht verbergen. Im ersten Augenblick starrte er Caan Ac nur hilflos an, doch dann brandeten all sein Zorn und seine Frustration der letzten zwei Tage – nein, der Monate und Jahre, in denen er versucht hatte, diesem Mann zu dienen – in ihm auf. Sein Mund schloss sich mit einem hörbaren Geräusch, er erschauderte sichtlich, als habe ihn jemand von innen her geschüttelt, und spürte, wie seine Augen vor Hass sprühten.

»Aber vielleicht bin ich ein bisschen zu hart«, meinte der Herrscher mit plötzlichem Edelmut. »Ich bin ja ein gütiger Mensch. Trink, Pacal.«

Er deutete auf die Kürbisse, doch Pacal weigerte sich hinzusehen. »Es gibt genügend Wasser anderswo in dieser Stadt«, entgegnete er mit unverhüllter Wut. »Wie mein Vater Euch gewarnt hat.«

»Dann trinkst du eben nicht!«, brauste Caan Ac auf. »Soll dein Durst dich umbringen, das erspart mir die Arbeit!«

»Ich hätte erwartet, dass Ihr an Arbeit und Sorgen mehr gewöhnt seid, Herr«, hielt Pacal höhnisch dagegen. »Weil Ihr so viel davon habt.«

Der Herrscher fuhr zornig auf, lehnte sich dann aber wieder zurück und befahl den Dienern mit einer Geste, stärker zu fächeln. Pacal hatte den Eindruck, dass er Gewicht verloren hatte und seine Augen tiefer in den Höhlen lagen.

»Du bist also hierher gekommen, um zu sterben«, sagte er schließlich. »Dein Vater hat mein Angebot abgelehnt?«

»Was hätte er sonst tun können?«, fragte Pacal dagegen. »Weder Ihr noch sonst irgend jemand hat das Recht, ihm den Zugang zum heiligen Schrein unserer Vorfahren zu verwehren. Euer Angebot waren leere Worte.«

»Erzähle du mir nichts über meine Rechte!«, explodierte Caan Ac so heftig, dass die fächelnden Diener aus dem Rhythmus kamen.

»Irgend jemand muss es tun«, gab Pacal, ohne zu zögern, zurück. »Wenn Ihr unsere Bräuche verletzt, unsere Ressourcen verschwendet und die Rechte der Clans missachtet, dann kann man Euch nichts anderes sagen, als dass Ihr Unrecht tut. Mein Vater ist nur der erste, der sich Euch widersetzt; andere werden es ihm nachtun.«

»Niemand wird es ihm nachtun!«, schrie Caan Ac. »Nicht, wenn sie gesehen haben, was ich mit Ketzern und Verrätern mache! Und *du* wirst derjenige sein, dem sie das zu verdanken haben!«

Pacal schüttelte den Kopf; er war jetzt innerlich absolut ruhig. Jetzt verstand er, dass die Hartnäckigkeit seines Vaters ihn befreit hatte, und dieser Gedanke ließ ein leichtes Lächeln auf seinen Lippen erscheinen.

»Nein, Herr, Ihr könnt mir nichts anlasten. Meine Leute sind bereit, für ihre Überzeugungen zu sterben, und ebenso würden sie auch lieber mich sterben sehen, als irgendwelche ihrer Rechte Euch zu überlassen. Ich war nur in Eurem – und meinem – Denken eine Geisel. Und jetzt bin ich es nur mehr in Eurem.«

»Das ist völlig gleichgültig«, sagte Caan Ac mit einem höhnischen Grinsen. »Niemand wird euch vermissen!«

»Ihr vielleicht nicht. Aber alle jene, die sich von unseren Gärten ernährt haben, sehr wohl. Und das sind weit mehr, als Ihr zu glauben beliebt, Herr. Denn obwohl Ihr uns eingesperrt habt, konnten wir unsere Ernten nicht horten, weil so viele um uns herum hungerten. Vielleicht werdet Ihr sogar selbst davon essen, wenn wir nicht mehr sind.«

Der Herrscher stand so abrupt auf, dass der Thron wackelte. »Du hast mich zum letzten Mal verspottet …«

»Und Ihr habt mir zum letzten Mal gedroht!«, fiel Pacal ihm ins Wort. »Es stand immer in Eurer Macht, mir das Leben zu nehmen, aber statt dessen habt Ihr es vorgezogen, mich zu misshandeln und zu verraten. Beginnt Euer Töten also mit mir! Vergießt mein Blut über diesen Tempel, wenn Ihr wollt. Und dann könnt Ihr mit einem Massaker an meinen Leuten das Tun-Ende feiern!«

Die letzten Worte schrie Pacal heraus, so dass sich die Wachen eilends um den Baldachin herum zusammenzogen. Zwei Mann traten zwischen ihn und den Herrscher, richteten ihre Speere auf Pacals Brust und warteten nur noch auf den Befehl zuzustechen. Aber Caan Ac sah Pacal lediglich stirnrunzelnd an; er schien mehr verblüfft denn verärgert zu sein.

»Ich habe gar nicht gewusst, dass du so unbesonnen sein kannst, Pacal«, meinte er lakonisch. »Dein Vater hat dich wohl angesteckt.«

Pacal sagte nichts; sein Blick war auf die scharfen Spitzen der Speere geheftet, die mit jedem Atemzug näher zu kommen schienen. Selbst als der Herrscher die Wachen zurückbeorderte, entspannte er sich nicht, denn er erwartete, dass dies nur ein kurzer Aufschub seines Todesurteils sein konnte.

Caan Ac machte eine unwirsche Geste. »Ich habe nicht vor, dich oder deinen Clan zu töten. Aber ich bekomme von euch die Arbeiter, die ich brauche!«

»Ich bin befugt, für die Arbeiter zu verhandeln«, sagte Pacal heiser. »Balam Xoc bietet Euch die üblichen Bedingungen, zahlbar im voraus in Form von Salz, Fisch und Steinwerkzeugen. Hinzu kommt, dass unsere Arbeiter nicht für den Bau der Katun-Einfriedung eingesetzt werden dürfen.«

Als er geendet hatte, atmete er tief ein und hielt, immer noch in Erwartung eines Todesurteils, die Luft an. Aber Caan Ac lachte nur laut auf und setzte sich wieder auf seinen Thron.

»Jetzt verstehe ich, warum du so unbesonnen dahergeredet hast. Dein Vater hat dich geschickt, um dich hier sterben zu lassen.«

»Das sind seine Bedingungen, Herr. Etwas anderes habe ich nicht anzubieten.«

Caan Ac nickte abwesend und wandte sich der östlichen Pyramide zu, die wie ein gelber Berg vor dem leuchtenden Blau des Himmels stand. Arbeiter schwärmten, Ameisen gleich, an ihr auf und ab, beladen mit Steinen für die unvollendete Treppe. In der Ferne stieg schwarzer Rauch auf; dort wurde Kalk gebrannt, der für Mörtel, Gips und Stuck gebraucht wurde. Pacal wusste, dass auch der Herrscher sah, wieviel Arbeit hier noch zu tun war, ebenso wie er selbst es rasch erkannt hatte.

»Ich weise den Obersten Verwalter der Ernten an, dir die notwendigen Unterlagen zu schicken«, sagte Caan Ac schließlich mit einem überdrüssigen Blick auf Pacal. »Aber ich werde nicht vergessen, wie du in einer schweren Zeit mit mir gefeilscht hast.«

Ich auch nicht, dachte Pacal, ohne den Gedanken auszusprechen. Er hatte bereits alles und mehr gesagt, was zu sagen ihm aufgetragen worden war. Zum erstenmal in seinem Leben hatte er ohne Rücksicht auf die Folgen alles ausgesprochen, was er auf dem Herzen gehabt hatte. Und zu seinem Erstaunen war er angehört worden. Er verbeugte sich ohne ein weiteres Wort und zog sich auf das Zeichen des Herrschers hin zurück. Beim Abstieg fühlte er eine wunderbare Leichtigkeit, die er der Tatsache zuschrieb, dass er zum ersten Mal nach einem Gespräch mit dem Herrscher weniger Bedauern fühlte und ihn weniger Befürchtungen quälten als zuvor. Diese Neuigkeit machte ihn fast etwas schwindlig, so dass er die Stufen mit doppelter Vorsicht hinabsteigen musste. Er konnte sich gar nicht mehr richtig erinnern, was sich zwischen ihm und Caan Ac genau abgespielt hatte oder ob es einfach die Wahrheit gewesen war, die ihn gerettet hatte. Letztlich war es ihm vorgekommen, als hätte die Katun-Einfriedung ihr Schicksal selbst bestimmt. Die Katun-Einfriedung und sein Durst, denn seinetwegen hatte er all seinem Zorn überhaupt erst Luft gemacht. Er fuhr sich mit der Zunge über die ausgedörrten Lippen, ging etwas rascher und hielt für sich fest, dass es nur wenige Wahrheiten gab, die so profund und unbestreitbar waren wie ein heftiges Durstgefühl.

»Ihr habt alle genügend Zeit gehabt, die Bücher zu studieren und darüber nachzudenken«, begann Balam Xoc. »Und ihr alle habt mit mir gesprochen und eure Fragen gestellt. Und nun werde ich euch das, was ihr gelernt habt, erzählen, damit ihr keine Zeit damit verschwendet, dass einer die Worte des anderen wiederholt.«

Er machte eine Pause und blickte von einem seiner Zuhörer zum anderen: auf Nohoch Ich, Opna und Kanan Naab sowie Hok, der dabei war, um diese Neuerzählung der Geschichte Tikals zu bezeugen. Dann faltete er die Hände vor sich und fuhr fort.

»Unser Vorfahr, der Mann namens Jaguarpranke, war bis zum Ende des siebzehnten Katuns des letzten Zyklus Herrscher von Tikal. Aber er starb, ohne einen Erben benannt zu haben, und unter seinen Söhnen herrschte Uneinigkeit darüber, wer ihm auf den Thron folgen sollte. Zusätzlich stellten auch der Schlangen- und der Feuerstein-Clan Kandidaten auf, so dass das Problem noch ausgeweitet wurde und nicht mehr gelöst werden konnte.

Zur selben Zeit kamen die Fremden, die Cauac-Schild-Leute, nach Tikal. In Uaxactun hatten sie bereits Fuß gefasst, dort war einer ihrer Herren mit einer Tochter des Herrschers verheiratet. Sie kamen in großer Zahl, begleitet von den Zuyhua-Kriegern mit ihren Speerschleudern und den reisenden Händlern mit Kakao und grünem Obsidian. Was ihnen nicht mit Drohungen oder Gewalt gelang, das erreichten sie mit dem Einsatz ihres Reichtums. Sie zahlten hohe Preise für den Feuerstein, von dem Tikal mehr als genug hatte, und die Federn und Felle, die in den Wäldern um die Stadt leicht zu bekommen waren. Ein großer Teil der anfänglichen Opposition gegen sie wich schon bald dem Wunsch, sie als Handelspartner zu gewinnen, und in diesem Wunsch wetteiferten die Clans schließlich miteinander. Das ermöglichte es dem Anführer der Fremden letztlich, den Thron an sich zu reißen und sich selbst zum Herrscher zu erklären.

Er hieß Schnute und war der Sohn eines Zuyhua und einer Frau aus dem Herrscherhaus von Kaminaljuyu. Da er hier keine Ahnen hatte, machte er den Regengott Cauac zu seinem Schutzgott und begründete eine Anzahl von Ritualen, die die Katun-Prophezeiungen und die Anbetung der Kraft des Katuns zum Inhalt hatten. In Wahrheit war er jedoch mehr daran interessiert, den Handel auszuweiten und seine Macht über die Clans zu festigen; deshalb ließ er sich auch lange Zeit, einen Tempel für seinen Schutzgott zu bauen. Die Clans zwangen ihn, die Pyramide abseits ihrer eigenen zu errichten, westlich des Großen Platzes, am Ort der geringsten Ehre. Es ist zweifelhaft, ob Schnute und seine Priester sich dieser Kränkung überhaupt bewusst waren. Und noch zweifelhafter ist, ob diese Frage sie überhaupt bekümmerte, denn was sie an Tikal am meisten interessierte, war seine zentrale Lage – Handelsrouten in alle Richtungen – und nicht ein Ort, der den Geistern der Ahnen heilig war.«

Balam Xoc legte erneut eine Pause ein und blickte in die Runde, als wolle er zu verstehen geben, dass er nun zum wichtigsten Teil seiner Erzählung komme.

»Ihr kennt alle den Namen und die Glyphe von Kan Balam Moo, Kostbarer Jaguar-Ara«, sagte er. »Sie war das letzte Kind von Jaguarpranke und wurde erst nach seinem Tod geboren, unmittelbar vor der Ankunft der Fremden. Im Alter von zwölf Jahren wurde sie mit Schnute, dem fremden Herrscher, verlobt. Zu diesem Zeitpunkt hatten ihre Brüder ihre Hoffnungen auf den Thron aufgegeben; einige waren sogar in andere Städte abgewandert, wo sie aufgrund ihrer Herkunft noch Achtung und Macht besaßen. Es war der Lebende Ahn des Jaguarpranken-Clans, ein

Mann namens Bacab, der Kan Balam Moo mit fünfzehn Jahren zur Heirat freigab. Sie gebar Schnute sieben Kinder, von denen vier überlebten. Der jüngste war ein Knabe, und nachdem er zum Erben seines Vaters bestimmt worden war, erhielt er den Namen, unter dem wir ihn alle kennen: Sturmhimmel.

Sturmhimmel bestieg den Thron in der Mitte des letzten Katuns des Zyklus nach Schnutes Tod. Er war zwölf Jahre alt und sowohl ein adoptiertes Mitglied des Jaguarpranken-Clans als auch der anerkannte Führer der Cauac-Schild-Leute. Bacab, der Lebende Ahn, hatte sich für seine Aufnahme eingesetzt, und zusammen mit einem Katun-Priester war er auch einer seiner Vormünder. Wie ihr alle seit eurer Kindheit wisst, hat Sturmhimmel Tikal dreißig Jahre lang regiert; es war eine Ära noch nie da gewesenen Friedens und Wohlstands für die Stadt. Er wurde so sehr verehrt, dass man noch einen ganzen Katun nach seinem Tod Monumente für ihn errichtete. Und noch heute leitet der Herrscher des Himmels-Clans seine Herkunft auf Sturmhimmel zurück und gründet seine Legitimität auf diese Verwandtschaft.«

An diesem Punkt hielt Balam Xoc inne, um seinen Zuhörern Zeit zu geben, seine Worte aufzunehmen. Dann fuhr er fort.

»Der Punkt, in dem eure Interpretationen voneinander abweichen, betrifft die Periode nach Sturmhimmels Tod. Wie ihr alle wisst, hatte Tikal mehrere Katune danach nicht einen Herrscher, sondern zwei: einen aus dem Clan der Jaguarpranken und einen aus den Anhängern und Nachkommen von Schnute, die sich allmählich als Himmels-Clan etablierten. Ihr wisst ferner, dass diese Übereinkunft im fünften Katun dieses Zyklus – im Katun Elf Ahau – endete, als die Clan-Kriege ausbrachen und eine weitere Gruppe von Fremden aus dem Südosten in Tikal die Herrschaft übernahm. Zu dieser Zeit verließen einige der Himmels-Clan-Leute die Stadt und gingen nach Westen, wo sie bei der Gründung der Städte Yaxche, Acantun, Yaxchilan und Ektun mitwirkten. Andere blieben, um den Anspruch des Himmels-Clans auf den Thron aufrechtzuerhalten, aber die Thronfolge blieb für weitere sieben Katune voller Unruhen und Auseinandersetzungen ungeklärt. Schließlich, im dreizehnten Katun, kam Kakaomond aus Acantun nach Tikal und begründete die Linie, die uns noch heute in der Person Caan Acs regiert.

Die Frage, die ihr alle mir gestellt habt«, fuhr Balam Xoc fort, »ist nicht so sehr, *was* nach Sturmhimmels Tod geschah, sondern *warum* es geschah. Ich habe niemandem meine Antwort darauf mitgeteilt, aber eure Vorschläge gehört. Ihr stimmt darin überein, dass ein Fehler gemacht wurde, aber *welcher* und wer dafür verantwortlich zu machen ist, darüber seid ihr unterschiedlicher Meinung. Nun sag du uns als erster, wie du darüber denkst, Nohoch.«

Nohoch brauchte einen Moment, um sich zu sammeln, und begann dann wie üblich mit vorsichtiger Zurückhaltung und darauf bedacht, seinem Standpunkt nicht zuviel Bedeutung beizumessen.

»Ich kann nicht genau sagen, wann es zu diesem Fehler kam; aber am auffälligsten ist er in den Büchern, die kurz nach Sturmhimmels Tod gemalt wurden. Es ist die einfache Tatsache, dass die Namen von Sturmhimmels Söhnen nicht in den Listen des Jaguarpranken-Clans auftauchen. Verzeiht mir, Großvater«, fügte er verlegen hinzu, »aber mir scheint, das muss der Fehler Eures Vorgängers Bacab gewesen sein. Er hätte dafür Sorge tragen sollen, dass die Söhne ebenso wie der Vater in den Clan aufgenommen wurden.«

»Wenn du sagst, was du für wahr hältst, dann brauchst du dich nicht zu entschuldigen«, wies ihn Balam Xoc mürrisch zurecht. Er wartete, ob Nohoch noch fortfahren wollte, und erteilte dann Opna das Wort, der, ohne zu zögern, mit der Darlegung seiner Ansicht begann.

»Der Fehler wurde eindeutig schon lange vor Sturmhimmels Geburt begangen. Es war die Entscheidung, den fremden Herrscher mit Kan Balam Moo einen Erben zeugen zu lassen und damit eine legitime Blutsverwandtschaft mit den Jaguarpranken zu etablieren. Sie hätten Schnutes Tod abwarten und dann, vereint mit den anderen Clans, die Fremden vertreiben sollen. Sie hätten sich nie lediglich für einen Anteil am Thron kompromittieren dürfen.«

»Und wen hältst du für diesen Irrtum verantwortlich?«, fragte Balam Xoc.

»Bacab und die anderen Mitglieder von Kan Balam Moos Familie«, erklärte Opna mit Nachdruck. »Ich denke, sie verfolgten ihre eigenen Ziele ohne Rücksicht auf den Clan. Als Beweis dafür sehe ich an, dass der Clan nach Sturmhimmels Tod einen eigenen Kandidaten aufstellte: einen Mann namens Krallenschädel, der nicht der engeren Familie von Jaguarpranke angehörte. Wegen Bacabs Entscheidung war Krallenschädel jedoch gezwungen, sich die Herrschaft mit einem Sohn von Sturmhimmel zu teilen, und danach blieb die Thronfolge ein ständiger Streitpunkt. All das hat Bacabs Ehrgeiz verursacht.«

Opna verschränkte die Arme vor der Brust und schaute dreist auf Balam Xoc, als wollte er seine Selbstsicherheit bewusst gegen Nohoch Ichs Zurückhaltung herausstellen.

Balam Xoc nickte nur wieder und wandte sich Kanan Naab zu. »Meine Tochter?«

»Ich kann Bacab nicht so schnell verurteilen«, begann Kanan Naab mit Anspannung in der Stimme, »und auch nicht über seine Intentionen entscheiden. Zweifellos erwartete er, dass sein Einfluss auf Sturmhimmel länger andauern würde, als es der Fall war. Aber wie wir aus den Büchern wissen, starb er, noch bevor der junge Herrscher das achtzehnte Lebensjahr erreicht hatte. Und auch Kan Balam Moo starb lange vor dem Ende der Herrschaft ihres Sohnes.«

»Das ist richtig«, bemerkte Balam Xoc. »Welche Bedeutung leitest du daraus ab?«

»Vielleicht war es Bacabs Absicht, Sturmhimmel zu verändern«, antwortete Kanan Naab vorsichtig, »so wie Ihr uns alle verändert habt. Vielleicht wollte er die Fremden integrieren, anstatt sie zu vertreiben. Sicher war Sturmhimmel selbst schon viel weniger ein Fremder als sein Vater. Während seiner Regierungszeit verließen die Zuyhua Tikal für immer, und die Cauac-Schild-Leute verheirateten sich mit Frauen aus Tikal und wurden zum Himmels-Clan.«

»Aber wo ist dann der Fehler geschehen?«, wollte Balam Xoc wissen.

Kanan Naab fuhr sich mit der Zunge über die Lippen und sah zu den anderen im Raum. »Vielleicht hätte es gar keinen Fehler gegeben, wenn Bacab und Kan Balam Moo nicht so früh gestorben wären«, sagte sie bedachtsam. »Vielleicht hatten sie auch die Attraktivität, die die Macht seines Vaters auf Sturmhimmel ausübte, immer unterschätzt. Der Wunsch nach Macht ist ein verbreiteter menschlicher Fehler«, fügte sie leise, mit einem kurzen Blick auf Opna, hinzu. »Oft ist er stärker als der Wunsch nach Wissen oder Wahrheit. Vielleicht hätte sich Sturmhimmel nie so sehr verändern lassen, wie Bacab es erhoffte.«

In der darauf folgenden Stille meldete sich Opna mit einer heftigen Geste zu Wort. Balam Xoc forderte ihn mit einem Nicken auf zu sprechen.

»Es ist doch seltsam«, meinte er mit einem Seitenblick auf Kanan Naab, »dass diese allgemein menschliche Fehlerhaftigkeit anscheinend nicht für Bacab gilt.« Er wandte den Blick wieder auf Balam Xoc. »Ich glaube, Ihr wollt nicht, dass wir die Ahnen mit Sentimentalität betrachten, Großvater, und es dürfte wahrscheinlicher sein, dass Bacab von dem Wunsch nach Macht beseelt war und ihn durch den Jungen zu befriedigen suchte. Ich habe auf Bacabs außerordentlichen Ehrgeiz bereits hingewiesen.«

Ohne eine Regung zu zeigen, erteilte Balam Xoc mit einer stummen Geste Kanan Naab das Wort.

»Bacab war der Lebende Ahn«, erinnerte sie Opna mit vor Entrüstung zitternder Stimme. »Er hatte es nicht nötig, in der Welt der Menschen nach Macht zu streben.«

»Das kann man heute nicht mehr mit Sicherheit sagen«, erwiderte Opna verächtlich. »Ihr sprecht geringschätzig über die Menschen von heute, aber haltet Euch an naiven Vorstellungen bezüglich der Vergangenheit fest.«

»Nicht naiv«, unterbrach Balam Xoc plötzlich, so dass Opna überrascht den Kopf wandte. »Nicht naiv«, wiederholte der alte Mann. »*Respektvoll.*«

»Ja, natürlich, aber …«

»Respektvoll«, insistierte Balam Xoc. »Weil Bacab in den zwölf Jahren, die er für seine Entscheidung brauchte, Schnu-

536

tes Macht und Einfluss respektieren lernte. Zwölf Jahre, Opna. Wenn Bacab so machthungrig war, wieso hat er dann Schnute nicht sofort nach dessen Ankunft in Tikal eine Ehefrau angeboten? Jaguarpranke hatte noch andere Töchter; ihre Namen stehen in den Büchern. Aber Bacab hatte keine von ihnen großgezogen, so wie Kan Balam Moo. Er hatte keine von ihnen seinen Absichten gemäß beeinflusst, wie er es mit Kan Balam Moo getan hatte. Das kann ich auch heute noch mit Sicherheit sagen, denn es war Kan Balam Moo selbst, die zuerst als die Geistfrau zu mir kam.«

Opna atmete lange und hörbar aus; gegen eine solche Aussage konnte selbst er nichts anführen. Er nickte widerwillig und öffnete in einer Geste der Akzeptanz die Hände.

»Du sagtest auch, Bacab habe gedankenlos gehandelt«, fuhr Balam Xoc beharrlich fort, »und dass er Schnutes Tod hätte abwarten sollen. Aber dabei hast du übersehen, dass Schnute Tikal fast vierzig Jahre lang regierte und mehr als siebzig Jahre alt war, als er starb. Nur ein Dummkopf hätte so lange gewartet. Und du hast die Zuyhua-Krieger vergessen, die Tikal niemals so friedlich verlassen hätten, wenn Sturmhimmel nicht auf dem Thron gesessen hätte. Für einen Priester hast du viel übersehen, Opna, was klar und einfach in den Büchern steht. Vielleicht haben dir die Pilze doch nicht so viel geholfen, wie du glaubst.«

»Vielleicht nicht, Herr«, erwiderte Opna gedämpft, mit gesenktem Blick.

»Nein«, bekräftigte Balam Xoc schonungslos seine eigene Aussage. »Du kannst gehen.«

Opna blickte auf, sein Mund stand vor Verblüffung weit offen, aber er war nicht fähig, ein Wort herauszubringen. Er starrte lediglich auf Balam Xoc und konnte nicht glauben, dass er einfach weggeschickt wurde.

»Geh, mein Sohn«, wiederholte der alte Mann. »Du brauchst dich nicht zu schämen, weil ich dich entlasse. Aber vielleicht wird dir dadurch klar, wie sehr dich dein Ehrgeiz blind gemacht hat.«

Opna verbeugte sich steif und ging ohne ein weiteres Wort, aber mit wütend zusammengekniffenem Gesicht. Nohoch Ich und Kanan Naab, die nicht weniger überrascht waren als Opna, blickten ihm nach und sahen dann einander kurz und schüchtern an wie Überlebende.

Balam Xoc wandte sich erneut an Kanan Naab, sobald Opna den Raum verlassen hatte. »Wie du vermutet hast und wie ich euch gesagt habe, wollte Bacab in der Tat Sturmhimmel verändern. Solange er und Kan Balam Moo lebten, ließen sie nichts unversucht, um ihn von der Lebensweise der Leute seines Vaters abzubringen. Aber was ihr Bewusstsein der Attraktivität von Macht anbelangt, hast du dich sehr getäuscht. Schnutes Macht und Wohlstand waren für Tikal etwas völlig Neues. Unsere Stadt war immer nur aufgesucht worden, weil sie ein heiliger Ort war, ein Ort, an dem der heilige Kalender aufbewahrt wurde und die Rituale der Ahnen genau und mit Respekt begangen wurden. Die Menschen brachten zwar auch Handelswaren, aber sie kamen, weil sie Zeremonien abhalten oder bei der Errichtung eines Tempels oder Monuments helfen wollten. Wir sandten unsere Händler nicht über lange Entfernungen aus, wie es die Zuyhua taten. Wir ließen unsere Krieger nicht in fremde Städte marschieren. Nur unsere Priester gingen hinaus; sie trugen die Riten zu Menschen in isolierten Orten, damit sie uns durch Wissen und Glauben verbunden blieben. So war es, bevor die Fremden kamen«, schloss Balam Xoc. »Aber Bacab erkannte, wie rasch und begierig die Leute auf den Reichtum reagierten, den Schnute und die Zuyhua nach Tikal gebracht hatten. Er sah, wie sie sich über den neuen Wohlstand freuten, obwohl sie jene, die ihn gebracht hatten, gering schätzten. Niemand konnte die Fremden mehr verachtet haben als Bacab selbst; seine Haltung ihnen gegenüber prägte den Geist, der nach ihm weiterlebte. Aber er unterschätzte niemals die Versuchung, die die Fremden für seine Leute wie auch für Sturmhimmel darstellten. Er wusste, dass der Junge die Macht seines Vaters ebenso anstreben würde wie die Weisheit derer, die ihn aufgenommen hatten, und beabsichtigte, diese beiden Dinge in Sturmhimmels Denken zu vereinen. Und wie aus dessen Regierung ersichtlich ist, hatte er darin zum Teil Erfolg. Aber es war Bacabs Missgeschick – und unser Unglück –, dass er starb, bevor seine Intentionen sich erfüllt hatten.«

Balam Xocs Miene war teilnahmslos, doch Kanan Naab standen Tränen in den Augen, und Nohoch blickte traurig und voller Bedauern.

»Aber kann man seinen Tod als Fehler betrachten?«, fragte Kanan Naab wehmütig und kämpfte gegen die Tränen an.

»Nur in der Art und Weise, wie es Nohoch anfangs meinte«, antwortete Balam Xoc. »Bacab setzte alle seine Hoffnungen auf den Einfluss, den er und Kan Balam Moo auf den Erben haben würden. Ich bezweifle, dass er viele weitere Personen mit in seinen Plan einbezog. Aber eben dadurch gab es niemanden, der ihn nach seinem Tode hätte ersetzen können, zumindest nicht in seiner Rolle als Sturmhimmels Berater. Das war ein Fehler. Ein anderer, weitaus schlimmerer war, dass er den Clan nicht unter sich und Kan Balam Moo vereinte. Vielleicht erinnert ihr euch«, sagte er mit einem bedeutungsschweren Blick auf Nohoch, »dass ich einmal denselben Fehler beging, als ich auf eigene Faust handelte, um Land für unsere Gärten zu erhalten. Nur der ärgerliche Geist Bacabs ermöglichte es mir, die Loyalität des Clans zurückzuverlangen – eure Loyalität *einzufordern*. Zweifellos war er mit dem Wunsch gestorben, rechtzeitig dasselbe für sich getan zu haben.«

»Deshalb also wurden die Söhne von Sturmhimmel nicht in den Jaguarpranken-Clan aufgenommen«, bemerkte Nohoch. »Dies war nur ein Resultat von Bacabs Scheitern.«

»Ja.«

Nohoch blickte zur Seite auf Kanan Naab. »Dann hatten wir ebensowenig recht wie Opna«, sagte er.

»So ist es«, stimmte Balam Xoc zu.

Es verging eine ganze Weile, ehe Kanan Naab das Wort ergriff. »Haben wir Euch also enttäuscht, Großvater?«, fragte sie.

Balam Xoc sah sie beide gedankenvoll an. »Ihr wart beide fleißig und aufrichtig bemüht«, erwiderte er. »Aber ihr habt mir nicht das Zeichen gegeben, nach dem ich suche. Vielleicht ist das für sich genommen auch ein Zeichen. Vielleicht soll ich nicht wissen, wer mein Nachfolger sein soll.«

Nohoch und Kanan Naab sahen sich an, sagten aber nichts. Balam Xoc, der gedankenverloren auf die Wand hinter ihnen gestarrt hatte, kehrte seine Aufmerksamkeit wieder ihnen zu.

»Aber ich möchte trotzdem, dass ihr das Studium der Bücher fortsetzt«, erklärte er. »Ich muss zumindest ein profundes Wissen unserer Geschichte hinterlassen. In einigen Tagen beginne ich mein Fasten für die Zeremonie des Tun-Endes. Vielleicht kommt mir das Zeichen während meines Aufenthalts in der Zelle zu, so dass ich dann weiß, wer von euch beiden des Amtes würdig ist. Bis dahin kann ich euch nicht vom Studium entbinden.« Er blickte zu Kanan Naab. »Yaxal Can muss noch einmal warten, meine Tochter, aber er darf dem Clan beitreten, wie ich es versprochen habe.«

Obwohl sie sichtlich enttäuscht war, verbeugte sich Kanan Naab folgsam.

»Lasst mich nun allein«, fuhr Balam Xoc fort und bezog mit einer Geste auch Hok ein. »Ich muss nachdenken über die Lehren der Vergangenheit und überlegen, wie die Aussichten für unsere Zukunft sind. Ich muss bereit sein, wenn die Ahnen wieder zu mir kommen, um mich zu leiten. Bereitet auch ihr euch vor, denn die Zeit der Abrechnung ist nahe …«

9.17.18.17.16 11 Cib 19 Mac
(Vier Tage vor dem Tun-Ende)

Kurz vor Mittag versammelte sich östlich des Platzes der Ahnen eine kleine Menschenmenge. Die Leute kamen einzeln oder in Paaren vom Marktplatz herüber oder aus den Clan-Häusern und schienen keine offenkundige Absicht zu verfolgen. Sie stellten sich in unterschiedlichen Blickrichtungen auf, nahmen übertrieben zufällige Posen ein und gaben vor, nicht zu warten oder zu beobachten.

Yaxal Can beteiligte sich nicht daran; er stand allein an

der Straße, die nach Norden führte, und beobachtete die seltsame Szene. Dass keine Krieger herumstanden, war ihm bereits aufgefallen; diese ungewöhnliche Tatsache konnte nur zweierlei bedeuten: Entweder sie waren alle abgezogen, um Balam Xoc freien Zugang zum Platz der Ahnen zu gewähren, oder aber sie waren zum Haus der Jaguarpranken geschickt worden, um ihn dort zurückzuhalten. Bald würde Yaxal die richtige Antwort wissen, und mit ihm die anderen Leute auf dem Platz und damit die ganze Stadt. Er konnte sich schwer vorstellen, dass der Herrscher seine Drohung wirklich wahrmachen würde, obwohl es andererseits fast unmöglich war, nun klein beizugeben und Balam Xoc das Feld zu räumen. Eine unüberlegte, dumme Drohung, dachte Yaxal, denn sie würde denjenigen, der sie ausgesprochen hatte, in jedem Fall in Misskredit bringen, gleichgültig, ob er sich damit durchsetzte oder nicht. Eine vergleichbare Drohung war auch jene gewesen, die Hapay Can gegen ihn ausgesprochen hatte, und sie war letztlich der Grund dafür, dass er nun hier war und die Entscheidung über seine Zukunft erwartete.

Dann sah er die Prozession auf sich zukommen, und sein Herz begann heftig zu pochen. Die Menschen um ihn herum verstummten, wandten sich dem Zug zu und hörten auf, gespielt gleichgültig und belanglos zu tun. Er wurde angeführt von Nohoch Ich und Tzec Balam, die mit Bändern umwickelte Zeremonialstäbe und Schöpfkellen mit rauchendem Kopal mit sich führten. Ihnen folgte Balam Xoc; sein weißes Haupt war unbedeckt und sein Körper schwarz bemalt. Zu seinen Seiten schritten Kinich Kakmoo und der Mann mit der Augenklappe, beide schwer bewaffnet, wie auch die je zehn helmbewehrten Krieger hinter ihnen. Zwischen den beiden Reihen der Krieger gingen die Priesterschüler mit den Utensilien für das Ritual und die Kostümierer, die das gefleckte Kostüm des Jaguar-Schutzherrn trugen. Die Prozession bewegte sich gemessenen Schrittes voran, und alle hatten den Blick nach vorn gerichtet.

Yaxal wartete, bis die Letzten vorübergezogen waren und die Treppe zum Platz der Ahnen hinabgingen. Die Menschen um ihn begannen aufgeregt miteinander zu flüstern, aber er kümmerte sich nicht um sie, sondern ging los. Jetzt war es nicht mehr damit getan, dazustehen und Balam Xoc von ferne zu bewundern – es war Zeit, sich ihm anzuschließen.

Sobald er seine Habe in zwei großen Netztaschen verstaut hatte, rief Yaxal einen der jungen Clan-Priester zu sich und bat ihn, dem Oberhaupt seines Ordens eine Nachricht zu überbringen. Er hatte mitgeholfen, den jungen Mann auszubilden, deshalb wusste er, dass er ihm vertrauen konnte. Aber es war schmerzlich, die Enttäuschung in seinen Augen zu sehen, als er Yaxals Botschaft wiederholte, und so schickte Yaxal ihn rasch und ohne eine weitere Erklärung weg. Dann hängte er sich seinen Weihrauchbeutel um, nahm seine Taschen und seinen mit Kerben versehenen Visierstab und ging zum Zimmer seiner Mutter. Sie saß da mit dem Rücken zur Tür, eine kleine, gebeugte Gestalt mit grau meliertem Haar.

»Ich gehe jetzt, Mutter«, sagte er. »Ich bitte Euch noch einmal, meinem Wunsch zu folgen und mich zu begleiten.«

Die Gestalt bewegte sich nicht. Yaxal lauschte seinem Atem; das Geräusch kam ihm vor wie ein Nachklang all der Auseinandersetzungen und Überredungsversuche, die in diesem Raum stattgefunden hatten. Aber sie hatten nichts gefruchtet, sondern lediglich seine Gewissensbisse verstärkt.

»Dann lebt wohl, Mutter. Ich verlasse Euch mit Kummer.«

Seine beiden Schwestern erwarteten ihn draußen auf der Plattform. Sie hatten bereits mit ihm geweint und taten ihr Bestes, ihre Gefühle im Zaum zu halten, als er sie zum Abschied umarmte. Beide hätten ihn gerne begleitet und dazu nicht einmal die Erlaubnis ihrer Mutter gebraucht, aber sie konnten die alte Frau nicht hilflos und ganz allein zurücklassen. Yaxal drückte seiner älteren Schwester einen kleinen Lederbeutel in die Hand und umschloss ihn fest mit ihren Fingern, damit sie die Jade darin spürte. Es war fast sein gesamtes Erbe von seinem Vater, eine Tatsache, die zu begreifen seine Schwester alt genug war. Sie versuchte, ihm den Beutel zurückzugeben, aber er verbarg die Hände hinter dem Rücken und schüttelte stur den Kopf.

»Es gehört hierher«, versicherte er ihr. »Ich schicke euch mehr, sobald ich kann, und werde einen Weg ausfindig machen, wie ihr mit mir Kontakt aufnehmen könnt. Wenn ihr etwas braucht, müsst ihr euch an mich wenden.«

Seine jüngere Schwester gab ihren Tränen nach; er wischte sie ihr mit einem erzwungenen Lächeln von den Wangen. Dann ging er langsam und mit einem Kloß im Hals los und schaute nur kurz noch einmal zurück, um sie zu segnen.

Als Yaxal den Rand des Platzes erreichte, kam Hapay Can aus seinem Haus, um ihn abzufangen. Der Hohepriester war ein dünner, knochiger Mann mit scharfgeschnittenen Gesichtszügen und zu eng stehenden Augen, die immer den Eindruck vermittelten, er würde schielen.

»Ich gehe zum Clan der Jaguarpranken«, erklärte ihm Yaxal, ohne sich mit einer Begrüßung aufzuhalten.

»Du hast dich also schon die ganze Zeit mit dem Gedanken getragen, uns zu verlassen«, erwiderte Hapay Can mit gespielter Entrüstung. Er zeigte auf den Weihrauchbeutel. »Den wirst du nicht vor dem Oberhaupt der Priester der Langen Zählung verbergen können.«

»Vielleicht solltet Ihr loslaufen und es ihm sagen«, meinte Yaxal mit verächtlichem Ton, »bevor irgendein anderer sich rühmen kann, mich verraten zu haben. Vielleicht zahlt er Euch die kleinen Bestechungen, die Ihr von mir nicht bekommen habt.«

»Ich wusste, dass es ein Fehler war, dich zu beschützen!«, brauste Hapay Can auf. »Ich wusste, dass ich von dir nichts als Undank und Respektlosigkeit ernten würde.«

Yaxal umfasste fest seinen Visierstab, trat dicht vor Hapay Can und sah ihm entschlossen in die Augen. »Ich würde einem anderen Priester nicht drohen, Hapay Can«, sagte er, und seine Stimme war nicht mehr als ein leises Zischen, »so wie Ihr mir gedroht habt. Unter Priestern sollte nur Vertrauen herrschen, besonders unter solchen, die ein und denselben Eid geleistet haben. Aber als ein Mann zum anderen verspreche ich Euch: Wenn Ihr Euren – und meinen – Vertrauenseid brecht, wenn Ihr die Heiligkeit der Rituale, die ich abgehalten habe, verletzt, dann komme ich hierher zurück, um Euch zu töten. Das schwöre ich beim Leben unserer Ahnen. Denkt an *meinen* Schwur, Hapay Can, auch wenn Ihr Euren eigenen vergessen solltet.«

Der Hohepriester erbleichte, doch dann setzte er eine aggressive und verächtliche Miene auf. Er rührte sich nicht vom Fleck, als Yaxal an ihm vorbeistreifte und seinen Weg fortsetzte, ohne einen Blick zurückzuwerfen.

Im Handwerksbau wurden fieberhaft die letzten Vorbereitungen für die Zeremonie zum Tun-Ende getroffen. Draußen unter den Palmen, die dem rückwärtigen Teil des langen Gebäudes Schatten spendeten, bemalten Akbal, Kal Cuc und zwei weitere Männer die Tragestangen einer Sänfte, die sie für die Herrin Box Ek gebaut hatten; drinnen webten die Frauen gerade einen Baldachin dafür. Auf diese Weise sollte der alten Frau die Möglichkeit gegeben werden, an der Zeremonie teilzunehmen. Der Clan-Zimmermann hatte einen kleinen Sitz geschreinert, mit dem man Box Ek die steilen Stufen des Clan-Tempels hinauftragen konnte; er hatte eine gebogene Rückenlehne und mehrere Lederriemen, um zum einen Box Ek festzubinden, zum anderen den Stuhl auf dem Rücken des Trägers zu befestigen.

Akbal trat einen Schritt zurück, um zu sehen, wie sie mit der Arbeit vorankamen. Die kürzeren Stangen, die den Baldachin halten sollten, waren noch nicht einmal grundiert, und Akbal war der einzige, der mit den Tragestangen schon fast fertig war. Aber er wollte auch noch den Sitz bemalen. Zusammen mit den anderen Dingen, die bis zur Zeremonie noch zu erledigen waren, hatte er also noch mehr als genug Arbeit. Sein Stein musste warten, bis alles vorüber war, und dann würde es noch einige Tage dauern, bis er und Kal Cuc sich wieder an den Umgang mit dem Meißel gewöhnt hatten. *So langsam*, dachte er und spürte, dass er dabei war, eine Art von Geduld zu lernen, die er sich bislang noch nicht einmal hatte vorstellen können. Die Geduld von Stein. Er seufzte leise und wollte gerade wieder weitermalen, als Kal Cuc sich plötzlich aufrichtete und auf den aus Westen kommenden Weg zeigte.

»Schaut!«, rief er leise.

Akbal und die anderen wandten sich um und schützten mit den Händen die Augen vor der Sonne; sie stand hinter dem schwer beladenen Mann, der den Weg entlangkam. Noch ehe Akbal ihn erkennen konnte, sah er den Weihrauchbeutel und den Visierstab und wusste, daß es Yaxal Can war. Trotzdem brauchte er noch einen Augenblick, bis er sich davon erholt hatte, einen Besucher auf diesem Pfad zu sehen, der seit Monaten von keinem Fremden mehr benutzt worden war. Dann legte er den Pinsel beiseite und ging dem Priester entgegen.

»Ich grüße Euch, Yaxal Can. Wir haben Euch schon erwartet, allerdings nicht auf diesem Pfad. Es ist schön zu sehen, dass Ihr so offen zu uns kommt.«

»Ich sah Balam Xoc, wie er ohne jeden Widerstand in seine Zelle ging«, erklärte Yaxal. »Da entschied ich mich dafür, mit derselben Würde hierher zu kommen.«

»Das ist Euch gelungen«, meinte Akbal, beschloss aber, nicht nach Yaxals Familie zu fragen. Plötzlich fühlte er sich verlegen diesem Mann gegenüber, den er kaum kannte, der aber vielleicht schon bald sein Schwager sein würde und in dessen Schuld er stand. Er wusste nichts zu sagen und blickte lediglich auf Yaxals verschwitztes Gesicht und die übervollen Taschen auf seinem Rücken.

»Kinich Kakmoo hat mir ein Zimmer in seinem Haus angeboten«, erklärte Yaxal und wischte sich den Schweiß von der Stirn, was Akbal wieder an sein Benehmen erinnerte.

»Ach ja, natürlich!«, rief er peinlich berührt und griff nach einer von Yaxals Taschen. »Er ist vom Platz zurückgekommen … Ich bringe Euch zu ihm …«

Mit einem Zeichen gab er Kal Cuc und den anderen zu verstehen, dass sie mit der Arbeit fortfahren sollten, und begleitete dann Yaxal zum unteren Platz. Kinich saß im mittleren Eingang seines Hauses, seine Rüstung und seine Waffen griffbereit an der Wand neben ihm. Er kam ihnen sofort entgegen, nahm Yaxal die zweite Tasche ab und begrüßte ihn mit einer Herzlichkeit, die Akbal überraschte; er hatte nicht gewusst, dass die beiden Freunde waren.

»Willkommen«, sagte Kinich spontan und warf einen neugierigen Blick über Yaxals Schulter. »Hast du deine Familie nicht dabei?«, fragte er dann mit einer Taktlosigkeit, die Akbal zusammenfahren ließ.

»Nein«, antwortete Yaxal knapp, schien aber durch die Frage nicht verärgert zu sein.

Kinich nickte nur. »Und der Priester, der dir gedroht hat?« Yaxal schaute fragend zu Akbal.

»Er weiß Bescheid«, erklärte Kinich. »Balam Xoc bat ihn dabei zu sein, als er es mir erzählte. Es ist sein Stein.«

»Ich stehe in Eurer Schuld, Yaxal«, begann Akbal, doch der Priester erhob rasch eine Hand und gebot ihm Einhalt.

»Ich habe Euren Dank nicht verdient. Ich habe nur meine Pflicht als Priester getan. Aber ich habe Hapay Can gesagt«, fuhr er mit dem Blick auf Kinich fort, »dass ich ihn töten werde, wenn er das Vertrauen verrät, das dein Großvater in mich gesetzt hat.«

»Das ist nichts für Priester«, schnaubte Kinich und drückte langsam die Finger seiner freien Hand zu einer Faust zusammen. »Ich werde ihn erwürgen, langsam …«

»Die Verantwortung dafür liegt bei mir«, insistierte Yaxal gelassen. »Außerdem werde ich nicht mehr lange Priester sein. Ich habe dem Oberhaupt meines Ordens mitgeteilt, dass ich hierher komme.«

»Dann wirst du eben hier Priester sein«, erklärte Kinich. »Nohoch Ich verwaltet für uns die Tun-Zählung, aber er ist oft mit anderen Dingen beschäftigt. Du weißt ja, dass er und Kanan Naab noch immer die Bücher studieren, und für die Zeremonie muss er sich auch noch vorbereiten. Dein Können wird also gebraucht.«

»Ich würde Euch auch gerne noch einmal bitten, den Stein zu segnen«, fügte Akbal hinzu. Yaxal nickte dankbar, aber auch reserviert, und verbeugte sich leicht vor ihm und Kinich. *Er ist sehr stolz*, dachte Akbal und erkannte, dass er nicht überrascht hätte sein sollen. Nur ein sehr stolzer Mann konnte Kanan Naab so lange und trotz so vieler Hindernisse umwerben. Yaxal nahm seinen Visierstab anders in die Hand und räusperte sich, als liege ihm eine Frage auf der Zunge. Da er sie nicht sogleich stellte, kam Akbal ihm zu Hilfe.

»Unsere Schwester ist bei den Büchern«, erklärte er. »Und sie fastet zusammen mit Balam Xoc; deshalb empfängt sie im Moment keine Besucher.«

Yaxal nickte noch einmal. »Ich muss mich für die Aufnahmezeremonie vorbereiten«, sagte er, »und darauf, Balam Xoc tanzen zu sehen«.

»Du bekommst einen Platz in den vorderen Reihen, mit uns«, versprach Kinich, schwang sich mit Leichtigkeit Yaxals Tasche über die Schulter und führte ihn zu seinem Zimmer. Akbal gab Yaxal die zweite Netztasche zurück, schaute ihm kurz in die Augen und fragte sich, was dieser Mann wohl nun fühlen musste. Er hatte alles aufgegeben, um hierher zu kommen, und wenn Balam Xoc Kanan Naab zu seiner Nachfolgerin bestimmte, dann würde er vielleicht auch sie verlieren. Denn niemand wusste, ob sie dann heiraten durfte; dazu hatte Balam Xoc sich bislang nicht geäußert.

Das ist eine andere Art von Geduld, dachte Akbal, während Yaxal mit Kinich ins Haus ging. *Eine, die nur auf den Beginn wartet und von Vollendung nicht einmal träumen kann – und darf.* Nachdenklich ging er zum Handwerksbau zurück, dankbar, dass er seine Frau und seine Arbeit hatte und nicht der Gefahr ausgesetzt war, sie zu verlieren. Dankbar auch, dass er die nächsten vier Tage nicht damit verbringen mußte, Yaxals Art von Geduld zu praktizieren.

Es war so heiß, so schrecklich heiß. Kanan Naab konnte sich nicht erinnern, sich jemals so unwohl gefühlt zu haben. Es war, als habe die Hitze des Tages überhaupt nicht nachgelassen, obwohl die Sonne schon vor Stunden untergegangen war. Vielleicht war es die Farbe, die ihren Körper bedeckte und die Hitze einschloss. Oder ein Fieber, das ihre Fantasie hervorgerufen hatte, eine Halluzination, die durch den Hunger, das Fasten entstanden war. Es gelang ihr nicht mehr, Ursachen und Wirkungen richtig zu unterscheiden, deshalb machte sie für ihre schmerzenden Knochen die drückend schwüle Nachtluft verantwortlich anstatt ihr stundenlanges Sitzen.

Sie konnte weder schlafen noch studieren, und so schaute sie aus dem offenen Eingang von Cab Cohs Haus in das Dunkel hinaus, das den Platz umhüllte. Die Insekten erfüllten die Nacht mit ihrem Gesang, es klang wie das Aneinanderrasseln Tausender winziger Muscheln. Glühwürmchen schwammen durch die schwüle Luft, grün leuchtende Punkte, die vor ihren Augen zu explodieren schienen, so dass sie blinzeln musste. Als plötzlich inmitten dieses grünlichen Dunstes ihr Vater auftauchte, glaubte sie zuerst zu träumen. Aber er wirbelte die Luft auf, als er ins Zimmer trat, und die Schüssel, die er auf dem Steinboden abstellte, machte ein scharfes, hartes Geräusch, das sie aufschreckte. Er setzte sich ihr gegenüber und deutete darauf.

»Das ist das Fleisch eines Blauen Leguans«, erklärte er. »Fastennahrung. Kal Cuc hat ihn getötet und Chibil zubereitet. Es gibt dir Kraft für das Warten.«

Er hatte sich für sein unangemeldetes Hereinkommen nicht entschuldigt, und im ersten Moment grollte ihm Kanan Naab deswegen. Aber schon im nächsten war sie ihm so dankbar für seine Gesellschaft, dass sie fast geweint hätte. Um ihre Verwirrung zu verbergen, holte sie sich ein Stück des köstlichen weißen Fleisches aus der Schüssel und aß; Pacal nickte ihr ermutigend zu.

»Es ist sehr heiß«, bemerkte er sanft. Es war also nicht die Vorstellung eines Fieberwahns. Sie nahm einen kleinen Schluck Wasser zu sich und spürte, wie sich ihr Magen zusammenzog und wieder weitete, ein Gefühl, das irgendwie angenehm war.

»Ich danke Euch, dass Ihr gekommen seid, Vater«, murmelte sie. »Das Warten war nicht leicht.«

»Zweifellos. Dein Großvater hat dir eine schwere Bürde auferlegt. Das ist so seine Art mit uns. Manchmal glaube ich, er will, dass wir aufschreien und uns weigern zu ertragen, was wir nicht ertragen können.«

Kanan Naab atmete tief durch. »Das zu tun, daran habe

ich schon oft gedacht«, gestand sie. »Ich wollte ihm sagen, dass ich schwach und nicht würdig bin und nicht weise genug, um seine Nachfolgerin zu werden. Ich wollte ihm sagen, dass ich mein Herz schon an Yaxal gegeben habe und nicht ausschließlich für den Clan leben kann. Aber ich habe mich geschämt.«

»Für seine Schwächen oder Bedürfnisse braucht man sich nicht zu schämen«, erklärte Pacal bestimmt. »Sie einzugestehen kann einen sogar stolz machen. Schließlich spricht aus einem solchen Eingeständnis die Wahrheit.«

»Die Wahrheit«, wiederholte Kanan Naab für sich. Dann sah sie zu ihrem Vater und seufzte. »Großvater gab mir einmal die Wahrheit, so wie er Akbal den Stein gab. Ich sollte sie suchen und mich von ihr auszeichnen lassen. Damals dachte ich, dass alle meine Wünsche erfüllt seien. Ich betrachtete Yaxal nur als eine Hilfe für meine Suche. Jetzt sehe ich in ihm die Möglichkeit, ihr zu entrinnen.«

»Du hast dich eben verändert«, meinte Pacal lakonisch. »Ist das nicht, was Balam Xoc uns allen abverlangte – dass wir uns verändern?«

»Manche Veränderungen sind Verrat.«

»*Alle* Veränderungen sind Verrat. Man muss Altem entsagen, ehe Neues an seine Stelle treten kann. Als Balam Xoc der Lebende Ahn wurde, und seither viele Male, hat er den Mann verraten, der er war, den Vater, den ich kannte. Sicher musst du als eine Frau ebenso den Wünschen entsagen, die du als Kind hattest.«

»Ich war kein Kind, als ich in einer Vision zu Balam Xoc ging und die Augen des Jaguar-Schutzherrn sah.«

»Das mag sein«, räumte Pacal ein. »Aber den Wunsch, die Zukunft zu erkennen, hattest du schon, als du noch sehr jung warst. Schon kurz nach dem Tod deiner Mutter.«

»Ihr erinnert Euch daran?«

»Wir haben es alle gewusst. Wir waren nachsichtig gegen dich, weil du noch zu klein warst, um von den Dingen, nach denen du fragtest, etwas zu verstehen, und weil der Tod deiner Mutter dich sehr mitgenommen hatte. Nur Box Ek wollte dich von deiner Neugier abhalten.«

Sie schwiegen für einige Augenblicke und hingen ihren unterschiedlichen Erinnerungen nach. Kanan Naab fasste sich unwillkürlich an ihr Ohrläppchen und ließ die Fingerspitzen über die Narben gleiten. Plötzlich kam ihr der Gedanke, dass ihre Vision der Höhepunkt ihrer Suche gewesen war – dass dieses Erlebnis nicht am Beginn größerer Ambitionen gestanden hatte. Sie hatte seitdem nie wieder das Bedürfnis nach einem Blutopfer verspürt, aber aus dieser einen Erfahrung heraus war sie sich ihrer einfühlenden Kraft bewusst geworden, ihrer Kraft zu beruhigen und zu heilen. Sie blickte auf und bemerkte, dass ihr Vater auf eine Reaktion von ihr wartete.

»Habt Ihr Euch nach Mutters Tod auch verändert?«, fragte sie leise.

Pacal blickte sie lange an und nickte schließlich. »Damals beschloss ich, mich voll und ganz meinem Amt als Verwalter für Caan Ac zu widmen. Das war mein Verrat an dem Mann, der ich gewesen war, an den Hoffnungen, die ich gehabt hatte. Ich habe viele Jahre gebraucht, um zu erkennen, dass ich mich falsch entschieden hatte, und ich musste meinen Irrtum mit vielen Schmerzen bezahlen. Wiederhole du nicht meinen Fehler, Kanan Naab. Nimm nur jene Bürden auf dich, die du mit einem offenen Herzen tragen kannst.«

Kanan Naab senkte respektvoll den Blick; das Eingeständnis ihres Vaters bewegte sie.

Pacal stand auf. »Yaxal ist hier«, sagte er leise. »Er wird morgen bei der Zeremonie neben mir stehen und sich dann uns anschließen. Ich werde ihn stolz als meinen Schwiegersohn annehmen, wenn Balam Xoc damit einverstanden ist.«

»Ich bete dafür«, versprach Kanan Naab. »Ohne Scham …«

Pacal lächelte, und im nächsten Augenblick war er so rasch verschwunden, wie er gekommen war. Die Schüssel hatte er zurückgelassen, und Kanan Naab aß das restliche Fleisch und dachte nach über den Rat, den ihr Vater ihr gegeben hatte. Dann betete sie, bis sie müde war und sich schlafen legte; ließ jegliche Gedanken an die Zukunft fallen und erlaubte sich endlich die Ruhe, die ihr Körper brauchte.

Das Tun-Ende

Blind kroch der Jaguar auf dem Bauch durch den Schlamm, zog sich vorwärts mit den spitzen Krallen seiner Vorderpranken. Er strengte die Augen an, doch sie fanden kein Licht, keinen Weg hinaus aus der Schwärze, die ihn umhüllte. Die Luft war kalt und schwer vom Geruch längst vermoderten Fleisches, und die einzigen Geräusche waren das Schmatzen des Schlamms unter ihm und der Widerhall seines keuchenden Atems. Schließlich konnte er sich nicht mehr weiterschleppen; erschöpft sank er in den Schmutz, der lange Schwanz legte sich um die eingefallenen Flanken. Sein Hunger war vorüber, und er hatte nicht mehr die Kraft, Gefahr zu spüren, und den Zorn, gegen die Drohung anzufauchen. Sein großer Schädel sank auf die Vorderpranken, das Maul war leicht geöffnet, die Zunge hing heraus. Er leckte sich schwach das verfilzte Fell an seinen Pranken, verblüfft, dass er nichts schmeckte und jegliche Wahrnehmung gedämpft war. Dann verdrehte er die Augen, seine Lunge füllte sich ein letztes Mal und sandte ein Zittern bis in die Schwanzspitze. Ein hohes, schwaches Wimmern entrang sich seiner Kehle, als sein Herz stockte, heftig schauderte und gegen die Rippen barst …

Im selben Augenblick kam Balam Xoc zu sich; er spürte den Druck seines Blutes in den Augen und umklammerte in Panik die schmerzende Brust. Doch dann verschwand der Schmerz, seine Augen öffneten sich, und er wusste, dass der Tod ihn noch nicht forderte. Still auf dem Rücken liegend, presste er eine Hand gegen sein stetig pochendes Herz und genoss es, dass ihm nichts weh tat. Er leckte sich die ausgedörrten Lippen, blinzelte rasch, sog die Luft kräftig durch die Nase und roch den Duft von Kopal und seinen eigenen Schweiß. Seine Hand klebte leicht an der Haut, als er sie vom Herzen entfernen wollte, was ihm sagte, dass er noch mit der Farbe des Fastens bedeckt war.

Er setzte sich auf und stützte sich gegen ein eventuelles

Schwindelgefühl mit den Händen ab. Sein Bewusstsein war so schnell wiedergekommen, ohne die üblichen Empfindungen des Auftauchens und der Veränderung. Aber er spürte keine Benommenheit oder dergleichen. Vielmehr freute er sich ungemein über sein Wohlbefinden, nachdem er am Tod des Jaguars teilgehabt hatte; er hätte am liebsten gelacht und geschrien und sich auf die Brust geschlagen. Er hatte überlebt! Aber gleichzeitig erstaunten ihn diese Impulse zu sehr, als dass er sie ausagieren konnte. Wann hatte er zum letzten Mal gelacht oder den Wunsch zu schreien verspürt? Wann hatte die bloße Tatsache, dass er am Leben war, solche Freude bei ihm ausgelöst? Es war zu lange her, um sich daran zu erinnern.

Ich kann fühlen, sagte er sich, überrascht über die Flut von Reaktionen, die dieses Eingeständnis in ihm auslöste. Seine Kopfhaut war ganz warm, und plötzlich wurden seine Hände feucht. Jetzt verstand er, dass die Verwandlung des Jaguars tatsächlich geschehen war, in ihm selbst. Die kalte, achtlose Grausamkeit war aus seinem Herzen verbannt, ebenso wie der Zorn, der Hunger und der fauchende, verachtende Trotz. In den schwärzesten Tiefen der Unterwelt hatten sie zusammen mit dem Jaguar aufgehört zu sein. Als er diesen Gedanken dachte, hörte er wieder das hohe, wimmernde Klagen des sterbenden Jaguars, ein Klang, der von irgendwoher unter ihm zu kommen und durch seinen Körper aufzusteigen schien, wie es in der Vergangenheit die Stimmen der Ahnen getan hatten. Während er lauschte, wurde der Ton tiefer, breiter und menschlicher; es war nicht mehr ein bloßes Wimmern verwirrter Verzweiflung. Es war eine Stimme der Trauer, der Schrei einer Kreatur, die fähig war, ihren Kummer zu begreifen; eines Wesens, das seinen eigenen Tod im Verlust anderer sah. Balam Xoc erkannte die Stimme als seine eigene, die Stimme der Seele, die weiterleben würde, wenn sein Körper begraben worden war.

Er konzentrierte sich auf die Stimme und spürte, wie er sich aus seinem Körper erhob, hinaus durch die Wände seiner Zelle. Es wurde licht um ihn; das Licht trug ihn höher, und er schwebte, körperlos, in der hellen Luft über dem

Großen Platz mit seinen Tempeln. Er war schon zuvor in seinen Träumen gereist, aber nie auf diese Weise – wach und die heitere Freude des Fliegens fühlend. In alle Richtungen konnte er sehen: nach Osten auf die unter den Bäumen versteckten Gebäude und Gärten des Jaguarpranken-Hauses; nach Westen, wo Cauac Caans riesiger Begräbnistempel – sein ›Kopfputz‹ – den Horizont dominierte; nach Norden, wo zwischen den Zwillingspyramiden der Katun-Einfriedung mehrere tausend Menschen versammelt waren; und nach Süden auf die Prozessionen, die sich von den Clan-Häusern aus über den Platz bewegten. Seine Stimme sank ab zu einem rhythmischen Murmeln, einem monotonen Singsang, der ihn nach unten zog, hin zu seinen Leuten.

Er sah sie sehr deutlich, wie sie die breite Treppe vom Platz zur ersten Stufe der nördlichen Plattform hinaufstiegen. Die Clan-Priester gingen mit ihren mit Bändern verzierten Zeremonialstäben und Schöpfkellen mit Räucherwerk voran. Dann kamen Kinich Kakmoo und Tzec Balams Sohn, gefolgt von vier Männern, die eine Sänfte mit Baldachin trugen. Auf der einen Seite der Sänfte schritten Kanan Naab, Pacal und Akbal, auf der anderen Chibil, Hok und Chac Mut. Es folgten die schwarzbemalten Pilger und jene, die neu in den Clan aufgenommen wurden, dahinter kamen die Herren des Clans mit ihren männlichen Gästen und am Ende des Zuges die Frauen und Kinder.

Die Prozession bewegte sich zwischen den Stelen hindurch, die die lange Terrasse säumten, und erreichte die steile, schmale Treppe, die zur zweiten Stufe und zum Schrein des Jaguar-Schutzherrn hinaufführte. Die Priester begannen unverzüglich mit dem Aufstieg; sie verschwanden im dunklen Schatten der Tempel des Himmels-Clans, von denen die Treppe an beiden Seiten überragt wurde. Der restliche Zug blieb stehen; die Träger setzten die Sänfte ab, und Pacal und Akbal führten langsam und vorsichtig Box Ek unter dem Baldachin heraus. Sie trugen die alte Frau zum Fuß der Treppe, wo Kinich sie mit dem Tragesitz auf dem Rücken erwartete, setzten sie vorsichtig darauf und banden sie fest. Dann stand Kinich auf und schickte sich an, langsam hinter Pacal die Treppe zu erklimmen, der einen Arm nach hinten ausstreckte, damit Kinich sich im Fall eines Fehltritts an ihm festhalten konnte. Akbal folgte Kinich aus demselben Grund ganz dicht mit zum Eingreifen bereiten, erhobenen Armen.

Balam Xocs Stimme schwoll an; ein Gefühl schwang darin mit, das er erst allmählich als Bewunderung erkannte. Er hatte nicht gewusst, dass Box Ek der Zeremonie beiwohnen wollte und dass der Clan ihrem Wunsch so gewissenhaft nachkommen würde. Er beobachtete, wie Kinich schwer atmete und wie seine Muskeln arbeiteten, wie Box Ek in ihrem Sitz hin und her schwankte, das runzlige Gesicht zum Himmel gerichtet, die Augen geschlossen und bei jedem Schritt Kinichs vor Schmerz eine Grimasse schneidend. Er spürte Pacals innere Anspannung und den Schmerz in Akbals hochgestreckten Armen; er spürte die Spannung in Kinichs Körper beim Versuch, die Reise der alten Frau so sanft und sicher wie möglich zu machen. Aber am allermeisten spürte er Box Eks Müdigkeit und ihren Schmerz und die Nähe ihres Todes. *Komm zu mir, meine Schwester*, sang er; ja, seine Stimme formte Worte, sie war traurig, aber voller Verständnis, und es war nun seine ureigene Stimme: *Komm zu mir, komm zu dem, der weiß, was dich erwartet ...*

Es waren vierzig Stufen bis zur oberen Plattform, aber erst bei den letzten kamen Pacal, Kinich und Akbal wieder ins Sonnenlicht, heraus aus dem Schatten des Himmels-Clans. Akbal gab ein Zeichen nach unten und half dann seinem Vater, Box Ek samt Stuhl von Kinichs Rücken loszubinden. Er setzte den Stuhl ab, und die beiden anderen trugen sie dann, gefolgt von Kinich, zum Schrein des Jaguar-Schutzherrn. Balam Xoc nahm den Stolz und die Erleichterung der Männer wahr als eine warme Woge, die ihn nach oben trug. Er spürte, wie sich seine Seele zurückzog, seine Stimme verblasste zu einem bloßen Flüstern: *Du bist gekommen, du bist gekommen ...*

Dann kehrte das Dunkel zurück, er saß in seiner Zelle und nickte schläfrig mit dem Kopf, doch sein Geist war hellwach; er wusste genau, was er gesehen und gefühlt hatte. Er dachte an seine erste Vision, daran, wie seine Leute hilflos und nichts sehend dagestanden und darauf gewartet hatten, vom Himmel verschluckt zu werden. Er erinnerte sich daran, wie die Geistfrau zu ihm gekommen war, eine alte Frau, die das Gesicht des Katuns auf dem Rücken getragen und sich über das erdrückende Gewicht ihrer Last beschwert hatte. Jetzt hatte er gesehen, wie seine Leute zu ihm kamen und eine alte Frau auf ihren jungen Rücken trugen; wie sie tapfer und mit Erfolg den Schatten des Himmels-Clans durchschritten und aus dem Dunkel ins Licht emporstiegen. Sie waren gekommen, ohne dass er sie gedrängt hatte und ohne getrieben oder von jemandem angeführt zu werden; ihr Streben war freiwillig, aus ihnen selbst heraus, gewesen.

Balam Xoc fand seine Schüssel mit Wasser und trank langsam. Befreit vom wilden Hunger des Jaguars und der kalten Entschiedenheit seiner Ahnen, konnte er nun sehen, was er erreicht hatte und was er hatte erreichen sollen. Es war nicht die Wiederherstellung der einstigen Bedeutung des Jaguarpranken-Clans. Sie war in den Zeiten von Bacab und Kan Balam Moo verloren gegangen, auch wenn die Sehnsucht danach in den nachfolgenden Generationen weitergelebt hatte und in ihm noch einmal neu geboren worden war. Mit dieser Sehnsucht hatte er seine Leute wachgerüttelt, aber sie war nicht das eigentliche Ziel seines mühevollen Kampfes gewesen, das erkannte er jetzt. Das Ziel war gewesen, ihnen in ihren eigenen Augen wieder Bedeutung zu geben, damit sie nicht zuließen, von jenen vereinnahmt zu werden, die sich auf die Bedeutung von Macht und Reichtum stützen konnten. Und heute hatte er den Erfolg seiner Mühen gesehen.

Aber die Intensität seiner Identifizierung mit Box Ek ließ Balam Xoc auch erkennen, dass er das Alte versinnbildlichte, die Bürde, die seine Leute trugen. Er hatte sie verändert und sie auf die ihnen drohende Gefahr aufmerksam gemacht, aber dann hatte er eben diese Gefahr auf sie herabbeschworen. *Er* war der Grund dafür, dass der Schatten des Herrschers immer größer und bedrohlicher auf sie fiel, so dass sie den Ursprung ihrer Unterdrückung nicht verkennen konnten. Aber er hatte ihnen keinen Weg ins Licht zugestanden, keinen Weg aus *seinem* Schatten hinaus, und hatte sie gezwungen, einen Clan-Krieg zu führen, der kaum zu gewinnen war. Er hatte ihnen die Mittel an die Hand gegeben, um frei zu sein, aber nicht die Gelegenheit dazu. Es war nun an der Zeit, sie zu entlassen, ihnen ihr Leben zurückzugeben.

Es darf keinen Nachfolger geben, beschloss er, *keinen Erben der Macht, die sie mir verliehen haben. Sie müssen ihre Führer und ihren Weg in die Zukunft selbst finden.* Vielleicht würden sie Tikal verlassen müssen, aus ihrer Vergangenheit mitnehmen, was sie konnten, und alles andere aufgeben. Noch mehr der alten Bräuche und Traditionen würden verloren gehen, sich verändern oder im Lauf der Zeit in Vergessenheit geraten. Aber es war dieser Verlust und der damit verbundene Kummer, den zu ertragen seine Seele, sein Geist, Form angenommen hatte. Es war die Stimme, mit der er die Lebenden rief, um sie zu gemahnen, dass sie sich erinnern und durchhalten sollten.

Balam Xoc stand auf und streckte die Arme an die gewölbte Decke in der Gewissheit, dass er nicht mehr hierher zurückkehren würde. Es war nicht mehr notwendig, denn er hatte seine Reise, seine Verwandlung vollendet. Er würde noch ein letztes Mal tanzen. Er würde den Tod des Nachtsonnen-Jaguars tanzen. In der warmen aufgehenden Sonne des neuen Tages würde er sich darbieten als Beweis für die Verwandlung des Jaguars.

Kanan Naab kniete neben Box Ek in der ersten Reihe, unweit des steinernen Podests, auf dem Balam Xoc die Riten vollziehen würde. Um sie herum waren die Männer des Clans versammelt. Akbal und Hok standen direkt hinter Box Eks Stuhl, um ihr ein bisschen Schatten zu spenden; auf der anderen Seite fächelte Chibil der alten Frau kühle Luft zu. Box Ek hatte die Augen geschlossen; ihr Gesicht war ausdruckslos, der Mund stand offen, und ihr Atem ging schwer. Kanan Naab tauschte mit Chibil einen besorgten Blick aus und fragte sich, ob es ein Fehler gewesen war, die alte Frau hierherzubringen. Sie hatte fest darauf bestanden, an der Zeremonie teilzunehmen, aber offenbar hatte der lange Weg vom Clan-Haus sie doch über Gebühr beansprucht. Hier konnten Kanan Naab und Chibil kaum etwas für sie tun, und sie vom Platz wegzubringen war wegen der vielen Menschen unmöglich.

Der beharrliche Rhythmus der Trommeln verleitete Kanan Naab unwiderstehlich, nur noch an die bald beginnende Zeremonie zu denken. Aber sie kämpfte gegen diesen Impuls an und versuchte, Box Ek mit stummem Drängen zum Wachwerden zu bewegen. Tatsächlich öffnete die alte Frau schon bald die Augen, blinzelte gegen das grelle Licht an und betrachtete dann das Podest mit dem Monument dahinter und die Stufen, die zu dem roten Schrein hinaufführten. Sie schüttelte leicht den Kopf, als sei sie von dem, was sich ihrem Blick bot, überwältigt, und wandte sich dann Kanan Naab zu, um ihr etwas mitzuteilen. Kanan Naab neigte sich zu ihr, damit sie Box Ek über die Trommeln hinweg hören konnte.

»Es ist alles so nah«, sagte die Greisin mit dünner Stimme. Sie hob eine Hand, und Kanan Naab nahm sie vorsichtig, als sei sie zerbrechlich, in die ihre. Box Ek schloss einen Moment die Augen, als würde sie aus diesem Kontakt Kraft schöpfen. Als ihre Atmung regelmäßiger wurde, blickte sie wieder zu Kanan Naab.

»Du musst jetzt zuschauen«, sagte sie und deutete mit dem Kinn auf das Podest. »Es ist eine große Ehre, so nahe dabei zu sein.«

»Es ist nur Euretwegen, dass ich hier bin«, erwiderte Kanan Naab ergeben, ohne den Blick von Box Ek abzuwenden.

»Dann befolge meine Wünsche. Ich will nicht, dass du diese Gelegenheit verstreichen lässt. Sieh aufmerksam zu, meine Tochter. Es ist bedeutsam für dich.«

Kanan Naab sah sie dankbar an, und Box Ek nickte und lächelte müde; dann wandte sie sich bedächtig nach vorne, so dass Kanan Naab nicht anders konnte, als ihrem Beispiel zu folgen.

Als sie zum Schrein hinaufsah, kam Nohoch Ich gerade

heraus und schritt die Tempelstufen hinab. Gebannt verfolgte sie jede seiner Gesten und Bewegungen und versuchte, aus seinem Benehmen oder seiner Miene eine Botschaft herauszulesen. Am Fuß der Treppe blieb er stehen und gab den Trommlern ein Zeichen, und auf einmal herrschte auf dem ganzen Platz abrupt Stille. Nohoch stieg auf das Podest und verschränkte die Arme vor der Brust zum Zeichen, dass er für Balam Xoc sprach.

»Der Lebende Ahn hat seine Zelle verlassen«, verkündete er so laut, dass es auch die hinteren Reihen hören konnten. »Er hat gesagt, dass er das Ritual heute *tanzen* will. Er wird den Tod des Nachtsonnen-Jaguars tanzen. So hat er gesprochen.«

Die Männer um Kanan Naab herum begannen aufgeregt zu murmeln, doch der Blick der jungen Frau blieb gebannt auf Nohoch gerichtet. Bevor er das Podest verließ, sah er kurz zu ihr, und an seiner Miene erkannte sie, dass er noch keine konkrete Information von Balam Xoc erhalten hatte. *Er weiß es noch nicht*, dachte Kanan Naab; *er weiß nicht mehr als das, was er angekündigt hat.*

Die Trommeln begannen erneut ihren Rhythmus, und Nohoch ging wieder die Treppe hinauf und verschwand im Schrein. Kanan Naab warf einen Seitenblick auf Box Ek; die alte Frau schien wach und so gut bei sich, dass sie ihren Blick nicht erwiderte. Chibil nickte ihr ermutigend zu und fächelte unermüdlich weiter. Kanan Naab streichelte sanft Box Eks Hand und schaute wieder zum Schrein hinauf, verwundert über Nohochs Worte. Früher hatte Balam Xoc die Riten und den Tanz immer voneinander getrennt. Und wieso hatte er den Tod des Jaguars besonders erwähnt? Das war doch immer der Höhepunkt des Rituals, sein feierlichster Augenblick. Vielleicht als passende Einleitung für die Ankündigung eines Nachfolgers …

Sie senkte den Blick und gewahrte die Männer um sich herum. Yaxal fand sie, ohne suchen zu müssen; er stand zwischen Kinich und Chac Mut, nur drei Plätze links von ihr. War es ein Zeichen, dass sie beide so nahe beieinander in der ersten Reihe standen? Oder war sie aus einem anderen

Grund hierhergebracht worden? Etwa um rasch nach vorne gerufen zu werden, heraus aus der Welt der Männer und Frauen? Letzte Nacht, nach dem Gespräch mit ihrem Vater, war ihr das als unmöglich erschienen. Aber jetzt schlugen die Trommeln, und nichts stand zwischen ihr und dem Podest, auf dem der Jaguar stehen würde. Doch die Wahl, wie auch die Entscheidung, lagen nicht bei ihr.

Jetzt kamen Nohoch Ich und Tzec Balam aus dem Schrein heraus, gefolgt von der Ehrfurcht gebietenden Gestalt des Jaguar-Schutzherrn. Die Männer um Kanan Naab knieten nieder, und ihr blieb fast der Atem stehen, als sich die Prozession die Tempelstufen hinab und auf das Podest zubewegte und dabei immer größer wurde. Die Priester gruppierten sich um das Monument, und der Jaguar erklomm das runde Steinpodest. Er wirkte riesengroß und drohend, fast so hoch wie die Stele hinter ihm, und die roten Krallen seiner Pranke zeigten auf die Menge. Als er seinen Zeremonialstab erhob, verstummten die Trommeln; ihr Echo hallte von den hohen Tempeln des Himmels-Clans wider.

Der Jaguar ließ den Blick lange über die Menge schweifen und senkte dann seinen Stab zum Zeichen für die Trommler, mit dem bekannten Rhythmus für das Ritual zu beginnen. Im Geiste nahm Kanan Naab die Worte des Liedes bereits vorweg, das der Jaguar bei seinem Abstieg in die Unterwelt sang – aber aus den mächtigen Kiefern heraus erklang keine Stimme. Stattdessen begann er, stumm auf dem Stein zu tanzen; er hob die Beine, wölbte die Brust heraus und drehte den großen Kopf von einer Seite zur anderen, als würde er seine eigenen Bewegungen studieren. Erst nach einer Weile erkannte Kanan Naab, welche Bewegungen es waren: Der Jaguar *putzte* sich und sonnte sich im Bewusstsein seiner Kraft und Anmut. Mit einer fast arroganten Trägheit brachte er die Pranke an seine lange, heraushängende Zunge und rieb sich dann langsam die Schnauze.

Wieder kamen Kanan Naab die Worte des Liedes in den Sinn. *Ja*, dachte sie atemlos, *so bereitet sich der Jaguar auf seine Reise vor*. Nicht mit der rigiden Angst eines Mannes, der sich brav und tapfer an Pflicht und Opfer hält, sondern mit der absoluten Furchtlosigkeit des nächtlichen Jägers, dem Gefahr oder Dunkelheit nichts anhaben konnten.

Die Trommler schlugen einen tieferen, ominöseren Ton an; sie versinnbildlichten das Hinabtauchen des Jaguars unter den westlichen Horizont, hinab in die erste der neun Ebenen der Unterwelt. Hier begegnete er dem Wind der Messer und der strengen Kälte von Xibalba, dem Land der Toten. Ein Schauer durchlief Kanan Naab, als sie sich der Worte des zweiten Liedes entsann. Aber der Jaguar sang nicht, und anstatt vor der Kälte zurückzuschrecken, begann er plötzlich, schneller zu tanzen und hektisch um sich zu schlagen. Er attackierte die Kälte mit wilden Schlägen und drehte sich im Kreis, als wollte er einen unsichtbaren Feind abschütteln.

Kanan Naab konnte nur starren; die Worte der Zeremonie rannen unbeachtet durch ihren Kopf. Was sie sah, bedurfte keiner Beschreibung – es war die Reise selbst. Mit unverminderter Lebenskraft sank der Jaguar tiefer und tiefer und trat den Wesen, die ihn attackierten, mit wilder, ungebändigter Leidenschaft entgegen. Er war kein leichtes Opfer, und oft genug sogar selbst der Aggressor, der seinen Angreifer zur Beute machte und die, die er tötete, mit kraftvollen Bewegungen seiner Kiefer verschlang. Denen, die ihn verwundeten oder ihm entgingen, fauchte er wild nach und forderte sie heraus, sich in die Reichweite seiner Pranken oder Fänge zu wagen, anstatt zu fliehen – eine Kreatur, die man fürchten und nicht bemitleiden musste; eine Bestie, die sich selbst an den Tod noch heranpirschte.

Allmählich erst verlangsamten sich seine Bewegungen, während er mit hochgehaltenem Kopf durch die schwarzen Wasser der Unterwelt schwamm, ab- und wieder auftauchte und sich mit heftigen Bewegungen vorwärts kämpfte. Nach und nach ging die Gestalt auf dem Stein in die Knie, begleitet vom fallenden Rhythmus der Trommeln. Der Kopf des Jaguars senkte sich, richtete sich auf und fiel, hinabgezogen von seinem eigenen Gewicht, wieder nach unten. Seine Beine gaben nach, er kam flach auf den Bauch zu liegen, ließ schließlich den Zeremonialstab fallen, und die rote Pranke rutschte von seiner anderen Hand. Ein Schauder lief durch den hingestreckten Körper, nur eine einzige Trommel schlug noch traurig und langsam. Der Jaguar war gestorben.

Eine plötzliche Bewegung von Balam Xocs Händen riss Kanan Naab aus ihrer Trance, zerstörte die Illusion mit ihrer Menschlichkeit, ihrem zielbewussten Griff. Die Hände zerrten blindlings am Rücken des Kostüms, hinten am Nacken. Dann richtete Balam Xoc sich abrupt auf und ging in die Hocke, nahm den Jaguarkopf ab und legte ihn hinter sich. Die Menge hielt den Atem an, und Kanan Naab führte entsetzt eine Hand an den Mund. Balam Xoc ließ sich auf die Knie sinken und wandte den Menschen das Gesicht zu – ein alter Mann in einem Jaguarfell, dem der Schweiß auf der Stirn stand und dessen langes, weißes Haar offen bis auf die Schultern fiel. Die Trommel dröhnte dumpf wie ein gigantischer Herzschlag, als er sich langsam zu voller Höhe aufrichtete und, die Handflächen dem Himmel zugewandt, die Arme ausbreitete. In einem Halbkreis wandte er sich langsam von rechts nach links; er hatte die Augen weit geöffnet, und sein forschender Blick strich über die Menge, suchte die hochgereckten Gesichter der Menschen. Als er die Stelle fand, wo Kanan Naab kniete, hielt er inne und schloss die ausgestreckten Arme, als wolle er auf sie zeigen. Auch die Trommel hörte auf, und durch die Stille hindurch starrte Kanan Naab wie gelähmt auf Balam Xocs ausgestreckte Hände. Doch dann bemerkte sie, dass er nicht auf sie schaute und dass ihre Hände leer waren. Erschreckt sah sie zu Box Ek und stellte fest, dass die alte Frau leblos in den Riemen hing, mit denen sie an ihren Stuhl festgebunden war; ihr Kopf war auf die Brust gesunken. Chibils entsetzte Miene zeigte, dass auch sie es nicht bemerkt hatte.

»Die Alten verlassen euch«, verkündete Balam Xoc mit lauter, trauriger Stimme. »Sie nehmen die Lasten der Vergangenheit von euren Schultern, damit ihr befreit in den neuen Tag gehen könnt.«

Er ließ die Arme sinken und blickte traurig auf Box Ek. Tränen traten ihm in die Augen und liefen über seine zerfurchten Wangen; jene, die ihm nahe genug waren, um sie zu sehen, waren fassungslos. Er wischte sie ab und hielt die tränennassen Finger hoch, so dass alle sie sehen konnten.

»Seht meine Tränen«, rief er. »Seht die Tränen, die ich vergieße für das Leid, das ihr im Katun Elf Ahau ertragen habt, und für die Mühen, die ihr in der Zukunft erdulden müsst. Aber ihr seid jung und stark, meine Jaguarpranken, ihr braucht euch nicht zu fürchten vor dem, was vor euch liegt. Das Andenken eurer Ahnen ist in eurem Blut; falsche Propheten oder fremde Bräuche werden euch nicht in die Irre leiten. Ihr *alle* seid meine Nahen.«

Balam Xoc schwieg und breitete segnend seine Arme über die Menschen. »Vergesst nicht, was ihr hier heute gesehen habt«, fuhr er in einem ungewohnt freundlichen Tonfall fort. »Tragt es im Herzen, wohin ihr auch immer geht. Denkt immer daran, dass ihr unter den Augen der Ahnen wandelt. So habe ich gesprochen …«

Er verließ das Podest und ging auf die Tempeltreppe zu. Kanan Naab wandte sich sofort zu Box Ek um, doch Chibil hielt sie mit einer Geste zurück und schüttelte resigniert den Kopf.

»Ist sie wirklich von uns gegangen?«, fragte Kanan Naab leise, obwohl sie wusste, dass es stimmte, dass Box Ek auf eben diese Art und Weise hatte sterben wollen. Aber die Tatsache ihres Todes war unbegreiflich; die Erinnerung, gerade noch ihre Hand gehalten zu haben, zu frisch. Erst als Akbal Kanan Naab an der Schulter berührte und sie die Tränen in seinen Augen sah, konnte auch sie weinen; sie beugte sich vornüber, wie es der Jaguar getan hatte, und schluchzte in die Hände. Andere Hände halfen ihr nach einer Weile hoch und stützten sie, bis sie bereit war, allein zu stehen. Mit leerem Blick sah sie auf ihren Vater und Kinich und dann auf Nohoch Ich, der Balam Xocs Zeremonialstab in der Hand hielt.

»Er hat keinen von uns auserwählt«, sagte Nohoch, offensichtlich zufrieden mit dieser Entscheidung. »Wir sind frei.«

»Ja, wirklich«, murmelte Kanan Naab und blickte auf die leblose, zusammengesunkene Gestalt von Box Ek. Sie blieben einige Augenblicke schweigend stehen, bis Pacal sich umwandte und Yaxal in den Kreis der Trauernden mit einbezog.

»Komm, meine Tochter«, sagte er zu Kanan Naab und ergriff sie sacht am Arm. »Lass uns befreit gehen, wie er es gesagt hat.«

Der Stuhl mit Box Eks Leichnam wurde wieder auf Kinichs Rücken gebunden, und dann schritt der Krieger ihnen voran über den Platz. Die Menschen machten schweigend Platz und senkten angesichts seiner Last betroffen die Augen. Kanan Naab schaute nur einmal zurück und sah, dass das Podest leer vor dem großen, gelben Monument stand. Mit diesem Bild im Herzen ging sie weiter.

KAPITEL 15

Letzte Riten

9.17.19.12.0 8 Ahau 18 Yaxkin
(Zwölf Monate später, A.D. 790)

Nachdem er den letzten Wachposten der Jaguarpranken passiert hatte, folgte Chan Mac einem Impuls und nahm den Pfad durch die Brotnussbäume zu Akbals Stein. Als er an den Rand der Rodung kam, sah er, dass sein Gefühl ihn nicht betrogen hatte, und blieb stehen: Akbal saß mit gekreuzten Beinen am Fuß des Quaders, mit dem Rücken zur Rodung und den Gärten der Familie dahinter. Das Bild großer Einsamkeit, das sein in Nachdenken versunkener Freund bot, während der gesamte Clan und die ganze Stadt fieberhaft mit dem Einbringen der Ernte beschäftigt war, entlockte Chan Mac ein wehmütiges Lächeln. Er dachte daran, wie Akbal stolz Muan Kal von seiner und Zac Kuks Arbeit am Reservoir erzählt hatte und wie er beim Anlegen der Clan-Gärten einen Arbeitstrupp geleitet hatte. *Nun kommen sie ohne ihn aus*, sagte sich Chan Mac und überquerte die Rodung; weder Maler *noch* Diplomaten mussten jetzt mehr schwere körperliche Arbeit leisten.

Er näherte sich leise, aber Akbal bemerkte ihn, noch bevor er den Unterstand erreicht hatte, und stand auf, um ihn zu begrüßen.

»Ich komme gerade von einem Besuch im Haus des Feuerstein-Clans«, erklärte Chan Mac. »Irgendwie wusste ich, dass du hier sein würdest.«

»Ich komme hierher, so oft ich kann«, erwiderte Akbal. »Was hast du denn beim Feuerstein-Clan zu tun?«

»Nicht viel, aber nachdem alle auf den Feldern sind, habe ich auch nicht viel erwartet. Aber eine Nachricht von meinem Vater war da. Ektun hat erneut eine Schlacht gegen die Ara verloren. Einer meiner Onkel, der jüngste Bruder meiner Mutter, ist gefallen.«

Akbal brauchte etwas Zeit, um diese Nachricht aufzunehmen, als müsste er sich erst erinnern, wo Ektun lag und wer die Ara waren. »Das tut mir leid«, sagte er schließlich. »Sind deine Brüder in Sicherheit?«

»Bislang schon. Sie sind alle mit der Armee weggezogen. Aber ich bin nicht hierher gekommen, um dich mit diesen Dingen zu belasten. Zeig mir lieber, was du gemacht hast.«

Akbal bat ihn mit einer Geste, in den Unterstand zu kommen. In den oberen Teil des Steins war ein Hochrelief eingemeißelt, das in präzisen Strukturen Schatten einfing. Chan Mac sah feine, sich überlappende Schuppen auf dem gewundenen Körper der Schlange, die gekreuzten Bänder von Himmelszeichen, die gekrümmten Blätter und perlenähnlichen Körner des Maises, die die Sonne als Lebensspender symbolisierten. Er trat noch näher und ließ die Finger über die dünnen Rillen gleiten, fand aber weder Sand noch Staub, keine raue oder ungeschliffene Stelle.

»Es ist so glatt«, sagte er bewundernd. »Wie polierte Jade.«

»Wir schleifen und polieren mehr, als wir sollten«, räumte Akbal ein, »weil wir mit dem Meißel noch unsicher sind. Und auch, weil wir mit dem Rest des Steins noch nicht weitermachen konnten.«

»Das ist bestimmt schwierig für euch.«

»Ich lerne, geduldig zu sein«, sagte Akbal hilflos. »Aber ich kann nicht weitermachen, bis ich nicht das ganze Werk komplett im Kopf habe. Mittlerweile weiß ich, wie ich Balam Xoc porträtieren werde, aber ich muss mir noch klar darüber werden, wer den Platz in der Mitte mit ihm teilt. Ich dachte, es müsse der Herrscher sein, aber Großvater will das weder bestätigen noch verneinen, und ich selbst bin noch nicht daraufgekommen.«

»Also wartest du«, meinte Chan Mac lakonisch. »Wie wir alle warten. Es ist etwas ans Ende gelangt, meinst du nicht auch, Akbal? Ein Druck, eine Dringlichkeit ist abgefallen.«

»Du meinst, seit dem Tun-Ende?«

»Genau. Balam Xoc hat die Nahen aufgelöst, ohne einen Nachfolger zu benennen. Er stellt sich nicht mehr dem Herrscher entgegen, sondern leitet Hochzeiten, kümmert sich um die Bildung unserer Kinder und bringt neue Mitglieder in den Clan-Rat. Worauf bereitet er uns vor, Akbal?«

»Darauf, dass wir ohne ihn leben können«, antwortete Akbal. »War das nicht auch aus seinem Tanz in der Zeremonie zu ersehen?«

»Sicher. Aber *wo* sollen wir leben? Bin ich der Einzige, der hörte, dass er von einer Reise sprach, und davon, dass wir uns nicht von ›fremden‹ Bräuchen in die Irre leiten lassen sollen?«

»Ich habe es auch gehört, aber ganz anders verstanden. Du denkst schon wieder an Chetumal.«

»Ich denke daran, dass der Clan-Krieg nie ein Ende gefunden hat, auch wenn es so aussieht, als hätte Balam Xoc ihn vergessen. Und du ebenfalls, mein Freund. Dieser trügerische Friede hat die Jaguarpranken selbstzufrieden werden lassen.«

»Und dich unruhig«, behauptete Akbal. »Hast du nicht Freiheit genug? Du gehst doch fast jeden Tag zu den Häusern anderer Clans.«

»Ja, wir sind sehr frei«, stimmte Chan Mac verächtlich zu. »Wenn ich die notwendigen Bestechungsgelder zahlen würde, könnte ich sogar zum Marktplatz gehen. Ich könnte zum Palast gehen. Aber ich hätte dort nichts zu tun – außer meine Gefangennahme zu vermeiden. Was tust du, wenn du mit dem Stein fertig bist?«

Akbal blickte ihn überrascht an; er konnte nicht sofort einen Zusammenhang herstellen. »So weit voraus habe ich noch nicht gedacht.«

»Aber trotzdem hast du angefangen, neue Handwerker auszubilden, wie es dir dein Großvater vorschlug. Wovon sollen sie leben, wenn du ihre Produkte nicht verkaufen kannst?«

»Sie sind doch alle noch Kinder«, protestierte Akbal. »Bis sie erwachsen sind, werden wir …«

»Ja?«, fragte Chan Mac, als Akbal seinen Gedanken nicht

zu Ende führen konnte. »Was wird bis dahin geschehen sein? Was ist es, worauf wir warten?«

»Ich weiß es nicht«, räumte Akbal mürrisch ein. »Vielleicht bringt das Ende des Katuns Elf Ahau auch ein Ende des Clan-Krieges. Die Ernten sind dieses Jahr für alle sehr gut ausgefallen. Der Herrscher wird keinen Grund haben, neidisch auf uns zu sein.«

Chan Mac blickte kurz zur Seite. »Ich will dir keinen Vorwurf machen, mein Freund«, sagte er nach einer Weile. »Ich sehe ja, wie sehr du mit deiner Arbeit hier beschäftigt bist, und zu Recht. Aber es wäre sicher nach Balam Xocs Willen, wenn wir uns jetzt, da er uns nicht mehr den Weg zeigt, selbst um unsere Zukunft kümmerten.«

»Du kannst deine Ansichten bei der nächsten Versammlung des Clan-Rats vorbringen«, entgegnete Akbal leicht gekränkt.

»Ich hatte gehofft, dafür Verbündete zu finden, um nicht als anmaßender Neuling dazustehen, der den Rat daran erinnern will, was es heißt, eine Jaguarpranke zu sein.«

»Wir sind jetzt alle Großvaters Nahe, wie er sagte. Von einer leichten Einigung würde ich allerdings nicht ausgehen.«

»Bisher habe ich noch gar niemanden gefunden, der einer Meinung mit mir wäre«, gab Chan Mac zu, »wenn ich auch mit Kinich und Chac Mut nicht so direkt war wie mit dir.«

»Aber anders werden sie dich nicht verstehen«, versicherte ihm Akbal.

Chan Mac zuckte die Achseln und nickte resigniert. »Zweifellos. Ich werde dich jetzt wieder deinem Stein überlassen und Zac Kuk den Tod unseres Onkels berichten.«

»Du findest sie wahrscheinlich bei Ixchel und Haleu; sie planen das Erntedankfest.«

Chan Mac nickte noch einmal und warf einen letzten Blick auf den Stein. »Für einen Maler ist das eine hervorragende Arbeit«, bemerkte er mit einem schlauen Lächeln. »Ich sehe ganz klar den Einfluss von Ektun.«

»Den gibt es auch«, erwiderte Akbal ernst, bis er merkte,

dass er gefoppt wurde, und Chan Mac eine Grimasse schnitt. »Tatsächlich ist er sogar gerade hier, um mich herum, und treibt mich an mit seiner Ruhelosigkeit.«

»Möge er dich auch in der Zukunft so inspirieren«, lachte Chan Mac mit gespielter Gnädigkeit und ließ Akbal allein.

Die Versammlung des Clan-Rats war für den späten Nachmittag anberaumt worden, vor dem Beginn des Festes zur Feier der Ernte. Die Frauen stellten bereits das Essen unter den geschmückten Strohdächern bereit, als Pacal das Haus verließ und über den Platz zu Nohoch Ich ging. Ein leicht nervöses Gefühl im Magen ließ ihn an die Zeit vor gut zwanzig Jahren zurückdenken, als er zum erstenmal dem Rat angehört hatte. Auch damals war er sehr nervös und darauf bedacht gewesen zu beweisen, dass er dieser Ehre würdig war. Balam Xoc war der Vorsitzende des Rates gewesen, und Pacals älterer Bruder Chac Balam war noch am Leben und hatte sich bereits den Respekt der alten Männer verdient gehabt. Pacal erinnerte sich daran, wie genau er seinen Vater und seinen Bruder bei diesen ersten Versammlungen beobachtet hatte; sogar ihre Gesten und ihre Art und Weise zu sprechen hatte er imitiert.

Draußen vor der Tür fielen ihm die restlichen Dinge ein: wie Chac Balam so plötzlich gestorben war, und dann kurz nacheinander Nicte und Ik Caan. Balam Xoc hatte daraufhin seinen Platz im Clan-Rat geräumt und war der Lebende Ahn geworden, und auf einmal hatte Pacal niemanden mehr gehabt, den er imitieren konnte, stattdessen aber hatten von nun an andere Männer *ihn* als Führer betrachtet. *Und da nahm ich mir den Herrscher zum Vorbild*, dachte er wehmütig; der Gedanke demütigte ihn, vor allem jetzt, da er sich anschickte, ein zweites Mal dem Rat beizutreten. *In Wirklichkeit bist du ein Neuling*, sagte er sich; *du musst darauf achten, wie sich diese Männer verhalten, ehe du in ihrer Mitte das Wort ergreifst. Sie haben keinen Grund, dir zu vertrauen.*

Nohoch saß auf der rückwärtigen Bank in der Mitte und erwiderte Pacals Gruß mit der höflichen Unparteilichkeit, die dem Oberhaupt geziemte. Balam Xoc hatte den Ehrenplatz zur Rechten Nohochs eingenommen; rechts von ihm saßen Tzec Balam, dessen Sohn und der neue Clan-Priester Yaxal Can. Links von Nohoch hatten sich Kinich Kakmoo, Chac Mut und Akbal niedergelassen: der Clan-Nakom, der Verwalter und der Meister der Handwerker. Die restlichen Plätze an der Rückwand füllten die Oberhäupter der am nächsten wohnenden Familien aus, und die sechs neuen Mitglieder bekamen Plätze an den Enden des langen, schmalen Raumes. Hok, der Clan-Zeuge, saß mit den Schreibern vor Nohoch; Pacal fühlte, wie das eine sehende Auge des Mannes ihm folgte, als er durch das Zimmer ging und sich neben Chan Mac setzte.

»Ich grüße Euch, Herr«, flüsterte Chan Mac. Sie nickten einander zu, und Pacal bemerkte, wie sein Nachbar ihn kurz musterte. *Er sucht Verbündete*, dachte Pacal sofort und spürte, wie sich seine alten Instinkte für politisches Manövrieren rührten. Aber sie waren nicht mehr stark, und er zog es vor, das indirekte Angebot zu ignorieren. Von den Neuen im Rat erkannte er als einzigen Opna, der wegen seiner Popularität unter den zuletzt aufgenommenen Mitgliedern des Clans gewählt worden war. *Und weil Nohoch ihn beobachten will*, sagte sich Pacal im Gedanken an Kanan Naabs argwöhnische Haltung gegenüber Opna und zollte Nohoch Anerkennung; er selbst wäre als Oberhaupt des Clan-Rates ebenso vorsichtig gewesen.

Tzec Balam eröffnete die Versammlung mit einigen Gebeten und Anrufungen der Ahnen, danach stellte Nohoch Ich die neuen Mitglieder vor und bat den Lebenden Ahnen um eine Stellungnahme. Doch Balam Xoc wollte nicht sprechen, und so erteilte Nohoch als nächstem Kinich das Wort. Der Nakom berichtete, es habe seit dem letzten Tun-Ende weder Zusammenstöße mit Kriegern des Herrschers noch Brände gegeben, und der Austausch mit Verwandten in anderen Teilen Tikals habe sich beträchtlich verbessert; darüber hinaus habe die Anzahl der Wegkontrollen stetig abgenommen.

»Wir konnten einige unserer eigenen Wachen näher an die Kornspeicher verlegen«, schloss Kinich mit einem sardonischen Lächeln, »damit können sie jetzt mit Waffen gegen die Schädlinge vorgehen, die unseren Mais angreifen.«

Einige Anwesende lachten anerkennend, ein Bruch der Etikette, den Nohoch tolerant überging und die Versammlung zu Fragen aufforderte. Aber alle schienen mit Kinichs Bericht so zufrieden wie dieser selbst. Auf ein Nicken Nohochs hin begann Tzec Balam von den Knaben zu berichten, die er mit Yaxal Can im Lesen der Hieroglyphen und der Zahlen unterrichtete. Aber Pacal konnte den Worten des Priesters nicht folgen; er musste noch immer an das denken, was Kinich gesagt hatte, und daran, wie unüberlegt es akzeptiert worden war. Dachten sie alle, der Herrscher hätte sie vergessen? War Kinich wirklich so dumm, das zu glauben? Er schaute zu seinem älteren Sohn und dann zu Balam Xoc, der gegen diese Illusion von Sicherheit ebenfalls keinen Einwand erhoben hatte. *Sie haben früh mit dem Feiern angefangen*, dachte Pacal und spürte, wie sich die Nervosität erneut in seinem Magen rührte.

Seine Befürchtungen wurden bekräftigt, als Chac Mut den detaillierten Bericht des Clan-Verwalters vortrug. Er beschrieb unter anderem, welche Reservoirs gesäubert und wieviel neues Land gerodet und bepflanzt wurde und welche Ernteerträge zu erwarten seien. Ferner erklärte er, welche Schritte unternommen wurden, um die neuesten Clan-Mitglieder unterzubringen, und erhob in diesem Zusammenhang die Frage nach mehr Land.

»Da die Regenfälle in diesem Jahr für alle sehr günstig waren«, sagte er, »müssen wir davon ausgehen, dass auch die Ernte des Herrschers gut sein wird. Das aber mindert den Wert unserer Überschüsse. Deshalb sollten wir versuchen, von einigen unserer Nachbarn anstelle von Gebrauchsgütern Land einzuhandeln. Selbst wenn sie genügend Lebensmittel haben, werden sie ihre Saatspeicher wieder auffüllen wollen, und auf der Basis dieses Wunsches sollten wir mit ihnen verhandeln.«

Nohoch fragte, ob der Clan über genügend Vorräte an Gebrauchsgütern verfügte.

»Dank der Bemühungen von Pacal Balam«, versicherte

ihm der junge Mann mit einem Nicken in die Richtung seines früheren Lehrherrn, »wurden wir für unsere Arbeiter im voraus bezahlt, und zwar in Form von Gebrauchsgütern.«

Pacal erkannte zwar durchaus, dass Chac Mut versuchte, ihn lobend zu erwähnen, aber als sich die bewundernden Blicke des Rates auf ihn richteten, wurde ihm innerlich eisig kalt. Er musste daran denken, wie er oben auf dem Tempel gestanden und den Herrscher angeschrien hatte, während die Spitze eines Speers sich auf seine Brust richtete. Dachten sie, das sei eine bloße ›Bemühung‹ gewesen, der Erfolg klugen Verhandelns? Er konnte weder mit Bescheidenheit noch mit Dankbarkeit reagieren, sondern starrte nur stumm auf Chac Mut.

Der nächste Berichterstatter war Akbal. Er sprach weit weniger umfassend als die vorherigen Redner – aus dem einfachen Grund, dass es, was den Handel anbelangte, nicht viel zu sagen gab. Seine Produktion war auf die Bedürfnisse des Clans und seiner unmittelbaren Nachbarn beschränkt, von denen die meisten zu arm waren, als dass sie um etwas anderes als Lebensmittel handeln konnten. Stattdessen berichtete Akbal von den Lehrlingen, die er in den Handwerksbau aufgenommen hatte, von denen einige großes Talent als Maler und Steinmetze zeigten. Dann hielt er mit einem Blick auf Chan Mac inne.

»Ich mache mir allerdings Sorgen«, fuhr er fort, »dass ich eine Generation von Handwerkern ausbilde, die für ihre Erzeugnisse keinen Markt finden werden.«

Ah, die erste Beschwerde, dachte Pacal erleichtert und übermäßig stolz darüber, dass sie von seinem Sohn kam. Er merkte, dass Chan Mac Akbal beipflichtete, und erinnerte sich an die Reisen der beiden an die Küste. Der Clan hatte nicht viel Verwendung für einen Diplomaten, wenn er keine Beziehungen außerhalb Tikals unterhielt, ebenso wie er keinen Bedarf an mehr Handwerkern hatte, wenn die Handelsbeziehungen nicht erweitert werden konnten. Insofern war die Allianz zwischen seinem Sohn und Chan Mac ganz natürlich. Pacal warf den beiden einen heimlichen

Blick zu und fragte sich, ob ihre Verbundenheit über dieses gegenseitige Interesse hinausging – ob sie wie er Kritik übten an dem, was bisher auf dieser Versammlung zu hören gewesen war.

Nohoch nickte und erteilte für die Erwiderung Chac Mut das Wort, der sich kurz mit Kinich beriet, bevor er auf Akbals Bedenken einging.

»Wir haben vertrauliche Gespräche mit unseren Freunden vom Feuerstein-Clan geführt«, eröffnete Chac Mut dem Rat. »Dabei wurde zwar noch nicht über Bedingungen diskutiert, aber sie haben sich grundsätzlich bereit erklärt, unsere Güter zu den Märkten in Nakum und Holmul zu befördern.«

»Als wir Nakum und Holmul zuletzt besuchten«, warf Akbal zweifelnd ein, »waren die Märkte dort nicht besser als die unsrigen hier.«

»Das war vor der diesjährigen Ernte«, erinnerte ihn Chac Mut. »In den Städten im Osten dürfte sich der Handel wesentlich verbessert haben, wie es auch hier in Tikal der Fall sein wird. Wenn der Herrscher die Überschüsse der Stadt gerecht verteilt, dürften unsere Nachbarn auch an handwerklichen Gütern wieder Interesse zeigen.«

Diese Möglichkeit wurde mit solch nonchalanter Zuversicht offeriert, dass Pacal der Atem stockte und er sich fragte, ob er richtig gehört hatte. Außer ihm schien nur Akbal einen Einwand zu haben, aber Kinich war schneller.

»Inzwischen ist es möglich, dass wir uns immer weiter von Tikal fortbewegen, ohne verraten oder aufgehalten zu werden«, erklärte er Akbal. »Vielleicht können wir mit der Hilfe des Feuerstein-Clans unsere Handelsrouten nach Osten ausdehnen und allmählich selbst bis dorthin gelangen.«

Akbal runzelte die Stirn, während Kinich und Chac Mut abwarteten – mit der Miene von Menschen, die überzeugt waren, dass niemand sie überreden konnte. Akbal beugte sich ihrem Druck, und Nohoch schaute mit erhobenen Armen nach eventuellen weiteren Wortmeldungen. Pacal merkte, wie Chan Mac sich neben ihm aufrichtete, aber dann atmete der junge Mann kräftig durch die Nase aus und lehnte sich wieder zurück; offenbar hatte er entschieden, sich zu diesem Punkt doch nicht zu äußern.

»Wenn es nichts mehr zu besprechen gibt«, erklärte Nohoch nach einer Weile, »können wir die Versammlung beschließen und uns zu dem bevorstehenden Fest begeben.«

Noch einmal sah er sich geduldig um, und Kinich und Chac Mut taten unbewusst dasselbe. *Verbündete*, dachte Pacal bitter, doch auch er behielt seine Einwände für sich. Die Selbstgefälligkeit, die der Rat demonstriert hatte, schrie geradezu nach einer Herausforderung, aber wenn die jüngeren Männer nicht bereit waren, eine solche zu liefern, dann wollte er sich nicht für sie exponieren. Er wollte nicht vom Neuling in kürzester Zeit zum Ausgestoßenen werden.

Doch nun brach Balam Xoc das Schweigen. »Ich möchte Pacal Balams Meinung hören«, sagte er nur.

Überrascht gab Nohoch Pacal ein Zeichen zu sprechen. Pacal spürte, wie sich seine Kehle zuschnürte, als sich alle Augen auf ihn richteten; er stand abrupt auf und trat vor seinen Vater. Balam Xoc sah ihn erwartungsvoll an, unbeeindruckt von Pacals Ärger, seiner angespannten Haltung und den zu Fäusten geballten Händen. Auch Hok war näher gekommen und kauerte mit einem warnenden Blick aus seinem sehenden Auge am Fuß der Bank.

»Was wollt Ihr von mir hören?«, fragte Pacal heiser; die alarmierten Gesichter zu beiden Seiten seines Vaters entgingen ihm nicht.

»Die Wahrheit, Pacal. Kannst du uns sonst etwas anbieten?«

Pacal lachte plötzlich auf, es war ein hartes, freudloses Lachen. »Nein«, antwortete er, »das ist alles, was mir geblieben ist. Ich habe keine geheimen Pläne mehr zu schützen, und keine Bündnisse, die es zu erhalten gilt«, fügte er mit einem Blick auf Nohoch und den jungen Mann zu dessen Linker hinzu. »Mein Ruf ist der eines Mannes, der auf Kosten des Clans dem Herrscher diente; damit kann ich durch das, was ich jetzt sage, keinen Schaden erleiden.«

»Wenn Ihr eine Meinungsverschiedenheit mit uns habt,

Pacal«, warf Nohoch jetzt ein, »dann müsst Ihr uns das mitteilen.«

»Ich wollte den Konsens, den Ihr so geschickt erzielt habt, nicht zunichte machen, Herr«, sagte Pacal sarkastisch. »Auch wenn er auf gefährlichen Irrtümern beruht.«

»Dann sprecht!«, befahl Nohoch ungewöhnlich schneidend.

Pacal breitete die Arme aus zu einer Geste, die alle im Raum Anwesenden umfasste. »Ich habe mir dieses Gerede angehört von Wachen, die zurückgezogen wurden, Land, das erworben, und Handelsrouten, die erweitert werden sollen. Ich habe ungläubig zugehört, meine Herren, und mich gefragt, ob ich in derselben Welt lebe wie jene, die gesprochen haben. Wurde mit dem Herrscher ein Frieden geschlossen, von dem ich nichts weiß? Die Vereinbarungen, die ich mit ihm traf, beinhalten keine Zusage für einen Frieden – lediglich eine widerwillig geleistete Zahlung für die Arbeiter, die er brauchte.«

Pacal unterbrach sich, um seine Worte wirken zu lassen, und heftete den Blick dann auf Chac Mut.

»Jawohl, ich spreche von eben jenen Arbeitern, für die wir Salz, Obsidian und Mahlsteine bekamen. Ich führe sie nicht mehr täglich zur Arbeit, aber sie kommen noch immer zu mir und reden mit mir. Sie erzählen mir, wie sie unerbittlich von ihren Aufsehern angetrieben werden, um die Männer wettzumachen, die für die Katun-Einfriedung abkommandiert wurden. Zweimal baten sie mich sogar, mit ihren Aufsehern zu sprechen, damit sie nicht auch noch nach Einbruch der Dunkelheit weiterarbeiten müssen.«

»Warum habt Ihr mir das nicht berichtet?«, fragte Nohoch.

»Ihr wärt nicht an den Wachen vorbeigekommen, die die Wege kontrollieren«, erwiderte Pacal abweisend. »Außerdem hätten die Aufseher sowieso nicht auf Euch gehört. Ihr habt dort keine *Freunde*, Herr.«

»Ihr aber offenbar schon?«, warf Chac Mut sofort ein.

Pacal sah ihn mit zusammengekniffenen Augen an. »Zumindest kennt man mich noch. Aber es gibt noch etwas, das die Arbeiter mir erzählen. Sie gehen davon aus, dass sie jetzt, nachdem die Ernte vorüber ist, alle zur Katun-Einfriedung abkommandiert werden. Der Bau ist noch immer weit hinter dem Zeitplan zurück, und bis zum Katun-Ende sind es nur noch fünf Monate.«

»Der Herrscher kann mit den Überschüssen seiner Ernte zusätzliche Arbeiter einstellen«, warf Chac Mut hastig ein.

Darüber konnte Pacal nur verächtlich lächeln. »Der Herrscher wird keinen Überschuss haben«, erklärte er ruhig, aber bestimmt. »Es ist schon eine Weile her, seit Ihr Verwalter wart, Chac Mut. Wir wurden durch inkompetente Leute ersetzt. Während Ihr Euch hier in hervorragender Weise um die Gärten gekümmert habt, pflanzten sie in Feldern, die nach den Regenfällen des letzten Jahres nicht richtig repariert wurden. Und deshalb lagen die diesjährigen Erträge weit unter den Erwartungen. Auch das weiß ich von den Arbeitern. Sie erzählten mir, jedes Mal, wenn sie ein fruchtbares Stück Land fanden, waren die Insekten schon vor ihnen da gewesen. Es wird also keinen Überschuss geben.«

»Das wird nur den Wert unserer Ernte erhöhen«, konterte Chac Mut stur.

»Nicht, wenn sie Euch weggenommen wird«, entgegnete Pacal unverblümt. »Glaubt Ihr, Caan Ac lässt sich zu Verhandlungen herab, wenn die Vollendung der Katun-Einfriedung auf dem Spiel steht? Er *muss* sie rechtzeitig zur Einweihung fertig stellen, andernfalls büßt er seine Macht mit Sicherheit ein. Also wird er sich die Arbeiter beschaffen, die er braucht – mit welchen Mitteln auch immer. Anstelle der törichten Überlegungen, wie wir zu mehr Land kommen, sollten wir uns darauf vorbereiten, das Land zu verteidigen, das wir haben. Und wir sollten beschließen, was wir tun, wenn unsere Arbeiter für die Katun-Einfriedung eingesetzt werden.«

Es folgte ein langes Schweigen, bis die ersten Wortmeldungen kamen – zunächst von Opna, dann von Chan Mac und zuletzt von einigen anderen, die bislang noch gar nicht gesprochen hatten. Pacal registrierte verwundert, dass sein Vater lächelte und mit dem Verlauf der Versammlung offensichtlich sehr zufrieden war.

»Gut argumentiert, mein Sohn«, sagte Balam Xoc bewundernd und verwirrte damit Nohoch noch mehr, der ohnehin schon genug damit zu tun hatte, festzustellen, wem er als erstem das Wort erteilen sollte.

Balam Xoc kam ihm zuvor. »Wie es scheint, gibt es mehr zu bereden, als Ihr geglaubt habt«, sagte er mit erhobener Hand zu ihm. »Aber vielleicht sollten wir damit bis zur nächsten Versammlung warten, damit die Ratsmitglieder Zeit haben, sich kennen zu lernen und ihre jeweiligen Kenntnisse auszutauschen. Die Wahrheit muss sich aus dem Wissen *aller* zusammensetzen, nicht nur aus den Meinungen der führenden Köpfe.«

»Falls ich bei der Leitung der Versammlung Fehler gemacht habe«, begann Nohoch, »würde ich meinen …«

»Das ist nicht nötig«, versicherte ihm Balam Xoc energisch. »Ihr habt unser Vertrauen nicht missbraucht. Ihr seid nur der Versuchung erlegen zu glauben, dass Sicherheit möglich sei. Aber solange der Herrscher Euer Feind ist, muss ein solcher Glaube immer hinterfragt werden.«

»Ich werde daran denken«, versprach Nohoch und zwang sich dann, Pacals Blick zu begegnen. »Wir danken Euch, Pacal.«

Pacal verbeugte sich respektvoll und ging an seinen Platz zurück. Tzec Balam beendete die Versammlung mit einem Gebet, und bevor Nohoch die Männer zum bevorstehenden Fest entließ, bat er sie noch, in vier Tagen wieder zusammenzukommen.

Sofort nach Beendigung der Sitzung wandte sich Chan Mac zu Pacal um. »Ich muss mit Euch reden, Herr. Habe ich die Ehre, heute abend mit Euch zu essen?«

Noch ehe Pacal antworten konnte, stieß Akbal zu ihnen, und er schaute unwillkürlich zu seinem Sohn auf.

»Ihr seid zu uns zurückgekommen, Vater«, bemerkte Akbal voller Stolz. Pacal sah an ihm vorbei und verfolgte, wie Balam Xoc den Raum verließ. »Ich bin zurückgeholt worden«, sagte er nur zu Akbal. »Freundlicher, als ich hinausgeschickt wurde.«

»Jetzt gehört Ihr zu uns«, erklärte Akbal. »Versuchen wir, etwas Balche zu finden.«

Pacal wandte sich zunächst an Chan Mac, der geduldig auf eine Beantwortung seiner Bitte wartete. »Ich möchte mir Eure Vorschläge anhören, Chan Mac«, sagte er. »Die, die Ihr während der Versammlung so lautstark verschluckt habt.«

»Es war nicht leicht, Herr«, erwiderte Chan Mac verlegen. »Aber Ihr habt mir für die Zukunft ein Beispiel gegeben.«

»Nicht absichtlich«, räumte Pacal ein. »Ich wollte, dass Nohoch ein Erfolgserlebnis hat. Ich habe viele solche Versammlungen selbst geleitet; heute habe ich gesehen, wie gefährlich das sein kann. Ich werde Euch anhören, Chan Mac; euch beide«, fügte er mit einem Blick auf Akbal hinzu. »Aber was immer wir für ein Bündnis schließen, es muss für alle sichtbar und offen sein. Die, die anderer Meinung sind, müssen alles wissen, was auch wir wissen; sie sind keine Gegner, die hereingelegt oder überlistet werden müssen.«

»Einverstanden«, sagten Chan Mac und Akbal sofort.

»Dann lasst uns etwas Balche holen«, schlug Pacal vor und stand auf. »Meine Kehle ist sehr trocken, und mit dem Durst ist es wie mit dem Zorn oder der Wahrheit: Er lässt sich nur mit großem Risiko verleugnen ...«

Zac Kuk stand unter dem Strohdach vor Pacals Haus, schaute über die Menge auf dem Platz vor ihr und auf dem Platz darunter, und plötzlich wurde sie ganz unerklärlich traurig. Sie hatte den ganzen Abend noch keinen Augenblick Zeit gehabt, auch nur an Box Ek zu denken, aber auf einmal vermisste sie die alte Frau schmerzlich, und dieser Verlust ließ sie auch die Abwesenheit ihrer Mutter, ihres Vaters und des kürzlich verstorbenen Onkels spüren. Sogar der Tod ihrer Vögel kam ihr wieder in Erinnerung, und obwohl sie wusste, dass sie sich einer unsinnigen Gefühlswallung hingab, konnte sie sich nicht davon abbringen. Als sie bemerkte, dass ihr die Tränen kommen wollten, ging sie nach nebenan zu Balam Xocs Haus, das etwas abseits der Feierlichkeiten stand.

Sie hatte vorgehabt, ins rückwärtige Zimmer zu gehen, wo Box Ek unter dem Boden begraben lag, aber als sie am ersten Eingang vorbeikam, bemerkte sie, dass jemand gleich dahinter saß, und blieb überrascht stehen. Da nirgendwo eine Fackel brannte, dauerte es einen Moment, bis sich ihre Augen an das Dunkel gewöhnt hatten.

»Hok«, murmelte sie verblüfft. »Macht es dich auch traurig? Das Fest?«

Hok antwortete nicht, aber sie sah, dass sich das Weiße seines sehenden Auges ihr zuwandte. Sie hockte sich vor dem Eingang nieder, damit sie ihn besser sehen konnte. Seine knochigen Finger umschlossen seine Schienbeine, und er wippte in einem steten Rhythmus leicht vor und zurück. Ihre Gegenwart schien ihn nicht zu stören, aber er hieß sie auch nicht willkommen.

»Bald wird der Austausch der Geschenke beginnen«, bemerkte Zac Kuk mit einem Blick über die Schulter auf den von Menschen wimmelnden Platz. »Man wird dich vermissen.«

Hok machte eine Bewegung mit dem Kopf, die möglicherweise eine Verneinung bedeutete, und wandte seinen Blick kurz von ihr ab.

»Doch, glaube mir«, beharrte sie und versuchte, ein überzeugendes Argument zu finden. Ihr letztes Gespräch mit Akbal kam ihr in den Sinn, als sie ihn bei seinem Stein besucht hatte. »Erinnerst du dich noch an den Polierstein«, fragte sie, »den du am Abend unserer Hochzeit meinem Mann gabst?«

Er hörte abrupt auf zu wippen.

»Akbal hat den perfekten Verwendungszweck dafür gefunden«, fuhr sie fort. »Er nimmt ihn für seinen Stein. Der Polierstein hat genau die Breite der Linien, die er meißelt. Er sagt, nach dem Abreiben mit Obsidiansand werden sie damit wunderbar glatt. Und er freut sich, dass dadurch der Geist deines Vaters mit in den Stein eingeht.«

Hok nickte und schaute weg. Da er offenbar noch immer nicht sprechen wollte, schickte sich Zac Kuk an, ihn seinen Grübeleien zu überlassen. Aber plötzlich schnitt er eine Grimasse und begann, den Blick ins Leere gerichtet, zu reden.

»Er will nicht mehr, dass ich ihn bewache. Er will nicht mehr, dass ich bei ihm bin.«

Zac Kuk brauchte einen Augenblick, bis sie erkannte, dass er Balam Xoc meinte, aber nun verstand sie seine Resignation und Unruhe. »Aber du bist doch öfter mit ihm zusammen als die meisten anderen«, erinnerte sie Hok freundlich. »Mehr als alle anderen Nahen. Er will nicht mehr, dass man ihn als heiligen Mann betrachtet. Er ist jetzt der Großvater von uns allen.«

»Er schickt mich, um Dinge zu bezeugen, und geht selbst nicht hin.«

»Das zeigt, dass er dir vertraut«, versicherte ihm Zac Kuk und fuhr nach einigem Zögern fort: »Er bereitet sich und den ganzen Clan auf die Zeit vor, wenn er uns verlassen muss.«

»Nein!«, protestierte Hok vehement und blickte so abrupt auf, dass er fast die Balance verloren hätte.

»›Die Alten verlassen uns‹«, zitierte Zac Kuk ruhig. »Er hat bereits den Tod des Jaguars für uns getanzt.«

Hok stand auf und hatte plötzlich einen Speer in der Hand. »Nein!«, wiederholte er und schlug mit dem Schaftende der Waffe auf den Boden. Sein Stirnband war verrutscht und zeigte sein blindes Auge.

Zac Kuk stand langsam auf; sie musste gegen ihre Angst und den Impuls zu fliehen ankämpfen. »Hok!«, sagte sie bestimmt. »Du bist der Clan-Zeuge. Du darfst nicht abstreiten, was du siehst. Du *kannst* es nicht.«

Hok verschwand im Dunkel des Zimmers und tauchte dann wieder auf, den Speer fest in beiden Händen haltend. Er zitterte am ganzen Körper, aber der wilde Blick war aus seinem gesunden Auge verschwunden.

»Er vertraut dir«, sagte Zac Kuk noch einmal und zeigte auf den Platz. »Komm, wir dürfen den Austausch der Geschenke nicht versäumen. Aber lass deine Waffe hier«, fügte sie hinzu, »bei dieser Feier hat sie keinen Platz.«

Nach einer langen Pause lehnte Hok widerwillig den Speer an den Türrahmen und trat auf die Plattform hinaus. Erst als Zac Kuk dem Haus den Rücken zuwandte, fiel ihr wieder ein, weshalb sie eigentlich dorthin gegangen war. Aber ihre Traurigkeit war verschwunden.

Auch sie hat keinen Platz, tadelte sie sich selbst, während sie mit Hok zur Feier ging in dem Gedanken, dass Box Ek, wo immer ihre Seele sich auch aufhielt, sicher damit einverstanden war.

Als er den Tänzern auf dem Platz zuschaute, bemerkte Balam Xoc, wie ermüdet er war, wie sehr es ihn erschöpft hatte, den ganzen Tag bis in den späten Abend hinein immer nur für andere da zu sein. Zudem galt das nicht nur für heute, sondern es war schon die ganzen Tage seit seiner Verwandlung so. Die Masken waren abgefallen, er sah seine Leute nun voll und ganz, als Wesen mit eigenen Bedürfnissen und Bestrebungen, und er sah, dass sie seinen Respekt verdienten. Er wollte sie nicht mehr nach seinen oder den Wünschen irgendwelcher anderer formen und konnte seine Aufmerksamkeit niemandem mehr vorenthalten. Er konnte auch jetzt nur eine Zeit lang vorgeben, vom Anblick der Tänzer hingerissen zu sein, um seiner Stimme eine Pause zu gönnen und nur dem rollenden Rhythmus der Trommeln zu lauschen.

Kanan Naab und Yaxal kamen in sein Blickfeld getanzt; sie führten in einem Paartanz die Reihe an. Größenmäßig passten sie gut zueinander, aber Kanan Naab tanzte wesentlich besser als er, und Balam Xoc fiel auf, dass sie ihre Schritte nicht unterwürfig denen ihres Gatten anpasste. Yaxal strengte sich an, mit ihr mitzuhalten, und beobachtete sie aufmerksam und konzentriert. Schon am Hochzeitstag hatte Balam Xoc ihnen gesagt, dass ihre Ehe für beide eine Herausforderung bedeuten werde, und er freute sich zu sehen, dass der Wunsch, diese Herausforderung anzunehmen, zumindest auf seiten Yaxals in den seither verstrichenen Monaten ganz offenbar nicht nachgelassen hatte.

Die beiden tanzten bis zum Ende der freien Fläche, verbeugten sich vor Balam Xoc und entfernten sich dann getrennt voneinander in die entgegengesetzte Richtung. Die nächsten in der Reihe waren Chan Mac und seine Frau Kutz, beides exzellente Tänzer, denen zuzuschauen Freude bereitete. Doch Balam Xoc wurde von einer Frau in einem rot-gelben

Kleid abgelenkt, die demütig auf ihn zukam und ihm eine bemalte Kürbisflasche mit Balche anbot. Er bedankte sich und trank, aber als er die Flasche zurückgeben wollte, fiel ihm auf, dass er dieses Kleid schon einmal gesehen hatte – die Frau hatte ihm schon früher am Abend eine andere Flasche gebracht. Er hielt ihr den Kürbis entgegen und beobachtete, wie sie ihn in die Hand nahm, als sei er ein kostbares, zerbrechliches Gefäß. Als sie ihn bereits festhielt, ließ er dennoch nicht sofort los und zwang sie damit, ihm in die Augen zu sehen. Sie senkte den Blick zwar gleich wieder, aber trotzdem erkannte Balam Xoc darin das schuldige Bewusstsein, dass sie gegen ihren Willen erkannt worden war. Die Flasche an die Brust gedrückt, blieb sie stehen, als erwarte sie eine Zurechtweisung. Das brachte Balam Xoc auf den Gedanken, dass diese Kürbisflaschen wahrscheinlich keine persönlichen Erinnerungsstücke waren, sondern Andenken, die sie nach seinem Tode verkaufen wollte. Offensichtlich entstammte sie einer der ärmeren Familien; er hatte im Verlauf des Abends auch schon andere bemerkt, die sich Gefäße angeeignet hatten, aus denen er gegessen, oder Matten, auf denen er gesessen hatte. Gegenstände, die der Heilige berührt hat, dachte er mit dem Blick auf die schuldbewusste Frau vor ihm.

»Die Nacht ist kalt geworden, meine Tochter«, sagte er und nahm die Decke von seinen Schultern. »Du musst auch dies hier an dich nehmen.«

Die Frau starrte ihn ungläubig an, als er sie ihr umlegte. Dann trat er einen Schritt zurück und nickte ihr zufrieden zu, doch sie brachte noch immer nichts heraus.

»Geh mit meinem Segen«, sagte er, und schließlich verbeugte sie sich mehrmals und verschwand dann wieder in der Menge. Sofort darauf erschien neben ihm Hok mit einer neuen Decke.

»Ich danke dir, mein Sohn«, murmelte Balam Xoc und ließ sie sich von Hok umlegen. Hok selbst trug trotz der kühlen Nachtluft wie üblich keine Decke. Er bedeutete ihm, an seiner Seite zu bleiben. »Sag mir«, begann er, »was hast du mit den Dingen gemacht, die ich am Reservoir hatte? Dem Maiskolben und der Brotnußbaumrinde und dem Zweig?«

»Ich habe sie«, antwortete Hok stolz. »Sie sind sicher.«

Balam Xoc sah ihn an mit demselben müden Mitgefühl, das er auch für die Frau mit den Kürbisflaschen empfunden hatte, obwohl er wusste, dass Hok *seine* Andenken niemals verkaufen würde. »Wenn ich nicht mehr hier bin, musst du sie zerstören«, sagte er nur.

Hok wich einen Schritt zurück, hin- und hergerissen zwischen dem tief empfundenen Wunsch zu gehorchen und dem nicht weniger starken Impuls zu schützen, was ihm am wertvollsten war. Balam Xoc war sich bewusst, dass die Menschen um sie herum jede seiner Bewegungen beobachteten; er trat vor und legte eine Hand auf Hoks Brust. Das gesunde Auge des Mannes begann unbeherrscht zu blinzeln, und sein Herz schlug heftig. Es war das erste Mal, kam es Balam Xoc in den Sinn, dass er Hok berührte; es war in der Tat das erstemal seit vielen, vielen Jahren, dass er überhaupt jemanden mit einem Gefühl von Zuneigung berührte. Er ließ den Blick auf Hok ruhen und legte die andere Hand beschwichtigend auf dessen Oberarm. Hok hörte auf zu blinzeln und war offensichtlich vollkommen überrascht, als Tränen aus seinem Auge quollen und über seine Wange rollten.

Balam Xoc klopfte ihm leicht auf die Brust und ließ seine Hand dann auf Hoks Herz ruhen. »Hier, mein Freund«, sagte er so leise, dass nur Hok es hören konnte, »hier musst du dein Andenken an mich bewahren.«

Hok atmete tief ein und ergriff nach einigem Zögern beherzt Balam Xocs Arm. Der alte Mann lächelte und klopfte ihm freundschaftlich auf die Schulter. »Bleib bei mir«, sagte er, »lass uns die Tänzer zusammen ansehen.«

Die beiden Männer wandten sich dem Geschehen auf dem Platz zu, und die Umstehenden folgten ihrem Beispiel. Balam Xoc spürte noch immer den Druck von Hoks Fingern auf seinem Arm und Hoks wilden Herzschlag in seiner Hand. Seine Augen wurden feucht, und das Bild der Tänzer vor ihm begann zu verschwimmen, aber er hatte nicht die Kraft zu weinen, nicht einmal für die Einsamkeit, die er und Hok durchlitten hatten. Er hatte das Gefühl, dass er aufgebraucht wurde, dass seine Leute alles, was ihnen gut tun könnte, aus ihm herausholen würden. Aber er war damit zufrieden und wollte es geschehen lassen, solange es möglich war – bis seine Leute endgültig nur noch Erinnerungen und Andenken von ihm haben würden.

An der Art, wie er sie am Arm ergriff und vom Platz führte, erkannte Kanan Naab sofort, was Yaxal wollte, und folgte ihm willig. Sie hatte sich bereits von allen verabschiedet, aber ihre Haut glühte noch heftig von der Hitze des Tanzes. Mit ihrem Zyklus kannte sich Yaxal ebenso gut aus wie sie; er wusste, dass sie fünf Tage nach ihrer Periode zur Liebe bereit war. Und sie fühlte sich in der Tat sehr bereit, geschmeidig und sensibilisiert durch das Tanzen, und vermutete, dass es ihm nicht anders erging. Sie hoffte nur, dass er nicht zu begierig sein würde, dass er sie nicht rasch und gewaltsam von hinten nehmen würde, wie er es in ihrer ersten gemeinsamen Nacht getan hatte, als er das Blut vergoss, das sie zur Ehefrau machte. Es hatte ihr noch Tage später weh getan.

Er ist seitdem viel besser geworden, ging es ihr durch den Kopf, als sie den im Dunkel liegenden hinteren Raum ihres Hauses betraten. Geduldiger und bedachter mit seiner Kraft. Und sie war weniger empfindlich geworden und konnte sich inzwischen ohne Widerstand oder Schmerz seinen Stößen anpassen. Sie fürchtete sich auch nicht mehr vor seinen Avancen, sondern hieß sie mit einer Aufrichtigkeit willkommen, die nichts Gespieltes an sich hatte. Und trotzdem … Manchmal erinnerte sie sich an Dinge, die ihr die Frauen bei der Vorbereitung auf die Hochzeitsnacht erzählt hatten, und dann fragte sie sich, weshalb sie nicht fähig war, so etwas mit ihrem Mann anzusprechen. Über alles andere konnten sie sich wunderbar und problemlos unterhalten; umso unglaublicher schien es, dass sie nicht einmal ein ›langsamer‹ murmeln oder ihn bitten konnte, sie anzusehen, wenn sie miteinander schliefen.

Yaxal nahm sie in der Dunkelheit, und sie kam gefügig in seine Arme, schweigend. Denn sie wusste, weshalb sie nicht darüber sprechen konnten, weshalb sie nicht einmal auch nur daran denken konnten, zu scherzen und sich zu necken, wie Zac Kuk es von ihr und Akbal erzählt hatte. Für sie und Yaxal war es eine ernste, feierliche Handlung, ein Ritual, das so lange unmöglich geschienen hatte, dass es nun heilig war. Und es war ein Ritual, zu dem sie Yaxal keine Fragen zu stellen wagte, damit es nicht aussah, als würde sie *ihn* in Frage stellen oder gar unterweisen wollen.

Als er sie aus seiner Umarmung entließ, trat sie zurück und begann, ihr Kleid auszuziehen, wie sie es immer tat. Aber Yaxal unterbrach sie und führte sie zur Feuerstelle in der Ecke des Zimmers. Er half ihr, sich auf den Stapel Matten und Decken an der Wand zu setzen, kniete dann neben dem Feuer nieder und legte Reisig auf die glimmenden Kohlen. Kanan Naab wunderte sich, dass es ihm anscheinend zu kalt war, während sie noch die Hitze des Tanzens in sich spürte. Aber als er sich wieder ihr zuwandte und sie zärtlich betrachtete, merkte sie, dass es Licht war, was er wollte, nicht Wärme. Er kroch zu ihr, schichtete noch mehr Matten und Decken hinter ihr auf und bewog sie wortlos, ihre gekreuzten Beine zu öffnen und sich bequem zurückzulehnen. Aber plötzlich, während er noch mehr Matten und Decken unter sie schob, erfüllte seine Zielbewusstheit Kanan Naab mit Scham, und sie senkte hastig den Blick. *Jemand hat ihn unterwiesen*, dachte sie und erinnerte sich an das lange Gespräch, das er mit Kinich gehabt hatte, und wie es verebbt war, sobald sie dazukam. Hatte er mit ihrem Bruder über diese Dinge gesprochen?

Yaxal legte einen Finger unter ihr Kinn, so dass sie ihm das Gesicht zuwandte. Er kniete zwischen ihren abgewinkelten Knien, seine andere Hand ruhte auf ihrem nackten Schenkel. Seine Augen waren sehr klar und ruhig und ließen keinen Gedanken an Scham aufkommen.

»Ich wollte dich sehen«, flüsterte er. »Wir haben uns zu lange in der Dunkelheit voreinander versteckt.«

Leicht bewegten sich seine Finger weiter, strichen über ihre Wange und glitten sacht an ihren Hals. Er erwiderte stetig ihren Blick, auch als seine Finger vorsichtig ihr vernarbtes Ohrläppchen berührten, die Stelle, an der sie sich für ihre

Vision Blut abgenommen hatte. Kanan Naab erschauderte heftig, aber seine Hand zuckte nicht zurück. Er streichelte ihr über Nacken und Schultern und ließ die Finger ihren Arm hinabwandern, bis zu den dünnen weißen Narben auf dem Unterarm. Dann hob er ihn an und drückte seine Lippen auf die Stelle, als wollte er der Erinnerung an ihr Blutopfer Einhalt gebieten. Kanan Naab spürte, wie sich ihre Augen weiteten; das gelbe, flackernde Licht des Feuers zerschmolz zu einem festen Glühen, das Yaxal umgab wie eine Wolke. Mit einemmal war es ihr gleichgültig, mit wem er gesprochen oder was man ihm gesagt hatte. Sie war damit einverstanden, dass er das Ritual veränderte, dass er die Steifheit in einen Tanz verwandelte …

Seine Hände liebkosten ihre Schenkel und schoben ihren Rock zurück, bewegten sich immer weiter nach unten und spreizten sacht ihre Beine. Dann berührte er sie, massierte sanft ihre feuchten Schamlippen und zog sie auseinander, und dabei sah er ihr unablässig in die Augen. Er machte viel länger weiter, als sie anfangs gedacht hatte; so lange, bis sie ihre eigene Erwartung vergessen hatte und sich verlor in der Lust, die sie in Wellen zu durchfluten schien, zunächst mild und wohl tuend, dann aber immer intensiver werdend. Sie schloss die Augen und öffnete sie erst wieder, als sich seine Hand zurückzog; sie sah Yaxal, umgeben von goldgelbem Licht, wie er seinen Lendenschurz auszog und zur Seite warf. Irgendwie schaffte er es, sie ihres Kleides zu entledigen, obwohl sie kaum Arme und Beine bewegen konnte, um ihm dabei zu helfen. *Langsam*, dachte sie verschwommen, aber letzten Endes schien sie damit nur sich selbst zu meinen.

Er berührte ihre Brüste und ließ die Hände über ihren Bauch nach unten gleiten; es fühlte sich an, als hinterließen sie eine prickelnde Spur auf ihrer Haut. Erneut streichelte und liebkoste er sie zwischen den Beinen, bis die Wellen wiederkamen; dann nahm er ihre Hände und legte sie um seinen Penis, der sich steif und heiß anfühlte. Kanan Naab wunderte sich, dass die Berührung ihrer Hände ihn nicht beruhigte, sondern eher noch mehr anschwellen ließ. Sie führte ihn zu sich heran und ließ ihn zwischen ihre Schamlippen eindringen; während sie seine Eichel umschloss, glitten Yaxals Hände unter sie und zogen ihre Hüften zu den seinen; dann stützte er sich auf die Arme ab und drang langsam, behutsam in sie ein. Er verharrte eine ganze Weile, bevor er sich zur Hälfte wieder zurückzog, und wartete erneut, ehe er sich ein zweites Mal ganz in sie einsinken ließ und sein Becken gegen das ihre presste.

Allmählich begannen seine Stoßbewegungen einen Rhythmus anzunehmen, der immer wieder von Pausen unterbrochen wurde. Einmal setzte er länger aus als gewöhnlich, und Kanan Naab spürte, wie sie ihn fest umschloss. Sie sah zu ihm auf und bemerkte, dass seine Augen glänzten und nicht fokussiert waren und seine Lippen sich lautlos bewegten. Dann schien er wieder klar zu sehen und begann, sich erneut und kraftvoller zu bewegen und sich an sie zu drücken, so dass die Wellen sie durchfluteten und hoch aufwogten. Sie rang nach Atem, verlor den Blickkontakt mit ihm und fühlte, wie ihre Schenkel locker wurden und ein inneres Zittern ihr durch die Beine bis in die Zehen rann. Die Wogen brandeten um sie herum auf, und sie tauchte unter und schrie, überwältigt von nie gekannten Empfindungen.

Yaxal lag regungslos auf ihr, als sie wieder zu sich kam, und flüsterte eine Antwort auf etwas, das sie erst nach einigen Augenblicken als ihre eigene Stimme erkannte.

»Ich bin hier«, sagte er, denn sie rief, wieder und wieder, in einer Mischung aus Dankbarkeit und ungläubigem Staunen, seinen Namen. Keine der Frauen hatte ihr gesagt, dass es so überwältigend, so hingebungsvoll sein konnte. Yaxal stützte sich auf die Ellbogen und glitt vorsichtig aus ihr heraus. Dann legte er sich neben Kanan Naab und betrachtete sie; seine Schulter schirmte den Schein des Feuers ab.

»Ich habe mich völlig verloren«, gestand sie, immer noch schwer atmend.

Yaxal lachte leise. »Ja. Ich auch. Aber wir waren nie auseinander.«

Sie schmiegte sich an ihn und drückte leicht ihre Brüste und Knie an seinen Körper. Yaxal legte einen Arm um sie und zog sie an seine Brust, so dass sie sein Herz schlagen hörte und seinen warmen Atem spüren konnte. Sie schloss die Augen und gähnte leise. Nur einmal in ihrem Leben hatte sie sich bisher so friedvoll gefühlt, so beschützt und behütet. Aber dieses Mal hatte sie nicht mit Blut dafür bezahlen müssen, und es würde auch keine Narben hinterlassen. Es war ein sanftes Ritual, eines, das sie immer wieder zelebrieren konnten. Ein Ritual, das der Welt mit ihren Bedrohungen die Schranken wies und einen sicheren Schlaf bescherte …

Kal Cuc kauerte auf seinem Posten und versuchte, mit trüben Augen über den vor ihm stehenden Baumstumpf hinweg den dichten Morgennebel zwischen den Bäumen zu durchdringen, der die schwarzen Stämme wie Pfosten in einer gazeartigen, grauen Wand aussehen ließ. Trotz seiner zwei Decken fror er bis auf die Knochen, und seine nackten Füße waren in dem kalten, feuchten Moos steif und starr geworden. Wenn er auch nicht der einzige Wachposten war, der mit den Wirkungen des Balche vom letzten Abend zu kämpfen hatte, so war er wahrscheinlich doch derjenige, der an das Schwindelgefühl und den gereizten Magen am wenigsten gewöhnt war. Er erinnerte sich noch schwach daran, dass Akbal ihm, als er sich übergab, gesagt hatte, er solle am Morgen Chan Macs Frau aufsuchen und sie um ihre Medizin bitten, und nahm sich vor, das sofort nach Beendigung seiner Wache zu tun.

Wieder schaute er über den Baumstumpf hinweg, und dieses Mal kam es ihm vor, als ob einer der schwarzen Pfosten sich bewegte und die graue Wand zerriss. Ja, es war ein Mann; er wurde größer und deutlich erkennbar, als er, vielleicht fünfzig Fuß rechts von Kal Cuc, auf gleiche Höhe mit ihm kam. Dann hörte Kal Cuc ein Geräusch hinter sich. Er sprang auf, warf seine Decken ab und wirbelte mit Schild und Speer in der Hand herum.

Der Krieger war nur einen Speerstoß von ihm entfernt, bereit zum Angriff. Kal Cuc starrte auf seine spitz gefeilten Zähne und die schwarzen Linien, die in seine Oberlippe eintätowiert waren. Er kannte den Mann nicht; dies war keiner von den Kriegern, die die Wege bewachten.

»Ein Laut, Junge«, knurrte der Fremde, »und du bist tot.«

Kal Cuc riss seinen Schild hoch und stieß mit dem Speer auf die Beine des Angreifers. Der Schild des Mannes zerbarst mit einem lauten Krachen, als sich Kal Cucs Speer hineinbohrte, aber im nächsten Augenblick erhielt der junge Krieger einen harten Schlag an die Seite und spürte, wie seine Beine unter ihm wegsackten. Er landete auf dem Rücken und japste nach Luft, Speer und Schild fielen ihm aus der Hand. Ein Fuß setzte sich auf seine Brust und drückte ihn zu Boden. Kal Cuc rang nach Atem und blickte den Schaft des Speers entlang, dessen Spitze über seinem Gesicht schwebte.

»Du bist ein dummer Junge«, sagte der Mann und stieß zu, drehte aber die Hand im letzten Augenblick, so dass sich der Speer in die Erde bohrte – so dicht an Kal Cucs Kopf vorbei, dass die gezackte Seite der blattförmigen Feuersteinspitze seine Wange streifte und die Haut aufriss.

»Aber du bist tapfer«, fügte der Mann hinzu, kniete rasch nieder, um mit einer Liane Kal Cucs Hände auf den Rücken zu fesseln, und knebelte ihn mit seinem Kopftuch. Dann hievte er den Jungen auf die Füße und gab ihm einen Stoß in die Richtung des Clan-Hauses der Jaguarpranken.

»Komm«, sagte er, »jetzt gehen wir und holen uns euren Heiligen …«

Im Schutz des Nebels kamen die Krieger des Herrschers von allen Seiten und überwältigten einen Wachposten der Jaguarpranken nach dem anderen, ohne dass Alarm geschlagen wurde. Sobald sie bis an die Wohngebäude herangekommen waren, stürmten sie in die Häuser und rissen die Bewohner mit Schlägen und Stößen aus dem Schlaf, zerbrachen Töpfe und anderes Haushaltsgerät und verprügelten jeden, der Widerstand leistete. Akbal hatte keine Ahnung, wie ihm geschah, als eine Hand ihn an der Gurgel packte, aus dem Schlaf hochriss und ihn mit Knüffen und Fußtritten zur Tür hinausstieß. Nicte weinte laut, und Zac Kuk schrie die Krieger an, doch die Männer fluchten nur als Antwort, während sie Akbal vor sich her schubsten. Draußen auf der Plattform waren noch mehr Krieger, die ihn mit Keulen und Speeren auf den Platz trieben. Er rief Zac Kuk zu, ruhig zu bleiben, doch seine Worte wurden vom Geschrei und Freudengeheul der Angreifer erstickt. Als er es schaffte, einmal kurz zurückzublicken, und einen Mann mit einer brennenden Fackel aus seinem Haus kommen sah, blieb er vor Schreck stehen.

»Vorwärts!«, schrie der Krieger, der ihm am nächsten war, sofort und rammte ihm den Knauf seines Speers in den Bauch. »Geh weiter, oder sie zünden dir dein Haus an!«

Akbal ging rückwärts weiter und sah, wie sich der Mann mit der Fackel vor der mittleren Eingangstür aufstellte und die Flamme gefährlich nahe an das Strohdach hielt. Dann rempelte Akbal Leute an – es waren Chan Mac und Kinich, die ebenfalls mit Speeren in Schach gehalten wurden. Sein Bruder atmete mit einem lauten Pfeifen durch die Nase; die Krieger beschimpften ihn als Feigling und Verräter und höhnten, er solle sich doch in den Dschungel retten.

Akbal tauschte einen Blick mit Chan Mac aus und legte dann beruhigend einen Arm auf Kinichs Schulter. »Lass dich nicht von ihnen provozieren«, flüsterte er ihm warnend zu, aber Kinich schüttelte wütend seine Hand ab und zeigte auf einen der Krieger.

»Dich hätte ich im Dschungel krepieren lassen sollen!«, schrie er den Mann an und verwirrte damit momentan die anderen, so dass sie mit ihrem Gespött aufhörten. In diesem Augenblick erschien Balam Xoc neben ihnen, gefolgt von Pacal und Nohoch Ich. Der alte Mann trat nahe zu Kinich. »Du bist verantwortlich für Hok«, sagte er ihm rasch ins Ohr, so dass sogar Akbal es kaum hören konnte.

Kinich wollte etwas erwidern, aber dann nickte er nur, denn jetzt tauchte Hok hinter Balam Xoc auf. Seine Nase blutete, und sein Stirnband mit der Augenklappe fehlte. Aus seinem gesunden Auge warf er einen durchbohrenden, hasserfüllten Blick auf die umstehenden Krieger, wie ein Tier, das in die Enge getrieben wurde.

Jetzt erschien Ain Caan, der Sohn des Herrschers, mit seiner Leibwache auf dem Platz. Er war wie sein Vater ein kleiner, untersetzter Mann mit einem aufgedunsenen Gesicht, über dem ein hoher Kopfputz aus grünen Federn aufragte. Doch die Ähnlichkeit war deutlich genug; Akbal musste an die Vase denken, die er in Yaxchilan bemalt hatte, und an den Herrscher, der ihn benutzt und verspottet hatte. Dies war derselbe Mann, nur dass er jünger und aggressiver war. Mehr wie Schild-Jaguar.

Die Krieger bildeten einen Korridor, und Ain Caan schritt, ein Cauac-Zepter vor sich haltend, hindurch auf Balam Xoc zu. Einige Fuß vor ihm blieb er stehen und wartete, bis ein paar seiner Männer sich um ihn gruppiert hatten, dann drehte er sich halb um und gab mit dem Zepter jemandem hinter ihm ein Zeichen. Akbal sah, dass es einem Krieger mit einer brennenden Fackel galt, der daraufhin unverzüglich zwei Getreidespeicher in der Nähe des Handwerksbaus in Brand steckte. Im Nu stiegen von den Strohdächern orangerote Flammen und dicker, schwarzer Rauch in den Himmel; Funken flogen über den Platz, und überall verbreitete sich der Geruch verbrannten Maises.

Ain Caan musterte Balam Xoc und reckte ihm sein Zepter entgegen, das Zeichen der Macht seines Vaters. Akbal starrte auf das fein geschnitzte Bildnis des Regengottes mit seiner langen, gebogenen Nase, dem breiten Grinsen und der rauchenden Beilklinge – dem Symbol für Blitz und Donner –, die in der Stirn steckte. Dann schaute er auf die aufsteigende Rauchsäule und die brennenden Hütten, in denen das durch Cauacs Wohltätigkeit genährte Getreide nun zerstört und vergeudet wurde.

Ain Caan senkte das Zepter. »Auf Befehl von Caan Ac, dem Himmels-Clan-Herrscher von Tikal, bin ich gekommen, um dich festzunehmen. Die Anklage gegen dich lautet auf Ketzerei und falsche Prophezeiungen sowie den Aufruf zur Untreue …«

»Spart Euch Eure Worte«, unterbrach ihn Balam Xoc. »Nichts kann Euer Tun rechtfertigen. Es ist Verrat und Verletzung aller unserer Traditionen. Und Ihr, mein Sohn, seid der Erbe dieser Unehre.«

Ain Caans Augen verengten sich vor Zorn. »Nehmt ihn

fest!«, befahl er und zeigte mit dem Zepter auf Balam Xoc. Plötzlich wurde Akbal zur Seite gestoßen, und Hok stürzte an ihm vorbei auf Ain Caan zu. Doch Kinich reagierte augenblicklich; er sprang Hok in den Rücken und riss ihn vor Ain Caans Füßen zu Boden. Balam Xoc schrie und fuchtelte mit den Armen, um die Krieger zu verwirren, und drängte sich zwischen ihre Speere und die auf der Erde ringenden Männer. Ain Caan trat hinter seine Leibwache.

»Ihr werdet ihm nichts antun!«, rief Balam Xoc den Kriegern zu und hielt sie mit funkelnden Augen zurück. Dann senkte er langsam die Arme und wandte sich Hok zu, der unter Kinichs festem Griff hilflos um sich schlug. »Ich möchte nicht, dass du denselben Tod stirbst wie dein Vater«, sagte er zu ihm. »Du musst leben und mit deinen Leuten alt werden.«

Er drehte sich um zu Akbal. »Auch du kannst dies bezeugen, mein Sohn. Jetzt musst du deinen Stein beenden.«

Akbal verbeugte sich, doch Balam Xoc war bereits bei Pacal, Nohoch und Chac Mut, die zusammen vor den anderen Männern standen. »Die Leute sind jetzt in euren Händen«, sagte er zu ihnen. »Tut, was ihr tun müsst, damit sie sicher sind.«

Damit machte er kehrt, ohne eine Erwiderung abzuwarten, und ließ sich von den Kriegern vom Platz führen. Ain Caan beobachtete ihn schweigend und trat dann vor, um mit Pacal zu sprechen.

»Der Herrscher bietet dir und deinen Leuten eine Wahl an, Pacal Balam. Du kannst morgen bei Tagesanbruch alle deine Arbeiter zur Katun-Einfriedung bringen, um bei der Vollendung unserer heiligen Aufgabe mitzuwirken. In diesem Fall wird deinem Vater nichts geschehen.« Er legte eine Pause ein und streckte die freie Hand zu einer scheinbar huldvollen Geste aus. »Oder … du weigerst dich und lässt deine Arbeiter hier. Wenn du dich dafür entscheidest, dann wird dein Vater einen sehr langsamen Tod sterben. Und dann kommen wir zurück und verbrennen eure restlichen Häuser. Du hast mich verstanden, Pacal. Es ist deine Entscheidung.«

Ain Caan sammelte seine Leibwache um sich und verließ den Platz. Die anderen Krieger zogen sich einige Schritte zurück und warteten, bis ihre Kameraden vom oberen Platz gekommen waren; dann rückten sie mit demonstrativer Verachtung ab. Diejenigen, die Fackeln hatten, warfen diese noch brennend einfach auf den Boden, als wollten sie zum Abschied eine Erinnerung an Ain Caans Drohung zurücklassen.

Als die Krieger abgezogen waren, war das einzige Geräusch auf dem Platz zunächst nur das Knacken und Zischen der schon fast abgebrannten Getreidespeicher. Nach einer Weile erschienen die Frauen und Kinder in den Hauseingängen und suchten mit ängstlichen Blicken nach ihren Männern und Vätern. Akbal winkte Zac Kuk zu und lief ihr entgegen auf die Plattform. Er schloss Nicte in die Arme und drückte sie so fest an seine Brust, dass sie zu schreien begann, streichelte sie und murmelte ihr tröstend ins Ohr, dass sie nichts zu fürchten habe. Dann sah er Zac Kuk fragend an. Ihr Gesicht war gerötet, aber sie schüttelte den Kopf.

»Sie haben uns nichts getan, nur gedroht«, sagte sie voll unterdrückter Wut. »Unser Geschirr haben sie zertrümmert und meinen Webstuhl kaputtgemacht, und sie sagten, dass sie Chuen getötet hätten. Ich habe noch nicht nachgesehen. Dein Bild von Ektun haben sie auch zerstört; sie brachen mit ihren Keulen den Putz ab.« Tränen hingen in ihren langen Wimpern.

Akbal zog sie an sich. »Sie haben Großvater als Geisel mitgenommen«, sagte er. »Damit wir bei der Katun-Einfriedung mithelfen.«

Chan Mac und Kutz gesellten sich zu ihnen; ihre beiden Töchterchen gingen an der Hand des Vaters. Er blickte Akbal vorwurfsvoll aus zusammengekniffenen Augen an. »Ich hoffe, nie mehr etwas von meiner ›Unruhe‹ zu hören«, sagte Chan Mac voller Schärfe. »Nur ein Dummkopf oder ein Verrückter bleibt in einem Haus, das jederzeit abgebrannt werden kann.«

Akbal blickte auf die Fackel, die noch immer schwelend vor seinem Haus lag, und dachte an den Krieger, der sie so nahe an das Strohdach gehalten hatte, während Zac Kuk und Nicte darin gefangen waren. Er nickte ernst und strich das schwarze Haar seiner Tochter zurück. »Aber wir werden noch bleiben müssen, bis die Katun-Einfriedung fertig ist«, sagte er vorsichtig. »Wir können nicht zulassen, dass Großvater einen langsamen Martertod stirbt.«

»Natürlich nicht«, stimmte Chan Mac zu. »Wir brauchen auch Zeit, um uns in Chetumal einzurichten, bevor wir unsere Waren dorthinbringen können.«

»Ich werde Zeit brauchen, um meinen Stein zu beenden. Aber ich werde deinen Vorschlag beim Rat unterstützen und versuchen, meinen Vater zum Mitgehen zu bewegen.«

Er blickte zu Zac Kuk, die sich aus seiner Umarmung gelöst hatte und ihren Bruder fixierte.

»Die Krieger haben gesagt, dass sie gerade aus Ektun zurückgekommen sind«, berichtete sie. »Sie sagten, ohne sie würde die Stadt mit Sicherheit in die Hände der Ara fallen.«

»Früher oder später, vielleicht«, räumte Chan Mac ein. »Ich werde eine Nachricht an unsere Eltern schicken und sie bitten, nach Chetumal nachzukommen, sobald wir uns dort etabliert haben.«

»Zuerst müssen wir den Rat überzeugen«, warf Akbal ein und deutete mit dem Kopf auf den Platz, wo Nohoch Ich im Begriff war, Männer um sich zu scharen.

»Es gibt keine bessere Zeit, damit zu beginnen, als jetzt«, erklärte Chan Mac und übergab seine Töchter an Kutz. Akbal legte Nicte in Zac Kuks Arme und musterte seine Frau mit einem fragenden Blick. Sie hatte Chan Macs Bereitwilligkeit, Tikal zu verlassen, bisher nie geteilt, aber er sah ihr an, dass sich ihre Meinung nun geändert hatte.

»Geh, mein Gatte«, sagte sie nur. »Überzeuge die anderen Männer davon, dass wir von hier weggehen müssen. Mich haben die Krieger überzeugt.«

Mich auch, dachte Akbal, während er mit Chan Mac auf die Gruppe um Nohoch zuging, die Männer, die nun über das Wohlergehen des Clans bestimmen und seine Zukunft entscheiden würden.

Die feuchte, leere Zelle, in der Balam Xoc gefangen gehalten wurde, befand sich irgendwo in einem abgelegenen Teil des Palasts, weitab von den Geräuschen und vom Leben des Hofes. Sie war genau sechs Schritt breit und acht lang und hatte zwei Belüftungsschlitze in der Rückwand, unterhalb der Deckenwölbung. Eine Bank fehlte, und an Ausstattung gab es lediglich eine Decke, eine Wasserschüssel und einen Topf für Balam Xocs Notdurft. Der festverschlossene Vorhang ließ kaum etwas vom Schein der Fackel draußen auf dem Korridor durch, wo zwei schwer bewaffnete Krieger Tag und Nacht Wache hielten. Sie wurden regelmäßig ausgetauscht und hatten strikten Befehl, nicht mit dem Delinquenten zu kommunizieren und ihn mit Wasser zu überschütten, falls er versuchte, das Schweigen zu brechen.

Es war eine harte Gefangenschaft, selbst für jemanden, der so an die Einsamkeit gewöhnt war wie Balam Xoc. Und er musste sie ganz als Mensch ertragen, denn er war nicht mehr imstande, die wilde, abgehärtete Gleichgültigkeit des Jaguars anzunehmen. Die meisten seiner früheren Fähigkeiten hatte er verloren; er reiste auch nicht mehr in seinen Träumen, außer in Bereiche persönlicher Erinnerungen und Wünsche. Gelegentlich spürte er zwar noch, wie sich leise seine Stimme in ihm regte, aber er widerstand ihrem Ruf und zwang sich, an andere Dinge zu denken, bis sie verstummt war. Denn obwohl seine Knochen schmerzten wegen der Feuchtigkeit und seine Gedanken ihn unermüdlich quälten, wollte er seinen Geist nicht aus dieser Zelle hinaussenden. Es war sein Wunsch gewesen, seinen Leuten genommen zu werden, damit sie ihre eigenen Kräfte entdecken konnten und die Mittel und Wege finden würden, sich selbst zu regieren. Allerdings hatte er erwartet, ihnen durch den Tod genommen zu werden und nicht durch den Herrscher, der weit weniger gnädig war.

Und nun schritt er im Dunkel in seiner Zelle auf und ab und ritzte stundenlang mit den bloßen Fingernägeln die

Hieroglyphen seines Clans in die Zellenwand. Wieder und wieder ließ er seine Lebenserinnerungen Revue passieren, reflektierte über seine Niederlagen und Leistungen und begriff mehr und mehr, wie sein Geist geprägt und geschwächt worden war, so dass seine Gefangenschaft letztendlich wie ein unausweichliches Resultat erschien. Er dachte nach über die Menschen seines Clans und wie er auf sie eingewirkt hatte, sowohl auf Einzelne wie auch auf die ganze Gemeinschaft. Wenn die Stille unerträglich wurde, sprach er mit sich selbst, so leise, dass die Wachen es nicht hörten, und sagte sich die Dinge vor, die er dem Herrscher sagen wollte, wenn sich eine Gelegenheit dazu ergeben würde.

Seine Zelle durfte er nur nachts verlassen, und er hatte immer in demselben, isolierten Hof Ausgang, wo die überhängenden Fassaden der umliegenden Gebäude nur ein kleines Stück des Himmels freigaben. Balam Xoc verbarg sorgfältig seine Gefühle vor den Wachen, aber er lebte für diese Zeiten, wenn er die linde Nachtluft atmete und den grenzenlosen Raum über sich spürte; wenn er die Gerüche der Erde, des Waldes und offener Gewässer roch, die Rufe der Nachtvögel und die Laute der Insekten hörte. Die Sterne und der Mond waren ihm kostbar geworden, die Lichter, die ihm sagten, dass er auf der Welt war, und anhand derer er die Zeit bestimmen konnte. Da die Wachen die Dunkelheit fürchteten, erkannten sie nicht, welches Vergnügen ihm diese nächtlichen Hofgänge bereiteten; wie etwa das Flattern einer Fledermaus im Mondlicht oder eine zufällige ferne menschliche Stimme ihm Kraft spenden konnten.

Auch dieses Mal erhob er sich mit vorsätzlicher Teilnahmslosigkeit, als wieder der Vorhang beiseite gezogen wurde und grelles Licht ihn traf. Er nahm den Topf mit seiner Notdurft und schlurfte mit gesenktem Blick auf die Tür zu.

Doch der Wachposten stellte sich ihm entgegen und deutete auf den Topf. »Lass das hier«, befahl er.

Balam Xoc stellte das Gefäß gehorsam auf den Boden. Als er sich wieder aufrichtete, trat der Mann zur Seite und gab den Blick auf seine fünf im Korridor wartenden Kameraden frei. *Endlich ruft mich der Herrscher zu sich*, dachte Balam Xoc, als die Männer ihn in ihre Mitte nahmen. Sie eskortierten ihn einen langen, komplizierten Weg durch verschlungene Gänge mit zahlreichen Abzweigungen und vielen Treppen, bis er überzeugt war, dass sie ihn verwirren und ermüden wollten. Doch er freute sich über die Möglichkeit, seine Beine zu bewegen und die Augen allmählich an das Licht der Fackeln zu gewöhnen. Er hatte sich seit dem letzten Regen nicht mehr waschen können und roch seine Körperausdünstung, aber er wollte vor dem Herrscher nicht als bedürftig und hilflos erscheinen.

Caan Ac und der Hohepriester Ah Kin Cuy waren allein in dem hell erleuchteten Zimmer, in das Balam Xoc endlich gebracht wurde. Der Herrscher saß auf einem mit Jaguarfell bedeckten, trommelförmigen Thron, rauchte eine lange Zigarre und unterhielt sich mit dem Priester, der zu seiner Rechten stand. Als Balam Xoc vor ihn gebracht wurde, verstummte er. Eine der Wachen gab dem Gefangenen einen Stoß in den Rücken, um ihn daran zu gemahnen, dass er sich verbeugen musste.

»Nein, er verbeugt sich nicht vor seinem Herrscher«, bemerkte Caan Ac trocken und winkte ab. »Er besitzt den wahren Geist eines Ketzers, der niemanden über sich gelten lässt. Du bist ein schändlicher Anblick, Balam Xoc.«

»Das freut mich zu hören«, erwiderte Balam Xoc. Seine Stimme klang ungewohnt laut in seinen Ohren. »Euch möchte ich keinen ehrenwerten Anblick bieten.«

Als hätte er nichts anderes erwartet, paffte Caan Ac, scheinbar unberührt von dieser Beleidigung, an seiner Zigarre. »Und würde es dir auch gefallen«, fragte er dann, »zu erfahren, dass deine Leute mir während deiner Abwesenheit treu gedient haben? Dein eigener Sohn bringt sie jeden Tag zur Katun-Einfriedung – alle! Sie haben sich freiwillig für diese Arbeit gemeldet, um die Gunst wiederzugewinnen, die du für sie verspielt hast.«

»Habt Ihr mich hierherbringen lassen, um mir Eure Träume zu erzählen?«, konterte Balam Xoc. »Als nächstes werdet Ihr mich glauben machen wollen, dass ich freiwillig hierher kam, als Euer Gast.«

Der Herrscher blies ruhig eine Rauchwolke in die Luft und beobachtete, wie sie zur Decke schwebte, als würde sie diese neuerliche Kränkung ungehört mit sich forttragen. *Er will etwas von mir*, dachte Balam Xoc und blickte dann auf den Hohepriester, dessen unbewegte Miene ebenfalls Zurückhaltung signalisierte.

»Die Lage in der Stadt war zu ernst geworden«, erklärte Caan Ac im Ton der Vernunft und Notwendigkeit. »Ich konnte es mir nicht mehr leisten, deine unversöhnliche Kompromisslosigkeit zu tolerieren; sie war ein zu schlechtes Beispiel für die anderen Clans. Aber ich bin selbst jetzt noch bereit, dir zu vergeben, wenn du dich den größeren Interessen unserer Stadt unterordnest.«

»Ich habe den Interessen meiner Stadt immer gedient. Ihr müsst von Euren eigenen Interessen sprechen.«

»Also gut, den meinen«, räumte der Herrscher mit einem Anflug von Zorn ein. »Bis zum Ende des Katuns Elf Ahau sind es nur noch dreieinhalb Monate. Er war eine Zeit der Prüfungen und Mühsal für uns alle, während er gleichzeitig unsere Feinde bestärkte. Aber wir haben überlebt, und es ist mein Wunsch, dass alle Clans an der Einweihung der Katun-Einfriedung teilnehmen – als Zeichen dafür, dass Tikal nach wie vor stark und vereint ist. Um dieser Einheit willen möchte ich, dass auch du zu mir stehst, Balam Xoc, obwohl du dich in der Vergangenheit so sehr gegen mich gestellt hast.«

Die Lage muss wesentlich schlimmer sein als nur ernst, entschied Balam Xoc für sich; er konnte es kaum glauben, dass der Herrscher offenbar tatsächlich versuchte, ihn mit einem Appell an die Einheit Tikals auf seine Seite zu ziehen.

»Ihr geht davon aus«, erwiderte er skeptisch, »dass die Einfriedung rechtzeitig zur Einweihung fertig ist.«

»Das ist sie. Ich habe jetzt die Leute, die ich brauche.«

»Bestimmt haben die anderen Clans ebenfalls ›Freiwillige‹ geschickt«, fuhr Balam Xoc fort. »Aber dann möchte ich eines wissen, Herr: Wenn Ihr den neuen Katun, Katun Neun Ahau, willkommen heißt, werdet Ihr dann auch versprechen, zu seiner Ehre eine Einfriedung zu bauen?«

»Was soll diese Frage?«, wollte Caan Ac wissen und machte eine gebieterische Geste mit seiner Zigarre. »Das ist doch schon seit mehr als sieben Katunen der Brauch in Tikal, schon bevor mein Großvater den Thron bestieg.«

Balam Xoc nickte und verlängerte seine Verweigerung damit noch einen Augenblick; er wusste, dass sie das Gespräch beenden und ihn in seine Zelle zurückbefördern würde. Doch dann redete er ohne Vorbehalt.

»Ja, das ist der Brauch, aber es ist ein äußerst teurer Brauch. Die Felder und Wasserreservoirs der Stadt sind so sehr vernachlässigt, dass sie inzwischen zum Teil baufällig sind, und trotzdem habt Ihr immer noch kaum die Mittel, die derzeitige Einfriedung zu vollenden. Nicht einmal die Straßen und Plätze können mehr gesäubert werden, weil die dafür notwendigen Männer anderweitig eingesetzt werden müssen.«

Trotz des wachsenden Zorns in den Augen des Herrschers riskierte Balam Xoc eine Pause, um seiner nächsten Frage – er hatte sie oft in Gedanken in seiner Zelle einstudiert – besonderen Nachdruck zu verleihen: »Und wenn Ihr Arbeiter entführen müßt, um die nächste Einfriedung bauen zu können, wie Ihr es schon bei dieser tut, wo werdet Ihr dann auch noch die Männer finden, die Ihr für Euer Grabmal braucht?«

Caan Ac blinzelte und ließ die Zigarre fallen; seine Miene wandelte sich zum schwer betroffenen Ausdruck eines Mannes, dessen bestgehütetes Geheimnis aufgedeckt und ans Licht gezerrt wurde. *Ja, er hat über seinen Tod nachgedacht*, ging es Balam Xoc triumphierend durch den Kopf, und er nahm diesen Augenblick zu seinen Erinnerungen in dem Wissen, dass er ihm in den kommenden dunklen Tagen Kraft geben würde.

»Du hast *dein* Grab bereits gesehen!«, fuhr Caan Ac auf, das runde Gesicht von Hass entstellt. »Dort wirst du verrotten!«,

»Dann werde ich nicht an der Einweihung teilnehmen können«, entgegnete Balam Xoc achselzuckend, »und Ihr werdet ohne mich auf Eure Einheit Anspruch erheben müssen.«

Caan Ac gestikulierte wütend den Wachen, die Balam Xoc sofort in ihre Mitte nahmen und ihn aus dem Raum führten. *Noch dreieinhalb Monate*, überlegte er, während die Krieger des Herrschers ihn mit unnötiger Gewalt die Gänge entlangtrieben. Noch siebzig Tage der Dunkelheit, dann würde der Katun 11 Ahau beendet sein. Er fragte sich, ob er das Licht des Tages noch einmal sehen würde, ob er noch einmal in die Sonne würde schauen können, bevor er sein eigenes Ende erreichte.

Die Arbeiter der Jaguarpranken saßen unter den Palmen am Rand der Baustelle zusammen, tranken Wasser und ruhten sich aus, bis die größte Mittagshitze vorüber war. Es waren fünfzig Mann, genauso viele wie am ersten Tag nach Balam Xocs Gefangennahme und jeden Tag seither. An einem Ende der Gruppe unterhielt sich Pacal leise mit Kinich, doch als sie den Mann über den Platz auf sie zukommen sahen, unterbrachen sie ihr Gespräch. Er trug die gestreifte Kopfbedeckung eines stellvertretenden Aufsehers und wirkte aggressiv und geschäftig, als habe er nicht die Zeit, die Sonne und die Hitze zu spüren.

Pacal und Kinich schauten ihm schweigend zu, als er vor den Arbeitern stehen blieb und sie auszuschimpfen begann, weil sie im Schatten herumsaßen, anstatt an die Arbeit zu gehen. Die Männer blickten ihn teilnahmslos an und zeigten keinerlei Reaktion, was ihn zunehmend verärgerte; er begann zu schreien und schlug einem der Arbeiter eine Kürbisflasche aus der Hand.

»Ich kenne diesen Mann nicht«, sagte Pacal zu Kinich, »und ganz offensichtlich kennt er auch uns nicht.«

»Ich werde ihn belehren«, versprach Kinich und stand auf. Der Aufseher beendete abrupt seine Tiraden, als er sah, wie der stämmige Krieger sich ihm näherte und in einem gespielt freundlichen Grinsen die glitzernden Zähne zeigte.

»Ihr verschwendet Eure Zeit, mein Freund«, klärte Kinich ihn auf. »Diese Männer nehmen nur von ihren eigenen Leuten Befehle entgegen. Und wir haben bereits vom Oberaufseher eine Aufgabe zugewiesen bekommen.«

»Dann sagt diesen Männern, dass sie wieder an die Arbeit gehen sollen.«

»*Ich* nehme ebenfalls keine Befehle von Euch entgegen«, entgegnete Kinich in scharfem Ton, wobei sein Lächeln einer drohenden Miene wich. Er zeigte auf einen etwas schräg in der Erde steckenden Stock. »Wir fangen erst wieder an, wenn der Schatten so lang ist wie der Stock. Das ist überall in Tikal so der Brauch. Auch hier, mein Freund.«

»Der Herrscher hat den Brauch geändert«, erklärte der Aufseher anmaßend, obwohl er plötzlich heftig schwitzte. »Er will, dass die Trupps mehr arbeiten!«

»Wir sind nicht hier, um dem Herrscher einen Gefallen zu tun. Und ganz bestimmt haben wir auch keinen Grund«, fügte Kinich hinzu und setzte dem Mann einen Finger auf die Brust, »*dir* zu gehorchen.«

»Es gibt Mittel und Wege, euch zum Gehorsam zu zwingen!«, drohte der Aufseher und trat einen Schritt zurück.

»Bis jetzt waren deine Vorgesetzten schlau genug, sie nicht anzuwenden. Sie wissen, dass wir mit Speeren im Rücken nicht schneller arbeiten können. Also sieh zu, dass du woanders Eindruck schinden kannst.«

»Vielleicht habt Ihr vergessen, dass der Herrscher eine Geisel hat …«

Kinich tat einen plötzlichen Sprung auf ihn zu, so dass der Aufseher unwillkürlich einen Satz nach rückwärts machte und fast das Gleichgewicht verloren hätte. Die Männer unter den Bäumen lachten laut auf; es war der erste Laut, den sie seit dem Erscheinen des Aufsehers von sich gaben.

»Eine Geisel kann man nur einmal umbringen«, sagte Kinich verächtlich. »Vielleicht möchtest du den Herrscher daran erinnern.«

Der Aufseher stolperte über den Platz davon, und Kinich verneigte sich leicht vor den Männern, die ihm ausgelassen applaudierten. Mit einem neuerlichen Blick auf den Zeitstab ging er zu Pacal zurück und wischte sich den Schweiß von der Stirn.

»Diese bittere Pflicht hat auch ihre kleinen Befriedigungen«, bemerkte er freundlich. Jetzt musste auch Pacal lachen; er reichte seinem Sohn eine Wasserflasche und lehnte sich an den Stamm einer Palme zurück. Es war nicht leicht gewesen, den Clan-Rat zu einer Politik des würdevollen Widerstandes zu überreden, aber mit dem Ergebnis war Pacal überaus zufrieden. Ein großer Teil der Mitglieder hatte sich dafür ausgesprochen, den Arbeitern des Clans zu erlauben, sich den allgemeinen Arbeitstrupps anzuschließen mit der Absicht, Sabotage zu betreiben und die Männer der anderen Clans zum Aufstand anzustacheln. Pacal hingegen hatte sich, letztlich mit Erfolg, dafür eingesetzt, einen eigenständigen Arbeitstrupp des Clans beizubehalten – ein Symbol hartnäckigen Widerstands, das trotz allen Drucks von oben niemand ignorieren konnte.

»Ich glaube immer noch, dass es ein Fehler war, Opna zurückzulassen«, sagte Kinich nach einer Weile und riss Pacal damit aus seinen Gedanken. »Ich hätte ihn lieber an einem Ort, wo ich ein Auge auf ihn werfen kann.«

»Es sind nur wenige seiner Komplizen bei ihm«, erwiderte Pacal, »und Nohoch wird mit einigem Ärger durchaus fertig. Aber wir könnten es uns nicht leisten, wenn er hier Schwierigkeiten machen würde. Das würde dem Herrscher nur etwas an die Hand geben, um gegen uns vorzugehen, ohne dass es die Arbeit über einen längeren Zeitraum hinweg verlangsamen würde. Man kann uns jedoch keinen Vorwurf machen, wenn wir unsere Pflicht so sorgfältig tun, wie sie getan werden sollte, und das trägt wesentlich mehr dazu bei, das gesamte Projekt zu verzögern. Ist dir aufgefallen, dass aus den anderen Clans schon einige unserem Beispiel folgen?«

»Das stimmt«, pflichtete Kinich bei. »Aber wahrscheinlich wird die Einfriedung trotzdem rechtzeitig fertig.«

»Richtig, aber Caan Ac ist dadurch gezwungen, jeden verfügbaren Mann für sie einzusetzen. Die Krieger sind nicht gerade glücklich darüber, dass sie Mörtel mischen müssen, und die Clans werden ihm nie verzeihen, dass er sich ihre Arbeiter ohne Zustimmung geholt hat – und ohne sie zu bezahlen.«

»Früher oder später werden sie es akzeptieren«, meinte Kinich düster. »Früher oder später akzeptieren sie alles. Vielleicht haben Chan Mac und Akbal recht, und wir sollten von hier weg, sobald Balam Xoc frei ist.«

Pacal blickte seinen Sohn mitleidsvoll an. »Er wird nie mehr freikommen. In deinem Innersten weißt auch du das, Kinich.«

»Warum habt Ihr Euch dann nicht dafür eingesetzt, dass wir weggehen? Warum habt Ihr zugelassen, dass Nohoch und Tzec Balam die Hoffnungen des Rates aufrechterhalten?«

Pacal sah zu Boden und zuckte die Achseln. »Ich habe mein ganzes Leben in Tikal verbracht. Chan Mac kann mich nicht dazu überreden, das einfach zu vergessen – jedenfalls nicht so schnell. Außerdem ist es zwecklos, Nohoch und Tzec Balam ihre Hoffnung, die Riten noch einmal zu erleben, ausreden zu wollen. Wir haben es in unserer ganzen Geschichte niemals versäumt, die Zeremonie zum Tun-Ende zu feiern; es wäre ein Frevel an unseren Ahnen, das verfrüht aufzugeben. Aber wenn sie sehen, dass es nicht möglich ist, dann müssen sie nicht überzeugt werden.«

»Dann könnte es aber zu spät sein«, warnte Kinich. »Wenn wir hier fertig sind, wird der Herrscher die Krieger wieder auf den Wegen postieren.«

»Sicher«, stimmte Pacal zu. »Deshalb habe ich Chan Macs Reise nach Chetumal unterstützt. Wann wird er zurückerwartet?«

»In zwei Tagen. Ich denke nicht, dass es dabei zu Problemen kommt; aber ich werde ihm trotzdem nach Einbruch der Dunkelheit entgegengehen. Dennoch wird diese Mühe vergeblich gewesen sein, wenn wir nicht bald darangehen, in Chetumal einen Außenposten einzurichten, Vater.«

»Du klingst, als hättest du dich schon deinem Bruder und seinem Freund angeschlossen«, bemerkte Pacal.

Kinich schüttelte besorgt den Kopf und zeigte auf die Männer unter den Bäumen. »Sie sind gute Arbeiter. Es ist eine Schande, dass sie nicht für unsere Belange arbeiten können.«

»Das werden sie«, versicherte ihm Pacal. Er stand auf und streckte den Männern eine Hand entgegen, und sie erhoben sich sofort, ohne zu zögern oder zu klagen. »Das werden sie«, wiederholte er, »und es wird ihnen besser gehen, wenn sie für ihre eigene Würde gearbeitet haben.«

»Vielleicht«, räumte Kinich ein, während er mit seinem Vater und den Arbeitern in die grelle Sonne hinaustrat und sie sich auf den Weg zur Tempelpyramide machten. Sie gingen in einer geschlossenen, schweigenden Gruppe ohne Nachzügler, als hätten sie sich diese Pflicht selbst auferlegt.

Akbal stand mit einem Fuß am Boden und kniete mit dem anderen Bein auf dem Stein; in der linken Hand hielt er einen dünnen Steinmeißel und in der rechten einen Holzhammer. Obwohl er jemanden hinter sich kommen hörte, konzentrierte er sich ganz auf seine Arbeit; ein falscher Schlag jetzt würde die Fingerspitzen von Balam Xocs ausgestreckter Hand abtrennen. Es wäre sicherer gewesen, die Stelle abzuschleifen, aber er hatte einfach nicht mehr die Zeit, wie ein Amateur vorzugehen. Sein Nacken war steif, und sein Arm schmerzte vom ständigen Halten des Hammers – mittlerweile verstand er, warum alle Steinmetze, die er kannte, klein und stämmig waren. Er studierte den Winkel, in dem er den Meißel ansetzen musste, sowie die Körnung des Steins und probierte so lange herum, bis sich die Ausrichtung von Meißel und Stein *richtig* anfühlte. Dann schlug er einmal leicht und danach kräftiger mit dem Hammer darauf, und das Stückchen brach genau, wie er es gewollt hatte.

Akbal beugte sich über den Stein, begutachtete die Stelle mit dem Finger und brummte zufrieden. Jetzt erst dachte er wieder daran, dass er einen Besucher hatte. Aber zuerst betrachtete er noch einmal sein ganzes Werk: die Gestalten von Balam Xoc und Ain Caan, die sich unter der Schlange gegenüberstanden; der erstere barhäuptig im Kostüm des Jaguar-Schutzherrn, der Letztere steif dastehend und mit einem kunstvollen Federkopfputz angetan. Balam Xoc stand auf einem Bein, die Knie leicht angewinkelt, und streckte eine offene Hand elegant Ain Caan entgegen; die rigide wirkende

Figur des Herrschersohns hingegen hielt das Cauac-Zepter vor sich wie einen Schild.

Akbal hatte sich bewusst dafür entschieden, Ain Caan in der traditionell steifen Art der Monumente von Tikal darzustellen, aber eine nicht beabsichtigte Steifheit lag auch in der tanzenden Gestalt Balam Xocs; eine Art feierlicher Strenge, die er beim Zeichnen auf Papier nicht gespürt hatte. Zuerst war er deswegen enttäuscht von sich gewesen, aber allmählich hatte er begriffen, dass diese Steifheit passend war, dass er sich als Künstler aus Tikal nur bis zu einem gewissen Grad durch seine Vorbilder aus Ektun beeinflussen lassen konnte. Also hatte er aufgehört, sich selbst mit Vergleichen zu quälen und die Qualität seiner Arbeit zu verurteilen.

Als er sich schließlich seinem Besucher zuwandte, stellte er fest, dass es Opna war, der die ganze Zeit geduldig außerhalb des Unterstands gewartet hatte. Akbal legte hastig seine Werkzeuge nieder und bedeutete ihm, unter das Dach zu kommen.

»Vielen Dank für Eure Geduld, Opna«, begann er. »Nicht jeder, der zu mir kommt, merkt, wann man mich nicht stören sollte.«

»Eure Konzentration war offensichtlich«, erwiderte Opna achselzuckend. »Selbst jetzt möchte ich Eure Arbeit eigentlich nicht unterbrechen, aber ich wollte noch vor der nächsten Ratsversammlung mit Euch sprechen.«

»Ah ja?«, Akbal wurde sofort hellhörig und setzte sich auf den Stein.

Opna lächelte sardonisch. »Ihr misstraut mir, Akbal«, sagte er schlau. »Eure Schwester hat Euch eingeredet, dass man mir nicht trauen kann, dass ich nur Macht für mich selbst suche.«

»Ihr habt aus Euren Ambitionen kein Geheimnis gemacht.«

»Nein. Es ist richtig, dass ich den Wunsch hatte, der Nachfolger Eures Großvaters zu werden. Ich wollte die Menschen führen, wie er es tat, kühn und mit großem Mut. Ist das ein unehrenhaftes Ansinnen? Aber ich habe es abgelegt; ich habe die Weisheit von Balam Xocs Entscheidung, keinen Nachfolger zu benennen, erkannt. Es ist besser, dass wir uns selbst regieren.«

»Es sieht nicht immer so aus, wenn wir bis spät nachts diskutieren«, entgegnete Akbal etwas wehmütig. Er rieb sich den Nacken und blickte anerkennend zu Opna auf. »Aber ich habe nicht vergessen, dass Ihr und Eure Freunde bei der letzten Versammlung für Chan Macs Reise nach Chetumal gestimmt habt. Wir wussten nicht genau, wie wir Eure Unterstützung gewonnen hatten, aber wir waren dankbar dafür.«

»Ich erwarte keinen Dank. Es war die einzige Möglichkeit, die alten Männer dazu zu bewegen, nach draußen zu blicken. Ich glaube, dass das der Grund dafür ist, weshalb Balam Xoc mich und auch Chan Mac an seine Seite gebracht hat. Wir haben eine Verbundenheit mit dem Geist und dem Willen der Jaguarpranken, aber nicht mit diesem Ort. Es ist unsere besondere Aufgabe, die anderen auf die Notwendigkeit hinzuweisen, dass wir unsere Zukunft andernorts finden müssen.«

Akbal musterte ihn skeptisch. »Aber dennoch habt Ihr nicht dafür gestimmt, einen permanenten Außenposten in Chetumal einzurichten. Habt Ihr noch einen anderen Ort im Auge?«

»Ihr seid klug, Akbal«, lobte Opna ihn, »deshalb will ich keine Ausflüchte mit Euch gebrauchen. Wenn ich allein das Sagen hätte, würde ich in der Tat nicht Chetumal zu meinem Endziel machen. Ich würde von dort nach Süden gehen, nach Copan. Sicher habt Ihr von den Unruhen in meiner ehemaligen Heimatstadt gehört, aber vielleicht habt Ihr diese Berichte nur für Gerüchte gehalten. Sie sind wahr, Akbal. Der Herrscher hat die Befehlsgewalt über die Armee verloren, und schon bald wird er gezwungen sein, seine Macht mit den anderen Adelshäusern von Copan zu teilen.«

»Und da möchtet Ihr unsere Leute hinführen?«, fragte Akbal ungläubig.

»Als erstes würde ich Balam Xocs Botschaft dorthinbringen«, erklärte Opna, unbeeindruckt von Akbals Zweifeln. »Und ich kann Euch versichern, dass es ein leichtes für uns wäre, unter den Mächtigen der Stadt – und auch bei denen, die künftig die Macht in Händen halten werden – Anhänger zu gewinnen. Der Ruf des Jaguarpranken-Clans ist in Copan bekannt; er würde uns enormes Prestige verleihen. Wir könnten die Stadt zu unserer eigenen machen. Ist das nicht eine bessere Zukunft als alles, was wir in Chetumal finden könnten?«

»Das kann doch nicht Euer Ernst sein!«, rief Akbal. »Wir haben schon jetzt zu lange in Unruhe gelebt. Ihr sprecht nicht von der Zukunft, Opna, sondern von einer Flucht in die Vergangenheit.«

»Was gibt es denn schon in Chetumal, außer Kakao und Fischen?«, feixte Opna und zeigte auf den Stein. »Kann irgend jemand dort vielleicht eine Kunst wie die Eure wertschätzen? In Copan hingegen wärt Ihr ein bedeutender Mann; man würde Euch verehren.«

»Ich will nicht verehrt werden. Und was Chetumal angeht, liegt Ihr falsch. Die Stadt treibt Handel mit Leuten von überallher. Mit Städten, von denen Ihr noch nie etwas gehört habt.«

»Zweifellos«, stimmte Opna verächtlich zu. »Von diesen Städten haben sicher auch die anderen Ratsmitglieder noch nie etwas gehört. Sogar Euer Vater hat sich herablassend über ein Leben mit Fischern und Erbsenpflückern geäußert.«

»Er würde anders reden, wenn er die Qualität der Waren gesehen hätte, die wir von dort mitbrachten«, insistierte Akbal.

»Das würden wir vielleicht alle. Aber leider haben die Krieger des Herrschers sie Euch nicht zurückgegeben, und der Rat hielt es nicht für angebracht, Euren Beteuerungen bezüglich des Wertes dieser Waren Glauben zu schenken. Niemand war dabei, als Ihr sie in den Alkalche warft. Und wenn Ihr nicht die nötigen Beweise habt, Akbal«, fügte Opna hinzu, »dann braucht Ihr stattdessen eben Verbündete.«

»Wie Euch?«

»Ich kam hierher, um Euch und Chan Mac meine Unterstützung anzubieten. Ich werde mich für die Errichtung eines Außenpostens in Chetumal aussprechen und dafür sorgen, dass meine Verbündeten im Rat mit Euch stimmen. Wenn Ihr es schafft, Euren Vater und Bruder auf Eure Seite zu ziehen, solltet Ihr in der Lage sein, diesen Punkt für Euch zu entscheiden.«

»Und was verlangt Ihr als Gegenleistung?«

»Ich will eine Reise nach Copan unternehmen, ähnlich der von Chan Mac nach Chetumal. Eine Forschungsreise. Ich möchte nur Eure Unterstützung für dieses Vorhaben – Ihr braucht Euch nicht zu verpflichten, die Leute dorthinzuführen. Aber in der Zwischenzeit hättet Ihr Euren Außenposten in Chetumal.«

Akbal stand langsam auf und wischte sich an seinen Schenkeln den Staub von den Händen. »Selbst wenn Chan Mac und ich Euch unterstützen sollten«, sagte er vorsichtig, »könnte ich nichts versprechen, was meinen Vater und Bruder angeht.«

»Kinich Kakmoo wäre froh, wenn ich ginge«, versicherte Opna ihm, »und Nohoch Ich ebenfalls. Sie würden beide hoffen, dass ich nie mehr zurückkäme. Ihr aber hättet keine weitere Verpflichtung, *ob* ich nun wiederkäme oder nicht.«

»Ich werde mit Chan Mac darüber reden«, entschied Akbal. »Aber ich muss Euch in aller Offenheit sagen, dass ich in einem Besuch von Copan keinen Wert sehe. Und dass es mir lieber wäre, den Rat ohne Eure Unterstützung für mich zu gewinnen.«

»Das wird nicht gehen«, konterte Opna ebenso frei heraus, »wenn Ihr nicht im Gegenzug mich unterstützt.«

Sie blickten einander schweigend an, und dann verbeugte sich Opna. Akbal erwiderte die Geste, und damit war ihr Gespräch beendet.

Als Akbal wieder allein war, nahm er Meißel und Hammer zur Hand, machte sich aber nicht sofort an die Arbeit. Er ließ sich den Wortwechsel mit Opna noch einmal durch den Kopf gehen und fragte sich, ob Chan Mac dessen Vorschlag attraktiver finden würde, als er es tat. Chan Mac hatte sich unermüdlich dafür eingesetzt, dass der Clan mit dem Umzug von Gütern und Menschen nach Chetumal beginnen solle, bevor die Wege erneut geschlossen würden, aber wie Opna gesagt hatte, war er damit auf taube Ohren gestoßen. Und warum sollten sie anstelle von Beweisen nicht Verbündete heranziehen, wenn der Rat ihre Aussagen bezüglich der verloren gegangenen Güter aus Chetumal nicht akzeptierte?

Doch der Gedanke, eine Reise nach Copan zu unterstützen, obwohl er glaubte, dass sie nichts als eine Verschwendung von Menschen und Material sein würde, und dass er den Blick seines Vaters auf sich fühlen würde, sobald er das Wort ergriff, ließ ihn innerlich zusammenfahren. *Ich bin nicht für diese Art von Manövern geschaffen*, sagte er sich und blickte auf die halbskulptierte Oberfläche des Steins. Dabei kam ihm der Gedanke, dass er eigentlich auch nicht dafür geschaffen war, Steinmetz zu sein, und doch diese Arbeit ausführte, noch dazu mit aller Hingabe und Ehrlichkeit, zu der er fähig war. Konnte er sich dem Rat gegenüber anders verhalten? Er dachte daran, dass ihm sein Großvater gesagt hatte, der Stein werde ihn die Wahrheiten lehren, die er benötigte, und im selben Augenblick wusste er die Antwort auf seine Frage: Er musste einen Weg finden, den Rat selbst zu überzeugen, ob mit oder ohne Beweis.

Er betrachtete den Stein, suchte einen Fingerzeig in den fein gemeißelten Linien. Doch der Bruch zwischen dem Himmels-Clan und den Jaguarpranken schien zu sehr eine Sache der Vergangenheit zu sein, als dass er irgendwelche Einsichten für die Zukunft hätte liefern können. Akbal starrte so lange auf seinen Stein, bis er Frustration und Depression in sich aufsteigen fühlte und beschloss, an diesem Tag nicht mehr weiterzuarbeiten. Aber als er sich bückte, um seine Werkzeuge zur Aufbewahrung in den Lederbeutel zu stecken, kam ihm plötzlich ein ähnlicher Beutel in den Sinn. Einer, den er viele Tage lang nicht geöffnet hatte, nachdem Kanan Naab ihn ihm gebracht, und den er dann prompt vergessen hatte, zusammen mit der schlimmen Erfahrung seines Armbruchs.

Der Beweis, dachte Akbal aufgeregt und wollte schon den Unterstand verlassen. Doch er hielt noch einmal inne und beugte sich dankbar wieder über den Stein. Jetzt hatte er nicht mehr das Bedürfnis zu gehen, denn er erkannte, dass er mehr als genug Zeit haben würde, diesen Beutel zu finden und sich auf die nächste Ratsversammlung vorzubereiten. Er wußte, wo er ihn gelassen hatte, und es gab keinen Grund, weshalb jemand sich daran hätte zu schaffen machen sollen. Wenn er diese letzten, kostbaren Stunden des Tageslichts noch nutzte, um zu arbeiten, würde er der Wahrheit, die der Stein ihm gezeigt hatte, mehr Ehre erweisen. Schließlich würde er erst dann wirklich auf die Zukunft schauen können, wenn er dieses Bild der gemeinsamen Vergangenheit der Jaguarpranken vollendet hatte.

Er holte seine Werkzeuge wieder heraus, kniete sich mit einem Bein auf den Stein und beugte sich erneut über seine Arbeit. Und schon im nächsten Augenblick hatte er die Welt um sich herum vergessen und die Zeit aus seinem Bewußtsein verbannt.

Sobald Chibil die Pflanze, die sie suchte, gefunden und die unmittelbare Umgebung auf Schlangen überprüft hatte, winkte sie Kanan Naab und die fünf Mädchen zu sich. Vorsichtig arbeiteten sie sich durch die brusthohen Farne voran und versuchten, nichts zu zertreten, wie Chibil es ihnen beigebracht hatte. Kanan Naab fiel allerdings auf, dass die Schülerinnen sich ein wenig unbeholfen bewegten, weil sie bereits müde waren. Es war heiß in der Schlucht, und Chibil hatte diese Lektion schon ziemlich lange ausgedehnt. Kanan Naab beschloss, darüber mit der älteren Frau zu sprechen. Verständlicherweise war Chibil darauf erpicht, den Mädchen möglichst viele ihrer Kenntnisse zu vermitteln, da die Erlaubnis, sie auszubilden, von Balam Xoc gekommen war und unter Umständen jederzeit von den Männern des Clans widerrufen werden konnte. Aber auch der Aufnahmefähigkeit junger Menschen waren schließlich Grenzen gesetzt, und Kanan Naab wollte nicht weitere Schülerinnen dadurch verlieren, dass zuviel von ihnen verlangt wurde. Wißbegier konnte man ermutigen und fördern, aber nicht erzwingen.

Die Mädchen saßen in einem Halbkreis um Chibil, die ihnen die medizinischen Verwendungsmöglichkeiten der Pflanze in ihrer Hand erklärte. Kanan Naab wollte Chibil leise, ohne zu stören, eine Pause vorschlagen; deshalb näherte sie sich ihr in einem Bogen von hinten. Sie schritt durch den dunklen Schatten eines Blauholzbaums, wobei sie sich wegen der niedrigen Äste bücken musste. Als sie sich danach wieder aufrichtete, sah sie in einem Dickicht aus Beerensträuchern die Leiche.

Der Mann lag ausgestreckt auf dem Rücken und hatte einen Arm über den Kopf geworfen, dessen Finger steif und verkrümmt nach oben zeigten. Ein Stück Liane schnürte seine Kehle zu, und das schmale Gesicht mit den hervorquellenden Augen ließ deutlich den Todeskampf eines Erdrosselten erkennen. Kanan Naab hielt sich entsetzt eine Hand vor den Mund; sie spürte die Ameisen über den Körper des Mannes krabbeln, als wären sie auf ihrer eigenen Haut.

Erst nach einer Weile hörte sie, wie Chibil sich mit strenger Stimme an die Mädchen wandte. »Geht zu den Männern, alle. Sagt ihnen, sie sollen eine Trage und Decken bringen. Geht!«

Dann kam die Heilerin zu ihr und versuchte, sie von dem Gebüsch wegzuziehen. »Du darfst nicht so lange auf den Tod schauen, meine Tochter«, sagte sie leise. »Vor allem nicht auf einen, der durch die Hand eines Menschen herbeigeführt wurde.«

»Wer ist das?«, fragte Kanan Naab verwirrt und trat ein paar Schritte mit Chibil zurück.

»Erkennst du ihn nicht? Es ist Hapay Can, der Hohepriester vom Clan deines Mannes.«

Kanan Naab schloss die Augen und dachte an die Nacht, als Yaxal im Regen zu ihr gekommen war, zornig und erregt darüber, wie Hapay Can ihn hereingelegt und bedroht hatte. Sie erinnerte sich daran, mit welcher Ruhe Balam Xoc diese Nachricht aufgenommen und darauf bestanden hatte, dass Yaxal sich den Drohungen widersetzen und sich weigern sollte, Bestechungsgelder zu zahlen, die Hapay Can verlangte. Und nun würde *er* bezahlen müssen, auf eine Art und Weise, die Kanan Naab sich kaum vorzustellen wagte.

Akbal und Kal Cuc kamen als erste mit einer Trage. Chibil zeigte auf das Gebüsch, und sie gingen, ohne zu zögern, auf die Leiche zu, doch plötzlich blieben sie stehen und blickten einander betroffen an. Sie standen noch immer wartend vor dem Toten, als Nohoch Ich, Hok und Yaxal eintrafen, jeder mit einer Decke ausgerüstet. Kanan Naab ging blindlings zu ihrem Mann, der sie verlegen umarmte und ihre Besorgtheit als eine bei ihr ungewohnte Bezeigung von Anhänglichkeit missdeutete.

»Es ist Hapay Can«, sagte Akbal. »Er ist erdrosselt worden.«

Im ersten Augenblick schloss Yaxal seine Arme fester um Kanan Naab, doch dann fielen sie kraftlos nach unten. Sein Gesicht verlor jegliche Farbe; Entsetzen, Schande und Selbstvorwurf standen darin geschrieben.

»Du hast nur getan, was Großvater erlaubt hat«, erinnerte Kanan Naab ihn leise. »Er wollte deinen Schutz nicht.«

Unfähig zu sprechen, ging Yaxal langsam zu den anderen Männern, die den Toten betrachteten.

»Er ist nicht gefoltert worden«, bemerkte Nohoch hoffnungsvoll. »Vielleicht hat er nichts gesagt. Kal Cuc, mein Sohn, du kennst die Stelle. Sieh nach, ob der Boden aufgewühlt ist.«

»Sei vorsichtig«, fügte Akbal hinzu, »es kann sein, dass man dich beobachtet.«

Kal Cuc nickte und verschwand im Unterholz; um Zeit zu sparen, stieg er auf der entgegengesetzten Seite der Schlucht hinauf.

»Er hat uns verraten«, murmelte Yaxal plötzlich. »Ich spüre es. Wir müssen für Balam Xoc beten.«

Ein Knurren stieg aus Hoks Kehle auf; wutentbrannt beugte er sich vor und spuckte auf die Leiche. Dann trat er Hapay Can in die Rippen und griff nach seinem Messer, aber Nohoch packte ihn am Arm und hielt ihn zurück.

»Schluss jetzt!«, befahl er. »Er hat für seinen Verrat bezahlt. Und seine Seele wird in der Unterwelt große Qualen erleiden. Ein Priester, der vorsätzlich seine Gelübde bricht, kann nicht auf Vergebung hoffen.«

»Und was ist mit dem Mann, der von der Unlauterkeit des Priesters profitiert und ihn dann umbringen lässt?«, fragte Yaxal sich laut. »Was ist das für ein Mann?«

»Das ist Caan Ac«, erwiderte Akbal angespannt. »Der Mann, dessen Tempel wir bauen helfen.«

»Heben wir ihn hoch«, schlug Nohoch vor. Kanan Naab und Chibil traten zurück, und die Männer hievten den steifen Körper auf die Trage, banden ihn mit Lianen fest und deckten ihn zu.

Bevor sie die Last anhoben, ergriff Yaxal noch einmal das Wort. »Deinetwegen, Hapay Can«, begann er verbittert, »wurde ich aus dem Orden der Langen Zählung entlassen. Deinetwegen habe ich meine Familie und den Clan meines Vaters verlassen. Und jetzt vertreibst du mich ganz aus Tikal.«

Er blickte auf die anderen Männer. »Wir müssen diesen Ort verlassen«, erklärte er im Ton hartnäckiger Überzeugung. »Der Herrscher hat ihn entweiht.«

Die Männer ließen die Köpfe hängen; niemand widersprach ihm. Kanan Naab trat an seine Seite und berührte ihn am Arm.

»Wir werden alle zusammen gehen, wenn es an der Zeit ist«, sagte sie leise. »Aber wir können Großvater nicht einem so einsamen Tod überlassen.«

»Nein«, stimmte Yaxal zu. »Unsere Herzen müssen bei ihm sein, wo immer er gefangen gehalten wird. Aber wir können jetzt nichts tun, um ihm zu helfen. Ein schrecklicher Fluch wurde über ihn gesprochen.«

Auf ein Zeichen von Nohoch ergriff ein jeder der Männer eine der Tragestangen. Kanan Naab schritt neben ihrem Gatten und hielt ihm die Äste aus dem Weg, während sie die steile Wand der Schlucht hinaufstiegen.

»Opna hat das vorhergesehen, nicht wahr?«, sagte Yaxal nach einer Weile, keuchend vor Anstrengung.

»Ja«, antwortete Kanan Naab knapp. »Man wird ihn nicht daran erinnern müssen, wenn er es erfährt.«

Yaxal stöhnte. »Die Schwierigkeiten, die ich deinem Clan gebracht …«

»*Ich* habe die Schlange getötet«, unterbrach ihn Akbal von der anderen Seite der schwankenden Bahre. »Du hast das nicht alleine zu tragen.«

»Wir alle tragen es«, erklärte Kanan Naab bestimmt. »Es ist die Bürde des Katuns Elf Ahau, und wir müssen sie tragen bis an sein Ende. Erst dann werden wir davon frei sein«, fügte sie hinzu und schaute zu den Häusern hinauf, die soeben in Sicht gekommen waren. »Und dann können wir befreit von hier fortgehen ...«

Jeder Traum führte ihn nun in den Wald, und Balam Xoc folgte nur widerstrebend, denn er wusste, dass der Pfad bald verschwinden und die Schlange vor ihm erscheinen würde. Ihr lanzenförmiger Kopf ließ ihn unbeweglich verharren, die gelben Augen starrten ihn kalt an, der gezeichnete Körper bewegte sich im Rhythmus mit der Atmung. Die gespaltene Zunge zuckte aus dem Maul, und das Nächste, was er sah, war das rosafarbene Innere des Rachens hinter den gebogenen Fängen, wenn das Reptil zubiß. Wie ein Blitz durchfuhr ihn der Schmerz, sobald die Giftzähne sich in sein Fleisch gruben, und dann breitete sich langsam, brennend das Gift in seinen Adern aus ...

An dieser Stelle wachte er jedes Mal auf, schweißgebadet und zitternd vor Angst. Sie war das einzige Gefühl, das er noch deutlich empfinden konnte, und sie kehrte wieder und wieder mit vernichtender Kraft. Dann wimmerte er und zog seine Decke um sich, seinen einzigen Schild gegen die bedrohlichen Gestalten, die im Dunkel an ihm vorüberkrochen. Irgendwann war die Angst dann endlich vorbei und ließ ihn kraftlos und fröstelnd in seinem eigenen Schweiß zurück. Und da er sich schon jetzt vor dem nächsten Mal fürchtete, musste er sich dazu überreden zu schlafen. Er schlief sowenig wie möglich, was ihn aber nur noch schwächer machte und ihm noch mehr die Gewalt über seine Gedanken entzog. Die Schmerzen in seinen Knochen waren schlimmer geworden, so dass er oft nicht einmal mehr bequem sitzen konnte; außerdem war ihm ständig kalt. Doch die größte seiner Qualen – und jene, die ihn umbrachte – war dieser Traum.

Immer wieder nickte er ein und fuhr hoch, wenn er anfing zu träumen, und irgendwann wachte er auf von einem unerträglichen Licht in seiner Zelle. Er öffnete die Augen und sah einen Mann vor sich sitzen, den er zunächst nicht erkannte. Er blinzelte und streckte unsicher eine Hand aus, hielt aber inne, als sein Gegenüber zu sprechen begann.

»Ja, ich bin wirklich«, sagte der Hohepriester. »Ich habe Euch Balche mitgebracht.«

Balam Xoc brauchte einen Moment, bis er begriff, und dann noch einen, ehe er die bemalte Kürbisflasche vor sich stehen sah. Die unerwartete freundliche Geste überwältigte ihn so sehr, dass er zu weinen begann.

Ah Kin Cuy räusperte sich laut. »Bitte. Trinkt.«

Unfähig, seinen Tränen Einhalt zu gebieten, griff Balam Xoc nach dem Kürbis und setzte ihn an die Lippen. Er nahm nur einen kleinen Schluck, aber die süße und scharfe Flüssigkeit wärmte ihn augenblicklich von innen.

»Ich danke Euch«, sagte er heiser, als er sich stark genug fühlte, den Kürbis abzusetzen und wieder zu verschließen. Der Hohepriester veränderte seine Pose, als sei es ihm unangenehm, auf dem kalten Steinboden zu sitzen.

»Ihr wisst, was Euch angetan wurde«, sagte er vorsichtig, den Blick auf die bemalte Flasche gerichtet.

Balam Xoc begriff erst nach einer Weile, dass er seinen Traum meinte. »Hapay Can …«

»Ich habe damit nichts zu tun, Balam Xoc«, unterbrach ihn der Priester hastig. »Ich schwöre es. Er kam zwar zuerst zu mir, aber einer meiner Gehilfen schickte ihn weg, ohne ihn anzuhören. Er ging ohne mein Wissen zum Herrscher.«

Balam Xoc fixierte ihn und strengte sich an, seine Gedanken zu sammeln. Schließlich verstand er, dass Ah Kin Cuy gekommen war, weil er sich schuldig fühlte. Der Hohepriester wollte Vergebung, Absolution. Balam Xoc griff nach dem Kürbis und nahm noch einen Schluck, um sich zu stärken. Dies war vielleicht seine letzte Chance, etwas auszuhandeln.

»Was Ihr wusstet, spielt keine Rolle«, sagte er. »Der Frevel wurde begangen, und sein Gift wird sich zu allen ausbreiten, die in irgendeiner Weise daran beteiligt waren. Und zu jenen, die ihnen dienen.«

»Aber ich hätte nie zugelassen, dass das geschieht!«

»Ich bin bereits dabei, daran zu sterben«, erwiderte Balam Xoc mitleidslos und zwang den Priester, den Blick abzuwenden. Ah Kin Cuy faltete die Hände und sprach mit gesenktem Haupt ein lautloses Gebet.

Balam Xoc wartete in der Hoffnung, dass seine Stimme fest sein würde. »Ihr kamt also hierher, um von diesem Verbrechen freigesprochen zu werden, Ah Kin Cuy. Ich werde Euch vergeben, aber Ihr müsst Euch für mich einsetzen. Ich will nicht hier sterben.«

Das lange Gesicht des Hohepriesters verzog sich gequält. »Caan Ac wird Euch nie erlauben, zu Euren Leuten zurückzukehren.«

»Dann setzt Euch dafür ein, dass er mich fortschickt. Ich werde im Exil nicht mehr lange leben. Aber ich muss die Welt noch einmal sehen, bevor ich sie verlasse.«

»Ich werde mit dem Herrscher …«

»Versprecht es mir!«, forderte Balam Xoc ungehalten im Versuch, seine Verzweiflung hinter gespieltem Zorn zu verbergen. Er brauchte etwas, worauf er hoffen konnte, wenn er dem Traum und der Angst widerstehen wollte. Er hätte um seine Freilassung auch gebeten, doch er wusste, dass er sie auf diese Weise niemals erreichen würde. Deshalb zwang er sich, Ah Kin Cuys Blick nicht auszuweichen, und tat, als sei er unnachgiebig, obwohl er tatsächlich kurz davor war zusammenzubrechen.

»Ihr habt mein Versprechen«, sagte der Priester endlich. »Es wurde bereits vorgeschlagen, Euch noch vor Beginn der Zeremonie zum Katun-Ende aus der Stadt zu entfernen.«

Erleichtert schloss Balam Xoc die Augen. »Dann geht«, seufzte er. »Ich werde Euch bei meinem Tode nicht verfluchen, wenn Ihr Euer Versprechen gehalten habt.«

»Ich werde es halten«, versicherte Ah Kin Cuy ihm. Balam Xoc hörte das Geräusch von Kleidern, als der Hohepriester sich erhob; einen Augenblick später fiel der Vorhang wieder über den Eingang, und die Zelle lag erneut im

Dunkel. Er vergrub das Gesicht in den Händen und sank in sich zusammen; in kleinen, unwillkürlichen Schaudern wich die Spannung aus seinem Körper. *Was bin ich nur für ein Bild des Jammers geworden*, dachte er. *Ich weine wegen einer Gefälligkeit meines Feindes und lasse mich für einen letzten Blick auf die Sonne zur Vergebung bewegen.* Der Jaguar war in der Tat gestorben.

Aber er spürte auch einen unleugbaren Stolz darüber, wie er sich geschlagen hatte. Er hatte zwar nur ein kleines Zugeständnis für sich erstritten, aber es hatte ihn all seinen Mut gekostet, seiner Schwäche und seiner Verzweiflung Herr zu werden, mehr Mut, als alle seine Aktionen des Widerstandes erfordert hatten. Er war nicht stärker als seine Leute, und ebenso wie sie konnte auch er sich nicht nur auf die Wahrheit allein stützen. Wenn er mit seinen Ängsten leben sollte, dann brauchte er Hoffnung, das Versprechen von Erleichterung.

Balam Xoc tastete im Dunkel nach dem Kürbis mit Balche und lächelte vor sich hin. *Ja*, dachte er, *und wenn die Lebensumstände keine Erleichterung bieten, dann lässt sie sich immer im Balche finden.* Er setzte das Gefäß an den Mund und ließ die Flüssigkeit langsam und mit Bedacht die Kehle hinunterrinnen, genoss den Geschmack auf der Zunge, die Wärme unter seiner Haut, das leichte Schwindelgefühl, das ihn rasch überkam. *Vielleicht bin ich dann zu betrunken, um zu träumen*, dachte er keck, als er die letzten Tropfen schluckte. Er war noch geistesgegenwärtig genug, sich seine Decke zurechtzulegen, bevor er zurücksank und nur noch auf die Figuren starrte, die im Dunkel über ihm schwammen.

Schlafe, sagte er sich und ließ die Lider zufallen. Die Schwärze wirbelte und trudelte und zog ihn nach unten. Er wehrte sich nicht dagegen, trotz des Wissens, daß der Wald auf ihn wartete; aber er wußte auch, daß er es ohnehin nicht vermeiden konnte. Und dann stieg die Stimme in ihm auf, voll Kummer und Sehnsucht rief sie, eine Stimme, die Leiden und Verlust gekannt hatte und dennoch nicht zum Schweigen zu bringen war. Balam Xoc ließ sich von ihr führen, den Pfad hinunter in den Wald, zu der wartenden Schlange und dem Tod, der viele Male gestorben werden würde. *Ich komme*, sang die Stimme traurig, und sie erfüllte seine müde Seele mit dem Mut, das Kommende anzunehmen …

Während der Rat auf die letzten Mitglieder wartete, zählte Pacal die Anwesenden. Er hatte soeben erfahren, daß Tzec Balam und sein Sohn auf Opnas Seite übergewechselt waren; das bedeutete, daß die Copan-Fraktion nun um zwei Köpfe stärker war als die Befürworter von Chetumal. Und nur drei Mitglieder hatten sich noch nicht entschieden: Kinich, Chac Mut und er, Pacal, selbst. Allerdings hieß es gerüchteweise, dass auch Chac Mut zur Copan-Fraktion tendierte. *Ich habe meine Stimme zu lange zurückgehalten*, dachte Pacal bedauernd; *bald wird sie überflüssig sein.*

Er wandte sich Chan Mac zu, der neben ihm saß. »Wo ist Akbal?«, fragte er.

»Bestimmt bei seinem Stein«, meinte Chan Mac nicht gerade begeistert.

»Nimmst du es ihm noch immer übel, dass er Opnas Angebot ablehnt?«

»Wir hätten trotzdem noch diesen Streit über unser letztendliches Ziel«, meinte Chan Mac achselzuckend. »Opnas Plan hat durch Hapay Cans Tod Auftrieb erhalten. Aber wir hätten immerhin schon mit der Verlegung unserer Waren beginnen können.«

»Ich glaube, damit werden wir bald anfangen«, meinte Pacal mit einem Blick auf die Männer. »Allerdings nicht in die Richtung, die du dir wünschst.«

Chan Mac nickte niedergeschlagen, und beide verstummten. Jetzt war nur noch Akbals Platz neben Chac Mut leer, und wie es aussah, schien Nohoch Ich ohne ihn beginnen zu wollen. Aber plötzlich kam Akbal durch die mittlere Tür. Er hatte einen arg mitgenommenen Lederbeutel dabei, den er auf den Boden legte, bevor er sich in einer hastigen Entschuldigung vor Nohoch verbeugte. Es war eindeutig, dass er direkt von seiner Arbeit kam; seine Arme und das Gesicht waren zwar sauber, aber die schwarzen Haare waren mit gelbem Staub überpudert. Außerdem wirkte er ziemlich in Gedanken; er ging nicht zu seinem Platz, und als Nohoch ihn dazu auffordern wollte, begann er abrupt zu sprechen.

»Herr, ich bitte um das Recht, mich an den Rat zu wenden«, erklärte er knapp.

Nohoch war im ersten Augenblick überrascht, doch als er keinen Einspruch gegen diese ungewöhnliche Bitte sah, gab er Akbal mit einer Geste zu verstehen, dass er sprechen könne.

»Endlich«, murmelte Chan Mac. Pacal wandte den Blick nicht von seinem Sohn. Es war sehr untypisch für Akbal, in einer solchen Art und Weise die Aufmerksamkeit auf sich zu lenken; normalerweise zog er es vor, sich mit möglichst wenigen Worten oder ganz anderen Mitteln auszudrücken. Pacal fragte sich, was er in dem Lederbeutel mitgebracht hatte.

»Meine Herren«, begann Akbal, wobei er sich zu voller Länge aufrichtete und sämtliche Anwesenden im Raum musterte, »ich möchte über zwei Dinge zu Euch sprechen. Das erste betrifft meinen Stein. Ich kann mittlerweile sagen, dass Kal Cuc und ich unsere Arbeit noch vor dem Ende des Katuns abschließen können, wenn ich nicht durch weitere Sitzungen aufgehalten werde. Da es nicht wahrscheinlich ist, dass wir das Katun-Ende auf unsere traditionelle Art und Weise begehen können, möchte ich bescheiden den Vorschlag unterbreiten, den Stein im Rahmen der Rituale einzuweihen, die wir hier abhalten werden. Falls Ihr zustimmt, dass es passend ist, Vater«, sagte er mit einer Verbeugung zu Tzec Balam, »würde der Stein ein geeignetes Denkmal für unseren letzten Katun in Tikal darstellen.«

Ein Augenblick nachdenklichen Schweigens folgte dieser unverhüllten Bezugnahme auf das Verlassen der Stadt, und dann wandten sich alle Köpfe dem Hohepriester zu.

»Ihr habt den Stein von Balam Xoc persönlich erhalten«, sagte Tzec Balam langsam, »und ich zweifle nicht daran, dass er diese Möglichkeit schon damals voraussah. Er wäre in der Tat ein passendes Monument für unseren Abschied von Tikal.«

Akbal verbeugte sich tief vor dem Priester und wartete, bis sich die allgemeine Aufmerksamkeit wieder ihm zuwandte. Die Autorität Balam Xocs schien nun an ihm zu haften wie der Staub des Steins; Pacal tauschte einen Blick mit Chan Mac aus und stellte fest, dass auch dieser sich offenbar fragte, ob Akbal diesen Eindruck bewusst zu schaffen versuchte.

»Der zweite Punkt ist die Frage, wohin wir gehen sollen«, fuhr Akbal fort. »Ich habe mich dazu bereits geäußert, meine Herren, mein Standpunkt ist also bekannt. Zusammen mit Chan Mac habe ich versucht, Euch davon zu überzeugen, dass Chetumal uns eine würdige Heimat sein kann. Ich habe aber wohl die falschen Worte gewählt, denn Ihr wolltet mir keinen Glauben schenken. Ihr beharrt auf Eurer Überzeugung, dass Chetumal ein armer, rückständiger Ort sei, der weder Bedeutung hat noch Aussichten auf Wachstum bietet. Andererseits«, fügte er etwas verächtlich hinzu, »muss man die Pracht von Copan niemandem nahe bringen. Aufgrund des vergangenen Rufs dieser Stadt seid Ihr sogar zu dem Risiko bereit, unsere Leute mitten in einen Bürgerkrieg hineinzuführen. Irgendwie hält sich der Glaube, dass man uns in dem dortigen Aufruhr nicht als Eindringlinge betrachten, sondern uns willkommen heißen wird.«

Aus der Fraktion um Opna wurde ein abwertendes Murren laut, doch Akbal schenkte ihm keine Beachtung. Er hatte sich im Verlauf seiner Rede nach und nach den noch unentschiedenen Ratsmitgliedern auf der rechten Seite des Raumes zugewandt. Pacal bemerkte, daß Kinich und Chac Mut ihn gespannt und mit neuem Respekt beobachteten.

»Und deshalb habe ich heute den einzigen faktischen Beweis mitgebracht, mit dem ich meine Behauptung stützen kann«, erklärte Akbal. »Ich habe ihn Euch nicht absichtlich bisher vorenthalten, sondern weil ich ihn mitsamt den Schmerzen, die mir mein von den Kriegern des Herrschers gebrochener Arm verursachte, einfach aus meiner Erinnerung gestrichen hatte. Kinich Kakmoo kann bestätigen, dass dies« – er kniete neben dem Lederbeutel nieder – »nach dem Überfall auf uns aus dem Alkalche gerettet wurde.«

»Das ist richtig«, meldete sich Kinich zu Wort. »Ich habe diesen Beutel selbst aus dem Wasser gefischt.«

Akbal öffnete ihn und holte eine große, orangefarbene Schüssel heraus. Doch als er sie hochhob, wurde erkennbar, dass sie in zwei Teile zerbrochen war, die er mit den gespreizten Fingern zusammenhielt.

»Ihr wollt uns mit einer zerbrochenen Schüssel überzeugen?«, spottete Opna, und seine Freunde lachten laut, bis Nohoch sie mit einer Geste zum Schweigen brachte.

»Ja, sie zerbrach, als ich den Beutel in den Sumpf warf«, räumte Akbal ein und stellte das Gefäß auf den Boden. »Aber die Schüssel, die sich in dieser befindet, ist ganz geblieben.«

Er nahm die beiden Teile auseinander, und es wurde eine zweite, kleinere, aber ansonsten identische Schüssel sichtbar. Pacal beobachtete, wie sich alle Köpfe nach vorne reckten.

»Diese Schüsseln hat mir ein Kakaohändler in Chetumal geschenkt«, erklärte Akbal. »Sie wurden hergestellt von einem Volk, das irgendwo nördlich des Landes der Ara lebt. Diese Leute bringen ihre Waren in Kanus nach Chetumal, sie reisen über die Großen Wasser.«

»Das ist eine gewaltige Entfernung«, brummte Kinich. »Sie müssen den Händler teuer zu stehen gekommen sein.«

»Nein, sie sind weit billiger als unsere Keramik«, versicherte ihm Akbal. Er reichte ihm eine der beiden Scherben, gab die andere Nohoch und bat, sie weiterzugeben. »Bitte beachtet die Beschaffenheit des Materials und die Farbe. Sie sind aus einem Ton gefertigt, der praktisch frei von Verunreinigungen ist.«

»Es ist so leicht!«, rief Chac Mut, als Kinich ihm das Stück reichte.

Akbal nickte. »Diese Ware wird auch ohne Zusätze hergestellt, was, wie Ihr wisst, die Kosten beträchtlich absenkt. Deshalb kann sie auch nach dem Transport über so große Strecken noch immer billiger angeboten werden als vergleichbare Keramik aus Tikal.«

Akbal wartete, bis die Scherben an den Enden der Bänke angekommen waren. Chan Mac reichte seine Pacal, der sie in der Hand wog, um Chac Muts Erstaunen nachvollziehen zu können. Dann kratzte er an der Bruchkante, so dass der orangefarbene, kalkähnliche Ton abblätterte. Es war mit bloßem Auge zu sehen, dass dem Ton kein feiner, vulkanischer Sand aus den Bergen beigemischt war, um die Ware hart und langlebig zu machen; aus diesem Grunde war sie ungewöhnlich glatt.

»Das ist nur ein Beispiel dafür, was es in Chetumal alles gibt«, fuhr Akbal fort, »und ich biete es an als Beweis dafür, dass außerhalb des Peten mit neuen Verfahren gearbeitet wird. Wenn wir aber schon unsere Häuser und die Gräber unserer Ahnen verlassen, sollten wir dann nicht auch unsere alten Methoden des Handels und der Produktion hinter uns lassen? Ich war im Westen, meine Freunde, und ich kann Euch versichern, dass die Unruhen dort nicht übertrieben dargestellt wurden. Und in Copan wird es nicht anders sein.«

Akbal ließ den Blick die Reihen der Männer entlangwandern. »Das ist alles, was ich zu sagen habe«, schloss er. »Ich bitte Euch nur noch darum, dass wir heute abend zu einer Entscheidung kommen. Wir haben lange genug hin und her überlegt und keine Zeit mehr zu verlieren. Lasst uns abstimmen.«

Unter den anerkennenden Blicken von Kinich und Chac Mut ging er auf seinen Platz. Opna meldete sich zu Wort und begann, Akbal Punkt für Punkt zu widerlegen. Aber Pacal wusste, dass er aus dieser Ecke nichts Neues zu hören bekommen würde, und wandte sich Chan Mac zu.

»Hat er zu lange gewartet?«, fragte ihn der junge Mann.

Pacal lachte leise. »Er hat das Zeitgefühl seines Großvaters. Abrupt, aber sehr effektiv.«

Sie sahen beide zu Akbal, der mit den Teilen der zerbrochenen Schüssel in den Händen dasaß. Auch er schien Opna überhaupt nicht zuzuhören, offenbar hatte er genug von Worten.

»Schon vor Tagen habe ich ihn gedrängt zu reden«, murmelte Chan Mac kopfschüttelnd. »Damals sagte er nichts davon, dass er den Stein Tzec Balam anbieten wollte. Aber dadurch hat er sich das Ansehen verschafft, die anderen Dinge vorzubringen, die er ansprach.«

»Genau«, stimmte Pacal stolz zu. »Ich bezweifle nur, dass es eine überlegte Strategie war. Er ist nun einmal Künstler, kein Diplomat.«

Nach einer einstündigen Debatte schritt der Rat zur Abstimmung. Kinich signalisierte das Ergebnis bereits vorab mit einem lauten »Chetumal!«, und als Tzec Balam und Chac Mut seinem Beispiel folgten, gab es keinen Zweifel mehr, und einige von Opnas Anhängern wechselten sogar noch rasch die Seite. Bis Pacal an die Reihe kam, war seine Stimme tatsächlich überflüssig geworden; aber er gab sie trotzdem mit Begeisterung ab.

»Chac Mut und Chan Mac«, sagte Nohoch, als die Abstimmung beendet war. »Ihr könnt so bald wie möglich mit dem Umzug unserer Güter beginnen, und ihr habt die Befugnis dieses Rates, über den Erwerb von Land in Chetumal zu verhandeln. Und nun lasst uns alle zu unseren Familien gehen und ihnen berichten, was wir beschlossen haben.«

Akbal war im Begriff, seine Schüsseln wieder in den Lederbeutel zu verpacken, als Pacal und Chan Mac zu ihm kamen, doch ein steter Strom von Gratulanten hielt ihn dabei auf. Allen, die ihn beglückwünschten, gab er dieselbe knappe Erklärung: »Diese Versammlungen waren zu viele. Ich hätte mehr Zeit für den Stein gebraucht.«

Pacal und Chan Mac tauschten einen wissenden Blick aus und warteten mit ihrem Lob, bis die anderen gegangen waren. Doch als Akbal fertig war und zu ihnen aufsah, konnte Chan Mac ein breites Grinsen nicht mehr unterdrücken.

»Ich breche morgen nach Chetumal auf«, gab er bekannt. »Wenn du nachkommst, werde ich dich mit Austern, Hummer und frischem Kakao begrüßen. Dann schwimmen wir in den Großen Wassern, und du kannst dir den Staub aus den Haaren waschen.«

Mit einem entschuldigenden Lächeln fuhr sich Akbal durch sein gelblich verfärbtes Haar. Dann gewahrte er Hok, der sich stumm zu ihnen gesellt hatte. Pacal fiel auf, dass sein Sohn und der Einäugige sich wortlos über etwas verständigten, ehe Akbal auf Chan Macs Vorschlag einging.

»Wenn es soweit ist«, sagte er ernst und bestimmt. »Wir

können den Staub der Vergangenheit nicht vorschnell abschütteln.«

Chan Mac sah ihn perplex an, doch Akbal beobachtete Hok, der lediglich nickte und sich dann entfernte. Zu dritt traten sie auf die Plattform vor Nohochs Haus hinaus, wo sich Chan Mac verabschiedete und mit Chac Mut weiterging; Pacal und Akbal blieben schweigend stehen und blickten zu den Sternen auf. Plötzlich wurde Pacal klar, dass er in Chetumal einen anderen Himmel sehen würde, denn dort gab es nicht so viele Bäume und große Tempel und rein gar nichts, das den Blick über die Großen Wasser versperren würde. Tränen stiegen ihm in die Augen, und er wunderte sich, wie er noch eben so heiter hatte sein können.

»Wann wird die Katun-Einfriedung fertig?«, fragte Akbal, der noch immer zum Himmel schaute.

Pacal musste sich räuspern, bevor er antworten konnte. »Der Herrscher zieht sich vier Tage vor dem Katun-Ende in die Zelle zurück. Bis dahin muss unsere Arbeit beendet sein.«

Akbal blickte ihn im schwachen Schein der im Haus brennenden Fackel an und staunte, als er seinen Vater in Tränen sah. »Und was geschieht mit Großvater?«, fragte er.

»Ich weiß es nicht«, antwortete Pacal. »Offenbar will Caan Ac ihn nicht töten. Vielleicht wird er ins Exil geschickt, wenn er am Leben bleibt.«

»Können wir von hier fort, wenn wir nicht wissen, was mit ihm geschieht?«

»Wenn wir zu lange warten, können wir vielleicht nicht mehr fort. Er kann uns finden, wenn er freikommt. In der Zwischenzeit müssen wir so viele unserer Leute und Habseligkeiten wie möglich auf den Weg bringen, und der Rest muss jederzeit zum Aufbruch bereit sein.« Pacal unterbrach sich, und als er fortfuhr, schwang ein deutliches Lob in seiner Stimme mit. »Das hast du nun möglich gemacht, mein Sohn. Ich war sehr stolz darauf, wie du heute abend gesprochen hast.«

Akbal nickte, um zu zeigen, dass er dieses Kompliment annehmen konnte, aber seine Miene blieb ernst. »Dass wir es durch mein Zutun geschafft haben, Tikal verlassen zu können, erfüllt mich nicht mit Triumph«, murmelte er.

»Vielleicht nicht«, stimmte Pacal zu. »Aber wir sind gut darauf vorbereitet, woanders ein neues Leben zu beginnen. Wir haben gelernt zu teilen, uns selbst zu versorgen und unseren Handel in die eigenen Hände zu nehmen. Und heute abend hast du gezeigt, daß wir uns auch selbst auf eine Art und Weise regieren können, die die Überzeugungskraft der Wahrheit anerkennt und nicht die Macht der Illusion. Das ist Balam Xocs Triumph, was immer mit ihm geschehen mag. Ich werde nie den Wandel beklagen, den er in unseren Herzen bewirkt hat. Dies war seine Aufgabe, die Aufgabe, die die Ahnen ihm gegeben haben.«

Akbal schwieg, beeindruckt von der Emotionalität, mit der Pacal gesprochen hatte. »Aber Ihr habt Tränen in den Augen, Vater«, sagte er nach einer Weile.

Pacal zuckte die Achseln. »Für mich kam der Wandel sehr spät, deshalb konnte ich nur einen Teil dessen miterleben, was Balam Xoc hier für kurze Zeit schuf. Ich hatte auch gehofft, ihn neu kennen zu lernen, als Mann und als Vater. So wie *wir* uns neu kennen lernen.«

Akbals Augen glänzten, und er nickte stumm.

»Lass uns zu unseren Familien gehen«, sagte Pacal mit einer Geste auf die Häuser auf der anderen Seite des Platzes. »Sie müssen die Zukunft erfahren, die wir für sie gewählt haben …«

9.17.19.17.16 7 Chib 14 Mac

Als der vierte Tag vor dem Ende des Katuns dämmerte und noch keine Nachricht vom Herrscher eingetroffen war, mussten Tzec Balam und die anderen Clan-Priester akzeptieren, dass Balam Xoc nicht freigelassen würde. Tzec Balam und Yaxal schwärzten sich die Körper und stiegen die neun Stufen zum Schrein am östlichen Ende des oberen Platzes hinauf, um dort in Abgeschiedenheit für Balam Xoc zu beten. Diejenigen, die mit ihnen gewartet hatten, zerstreuten sich, bis Kanan Naab und Hok allein auf dem Platz zurückblieben. Kanan Naab spürte die Ruhe, die Hoffnungen, die mit dem herannahenden Ende des Katuns über dem Rest der Stadt schwebten. Hinter den Bäumen im Westen stieg nur wenig Rauch auf, denn viele Menschen hatten ihre Feuerstellen gelöscht und aßen als Akt der Buße ausschließlich kalte Speisen.

Die Ruhe im Haus der Jaguarpranken war jedoch eine andere; sie hatte damit zu tun, dass viele Mitglieder des Clans bereits fortgezogen waren. Als erste waren Chan Mac und Chac Mut mit ihren Familien und einigen anderen Frauen und Kindern nach Chetumal gegangen. Als dann die für die Katun-Einfriedung verpflichteten Arbeiter entlassen worden waren, hatte Pacal eine große Gruppe von ihnen ostwärts geführt, zusammmen mit dem Hauptteil der Erntevorräte und anderen Gütern, die die Menschen in ihrer neuen Heimat brauchen würden. Inmitten dieses Aufbruchs war eines Nachts Opna mit einigen seiner treuesten Anhänger verschwunden; vermutlich waren sie nach Copan gezogen. Damit verblieb nur mehr ein kleiner Teil des Clans in Tikal und wartete, von den bereits Fortgegangenen das Zeichen zum Verlassen der Stadt zu bekommen.

Kanan Naab dachte kurz daran, was sie noch alles zu packen hatte, doch in einer Zeit wie dieser brachte sie es einfach nicht fertig, sich mit solch trivialen Dingen zu befassen – nicht, solange dieses starke Gefühl der Leere und Unvollkommenheit sie quälte. Eine Tradition, die mehr als vierhundert Tune überdauert hatte, war nun abrupt zu Ende. Seit den frühesten Anfängen Tikals hatte der Clan der Jaguarpranken am Ende jedes Tuns und jedes Katuns den Lebenden Ahnen in seine Zelle im Schrein des Jaguar-Schutzherrn geleitet und die Rituale der Ahnen abgehalten. Nun würde der Schrein leer bleiben und niemand die Rituale vollziehen, und Balam Xoc war in Gefangenschaft. Der Clan war von seiner Vergangenheit abgeschnitten, er hatte seinen Platz in der Geschichte Tikals eingebüßt, und keiner der anderen Clans hatte auch nur einmal die Stimme zum Protest erhoben. *Sie verdienen es, verlassen zu werden*, entschied Kanan

Naab, doch auch ihr Zorn konnte die Leere nicht füllen, die sie empfand.

Sie bemerkte, dass ihr von der Sonne schwindlig wurde, und wandte sich Hok zu, der mit seinem Speer in der Hand neben ihr stand.

»Wann bekommen wir Bescheid?«, fragte er plötzlich.

»Bald, hoffe ich. Ich kann dieses ungewisse Warten nicht mehr lange aushalten. Ich komme mir wieder vor wie ein Kind des Katuns.«

Hok sah sie fragend an. »Er ist noch am Leben …?«

Kanan Naab war überrascht. »Aber ja! Er muss noch am Leben sein … Ich wüsste es, wenn er tot wäre. Wir alle wüssten es.«

Hok nickte anscheinend beruhigt. »Hier«, sagte er und zeigte auf seine Brust. »Es ist nicht vorbei …«

»Es kann nicht vorüber sein«, stimmte Kanan Naab zu. Sie zeigte auf die Sonne. »Ich gehe zum Stein meines Bruders. Gibst du mir Bescheid, falls eine Nachricht eintrifft?«

Hok verbeugte sich stumm, und sie ging rasch über den Platz, vorbei an den leeren Häusern ihres Großvaters und ihres Vaters. Akbal schien das Warten nichts auszumachen, er war zu sehr mit seinem Stein beschäftigt. Aber bald würden er und Kal Cuc fertig sein; die Steinmetzarbeiten waren bereits abgeschlossen, und seit drei Tagen waren sie nun schon am Malen.

Akbal hielt sich im Haus auf; sein Gesicht und seine Arme waren voller Farbe, und in den Händen hielt er eine seiner Zeichnungen. Kanan Naab fiel auf, dass die meisten der Bilder zusammengefaltet und aufeinander gestapelt waren und das Zimmer ordentlich aussah.

»Der Stein ist fertig«, sagte er, als er sie bemerkte. Kanan Naab verneigte sich vor ihm, doch er war zu sehr damit beschäftigt, weiter Ordnung zu schaffen, so dass ihm ihre Geste der Achtung gar nicht auffiel.

»Ich kam hierher, um die Zeichnungen auszusortieren, die ich nach Chetumal mitnehmen wollte«, erklärte er. »Aber ich kann keine mitnehmen. Sie sind ein Teil dessen, was zu Ende geht; ich muss sie alle hier lassen. Wer immer nach uns in dieses Haus kommt, kann sie haben. Ich brauche sie nicht. Ich weiß, dass ich nie mehr einen Stein bearbeiten werde.«

Kanan Naab wartete, bis er sie ansah. »Der Stein ist sehr schön, mein Bruder«, sagte sie dann. »Er ist all dessen würdig, was wir hier gewesen sind. Ich bedaure, dass wir ihn zurücklassen müssen.«

»Er gehört mehr hierher als alles andere«, erwiderte Akbal. »Als Beweis für den Preis von Stolz und Ehrgeiz.«

»Großvater hat deinen Ehrgeiz gebilligt«, erinnerte sie ihn. »So sehr sogar, dass er den zornigen Geist der Schlange auf sich nahm. Er wäre stolz auf das, was du geschaffen hast.«

»Die Arbeit ist unbeholfen und steif. Der Stein ist das Leid, das er Balam Xoc mit Sicherheit gekostet hat, nicht wert.«

Kanan Naab legte beschwichtigend ihre Hände auf seine Schultern. »Du bist ihm zu nahe, Akbal. Du musst auch das Urteil anderer gelten lassen. Und du musst darauf vertrauen, dass dein Bemühen aufrichtig war.«

Akbal seufzte müde und ließ die Schultern sinken. Kanan Naab trat zurück und musterte ihn. »Wir haben noch immer keine Nachricht über Großvater, obwohl sich der Herrscher mittlerweile schon in die Zelle zurückgezogen hat.«

»Caan Ac hat keinen Grund, uns eine Nachricht zukommen zu lassen«, meinte Akbal düster. »Ich hatte allerdings gehofft, dass sein Glaube an Erscheinungen ihn zwingen würde, seinen Gefangenen noch vor der Zeremonie zum Katun-Ende fortzuschicken.«

»*Zeremonie*«, wiederholte Kanan Naab bitter. »Das ist ein Katun, der von denen, die hier bleiben, betrauert wird. Sie werden sich daran erinnern, dass es die Zeit war, in der Caan Ac Tikal verwüstete und entweihte.«

»Er wird für seine Verbrechen büßen müssen«, sagte Akbal.

Plötzlich erschien Kinich im Eingang; er schnaufte pfeifend, als sei er eine lange Strecke gerannt. »Balam Xoc wird ins Exil geschickt«, keuchte er. »Vier von uns dürfen ihn begleiten. Er hat nach dir und Hok gefragt, meine Schwester, und nach seinen Begräbnisbeigaben. Wir beide sind die restlichen zwei, Akbal, weil Vater nicht hier ist.«

»Ich muss Zac Kuk Bescheid sagen«, erklärte Akbal, doch Kinich hielt ihn mit einer ungeduldigen Geste auf.

»Sie ist schon informiert. Wir vier müssen danach hierher zurückkommen. Aber wir müssen jetzt sofort losgehen, sonst brechen sie ohne uns auf!«

Das letzte, was Kanan Naab bemerkte, als sie und Akbal aus dem Zimmer eilten, waren die Blutflecken auf dem Boden, die unter einer Schicht Staub noch immer sichtbar waren. Sie dachte an ihre Vision, an die Augen des Jaguars und an die Stimme, die ihr sagte, dass es zu früh sei; dass sie in die Welt der Menschen zurückkehren und auf ihn warten müsse. Vielleicht würde ihr Warten, das so lange zu sein schien wie der Katun selbst, nun enden.

Balam Xoc wurde so rasch aus seiner Zelle herausgeholt, dass er zunächst nur die Hitze und die grelle Sonne wahrnahm. Das von dem hellen Boden reflektierte Licht war viel zu stark für seine Augen; es blendete ihn sogar, wenn er die Lieder geschlossen hielt. Er wurde vorwärts gezerrt und geschoben; seine Bewacher hatten offenbar keine Geduld mit seiner Schwäche, die sie zwang, ihn über die Treppen, zu denen sie kamen, zu tragen. Dann wurde irgendwo im Schatten angehalten; jemand drückte ihm einen Kürbis mit Wasser in die Hand und sagte, er müsse hier warten.

Allmählich schaffte er es, die Augen ein wenig zu öffnen. In der Dunkelheit hatten sogar die Bilder in seiner Erinnerung angefangen, an Farbe und Tiefe zu verlieren, so dass er jetzt alles verwischt und verschwommen wahrnahm. Es brauchte etwas Zeit, bis er die kräftig grünen Streifen, die sich leise über ihm bewegten, als Palmblätter erkannte, und selbst dies war anstrengend, so dass er die Augen erst einmal wieder für ein Weile schloss.

Dann sah er den gebogenen, braunen Stamm des Baumes und darauf einen gelben Flecken – eine kleine Echse, die sich flach gegen die Rinde drückte. Balam Xoc zwang sich, die Augen weiter zu öffnen und sie zu beobachten und bemerkte, dass sie auch ihn anstarrte. Durch die dünne Haut konnte er die Wirbelsäule und Rippen des Tierchens sehen; neben dem schlanken Körper die winzigen Zehen, mit denen es fest am Stamm haftete. Es erschien ihm atemberaubend schön, in jeder Hinsicht vollkommen, und er wunderte sich, wie eine lebendige Seele einem so kleinen Körper innewohnen konnte.

Langsam wandte er den Blick auf die Krieger um ihn. Ihre rötlichbraune Haut, die Federn an ihren Helmen und Schilden – alle Farben schienen ihm richtiggehend zu glühen. Reglos und steif standen sie da, aber sie strahlten eine Kraft und Vitalität aus, die ihn ganz klein werden ließ und so zart und fragil wie die Eidechse. Selbst bewegungslos erschienen ihm diese Männer lebendiger, als er es war.

Doch als er zögernd seine Glieder streckte, bekam er das Gefühl, als würden sie alle wie in einer einzigen, unwillkürlichen Bewegung, die seinen neu erwachten Sinnen vorkam wie eine Eruption von Gebärden und Farben, vor ihm zurückweichen. Im ersten Moment bekam er Panik, und ihm wurde schwindlig, doch dann sah er, dass sich die Krieger gar nicht wirklich von der Stelle gerührt hatten; sie blickten nur alle von ihm weg. *Sie haben Angst vor mir*, bemerkte er ungläubig, und mit einemmal fühlte er sich kräftiger und gewichtiger. Er trank Wasser aus dem Kürbis, atmete tief durch und nahm die Gerüche der Stadt in sich auf – Rauch von Holz und Kopal, Kalkmörtel, der in der Sonne trocknete, den beißenden Schweißgeruch der Krieger um ihn und den feinen Duft, der von den Palmen ausging. Irgendwo in der Ferne erklangen Trommeln und der traurige Ton einer Muscheltrompete. Die überwältigende Vielzahl der Eindrücke berauschte ihn, als sei das Wasser Balche, als trinke er auf seine Freiheit. Ich bin *frei*, dachte er. Diese Männer waren keine Mauern aus Stein, und sie waren auch nicht gewappnet mit Furcht erregender Dunkelheit. Er pries Ah Kin Cuy dafür, dass er sein Versprechen gehalten hatte.

Dann hörte er das klatschende Geräusch von Sandalen auf dem steinernen Boden und beschattete mit einer Hand die Augen, um in das grelle Licht hinauszuschauen. Eine doppelte Reihe von Kriegern näherte sich, und dazwischen eine Frau und drei Männer mit Bündeln in den Armen, vertraute Gestalten: seine Enkelkinder und Hok.

»Großvater«, murmelten sie, als sie vor ihm standen. Kanan Naab begann zu weinen, und da wusste er, dass er krank und schrecklich aussehen musste, trotz seines überwältigenden Gefühls von Freiheit. Er streckte die Arme aus, damit sie ihn berühren konnten, und strich über die Farbflecken auf Akbals Wange, um sicherzugehen, dass seine Augen ihn nicht trügten.

»Farbe«, sagte Akbal im Ton einer Entschuldigung. »Wir sind heute mit dem Stein fertig geworden.«

»Was …?«, begann Balam Xoc und war im ersten Augenblick verblüfft über den Klang seiner eigenen Stimme. »Was für ein Tag ist heute?«

»Der vierte Tag vor dem Katun-Ende«, erklärte Kanan Naab leise. »Der erste Tag, an dem Ihr in die Zelle …«

»Vorwärts!«, unterbrach sie der Hauptmann barsch, und die vier gruppierten sich um Balam Xoc und gingen los, hinaus in die grelle Sonne; vor und hinter ihnen setzten sich die Krieger in Marsch.

»Wohin gehen wir?«, fragte Balam Xoc.

»Westwärts«, erwiderte Kinich leise. »Wir sind auf der Straße, die zu Cauac Caans Tempel führt.«

»Westwärts«, wiederholte Balam Xoc sinnend. »Wie im letzten Katun Elf Ahau, als die Familien des Himmels-Clans weggingen. Ist es nicht so, meine Tochter?«

»Nur ist es heute nicht der Himmels-Clan, der wegzieht«, antwortete Kanan Naab in einem Ton, der ihren Worten eine unmissverständliche Bedeutung verlieh.

»Ruhe!«, befahl der Hauptmann. Balam Xoc nickte Kanan Naab zu, um ihr anzudeuten, dass er verstanden hatte. Er musste ohnehin seine ganze Kraft auf den Marsch verwenden, und inzwischen begann er auch die Hitze zu spüren. Aber es gab ihm Kraft zu wissen, dass der Clan während seiner Abwesenheit handlungsfähig gewesen war, dass *seine* Gefangenschaft nicht auch noch die seiner Leute verstärkt hatte.

Der Geruch von Räucherwerk wurde immer stärker, und dann spürte er plötzlich die stechende Sonne nicht mehr auf Kopf und Rücken. Er öffnete die Augen und stellte fest, dass sie im Schatten von Cauac Caans großem Begräbnistempel gingen. Das erschien auf eine perverse Art passend, so passend, wie es war, dass er heute befreit worden war, an dem Tag, an dem er sich eigentlich in seine Zelle hätte zurückziehen müssen. *Ich werde nie mehr in die Zelle gehen*, sagte er sich; *zuerst werde ich die Schlange finden.*

Er schaute nach rechts zu Hok, der eine in ein Tuch eingewickelte Begräbnistafel unter dem Arm trug und den Blick nicht von ihm wandte. »Es ist gut, wieder bei meinen Leuten zu sein«, sagte er, und Kinich, der vor Hok marschierte, nickte ernst.

»Ich bleibe jetzt immer bei Euch«, flüsterte Hok so leise, dass die Krieger ihn nicht hören konnten. Balam Xoc erwiderte nichts. Niemand konnte jetzt mehr bei ihm bleiben, nicht im Leben. Er hatte nur noch eines zu tun: zu sterben.

Sie kamen kurz wieder in die Sonne hinaus, dann verließen sie den Tempelplatz und betraten einen Pfad, der von Brotnussbäumen und Obstbäumen beschattet war. Die festgetretene Erde unter seinen nackten Sohlen fühlte sich herrlich an, und dazu hörte er Insekten summen und Vögel in den Bäumen singen. Jetzt fiel ihm zum erstenmal auf, dass sie keinem anderen Menschen begegnet waren, abgesehen von Kriegern des Herrschers, die in Abständen entlang dem Weg postiert waren. *Caan Ac will, dass mein Fortgehen geheim bleibt*, dachte er; *er hat noch immer Angst vor mir.*

Sie passierten einige Häuser – auch sie ohne Menschen – und bogen danach auf einen anderen Pfad nach Norden ein.

»Uaxactun«, murmelte Kinich, gerade als auch Balam Xoc daran dachte. Für einen kurzen Augenblick beschäftigte er sich mit der Möglichkeit, nach Uaxactun ins Exil zu gehen. Vielleicht würde er dort nicht ganz so eingesperrt leben müssen; vielleicht würden Pom Ix und seine anderen Verwandten dort ihn besuchen dürfen. Vielleicht würde er sich sogar erholen und noch weiterleben.

Aber plötzlich nahm ein dichter Baldachin aus Blättern das Licht von oben, und er befand sich im Wald, und dann setzte tief in ihm seine Stimme laut und bebend zum Totengesang an. Der Boden schien sich unter ihm abzusenken, er stolperte und musste sich an Kinichs Schulter festhalten. Die Kürbisflasche entglitt seiner Hand, das Wasser lief über Akbals Füße. Alle blieben stehen, es wurde geschrien, Gesichter starrten entsetzt auf ihn. Er konnte ihre Fragen nicht verstehen, weil sein Klagegesang so laut war und ihn unwiderstehlich in den Wald zog.

»Ich muss…« keuchte er und taumelte auf die Bäume zu, die Hände zurückschlagend, die ihn festhalten wollten. Hinter sich hörte er Kinich zornig schreien, und dann verschwanden die Hände, und er lief weiter ins Unterholz. Dort war kein Pfad, nur grüne Blätter, die sich ihm entgegenstellten, aber seinem Gewicht und Vorwärtsdrängen nachgaben. Die Stimme war ein einziger klarer Ton in seinem Kopf; sie antwortete ihrem eigenen Rufen und wurde plötzlich lauter. Er richtete sich auf und sah die Schlange zu seinen Füßen zusammengeringelt; der Kopf ragte über den gezeichneten Körper auf. In einer Willkommensgeste streckte Balam Xoc die Hand aus, und die Stimme barst aus ihm hervor und hallte im Wald wider, als die Schlange zubiss und ihre Giftzähne tief in Balam Xocs Schenkel versenkte.

Der Schock des Schmerzes riss ihn hoch; er ruderte mit den Armen, um das Gleichgewicht zu halten. Die Schlange ließ nicht von ihm ab, sie biss wieder und wieder zu, bis die Bäume vor seinen Augen tanzten und giftige, rote Blüten auf ihren sich windenden Körper niederregneten. Erst dann gab sie auf, und er brach auf einem Haufen Laub zusammen.

Als er aus dem Traum erwachte, sah er Gesichter, die über ihn gebeugt waren: eine schwarze Augenklappe, eine Grimasse mit edelsteingeschmückten Zähnen, die tränenverschleierten Augen von Kanan Naab. Er spürte einen zermürbenden Schmerz im Bein, der sich nach oben zur Hüfte ausbreitete, und seine Zunge fühlte sich geschwollen an und so, als sei sie mit einem übelschmeckenden Öl bestrichen. Er hatte den Traum gelebt, und der Traum war zu Ende.

»Es ist vorbei, meine Kinder«, flüsterte er. »Ich gehe zu den Ahnen …«

»Großvater«, bettelte Kanan Naab. Balam Xoc zwang sich, sie anzusehen. Ihr Gesicht verschwamm vor seinen Augen, und als er sprechen wollte, zog sich seine Kehle zusammen.

»Geht weit«, brachte er hervor; er spürte die Worte auf den Lippen, hörte aber keinen Laut. »Lasst mich als letzten hier sterben. Geht weit …«

Dann erbebte sein Herz, seine Augen schlossen sich, und er verließ schweigend die Welt, ohne einen weiteren Kampf.

9.18.0.0.0 11 Ahau 18 Mac
Das Katun-Ende

Im grauen Licht der Morgendämmerung, das durch den offenen Eingang hereinfiel, sah sich Akbal im Zimmer um und stellte fest, was sie alles hier lassen mussten. Schlafmatten, einen alten Webstuhl, gebrauchte Bürsten, Lederrollen, ein paar Kürbisflaschen, Schüsseln, Becher verschiedener Größe. Zac Kuk hatte alles auf der Bank an der Rückwand aufgereiht, als wollte sie eine Gabe hinterlassen. Einige im Clan hatten es vorgezogen, alles, was sie nicht mitnehmen konnten, zu zerstören, und in einer rituellen Tötung des vergangenen Lebens auf den Feuerstellen ihre Töpfe zertrümmert. Akbal hingegen hatte seiner Frau zugestimmt, dass es besser sei, wenn ihre zurückbleibenden Habseligkeiten erneut Verwendung finden würden; außerdem, hatte er gemeint, würde es eventuell Vandalismus und Plündereien vorbeugen, wenn sie heil blieben.

Jetzt erinnerten ihn die Reihen von Bechern und Schüsseln an Grabbeigaben. Er hatte mitgeholfen, seinen Großvater im Fundament des Hauses zu bestatten, und den Leichnam gesehen, wie er, das weißbehaarte Haupt nach Norden weisend, zu seiner letzten Ruhe gebettet wurde. Eine Jadeperle war in Balam Xocs Mund gelegt worden, und um ihn herum die rituellen Geräte und Gaben, die ihm die Reise durch die Unterwelt erleichtern sollten. Die Begräbnistafel, die Akbal für ihn bemalt hatte, und jene, die Balam Xoc von *seinem* Großvater geerbt hatte – dem Jaguar-Tänzer mit Federn –, waren zu beiden Seiten des Kopfes platziert worden. Die letztere war zerbrochen; Hok hatte sie fallen gelassen, als er sah, wie Balam Xoc von der Lanzenotter gebissen wurde. Zudem waren ihm auch die beiden orangefarbenen Schüsseln mitgegeben worden, die Akbal aus Chetumal mitgebracht hatte.

Zac Kuk wartete geduldig mit einer schläfrigen Nicte im Tragetuch, bis Akbal zu ihr in das vordere Zimmer zurückkam. Er wusste, dass er nutzlos herumgetrödelt hatte, und war umso dankbarer für das Mitgefühl in den großen braunen Augen seiner Frau.

»Du hast das alles schon einmal mitgemacht«, sagte er mit einem Blick auf sein zerstörtes Wandgemälde von Ektun.

»Dadurch wird es nicht leichter«, versicherte ihm Zac Kuk und wandte sich zögernd dem Ausgang zu. Akbal nickte und folgte ihr. Ihr Gepäck lag auf der Plattform bereit, und Kal Cuc wartete mit seiner Zuyhua-Speerschleuder und Akbals Speer in der Hand; seine Kurzspeere hatte er auf dem Rücken befestigt. Die Narbe auf seiner Wange war auch jetzt im trüben Licht des frühen Morgens deutlich sichtbar. Akbal nahm seine Waffe an sich und ging voraus über den Platz auf die Treppe zu; er sah den Handwerksbau aus dem Augenwinkel, widerstand aber dem Drang, einen sehnsüchtigen Blick dorthin zu werfen.

Auf dem mittleren Absatz hielt ihn Zac Kuk plötzlich auf und zeigte nach links. Kanan Naab kam den Weg unter den Avocado- und Kirschbäumen entlang, tränenüberströmt und so sehr in ihren eigenen Gedanken, dass sie sie zunächst nicht bemerkte. In ihrem Haar steckte eine rote Blume, die nicht zu ihrem traurigen Aussehen passen wollte. Akbal schluckte; er musste an die Nacht denken, als seine Schwester und Ixchel Blumen im Haar getragen hatten, die Nacht, in der sein Großvater ihm die Erlaubnis gegeben hatte, nach Yaxchilan zu reisen.

Dann entdeckte Kanan Naab sie und lächelte, ihre Tränen vergessend. Ohne ein Wort trat sie zu Zac Kuk und steckte auch ihr eine rote Blüte ins Haar.

»Sie ist wunderschön«, sagte Zac Kuk und betrachtete ihre Schwägerin. »Ich hätte zu einer solchen Zeit nicht daran gedacht, Blumen zu pflücken.«

Kanan Naab blickte zu Akbal, der sie gespannt beobachtete. »Ich musste der Bank unserer Mutter einen letzten Besuch abstatten«, erklärte sie. »Es ist noch immer sehr friedlich dort, sehr erholsam.«

»Wo du bist, ist es immer friedlich, meine Schwester«, erwiderte Akbal.

Kanan Naab nickte zögernd. »Vielleicht. Aber nur, weil Großvater unseren Kummer und unsere Angst vor der Zukunft mitgenommen hat.«

»Nein«, widersprach Akbal bestimmt. »Nein, es ist dein Streben nach Wahrheit, das dir diese Kraft verliehen hat. Es ist das Merkmal, mit dem die Wahrheit dich auszeichnet.«

»Vielleicht«, wiederholte Kanan Naab. »Gehen wir zu den anderen«, fuhr sie dann jedoch fort, und Akbal trat zur Seite, um die beiden Frauen vor sich und Kal Cuc die Treppe hinaufgehen zu lassen. Am östlichen Ende des oberen Platzes, vor dem Clan-Schrein, waren etwa vierzig Personen versammelt, die letzten der Jaguarpranken. Als Akbal näher kam, teilte sich die Menge spontan und öffnete für ihn einen Pfad zu dem Stein, der am Fuß der Tempelstufen aufgestellt worden war. Akbal blickte noch einmal auf die bemalten Figuren des federgeschmückten Kriegshäuptlings und des Tänzers im Jaguarkostüm, die sich unter der blauen Schlangenumrandung gegenüberstanden.

Er war sich des Respekts bewusst, den diejenigen, an denen sie vorüberschritten, ihm und Kal Cuc zollten, ein Respekt, der vielleicht mehr mit Dank als mit Bewunderung zu tun hatte und mehr mit der Tatsache, dass der Stein nun hier stand, als mit der künstlerischen Qualität des Werkes. Diese Achtung der Menschen machte Akbal bescheiden, und das wiederum sagte ihm unmissverständlich, dass es letztlich unerheblich war, wie er selbst seine Arbeit beurteilte. Was immer sein persönlicher Ehrgeiz gewesen sein mochte, er hatte den Menschen das gegeben, was sie am meisten brauchten – ein kraftvolles Symbol dessen, was es hieß, den

Jaguarpranken anzugehören in einer Zeit, in der es ansonsten keinen Halt gab.

Gekleidet in die Gewänder der Clan-Priester, standen Tzec Balam und Yaxal zu beiden Seiten des Steins und schwenkten Räuchergefäße über die beiden Frauen und Nicte sowie Akbal und Kal Cuc, um sie für die Reise zu läutern. Dann erhob der Hohepriester die Hände zum Segen, und alle verneigten sich.

»Solange Tikal als heiliger Ort bekannt war, hatten die Jaguarpranken hier ihre Heimat, beteten zu den Geistern der Erde und des Himmels und vollzogen die Riten der Ahnen. Wir haben die Bewegungen der Sonne, des Mondes und der Geister der Nacht beobachtet und aufgezeichnet und die heilige Zählung der Tune wahrgenommen. Wir haben gearbeitet und unser Blut vergossen, um Tikal Größe angedeihen zu lassen.«

Tzec Balam ließ die Arme sinken und wartete, bis die Leute zu ihm aufsahen und die Tränen in seinen Augen bemerkten, damit sie wussten, dass er den Kummer über ihre Abreise mit ihnen teilte. *Auch das ist ein kraftvolles Symbol*, dachte Akbal, der den Hohepriester noch nie in der Öffentlichkeit weinen gesehen hatte.

»Aber nun«, fuhr Tzec Balam fort, »ist unsere Zeit hier zu Ende. Wir müssen unsere Häuser und die Gräber und Tempel unserer Ahnen verlassen. Doch in unseren heiligen Büchern, in der Weisheit unserer Alten und im Blut eines jeden Einzelnen von uns nehmen wir das Gedenken an sie mit, wie Balam Xoc es gesagt hat. Wenn wir von hier weggehen, dann tun wir das in ihrem Angesicht, in *seinem* Angesicht. Darum lasst uns mit Respekt gehen, mit Mut und Ehre, wie es Jaguarpranken geziemt ...«

Nach diesen Worten verließen Tzec Balam und Yaxal ihre Plätze und reihten sich in die Menge ein. Mit dem Blick auf den Stein und den Clan-Schrein, der sich dahinter erhob, verneigten sie sich, und alle folgten ihrem Beispiel, um sich von dem Leben, das sie hier gehabt hatten, endgültig zu verabschieden.

Danach versammelten sich alle samt Gepäck erneut auf

dem unteren Platz. Kinich und Nohoch Ich formierten eine Kolonne mit den Frauen und Kindern in der Mitte und den bewaffneten Männern außen. Sobald jeder seinen Platz hatte, wandte sich Kinich an Hok, der neben einer zusammengerollten Decke auf dem Rücken die letzten Bücher des Clans sowie die Kürbisflasche trug, die Balam Xoc auf seinem Weg in den Tod bei sich gehabt hatte.

»Führst du uns aus der Stadt?«, fragte Kinich ihn.

Nach kurzer Überlegung wies Hok diese Ehre von sich und schüttelte resolut den Kopf. »Ich muß als letzter gehen«, sagte er mit seiner rauhen Stimme. »Ich muß unser Weggehen bezeugen.«

Kinich zögerte, und Akbal, der die Szene beobachtete, erinnerte sich plötzlich daran, wie ihr Großvater Kinich die Verantwortung für Hok übertragen hatte. *Er hat Angst, daß Hok zurückbleibt, um Großvaters Grab zu bewachen*, erkannte Akbal.

Aber Kinich nickte schließlich und übernahm selbst die Führung der Kolonne. Als sie sich in Bewegung setzte, warf Akbal einen letzten Blick zurück und prägte sich die Szene ein: das Haus der Jaguarpranken, den Handwerksbau und die strohgedeckten Häuser seiner Familie; die baumbestandene Böschung, die die beiden Plätze voneinander trennte, und den Clan-Schrein auf der Tempelpyramide, der von hinten rot von der aufsteigenden Sonne erleuchtet wurde.

Dann schritt er aus dem Platz hinaus und auf den schattigen Pfad, der um die Schlucht herum und danach auf den Weg nach Osten führte, nach Nakum und Holmul und schließlich bis nach Chetumal. Mittags würde der Herrscher eine große Prozession zur Katun-Einfriedung geleiten, um sie im Namen des Katuns 11 Ahau zu weihen. Tausende von Menschen würden ihn vom unteren Platz aus beobachten und seine Gebete wiederholen, doch die Jaguarpranken würden dann schon weit weg sein, jenseits des Alkalche, der die Ostgrenze der Stadt bildete. Für immer würden sie Tikal verlassen haben.

Für einige Zeit ging Akbal stumm, mit hängendem Kopf, vor sich hin. Doch als der Weg auf der anderen Seite der

Schlucht gerade wurde, blickte er über die Reihe der unter ihren Lasten gebeugten Menschen zurück. Hok hatte aufgeholt und marschierte am Ende der Kolonne. Akbal rückte die Bündel auf seinem Rücken zurecht und hob zu einem kurzen Gruß seinen Speer, und der Einäugige, der Zeuge, stieß den seinen mit einer kraftvollen Geste der Erwiderung in den Himmel. Akbal wandte sich wieder nach vorne und tauschte ein Lächeln mit Zac Kuk aus, die ihr Kind auf der Hüfte trug und noch immer die rote Blume im Haar hatte. Zusammen schritten sie mit ihren Leuten auf die Sonne zu, hinein in den neuen Tag ...

EPILOG

Katun 9 Ahau

9.19.0.0.0 9 Ahau 18 Mol
(A.D. 810)

Zu Anfang von Katun 9 Ahau, dem letzten Katun des Zyklus, begannen die großen Städte des Peten zu fallen, wobei nicht selten der Zusammenbruch der einen zur tödlichen Krise in der Nächsten führte. Wehrbündnisse und Handelsbeziehungen, die über Generationen hinweg bestanden hatten, kamen zu einem abrupten Ende und machten Hoffnungslosigkeit und Verzweiflung Platz. Lebensnotwendige Güter wurden immer knapper; die Herrscher waren nicht mehr in der Lage, die Menschen, auf die sie sich stützten, zu entlohnen und das Leid des einfachen Volkes zu lindern. Auch sahen sie sich nicht mehr imstande, die Tempel und Monumente zu errichten, die immer die sichtbaren Symbole ihrer Macht wie auch ihrer Frömmigkeit und Pietät gewesen waren. In der Folge büßten die Zeremonien und Rituale, die stets mit der Einweihung von Monumenten einhergegangen waren, vieles von ihrer Größe ein – zu einer Zeit, in der ihre Wirksamkeit ohnehin zunehmend in Frage gestellt wurde. Propheten und Heilige zogen die Priesterschaft in Zweifel und rangen mit den Herrschern um die Loyalität des Volkes; Grenzkriege weiteten sich aus, kosteten immer mehr Menschenleben und zunehmend wertvollere Ressourcen. Doch der wahre Feind lag im Inneren: Nur wenige Städte wurden tatsächlich erobert.

Als erstes fiel die Gebirgsstadt Palenque an der westlichen Grenze; sie wurde nach einem heftigen, ungelösten Streit über die Thronfolge von ihren adeligen Familien verlassen. Dann endete das alte Copan, weit im Süden gelegen, durch einen Konflikt seiner Clans, der bereits seit Jahren die Verwaltung der Stadt zerrüttet hatte. Ektun wehrte sich mit dem Mut der Verzweiflung gegen die Übergriffe der Ara aus dem Norden; es verbrauchte in diesem Kampf all seine Energien und verlor sein Ansehen. Doch erst eine andere Gruppe von Fremden, die Putun, brachten der Stadt das Ende: Sie rissen in der Nähe von Yaxche die Kontrolle über den Fluss an sich und schnitten den Handel mit dem Hochland ab. Der Herrscher konnte seine Truppen nicht mehr versorgen, und damit war Ektun verloren, noch ehe der Katun zur Hälfte vorüber war.

Weit entfernt von diesen Orten und von Bedrohung durch Fremde verschont, litt Tikal dennoch sehr am Verlust seiner früheren Verbündeten. Ein besonders schwerer Schlag für den Herrscher und seine Kaufleute war das Erliegen des Handels mit dem Westen, das die Stadt zwang, sich – zu spät – den Märkten im Osten zuzuwenden. Doch wegen seiner vielen in der Vergangenheit nicht eingehaltenen Versprechen begegneten die Städte im Osten Caan Acs Angeboten mit größter Skepsis. Selbst die Kakaopflanzer in den Überschwemmungsgebieten des Neuen Flusses, die einst für den Absatz ihrer Ernten vollkommen von Tikal abhängig gewesen waren, hatten ihren Handel inzwischen zu den Völkern verlagert, die mit ihren langen Kanus die Großen Wasser durchpflügten. Dementsprechend waren die Handelsbedingungen sehr schwierig, und die Kosten selbst einfachster Gebrauchsgüter, wie Salz oder harter Stein zum Maismahlen, stiegen in Tikal drastisch an. Die Folge war eine sich rasch ausbreitende Armut unter den einfachen Leuten.

Trotz der günstigen Katun-Prophezeiung nahmen auch die Ernteerträge des Herrschers Jahr für Jahr weiter ab. Weder seine Gebete noch die erzwungenen Anstrengungen seiner Arbeiter konnten die Vernachlässigungen der Vergangenheit wettmachen, und sobald der Verfall der Felder einmal in Gang war, entwickelte er eine eigene Dynamik. Jeder Regen schwemmte mehr Erde fort; ausgelaugte Anbauflächen wurden immer wieder bepflanzt von Arbeitstrupps, die zu klein und zu zermürbt waren, um zu roden und neue

Felder anzulegen. Und je kürzer die Perioden wurden, in denen das Land brachlag, desto schwerer wurden die Schäden durch Maisbohrer und Blattschneiderameisen. Die erhöhten Felder in den Alkalches schließlich sanken mangels notwendiger Reparaturen einfach in den Sumpf zurück.

Überarbeitet und unterernährt begannen viele der einfachen Arbeiter in ihrer Verzweiflung, ihre Clans zu verlassen, und reduzierten so weiter die Anzahl der Arbeitskräfte. Als erste flüchteten die Jäger und Holzfäller, die am Rand der Stadt lebten und sich dem Zugriff von Caan Acs Kriegern leicht entziehen konnten. In der Folge wurden Fleisch, Feuerholz und Materialien zum Decken der Häuser knapp. Dann flohen die Bauern, so dass deren lebenswichtige Arbeit von ungelernten Städtern übernommen werden musste. Trotz wachsenden Widerstands belegte Caan Ac die Clans sogar mit noch härteren Steuern, was zu einem weiteren Anstieg der Desertierungen und blutigen Auseinandersetzungen zwischen aufsässigen Clan-Angehörigen und den Kriegern des Herrschers führte.

Die Arbeit an Caan Acs Grabmal an der Straße zur riesigen Begräbnis-Pyramide seines Vaters ging währenddessen unbeirrt weiter. Obwohl er weit bescheidener ausfiel als Cauac Caans letzte Ruhestätte, verschlang Caan Acs Tempel den Rest des väterlichen Erbes und darüber hinaus einen großen Teil der privaten Ressourcen des Himmels-Clans. Das wurde zwar sorgfältig geheim gehalten, aber dennoch entstanden Gerüchte, die umso mehr Gehör fanden, je billiger und oberflächlicher die Feierlichkeiten zu den Tun-Enden ausfielen, bis sie gegen Mitte des Katuns nur noch einen bedeutungsleeren Abklatsch ihrer einstigen Größe darstellten. Als schließlich offenbar wurde, dass Caan Ac weder über die Mittel verfügte noch die Absicht hegte, die Katun-Einfriedung für den Katun 9 Ahau zu beenden, ließ sich der Widerstand gegen seine Regierung nicht mehr unterdrücken. Der Herrscher hatte seine eigene günstige Prophezeiung vollkommen sinnentleert; deshalb begannen nun viele Familien der großen Clans dem Beispiel zu folgen, das vor inzwischen gut zehn Jahren die Jaguarpranken gegeben hatten, und verließen Tikal, um sich anderswo eine neue Zukunft zu suchen.

Wie sein Vater und Großvater überlebte auch Caan Ac die meisten seiner nächsten Nachkommen, doch vergeudete er im Verlauf seines langen Lebens deren Erbe. Als das Ende nahte, ergriff ihn eine unbeherrschbare Furcht vor seiner bevorstehenden Reise durch die Unterwelt. Er ließ das Kostüm des Nachtsonnen-Jaguars komplett mit allen Federn neu machen und posierte damit für sein Portrait, das in einen schweren Türsturz aus Zapote-Holz geschnitzt wurde. Dieser Türsturz wurde nach seinem Tod über dem Eingang des Schreins auf seinem Grabmal eingebaut.

Zu diesem Zeitpunkt war der Weggang seiner Untertanen schon beträchtlich fortgeschritten, und seine Nachfolger geboten der Abwanderung keinen Einhalt. Die wenigen, die in der Stadt blieben, zogen näher zum Platz der Ahnen und in die Clan-Häuser, mauerten Räume zu und verbarrikadierten Durchgänge, weil sie für sich und besser geschützt sein wollten. Bis zum Ende des zehnten Zyklus am Tag 7 Ahau war die Stadt, abgesehen von einigen hartnäckigen Überbleibseln aus der Priesterschaft und kleinen Gruppen umherziehender Rechtloser, größtenteils verlassen. Die Strohdächer der leer stehenden Häuser verrotteten und brachen ein, und Unkraut sprießte zwischen den Pflastersteinen der Straßen und Plätze. Vögel nisteten sich in den Dachkämmen der Tempel ein, die Wasserspeicher füllten sich mit Schlick, und Schilf und Seerosen begannen in ihnen zu wachsen. Schließlich fiel auch der Große Platz dem Vergessen anheim; er wurde nur noch von Regen und Wind gefegt und von den Geistern der Ahnen bevölkert.

So endete die lange Geschichte der Stadt Tikal. Das Andenken an ihre einstige Größe bewahren nur die Steine; sie blieben, nachdem die Menschen gegangen waren und der Urwald den Raum zurückeroberte, den sie in seiner Mitte geschaffen hatten.

Anhang

Das Kalendersystem der Maya

Die Daten der Maya unter den Kapitelüberschriften dieses Buches setzen sich zusammen aus drei kalendarischen Systemen: der Langen Zählung (Tun-Zählung), dem *Tzolkin* und dem *Haab* oder ungefähren Jahr. Nehmen wir als Beispiel folgendes Datum:

9.17.0.0.0   13 Ahau   18 Cumhu

Der erste Teil – 9.17.0.0.0 – ist das Datum der Tun-Zählung. Es gibt immer die vollständige Zahl der Tage wieder, die seit einem mythischen Anfangsdatum, vermutlich dem Beginn der gegenwärtigen Zeit, vergangen sind. Es wird ganz ähnlich wie der Kilometerzähler eines Autos gelesen; allerdings basiert es nicht auf dem für uns üblichen Zehnersystem, sondern auf einem Zwanzigersystem. Von rechts nach links gelesen, steht jede Zahl für eine größere Ordnung:

Zyklen	Katune	Tune	Monate	Tage
9	. 17	. 0	. 0	. 0

Die Zählung beginnt rechts. Wenn zwanzig Tage vergangen sind, wird ein Monat geschrieben, und unter der Rubrik ›Tage‹ erscheint eine Null: 1.0. Nach achtzehn Monaten zu zwanzig Tagen (360 Tage) wird ein Tun geschrieben, und unter den Rubriken ›Monate‹ und ›Tage‹ erscheint eine Null: 1.0.0. Zwanzig Tune bilden einen Katun, so dass geschrieben wird: 1.0.0.0.

Somit besagt das Datum 9.17.0.0.0, dass seit dem Beginn der Tun-Zählung 9 Zyklen (à 400 Tune), 17 Katune (à 20

Tune), 0 Tune, 0 Monate und 0 Tage vergangen sind. Der nächste Tag wäre demnach: 9.17.0.0.1.

Der zweite Teil des Datums – 13 Ahau – repräsentiert die Position des Tages im *Tzolkin*, der Maya-Version des überall in Mesoamerika anzutreffenden Kalenders der Tageszeichen. Dies war ein ritueller Kalender mit einem Jahr aus 260 Tagen, das sich aus zwanzig Zeichen (Imix, Ik, Akbal etc.) und den Zahlen 1 bis 13 zusammensetzte, die sich in immer derselben Folge unendlich wiederholten. Der erste Tag des *Tzolkin* war also 1 Imix, der zweite 2 Ik, der dritte 3 Akbal … bis 13 Ben. Das nächste Zeichen bekam nun wieder die Zahl 1: 1 Ix. Der Tag 1 Imix kehrte erst nach 260 Tagen wieder. Der *Tzolkin* wurde eindeutig für Weissagungen verwendet, wobei sowohl die Zahl als auch das Zeichen dem jeweiligen Tag ein bestimmtes Potential (günstig, ungünstig oder ambivalent) verliehen. In unserem Beispiel sagt uns also die Tun-Zählung, wie viele Tage (seit dem Beginn der Zeit) bis zu diesem Tag 13 Ahau verstrichen sind:

9.17.0.0.0   *13 Ahau*

Der dritte Teil des Datums – 18 Cumhu – gibt die Stellung der Tage innerhalb des *haab*, des ungefähren Jahres, an. Ein *haab* hatte wie unser Jahr auch 365 Tage, doch bestand dieses Jahr aus 18 Monaten zu 20 Tagen, plus fünf ›unnützen‹ Tagen (den *uayeb*). Die Tage eines Monats wurden von 1 bis 19 gezählt; 0 stand für die Vollendung des Monats. Die Schreibweise 18 Cumhu bedeutet also den achtzehnten Tag des Monats Cumhu. In unserem Beispiel wird demnach der Tag 13 Ahau (der in 260 Tagen wiederkehren wird) als der achtzehnte Tag des Monats Cumhu ausgewiesen – und dies ist eine Kombination, die sich nur etwa alle 52 Jahre wiederholt:

9.17.0.0.0   13 Ahau   18 Cumhu

Man darf nicht vergessen, dass dieses System, anders als unser Kalender, unabhängig vom Sonnenjahr war. Die Maya konnten zwar die wahre Länge des tropischen Jahres mit hoher Genauigkeit berechnen, doch haben wir keinen Beweis dafür, dass sie ihren Kalender anglichen, um die Schalttage zu berücksichtigen. Doch für dieses Buch habe ich die Monate des *haab* – in Übereinstimmung mit der überlieferten Position zur Zeit der spanischen Eroberung – so behandelt, als seien sie innerhalb der Jahreszeiten festgelegt:

Pop	16. Juli	(Anfangsdatum)
Uo	5. August	
Zip	25. August	
Zotz	14. September	
Tzec	4. Oktober	
Xul	24. Oktober	
Yaxkin	13. November	
Mol	3. Dezember	(Ernte)
Chuen	23. Dezember	
Yax	12. Januar	
Zac	1. Februar	
Ceh	21. Februar	(Trockenzeit)
Mac	13. März	
Kankin	2. April	
Muan	22. April	
Pax	12. Mai	
Kayab	1. Juni	(Regenzeit)
Cumhu	21. Juni	
(*Uayeb*)	11. – 16. Juli	

Die gregorianischen Daten entsprechen der Goodman-Martinez-Thompson-Korrelation und sind nur ungefähre Annäherungswerte.

DIE PERSONEN

Der Jaguarpranken-Clan

Akbal Balam, Nachtjaguar; jüngster Sohn von Pacal Balam und Ik Caan; Bruder von Kanan Naab und Kinich Kakmoo; Vater von Nicte (2); Maler und Meister der Handwerker.

Bacab, Um die Erde herum; Lebender Ahn und Beschützer des jungen Sturmhimmel (ca. 425).

Balam Xoc, Jaguar-Hai; Bruder von Box Ek und Cab Coh; Vater von Chac Balam, Pacal Balam und Pom Ix; Großvater von Akbal, Kanan Naab und Kinich Kakmoo; Leiter von Bauprojekten und Lebender Ahn des Clans.

Bolon Oc, Neun Oc; Sohn von Pacal Balam und seiner zweiten Frau Ixchel; Halbbruder von Akbal, Kanan Naab und Kinich Kakmoo.

Box Ek, Muschelstern; ältere Schwester von Balam Xoc und Cab Coh; verheiratet mit Kan Mac aus Ektun; Großtante von Akbal, Kanan Naab und Kinich Kakmoo.

Cab Coh, Honigpuma; jüngerer Bruder von Box Ek und Balam Xoc; Vater von Nohoch Ich und Großvater von Chac Mut; Meister der Handwerker.

Chac Balam, Roter oder Großer Jaguar; ältester Sohn von Balam Xoc und Nicte (1); starb früh im Katun 11 Ahau.

Chac Mut, Roter oder Großer Vogel; jüngster Sohn von Nohoch Ich und Haleu; Gehilfe von Pacal Balam, königlicher Verwalter und Diener des Clans.

Chibil, Eklipse; adoptiertes Mitglied des Clans; Heilerin und eine der Nahen.

Coba, Chachalaca; Tochter von Kinich Kakmoo und May.

Haleu, Agouti; Frau von Nohoch Ich und Mutter von Chac Mut.

Hok; adoptiertes Mitglied des Clans aus Quirigua; einer der Nahen und der Clan-Zeuge.

Ik Caan, Windhimmel; Frau aus dem Himmels-Clan und Gemahlin von Pacal Balam; Mutter von Akbal, Kanan Naab und Kinich Kakmoo; starb früh im Katun 11 Ahau.

Ixchel, Mond; aus Nohmul; zweite Frau von Pacal Balam; Mutter von Bolon Oc.

Kal Cuc, Mondhörnchen; Junge, der zum Jaguarpranken-Haus gehört; Gehilfe von Akbal und adoptiertes Mitglied des Clans.

Kanan Naab, Kostbare Seerose; Tochter von Pacal Balam und Ik Caan und jüngere Schwester von Akbal und Kinich Kakmoo; eine der Nahen; verheiratet mit Yaxal Can.

Kan Balam Moo, Kostbarer Jaguar-Ara; Tochter von Jaguar-pranke (gestorben 376); verheiratet mit Schnute von den Cauac-Schild-Leuten; Mutter von Sturmhimmel.

Kinich Kakmoo, Sonnengesichtiger Feuer-Ara; ältester Sohn von Pacal Balam und Ik Caan und älterer Bruder von Akbal und Kanan Naab; Vater von Coba; Krieger und Na-kom (Kriegshäuptling) von Tikal; Clan-Nakom.

May, Reh; Frau von Kinich Kakmoo und Mutter von Coba.

Nicte, Blütenbaum (1); Frau von Balam Xoc und Mutter von Chac Balam, Pacal Balam und Pom Ix; starb früh im Katun 11 Ahau.

Nicte, Blütenbaum (2); Tochter von Akbal und Zac Kuk.

Nohoch Ich, Großes Auge; Sohn von Cab Coh und Pek; Va-ter von Chac Mut; Priester der Tun-Zählung; Vorsitzender des Clan-Rats und einer der Nahen.

Opna, Papageienhaus; ehemaliger Priester aus Copan; einer der Nahen und adoptiertes Mitglied des Clans.

Pacal Balam, Schild-Jaguar; jüngster Sohn von Balam Xoc und Nicte (1); Vater von Akbal, Kanan Naab und Kinich Kakmoo (von Ik Caan) und von Bolon Oc (von Ixchel); Oberhaupt des Clan-Rats, königlicher Verwalter und Oberster Verwalter der Ernten.
Pek, Hund; Frau von Cab Coh; Mutter von Nohoch Ich.
Pom Ix, Kopal-Jaguar; älteste Tochter von Balam Xoc und Nicte (1); Schwester von Pacal Balam und Chac Balam; verheiratet mit einem Mann aus Uaxactun.

Sturmhimmel (der Name ist aus Hieroglypheninschriften abgeleitet); Sohn von Schnute und Kan Balam Moo; wahrscheinlich von 426 bis 457 Herrscher in Tikal.

Tzec Balam, Schädel-Jaguar; Hohepriester des Clans.

Der Himmels-Clan

Ah Kin Cuy, Der Eulenpriester; Angehöriger des Ordens der Katun-Priester; Hohepriester von Tikal.
Ain Caan, Krokodilhimmel; Sohn und Erbe des Herrschers Caan Ac; Nakom und Führer des Feldzuges gegen die Ara.

Caan Ac, Himmelseber; Sohn von Cauac Caan und Enkel von Kakaomond; Vater von Ain Caan; wahrscheinlich Herrscher von Tikal (769 – ?).
Cauac Can, Regenhimmel (Name von Hieroglypheninschriften); Sohn von Kakaomond und Vater von Caan Ac; wahrscheinlich Herrscher von Tikal (733 – 769).

Herrin Zwölf Ara (Name von Hieroglypheninschriften); Mutter von Kakaomond.

Kakaomond (Name von Hieroglypheninschriften); Vater von Cauac Caan; wahrscheinlich Herrscher von Tikal (681 – 733).

Kuch Caan, Truthahnhimmel; Neffe von Caan Ac; Diplomat aus/in Tikal.

Schnute (Name von Hieroglypheninschriften); Führer der Cauac-Schild-Leute, der Abstammung nach auf Kaminaljuyu und Teotihuacan zurückgehend; Vater von Sturmhimmel; Usurpator und wahrscheinlich Herrscher von Tikal (382 – 425).

Sturmhimmel (Name von Hieroglypheninschriften); Sohn von Schnute und Kan Balam Moo; wahrscheinlich von 426 bis 457 Herrscher in Tikal.

Der Schlangen-Clan

Hapay Can, Saugende Schlange; Hohepriester des Clans.

Yaxal Can, Grünliche Schlange; Clan-Priester und Priester der Tun-Zählung; verheiratet mit Kanan Naab; adoptiertes Mitglied des Jaguarpranken-Clans.

Die Leute von Ektun

Ah Kin Tzab, Der Klapperschlangenpriester; Hohepriester von Ektun.

Batz Mac, Brüllaffe-Schildkrötenpanzer; Vater von Chan Mac und Zac Kuk.

Chan Mac, Mais-Schildkrötenpanzer; Sohn von Batz Mac und Muan Kal; Vater zweier Töchter; Bruder von Zac Kuk; Diplomat und adoptiertes Mitglied des Jaguarpranken-Clans.

Chuen, Klammeraffe; das Äffchen von Zac Kuk.

Kan Mac, Gelber oder Kostbarer Schildkrötenpanzer; Mann von Box Ek.

Kutz, Truthahn; aus Palenque; Frau von Chan Mac.

Muan Kal, Zwergohreule-Mond; Frau aus dem Mond-Clan und Ehefrau von Batz Mac; Mutter von Chan Mac und Zac Kuk.

Zac Kuk, Weißer Quetzal; Tochter von Batz Mac und Muan Kal; jüngere Schwester von Chan Mac; verheiratet mit Akbal Balam; Mutter von Nicte (2).

Zotz Mac, Fledermaus-Schildkrötenpanzer; Herrscher von Ektun.

Die Leute von Yaxchilan

Keken Ahau, Herr der Eber; Krieger und Nakom.

Schild-Jaguar der Ältere (Name von Hieroglypheninschriften); wahrscheinlich von 707 bis 742 Herrscher in Yaxchilan.

Schild-Jaguar der Jüngere (Name von Hieroglypheninschriften); wahrscheinlich Herrscher in Yaxchilan (769 bis ?).

Vogel-Jaguar (Name von Hieroglypheninschriften); wahrscheinlich von 752 bis 769 Herrscher in Yaxchilan.

Andere

Ara: Heute Bewohner von Tabasco; möglicherweise Chontal; in den Glyphen von Yaxchilan erwähnt.

Cauac-Schild-Leute: Krieger/Händler, der Abstammung nach auf Kaminaljuyu und Teotihuacan zurückgehend; ab 382 Usurpatoren von Tikal.

Putun: Eindringlinge, die im Spätklassikum (800 – 900) aus dem Westen ins Maya-Gebiet eindrangen; möglicherweise Chontal oder Itsa.

Szinca: Nicht Maya sprechende Stämme im Tal des Mota-gua-Flusses, in der Region um Quirigua.

Zuyhua: Die Hochland-Mexica von Teotihuacan, die etwa zwischen 380 und 430 Einfluss auf Tikal ausübten.

DIE ORTE

Acantun (Dos Pilas): Klassischer Maya-Ort zwischen den Flüssen Chixoy und Pasion im heutigen Departamento Peten in Guatemala; möglicherweise die Heimat von Kakaomond vor seinem Regierungsantritt in Tikal.

Altun Ha: Klassischer Maya-Ort an der Küste des heutigen Belize.

Bonampak: Klassischer Maya-Ort westlich des Flusses Usumacinta im heutigen mexikanischen Bundesstaat Chiapas; bedeutsam wegen der dort entdeckten Wandmalereien.

Chetumal: Klassischer Maya-Ort an der Karibikküste des heutigen mexikanischen Bundesstaates Yucatan.

Copan: Südlichster klassischer Maya-Ort, an der Westgrenze des heutigen Honduras gelegen.

Ektun (Piedras Negras): Klassischer Maya-Ort am Ostufer des Flusses Usumacinta im heutigen Departamento Peten, Guatemala.

Holmul: Klassischer Maya-Ort östlich von Tikal im heutigen Departamento Peten, Guatemala.

Kaminaljuyu: Frühklassischer Maya-Ort im Hochland in der Nähe des heutigen Guatemala-Stadt; bedeutsam wegen des dort starken Einflusses der Mexica von Teotihuacan.

Lacanha: Klassischer Maya-Ort westlich des Flusses Usumacinta im heutigen mexikanischen Bundesstaat Chiapas.

Nakum: Klassischer Maya-Ort östlich von Tikal im heutigen Departamento Peten, Guatemala.

Nohmul: Klassischer Maya-Ort zwischen dem Neuen Fluss und dem Hondo im Norden des heutigen Belize.

Palenque: Klassischer Maya-Ort westlich des Peten im heutigen mexikanischen Bundesstaat Chiapas; bedeutsam wegen seiner schönen Stein- und Stucksculpturen.

Quirigua: Klassischer Maya-Ort im Motagua-Tal, in der Nähe der östlichen Grenze des heutigen Staates Guatemala.

Tikal: Der größte der klassischen Maya-Orte, im heutigen Departamento Peten, Guatemala.

Uaxactun: Klassischer Maya-Ort nördlich von Tikal im heutigen Departamento Peten, Guatemala.

Yaxche (Seibal): Klassischer Maya-Ort am Fluss Pasion, im heutigen Departamento Peten, Guatemala; bedeutsam wegen des Eindringens mächtiger Fremder (womöglich Putun oder Itsa) im Spätklassikum (800–900).

Yaxchilan: Klassischer Maya-Ort am Westufer des Flusses Usumacinta im heutigen mexikanischen Bundesstaat Chiapas.

Yaxha: Klassischer Maya-Ort am gleichnamigen See, südlich von Tikal, im heutigen Departamento Peten, Guatemala.

DANKSAGUNG

Folgenden Personen möchte ich meinen tiefen Dank aussprechen:

Den Altamerikanisten Teobert Maler, Alfred Tozzer, Sylvanus Morley, Tatiana Proskouriakoff, J. Eric Thompson, Gordon Willey, William R. Coe, Christopher Jones, David Kelley, George Kubler, Peter Harrison, Dennis Puleston, Marshall Becker, Peter Furst, Frederick Wiseman, Jeremy Sabloff, Ralph Roys, William Rathje, T. Patrick Culbert, Anthony Aveni, F.B. Smithe und A.F.C. Wallace; meinen Briefpartnern Joshua Rosenthal, Lawrence Feldman, Peter Mathews und John Justeson; Clemency Coggins, die mir in Briefen und Gesprächen bereitwillig Kunst und Geschichte von Tikal nahe brachte, sowie William und Anita Haviland, die mich zu sich nach Hause einluden und ihre Erfahrungen des Tikal-Projekts mit mir teilten; Mylinda Woodward und den anderen hilfreichen Mitarbeitern der Bibliothek der University of New Hampshire; meinen unerschrockenen Lesern Susan Lescher, Tony Backes und Gary und Judy Lindberg; meinen ›häuslichen Inspirationen‹ David Gregory, Blackburn Peters und Peter Lindberg; Annette, die mit mir auf jeden Tempel hinaufstieg; den Geistern der Ahnen mit ihrer tiefen und beständigen Präsenz.

D.P

LEIDENSCHAFTEN, MACHTKÄMPFE UND INTRIGEN

Daniel Peters
Tikal
Der Roman der Maya
Aus dem Englischen von Heinz Tophinke
232 Seiten, Leinen mit Schutzumschlag
ISBN 3-424-01463-X

Für Tikal, Metropole des alten Maya-Reiches, wird eine vernichtende
Katastrophe vorausgesagt. Von einem übermächtigen Herrscher eingeschüchtert, erwartet das Volk die Erfüllung der Prophezeiung. Da erhebt
sich ein Kämpfer aus dem Clan der Jaguarpranken...
Ein Roman über Liebe, Tyrannei und Freiheit, Tradition und Wandel,
der die klassische Hochkultur der Maya zu neuem Leben
erweckt – und erahnen lässt, woran sie gescheitert ist.

Hans-Christian Kirsch
Yoshiwara
344 Seiten, Leinen mit Schutzumschlag,
ISBN 3-424-01385-4

Japan um 1700: Es ist die Zeit der großen Shogune. Die Clans kämpfen
um die Regentschaft im Lande, und japanische Poesie, Malerei und
Theaterkunst entfalten sich zu voller Blüte. Ein Geschwisterpaar verliert die
Eltern und findet sich in Liebe zusammen. Doch die Wege trennen sich,
und erst nach langen Jahren der Wanderschaft, der sinnlichen
Erfahrungen und des beruflichen Erfolgs treffen die beiden in Yoshiwara,
dem Freudenhausviertel von Tokio, wieder aufeinander.
Ein Roman voller Glück und Trauer, voller Liebe und Leben, voller
Schicksalsschläge und praller Erotik.

Diederichs

Valerio M. Manfredi

»Manfredi stellt bisweilen
Autoren wie Michael Crichton
in den Schatten.«
Italia Oggi

Das Orakel
01/10596

Turm der Einsamkeit
01/10844

Das Standbild der Athene
01/13056

01/13056

HEYNE-TASCHENBÜCHER